D0734310

SERIE INFINITA

M

RICK RIORDAN

LA PIRÁMIDE ROJA

Traducción de
Manuel Viciano Delibano

Montena

Título original: *The Kane Chronicles Vol. 1: The Red Pyramid*
Publicado por acuerdo con Nancy Gallt Literary Agency y Sandra Bruna
Adaptación de la portada de Joann Hill: Random House Mondadori

Decimoquinta edición: octubre de 2016
Cuarta reimpresión: marzo de 2019

© 2010, Rick Riordan
© 2015, Penguin Random House Grupo Editorial, S. A. U.
Travessera de Gràcia, 47-49. 08021 Barcelona
© 2011, Manuel Viciano Delibano, por la traducción
Ilustraciones de los jeroglíficos de Michelle Gengaro-Kokmen
Ilustración de la cubierta: © John Rocco

Printed in Spain - Impreso en España

ISBN: 978-84-8441-755-2
Depósito legal: B-26.196-2012

Compuesto en Fotocomposición 2000, S. A.
Impreso en Limpergraf
Barberà del Vallès (Barcelona)

GT 1 7 5 5 2

Penguin
Random House
Grupo Editorial

*Dedicado a todos mis amigos bibliotecarios, campeones
de los libros, auténticos magos de la Casa de la Vida.
Sin vosotros, este escritor se habría quedado perdido en la Duat.*

Advertencia

El texto que sigue es la transcripción de una grabación digital. La calidad del audio en varios de los pasajes era muy baja, por lo que algunas palabras y frases representan las suposiciones más probables que ha podido hacer el escritor. Se han añadido ilustraciones de los símbolos importantes mencionados en la grabación, allí donde ha sido posible. Los ruidos de fondo, como las refriegas, golpes e insultos de los dos narradores, se han excluido de la transcripción. El escritor no se hace responsable de la autenticidad de la grabación. Parece imposible que los dos jóvenes narradores estén diciendo la verdad, pero te corresponde a ti, lector, decidir por ti mismo.

1. Una muerte en la Aguja

Tenemos solo unas pocas horas, así que escucha con atención. Si estás oyendo esta historia, ya corres peligro. Sadie y yo podríamos ser tu única esperanza.

Ve a la escuela. Busca la taquilla. No voy a decirte qué escuela ni cuál es la taquilla, porque, si eres la persona adecuada, la encontrarás. La combinación es 13-32-33. Cuando termines de escuchar esto, sabrás lo que significan esos números. No olvides que la historia que vamos a contarte todavía no está acabada. Su final depende de ti.

Lo más importante de todo: cuando abras el paquete y encuentres lo que contiene, no te lo quedes más de una semana, pase lo que pase. Te será difícil deshacerte de él, eso seguro. Al fin y al cabo, te proporcionará un poder casi ilimitado. Pero, si lo conservas demasiado tiempo, te consumirá. Aprende sus secretos rápidamente y pásaselo al siguiente. Ocúltalo para la siguiente persona, del mismo modo que hemos hecho Sadie y yo para ti. A partir de ese momento, prepárate para que tu vida se vuelva muy, muy interesante.

Vale, me dice Sadie que deje de andarme por las ramas y me ponga con la historia. Bien. Supongo que todo empezó en Londres, la noche en que nuestro padre hizo explotar el Museo Británico.

Me llamo Carter Kane. Tengo catorce años de edad y mi hogar es una maleta.

¿Crees que estoy de broma? Desde que tenía ocho años, mi padre y yo estuvimos viajando por el mundo. Nací en Los Ángeles, pero mi padre es arqueólogo y su trabajo le obliga a moverse por todas partes. Vamos sobre todo a Egipto, ya que es su especialidad. Si vas a una librería y buscas algún libro sobre Egipto, hay bastantes probabilidades de que esté escrito por el doctor Julius Kane. ¿Quieres saber cómo sacaban los cerebros de las momias, o cómo construyeron las pirámides, o cómo maldijeron la tumba del rey Tut? Pregúntale a él. Por supuesto, mi padre tenía otras razones para moverse tanto por el mundo, pero entonces yo aún no conocía su secreto.

No fui al colegio. Mi padre me enseñaba en casa, si se puede llamar a algo enseñanza «en casa» cuando no se tiene casa. A grandes rasgos, me enseñó lo que él pensaba que era importante en cada momento, por lo que aprendí mucho sobre Egipto, sobre estadísticas de baloncesto y sobre sus músicos favoritos. Además, yo leía mucho (prácticamente todo lo que caía en mis manos, desde los libros de historia de mi padre hasta novelas de fantasía), porque pasaba casi todo el tiempo sentado en hoteles, aeropuertos y excavaciones, en países donde no conocía a nadie. Mi padre siempre me decía que dejara el libro y jugara un poco al baloncesto. ¿Alguna vez has intentado montar equipos para echar un partido en Asuán, Egipto? No es tarea fácil.

El caso es que mi padre me enseñó desde pequeño a tener todas mis posesiones en una sola maleta que pudiera llevar como equipaje de mano en los aviones. Él tenía sus cosas guardadas del mismo modo, solo que además llevaba una bolsa de trabajo con sus herramientas de arqueología. Regla número uno: yo tenía prohibido mirar en su bolsa de trabajo. Una regla que nunca violé hasta el día de la explosión.

Sucedió en Nochebuena. Estábamos en Londres porque nos tocaba visitar a mi hermana, Sadie.

Papá solo podía pasar con ella dos días al año, uno en invierno y otro en verano, porque resulta que nuestros abuelos le odian. Cuando murió nuestra madre, los padres de ella (nuestros abuelos) entablaron una intensa batalla contra él en los tribunales. Después de seis abogados, dos peleas a puñetazos y un ataque casi letal con una espátula —no preguntes—, mis abuelos se hicieron con la custodia de Sadie en Inglaterra. Ella tenía solo seis años, dos menos que yo, y los abuelos no podían mantenernos a los dos... o al menos esa fue la excusa que pusieron para no adoptarme a mí. Por tanto, Sadie creció como una alumna de escuela británica, y yo viajé por ahí con mi padre. Solo veíamos a Sadie dos veces al año, lo cual a mí me parecía bien.

[Cierra el pico, Sadie. Sí, sí, ya llego a esa parte.]

Bueno, total, que mi padre y yo acabábamos de aterrizar en Heathrow después de sufrir un par de retrasos. Era una tarde lluviosa y fría. Mi padre dio la sensación de estar un poco nervioso durante todo el trayecto en taxi hasta la ciudad, y eso que es un tío grandote y no parece que vaya a ponerse nervioso por nada. Tiene la piel del mismo tono marrón oscuro que yo, ojos castaños y penetrantes, se afeita la cabeza y lleva perilla, lo que le da aspecto de científico maligno aficionado. Aquella tarde llevaba puesto su abrigo de cachemira y su mejor traje marrón, el que utilizaba para dar sus conferencias. Por lo general, emana tanta confianza que domina cualquier habitación donde entre, pero en algunas ocasiones, como ese día, mostraba una faceta distinta que yo no comprendía del todo. Miraba una y otra vez por encima del hombro, como si nos persiguiera alguien.

—¿Papá? —dije mientras salíamos de la A-40—. ¿Qué pasa?

—Ni rastro de ellos —murmuró. Entonces debió de darse cuenta de que lo había dicho en voz alta, porque me miró como sorprendido—. Nada, Carter. Todo va bien.

Lo cual no me tranquilizó para nada, porque mi padre miente fatal. Yo siempre lo notaba cuando me ocultaba algo, pero también sabía que no le sacaría la verdad por mucho que le diera la lata. Seguramente intentaba protegerme, aunque yo no habría sabido decir de qué. A veces me preguntaba si había algún secreto turbio en su pasado, si tal vez tenía algún viejo enemigo que le pisara los talones, pero la idea me parecía ridícula. Mi padre solo era un arqueólogo.

La otra cosa que me tenía en ascuas: mi padre estaba abrazado a su bolsa de trabajo. Cuando lo hace, suele significar que corremos peligro, como la vez en que unos pistoleros asaltaron nuestro hotel en El Cairo. Oí unos disparos en el vestíbulo y bajé corriendo para buscar a mi padre. Cuando llegué, él ya estaba cerrando la cremallera de su bolsa con toda la tranquilidad del mundo, y había tres pistoleros inconscientes colgando de la lámpara de araña, con las chilabas tapándoles las cabezas y los calzoncillos al aire. Papá aseguró a todo el mundo que no había visto nada de lo ocurrido, y al final la policía achacó el incidente a un fallo incomprensible en el mecanismo de la lámpara.

En otra ocasión nos sorprendieron unos disturbios que hubo en París. Mi padre se aproximó al coche aparcado que teníamos más cerca, me metió en el asiento trasero y me dijo que me escondiera. Yo me quedé tumbado en el suelo y cerré los ojos con fuerza. Oía a mi padre en el asiento del conductor, hurgando en su bolsa, murmurando para sí mismo mientras, fuera, la multitud destrozaba cosas. Pocos minutos después me dijo que ya podía levantarme. Todos los otros coches aparcados junto a la acera estaban volcados e incendiados. En cambio, el nuestro estaba recién lavado y encerado, y tenía varios billetes de veinte euros sujetos en el limpiaparabrisas.

En resumen, con el tiempo, me había acostumbrado a respetar aquella bolsa. Era nuestro talismán de la buena suerte. Aun así, que mi padre la abrazara significaba que íbamos a necesitar esa buena suerte.

Circulábamos por el centro de la ciudad en dirección al este, hacia el piso de mis abuelos. Pasamos por delante de las puertas doradas del Palacio de Buckingham y dejamos a un lado la gran columna de piedra que hay en Trafalgar Square. Londres mola bastante, pero, después de pasar tanto tiempo viajando, todas las ciudades empiezan a parecerse. A veces conozco a chicos que me dicen: «Uau, qué suerte tienes de hacer tantos viajes». Pero no es que pasemos todo el día haciendo turismo ni que tengamos mucho dinero para viajar con comodidad. Hemos dormido en sitios de lo más duros, y muy pocas veces permanecemos más de unos días en el mismo lugar. Lo normal es que tengamos más pinta de fugitivos que de turistas.

A ver, sería de locos pensar que el trabajo de mi padre es peligroso. Sus conferencias tienen títulos como «¿De verdad puede matarte la magia egipcia?», o «Castigos usuales en el inframundo egipcio», o historias de ese estilo que no importan a casi nadie. Pero, como estaba diciendo, también tiene esa otra faceta. Siempre va con mucho cuidado; registra a fondo las habitaciones de hotel antes de dejarme entrar a mí. Se mete a toda prisa en un museo para ver algunas piezas, toma cuatro notas y sale muy rápido de allí, como si le diera miedo que su cara apareciera en las grabaciones de seguridad.

Una vez, hace algún tiempo, cruzamos corriendo todo el aeropuerto Charles de Gaulle para coger un vuelo en el último minuto, y mi padre no se calmó hasta que el avión hubo despegado. En esa ocasión le pregunté directamente de qué estábamos huyendo, y me miró como si le acabara de quitar la anilla a una granada. Por un instante, temí que me contase la verdad. Entonces respondió:

—Carter, no es nada.

Lo dijo como si «nada» fuera lo más terrible del mundo. Después de eso, decidí que tal vez fuese mejor no indagar más.

Mis abuelos, el matrimonio Faust, viven en una zona residencial cercana al muelle Canary, en la misma orilla del río Támesis. El taxista nos dejó junto al bordillo de la acera, y mi padre le pidió que esperara.

Habíamos recorrido la mitad de la acera cuando mi padre se quedó petrificado. Se dio la vuelta para mirar hacia atrás.

13

—¿Qué pasa? —pregunté.

Entonces vi al hombre de la gabardina. Estaba en la acera de enfrente, apoyado en un árbol grande y muerto. Era un hombre muy fornido, con la tez de color café tostado. La gabardina y el traje negro de rayas parecían de los caros. Tenía el pelo largo y recogido en trencitas, y llevaba un sombrero fedora calado hasta las gafas, redondas y oscuras. Me recordó a un músico de jazz como los que mi padre siempre me obligaba a ver en directo. Aunque no veía los ojos del hombre, me dio la impresión de que nos observaba. Podría haberse tratado de algún viejo amigo o un colega de mi padre. Allá donde fuéramos, él siempre se encontraba con conocidos. Aun así, me pareció raro que el tío estuviera allí plantado, en la misma calle donde vivían mis abuelos. Además, no parecía contento.

—Carter —dijo mi padre—, ve tú por delante.

—Pero…

—Recoge a tu hermana. Nos reuniremos en el taxi.

Cruzó la calle en dirección al hombre de la gabardina y me dejó con dos alternativas: seguirle y enterarme de lo que pasaba o hacerle caso.

Elegí la opción ligeramente menos peligrosa de las dos. Fui a recoger a mi hermana.

Sadie abrió la puerta sin darme tiempo de llamar siquiera.

—Tarde, como siempre —dijo.

Llevaba en brazos a su gata, Tarta, que había sido el regalo con que mi padre se despidió de ella seis años antes. Tarta no parecía envejecer ni engordar por mucho que pasaran los años. Su pelaje tenía las manchas amarillas y negras de un leopardo en miniatura, unos ojos amarillentos y despiertos y las orejas terminadas en punta, demasiado largas para su cabeza. Llevaba un colgante egipcio de plata sujeto al collar. En realidad, no se parecía en nada a una tarta, pero Sadie era muy pequeña cuando le puso el nombre, así que supongo que es mejor no tenérselo en cuenta.

Sadie tampoco había cambiado demasiado desde el verano anterior.

[Mientras grabo esto, la tengo de pie al lado mirándome con mala cara, así que tendré que andarme con cuidado para describirla.]

Nunca adivinarías que es hermana mía. Para empezar, lleva tanto tiempo viviendo en Inglaterra que ya se le ha pegado el acento británico. En segundo lugar, ha salido a nuestra madre, que era blanca, por lo que tiene la piel mucho más clara que la mía. Su pelo es del color del caramelo, no exactamente rubio, pero tampoco castaño, y suele teñírselo con mechas de colores vivos. Ese día llevaba mechas rojas por el lado izquierdo. Tiene los ojos azules. No miento. Azules, como los de nuestra madre. Con solo doce años, es exactamente igual de alta que yo, cosa que me fastidia bastante, la verdad. Estaba mascando chicle como de costumbre, y para pasar el día con papá se había puesto unos vaqueros hechos polvo, chaqueta de cuero y botas militares, como si esperase ir a un concierto y liarse a pisotones con alguien. Llevaba unos auriculares colgando de los hombros, por si acaso se aburría de nuestra conversación.

[Muy bien, no me ha pegado, así que supongo que no la habré descrito mal del todo.]

—El avión se ha retrasado —le dije.

Ella hizo explotar una pompa de chicle, rascó la cabeza de Tarta y soltó a la gata dentro de la casa.

—¡Abuela, me voy!

Desde algún lugar, la abuela Faust contestó algo que no logré entender, aunque posiblemente sería: «¡Que no entren!».

Sadie cerró la puerta y me contempló como si viera a un ratón muerto que acabara de traerle la gata.

—Bueno, aquí estáis otra vez.

—Ajá.

—Pues vamos —dijo con un suspiro—. A ello.

Así era Sadie. Ni «Hola, ¿cómo ha ido estos seis meses? Me alegro de verte», ni nada por el estilo. Que conste, a mí me parecía bien. Cuando dos personas se ven solo dos veces al año, la relación es más de primos lejanos que de hermanos. No teníamos absolutamente nada en común excepto nuestros padres.

Bajamos la escalera despacio. Yo iba pensando que Sadie olía a casa de viejos mezclada con chicle cuando se detuvo tan de golpe que tropecé con ella.

—¿Quién es ese de ahí? —preguntó.

Casi me había olvidado del tipo de la gabardina. Estaba con mi padre al otro lado de la calzada, junto al árbol muerto, manteniendo lo que parecía una discusión seria. Mi padre se encontraba de espaldas y no se le veía la cara, pero gesticulaba como suele hacer cuando está nervioso. El otro tío tenía el ceño fruncido y negaba una y otra vez con la cabeza.

—No sé —respondí—. Cuando hemos aparcado, ya estaba ahí.

—Me suena de algo. —Sadie arrugó la frente como intentando recordar—. Vamos a verlo.

—Papá quiere que esperemos en el taxi —repliqué, aunque sabía que no serviría de nada.

Sadie ya estaba en movimiento. En vez de cruzar directamente la calle, salió corriendo acera arriba, recorrió media manzana ocultándose de coche en coche, cruzó al otro lado y se agachó detrás de un murito de piedra. Entonces empezó a aproximarse a nuestro padre con sigilo. Casi no tuve más remedio que seguirla, aunque me hizo sentir un poco idiota.

—Seis años en Inglaterra —murmuré— y ya cree que es James Bond.

Sadie me hizo un gesto sin volverse y siguió acercándose a hurtadillas.

Unos pocos pasos más y ya estábamos justo detrás del gran árbol muerto. Al otro lado se oía a mi padre diciendo:

—… he de hacerlo, Amos. Tú sabes que es lo correcto.

—No —dijo el otro hombre, que debía de ser Amos. Tenía la voz profunda, el tono llano, apremiante, y hablaba con acento estadounidense—. Si no soy yo quien te detiene, Julius, serán ellos. El Per Anj te pisa los talones.

Sadie se giró hacia mí y me dijo en voz baja:

16

—¿El Per... qué?

Yo meneé la cabeza, tan desconcertado como ella.

—Vayámonos de aquí —susurré, porque daba por sentado que nos pillarían en cualquier momento y nos meteríamos en un buen lío. Sadie, por supuesto, no me hizo ni caso.

—No saben lo que planeo —estaba diciendo mi padre—. Para cuando se den cuenta, ya...

—¿Y los niños? —preguntó Amos. Se me erizó el vello de la nuca—. ¿Qué pasa con ellos?

—He hecho preparativos para su protección —dijo mi padre—. Además, si no hago esto, estaremos todos en peligro. Y ahora, aparta de mi camino.

—No puedo, Julius.

—Entonces, ¿lo que buscas es un duelo? —El tono de papá era muy grave—. Jamás pudiste vencerme, Amos.

Yo no había visto ponerse violento a mi padre desde el Gran Incidente de la Espátula, y no tenía muchas ganas de que se repitiera aquello, pero poco a poco iba quedando claro que habría pelea.

Antes de que yo pudiera hacer nada, Sadie se levantó de golpe y gritó:

—¡Papá!

Él puso cara de sorpresa cuando mi hermana le hizo un placaje-abrazo, pero ni la mitad que el otro tío, Amos, que retrocedió tan rápido que tropezó con su propia gabardina.

Amos se había quitado las gafas. Al verle la cara, tuve que dar la razón a Sadie: de verdad tenía un aspecto familiar, como si me despertara un recuerdo muy lejano.

—Yo... tengo que irme —dijo. Se alisó el sombrero y echó a andar alicaído por la acera.

Nuestro padre lo miró marcharse. Con un brazo rodeaba los hombros de Sadie, en actitud protectora, y tenía el otro metido en la bolsa de trabajo, que llevaba colgada del hombro. Por fin, cuando Amos desapareció por una esquina, papá se tranquilizó. Sacó la mano de la bolsa y sonrió a Sadie.

—Hola, cariño.

Sadie se apartó y se cruzó de brazos.

—Ah, conque «cariño», ¿eh? Llegas tarde. ¡Ya casi no queda nada del día de visita! Además, ¿de qué iba todo eso? ¿Quién es Amos?, ¿qué es el Per Anj?

Mi padre se puso tenso. Me miró un instante, como preguntándose cuánto habíamos escuchado.

—No es nada —dijo, intentando sonar animado—. Tengo planeada una tarde estupenda. ¿A quién le apetece hacer una visita privada al Museo Británico?

Sadie se reclinó en el asiento trasero del taxi, entre nuestro padre y yo.

—No puedo creérmelo —refunfuñó—. Una tarde que pasamos juntos y quieres dedicarte a investigar.

Papá intentó sonreír.

—Cariño, será divertido. El conservador de la colección egipcia me ha invitado personalmente…

—Ya. Qué raro. —Sadie sopló para apartarse un mechón rojizo de la cara—. Vamos a pasar la Nochebuena mirando un puñado de reliquias mohosas de Egipto. ¿Es que nunca piensas en otra cosa?

Mi padre no se enfadó. Nunca se enfada con Sadie. Se quedó mirando por la ventanilla hacia la lluvia y el cielo, que ya oscurecía.

—Sí —dijo, casi para sí mismo—. Sí que pienso.

Siempre que mi padre se ponía a hablar bajito y mirar a la nada, yo sabía que tenía que ver con nuestra madre. Se había repetido mucho durante los últimos meses. Por ejemplo, yo entraba en nuestra habitación de hotel y me lo encontraba con el móvil en las manos, mirando la sonrisa que mamá le dedicaba desde la pantalla. En esa foto llevaba el pelo recogido con un pañuelo, y sus ojos azules refulgían en contraste con el desierto de fondo.

O a lo mejor papá y yo estábamos en alguna excavación. Si él se quedaba mirando al horizonte, yo sabía que recordaba el día en que se conocieron: dos jóvenes científicos que excavaban una tumba perdida en el Valle de los Reyes. Mi padre era egiptólogo; mi madre, una antropóloga en busca de ADN antiguo. Él me había contado la historia miles de veces.

El taxi fue sorteando el tráfico por la ribera del Támesis. Justo al dejar de lado el puente de Waterloo, mi padre tensó los músculos.

—Jefe —dijo—. Pare aquí un momento.

El taxista aparcó en el muelle de Victoria.

—¿Qué pasa, papá? —pregunté.

Salió del taxi como si no me hubiera oído. Cuando Sadie y yo lo alcanzamos en la acera, estaba contemplando la Aguja de Cleopatra.

Por si no la habéis visto nunca: la Aguja es un obelisco, no una aguja de verdad, y tampoco tiene nada que ver con Cleopatra. Imagino que, cuando los británicos la llevaron a Londres, pensarían que el nombre molaba. Mide unos veinte metros, lo que en el antiguo Egipto debía de ser una altura impresionante, pero, con el Támesis de fondo y rodeada de tantos edificios altos, parece una cosa pequeña y triste. Podrías pasar por delante en coche sin darte cuenta de que allí hay algo mil años más viejo que la ciudad de Londres.

—Dios. —Sadie caminaba frustrada en círculos—. ¿Siempre tenemos que pararnos en absolutamente todos los monumentos?

Mi padre miraba fijamente la punta del obelisco.

—Tenía que verla otra vez —murmuró—. El lugar donde ocurrió…

Soplaba un viento helado desde el río. Yo quería volver al taxi, pero mi padre empezaba a preocuparme de verdad. Nunca lo había visto tan abstraído.

—¿Qué, papá? —pregunté—. ¿Qué ocurrió aquí?

—Fue el último lugar donde la vi.

Sadie dejó de pasearse. Me miró dudosa, con el ceño fruncido, y luego pasó a papá.

—Un momento, ¿te refieres a mamá?

Mi padre acarició el pelo de Sadie por detrás de la oreja, y ella se quedó tan sorprendida que ni siquiera le apartó el brazo.

Me sentí como si la lluvia me hubiera enfriado hasta congelarme. La muerte de mamá siempre había sido un tema tabú. Yo sabía que ella había muerto por accidente en Londres y que mis abuelos echaban la culpa a mi padre. Pero nadie quería contarnos los detalles. Ya había renunciado a interrogar a mi padre, en parte porque se ponía muy triste y en parte porque nunca, jamás, aceptaba contarme nada. Solo decía: «Cuando seas más mayor», que es la respuesta más frustrante que existe.

—Así que murió aquí —dije—. ¿En la Aguja de Cleopatra? ¿Qué pasó?

Mi padre agachó la cabeza.

—¡Papá! —se enfadó Sadie—. Todos los días paso por aquí delante, ¿y ahora me estás diciendo que en todo este tiempo ni siquiera lo sabía?

—¿Aún tienes la gata? —quiso saber él; nos pareció una pregunta de lo más idiota.

—¡Pues claro que aún tengo la gata! —exclamó Sadie—. ¿Qué tiene eso que ver?

—¿Y el amuleto?

Sadie se llevó la mano al cuello. Poco antes de que se fuera a vivir con los abuelos, cuando los dos éramos pequeños, mi padre nos había dado un amuleto egipcio a cada uno. El mío era un Ojo de Horus, un símbolo de protección muy popular en el antiguo Egipto.

Mi padre dice que el símbolo moderno de los farmacéuticos, ℞, es en realidad una versión simplificada del Ojo de Horus, porque se supone que la medicina está para protegernos.

Bueno, el caso es que yo siempre llevaba el amuleto por debajo de la camisa, pero suponía que Sadie habría perdido el suyo o lo habría tirado a la basura.

Mi hermana me sorprendió asintiendo.

—Pues claro que lo tengo, papá, pero no cambies de tema. La abuela no para de decir que tú provocaste su muerte. Es mentira, ¿no?

Los dos esperamos. Por una vez, Sadie y yo queríamos exactamente lo mismo: la verdad.

—La noche en que murió vuestra madre —empezó a decir mi padre—, aquí en la Aguja...

Un fogonazo repentino iluminó todo el muelle. Me volví, medio cegado, y por un instante vislumbré dos siluetas: un hombre pálido y alto, de barba bifurcada y vestido con una chilaba color vainilla, y una chica de piel cobriza que vestía de azul oscuro y llevaba turbante. Era la clase de ropa que había visto mil veces en Egipto. Los dos estaban allí de pie, uno junto al otro, a menos de seis metros de distancia y mirándonos. Entonces la luz se apagó. Las siluetas se disolvieron como los brillos en la retina después de un fogonazo. Cuando mis ojos volvieron a acostumbrarse a la oscuridad, ya no quedaba nada.

—Esto... —dijo Sadie, nerviosa—. ¿Vosotros habéis visto eso?

—Meteos en el taxi —dijo mi padre mientras nos empujaba hacia el bordillo—. Se nos acaba el tiempo.

A partir de aquel momento, mi padre no volvió a abrir la boca.

—Este no es sitio para hablar —explicó, lanzando una mirada a nuestras espaldas.

Prometió al taxista una propina de diez libras si nos dejaba en el museo antes de cinco minutos, y el hombre se aplicó en la tarea.

—Papá —intenté—, esa gente que había en el río...

—Y el coleguita de antes, Amos —intervino Sadie—. ¿Son de la policía egipcia o algo así?

—Escuchadme los dos —dijo mi padre—. Esta noche voy a necesitar que me ayudéis. Ya sé que es difícil para vosotros, pero debéis tener paciencia. Os lo explicaré todo cuando estemos dentro del museo, prometido. Voy a arreglarlo todo.

—¿A qué te refieres? —insistió Sadie—. ¿Qué es lo que vas a arreglar?

La expresión de papá superaba la tristeza. Casi era de puro remordimiento. Tuve un escalofrío al recordar lo que había dicho Sadie, que nuestros abuelos le echaban la culpa de la muerte de mamá. No podía estar hablando de eso, ¿verdad?

El taxista se metió en la calle Great Russell dando un volantazo y se detuvo con un chirrido de frenos justo delante de la entrada principal del museo.

—Vosotros seguidme la corriente —dijo mi padre—. Cuando nos encontremos al conservador, no hagáis cosas raras.

Pensé que Sadie nunca dejaba de hacer cosas raras, pero decidí callármelo.

Salimos del taxi. Yo saqué el equipaje mientras mi padre pagaba al conductor con un buen fajo de billetes. Entonces hizo una cosa extraña. Soltó unos objetos pequeños en el asiento trasero. Parecían piedras, pero había muy poca luz para estar seguro.

—Siga adelante —dijo al taxista—. Llévenos a Chelsea.

Aquello no tenía ningún sentido, ya que los tres estábamos fuera del taxi, pero el conductor aceleró y se fue. Miré a mi padre, luego al taxi y, antes de que doblara una esquina y se perdiera en la oscuridad, me sorprendió entrever la imagen de tres pasajeros en el asiento de atrás: un hombre y dos niños.

Parpadeé. No había manera de que ese taxi pudiera haber recogido a otros clientes tan deprisa.

—Papá…

—Los taxis de Londres nunca están libres mucho tiempo —dijo, sin inmutarse—. Venga, por aquí, chicos.

Cruzó dando zancadas las verjas de hierro forjado, que estaban abiertas. Sadie y yo vacilamos durante un segundo.

—Carter, ¿qué es lo que pasa aquí?

Yo meneé la cabeza.

—No estoy seguro de querer saberlo.

—Bueno, pues tú puedes quedarte aquí pasando frío si quieres, pero yo no me marcho sin una explicación.

Se dio la vuelta y empezó a caminar rápido hacia nuestro padre.

Mirándolo con perspectiva, tendría que haber echado a correr. Tendría que haber sacado de allí a Sadie, aunque fuese a rastras, y alejarme tanto como pudiera. Lo que hice fue cruzar las verjas tras ella.

2. Una explosión por Navidad

Ya había estado antes en el Museo Británico. En realidad, he estado en más museos de lo que me gusta admitir, porque me hace quedar como un bicho raro total.

[Eso que se oye de fondo es Sadie, gritando que es porque soy un bicho raro total. Gracias, hermanita.]

En fin, que el museo estaba cerrado y completamente a oscuras, pero en la escalinata frontal nos esperaban el conservador y dos vigilantes de seguridad.

—¡Doctor Kane!

El conservador era un tipo bajito y gordo que llevaba un traje barato. Yo había visto momias con más pelo y mejores dientes que él. Dio a mi padre un apretón de manos tan entusiasta como si le acabaran de presentar a una estrella de rock.

—El último artículo que publicó sobre Imhotep fue... ¡brillante! ¡No sé cómo logró traducir aquellos hechizos!

—¿Imo... qué? —me preguntó Sadie en voz baja.

—Imhotep —dije—. Sumo sacerdote y arquitecto. Algunos dicen que fue un mago. Diseñó la primera pirámide escalonada, ya sabes...

—No lo sé —dijo Sadie—. Ni me importa, pero gracias.

Mi padre agradeció al conservador que nos abriera las puertas en día festivo. Entonces me puso una mano en el hombro.

—Doctor Martin, quiero presentarle a Carter y a Sadie.

—¡Ah! Él es hijo suyo, salta a la vista, y... —El conservador miró a Sadie, dubitativo—. ¿Y la señorita?

—Mi hija —dijo papá.

Al doctor Martin se le quedó la mirada perdida durante un momento. Da igual lo abierta y educada que crea ser la gente, siempre se les nota en la cara el mismo instante de confusión cuando comprenden que Sadie es familia nuestra. A mí me sienta como una patada en el estómago, pero con los años me he acostumbrado a darlo por hecho.

El conservador recuperó la sonrisa.

—Sí, sí, por supuesto. Vengan por aquí, doctor Kane. ¡Para nosotros es un honor!

Los vigilantes cerraron las puertas con llave a nuestras espaldas. Nos cogieron el equipaje y entonces uno de los dos alargó el brazo hacia la bolsa de trabajo de papá.

—Hummm, no —dijo mi padre con una sonrisa tensa—. Esta me la quedo.

Dejamos a los guardias en el vestíbulo y seguimos al conservador hacia el Gran Atrio. Por la noche, era un lugar siniestro. Las láminas de cristal que formaban la cúpula dejaban pasar una luz tenue que proyectaba sombras entrecruzadas en las paredes, como una telaraña gigante. Nuestros pasos daban chasquidos contra el suelo blanco de mármol.

—Bueno —dijo mi padre—, veamos la piedra.

—¡Eso! —exclamó el conservador—. Aunque no se me ocurre qué información nueva podría usted sacarle. La han estudiado hasta la saciedad; es nuestra pieza más famosa, por supuesto.

—Por supuesto —dijo mi padre—. Pero tal vez se lleve una sorpresa.

—¿Y ahora de qué habla? —me preguntó Sadie con un susurro.

No le contesté. Sospechaba de qué piedra estaban hablando, pero no se me ocurría ningún motivo para que mi padre nos llevara a verla en Nochebuena.

Me pregunté qué había estado a punto de decirnos en la Aguja de Cleopatra... algo sobre nuestra madre y la noche de su muerte. Además, ¿por qué no paraba de mirar hacia todas partes? ¿Temía que aparecieran otra vez aquellos tíos raros de la Aguja? Estábamos encerrados en un museo protegido por vigilantes y medidas de seguridad de alta tecnología. Allí dentro no teníamos nada de que preocuparnos... o eso esperaba.

Giramos a la izquierda para entrar en el ala egipcia del museo. En las paredes había hileras de estatuas enormes que representaban a faraones y dioses, pero mi padre pasó sin mirarlas hasta llegar a la atracción principal, que estaba en el centro de la sala.

—Preciosa —murmuró mi padre—. ¿Seguro que no es una réplica?

—No, no —le aseguró el conservador—. No siempre tenemos expuesta la piedra original, pero tratándose de usted... esta es la de verdad.

Mirábamos una tabla de piedra que mediría algo más de un metro de alto y unos setenta centímetros de ancho. Estaba expuesta sobre un pedestal, en el interior de una vitrina transparente. La superficie plana de la piedra estaba dividida en tres franjas donde se veían cincelados tres tipos distintos de escritura. La parte de arriba contenía palabras hechas con dibujos del antiguo Egipto: jeroglíficos. La sección central... tuve que estrujarme el cerebro para recordar cómo lo había llamado mi padre: «demótico», un tipo de escritura procedente de cuando los griegos controlaban Egipto y se colaron un montón de palabras griegas en el idioma. Las líneas de abajo estaban en griego.

—La Piedra de Rosetta —dije.

—¿Eso no era un programa de ordenador? —preguntó Sadie.

Quise decirle lo boba que era, pero el conservador me interrumpió con una risita nerviosa.

—¡Señorita, la Piedra de Rosetta fue la clave para descifrar los jeroglíficos! La descubrió en 1799 el ejército de Napoleón y...

—Ah, es verdad —dijo Sadie—. Ya me acuerdo.

Yo sabía que solo lo decía para hacer callar al doctor Martin, pero mi padre insistió en el tema:

—Sadie, hasta que descubrieron esta piedra, los mortales normales… hum, quiero decir, nadie había podido leer los jeroglíficos durante siglos. La antigua escritura egipcia había quedado olvidada por completo. Entonces un inglés llamado Thomas Young demostró que las tres lenguas de la Piedra de Rosetta transmitían el mismo mensaje. Un francés llamado Champollion recogió el testigo y descifró el código de los jeroglíficos.

Sadie siguió mascando chicle, poco impresionada.

—¿Y qué dice?

Mi padre se encogió de hombros.

—Nada importante. Básicamente, es una carta de agradecimiento que escribieron unos sacerdotes al rey Ptolomeo V. Cuando la tallaron, la piedra no era gran cosa. Pero con el paso de los siglos… con el paso de los siglos, se ha convertido en un símbolo de gran poder. Quizá sea la conexión más importante entre el antiguo Egipto y el mundo moderno. Fui un tonto al no comprender antes el potencial que tiene.

Yo no entendía de qué hablaba, y por lo visto el conservador tampoco.

—Doctor Kane —dijo—, ¿se encuentra bien?

Papá respiró profundamente.

—Discúlpeme, doctor Martin. Estaba… pensando en voz alta, nada más. ¿Podríamos retirar el cristal? Y si pudiera traerme los papeles de sus archivos que le pedí…

El doctor Martin asintió. Tecleó un código en un pequeño mando a distancia, y la parte frontal de la vitrina de cristal se abrió con un chasquido.

—Tardaré unos minutos en reunir las notas —dijo el conservador—. Si se tratase de otra persona, me resistiría a permitirle acceder a la piedra sin supervisión, como usted solicitó. Confío en que tenga cuidado.

Nos miró a Sadie y a mí como si fuéramos unos gamberros.

—Iremos con cuidado —le prometió mi padre.

Cuando los pasos del doctor Martin se perdieron en la distancia, papá se volvió hacia nosotros con una expresión frenética.

—Niños, esto es muy importante. Tenéis que quedaros fuera de esta sala.

Se quitó la bolsa de trabajo del hombro y abrió la cremallera lo justo para sacar una cadena y un candado.

—Seguid al doctor Martin. Su despacho está al final del Gran Atrio, a la izquierda. Solo tiene una puerta. Cuando esté dentro, pasad esto alrededor de las manecillas y cerradlo bien fuerte. Tenemos que retrasarlo.

—¿Quieres que lo dejemos encerrado? —preguntó Sadie, interesada de repente—. ¡Genial!

—Papá —dije yo—, ¿qué está pasando?

—No hay tiempo para explicaciones —replicó él—. Esta será vuestra única oportunidad. Ya vienen.

—¿Quiénes vienen? —preguntó Sadie.

Él la agarró por los hombros.

—Cariño, te quiero. Y lo lamento… Lamento muchas cosas, pero ahora no tenemos tiempo. Si esto funciona, te prometo que las cosas mejorarán para todos nosotros. Carter, tú eres mi hombre valiente. Debes confiar en mí. Recordad, tenéis que encerrar al doctor Martin. ¡Y luego no volváis a esta sala!

Encadenar la puerta del conservador resultó fácil. Pero, al terminar, volvimos la mirada hacia el lugar del que veníamos y vimos una luz azul que emanaba de la galería egipcia, como si nuestro padre hubiera instalado un acuario luminoso gigante.

Sadie me miró a los ojos.

—Ahora en serio, ¿tienes la menor idea de lo que está tramando?

—Ni la más mínima —contesté—. Pero últimamente ha estado bastante raro. Piensa mucho en mamá. Tiene una foto suya…

No quería decir más. Por suerte, Sadie asintió como si lo comprendiera.

—¿Qué lleva en la bolsa de trabajo?

—No lo sé. Me dijo que no debía mirar dentro nunca.

Sadie enarcó una ceja.

—¿Y no lo hiciste? Dios, qué típico de ti, Carter. No tienes arreglo.

Quise defenderme, pero junto entonces el suelo se agitó como en un terremoto.

Sadie se sobresaltó y me agarró un brazo.

—Nos ha dicho que nos quedásemos aquí. No me digas que también vas a obedecer esa orden.

En realidad, a mí la orden me sonaba de maravilla, pero Sadie echó a correr por el salón y, tras dudarlo un momento, la seguí.

Cuando llegamos a la entrada de la galería egipcia, nos quedamos clavados en el suelo. Nuestro padre estaba de pie ante la Piedra de Rosetta, de espaldas a nosotros, con un círculo azul que brillaba en el suelo a su alrededor como si alguien hubiera encendido unos tubos de neón ocultos.

Se había quitado el abrigo. Tenía la bolsa de trabajo abierta a sus pies, y dentro se veía una caja de madera de unos setenta centímetros de longitud, pintada con imágenes egipcias.

—¿Qué tiene en la mano? —me preguntó Sadie en voz baja—. ¿Eso no es un bumerán?

En efecto, cuando papá levantó el brazo, enarbolaba un palo blanco curvado que tenía bastante pinta de bumerán. Pero, en lugar de lanzarlo, tocó con él la Piedra de Rosetta. Sadie se quedó sin aliento. Papá estaba «escribiendo» en la piedra. Allí donde el bumerán hacía contacto, aparecían unas líneas relucientes sobre el granito. Jeroglíficos.

No tenía ningún sentido. ¿Cómo podía escribir palabras relucientes con un palo? Aun así, la imagen era brillante y nítida: unos cuernos de carnero por encima de un cuadrado y una equis.

—«Ábrete» —murmuró Sadie.

La miré extrañado, porque parecía que había traducido la palabra y eso era imposible. Yo llevaba años yendo por ahí con papá, y aun así solo sabía leer unos pocos jeroglíficos. Son difíciles de verdad.

Mi padre levantó los brazos y entonó:

—*Wo-siir, i-ei.*

Grabó otros dos símbolos con llamas azules en la superficie de la Piedra de Rosetta.

Por pasmado que me hubiera quedado, reconocí el primer símbolo. Era el nombre del dios egipcio de los muertos.

—Wo-siir —susurré. Nunca lo había oído pronunciar así, pero sabía lo que significaba—: Osiris.

—«Osiris, ven» —dijo Sadie, como en trance. Entonces abrió mucho los ojos—. ¡No! —exclamó—. ¡Papá, no!

Nuestro padre se dio la vuelta, sorprendido. Empezó a decir «Niños…», pero ya era demasiado tarde. El suelo retumbó. La luz azulada se volvió de un blanco abrasador y la Piedra de Rosetta estalló en mil pedazos.

Cuando recobré la conciencia, lo primero que oí fue una risa, una risa horrible y jubilosa, mezclada con el ruido atronador de las alarmas del museo. Me sentí igual que si me acabara de atropellar un tractor. Aturdido, me incorporé y escupí un trocito de Piedra de Rosetta. La galería estaba llena de cascotes. Por todo el suelo se veían unos charcos encendidos en llamas. Había grandes estatuas derribadas, sarcófagos caídos de sus pedestales. Algunos fragmentos de la Piedra de Rosetta habían salido disparados con tanta fuerza que estaban incrustados en las columnas, las paredes y las otras piezas de la exposición.

Sadie estaba inconsciente a mi lado, aunque parecía ilesa. Le sacudí un hombro y ella gruñó:

—Uj.

Delante de nosotros, en el lugar que había ocupado la Piedra de Rosetta, había un pedestal humeante y partido. El suelo estaba todo ennegrecido con un patrón de estrellas, excepto en el círculo azul brillante que rodeaba a nuestro padre.

Él estaba encarado hacia nosotros, pero no parecía mirarnos. Tenía un corte ensangrentado en la cabeza y agarraba su bumerán con fuerza.

No sabía qué miraba mi padre. Entonces la horrible risa volvió a llenar de ecos la sala, y comprendí que brotaba del aire que había ante nosotros.

Tenía algo delante. Al principio, apenas pude distinguirlo: era solo una neblina provocada por el calor. Pero, al concentrarme, tomó una forma difusa: la silueta en llamas de un hombre.

Era más alto que mi padre, y su carcajada me atravesó como si fuera una motosierra.

—Bien hecho —dijo la figura a mi padre—. Muy bien hecho, Julius.

—¡Tú no has sido convocado! —exclamó mi padre con voz temblorosa.

Levantó el bumerán, pero el hombre en llamas extendió un dedo y el palo salió disparado de la mano de papá y se hizo astillas contra la pared.

—A mí nunca se me convoca, Julius —dijo el hombre con tono meloso—, pero, cuando abres una puerta, debes prepararte para que aparezcan invitados.

—¡Regresa a la Duat! —rugió mi padre—. ¡Yo ostento el poder del Gran Rey!

—Vaya, qué miedo —replicó el hombre ardiente, divertido—. Aunque supieras cómo utilizar ese poder, que no sabes, él nunca supuso un rival para mí. Yo soy el más fuerte. Ahora su destino será el tuyo.

Yo no comprendía nada, pero sabía que debía ayudar a mi padre. Intenté coger el pedrusco más cercano, pero tenía tanto miedo que notaba los dedos congelados y torpes. Mis manos eran inútiles.

Papá me lanzó una mirada silenciosa de advertencia: «Salid de aquí». Me di cuenta de que se había situado a propósito de forma que el hombre en llamas nos diera la espalda, confiando en que Sadie y yo pudiéramos escapar sin que nos viera.

Sadie seguía grogui. Logré arrastrarla hasta la sombra de detrás de una columna. Cuando empezó a quejarse, le tapé la boca con una mano. Eso terminó de despertarla. Vio lo que estaba ocurriendo y dejó de revolverse.

Las alarmas eran ensordecedoras. Los fuegos ardían alrededor de las entradas de la galería. Los guardias debían de estar en camino, pero yo no estaba muy seguro de que eso nos conviniera.

Papá se acuclilló sin apartar la mirada de su enemigo y abrió la caja de madera pintada. Sacó una varilla parecida a una regla de medir. Murmuró algo entre dientes, y la vara se alargó hasta convertirse en un báculo de madera tan alto como él.

Sadie se sobresaltó. Yo tampoco podía creerme lo que veía, pero entonces las cosas se volvieron aún más extrañas.

Papá arrojó su bastón a los pies del hombre en llamas, y la madera se transformó en una serpiente enorme, de tres metros de longitud y tan corpulenta como yo, con escamas cobrizas y unos brillantes ojos rojos. La serpiente se lanzó hacia el hombre en llamas, quien la agarró por el cuello sin ningún esfuerzo. Las manos del hombre se encendieron en llamas al rojo vivo, y la serpiente ardió por completo. Solo quedaron cenizas.

—Un truco muy viejo, Julius —le riñó el hombre ardiente.

Mi padre nos lanzó otra mirada, volviendo a apremiarnos en silencio para que nos marcháramos. Una parte de mí se negaba a creer que algo de todo aquello fuese real. Quizá todavía estuviera inconsciente, teniendo una pesadilla. A mi lado, Sadie cogió un cascote.

—¿A cuántos? —preguntó enseguida mi padre, intentando retener la atención de su adversario—. ¿A cuántos he liberado?

—A los cinco, por supuesto —respondió el hombre, como si le explicara algo a un niño—. Ya deberías saber que el trato nos incluye a todos, Julius. Muy pronto liberaré a otros, y todos estarán muy agradecidos. Recuperaré el trono.

—Los días demoníacos —dijo mi padre—. Te detendrán antes de que sea demasiado tarde.

El hombre en llamas se rió.

—¿Crees que la Casa puede detenerme? Esos viejos chochos no pueden ni dejar de discutir entre ellos. Hoy se inicia el relato de una historia nueva. ¡Y esta vez tú nunca te alzarás!

El hombre movió una mano. El círculo azul que estaba a los pies de papá se oscureció. Mi padre intentó alcanzar su caja de herramientas, pero salió disparada resbalando por el suelo.

—Adiós, Osiris —dijo el hombre en llamas.

Con otro gesto de la mano, conjuró un ataúd brillante alrededor de nuestro padre. Al principio era transparente, pero, mientras mi padre se debatía y daba golpetazos contra los laterales, el ataúd se volvió más y más solido hasta convertirse en un sarcófago egipcio dorado, con joyas incrustadas. Mi padre me miró a los ojos por última vez y vocalizó la palabra «¡Corred!» antes de que el ataúd se hundiera en el suelo, como si el piso del museo se hubiera transformado en agua.

—¡Papá! —grité.

Sadie arrojó su piedra, pero el proyectil atravesó la cabeza del hombre en llamas sin hacerle ningún daño.

Él se giró y, por un terrible instante, su cara apareció entre el fuego. Lo que vi no tenía ningún sentido. Parecía que alguien hubiera superpuesto dos caras distintas en el mismo espacio: una casi humana, de piel pálida, facciones crueles y angulosas y unos ojos rojos brillantes, la otra parecida a la de un animal con pelaje oscuro y colmillos afilados. Era peor que un perro, un lobo o un león; era un animal que yo no había visto nunca. Esos ojos rojos me miraron atentamente, y supe que estaba a punto de morir.

A mis espaldas, unos pasos fuertes resonaron en el suelo de mármol del Gran Atrio. Unas voces daban órdenes a voz en grito. Eran los guardias de seguridad, tal vez la policía… pero no podrían llegar a tiempo.

El hombre en llamas se abalanzó sobre nosotros. Cuando estaba a pocos centímetros de mi cara, algo lo empujó hacia atrás. El aire chisporroteó de electricidad. El amuleto que llevaba en el cuello se puso tan caliente que me molestaba.

El hombre en llamas siseó, mirándome con más cautela.

—Así que… eres tú.

El edificio volvió a temblar. En el otro extremo de la sala, parte de la pared explotó con un brillante fogonazo de luz. Por el hueco entraron dos personas, el hombre y la chica a los que habíamos visto en la Aguja, con sus vestiduras ondeando en torno a ellos. Los dos llevaban báculos.

El hombre de fuego lanzó un alarido animal. Me miró una última vez y dijo:

—Muy pronto, chico.

Entonces la sala entera estalló en llamas. La ola de calor me sacó todo el aire de los pulmones y me tiró al suelo.

Lo último que recuerdo es que el hombre de la barba bifurcada y la chica estaban de pie a mi lado. Oí a los guardias del museo corriendo y gritando, cada vez más cerca. La chica se agachó sobre mí y sacó un cuchillo largo y curvo de su cinturón.

—Debemos actuar con rapidez —dijo a su compañero.

—Todavía no —replicó él con cierto reparo. Tenía un marcado acento francés—. Tenemos que estar seguros antes de destruirlos.

Cerré los ojos y poco a poco perdí la conciencia.

S

A

D

I

E

3. Encerrada con mi gata

[Dame el puñetero micro.]

Qué tal. Aquí Sadie. Mi hermano cuenta fatal las historias, lo siento. Pero tranquilo, que ahora me toca a mí.

A ver. La explosión. La Piedra de Rosetta reventada en mil millones de trocitos. Un coleguita maligno en llamas. Papá encerrado en un ataúd. Un francés que daba miedo y una chica árabe con cuchillo. Nosotros inconscientes. Vale.

Cuando me desperté, la policía corría por todas partes, como era de esperar. Me separaron de mi hermano. Eso no me importó mucho: en todo caso, es un pesado. Pero me pasé siglos y siglos encerrada en el despacho del conservador. Y sí, utilizaron nuestra cadena de bicicleta para atrancar la puerta, los muy cretinos.

Yo estaba hecha polvo, claro. Acababa de dejarme inconsciente un lo-que-fuese en llamas. Había visto cómo empaquetaban a mi padre en un sarcófago y lo disparaban a través del suelo. Intenté contárselo todo a la policía, pero ¿crees que les importó lo más mínimo? No.

Lo peor de todo fue que no se me pasaba el frío. Era como si alguien me estuviese clavando agujas heladas en la nuca. Había empezado a sentirlo cuando vi aquellas palabras de color azul brillan-

34

te que papá había dibujado en la Piedra de Rosetta y «supe» lo que significaban. ¿Sería algún tipo de enfermedad familiar? ¿El conocimiento de cosas egipcias aburridas puede heredarse? Con la suerte que tengo, seguro que sí.

Mucho después de que el chicle se hubiese puesto rancio, una agente de policía me sacó por fin del despacho del conservador. No me hizo ninguna pregunta. Simplemente me metió en un coche patrulla y me llevó a casa. Incluso entonces, no me dejaron que explicase a los abuelos lo que había pasado. La agente me obligó a meterme en mi habitación, y yo esperé y esperé.

No me gusta esperar.

Di vueltas por mi cuarto. No era ninguna maravilla: una simple buhardilla con ventana, una cama y un escritorio. No tenía mucho que hacer.

Tarta me olisqueó las piernas, y la cola se le puso tan erizada como un pino de agua. Supongo que no le hace gracia el olor de los museos. Maulló y desapareció bajo la cama.

—Muchísimas gracias —murmuré.

Abrí la puerta, pero la agente estaba montando guardia en el pasillo.

—El inspector hablará con usted dentro de un momento —me dijo—. Quédese dentro, por favor.

Miré escalera abajo y por un instante vi al abuelo dando vueltas en la sala de estar, retorciéndose las manos, mientras Carter hablaba con un inspector de policía en el sofá. No pude entender lo que decían.

—¿Podría ir al servicio? —pedí a la simpática agente.

—No.

Me cerró la puerta en la cara. Como si fuese a organizar una explosión en el retrete. Por favor.

Saqué mi iPod y recorrí la lista de reproducción. No me atrajo ninguna canción, así que lo lancé a la cama, disgustada. Cuando estoy demasiado trastornada para oír música, es algo muy triste. Me pregunté por qué los policías hablaban primero con Carter. No era justo.

Jugueteé con el collar que me había regalado papá. Nunca había estado segura de lo que significaba el símbolo. El de Carter era claramente un ojo, pero el mío se parecía un poco a un ángel, o quizá a un robot alienígena asesino.

¿Por qué demonios me había preguntado papá si aún lo tenía? ¡Pues claro que lo tenía! Era el único regalo que me había hecho jamás. Bueno, además de Tarta, pero, con la actitud que tenía esa gata, no estoy segura de que contase como regalo.

Al fin y al cabo, mi padre prácticamente me había abandonado a los seis años. El collar era lo único que me unía a él. En los días buenos, yo lo miraba y recordaba a mi padre con ternura. En los días malos (que eran mucho más frecuentes), lo arrojaba al otro lado de la habitación, lo pisoteaba y maldecía a papá por haberse marchado, actos que encontraba bastante terapéuticos. Pero, al final, siempre volvía a ponérmelo.

En todo caso, mientras en el museo pasaban todas aquellas cosas raras, noté que el collar se calentaba más y más. De verdad que no me lo invento. Estuve a punto de quitármelo, pero no pude evitar preguntarme si en realidad me estaría protegiendo de algún modo.

«Arreglaré las cosas», había dicho papá, con esa mirada culpable que me dedica a menudo.

Bueno, fallo colosal, papá.

¿En qué narices había estado pensando mi padre? Yo quería creer que todo había sido una pesadilla: los jeroglíficos brillantes, el bastón convertido en serpiente, el ataúd. Esas cosas no pasan, y punto. Pero en el fondo sabía que todo era cierto. Yo no era capaz de soñar con nada tan aterrador como la cara de ese hombre en llamas cuando se volvió hacia nosotros. «Muy pronto, chico», había dicho a Carter, como si tuviera intención de ir a por nosotros. Solo pensarlo ya hizo que me temblaran las manos. Además, no podía evitar tener dudas sobre la parada que habíamos hecho en la Aguja de Cleopatra, sobre la insistencia de papá en verla, como si estuviera reuniendo el valor, como si lo que hizo en el Museo Británico tuviera algo que ver con mi madre.

Paseé la mirada por la habitación, y mis ojos se posaron en el escritorio.

«No —pensé—. No voy a hacerlo.»

Pero fui hasta allí y abrí el cajón. Aparté unas revistas viejas, mi alijo de chucherías, unos deberes de mates que había olvidado entregar y algunas fotos de mis amigas Liz y Emma posando conmigo, probándonos sombreros ridículos en el mercadillo de Camden. Y allí, al fondo del todo, estaba la foto de mamá.

Los abuelos tienen un montón de fotografías. En el aparador del salón hay un santuario dedicado a Ruby con los dibujos infantiles de mamá, sus notas del instituto, la foto del día que se licenció en la universidad, sus joyas favoritas. Es bastante de locos. Yo estaba decidida a no ser como ellos, a no vivir en el pasado. Al fin y al cabo, casi no recordaba a mamá, y nada iba a cambiar el hecho de que había muerto.

Sin embargo, sí me quedé con una fotografía. Salíamos mamá y yo en nuestra casa de Los Ángeles, muy poco después de que yo naciera. Ella estaba en la terraza, con el océano Pacífico a sus espaldas, sosteniendo un bebé regordete y arrugado que más tarde crecería para convertirse en una servidora. Yo no era gran cosa de bebé, pero mamá era preciosa, hasta vestida con unos pantalones cortos y una camiseta hecha polvo. Sus ojos eran de un color azul profundo. Llevaba el pelo rubio recogido y tenía una piel perfecta, lo cual me deprimía al compararla con la mía. La gente siempre dice que me parezco a ella, pero en realidad ni siquiera puedo librarme de la espinilla que me sale en la barbilla, así que ni de lejos parezco tan madura y hermosa.

[Borra esa sonrisita, Carter.]

La foto me fascinaba porque en realidad apenas tenía recuerdos de cuando vivíamos todos juntos. Pero lo que me había hecho quedármela era el símbolo que había en la camiseta de mamá. Era uno de esos símbolos de la vida... un anj.

Mi madre muerta llevando puesto el símbolo de la vida. No podía haber nada más triste en el mundo. Aun así, ella sonreía a la cámara con la expresión de quien conoce un secreto. Como si ella y mi padre estuviesen compartiendo alguna broma privada.

Algo me dio golpecitos en el fondo del cerebro para llamarme la atención. Aquel hombre fornido de la gabardina que había discutido con papá en mi misma calle... había dicho algo sobre el Per Anj.

¿Lo de «anj» se referiría al símbolo de la vida? Y, en caso de ser así, ¿qué era un «per»? Supuse que no estarían hablando de peras ni de ninguna fruta.

Tuve la inquietante sensación de que, si veía las palabras «Per Anj» escritas en jeroglíficos, conocería su significado.

Dejé la fotografía de mamá. Cogí un lápiz y di la vuelta a un folio de mis deberes. Me pregunté qué sucedería si intentaba «dibujar» yo las palabras «Per Anj». ¿Se me ocurrirían los trazos correctos sin más?

En el mismo momento en que el lápiz tocó el papel, se abrió la puerta de mi dormitorio.

—¿Señorita Kane?

Me volví de golpe y solté el lápiz. Había un inspector de policía con la cara larga en la entrada de mi cuarto.

—¿Qué estaba haciendo?

—Mates —dije yo.

El techo de mi buhardilla era bastante bajo, así que el inspector tuvo que agacharse para entrar. Llevaba un traje de color gris claro a juego con su pelo canoso y su cara pálida y desencajada.

—Muy bien, Sadie. Soy el inspector general Williams. Vamos a charlar un momentito, ¿de acuerdo? Siéntese.

No me senté, y él tampoco lo hizo, lo cual debió de mosquearle. Es difícil dar la impresión de que uno está al mando cuando parece que tiene una joroba como la de Quasimodo.

—Cuéntemelo todo, por favor —pidió—, desde el momento en que vino aquí su padre a recogerla.

—Ya se lo he contado a la agente en el museo.

—Repítamelo, si no le importa.

De modo que se lo conté todo. ¿Por qué no? Su ceja izquierda iba elevándose más y más a medida que le explicaba las partes raras, como lo de las letras brillantes y el bastón-serpiente.

—Caramba, Sadie —dijo el inspector Williams—, menuda imaginación tiene usted.

—Es la verdad, inspector. Y me parece que su ceja está intentando escapársele de la cabeza.

El policía trató de mirarse sus propias cejas y después me miró a mí con cara de enfado.

—Por favor, Sadie. Estoy seguro de que esto le resulta muy difícil. Entiendo que quiera usted proteger la reputación de su padre. Pero ahora ya no está…

—Porque ha desaparecido a través del suelo metido en un ataúd —insistí—. Le digo que no está muerto.

El inspector Williams separó las manos.

—Sadie, lo siento mucho. Pero tenemos la obligación de averiguar por qué el señor Kane cometió ese acto de… bueno…

—¿Acto de qué?

Él carraspeó, incómodo.

—Su padre ha destruido algunas piezas de un valor incalculable y, al parecer, ha muerto en el proceso. Nos gustaría mucho saber el motivo.

Me quedé mirándolo.

—¿Está diciendo que mi padre es un terrorista? ¿Es que se ha vuelto loco?

—Nos hemos puesto en contacto con algunos colegas de su padre. Según tengo entendido, su comportamiento se había vuelto imprevisible desde que murió la madre de usted. Se volvió re-

39

traído y se obsesionó con sus estudios. Pasaba más y más tiempo en Egipto...

—¡Pero si es un puñetero egiptólogo! ¡Lo que tendría que estar haciendo es buscarlo en vez de perder el tiempo con preguntas idiotas!

—Sadie —dijo, y le noté en la voz que estaba conteniendo las ganas de estrangularme. Es raro, pero con los adultos me pasa mucho—. En Egipto hay grupos extremistas que se oponen a que las piezas egipcias se guarden en museos extranjeros. Es posible que esa gente se pusiera en contacto con su padre. Quizá, en su estado, se convirtió en un blanco fácil para ellos. Si usted le hubiera oído mencionar algún nombre...

Pasé junto a él dando zancadas y fui a la ventana. Estaba tan furiosa que casi no podía pensar. Me negaba a creer que papá estuviera muerto. No, no y no. ¿Y lo de que era un terrorista? Venga ya, hombre. ¿Por qué eran tan bobos los adultos? Siempre te piden que les digas la verdad y, cuando lo haces, no se la creen. ¿Qué sentido tiene?

Miré fijamente la calle oscura. De pronto, el cosquilleo helado que había estado sintiendo se puso peor que nunca. Me fijé en el árbol muerto donde me había reunido con papá aquella tarde. Allí, bajo la luz tenue de una farola, vi cómo me miraba el coleguita fornido de la gabardina negra, las gafas redondas y el sombrero... el hombre al que papá había llamado Amos.

Supongo que mi reacción normal habría sido pensar que corría peligro, con aquel hombre extraño que me miraba fijamente en plena noche. Sin embargo, Amos tenía una expresión preocupada. Y me parecía muy, muy familiar. Me estaba volviendo loca no recordar por qué.

Detrás de mí, el inspector volvió a carraspear.

—Sadie, a usted no la culpa nadie del ataque en el museo. Somos conscientes de que la metieron en todo esto contra su voluntad.

Me di la vuelta hacia el interior de la habitación.

—¿Contra mi voluntad? ¡Pero si encerré al conservador en su despacho!

La ceja del inspector empezó a levantarse de nuevo.

—Sea como sea, posiblemente no comprendiera usted lo que pretendía hacer su padre. ¿Es posible que su hermano estuviese implicado?

Solté un bufido.

—¿Carter? Venga, por favor…

—De modo que también está decidida a protegerlo a él. ¿Lo considera un hermano auténtico, entonces?

No me lo podía creer. Me entraron ganas de atizarle un buen bofetón.

—¿Qué quiere decir con eso? ¿Es porque no se parece a mí?

Williams parpadeó.

—Solo me refería…

—Ya sé a qué se refería. ¡Pues claro que es mi hermano!

El inspector Williams levantó las manos en gesto de disculpa, pero yo seguía echando humo. Por mucho que me chinchase Carter, odiaba que la gente supusiera que no éramos parientes o que mirasen mal a mi padre cuando decía que los tres éramos familia… como si hubiésemos hecho algo malo. El idiota del doctor Martin en el museo. Ahora el inspector Williams. Pasaba lo mismo cada vez que nos juntábamos papá, Carter y yo. Cada puñetera vez.

—Lo siento, Sadie —dijo el inspector—. Solo quiero asegurarme de distinguir a los inocentes de los culpables. Será más fácil para todo el mundo si coopera usted. Cualquier tipo de información. Algo que dijera su padre. Gente que pueda haber mencionado.

—Amos —le solté, solo para ver cómo reaccionaba—. Se encontró con un hombre llamado Amos.

El policía suspiró.

—Sadie, eso es imposible y usted debería saberlo. Hemos hablado por teléfono con Amos hace menos de una hora, y estaba en su casa de Nueva York.

—¡No está en Nueva York! —me empeciné—. Está justo…

Miré por la ventana y Amos había desaparecido. Puñeteramente típico.

—Imposible —dije.

—Exacto —replicó el inspector.

—¡Pero estaba ahí! —exclamé—. De todas formas, ¿quién es él? ¿Un colega de mi padre? ¿Cómo sabía que tenía que llamarle?

—En serio, Sadie. Deje ya de actuar.

—¿Actuar?

El inspector me observó un momento y luego tensó la mandíbula, como si hubiese tomado una decisión.

—Carter ya nos ha contado toda la verdad. No quería incomodarla a usted, pero ya lo sabemos todo gracias a él. Su hermano ha comprendido que ya no tiene sentido proteger a su padre. Da lo mismo que nos ayude o no, y de todos modos no presentaremos cargos en su contra.

—¡No debería contar mentiras a los niños! —chillé, esperando que se me oyera escalera abajo—. ¡Carter no diría ni una palabra que perjudicase a papá, y yo tampoco pienso hacerlo!

El inspector ni siquiera tuvo la decencia de mostrarse avergonzado. Se cruzó de brazos.

—Lamento que se ponga usted así, Sadie. Me temo que es hora de ir abajo… a discutir las consecuencias con sus abuelos.

4. Secuestrados por un extraño que no lo es tanto

M e vuelven loca las reuniones familiares. Son tan acogedoras, con sus guirnaldas navideñas y su taza de té y su detective de Scotland Yard dispuesto a detenerte...

Carter se dejó caer en el sofá, abrazado a la bolsa de trabajo de papá. Me pregunté por qué la policía permitía que se la quedara. Seguro que era una prueba o algo por el estilo, pero no daba la impresión de que el inspector supiera que existía.

Mi hermano tenía un aspecto horrible, y con eso quiero decir «peor que de costumbre». En serio, ese chico no había ido nunca a una escuela como debe ser y, aun así, vestía como un profesor de instituto, con pantalones de color caqui, camisa y mocasines. No es que sea feo, supongo. Tiene una estatura razonable, está delgado y su pelo no es un caso perdido. Ha heredado los ojos de papá, y mis amigas Liz y Emma dijeron que estaba bueno cuando les enseñé la foto, aunque yo no puedo confirmar nada porque: *a)* es mi hermano, y *b)* a mis compis siempre se les ha ido un poco la pelota. Eso sí, en materia de ropa, Carter no sabría lo que es estar bueno ni a patadas.

[Venga, Carter, no me mires así. Sabes que es cierto.]

En todo caso, no debería ser tan dura con él. La desaparición de papá le había sentado incluso peor que a mí.

Los abuelos estaban sentados a cada lado de Carter, con bastante cara de nervios. En la mesa había una tetera y una bandeja con galletas, pero nadie les estaba haciendo caso. El inspector general Williams me hizo sentarme en la única silla que quedaba libre. Después empezó a pasearse por delante de la chimenea, dándose importancia. Había otros dos policías junto a la puerta delantera: la mujer de antes y un coleguita enorme que no dejaba de mirar las galletas.

—Señores Faust —dijo el inspector Williams—, me temo que tenemos aquí a dos niños poco colaboradores.

La abuela jugueteaba con el ribete de su vestido. Cuesta creer que sea pariente de mamá. La abuela es una mujer frágil y pálida, delgada como un palillo, mientras que en las fotos mamá siempre parecía feliz y llena de energía.

—Si son solo niños... —consiguió decir—. No puede estar echándoles las culpas.

—¡Bah! —intervino el abuelo—. Todo esto es una ridiculez, inspector. ¡Ellos no son responsables de nada!

El abuelo antes jugaba al rugby. Tiene los brazos como jamones, una panza que no le cabe en la camisa y los ojillos hundidos, como si alguien se los hubiese metido en la cara a puñetazos. (Bueno, en realidad, papá sí le dio un puñetazo hace años, pero esa es otra historia.) El abuelo tiene una pinta que asusta. Normalmente la gente se aparta de su camino, pero el inspector Williams no pareció nada impresionado.

—Señor Faust —dijo el policía—, ¿qué cree usted que dirán los titulares de mañana? «Ataque al Museo Británico. Destruyen la Piedra de Rosetta.» El yerno de usted...

—Ex yerno —lo corrigió el abuelo.

—... seguramente ha quedado vaporizado en la explosión, o tal vez haya huido, en cuyo caso...

—¡No ha huido! —grité yo.

—Necesitamos saber dónde se encuentra —siguió diciendo el inspector—. Y los únicos testigos, que son sus nietos, se niegan a contarme la verdad.

—Ya le hemos contado la verdad —dijo Carter—. Mi padre no está muerto. Se ha hundido en el suelo.

El inspector miró al abuelo, como diciéndole: «¿Ve lo que pasa?». Entonces se volvió hacia Carter.

—Jovencito, su padre ha cometido un delito. Los ha dejado a ustedes atrás para que se enfrenten a las consecuencias...

—¡Eso es mentira! —salté yo, con la voz temblorosa de rabia.

Por supuesto, la idea de que papá nos dejase a propósito en manos de la policía me parecía descabellada. Pero que alguien estuviese sugiriendo que me había abandonado... bueno, como quizá haya mencionado ya, eso era poner el dedo en la llaga.

—Cariño, por favor —me dijo la abuela—, el inspector solo hace su trabajo.

—¡Pues lo hace mal! —exclamé yo.

—Mejor que tomemos todos un poco de té —sugirió la abuela.

—¡No! —gritamos Carter y yo al mismo tiempo, y me supo mal por mi abuela, que casi se escondió en el hueco del sofá.

—La policía puede presentar cargos contra ustedes —avisó el inspector, volviéndose hacia mí—. Puede y lo hará...

Se quedó muy quieto. Luego parpadeó unas cuantas veces, como si hubiese olvidado lo que estaba haciendo.

El abuelo torció el gesto.

—Inspector...

—Sí... —El inspector jefe murmuró como en sueños. Se metió la mano en el bolsillo y sacó un pequeño cuaderno azul, un pasaporte estadounidense que tiró al regazo de Carter. Entonces anunció—: Usted será deportado. Deberá abandonar el país durante las próximas veinticuatro horas. Si necesitamos hacerle alguna otra pregunta, nos pondremos en contacto por mediación del FBI.

Carter se quedó boquiabierto. Me miró, y entonces supe que no era la única que veía raro todo aquello. El inspector se había echado atrás: un momento antes se disponía a arrestarnos a los dos, estaba segura de ello. Y al segundo siguiente, como si nada, ¿pretendía deportar a Carter? Hasta los otros agentes de policía pusieron cara de confusión.

—¿Señor? —preguntó la mujer—. ¿Está seguro…?

—Silencio, Linley. Ustedes dos pueden salir.

Los polis vacilaron hasta que Williams los ahuyentó con un ademán. Entonces se marcharon y dejaron la puerta cerrada.

—Un momento —dijo Carter—. Mi padre ha desaparecido, ¿y usted quiere que yo salga del país?

—O su padre ha fallecido o ahora es un proscrito, hijo —dijo el inspector—. La deportación es la salida más benévola. Ya está todo organizado.

—¿Por quién? —exigió saber el abuelo—. ¿Quién lo ha autorizado?

—Por… —El inspector volvió a quedarse con aquella mirada ausente tan extraña—. Por las autoridades pertinentes. Créame, es mejor que ir a la cárcel.

Carter parecía demasiado abatido para hablar, pero, antes de que me diera tiempo a sentir lástima por él, el inspector Williams se volvió hacia mí.

—Usted también, señorita.

Un mazazo habría tenido el mismo efecto.

—¿Me va a deportar a mí? —salté—. ¡Pero si vivo aquí!

—Usted es ciudadana estadounidense. Dadas las circunstancias, es mejor que vuelva a casa.

Lo miré estupefacta. Yo no recordaba ningún hogar aparte de aquel piso. Mis compañeros del colegio, mi habitación, todo lo que conocía estaba allí.

—¿Adónde se supone que iré?

—Inspector —dijo la abuela con voz entrecortada—, no es justo. No puedo creer que…

—Les concederé unos minutos para que se despidan —la interrumpió el inspector. Entonces torció el gesto, como sorprendido por sus propias acciones—. Yo… tengo que irme.

Aquello no tenía ningún sentido, y parecía que el inspector se daba cuenta, pero aun así se dirigió a la puerta principal. Cuando la abrió, casi salté de la silla, porque allí estaba Amos, el hombre de negro. Se había quitado la gabardina y el sombrero, pero seguía llevando el traje a rayas y las gafas redondas. Las cuentas de oro que llevaba en el pelo trenzado relucían.

Creí que el inspector diría algo, o al menos se sorprendería, pero ni siquiera dedicó una mirada a Amos. Pasó junto a él y se perdió en la noche.

Amos pasó al interior y cerró la puerta. Los abuelos se pusieron de pie.

—Tú —renegó el abuelo—. Tendría que habérmelo imaginado. Si fuese más joven, te haría papilla a golpes.

—Hola, señores Faust —dijo Amos. Nos miró a Carter y a mí como si fuésemos problemas que debía solucionar—. Es hora de que hablemos.

Al segundo de haber entrado, Amos ya daba la impresión de estar en su casa. Se recostó en el sofá y se sirvió una taza de té. Mordisqueó una galleta, arriesgando su vida, porque las galletas de la abuela son horrorosas.

Pensé que la cabeza del abuelo estaba a punto de reventar. La cara se le puso toda roja y brillante. Fue hacia Amos por detrás del sofá con la mano levantada como si fuera a pegarle, pero Amos siguió masticando su galleta.

—Sentaos, por favor —nos dijo.

Y todos nos sentamos. Fue una cosa de locos: pareció que todos estábamos esperando a que nos diese una orden. Hasta el abuelo bajó el brazo y dio la vuelta al sofá. Se sentó al lado de Amos con un suspiro de indignación.

Amos tomó un sorbo del té y me contempló con cierto desagrado. Lo consideré injusto: no tenía tan mal aspecto, teniendo en cuenta todo lo que nos había pasado. Entonces miró a Carter y resopló.

—El momento no podría ser peor —murmuró al fin—, pero no hay más remedio. Tendrán que venir conmigo.

—¿Disculpe? —dije yo—. ¡No pienso ir a ninguna parte con un desconocido que no sabe comer galletas sin mancharse!

De verdad tenía trocitos de galleta alrededor de la boca, pero al parecer le daba igual, ya que ni se molestó en comprobarlo.

—No soy ningún desconocido, Sadie —replicó—. ¿No me recuerdas?

Era espeluznante que me estuviese hablando con tanta naturalidad. Me pareció que sí debería conocerlo. Miré a Carter, pero él parecía igual de perplejo que yo.

—No, Amos —dijo la abuela, temblando—. No puedes llevarte a Sadie. Teníamos un acuerdo.

—Ese acuerdo lo ha roto Julius esta noche —dijo Amos—. Sabéis de sobra que ya no podéis cuidar de Sadie, no después de lo que ha pasado. La única posibilidad que tienen es venir conmigo.

—¿Por qué deberíamos ir a ningún lado con usted? —intervino Carter—. ¡Hace un rato ha estado a punto de pelearse con mi padre!

Amos miró la bolsa de trabajo que Carter tenía en el regazo.

—Veo que te has quedado la bolsa de tu padre. Muy bien, la necesitarás. En cuanto a pelearnos, Julius y yo solíamos hacerlo bastante. Por si no te has dado cuenta, Carter, yo intentaba evitar que cometiera alguna imprudencia. Si me hubiera hecho caso, ahora no estaríamos en esta situación.

Yo no tenía ni idea de a qué se refería, pero por lo visto el abuelo sí lo entendió.

—¡Vosotros y vuestras supersticiones! —exclamó—. Ya os dije que no queríamos saber nada de todo eso.

Amos señaló hacia el patio trasero. Las puertas de cristal dejaban ver las luces reflejadas en el Támesis. La vista era bastante agradable por la noche, cuando no se podía apreciar lo hechos polvo que estaban algunos edificios.

—Supersticiones, ¿eh? —dijo Amos—. Lo llama así, pero bien que buscaron para vivir un sitio que estuviera en la orilla oriental del río.

—Fue cosa de Ruby. Ella creía que así estaríamos protegidos. Pero se equivocó en muchas cosas, ¿no es cierto? ¡Para empezar, confió en ti y en Julius!

Amos no se inmutó. Tenía un olor interesante, como a especias bien reposadas, savia aromática y ámbar, igual que las tiendas de incienso que hay en Covent Garden.

Apuró la taza de té y miró directamente a la abuela.

—Señora Faust, ya sabe lo que se ha desencadenado. La policía es lo que menos debería preocuparle.

La abuela tragó saliva.

—Has… has sido tú el que ha hecho cambiar de opinión al inspector. Tú le has obligado a que deporte a Sadie.

—Era eso o que detuvieran a los niños —dijo Amos.

—Un momento —intervine yo—. ¿Ha hecho cambiar de opinión al inspector? ¿Cómo?

Amos se encogió de hombros.

—No es permanente. De hecho, deberíamos llegar a Nueva York antes de que pase una hora o así, que será cuando ese inspector empiece a preguntarse por qué os ha soltado.

Carter soltó una risita de incredulidad.

—No se puede llegar de Londres a Nueva York en una hora. Ni siquiera el avión más rápido…

—No —aceptó Amos—. En avión, no. —Se volvió hacia la abuela como si todo estuviera resuelto—. Señora Faust, solo existe una opción segura para Carter y Sadie. Usted lo sabe. Han de venir a la mansión de Brooklyn: allí puedo protegerles.

—Tiene una mansión —dijo Carter—. En Brooklyn.

Amos le dedicó una sonrisa astuta.

—La mansión familiar. Allí estaréis a salvo.

—Pero nuestro padre…

—Por el momento, no podéis ayudarle —dijo Amos con tristeza—. Lo siento, Carter. Te lo explicaré más adelante, pero Julius querría que vosotros dos estuvierais a salvo. Para que eso ocurra, tenemos que movernos deprisa. Me temo que yo soy lo único que tenéis a vuestro favor.

Me pareció que Amos se pasaba de cruel. Carter miró a los abuelos y luego asintió, abatido. Sabía que los abuelos no querían que se quedara por allí. Mi hermano siempre les había recordado a nuestro padre.

Y sí, es un motivo de lo más tonto para rechazar a tu propio nieto, pero era lo que había.

49

—Bueno, Carter puede hacer lo que le dé la gana —dije—, pero ¡yo vivo aquí! No voy a irme con el primer desconocido que venga, ¿verdad?

Busqué apoyo en la sala, pero la abuela estaba observando los tapetes de la mesa como si se hubieran vuelto interesantes de pronto.

—Abuelo, no puede ser...

Pero él tampoco quiso mirarme. Se volvió hacia Amos.

—¿Podrás sacarlos del país?

—¡Un momento! —protesté.

Amos se puso de pie y se sacudió las migas de la chaqueta. Luego se acercó a las puertas que daban al patio y miró por el cristal hacia el río.

—La policía no tardará en volver. Cuéntenles lo que quieran. No van a encontrarnos.

—¿Nos va a secuestrar? —pregunté, anonadada. Miré a Carter—. ¿Tú te crees algo de todo esto?

Mi hermano se pasó la correa de la bolsa por el hombro y se levantó, dispuesto a partir. Seguramente lo único que quería era salir del piso de los abuelos.

—¿Cómo tiene pensado usted llegar a Nueva York en una hora? —pregunté a Amos—. Ha dicho que no sería en avión.

—No —respondió Amos.

Puso el dedo contra la ventana e hizo un dibujo en el vapor condensado: otro puñetero jeroglífico.

—Una barca —dije yo... y entonces me di cuenta de que lo había traducido en voz alta, cosa que no debería ser capaz de hacer.

Amos me miró por encima de sus gafitas redondas.

—¿Cómo lo...?

—Digo que lo del final parece un barco —le interrumpí a toda prisa—. Pero no puede referirse a eso. Sería una ridiculez.

—¡Mira allí! —exclamó Carter.

Me apretujé a su lado junto a las puertas del patio. En el muelle de abajo había una barca amarrada. Y no una barca cualquiera, ojo: era una barca de juncos egipcia, con dos antorchas encendidas en la proa y un gran timón trasero. Había una silueta vestida con gabardina negra y sombrero, que posiblemente perteneciesen a Amos, de pie junto a la caña del timón. Debo admitir que, por una vez, me quedé sin palabras.

—Vamos a ir en eso —dijo Carter— hasta Brooklyn.

—Mejor que vayamos preparándonos —nos animó Amos.

Me giré hacia mi abuela.

—¡Abuela, por favor!

Ella se enjugó una lágrima de la mejilla.

—Es por tu bien, querida. Deberías llevarte a Tarta.

—Ah, es verdad —dijo Amos—. La gata no podemos dejárnosla.

Se volvió hacia la escalera. Como si le hubiesen dado pie, Tarta bajó a toda velocidad hecha un borrón con manchas de leopardo y saltó a mis brazos. Eso no lo hace jamás.

—¿Quién eres? —pregunté a Amos. Tenía claro que se nos agotaban las opciones, pero al menos quería alguna respuesta—. No podemos marcharnos así por las buenas con un desconocido.

—No soy ningún desconocido —replicó Amos con una sonrisa—. Somos familia.

Y de pronto recordé su cara sonriéndome y diciendo: «Feliz cumpleaños, Sadie». Era un recuerdo tan antiguo que casi lo había olvidado.

—¿Tío Amos? —pregunté, confundida.

—Exacto, Sadie —dijo—. Soy el hermano de Julius. Ahora, venid conmigo. Tenemos un largo camino por delante.

C
A
R
T
E
R

5. Hora de conocer al mono

Soy Carter otra vez. Lo siento. Hemos tenido que dejar de grabar un rato porque nos estaba persiguiendo… bueno, ya llegaremos a eso.

Sadie te estaba contando cómo salimos de Londres, ¿verdad?

La cosa es que seguimos a Amos hasta la barca rara que tenía amarrada en el muelle. Yo llevaba la bolsa de trabajo de mi padre bajo el brazo. Aún no podía creerme su desaparición. Tuve remordimientos por huir de Londres sin él, pero una cosa de las que había dicho Amos sí me creí: por el momento, no podíamos ayudar a nuestro padre. Yo no confiaba en Amos, pero supuse que tendría que seguirle el juego para averiguar qué le había ocurrido a mi padre. Él era el único que parecía saber algo.

Amos se subió a la barca de juncos. Sadie saltó tras él al instante, pero yo vacilé. Había visto otras barcas como aquella en el Nilo, y nunca me habían parecido muy robustas.

La embarcación estaba construida, básicamente, con fibras de plantas entretejidas, como si fuera un tapete gigantesco y flotante. Las antorchas que brillaban en la proa no me dieron mucha confianza porque, si no nos hundíamos antes, acabaríamos ardiendo. En la popa, el timón lo manejaba un tío bajito que tenía puestos la gabardina negra y el sombrero de Amos. Llevaba el sombrero tan calado que no se le veía la cara. Las manos y los pies estaban ocultos entre los pliegues del abrigo.

—¿Cómo se mueve esa cosa? —pregunté a Amos—. No tiene vela.

—Confía en mí. —Amos me ofreció la mano para ayudarme.

Aquella noche hacía frío, pero cuando subí a bordo noté un calor repentino, como si la luz de las antorchas emitiera sobre nosotros un brillo protector. En el centro de la barca había una caseta hecha con más tapetes de fibras. Tarta, que estaba en brazos de Sadie, la olisqueó y empezó a gruñir.

—Sentaos dentro —nos sugirió Amos—. Puede que el viaje sea un poco movido.

—Me quedo de pie, gracias. —Sadie apuntó con la barbilla hacia el tío bajito de negro—. ¿Quién es el piloto?

Amos fingió no oír la pregunta.

—¡Agarraos todos!

Hizo un gesto con la cabeza al timonel y la barca se puso en movimiento con una sacudida.

La sensación fue difícil de describir. ¿Sabes ese cosquilleo en la boca del estómago, cuando estás en lo alto de una montaña rusa y entra en caída libre? Fue más o menos así, solo que no caíamos y la sensación no se pasaba. La barca llevaba una velocidad pasmosa. Las luces urbanas se emborronaron y al poco tiempo estábamos envueltos en una niebla densa. En la oscuridad se oía el eco de sonidos extraños: roces y silbidos, gritos lejanos, voces que susurraban en idiomas desconocidos.

El cosquilleo se convirtió en náusea. Los sonidos se hicieron más fuertes, hasta que al final estuve a punto de gritar yo también. Entonces, de pronto, la barca empezó a frenar. Cesaron los ruidos y desapareció la niebla. Volvieron las luces de la ciudad, con más brillo que antes.

La barca estaba pasando por debajo de un puente, mucho más alto que ninguno de los que había en Londres. Mi estómago empezó a rodar sobre sí mismo lentamente. A la izquierda vi que se recortaban contra el horizonte unas figuras conocidas: el edificio Chrysler y el Empire State Building.

—No puede ser —dije—. Esto es Nueva York.

Sadie parecía tan descolocada como yo. Aún acunaba a Tarta, que tenía los ojos cerrados. La gata ronroneaba.

—No puede ser —dijo Sadie—. Solo han pasado unos minutos desde que hemos salido.

Sin embargo, allí estábamos, navegando contra la corriente del East River, justo debajo del puente de Williamsburg. Nos detuvimos suavemente junto a un muelle pequeño que había en la orilla Brooklyn del río. Delante de nosotros se extendía un descampado industrial lleno de chatarra y material de construcción antiguo. En el centro de aquel desastre, pegada al borde del agua, se alzaba una inmensa nave industrial con las paredes llenas de pintadas y las ventanas tapiadas con tablones.

—Eso no es una mansión —comentó Sadie. Tiene unos poderes de percepción impresionantes.

—Fíjate mejor —replicó Amos, señalando encima del edificio.

—¿Cómo lo has…? —Me falló la voz. No comprendí por qué no lo había visto antes, pero ahora no había duda: sobre el techo del almacén se erguía una mansión de cinco plantas, como la capa superior de una tarta—. ¡Ahí arriba no puede construirse una mansión!

—Es una larga historia —dijo Amos—, pero necesitábamos un lugar privado.

—¿Y esto es la ribera oriental? —preguntó Sadie—. En Londres hablabas de eso, de que mis abuelos viven en la orilla oriental.

Amos sonrió.

—Eso es. Así me gusta, Sadie. En tiempos remotos, la orilla oriental del Nilo era el lado de los vivos, el lugar por donde sale el sol. Los muertos siempre se enterraban en el lado occidental. Los antiguos egipcios pensaban que vivir en la segunda traía mala suerte, incluso que era peligroso. La tradición se mantiene muy viva entre… nuestra gente.

—¿«Nuestra gente»? —dije, pero una nueva pregunta de Sadie apartó de un codazo a la mía.

—Entonces, ¿no puedes vivir en Manhattan?

Amos frunció el ceño mientras dejaba caer la mirada al otro lado del río, sobre el Empire State Building.

—Manhattan tiene sus propios problemas. Sus propios dioses. Es mejor que no nos mezclemos.

—¿Sus propios... qué? —preguntó ella bruscamente.

—Nada.

Amos pasó a nuestro lado y fue hacia el timonel. Le quitó el sombrero y la gabardina... y debajo no había nadie. Sencillamente, el piloto no estaba allí. Amos se caló su fedora, plegó la gabardina sobre el brazo y nos señaló una escalera metálica que subía por una de las fachadas laterales del almacén hasta la mansión del techo.

—Ya podéis desembarcar —dijo—. Y bienvenidos al Nomo Vigésimo Primero.

—¿«Gnomo»? —pregunté yo mientras lo seguíamos escalera arriba—. ¿Como esos tíos enanitos?

—Madre mía, no, no —dijo Amos—. Odio a los gnomos. Huelen fatal.

—Pero has dicho...

—«Nomo»: ene-o-eme-o. Significa distrito o región. La palabra viene de la antigüedad, de cuando dividieron Egipto en cuarenta y dos provincias. Hoy en día, el sistema ha cambiado un poco: nos hemos vuelto globales. El mundo está repartido en trescientos sesenta nomos. Por supuesto, Egipto es el Nomo Primero. Nueva York, el Vigésimo Primero.

Sadie cruzó la mirada conmigo e hizo rodar un dedo junto a su sien.

—No, Sadie —dijo Amos sin volverse hacia nosotros—, no estoy loco. Hay muchas cosas que debéis saber.

Por fin coronamos la escalera. Al levantar la mirada hacia la mansión, me costó entender lo que estaba viendo. La casa tenía al menos quince metros de altura, estaba construida con bloques enormes de piedra caliza y las ventanas tenían marcos de acero. Alrededor de los cristales había jeroglíficos grabados, y las paredes estaban iluminadas de modo que el edificio parecía un cruce entre un museo moderno y un templo antiguo. Aun así, lo más extraño de todo era que, si apartaba la vista, la construcción entera parecía esfumarse. Probé a hacerlo varias veces para estar seguro. Si miraba la mansión con el rabillo del ojo, no estaba. Después tenía que forzar la vista para volver a distinguirla, y hasta eso me exigía un esfuerzo de voluntad.

Amos se detuvo frente a la entrada, que tenía el tamaño de una puerta de garaje; era un cuadrado oscuro y denso de madera, sin ninguna manecilla o cerradura a la vista.

—Tú primero, Carter.

—Hummm, ¿cómo…?

—¿Tú qué crees?

Estupendo, otro misterio. Estuve a punto de proponer que utilizáramos la cabeza de Amos como ariete, a ver si funcionaba. Entonces miré de nuevo a la puerta y me invadió una sensación rarísima. Extendí un brazo. Muy despacio, sin tocar la madera, fui levantando la mano y la puerta siguió mi movimiento, se deslizó hacia arriba hasta desaparecer dentro del techo.

Sadie parecía anonadada.

—¿Cómo narices…?

—No lo sé —admití, algo avergonzado—. ¿Sensores de movimiento, a lo mejor?

—Interesante. —Amos sonó un poco preocupado—. No es como lo habría hecho yo, pero ha estado muy bien. Notablemente bien.

—Gracias, supongo.

Sadie hizo ademán de entrar la primera, pero, en cuanto pisó el umbral, Tarta maulló y empezó a dar zarpazos para escapar de los brazos de mi hermana.

Sadie retrocedió a trompicones.

—¿Qué te pasa, gata?

—Ah, claro. Mis disculpas —dijo Amos. Puso una mano en la cabeza de la gata y dijo, con un tono muy formal—: Te permito la entrada.

—¿Es que la gata necesita permiso? —pregunté.

—Circunstancias especiales —dijo Amos y, aunque no había sido una gran explicación, entró sin decir más.

Seguimos sus pasos y, esta vez, Tarta estuvo tranquila.

—Dios mío. —Sadie se quedó pasmada. Estiró el cuello para mirar al techo y me dio la impresión de que se acabaría tragando el chicle.

—Sí —dijo Amos—. Esta es la Gran Sala.

Estaba claro por qué la llamaba así. El techo, surcado por vigas de cedro, estaba a cuatro pisos de altura y se sostenía sobre unas columnas de piedra con jeroglíficos tallados. Las paredes estaban decoradas con un extraño surtido de instrumentos musicales y armas del antiguo Egipto. Rodeaban la estancia tres niveles de balconadas, todos ellos con hileras de puertas que se abrían directamente a la zona principal. En la chimenea se podría haber aparcado un coche, y había una tele de plasma sobre la repisa y sofás de cuero inmensos a los lados. Estábamos pisando una alfombra de piel de serpiente, solo que medía más de diez metros de largo y cinco de ancho... más que cualquier serpiente. Unas cristaleras dejaban ver la gran terraza que rodeaba la casa. En ella había una piscina, mesa con sillas de comedor y un foso de piedra labrada donde ardía una fogata. Además, al fondo de la Gran Sala, había un portón doble marcado con el Ojo de Horus y cerrado con cadenas y media docena de candados. Me pregunté qué podía haber al otro lado.

Pero lo que de verdad quitaba el hipo era la estatua que se alzaba en el centro de la estancia. Medía diez metros y estaba esculpida en mármol negro. Enseguida tuve claro que representaba a un dios egipcio porque la figura tenía cuerpo humano y cabeza de animal, como de cigüeña o de grulla, con mucho cuello y un pico larguísimo.

El dios vestía a la moda antigua: faldilla, fajín y gorguera al cuello. En una mano sostenía un estilete de escriba y en la otra un papiro extendido, como si acabara de escribir los jeroglíficos que se veían en él: un anj (la cruz egipcia con lazo) envuelto por arriba con un rectángulo:

—¡Eso es! —exclamó Sadie—. El Per Anj.

Me la quedé mirando, incrédulo.

—Vale, ¿cómo es que sabes leer eso?

—No lo sé —dijo ella—. Pero está claro, ¿no? Lo de arriba recuerda al plano de una casa.

—¿De dónde sacas eso? Si solo es un rectángulo.

El caso es que Sadie había acertado. Yo reconocía el símbolo, y era verdad que en teoría representaba la forma simplificada de una casa con su entrada, pero no debería ser evidente para casi nadie, en particular no para nadie llamado Sadie. Aun así, ella parecía absolutamente convencida.

—Es una casa —insistió—. Y el dibujo de abajo es el anj, el símbolo de la vida. Per Anj... la Casa de la Vida.

—Muy bien, Sadie. —Amos tenía cara de estar impresionado—. Y lo que estáis mirando es la estatua del único dios que todavía tiene permitido entrar en la Casa de la Vida... al menos, en circunstancias normales. ¿Lo reconoces, Carter?

Caí en la cuenta justo entonces: la cabeza era de ibis, un ave fluvial egipcia.

—Tot —respondí—, el dios del conocimiento. Fue el inventor de la escritura.

—Exacto —dijo Amos.

—¿A qué vienen las cabezas de animales? —preguntó Sadie—. Todos los dioses egipcios tienen cabeza de bicho. Están ridículos.

—Normalmente no se aparecen así —dijo Amos—. No en la vida real.

—¿«En la vida real»? —me burlé—. Venga ya. Cualquiera diría que los has conocido en persona.

La expresión de Amos no me tranquilizó. Tenía aspecto de haber recordado algo desagradable.

—Los dioses podían aparecerse con muchas formas distintas. Solían ser completamente humanas o totalmente animales, aunque a veces adoptaban combinaciones híbridas como esta. Tenéis que entender que estamos hablando de fuerzas primarias, de una especie de puente entre la humanidad y la naturaleza. Se representan con cabezas de animal para mostrar que existen en dos mundos distintos al mismo tiempo. ¿Comprendéis?

—Ni papa —dijo Sadie.

—Hummm. —Amos no pareció sorprendido—. Sí, tenemos mucho adiestramiento por delante. De todas formas, el dios que tenéis frente a vosotros, Tot, fundó la Casa de la Vida, cuya sede regional es esta mansión. O al menos… lo era. Yo soy el único miembro que queda del Nomo Vigésimo Primero, o lo sería si no hubieseis llegado vosotros.

—Un momento. —Yo tenía tantas dudas que no sabía ni por cuál empezar—. ¿Qué es la Casa de la Vida? ¿Por qué no pueden entrar más dioses que Tot? ¿Y por qué eres…?

—Carter, de verdad que entiendo cómo te sientes. —Amos me dedicó una sonrisa compasiva—. Pero estas cosas es mejor discutirlas de día. Debéis dormir un poco, y no quiero que tengáis pesadillas.

—¿Te crees que podré dormir?

—Miau. —Tarta se estiró en brazos de Sadie y soltó un bostezo enorme.

Amos dio una palmada.

—¡Keops!

Yo pensé que le había entrado tos, porque Keops es un nombre muy raro, pero entonces bajó por la escalera una criatura que medía cerca de un metro, tenía el pelaje dorado y llevaba puesta ropa de color violeta. Tardé un segundo en darme cuenta de que era un babuino con una camiseta de los Lakers de Los Ángeles.

El babuino llegó al pie de la escalera, dio una voltereta y se plantó delante de nosotros. Nos enseñó los colmillos e hizo un ruido que estaba a medio camino entre el rugido y el eructo. Le olía el aliento a Doritos Tex-Mex.

Lo único que se me ocurrió decir fue:

—¡Yo soy de los Lakers!

El babuino se palmeó la cara con ambas manos y volvió a eructar.

—Mira, le caes bien —dijo Amos—. Os vais a llevar de maravilla.

—Ya. —Sadie parecía alucinada—. Tienes un mono de mayordomo, claro, ¿por qué no?

Tarta ronroneaba en sus brazos, como si la presencia del babuino no le molestara en absoluto.

—¡Ajk! —me gruñó Keops.

Amos soltó una risita.

—Quiere echar un partido contigo, Carter. Para... hummm, para ver qué tal juegas.

Yo moví los pies.

—Esto... vale. Claro. Mejor mañana. Pero, Amos, ¿cómo es que entiendes...?

—Carter, me temo que vas a tener que acostumbrarte a muchas cosas —dijo Amos—. Pero si tenéis que sobrevivir y salvar a vuestro padre, es necesario que estéis descansados.

—¿Disculpa? —dijo Sadie—. ¿Acabas de decir que sobrevivamos y salvemos a nuestro padre? ¿Podrías explicarte mejor?

—Mañana —prometió Amos—. Empezaremos vuestra instrucción a primera hora. Keops, llévalos a sus habitaciones, por favor.

—¡Ajk-uuuj! —gruñó el babuino.

Dio media vuelta y empezó a subir las escaleras balanceándose. Por desgracia, la camiseta de los Lakers no le tapaba el trasero multicolor.

Nos disponíamos a seguirle cuando Amos dijo:

—Carter, la bolsa de trabajo, por favor. Será mejor que la tenga bajo llave en la biblioteca.

Yo vacilé. Casi me había olvidado de la bolsa que llevaba al hombro, pero era lo único que me quedaba de mi padre. Ni siquiera tenía mi equipaje, porque seguía guardado en el Museo Británico. La verdad es que me había extrañado que la policía no me confiscara también la bolsa de trabajo, pero no parecía que ningún agente se hubiera fijado en ella.

—Te la devolveré —prometió Amos—, a su debido tiempo.

Me lo estaba pidiendo muy educadamente, pero algo en su mirada me dijo que en realidad no tenía otra opción.

Le pasé la bolsa. Amos la cogió con aprensión, igual que si estuviera llena de explosivos.

—Hasta mañana.

Se volvió y caminó a buen paso hacia las puertas aseguradas con cadenas. Los cierres se soltaron por sí mismos y la puerta se abrió lo justo para dejar pasar a Amos sin que nosotros viéramos lo que había al otro lado. Al momento, las cadenas volvieron a cerrarse a sus espaldas.

Miré a Sadie, sin saber muy bien qué hacer. Quedarnos solos en la Gran Sala con aquella espeluznante estatua de Tot no parecía muy divertido, así que seguimos a Keops por la escalera.

Sadie y yo teníamos habitaciones contiguas en el tercer piso, y debo admitir que molaban mucho más que ningún otro lugar donde hubiera pasado la noche hasta entonces.

La mía tenía una pequeña cocina, bien surtida con mis tentempiés favoritos: ginger ale [no, Sadie, no es un refresco de viejos, ¡cállate!], barritas de chocolate Twix y paquetes de caramelos Skittles. Parecía cosa de magia. ¿Cómo podía saber Amos lo que más me gustaba? La tele, el ordenador y el equipo de música eran lo último en tecnología. En el cuarto de baño estaban mis marcas habituales de dentífrico, de desodorante, de todo. La cama era increíble, grande como un campo de baloncesto, aunque la almohada era un poco rara. En lugar de un cojín de tela, era un reposacabezas de marfil como los que había visto en las tumbas egipcias. Estaba decorado con leones y —cómo no— más jeroglíficos.

La habitación hasta tenía una terraza exterior que daba al puerto de Nueva York, con vistas a Manhattan y la Estatua de la Libertad a lo lejos, pero por algún motivo las puertas correderas de cristal no se abrían. Ese fue el primer indicio de que algo andaba mal.

61

Me volví para buscar a Keops, pero ya se había marchado. La puerta de mi habitación estaba cerrada y, al intentar abrirla, vi que tenía la llave echada.

Me llegó una voz amortiguada desde la habitación de al lado.

—¿Carter?

—Sadie.

Probé con la puerta que comunicaba nuestras habitaciones, pero tampoco se abría.

—Estamos atrapados —dijo ella—. ¿Tú crees que Amos...? O sea, ¿podemos fiarnos de él?

Con todo lo que había visto aquel día, no me fiaba de nada en absoluto, pero a Sadie se le notaba el miedo en la voz. Eso desató un sentimiento nuevo en mí, una especie de necesidad de tranquilizarla. La misma idea me pareció absurda. Sadie siempre había dado la impresión de ser mucho más valiente que yo: hacía lo que le daba la gana y nunca se preocupaba de las consecuencias. El que solía asustarse era yo.

Pero, en aquel momento, sentí el impulso de desempeñar un papel que no interpretaba desde hacía mucho, mucho tiempo... el papel de hermano mayor.

—No pasará nada —dije, tratando de sonar confiado—. Escucha, si Amos quisiera hacernos daño, ya podría haberlo hecho. Tú intenta dormir un poco.

—Carter...

—Dime.

—Ha sido magia, ¿verdad? Lo que le ha pasado a papá en el museo. Lo de la barca de Amos. Esta casa. Es todo mágico.

—Creo que sí.

Oí que Sadie suspiraba.

—Menos mal. Por lo menos, no me estoy volviendo loca.

—Que sueñes con los angelitos —le dije, y caí en que no le había dicho esa frase a Sadie desde que vivíamos juntos en Los Ángeles, antes de que mamá muriera.

—Echo de menos a papá —dijo ella—. Casi no nos veíamos, ya lo sé, pero... le echo de menos.

Se me empañaron un poco los ojos, pero respiré hondo. No iba a ponerme en plan sentimental. Sadie me necesitaba. Papá nos necesitaba a los dos.

—Le encontraremos —dije—. Felices sueños.

Me quedé un rato escuchando, pero el único sonido era el de Tarta maullando y paseándose por ahí, explorando su espacio nuevo. Por lo menos, la gata no parecía infeliz.

Me desvestí y me metí en la cama. Las mantas eran cómodas y calentitas, pero la almohada no había por dónde cogerla. Hacía que me entraran calambres, así que la bajé al suelo y dormí sin ella.

Mi primer gran error.

6. Desayunamos con un cocodrilo

¿Cómo describirlo? No fue una pesadilla, sino algo mucho más real y aterrador.

Al dormirme, noté que de repente no pesaba nada. Floté hacia arriba, me volví y contemplé mi propia figura tumbada, más abajo.

«Me he muerto», pensé. Pero tampoco era eso. No me había convertido en un fantasma. Tenía una forma nueva, dorada y reluciente, con alas en lugar de brazos. Era algún tipo de ave. [No, Sadie, un pollo no. ¿Quieres dejarme que cuente la historia, por favor?]

Supe que no estaba soñando, porque nunca tengo sueños en color y mucho menos con los cinco sentidos despiertos. La habitación olía levemente a jazmín. Podía oír el chasquido de las burbujas carbónicas en la lata de ginger ale que había dejado abierta en la mesita de noche. Noté un viento frío que me atusaba las plumas, y entonces me di cuenta de que las ventanas estaban abiertas. Me resistí a salir, pero una fuerte ventolera se me llevó de la habitación como a una hoja en plena tormenta.

Las luces de la mansión se fueron desvaneciendo mientras ascendía. La línea de edificios de Nueva York se volvió borrosa hasta desaparecer. Salí disparado entre la niebla y la oscuridad, mientras unas extrañas voces susurraban a mi alrededor. Noté un cosquilleo en el estómago parecido al que había sentido poco antes, en la barcaza de Amos. Entonces la niebla se disipó y aparecí en un lugar distinto.

Flotaba sobre una montaña yerma. Muy por debajo, las luces de una ciudad formaban una rejilla que recubría todo el valle. Definitivamente, aquello no era Nueva York. Era de noche, pero supe sin ninguna duda que estaba en el desierto. El viento era tan seco que se me empezó a acartonar la piel de la cara. Ya sé que no tiene ningún sentido, pero notaba que mi cara no había cambiado, que esa parte de mí no se había transformado en ave. [Vale, Sadie, puedes llamarme el pollo con cara de Carter. ¿Contenta?]

Había dos siluetas debajo de mí, de pie sobre un peñasco. Al parecer, no me habían visto, y me di cuenta de que mi cuerpo ya no brillaba. En realidad, era prácticamente invisible, allí flotando en la oscuridad. Desde mi altura no distinguía las siluetas con claridad, aunque sí lo bastante para comprender que aquellos dos no eran seres humanos. Forzando la vista, observé que uno de ellos era bajito, rechoncho y sin pelo, con una piel viscosa que brillaba a la luz de las estrellas… como un anfibio erguido sobre las patas traseras. El otro era alto y flaco como un palillo, con zarpas de gallo en vez de pies. No se le veía bien la cara, pero parecía roja, húmeda y… bueno, digamos que me alegré de no verla mejor.

—¿Dónde está? —croó nervioso el que parecía un sapo.

—Todavía no ha adoptado un anfitrión permanente —refunfuñó el tío con los pies de gallo—. Solo puede aparecerse durante poco tiempo.

—¿Estás seguro de que es aquí?

—¡Claro, idiota! Vendrá en cuanto…

En el peñasco apareció una figura en llamas. Las dos criaturas se dejaron caer al suelo, se postraron en la arena, y yo recé como un loco por ser invisible de verdad.

—¡Milord! —exclamó el sapo.

Incluso ardiendo en la oscuridad, costaba ver al recién llegado; no era más que la silueta de un hombre envuelta en llamas.

—¿Cómo llaman a este sitio? —preguntó.

En cuanto lo oí hablar, tuve la certeza de que era el mismo tío que había atacado a mi padre en el Museo Británico. Volví a caer presa de todo el miedo que había sentido allí entonces, y me quedé petrificado.

Recordé que había hecho la tontería de coger aquella piedra para lanzársela, pero ni eso había logrado. Había fallado a mi padre por completo.

—Milord —dijo Pies de Gallo—, la montaña se llama Camelback. La ciudad es Phoenix.

El hombre en llamas soltó una risotada que retumbó como un trueno.

—Phoenix. Fénix. ¡Qué apropiado! Y el desierto se parece tanto a mi hogar... Lo único que le falta es purgarlo de toda forma de vida. Los desiertos deberían ser lugares estériles, ¿no creéis?

—Desde luego, milord —convino el sapo—. Pero ¿qué pasa con los otros cuatro?

—Uno ya está sepultado —dijo el hombre ardiente—. La segunda es débil; será fácil de manipular. De los otros dos nos ocuparemos muy pronto.

—Hummm... ¿cómo? —preguntó el sapo.

El hombre en llamas brilló con más fuerza.

—Te gusta hacer preguntas, ¿eh, pequeño renacuajo? —Señaló al sapo y la piel del pobre bicho empezó a desprender vapor.

—¡No! —suplicó el sapo—. ¡Noooooo!

Me obligué a seguir mirando. No quiero describirlo. Pero si te han contado lo que sucede cuando los niños crueles echan sal a los caracoles, podrás hacerte una idea bastante acertada de lo que le pasó al sapo. Al poco tiempo, no quedaba nada de él.

Pies de Gallo retrocedió un paso, nervioso. Cualquiera habría hecho lo mismo.

—Aquí construiremos mi templo —dijo el hombre en llamas, como si tal cosa—. Esta montaña servirá como centro de adoración. Cuando esté completado, invocaré la mayor tormenta que se haya visto jamás. Lo purgaré todo. Absolutamente todo.

—Sí, milord —asintió Pies de Gallo enseguida—. Y… hummm, si me permitís que os haga una sugerencia, mi señor, para incrementar vuestro poder…

La criatura se inclinó, rascó el suelo con una pata y se acercó al hombre en llamas para susurrarle algo al oído.

Cuando pensaba que Pies de Gallo estaba a punto de convertirse en pollo frito, le dijo algo al tipo de las llamas que no alcancé a oír, pero que le hizo emitir un brillo más fuerte.

—¡Excelente! Si lo consigues, serás recompensado. Si no…

—Comprendo, milord.

—Ve, pues —dijo el hombre—. Despliega nuestras fuerzas. Empecemos por los cuellilargos. Eso debería bastar para debilitar su resistencia. Recoge a los jovenzuelos y tráelos ante mí. Los quiero vivos, antes de que les dé tiempo a controlar sus poderes. No me falles.

—No, milord.

—Phoenix —musitó el hombre en llamas—. Me complace mucho. —Barrió el horizonte con una mano, como si estuviera imaginando la ciudad en llamas—. Pronto me alzaré de tus cenizas. Será un regalo de cumpleaños maravilloso.

Desperté con el corazón desbocado, de vuelta en mi propio cuerpo. Me noté ardiendo, como si el tipo en llamas me hubiera empezado a quemar. Entonces me di cuenta de que tenía un gato sobre el pecho.

Tarta me miraba con los ojos entrecerrados.

—Miaurrr.

—¿Cómo has entrado? —murmuré.

Me incorporé y, durante un segundo, no comprendí dónde estaba. ¿Un hotel de alguna ciudad? Estuve a punto de llamar a mi padre… y entonces recordé.

El día anterior. El museo. El sarcófago.

Todo me arrolló con tanta fuerza que me costaba respirar.

Para, me dije. *No tienes tiempo para lamentarte.* Y esto va a parecer raro, pero la voz de mi cabeza sonaba casi como una persona dis-

67

tinta, más mayor, más fuerte. O bien era buena señal o bien me estaba volviendo loco.

Recuerda lo que has visto, dijo la voz. *Él viene a por vosotros. Tenéis que estar preparados.*

Me estremecí. Quería creer que solo había sido una pesadilla, pero sabía que no era así. El día anterior había pasado por demasiadas cosas como para dudar de lo que acababa de ver. De algún modo, realmente había salido de mi cuerpo mientras dormía. De verdad había visitado la ciudad de Phoenix, a miles de kilómetros de distancia. Allí estaba el tipo en llamas. Yo apenas había entendido nada de lo que había dicho, pero sí que pretendía mandar sus tropas a capturar a los jovenzuelos. Vaya, vaya, ¿quiénes podrían ser?

Tarta bajó de la cama de un salto y olisqueó el reposacabezas de marfil, mirándome como si intentara decirme algo.

—Por mí, te lo puedes quedar —le dije—. Es incomodísimo.

Ella le dio unos golpecitos con la cabeza y me lanzó una mirada acusadora.

—Miaurrr.

—Lo que tú digas, gata.

Fui al baño y me duché. Cuando iba a vestirme, descubrí que mi ropa había desaparecido durante la noche. Todo lo que había en el armario era de mi talla, pero muy distinto a lo que solía ponerme: eran pantalones holgados que se anudaban a la cintura y camisas anchas, todo hecho de lino blanco y sin adornos, y también unas chilabas para el frío parecidas a las que llevan los *felahin*, los campesinos egipcios. No cuadraba exactamente con mi estilo.

A Sadie le encanta decirme que no tengo estilo. Siempre protesta de que visto como un viejo: camisa con botones, pantalones y mocasines. Vale, es posible que lleve algo de razón. Lo que pasa es que mi padre siempre me daba la lata con que vistiera tan elegante como pudiese.

Aún recuerdo la primera vez que me lo explicó. Yo tenía diez años. Estábamos camino del aeropuerto de Atenas, y había como unos cuarenta y cinco grados de temperatura. Yo me quejaba, diciendo que habría sido mucho mejor llevar pantalones cortos y camiseta. ¿Por qué no me dejaba ponerme ropa cómoda? Aquel día no íbamos a ningún sitio importante, solo viajábamos. Mi padre me apoyó la mano en el hombro.

—Carter, te estás haciendo mayor y eres afroamericano. La gente va a juzgarte con más dureza, y por eso debes tener siempre un aspecto impecable.

—¡No es justo! —protesté.

—La justicia no significa que a todo el mundo le toque lo mismo —dijo mi padre—. Significa que todo el mundo reciba lo que necesita. Y la única manera de conseguir lo que necesitas es hacerlo suceder por ti mismo. ¿Lo entiendes?

Le dije que no lo entendía. Pero seguí haciendo todo lo que él quería, como interesarme por Egipto, el baloncesto y la música, o como viajar con una sola maleta. Me vestía como mi padre me indicaba, porque solía tener razón en todo. De hecho, no recuerdo que se equivocara nunca… hasta la noche del Museo Británico.

Bueno, el caso es que me puse la ropa de lino que había en el armario. Las pantuflas eran cómodas, aunque dudé mucho de que se pudiera correr con ellas.

La puerta que daba a la habitación de Sadie estaba abierta, pero mi hermana no estaba allí.

Por suerte, la puerta de mi dormitorio ya no estaba cerrada con llave. Tarta vino conmigo y bajamos la escalera, pasando dos pisos repletos de habitaciones desocupadas. Aquella mansión podría haber acogido a cien personas sin problemas, pero esa mañana me pareció vacía y triste.

En la Gran Sala, Keops el babuino estaba sentado en el sofá con una pelota de baloncesto entre las piernas y un trozo de carne con pinta rara en las manos. La carne estaba cubierta de plumas rosadas. En la tele había un canal de deportes, y Keops miraba las mejores jugadas de los partidos de la noche anterior.

—¿Qué tal? —le dije, aunque me sentí un poco raro por estar hablándole—. ¿Los Lakers ganaron?

Keops me miró y dio unas palmadas contra la pelota como si quisiera jugar.

—Ajk, ajk.

Tenía una pluma de color rosa colgando de la barbilla, y verla me revolvió un poco el estómago.

—Hummm, sí —dije—. Después jugamos, ¿vale?

Vi que Sadie y Amos estaban fuera, en la terraza, tomando el desayuno al lado de la piscina. Tenía que hacer un frío de mil demonios, pero la hoguera ardía con intensidad en el foso de piedra y ninguno de los dos parecía helado. Eché a andar hacia ellos, pero me detuve delante de la estatua de Tot. El dios con cara de pájaro no daba tanto miedo a plena luz del día. Aun así, habría jurado que aquellos ojos brillantes me vigilaban.

¿Qué había dicho el tío en llamas la noche anterior? Algo de capturarnos antes de que controlásemos nuestros poderes. Parecía una ridiculez, pero por un momento noté que me invadía aquella fuerza, igual que cuando había abierto la puerta principal con un gesto la noche anterior. Me sentí capaz de levantar cualquier cosa, incluso aquella estatua de diez metros, con solo desearlo. Me acerqué a ella, en una especie de trance.

Tarta maulló con impaciencia y me dio cabezazos en un pie. La sensación se pasó.

—Tienes razón —dije a la gata—. Vaya tontería de idea.

Además, ya me llegaba el olor del desayuno —pan frito, beicon, chocolate caliente— y no me extrañó que Tarta se impacientara. La seguí hasta la terraza.

—Ah, Carter —saludó Amos—. Feliz Navidad, chico. Siéntate con nosotros.

—Ya era hora —dijo Sadie—. Llevo siglos levantada.

Pero me sostuvo la mirada un momento, como si estuviera pensando lo mismo que yo: «Navidad». No habíamos pasado unas Navidades juntos desde que murió mamá. Me pregunté si mi hermana recordaría los adornos «ojo de dios» que solíamos hacer enrollando hilo de colores alrededor de dos palitos de polo cruzados.

Amos se sirvió una taza de café. Llevaba ropa parecida a la del día anterior, y tuve que admitir que ese tío tenía estilo. Su traje, hecho a medida, era de lana azul; llevaba un sombrero de fedora a juego y el pelo recién trenzado con lapislázulis de color azul oscuro, piedras muy apreciadas en la joyería egipcia. Hasta las gafas hacían juego, con las lentes redondas tintadas de azul. En un soporte, cerca de la hoguera, había apoyado un saxo tenor, y no costaba nada imaginar a Amos tocando allí fuera, interpretando serenatas para el East River.

En cuanto a Sadie, llevaba un pijama de lino parecido al mío, pero de algún modo había logrado conservar sus botas militares. Seguramente habría dormido con ellas puestas. Tenía una pinta bastante graciosa con las mechas rojas y el conjunto de lino, pero, como yo debía de tener un aspecto parecido, se me hizo difícil reírme de ella.

—Esto… Amos… —dije—. No tendrías ningún pájaro aquí, ¿verdad? Es que Keops se está comiendo algo con plumas de color rosa.

—Vaya. —Amos dio un sorbo al café—. Lo siento si te ha impresionado. Keops es muy quisquilloso. Solo come cosas que acaben en o: doritos, burritos, flamencos.

Parpadeé.

—¿Acabas de decir…?

—Carter —me advirtió Sadie. Parecía un poco descompuesta, como si ya hubiera tenido aquella conversación—. No preguntes.

—Vale —dije—, no pregunto.

—Carter, sírvete lo que te apetezca, por favor. —Amos me indicó una mesa de bufet atestada de comida—. Luego empezaremos con las explicaciones.

En la mesa de bufet no había platos de flamenco, cosa que me pareció estupenda, pero sí prácticamente todo lo demás. Me serví unas tortitas con mantequilla y sirope, unas lonchas de beicon y un vaso de zumo de naranja.

Entonces detecté un movimiento por el rabillo del ojo. Justo por debajo de la superficie de la piscina se deslizaba una silueta pálida y alargada. Casi se me cayó el plato.

—¿Eso es…?

—Un cocodrilo —confirmó Amos—. Traen buena suerte. Es albino, pero no se lo menciones, por favor, que se pone muy susceptible.

—Se llama Filipo de Macedonia —aportó Sadie. A mí no me entraba en la cabeza que se lo estuviera tomando todo con tanta calma, pero supuse que, si ella no flipaba, yo tampoco debía hacerlo.

—Es un nombre bastante largo —dije.

—Es un cocodrilo bastante largo —replicó ella—. Ah, y le gusta el beicon.

Para demostrármelo, lanzó un trozo por encima del hombro. Filipo se dio impulso hasta la superficie y atrapó su manjar. Tenía la piel de un blanco inmaculado y los ojos de color rosa. Su boca era tan grande que podría haber pescado un cerdo entero.

—Con mis amigos se porta bien —me aseguró Amos—. En los viejos tiempos, ningún templo estaba completo hasta que tenía su lago lleno de cocodrilos. Son unos animales con una magia muy poderosa.

—Vale —dije—. Así que tenemos el babuino, el cocodrilo... ¿algún otro animal del que deba estar enterado?

Amos se quedó un momento pensando.

—¿Visibles? No, creo que ya están todos.

Me senté tan lejos de la piscina como pude. Tarta dio una vuelta alrededor de mis piernas y ronroneó. Confié en que la gata tuviese el sentido común de no acercarse a ningún cocodrilo mágico llamado Filipo.

—Muy bien, Amos —dije entre bocado y bocado de tortita—. Explicaciones.

—Sí —aceptó—. ¿Por dónde empiezo...?

—Nuestro padre —sugirió Sadie—. ¿Qué le ocurrió?

Amos respiró hondo.

—Julius estaba intentando convocar a un dios. Por desgracia, le salió bien.

Costaba un poco tomarse en serio a Amos hablando de convocar dioses mientras untaba mantequilla en un panecillo.

—¿Algún dios en particular? —pregunté con indiferencia—. ¿O le valía cualquiera que hubiera en el almacén?

Sadie me dio una patada por debajo de la mesa. Tenía el ceño fruncido, como si se tomase en serio lo que decía Amos.

Él dio un mordisco al panecillo.

—Hay muchos dioses egipcios, Carter. Pero vuestro padre andaba detrás de uno en particular.

Me lanzó una mirada significativa.

—Osiris —recordé—. Cuando mi padre estaba delante de la Piedra de Rosetta, dijo: «Osiris, ven». Pero Osiris es una leyenda, es inventado.

—Ojalá fuera así. —Amos tenía la mirada fija en los edificios de Manhattan, al otro lado del río, que brillaban bajo el sol matutino—. Los antiguos egipcios no eran idiotas, Carter. Construyeron las pirámides. Crearon el primer estado nación. Su civilización duró milenios.

—Ajá —dije yo—, y ahora ya no están.

Amos negó con la cabeza.

—Un legado de tal poder no desaparece así como así. Al lado de los egipcios, los griegos y los romanos estaban en pañales. ¿Nuestras naciones modernas, como Gran Bretaña y Estados Unidos? Visto y no visto. La raíz más antigua de la civilización en sí, o al menos de la civilización occidental, es Egipto. Mira la pirámide que sale en el billete de un dólar, por ejemplo. Mira el Monumento a Washington, el obelisco egipcio más grande del mundo. Egipto sigue vivo y coleando. Y, por desgracia, lo mismo puede decirse de sus dioses.

—Venga ya —me opuse—. O sea... aunque creyera que existe una cosa real llamada magia, creer en los dioses antiguos es algo muy distinto. Estás de broma, ¿no?

Pero, mientras lo decía, pensé en el tío en llamas del museo, en su cara cambiando entre el aspecto humano y el animal. También en la estatua de Tot, me había seguido con los ojos al andar.

—Carter —dijo Amos—, los egipcios no eran tan tarugos como para creer en dioses imaginarios. Los seres que describían en sus mitos son muy, muy reales. En los viejos tiempos, los sacerdotes de

Egipto invocaban a esos dioses para canalizar su poder y llevar a cabo grandes gestas. Eso fue el origen de lo que hoy en día llamamos magia. Al igual que muchas otras cosas, la magia la inventaron los egipcios. Cada templo tenía una división de magos llamada la Casa de la Vida. Sus magos eran famosos en el mundo entero.

—Y tú eres un mago egipcio.

Amos asintió.

—Igual que vuestro padre. Anoche lo pudisteis ver por vosotros mismos.

Vacilé. Era imposible negar que mi padre había hecho algunas cosas raras en el museo... cosas que parecían magia.

—Pero si es arqueólogo —insistí, tozudo.

—Esa es su tapadera. Recordarás que su especialidad es traducir hechizos antiguos, que son muy difíciles de entender a no ser que practiques la magia tú mismo. Nuestra familia, la familia Kane, ha formado parte de la Casa de la Vida casi desde sus orígenes. Y la familia de vuestra madre tiene prácticamente la misma antigüedad.

—¿Los Faust? —Intenté imaginar al abuelo y la abuela Faust haciendo magia, pero, a menos que ver rugby por la tele y quemar galletas en el horno se considerara mágico, no me cuadraban las cuentas.

—Llevaban muchas generaciones sin practicar la magia —admitió Amos—, hasta que llegó vuestra madre. Pero sí, son un linaje muy antiguo.

Sadie meneó la cabeza, sin poder creérselo.

—Así que mamá también era maga. ¿Estás de cachondeo?

—Nada de cachondeo —prometió Amos—. Vosotros dos... vosotros combináis la sangre de dos familias ancestrales, ambas con una larga y complicada historia en relación con los dioses. Sois los niños Kane más poderosos que han nacido en muchos siglos.

Intenté asumir aquello. En ese momento, no me sentía poderoso. Me sentía mareado.

—¿Me estás diciendo que nuestros padres adoraban en secreto a dioses con cabeza de animal? —indagué.

—No los adoraban —me corrigió Amos—. A finales de la era antigua, los egipcios ya habían aprendido que a los dioses no había que adorarlos. Son seres poderosos, fuerzas primigenias, pero no son divinos en el sentido que podríamos dar a Dios. Son entidades creadas, como los mortales, solo que mucho más poderosos. Podemos respetarlos, temerlos, utilizar su poder o incluso combatirlos para mantenerlos bajo control...

—¿Luchar contra los dioses? —interrumpió Sadie.

—Constantemente —dijo Amos—. Lo que no hacemos es adorarlos. Eso nos lo enseñó Tot.

Busqué el apoyo de Sadie con la mirada. El viejo tenía que haberse vuelto loco. Sin embargo, Sadie parecía creerse hasta la última palabra.

—Entonces... —dije—, ¿por qué rompió mi padre la Piedra de Rosetta?

—Bueno, seguro que no tenía intención de romperla —respondió Amos—. Solo pensar en hacerle una rascada ya le habría horrorizado. En realidad, supongo que a estas alturas mis hermanos londinenses ya habrán reparado el daño. Los conservadores comprobarán sus cámaras acorazadas en cualquier momento y descubrirán que la Piedra de Rosetta sobrevivió milagrosamente a la explosión.

—¡Pero si estalló en mil pedazos! —dije—. ¿Cómo van a repararla?

Amos cogió un cuenco y lo tiró contra el suelo de piedra. El cuenco se hizo añicos al instante.

—Eso ha sido «destruir» —dijo Amos—. Se podría haber hecho con magia (*ha-di*), pero es más fácil tirarlo y punto. Y ahora... —Amos extendió una mano—. Únete. *Hi-nehm*.

Por encima de su mano, en el aire brilló un jeroglífico azul.

Los fragmentos del cuenco volaron hacia la imagen y se recompusieron como un rompecabezas; hasta las minúsculas partículas de polvo quedaron fijas en su sitio. Amos dejó el cuenco perfecto sobre la mesa.

—No está mal el truco —logré decir.

Intenté que no se me alterara la voz, pero acababa de empezar a replantearme todas las cosas extrañas que le habían sucedido a mi padre a lo largo de los años, como lo de aquellos pistoleros en el hotel de El Cairo que terminaron colgados de una lámpara por los pies. ¿Era posible que mi padre lo hubiera logrado usando algún tipo de hechizo?

Amos llenó el cuenco de leche y lo dejó en el suelo. Tarta se aproximó sin hacer ruido.

—En todo caso, vuestro padre nunca dañaría una reliquia a propósito. Es simplemente que no se dio cuenta de la cantidad de poder que contenía la Piedra de Rosetta. Resulta que, a medida que Egipto decaía, su magia se fue acumulando y concentrando en las reliquias que sobrevivieron. La mayoría de ellas sigue en Egipto, por supuesto. Pero casi todos los museos importantes del mundo tienen alguna pieza en su colección. Y estas pueden servir como puntos focales para que un mago lleve a cabo los hechizos más potentes.

—No lo pillo —dije.

Amos separó las manos.

—Lo siento, Carter. Hay que pasar años estudiando para comprender la magia, y yo intento explicárosla en una mañana. Lo importante es que, durante estos últimos seis años, vuestro padre ha estado buscando la forma de convocar a Osiris, y anoche pensó que había encontrado la pieza idónea para lograrlo.

—Un momento, ¿para qué quería a Osiris?

Sadie me miró con preocupación.

—Carter, Osiris era el señor de los muertos. Papá hablaba de arreglar las cosas. Se refería a mamá.

De pronto, la mañana me pareció más fría. La hoguera chasqueaba por el viento que venía del río.

—¿Quería traer a mamá de entre los muertos? —dije yo—. ¡Eso es una locura!

Amos vaciló.

—Habría sido peligroso. Desaconsejable. Insensato. Pero no una locura. Vuestro padre es un mago poderoso. Si de verdad intentaba hacer eso, podría haberlo logrado utilizando el poder de Osiris.

Me quedé mirando fijamente a Sadie.

—¿Tú te estás creyendo todo esto?

—Carter, tú también viste la magia en el museo. El coleguita de las llamas. Papá hizo salir algo de la piedra.

—Vale —dije, recordando el sueño que había tenido—. Pero ese no era Osiris, ¿verdad?

—No —contestó Amos—. Vuestro padre se llevó más de lo que pretendía. Sí que liberó el espíritu de Osiris. Es más, creo que logró unirse al dios con éxito…

—¿Unirse al dios?

Amos levantó una mano.

—Eso merece otra conversación larga. De momento, dejémoslo en que absorbió el poder de Osiris. Pero no tuvo ocasión de usarlo porque, por lo que me ha contado Sadie, parece que Julius no liberó de la Piedra de Rosetta a uno, sino a cinco dioses. A cinco dioses que estaban atrapados juntos.

Giré la cabeza hacia Sadie.

—¿Se lo has contado todo?

—Nos va a ayudar, Carter.

Yo no estaba completamente preparado para confiar en aquel tipo, aunque fuese nuestro tío, pero decidí que ya no me quedaba mucho donde elegir.

—Vale, bien —dije—. El tío en llamas dijo algo en plan «has liberado a los cinco». ¿A qué se refería?

Amos dio un sorbo de café. Su mirada perdida me recordó a mi padre.

—No quiero asustaros.

—Demasiado tarde.

—Los dioses de Egipto son muy peligrosos. Durante los últimos dos milenos aproximadamente, los magos hemos pasado mucho tiempo atándolos y desterrándolos de allí donde aparecen. En realidad, nuestra ley más importante, promovida por el lector jefe Iskandar en tiempos del Imperio romano, prohíbe que liberemos a los dioses o utilicemos su poder. Vuestro padre ya había quebrantado esa ley en una ocasión.

Sadie palideció.

—¿Esto tiene algo que ver con la muerte de mamá? ¿Con la Aguja de Cleopatra en Londres?

—Absolutamente todo tiene que ver con eso, Sadie. Vuestros padres... bueno, ellos pensaban que estaban haciendo algo bueno. Asumieron un riesgo terrible, y eso le costó la vida a vuestra madre. Julius cargó con las culpas. Supongo que podría decirse que fue exiliado. Desterrado. Se vio forzado a viajar sin descanso, porque la Casa controlaba sus actividades. Temían que fuera a continuar su... investigación. Como de hecho estaba haciendo.

Recordé todas las veces que mi padre miraba por encima del hombro mientras copiaba alguna inscripción antigua, o cuando me despertaba a las tres o las cuatro de la madrugada e insistía en cambiar de hotel, o me advertía de que no debía mirar en su bolsa de trabajo ni copiar ciertas imágenes de las paredes de templos antiguos... como si nuestras vidas dependieran de ello.

—¿Por eso no te veíamos nunca? —preguntó Sadie a Amos—. ¿Es porque papá estaba desterrado?

—La Casa me prohibió tener contacto con él. Yo quería a Julius y me dolió apartarme de mi hermano y de vosotros. Pero no podía ir a veros... hasta anoche, cuando sencillamente no tuve más opción que intentar ayudar. Julius llevaba años obsesionado con encontrar a Osiris. Estaba destrozado por lo de vuestra madre. Cuando supe que Julius estaba a punto de violar la ley de nuevo para intentar arreglar las cosas, tuve que detenerlo. Un segundo delito se habría castigado con la pena de muerte. Por desgracia, fracasé. Debería haber sabido que vuestro padre era demasiado tozudo.

Bajé la vista hasta mi plato. Se me había enfriado la comida. Tarta saltó a la mesa y se frotó contra mi mano. Al ver que no le ponía pegas, empezó a zamparse el beicon.

—Anoche, en el museo —dije—, la chica del cuchillo y el hombre de la barba bifurcada… ¿también eran magos? ¿De la Casa de la Vida?

—Sí —dijo Amos—. Estaban pendientes de vuestro padre. Tenéis suerte de que os dejaran marchar.

—La chica quería matarnos —recordé—, pero el tío de la barba dijo que todavía no.

—Nunca matan a menos que sea absolutamente necesario —dijo Amos—. Esperarán para ver si sois una amenaza.

—¿Por qué íbamos a ser una amenaza? —se sorprendió Sadie—. ¡Si somos niños! Lo de convocar cosas no fue idea nuestra.

Amos apartó su plato.

—Hay un motivo por el que vosotros dos habéis crecido separados.

—Porque los Faust llevaron a mi padre a los tribunales —dije llanamente— y papá perdió.

—Hubo mucho más que eso —dijo Amos—. La Casa insistió en que vosotros dos no podíais estar juntos. Vuestro padre quería que os quedarais los dos con él, aunque sabía lo peligroso que habría sido.

Sadie puso la misma cara que si le hubieran dado un puñetazo en toda la nariz.

—¿Eso quería?

—Pues claro. Pero la Casa intervino y se aseguró de que tú quedaras bajo la custodia de tus abuelos, Sadie. Si tú y Carter os criabais juntos, podíais volveros muy poderosos. Quizá en estas últimas horas hayáis notado algunos cambios.

Pensé en las oleadas de fuerza que había sentido, y en que de pronto Sadie parecía comprender el egipcio antiguo. Entonces recordé otra cosa más antigua.

—El día que cumpliste seis años —dije a Sadie.

—La tarta —dijo ella de inmediato, mientras el recuerdo cruzaba el aire entre nosotros como una chispa eléctrica.

En su sexto cumpleaños hubo una fiesta, la última que vivimos todos juntos como una familia, y Sadie y yo tuvimos una pelea de las gordas. No me acuerdo por qué fue. Puede que yo intentara soplar las velas en su lugar, o algo. Empezamos a gritarnos. Ella me agarró de la camisa y yo la empujé. Recuerdo que mi padre se acercó a toda prisa, intentando ponerse en medio, pero antes de que pudiera separarnos explotó la tarta de cumpleaños. El azúcar en polvo salpicó las paredes, a nuestros padres y las caras de los otros invitados de seis años, los amiguitos de Sadie. Mis padres nos separaron. A mí me enviaron a mi cuarto. Luego dijeron que seguramente habríamos dado un golpe a la tarta sin querer, mientras peleábamos, pero yo sabía que no era eso. La había hecho estallar algo mucho más extraño, algo que parecía haber respondido a nuestra furia. Recuerdo a Sadie llorando con un trozo de tarta en la frente, una vela que se pegó al techo cabeza abajo y con la mecha todavía encendida, y recuerdo a un visitante adulto, amigo de mis padres, con las gafas manchadas de glaseado.

Me volví hacia Amos.

—Eras tú. Estuviste en la fiesta de Sadie.

—Glaseado de vainilla —recordó él—, muy sabroso. Por aquel entonces ya estaba claro que vosotros dos seríais muy difíciles de criar en un mismo hogar.

—Entonces… —me tembló la voz—, ¿ahora qué pasará con nosotros?

No quería admitirlo, pero no soportaba la idea de que volvieran a separarme de Sadie. Ella no era gran cosa, pero no tenía a nadie más.

—Se os debe entrenar como es debido —dijo Amos—, lo apruebe la Casa o no.

—¿Por qué no iba a aprobarlo? —pregunté.

—Os lo explicaré todo, no os preocupéis. Pero debemos empezar ya con las lecciones si queremos tener alguna posibilidad de encontrar a vuestro padre y arreglar las cosas. De otro modo, el mundo entero estará en peligro. Si tan solo supiéramos dónde…

—Phoenix —solté de repente.

Amos me miró, boquiabierto.

—¿Qué?

—Anoche tuve… bueno, no fue exactamente un sueño…

Me hizo sentir como un tonto, pero le conté lo que había sucedido mientras estaba dormido. A juzgar por la expresión de Amos, la noticia era incluso peor de lo que yo había pensado.

—¿Estás muy seguro de que dijo «regalo de cumpleaños»?

—Ajá, pero ¿qué significa?

—Y un anfitrión permanente —dijo Amos—. ¿Aún no lo tenía?

—Bueno, eso dijo el tío con pies de gallo...

—Era un demonio —explicó Amos—. Un peón del caos. Si los demonios están entrando en el mundo mortal, no tenemos mucho tiempo. Esto es muy, muy malo.

—Para quien viva en Phoenix —dije yo.

—Carter, nuestro enemigo no va a detenerse en Phoenix. Si ha reunido esa cantidad de poder tan deprisa... ¿Qué dijo exactamente de la tormenta?

—Dijo: «Invocaré la mayor tormenta que se haya visto jamás». Amos puso mala cara.

—La última vez que dijo algo parecido, creó el Sahara. Una tormenta así de grande podría destruir Norteamérica y generar suficiente energía caótica para conferirle una forma casi invencible.

—¿De qué estás hablando? ¿Quién es ese tío? Amos rechazó la pregunta con un gesto.

—Ahora mismo lo importante es que me digas por qué no dormiste con el reposacabezas. Me encogí de hombros.

—Era muy incómodo. —Busqué apoyo en Sadie—. Tú tampoco lo usaste, ¿a que no?

Sadie puso los ojos en blanco.

—Pues claro que lo usé. Claramente estaba allí por algún motivo. A veces odio a mi hermana. [¡Au! ¡Eso era mi pierna!]

—Carter —dijo Amos—, el sueño es peligroso. Es un umbral hacia la Duat.

—Maravilloso —rezongó Sadie—. Otra palabra rara.

—Ah... sí, lo siento —dijo Amos—. La Duat es el mundo de los espíritus y la magia. Existe por debajo del mundo de la vigilia, como un océano inmenso, con sus muchas capas y regiones. Anoche nos sumergimos justo por debajo de su superficie para llegar a Nueva York, porque viajar por la Duat es mucho más rápido. Carter, mientras estabas dormido, tu conciencia también navegó sus corrientes menos profundas, y por eso pudiste ver lo que ocurría en Phoenix. Es una suerte que hayas sobrevivido a la experiencia. Pero, cuanto más te sumerges en la Duat, más cosas horribles encuentras y más difícil se hace el retorno. Hay reinos enteros llenos de demonios, y palacios donde los dioses existen en sus formas puras, tan poderosos que su mera presencia reduciría a cualquier mortal a cenizas. Hay cárceles que retienen a seres de una maldad inenarrable, y simas tan profundas y caóticas que ni siquiera los dioses se atreven a explorarlas. Ahora que vuestros poderes están despertando, nunca debéis dormir sin protección, porque entonces quedáis indefensos a los ataques procedentes de la Duat... o a los viajes involuntarios por ella. El reposacabezas tiene un encantamiento que sirve para mantener vuestra conciencia anclada a vuestro cuerpo.

—Me estás diciendo que de verdad estuve... —La boca me sabía a metal—. ¿Podría haberme matado?

Amos tenía el semblante muy serio.

—El hecho de que tu alma pueda viajar significa que estás progresando más rápido de lo que creía. Más rápido de lo que debería ser posible. Si el Señor Rojo te hubiese descubierto...

—¿El Señor Rojo? —intervino Sadie—. ¿Ese es el coleguita de las llamas?

Amos se puso de pie.

—Debo averiguar más. No podemos quedarnos aquí esperando a que os encuentre. Si libera la tormenta el día de su cumpleaños, en el cenit de sus poderes...

—¿Eso significa que vas a ir a Phoenix? —Apenas pude pronunciar las palabras—. ¡Amos, ese hombre en llamas derrotó a mi padre como si su magia fuera de broma! Ahora tiene demonios y está ganando fuerza, y... ¡te matará!

Amos me dedicó una sonrisa taciturna, como si ya hubiera sopesado los riesgos y no necesitase ningún recordatorio. Su expresión me recordó tanto a mi padre que me dolió.

—No des por muerto a tu tío tan deprisa, Carter. Yo también tengo algo de magia. Además, debo ver por mí mismo lo que sucede, si queremos tener la menor oportunidad de salvar a vuestro padre y detener al Señor Rojo. Iré rápido y con cuidado. Vosotros quedaos aquí. Tarta cuidará de vosotros.

Parpadeé.

—¿La gata cuidará de nosotros? ¡No puedes dejarnos aquí y ya está! ¿Qué pasa con nuestro entrenamiento?

—Cuando vuelva —prometió Amos—. No os preocupéis, la mansión esta protegida. Eso sí, no salgáis. Que nadie os engañe para que le abráis la puerta. Y, ocurra lo que ocurra, no entréis en la biblioteca bajo ningún concepto. Os lo prohíbo tajantemente. Volveré antes del anochecer.

Antes de que pudiéramos discutir, Amos caminó con tranquilidad hasta el borde de la terraza y saltó.

—¡No! —chilló Sadie.

Corrimos hacia la barandilla y miramos hacia abajo. Había una caída de treinta metros hasta el East River, pero ni rastro de Amos. Sencillamente, se había esfumado.

Filipo de Macedonia chapoteó en su estanque. Tarta se subió a la barandilla e insistió en que la acariciásemos.

Estábamos solos en una mansión con un babuino, un cocodrilo y una gata rara. Y, al parecer, el mundo entero corría peligro.

Miré a Sadie.

—¿Y ahora qué hacemos?

Ella se cruzó de brazos.

—Bueno, está bastante claro, ¿no? Ahora exploramos la biblioteca.

S

A

D

I

E

7. Se me cae de cabeza un hombrecillo

E n serio, a veces Carter es tan burro que no me puedo creer que sea pariente mío.

O sea, cuando alguien dice «os prohíbo hacer tal cosa», está claro que es algo que vale la pena. Enfilé directa hacia la biblioteca.

—¡Espera! —gritó Carter—. No puedes...

—Querido hermano —dije yo—, ¿se te ha vuelto a salir el alma del cuerpo mientras Amos hablaba, o has escuchado algo de lo que decía? Dioses egipcios: reales. Señor Rojo: malo. Cumpleaños del Señor Rojo: muy pronto, muy malo. Casa de la Vida: magos viejos y quisquillosos que odian a nuestra familia porque papá era un poco rebelde, cosa de la que por cierto deberías aprender. Eso nos deja a nosotros (solo a nosotros, ya que papá no está), con un dios maligno que va a destruir el mundo y, por último, con nuestro tío, que acaba de saltar por el borde del edificio... y la verdad es que no me extraña. —Respiré [sí, Carter, a veces tengo que respirar]—. ¿Me dejo algo? Ah, sí, también tengo un hermano que por lo visto es bastante poderoso porque proviene de una estirpe antigua y bla bla bla, etcétera, pero que tiene miedo de visitar una biblioteca. En fin, ¿vienes o no?

Carter parpadeó como si le hubiera dado una bofetada, lo que supongo que en cierto modo acababa de hacer.

—Es que... —balbuceó— creo que deberíamos andarnos con cuidado.

Comprendí que el pobre estaba muy asustado y supongo que no se le podía reprochar, pero lo cierto es que me sorprendió. Al fin y al cabo, Carter era el hermano mayor... el mayor, el más experimentado, el que había visto mundo con papá. Se supone que los hermanos mayores son los que tienen que controlar la fuerza de sus golpes. Las hermanitas pequeñas... bueno, deberíamos poder pegar tan fuerte como nos diese la gana, ¿no? Aun así, me di cuenta de que tal vez, solamente tal vez, me había pasado un poco con él.

—Escucha —le dije—, queremos ayudar a papá, ¿a que sí? En esa biblioteca tiene que haber cosas poderosas, o Amos no la tendría cerrada con llave. Tú quieres rescatar a papá, ¿verdad?

Carter se removió, inquieto.

—Sí... claro.

Perfecto, problema resuelto, así que fuimos hacia la biblioteca. Pero, en cuanto Keops vio lo que pretendíamos, bajó del sofá con la pelota de baloncesto en la mano y, de un salto, se plantó delante de las puertas. ¿Quién habría pensado que los babuinos fuesen tan rápidos? Dio un grito, y debo admitir que los babuinos tienen unos colmillos enormes. Además, su aspecto no mejora nada si han estado masticando pájaros exóticos de color rosa.

Carter intentó razonar con él.

—Keops, no vamos a robar nada. Solo queremos...

—¡Ajk! —Keops babeó su pelota de baloncesto, enfadado.

—Carter —dije yo—, no sirve de nada. Mira esto, Keops. ¿Qué tengo? ¡Tachán! —Sostuve en alto una caja amarilla de cereales que había cogido de la mesa de la terraza—. ¡Cheerios! ¡Terminado en o! ¡Ñam, ñam, qué bueno!

—¡Ajjjk! —gruñó Keops, ya más emocionado que colérico.

—¿Lo quieres? —tenté al babuino—. Pues llévatelo al sofá y finge que no nos ves, ¿vale?

Arrojé los cereales hacia el sofá y el babuino se lanzó tras ellos. Agarró la caja en el aire, y estaba tan emocionado que subió por la pared y se sentó sobre la repisa de la chimenea, donde empezó a elegir Cheerios cuidadosamente y a comérselos uno a uno.

Carter me miró con admiración, muy a su pesar.

—¿Cómo es que…?

—Algunas nos adelantamos a los acontecimientos. Venga, vamos a abrir esas puertas.

Era más fácil decirlo que hacerlo. Las puertas eran de madera gruesa y estaban entrelazadas con unas cadenas enormes de acero, fijas con candados. Una exageración.

Carter dio un paso adelante. Intentó levantar las puertas alzando la mano, gesto que le había quedado bastante impresionante la noche anterior pero que en ese momento no sirvió de nada.

Agitó las cadenas a la antigua usanza y luego tiró de los candados.

—No se abren —dijo.

Noté que unas agujas heladas me hacían cosquillas en la nuca. Fue casi como si alguien —o algo— me estuviera susurrando una idea dentro de la cabeza.

—¿Cuál era esa palabra que ha dicho Amos en el desayuno, cuando lo del cuenco?

—¿Para «unir»? —dijo Carter—. *Hi-nehm* o algo parecido.

—No, la otra, la de «destruir».

—Hummm… *ha-di*. Pero habría que saber algo de magia y de jeroglíficos, ¿no? Y aun así…

Levanté la mano hacia la puerta. La señalé con dos dedos y el pulgar, en un gesto extraño que no había hecho nunca, formando una pistola con la mano pero con el pulgar en horizontal.

—*Ha-di!*

Unos jeroglíficos ardieron brillantes y dorados contra el candado más grande.

Y las puertas explotaron. Carter se tiró al suelo a la vez que las cadenas estallaban y las astillas volaban por toda la Gran Sala. Cuando se asentó la polvareda, Carter se levantó cubierto de trocitos de madera. Por lo visto, yo estaba bien. Tarta dio unas vueltas alrededor de mis pies, maullando satisfecha, como si todo aquello fuese de lo más normal.

Carter me miró fijamente.

—¿Exactamente cómo…?

—No sé —admití—. Pero la biblioteca está abierta.

—¿No te habrás pasado un poco? Nos va a caer una buena…

—Ya pensaremos luego la forma de arreglarla con otro rayo de estos, ¿no?

—Más rayos no, por favor —dijo Carter—. Esa explosión podría habernos matado.

—¡Anda! ¿Tú crees que si probásemos el hechizo con una persona…?

—¡No! —Dio un paso atrás, muy nervioso.

Me divirtió comprobar lo mucho que podía mortificar a mi hermano, pero intenté no sonreír.

—Exploremos la biblioteca y ya está, ¿vale?

La verdad es que no habría sido capaz de ha-di-ar a nadie. En cuanto di el primer paso, me sentí tan débil que casi me derrumbé.

Carter me agarró al ver que tropezaba.

—¿Estás bien?

—Bien —logré decir, aunque no era cierto—. Estoy cansada. —Mi estómago rugió—. Y me muero de hambre.

—Pero si acabas de zamparte un desayuno increíble.

Era verdad, pero tenía la sensación de llevar semanas enteras sin comer.

—Da igual —le dije—. Me las apañaré.

Carter me observó con escepticismo.

—Esos jeroglíficos que has creado eran dorados. A papá y a Amos les salían de color azul. ¿Por qué?

—A lo mejor es que cada persona tiene su propio color —aventuré—. Igual a ti te salen de color fucsia.

—Qué graciosa.

—Venga, mago fucsia —dije yo—. Tira para adentro.

La biblioteca era tan asombrosa que casi me hizo olvidar el mareo. Era más grande de lo que había pensado, una inmensa cámara redonda excavada en roca sólida, como un pozo gigante. Lo cual no tenía el menor sentido, ya que la mansión reposaba sobre un almacén, pero, claro, en aquel lugar no había nada que fuese exactamente normal.

Desde la plataforma que había tras las puertas bajaba una escalera hasta el suelo del fondo, tres pisos más abajo. Todas las paredes, el suelo y la cúpula que teníamos encima estaban decorados con imágenes multicolores de gente, dioses y monstruos. Había visto algunas ilustraciones parecidas en los libros de papá —sí, vale, a veces iba a la sección egipcia cuando estaba en la librería de Picadilly y echaba un ojo a los libros de papá, solo para sentir alguna conexión con él, no porque quisiera leerlos—, pero las imágenes de los libros siempre estaban deslucidas y borrosas. Las de la biblioteca parecían recién pintadas, y convertían la sala entera en una obra de arte.

—Es bonita —dije.

En el techo había un cielo azul brillante lleno de estrellas, pero al fijarme descubrí que no era un tono continuo: sus distintas profundidades seguían un diseño ondulante. Me di cuenta de que tenía forma de mujer. Estaba tumbada, acurrucada sobre un costado con el torso, brazos y piernas en azul más oscuro, sembrados de estrellas. Debajo de ella, el suelo de la biblioteca estaba decorado de modo parecido, con la tierra verde y marrón adoptando la forma de un cuerpo masculino, salpicado de bosques, colinas y ciudades. Por su pecho serpenteaba un río.

En la biblioteca no había libros. Ni siquiera tenía estanterías. Las paredes estaban cubiertas de celdillas redondas que contenían una especie de cilindros de plástico.

Había cuatro estatuas sobre pedestales, situadas en cada uno de los puntos cardinales. Eran seres humanos representados a media escala, vestidos con faldillas y sandalias, con el pelo moreno peinado en forma de cuña y pintura negra perfilándoles los ojos.

[Carter dice que lo del lápiz de ojos se llama kohl, como si tuviese alguna importancia.]

En todo caso, una estatua llevaba un estilete y un papiro en las manos. Otra sostenía una caja. La tercera llevaba un cayado corto y acabado en curva, y la última tenía las manos vacías.

—Sadie. —Carter señaló el centro de la sala. Sobre una larga mesa de piedra reposaba la bolsa de trabajo de papá.

Carter empezó a bajar la escalera, pero le agarré el brazo.

—Espera. ¿Y las trampas?

Él arrugó la frente.

—¿Qué trampas?

—¿Las tumbas egipcias no tenían trampas?

—Bueno… a veces sí. Pero esto no es una tumba. Además, lo más normal es que tuvieran maldiciones, como la maldición de las llamas, la maldición del asno…

—Maravilloso. Suena muchísimo mejor.

Bajó los escalones al trote, lo cual me hizo sentir bastante ridícula porque normalmente soy yo la más lanzada. En fin, supongo que, si alguien tiene que sufrir un sarpullido ardiente o el ataque de un asno, mejor Carter que yo.

Llegamos al centro de la sala sin que ocurriera nada emocionante. Carter abrió la bolsa. Ninguna trampa ni maldición tampoco. Sacó la caja rara que papá había usado en el Museo Británico.

Estaba hecha de madera, y tenía más o menos el tamaño apropiado para meter una barra de pan. La tapa tenía adornos parecidos a los de la biblioteca: dioses, monstruos y gente que caminaba de lado.

—¿Cómo podían andar así los egipcios? —me pregunté—. Siempre de lado, con los brazos y las piernas extendidos. Me parece una chorrada.

Carter me dedicó una de sus miradas en plan «dios mío, qué tonta eres».

—En la vida real no caminaban así, Sadie.

—Vale, pues entonces, ¿por qué los pintan siempre en esa postura?

—Ellos pensaban que los dibujos eran como la magia. Si te dibujabas a ti mismo, tenías que enseñar todos los brazos y piernas. Si no, al llegar a la ultratumba podías renacer con algunos trozos de menos.

—¿Y por qué tienen siempre la cara de perfil? Nunca te miran directamente. ¿Eso no les haría perder la otra media cara?

Carter dudó.

—Creo que les daba miedo que el dibujo saliera demasiado humano si te miraban directamente. A lo mejor las imágenes intentaban «convertirse» en ti.

—Vale, ¿hay algo que no les diese miedo?

—Las hermanas pequeñas —dijo Carter—. Si eran demasiado parlanchinas, los egipcios las echaban a los cocodrilos.

Me quedé parada durante un segundo. No estaba acostumbrada a que mi hermano mostrase ningún sentido del humor. Luego le di un puñetazo.

—Tú abre la puñetera caja.

Lo primero que sacó de ella fue un pedazo de porquería blanca.

—Cera —dictaminó Carter.

—Fascinante. —Yo saqué un estilete de madera y una paleta que tenía pequeños surcos en la superficie para que corriese la tinta, y luego unos tarros de cristal llenos de la propia tinta, de color negro, rojo y dorado—. Mira, un juego de pintura prehistórico.

Carter sacó varios cordeles marrones, una pequeña figura de ébano que representaba un gato y un grueso rollo de papel. No, no era papel. Papiro. Recordé que, según me había explicado una vez papá, los egipcios lo hacían a partir de una planta de río porque nunca habían llegado a inventar el papel. El material era tan grueso y áspero que me pregunté si los pobres egipcios también habían tenido que usar papiro de váter. En ese caso, no me extrañaba que caminasen de lado.

Por fin saqué una figurilla de cera.

—Puaj —dije.

Era un hombre diminuto modelado toscamente, como con prisas. Tenía los brazos cruzados sobre el pecho, la boca abierta y las piernas cortadas a la altura de las rodillas. Tenía un mechón de pelo humano a modo de cinturón.

Tarta subió a la mesa de un salto y olisqueó al hombrecillo. Parecía considerarlo bastante interesante.

—Aquí no hay nada —dijo Carter.

—¿Qué más quieres? —pregunté—. Tenemos cera, un poco de papiro de váter, una estatua fea...

—Cualquier cosa que explique lo que le pasó a papá. ¿Cómo podemos rescatarlo? ¿Quién era ese hombre en llamas al que convocó?

Sostuve en alto al hombrecillo de cera.

—Ya lo has oído, trol pequeñito con verrugas. Cuéntanos lo que sepas.

Estaba haciendo el tonto, nada más. Pero el hombre de cera se volvió blando y cálido como la carne. Dijo:

—Respondo a la llamada.

Di un alarido y lo solté. El hombre dio contra la mesa con su minúscula cabeza. Bueno, ¿quién no lo habría dejado caer?

—¡Au! —se lamentó.

Tarta se acercó para olisquearlo de nuevo y el hombrecillo empezó a lanzar maldiciones en otro idioma, posiblemente egipcio antiguo.

Al ver que aquello no servía de nada, chilló en inglés:

—¡Déjame, que no soy un ratón!

Cogí a Tarta y la bajé al suelo.

La cara de Carter se había puesto tan blanda y cerúlea como la del hombrecillo.

—¿Qué eres? —preguntó.

—¡Soy un *shabti*, por supuesto! —La figurilla se frotó la cabeza abollada. Seguía pareciendo un pegote, pero ahora era un pegote viviente—. El amo me llama Plastilino, aunque a mí me parece un nombre insultante. ¡Vosotros podéis llamarme Fuerza-Suprema-Que-Aplasta-A-Sus-Enemigos!

—Muy bien, Plastilino —dije yo.

Me miró con furia, creo, aunque era difícil saberlo con su cara hecha papilla.

91

—¡No deberías haberme activado! Eso solo lo hace el amo.

—Con «el amo» te refieres a papá —supuse—. Esto… ¿Julius Kane?

—Ese es —refunfuñó Plastilino—. ¿Ya hemos terminado? ¿He completado mi servicio?

Carter me miró dubitativo, pero yo creí que empezaba a entenderlo.

—A ver, Plastilino —dije al pegote—. Te has activado cuando yo te he cogido y te he dado una orden directa: «Cuéntanos lo que sepas». ¿Es correcto?

Plastilino cruzó sus brazos regordetes.

—Vaya, ahora te dedicas a tomarme el pelo. ¡Pues claro que es correcto! Por cierto, se supone que solo el amo es capaz de activarme. No sé cómo lo habrás hecho, pero te va a hacer puré cuando se entere.

Carter carraspeó.

—Plastilino, el amo es nuestro padre y ha desaparecido. Lo han expulsado mágicamente, de algún modo, y necesitamos tu ayuda…

—¿El amo no está? —Plastilino puso una sonrisa tan amplia que pensé que se le iba a partir su cara de cera—. ¡Por fin libre! ¡Hasta la vista, mamones!

Se lanzó hacia el borde de la mesa, pero olvidó que no tenía pies. Cayó todo lo largo que era, y entonces empezó a reptar impulsándose con las manos.

—¡Libre! ¡Libre!

Cayó de la mesa e hizo un ruido sordo al dar contra el suelo, pero no pareció desanimarse por el porrazo.

—¡Libre! ¡Libre!

Recorrió un par de centímetros más antes de que yo lo recogiera y lo metiera otra vez en la caja mágica de papá. Plastilino intentó salir, pero la caja tenía la altura suficiente para que no alcanzase el borde.

—¡Atrapado! —gimió—. ¡Atrapado!

—Venga, cierra el pico —le dije—. Ahora la ama soy yo. Y tú vas a responder mis preguntas.

Carter levantó su ceja.

—¿Cómo es que estás tú al mando?

—Porque he sido lo bastante lista para activarlo.

—¡Pero si estabas haciendo el idiota!

No hice ningún caso a mi hermano, lo cual es uno de mis numerosos talentos.

—Vale, Plastilino, lo primero de todo: ¿qué es un *shabti*?

—Si te lo digo, ¿me dejarás salir de la caja?

—Estás obligado a decírmelo —señalé—. Y no, no te dejaré.

Suspiró.

—*Shabti* significa «respondedor», como podría decirte hasta el esclavo más tonto de todos.

Carter chasqueó los dedos.

—¡Ya me acuerdo! Los egipcios hacían modelos de cera o de arcilla; eran como criados que se encargaban de hacer cualquier tarea que se te pueda ocurrir en la ultratumba. Se suponía que cobraban vida cuando los llamaba su amo, de modo que el fallecido podía… bueno, reposar y relajarse mientras el *shabti* trabajaba durante toda la eternidad.

—Lo primero —dijo Plastilino con tono cortante—, es muy típico de los humanos dedicarse a hacer el vago mientras nosotros nos encargamos de todo el trabajo. Lo segundo, las tareas de ultratumba son solo una de las diversas funciones que tenemos los *shabtis*. Los magos también nos usan para hacer muchísimas cosas en esta vida, ya que serían unos incompetentes absolutos si no fuera por nosotros. Y lo tercero, si sabéis tantas cosas, ¿cómo es que me lo estáis preguntando a mí?

—¿Cómo es que mi padre te cortó las piernas y te dejó la boca? —repliqué.

—Yo… —Plastilino se llevó las manitas a la boca—. Ja, muy graciosa. Claro, claro, amenaza a la estatua de cera. ¡Menuda matona estás hecha! Me cortó las piernas para que no pudiera escapar, ni cobrar vida en mi forma perfecta e intentar matarle, naturalmente. Los magos son muy mala gente. Mutilan a las estatuas para poder controlarlas. ¡Nos tienen miedo!

93

—¿Habrías cobrado vida para intentar matarle, si te hubiera hecho perfecto?

—Probablemente —admitió Plastilino—. ¿Hemos terminado ya?

—Ni de lejos —dije yo—. ¿Qué le ha pasado a nuestro padre? Plastilino se encogió de hombros.

—¿Cómo lo voy a saber yo? Pero veo que su varita y su báculo no están en la caja.

—No —dijo Carter—. El báculo... la cosa que se transformaba en serpiente acabó quemada. Y la varita... ¿te refieres a esa especie de bumerán?

—¿Especie de bumerán? —replicó Plastilino—. ¡Dioses del Eterno Egipto, qué cazurro eres! Pues claro que es su varita.

—Se hizo astillas —dije.

—Cuéntame cómo —exigió Plastilino.

Carter le explicó la historia. Yo no estaba convencida de que fuese muy buena idea, pero supuse que una figurilla de diez centímetros no podría hacernos un daño exagerado.

—¡Eso es estupendo! —gritó Plastilino.

—¿Por qué? —pregunté—. ¿Mi padre sigue vivo?

—¡No! —dijo Plastilino—. Está muerto casi con toda certeza. ¿Los dioses de los días demoníacos han sido liberados? ¡Maravilloso! Y cualquiera que rete al Señor Rojo...

—Espera —dije—. Te ordeno que me digas lo que pasó.

—¡Ja! —dijo Plastilino—. Solo estoy obligado a contarte lo que sé. Hacer suposiciones fundadas es una tarea absolutamente distinta. ¡Declaro cumplido mi servicio!

Y, dicho eso, se volvió a convertir en cera inanimada.

—¡Espera! —Volví a cogerlo y lo zarandeé—. ¡Dime tus suposiciones!

No ocurrió nada.

—A lo mejor tiene temporizador —dijo Carter—, en plan «solo funciono una vez al día». O igual lo has roto.

—¡Carter, necesito sugerencias constructivas! ¿Ahora qué hacemos?

Él miró a las cuatro estatuas de cerámica que había en los pedestales.

—Quizá…

—¿Más *shabtis*?

—Probemos a ver.

Si las estatuas eran «respondedores», no se les daba demasiado bien. Intentamos sostenerlas en brazos mientras les dábamos órdenes, aunque pesaban bastante. Intentamos señalarlas y gritar. Intentamos preguntarles cosas con educación. No nos dieron ninguna respuesta.

Estaba tan frustrada que me entraron ganas de *ha-di*-arlas en mil pedazos a las cuatro, pero seguía tan cansada y famélica que intuí que lanzar el hechizo no sería nada bueno para mi salud.

Al final decidimos comprobar las celdillas que había por todas las paredes. Los cilindros de plástico eran parecidos a los que se ven en los supermercados, esos que los cajeros envían hacia arriba mediante tubos neumáticos. Cada cilindro de la biblioteca contenía un rollo de papiro. Algunos se veían muy nuevos, mientras que otros parecían tener miles de años. Todos los botes estaban etiquetados con jeroglíficos y, por suerte, también en inglés.

—El *Libro de la vaca celestial* —leyó Carter en uno de ellos—. ¿Cuál tienes tú, *El tejón celestial*?

—No —dije—. El *Libro de dar muerte a Apofis*.

Tarta maulló desde un rincón. Cuando miré hacia allí, tenía la cola erizada.

—¿Qué le pasa? —pregunté.

—Apofis era un monstruo gigante con forma de serpiente —murmuró Carter—. Un elemento de cuidado.

Tarta dio media vuelta y subió la escalera a toda prisa, hacia la Gran Sala. Gatos: no hay quien los entienda.

Carter abrió otro pergamino.

—Sadie, mira esto.

Era un papiro bastante largo, y casi todo el texto que contenía estaba en líneas de jeroglíficos.

—¿Entiendes algo de aquí? —me preguntó.

Me concentré en la escritura y lo más raro de todo es que no pude leerla… exceptuando la primera línea.

—Solo pillo eso que está en el sitio del título. Dice… «Sangre de la Gran Casa». ¿Qué significará?

—Gran casa —caviló Carter—. ¿Cómo sonarían las palabras en egipcio?

—*Per-roj*. Ah, es «faraón», ¿verdad? Pero yo creía que un faraón era un rey.

—Lo es —dijo Carter—. La palabra significa literalmente «gran casa», como la mansión del rey. Es igual que cuando alguien dice «la Casa Blanca» para referirse al presidente de Estados Unidos. Por tanto, lo del papiro seguramente significará algo parecido a «Sangre de los faraones», todos ellos, la línea completa de todas las dinastías, y no solo un tío.

—¿Y a mí qué me importa la sangre de los faraones? ¿Por qué no puedo leer todo lo otro?

Carter se quedó mirando las líneas. De pronto, puso los ojos como platos.

—Son nombres. Mira, están todos escritos dentro de cartuchos.

—¿Cómo dices? —pregunté, porque «cartucho» sonaba a palabra con doble sentido, y yo me enorgullezco de conocerlas todas.

—Esos círculos dibujados —me explicó Carter—. Simbolizan cuerdas mágicas. Se supone que protegen a la persona nombrada de la magia maligna. —Me lanzó una mirada—. Y posiblemente, también impiden que otros magos puedan leer sus nombres.

—Vale, estás como una cabra —dije. Pero, al mirar las líneas, comprendí a qué se refería. Todas las otras palabras del papiro estaban protegidas por cartuchos, y yo no les encontraba ningún sentido.

96

—Sadie —dijo Carter, con voz apremiante.

Señaló un cartucho que estaba justo al final de la lista, la última entrada en lo que parecía ser un catálogo de miles de nombres. Dentro del círculo había dos símbolos sencillos, una cesta y una línea en zigzag.

—KN —afirmó Carter—. Este me lo sé. Es nuestro apellido, Kane.

—Le faltan algunas letras, ¿no?

Carter negó con la cabeza.

—Los egipcios no solían escribir vocales. Solo hay consonantes. Tienes que imaginarte cómo suenan las vocales por el contexto.

—Anda que no estaban chalados. Entonces, eso podría significar «kon» o «ikono» o «kan» o «akné».

—Podría ser —admitió Carter—, pero es nuestro apellido: Kane. Una vez pedí a papá que me lo escribiera con jeroglíficos, y lo hizo justo así. Pero ¿por qué estamos en la lista? ¿Qué es la «sangre de los faraones»?

Empecé a notar ese cosquilleo helado en la nuca. Recordé lo que nos había dicho Amos sobre que las dos ramas de nuestra familia eran muy antiguas. Carter y yo nos miramos y, a juzgar por su expresión, estaba pensando lo mismo que yo.

—No puede ser —me negué.

—Tiene que ser una broma —asintió él—. Nadie lleva registros familiares desde tan antiguo.

Tragué saliva por una garganta que de pronto se había secado del todo. El día anterior nos habían pasado muchas cosas raras, pero no fue hasta que vi nuestro apellido en aquel libro cuando por fin empecé a creer que todas aquellas locuras egipcias eran reales. Dioses, magos, monstruos... Y nuestra familia estaba metida en el asunto hasta el fondo.

Desde el desayuno, cuando se me ocurrió que papá había intentado traer a mamá desde el mundo de los muertos, había una terrible emoción que intentaba hacer mella en mí. No era pavor. Vale, sí, la idea entera daba repelús, mucho más repelús que el santuario dedicado a mi madre que tenían los abuelos en el aparador del salón. Y sí, antes te he contado que procuro vivir en el presente y que nada podría cambiar el hecho de que mi madre no está. Pero soy una mentirosa. Lo cierto es que solo había soñado con una cosa desde que tenía seis años: volver a ver a mamá. Poder conocerla de verdad, hablar con ella, ir de compras, hacer cualquier cosa. Deseaba la oportunidad de estar con ella aunque fuese una vez, solo para tener un recuerdo mejor al que aferrarme. La sensación que ahora intentaba quitarme de encima era la esperanza. Sabía que al final del camino me esperaba un dolor colosal. Sin embargo, si de verdad existía la posibilidad de traerla de vuelta, yo habría hecho explotar todas las piedras de Rosetta necesarias para lograrlo.

—Sigamos mirando —dije.

Al cabo de unos minutos, encontré el dibujo de cinco dioses con cabeza de animal, todos puestos en fila, bajo una figura femenina perlada de estrellas que se arqueaba protectora sobre ellos, como un paraguas. ¿Papá no había liberado a cinco dioses? Vaya, vaya…

—Carter —dije—. ¿Esto qué es?

Se acercó para echar un vistazo y se le iluminaron los ojos.

—¡Eso es! —exclamó—. Estos cinco… y ahí arriba, su madre, Nut.

Me reí.

—¿Una diosa llamada Nut? ¿Cómo se apellida?, ¿Ritiva?

—Muy graciosa —dijo Carter—. Era la diosa del cielo.

Señaló el techo pintado, hacia la señora que tenía la piel sembrada de estrellas, igual que en el pergamino.

—¿Qué pasa con ella? —pregunté.

Carter frunció el ceño.

—Es algo sobre los días demoníacos. Tiene algo que ver con el nacimiento de estos cinco dioses, pero ya hace mucho tiempo desde que papá me contó la historia. Creo que todo el papiro está es-

98

crito en hierático. Es como la cursiva de la escritura jeroglífica. ¿Puedes leerlo?

Negué con la cabeza. Por lo visto, mi particular forma de demencia solo se aplicaba a los jeroglíficos normales.

—Ojalá tuviéramos la historia escrita en inglés —dijo Carter.

Justo entonces sonó un chasquido a nuestras espaldas. La estatua de arcilla que no tenía nada en las manos bajó de su pedestal dando un saltito y avanzó hacia nosotros con paso firme. Carter y yo nos quitamos de su camino, aturullados, y la estatua pasó a nuestro lado sin detenerse, cogió un cilindro de su celdilla y se lo llevó a Carter.

—Es un *shabti* para recuperar información —dije yo—. ¡Un bibliotecario de barro!

Carter tragó saliva, nervioso, y cogió el cilindro.

—Vaya… gracias.

La estatua se dirigió a su pedestal con paso marcial, saltó encima y volvió a endurecerse con la consistencia de la arcilla normal.

—A ver si… —Me encaré hacia el *shabti*—. ¡Un bocadillo y patatas fritas, por favor!

Por desgracia, no bajó ninguna estatua para servírmelos. Quizá estaba prohibido comer en la biblioteca.

Carter quitó el capuchón al cilindro y desplegó el papiro. Suspiró con alivio.

—Esta versión está en inglés.

Mientras pasaba los ojos por el texto, fue torciendo el gesto más y más.

—No pareces nada contento —comenté.

—Es porque ahora recuerdo la historia. Los cinco dioses… Como papá los haya liberado de verdad, tenemos problemas serios.

—Eh, eh, un momento —dije—. Empieza por el principio.

Carter respiró hondo para calmarse.

—Vale. Resulta que la diosa del cielo, Nut, estaba casada con el dios de la tierra, Geb.

—Que debe de ser este amiguete del suelo, ¿no? —Di un golpecito con el pie contra el gran hombre verde lleno de ríos, colinas y bosques por todas partes.

—Exacto —dijo Carter—. La cosa es que Geb y Nut querían tener niños, pero el rey de los dioses, Ra (que era el dios del sol), había oído una profecía según la cual un hijo de Nut... ,

—¡Estaría bien nut-rido! —dije entre risitas—. Perdona, sigue, sigue.

—Según la cual un hijo de Geb y Nut terminaría por quitarle el trono a Ra. Así que, cuando Ra se enteró de que Nut estaba embarazada, empezó a subirse por las paredes. Prohibió que Nut diera a luz a sus hijos en cualquier día o noche del año.

Me crucé de brazos.

—Entonces, ¿qué? ¿Tenía que seguir embarazada para siempre? Eso es tener muy mala leche.

Carter meneó la cabeza.

—A Nut se le ocurrió una salida. Organizó una partida de dados con el dios lunar Jonsu. Cada vez que Jonsu perdía, tenía que dar a Nut un poco de luz de luna. Al final perdió tantas veces que Nut acaparó bastante luz de luna para crear cinco días nuevos, y los colocó al final del año.

—Venga ya —repliqué—. Lo primero: ¿cómo se puede apostar luz de luna? Y aunque pudieses, ¿cómo vas a usarla para crear días de más?

—¡Es una leyenda! —argumentó Carter—. La cosa es que el calendario egipcio tenía trescientos sesenta días, igual que los trescientos sesenta grados del círculo. Nut creó cinco días más y los añadió al final del año; eran días que no formaban parte del año normal.

—Los días demoníacos —aventuré—. Y así, el mito explica por qué el año tiene trescientos sesenta y cinco días. Supongo que fue teniendo sus niños...

—Durante esos cinco días —confirmó Carter—. Un hijo por día.

—Muy bien, ¿cómo se puede tener cinco niños seguidos, en días diferentes?

—Son dioses —dijo Carter—. Pueden hacer cosas así.

—Tiene el mismo sentido que el nombre de Nut. Pero sigue, por favor.

—Pues cuando Ra se enteró, se cabreó mucho, pero ya era demasiado tarde. Los niños habían nacido. Los llamaron Osiris...

—El que buscaba papá.

—Sí. Luego vinieron Horus, Set, Isis y... hummm... —Carter consultó su pergamino—. Neftis. Esa siempre se me olvida.

—Y cuando estábamos en el museo, el hombre en llamas dijo que papá había liberado a los cinco.

—Exacto. ¿Estarían presos todos juntos y papá no se dio cuenta? Nacieron juntos, así que a lo mejor también había que llamarlos al mundo a los cinco de golpe. El caso es que uno de esos tíos, Set, era malo de verdad. Es como el villano de la mitología egipcia, el dios de la maldad, el caos y las tormentas de arena.

Tuve un escalofrío.

—¿Por casualidad tenía algo que ver con el fuego?

Carter señaló a uno de los dioses del dibujo. Tenía cabeza de animal, pero no se distinguía bien de qué animal en concreto: ¿perro? ¿oso hormiguero? ¿conejito maligno? Fuese el que fuese, tenía el pelo y la ropa de color rojo brillante.

—El Señor Rojo —dije.

—Sadie, eso no es todo —dijo Carter—. Los cinco días que decíamos, los días demoníacos, se consideraban de muy mala suerte en el antiguo Egipto. Tenías que ir con mucho cuidado, llevar talismanes para la buena fortuna y no hacer nada importante ni peligroso durante esos días. Y en el Museo Británico, papá le dijo a Set: «Te detendrán antes de que pasen los días demoníacos».

—No pensarás que se refería a nosotros —dije yo—. ¿Se supone que tú y yo hemos de detener a ese tal Set?

Carter asintió.

—Y si los últimos cinco días de nuestro calendario siguen contando como los días demoníacos egipcios... empiezan el veintisiete de diciembre, pasado mañana.

Me dio la impresión de que los *shabtis* me miraban expectantes, pero no tenía ni la más remota idea de lo que debía hacer. Días demoníacos, dioses-conejo malignos... si me decían una sola cosa imposible más, iba a explotarme la cabeza.

¿Lo peor de todo? La vocecita insistente en el fondo de mi cerebro que decía: «No es imposible. Para salvar a tu padre, debemos derrotar a Set».

Menudo plan para las vacaciones navideñas. Ver a papá, hecho. Desarrollar extraños poderes, hecho. Derrotar a un malvado dios del caos, hecho. ¡La mismísima idea era una locura!

De pronto se oyó un gran estruendo, como si se hubiese roto algo en la Gran Sala. Keops empezó a gruñir, alarmado.

Carter y yo cruzamos la mirada. Corrimos hacia la escalera.

8. Tarta juega con cuchillos

Parecía que a nuestro babuino le había entrado el frenesí de la diosa del cielo... es decir, el frenesí nut-ritivo.

Saltaba de una columna a otra sin parar, rebotaba contra los balcones, derribaba jarrones y estatuas. Luego corrió hacia las puertas de cristal de la terraza, miró un momento fuera y procedió a volverse majara de nuevo.

Tarta estaba también junto a la vidriera. Había adoptado una postura muy baja, con las cuatro patas dobladas y la cola moviéndose convulsivamente, igual que cuando acechaba a algún pájaro.

—A lo mejor es que hay un flamenco por aquí cerca —sugerí con esperanza, pero no estoy segura de que Carter me oyera con los aullidos que daba el babuino.

Corrimos hasta las puertas de cristal. Al principio, no vi ningún problema. Entonces hubo una explosión de agua en la piscina y el corazón casi se me salió por la boca. Había dos criaturas enormes, que definitivamente no eran flamencos, revolviéndose en el agua con nuestro cocodrilo, Filipo de Macedonia.

No pude distinguir qué eran, solo que estaban peleándose con Filipo, dos contra uno. Desaparecieron bajo el agua revuelta y de nuevo Keops echó a correr dando gritos por la Gran Sala, golpeándose su propia cabeza con el paquete vacío de Cheerios, lo cual debo decir que no servía de mucho.

—Cuellilargos —dijo Carter con tono de incredulidad—. Sadie, ¿los has visto?

No encontré la respuesta. Al momento, uno de los bichos salió expulsado de la piscina. Se estrelló contra las puertas justo delante de nosotros y yo salté hacia atrás, alarmada. Al otro lado del cristal se encontraba el animal más aterrador que hubiese visto nunca. Tenía cuerpo de leopardo —delgado y fibroso, con el pelaje moteado de color oro—, pero el cuello no tenía absolutamente nada que ver con lo demás. Era verde, con escamas y al menos tan largo como el resto del cuerpo. Tenía cabeza de gato, pero no como la de un gato normal. Al volver sus ojos rojos y brillantes hacia nosotros, aulló, enseñándonos su lengua bífida y unos colmillos que rezumaban un veneno verdoso.

Me di cuenta de que me temblaban las piernas y estaba emitiendo un gimoteo muy poco digno.

El gato-serpiente regresó de un salto a la piscina para ayudar a su compañero a apalear a Filipo, que se retorcía y lanzaba mordiscos pero parecía incapaz de hacer daño a sus atacantes.

—¡Tenemos que ayudar a Filipo! —grité—. ¡Van a matarlo!

Agarré la manecilla de la puerta, pero Tarta empezó a gruñirme. Carter dijo:

—¡Sadie, no! Ya has oído a Amos. No podemos abrir las puertas bajo ningún concepto. La casa tiene protecciones mágicas. Filipo tendrá que derrotarlos por su cuenta.

—¿Y si no puede? ¡Filipo!

El viejo cocodrilo se giró. Por un momento centró un ojo rosado de reptil en mí, como si pudiese notar lo preocupada que estaba. Entonces los gatos-serpiente le mordieron en el vientre y Filipo se alzó poco a poco del agua hasta que no la tocó salvo con la punta de la cola. El cuerpo empezó a brillarle. El aire se llenó de un zumbido grave, como el de un motor de avión al arrancar. Filipo descendió para aterrizar con todo su poder en el suelo de la terraza.

Se agitó la casa entera. Aparecieron grietas en el hormigón de la terraza exterior, y la piscina se partió justo por la mitad, precipitando el lado más lejano hacia el espacio vacío.

—¡No! —grité.

Pero entonces el borde de la terraza se desgajó, y tanto Filipo como los dos monstruos cayeron hacia el East River.

Empezó a temblarme el cuerpo entero.

—Se ha sacrificado para matar a los monstruos.

—Sadie... —La voz de Carter sonaba muy débil—. ¿Qué pasa si no lo ha conseguido? ¿Y si regresan?

—¡No digas eso!

—Los... los he reconocido, Sadie. Sé qué son esos animales. Ven conmigo.

—¿Adónde? —exigí saber, pero Carter ya corría de vuelta a la biblioteca.

Carter fue directo al *shabti* que nos había ayudado antes.

—Tráeme la... uf, ¿cómo se llamaba?

—¿El qué? —pregunté.

—Una cosa que me enseñó papá. Es como una bandeja grande de piedra, o algo parecido. Tenía un dibujo del primer faraón, el tío que unificó el Alto y el Bajo Egipto para formar un solo reino. Se llamaba... —Por fin se le alumbró el rostro—. ¡Narmer! ¡Tráeme la bandeja de Narmer!

No sucedió nada.

—No —decidió Carter—, no era una bandeja. Era... una cosa de esas para poner pintura encima. Paleta. ¡Tráeme la Paleta de Narmer!

El *shabti* que no tenía nada en las manos se quedó quieto pero, al otro lado de la estancia, la estatua que tenía el palo con forma de gancho cobró vida. Bajó de su pedestal dando un salto y desapareció por completo en medio de una nube de polvo. Al siguiente latido del corazón, volvió a materializarse sobre la mesa. A sus pies había una cuña de piedra lisa y gris, con forma de escudo y más o menos la longitud de mi antebrazo.

—¡No! —se quejó Carter—. ¡Me refería a una imagen de ella! Vale, genial, creo que esta es la pieza auténtica. El *shabti* debe de haberlo robado en el Museo de El Cairo. Hay que devolverlo…

—Espera —dije—. Ya que estamos, echémosle un vistazo.

La superficie de la piedra estaba grabada con la imagen de un hombre que golpeaba a otro en la cara utilizando lo que parecía una cuchara.

—El de la cuchara es Narmer —supuse—. Está cabreado porque el otro coleguita le ha mangado los cereales, ¿a que sí?

Carter meneó la cabeza.

—Está derrotando a sus enemigos y unificando Egipto. ¿Ves el sombrero que lleva? Es la corona del Bajo Egipto, de antes de que los dos países fuesen uno.

—¿Es eso que parece un bolo?

—No tienes remedio —refunfuñó Carter.

—El hombre se parece a papá, ¿no?

—¡Sadie, esto es serio!

—Y te lo digo en serio. Mírale el perfil.

Carter decidió no hacerme caso. Contempló la piedra, resistiéndose a tocarla.

—Tengo que ver la parte de atrás, pero no quiero darle la vuelta. Podríamos dañar…

Yo agarré la piedra y la volví.

—¡Sadie! ¡Podrías haberla roto!

—Para eso están los hechizos de arreglar cosas, ¿no?

Los dos examinamos el reverso de la piedra, y tuve que admitir que me impresionó la memoria de mi hermano. En el centro de la paleta se veían dos de aquellos monstruos gato-serpiente con los cuellos entrelazados. A sus dos lados había unos hombres egipcios vestidos con chilaba que intentaban capturarlos.

—Se llaman serpopardos —dijo Carter—. Serpientes leopardo.

—Fascinante —dije yo—. Pero ¿qué son los serpopardos en realidad?

—Nadie lo sabe seguro. Papá pensaba que eran criaturas del caos… que eran muy peligrosos, y existen desde siempre. Esta piedra es una de las piezas egipcias más antiguas que se conservan. Las imágenes se grabaron hace cinco mil años.

—Muy bien, ¿qué hacen unos monstruos de cinco mil años de edad atacando nuestra casa?

—Anoche, en Phoenix, el hombre en llamas ordenó a sus sirvientes que nos capturaran. Les dijo que enviaran primero a los cuellilargos.

Noté un regusto metálico en la boca y deseé no haber mascado ya el último chicle que me quedaba.

—Bueno… menos mal que están en el fondo del East River.

En aquel preciso instante, Keops entró a toda prisa en la biblioteca, soltando chillidos y dándose golpes en la cabeza.

—Creo que no debería haber dicho eso —murmuré.

Carter dijo al *shabti* que devolviera la Paleta de Narmer, y estatua y piedra desaparecieron. Luego seguimos al babuino escalera arriba.

Los serpopardos habían vuelto, con el pelaje mojado y viscoso por haber caído al río, y no estaban nada contentos. Caminaban en círculos sobre la superficie quebrada de la terraza y movían sus cuellos de serpiente como látigos para olisquear las puertas, buscando una vía de entrada. Escupían un veneno que soltaba vapor y burbujeaba contra el cristal. Sus lenguas bífidas entraban y salían de sus bocas a toda velocidad.

—¡Ajk, ajk!

Keops cogió a Tarta, que estaba sentada en el sofá, y me la ofreció.

—No creo que vaya a servir de nada —le dije.

—¡AJK! —insistió el babuino.

Ni «Tarta» ni «gata» terminaban en o, por lo que supuse que Keops no intentaba ofrecerme un aperitivo, pero no sabía de qué iba todo aquello. Cogí a la gata solo para hacerlo callar.

—¿Miaurrr? —Tarta levantó la cabeza para mirarme.

—Todo irá bien —le aseguré, intentando que no se me notase el miedo en la voz—. Esta casa tiene protecciones mágicas.

—Sadie —dijo Carter—, han encontrado algo.

Los serpopardos se habían reunido en la puerta de la izquierda y se afanaban en olisquear la manecilla.

—¿No está cerrada? —pregunté.

Los dos monstruos estamparon sus feas caras contra el cristal. La puerta tembló. A lo largo del marco brillaron unos jeroglíficos azules, pero la luz que emitían era muy tenue.

—Esto no me gusta nada —murmuró Carter.

Recé para que los monstruos se rindieran. O quizá para que Filipo de Macedonia trepase de vuelta a la terraza —¿los cocodrilos podían trepar?— y retomara la lucha.

Lo que pasó fue que los monstruos volvieron a dar sendos cabezazos al cristal. Esa vez apareció una telaraña de grietas. Los jeroglíficos azules parpadearon y se desvanecieron del todo.

—¡AJK! —chilló Keops. Meneó su mano hacia la gata, en un gesto vago.

—Podría intentar el hechizo *ha-di* —dije.

Carter negó con la cabeza.

—Cuando has hecho explotar las puertas antes, casi te desmayas. No quiero que caigas inconsciente o algo peor.

Carter me dio otra sorpresa. Agarró una espada rara de uno de los expositores que Amos tenía en las paredes. El filo tenía una forma extraña y curvada, en forma de medialuna, y parecía tremendamente poco práctica.

—Venga ya, hombre —dije yo.

—Pues… pues como no tengas una idea mejor… —balbuceó, con la cara perlada de sudor—. Somos tú, el babuino y yo contra esas cosas.

Estoy segura de que Carter intentaba hacerse el valiente a su manera reservada, pero estaba temblando más que yo. Si alguien iba a desmayarse, temí que fuese él, y no tenía muchas ganas de que lo hiciera con un objeto afilado en la mano.

Entonces los serpopardos embistieron por tercera vez e hicieron añicos la puerta. Retrocedimos hasta la base de la estatua de Tot mientras los bichos entraban con cautela en la Gran Sala. Keops les lanzó su pelota de baloncesto, pero rebotó sin causar daño en la cabeza del primer monstruo. Al verlo, nuestro babuino se abalanzó contra el serpopardo.

—¡Keops, no! —chilló Carter.

Pero el babuino hundió los colmillos en el cuello del monstruo. El serpopardo meneó la cabeza, intentando darle un mordisco. Keops se apartó de un salto, pero su enemigo era muy rápido. Movió su cabeza como si fuese un bate de béisbol y dio un golpetazo en pleno vuelo al pobre Keops que le hizo atravesar la puerta destrozada, volar por toda la terraza y caer al vacío.

Me entraron ganas de sollozar, pero no había tiempo para eso. Los serpopardos venían hacia nosotros. No podíamos dejarlos atrás corriendo. Carter levantó la espada. Yo apunté con la mano al primer monstruo e intenté entonar el hechizo *ha-di*, pero la voz se me atragantó.

—¡Miaurrr! —dijo Tarta, insistente. ¿Por qué seguía la gata en mis brazos y no había huido presa del pánico?

Entonces recordé lo que había dicho Amos, que Tarta nos protegería. ¿Sería eso lo que intentaba hacerme ver Keops? Me pareció imposible, pero aun así acerté a decir:

—Ta-tarta, te ordeno que nos protejas.

La dejé caer delante de mí. Por un instante, el colgante de plata que tenía en el collar pareció relucir. Entonces la gata arqueó el lomo sin prisas, se sentó y empezó a lamerse una pata delantera. Bueno, en fin, ¿qué había esperado? ¿Heroísmo?

Los dos monstruos de ojos rojos enseñaron los colmillos. Levantaron las cabezas, preparándose para lanzar sus golpes… y se produjo una explosión de aire seco que llenó la sala con su onda expansiva. Fue tan potente que nos tiró a mi hermano y a mí al suelo. Los serpopardos dieron un traspié y retrocedieron.

Me levanté como pude y comprendí que Tarta había estado en el centro de la explosión. Mi gata ya no estaba. En su lugar se alzaba una mujer, menuda y ágil como una gimnasta. Llevaba el pelo azabache recogido en una coleta. Vestía un mono ajustadísimo con estampado de leopardo y tenía el colgante de Tarta alrededor del cuello.

Se giró hacia mí sonriendo de oreja a oreja, y sus ojos seguían siendo los de Tarta: amarillos y con pupilas muy negras de felino.

—Ya era hora —me riñó.

Los serpopardos se recuperaron de la conmoción y se abalanzaron sobre la mujer gato. Golpearon con las cabezas a la velocidad del rayo y deberían haberla partido en dos, pero la mujer felina saltó en vertical, dio tres mortales y aterrizó por encima de ellos, sobre la repisa de la chimenea.

Flexionó las muñecas y de sus mangas salieron dos cuchillos enormes, que empuñó con las manos.

—¡Vaya, esto será divertido!

Los monstruos cargaron. Ella se lanzó entre uno y otro, bailando y esquivándolos con una destreza increíble, dejando que azotaran el aire sin tocarla mientras sus cuellos se iban entrelazando. Cuando por fin se alejó, los serpopardos no tenían modo de separarse. Cuanto más forcejeaban, más se apretaba el nudo. Pisotearon el suelo de un lado a otro, volcando muebles y lanzando rugidos de frustración.

—Pobrecitos —ronroneó la mujer gato—. Dejad que os ayude.

Destellaron los cuchillos y las dos cabezas monstruosas cayeron al suelo a sus pies. Los cuerpos se derrumbaron y se deshicieron, convertidos en montones enormes de arena.

—Me he quedado sin juguetes —dijo la mujer con tristeza—. De la arena venían y a la arena vuelven.

Se giró hacia nosotros y los cuchillos volvieron rápidamente al interior de sus mangas.

—Carter, Sadie, debemos marcharnos. Vendrán cosas peores.

Carter se atragantó.

—¿Peores? ¿Quién…? ¿Cómo…? ¿Qué…?

—Todo a su debido tiempo. —La mujer estiró los brazos por encima de la cabeza, con gran satisfacción—. ¡Qué bien sienta volver a tener forma humana! Bueno, Sadie, ¿puedes abrirnos una puerta para cruzar la Duat, por favor?

Parpadeé.

—Hummm… no. O sea, no sé hacerlo.

La mujer entrecerró los ojos, obviamente decepcionada.

—Qué pena. Entonces necesitaremos más poder. Un obelisco.

—Pero si está en Londres —protesté—. No podemos…

—Hay uno más cercano en Central Park. Siempre intento evitar Manhattan, pero esto es una emergencia. Nos acercaremos en un momento y abriremos un portal.

—¿Un portal hacia dónde? —exigí saber—. ¿Quién eres, y por qué eres mi gata?

La mujer sonrió.

—De momento, lo que necesitamos es un portal que nos aleje del peligro. En cuanto a mi nombre, desde luego no es Tarta, muchas gracias. Me llamo…

—Bast —la interrumpió Carter—. Tu colgante… es el símbolo de Bast, la diosa de los gatos. Pensaba que solo era un adorno, pero… eres tú, ¿verdad?

—Así me gusta, Carter —dijo Bast—. Y ahora vámonos, mientras aún podamos salir vivos de aquí.

9. Huimos de cuatro tíos con falditas

Pues sí, resulta que nuestra gata era una diosa.

¿Qué más pasó?

Bast no nos dejó mucho tiempo para hablar del tema. Me envió a la biblioteca a recoger el equipo mágico de mi padre y, cuando regresé, estaba discutiendo con Sadie sobre Keops y Filipo.

—¡Tenemos que buscarlos! —insistió Sadie.

—Estarán bien —dijo Bast—. Al contrario que nosotros, por cierto, como no nos marchemos ya.

Yo levanté una mano.

—Bueno, perdón, señorita diosa. Amos nos ha dicho que la casa era un lugar…

—¿Seguro? —preguntó Bast con un resoplido—. Carter, abrieron brecha en las defensas con demasiada facilidad. Alguien las saboteó.

—¿A qué te refieres? ¿Quién…?

—Solo podría haberlo hecho un mago de la Casa.

—¿Otro mago? —pregunté—. ¿Para qué querría otro mago sabotear la casa de Amos?

—Ay, Carter —suspiró Bast—. Tan joven, tan inocente… Los magos son criaturas retorcidas. Podría haber un millón de razones para que uno apuñalara a otro por la espalda, pero no tenemos tiempo para hablarlo. ¡Venga, vámonos!

Nos agarró por los brazos y nos sacó por la puerta principal. Llevaba los cuchillos enfundados, pero aquellas garras infernales que tenía por uñas me hicieron daño al hincárseme en la piel. Tan pronto como pisamos el exterior, el viento frío me clavó aguijones en los ojos. Bajamos un largo tramo de escalones metálicos hasta el gran descampado industrial sobre el que se alzaba la fábrica.

La bolsa de trabajo de mi padre me pesaba en el hombro. La espada curva que me había atado a la espalda se notaba fría a través de la ligera ropa de lino. Durante el ataque de los serpopardos había empezado a sudar, y ahora parecía que la transpiración se estaba congelando en mi piel.

Miré en todas las direcciones por si había más monstruos, pero el descampado parecía desierto. Había montones oxidados de un viejo equipo de construcción: una excavadora, una grúa con bola de demolición, un par de hormigoneras. Las láminas de metal apiladas y los cajones de embalaje amontonados formaban un laberinto de obstáculos entre la casa y la calle que teníamos a unos pocos cientos de metros.

Habíamos recorrido la mitad de la distancia cuando un viejo gato gris se cruzó en nuestro camino. Tenía una oreja desgarrada y el ojo izquierdo hinchado. A juzgar por sus cicatrices, se había pasado casi toda la vida peleando.

Bast se agachó y miró fijamente al gato. El animal le devolvió la mirada con tranquilidad.

—Gracias —dijo Bast.

El gato viejo se marchó con paso rápido hacia el río.

—¿De qué ha ido eso? —preguntó Sadie.

—Era un súbdito mío, que me ha ofrecido su ayuda. Hará correr la voz de que estamos en aprietos. Muy pronto estarán sobre aviso todos los gatos de Nueva York.

—Estaba hecho polvo —dijo Sadie—. Siendo súbdito tuyo, ¿no podías curarlo?

—¿Y quitarle sus marcas de honor? Las cicatrices de batalla forman parte de la identidad de cada gato. No podría... —De pronto, Bast tensó los músculos. Nos arrastró detrás de un montón de cajones.

—¿Qué pasa? —pregunté con un susurro.

Ella flexionó las muñecas, y los cuchillos se deslizaron a sus manos. Echó un vistazo rápido por encima de los embalajes, mientras todos sus músculos se tensaban. Intenté ver qué estaba mirando Bast, pero allí no había nada salvo la vieja grúa con bola de demolición.

En la boca de la diosa hubo un pequeño espasmo de emoción. Tenía los ojos fijos en la enorme bola metálica. Yo había visto a gatitos ponerse igual cuando acechaban a irresistibles ratones de juguete, o trocitos de cordel, o pelotas de goma... ¿Pelotas? No. Bast era una diosa antiquísima. No podía ser que...

—Tal vez sea eso. —Bast cambió su peso de un pie al otro—. Quedaos muy, muy quietos.

—Ahí no hay nadie —susurró Sadie.

Yo empecé a decir:

—Hummm...

Bast saltó por encima de los cajones. Voló diez metros por los aires, con sus cuchillos reflejando la luz, y cayó sobre la bola de demolición con tanto brío que rompió la cadena. La diosa de los gatos y la enorme esfera metálica dieron contra el suelo con gran estrépito y rodaron por el descampado.

—¡Miaurrr! —se dolió Bast.

La bola de demolición había rodado por encima de ella, pero no parecía estar herida. Saltó para tomar impulso y se lanzó de nuevo a la carga. Sus cuchillos cortaron el metal como si fuera arcilla húmeda. Al cabo de pocos segundos, la bola de demolición había quedado hecha trizas.

Bast enfundó los cuchillos.

—¡Ya estamos a salvo!

Sadie y yo nos miramos.

—Acabas de salvarnos de una bola metálica —dijo Sadie.

—Nunca se sabe —replicó Bast—. Podría haber sido hostil.

Justo entonces una gran explosión hizo temblar el suelo. Volví la mirada hacia la mansión. Salían llamas azules de las ventanas.

—Vamos —dijo Bast—. ¡Se nos acaba el tiempo!

Pensé que quizá Bast fuera a sacarnos rápido de allí usando la magia, o que como mínimo llamaría a un taxi. En lugar de ello, nuestra compañera tomó prestado un Lexus descapotable de color plata.

—Oh, sí —ronroneó—. ¡Este me gusta! Subid, niños.

—Este coche no es tuyo —señalé.

—Querido, soy una gata. Cualquier cosa que vea es mía.

Tocó el sistema de encendido, y la cerradura soltó un chispazo. El motor empezó a ronronear suavemente. [No, Sadie, no como un gato. Como un motor.]

—Bast —dije—, no puedes...

Sadie me dio un codazo.

—Ya nos preocuparemos de devolverlo más tarde, Carter. Ahora mismo tenemos una emergencia.

Señaló por detrás de nosotros, hacia la mansión. Seguían saliendo llamas azules y humo de todas las ventanas. Pero no era eso lo que más miedo daba: por la escalera estaban bajando cuatro hombres que cargaban un cajón muy grande, como un ataúd sobredimensionado con largos agarraderos que salían de los dos extremos. El cajón estaba cubierto con una mortaja negra, y parecía bastante grande para contener dos cuerpos, como mínimo. Los cuatro hombres solo llevaban falditas y sandalias. Su piel cobriza reflejaba el sol con un brillo metálico.

—Vaya, eso es malo —dijo Bast—. Al coche, por favor.

Decidí no hacer preguntas. Sadie llegó antes que yo al asiento del copiloto, de modo que subí detrás. Los cuatro tíos metálicos del cajón corrían a grandes zancadas por el descampado, directos hacia nosotros a una velocidad increíble. Bast pisó el acelerador antes de que yo pudiera ponerme el cinturón siquiera.

Nos abrimos paso por las calles de Brooklyn, zigzagueando como locos entre el tráfico, circulando por encima de las aceras y esquivando por muy poco a los peatones.

Bast conducía haciendo gala de unos reflejos que eran... bueno, felinos. Si un humano normal intentara conducir a esa velocidad, habría tenido media docena de accidentes, pero ella nos llevó sanos y salvos al puente de Williamsburg.

Yo estaba convencido de que habríamos dejado atrás a nuestros perseguidores, pero, al volver la mirada, los cuatro hombres de cobre y su caja negra avanzaban entrando y saliendo de la circulación. Daban la impresión de estar corriendo al trote, a ritmo normal, pero adelantaban a coches que iban a ochenta por hora. Sus cuerpos estaban emborronados y se parecían a las imágenes entrecortadas de películas viejas, como si no estuvieran sincronizados con el transcurso normal del tiempo.

—Pero ¿qué son? —pregunté—. ¿*Shabtis*?

—No, porteadores. —Bast echó un vistazo por el retrovisor—. Convocados directamente desde la Duat. Nada los detendrá hasta que encuentren a sus víctimas, las metan en el palanquín...

—¿El qué? —interrumpió Sadie.

—El cajón grande —dijo Bast—. Es una especie de carruaje. Los porteadores te capturan, te dejan inconsciente a golpes, te meten allí y te llevan hasta su amo. Nunca pierden a su presa, y nunca se rinden.

—¿Para qué nos buscan a nosotros?

—Créeme —dijo Bast entre dientes—, no quieres saberlo.

Pensé en el hombre en llamas que había visto la noche anterior en Phoenix, en cómo había asado a su sirviente hasta convertirlo en una mancha de grasa. Estaba muy, muy seguro de que no quería volver a encontrármelo cara a cara.

—Bast —dije—, si eres una diosa, ¿no puedes chasquear los dedos y desintegrar a esos tíos? ¿O mover un brazo y teletransportarnos lejos de aquí?

—Estaría muy bien, ¿eh? Lástima que tenga el poder limitado dentro de esta anfitriona.

—¿Quieres decir dentro de Tarta? —preguntó Sadie—. Pero ya no eres una gata.

—Sigue siendo mi anfitriona, Sadie, mi ancla a este lado de la Duat… y es muy imperfecta. Al pedirme ayuda me has permitido asumir la apariencia humana, pero solo hacer eso ya requiere una gran cantidad de poder. Además, incluso si estoy en una anfitriona poderosa, la magia de Set es más fuerte que la mía.

—¿Podrías decir algo que se entienda, por favor? —le supliqué.

—Carter, no tenemos tiempo para una charla exhaustiva sobre dioses, anfitriones y los límites de la magia. Tengo que poneros a salvo.

Bast pisó el acelerador a fondo y salimos disparados para cruzar la segunda mitad del puente. Los cuatro porteadores del palanquín corrían a nuestras espaldas, emborronando el aire por el que se movían, pero los coches no viraban para apartarse. Nadie montaba en pánico ni les miraba siquiera.

—¿Cómo es posible que la gente no los vea? —dije—. ¿A nadie le extraña ver a cuatro hombres de cobre con falditas que corren por el puente con una caja negra rara?

Bast se encogió de hombros.

—Los gatos oyen muchos sonidos que a vosotros se os escapan. Algunos animales pueden ver en el espectro ultravioleta, que es invisible para los humanos. La magia es parecida. ¿Reconocisteis la mansión nada más llegar?

—Bueno… no.

—Y eso que habéis nacido para la magia —dijo Bast—. Imaginaos lo difícil que sería para el común de los mortales.

—¿«Nacido para la magia»? —Recordé lo que había dicho Amos sobre que nuestra familia llevaba mucho tiempo en la Casa de la Vida—. Si llevamos la magia en las venas, o algo así, ¿por qué hasta ahora no la habíamos podido usar?

Vi la sonrisa de Bast en el espejo.

—Tu hermana sí que lo entiende.

Sadie enrojeció hasta las orejas y dijo:

—¡No lo entiendo! Aún no puedo creerme que seas una diosa. Te has pasado todos estos años comiendo golosinas crujientes, durmiendo encima de mi cabeza…

—Hice un trato con vuestro padre —dijo Bast—. Me permitió quedarme en el mundo siempre que asumiera una forma menor, la de una gata doméstica normal y corriente, para poder protegerte y cuidar de ti. Era lo menos que podía hacer después de…

Calló de repente. Se me ocurrió una idea horrible. Noté un cosquilleo en el estómago, y este no tenía nada que ver con lo rápido que íbamos.

—¿Después de que muriera nuestra madre? —adiviné.

Bast estaba mirando fijamente hacia delante por el parabrisas.

—Es eso, ¿verdad? —dije—. Mis padres hicieron algún ritual mágico en la Aguja de Cleopatra. Algo salió mal. Mi madre murió y… ¿te liberaron a ti?

—En este momento da igual —respondió Bast—. El caso es que acepté cuidar de Sadie. Y eso es lo que pienso hacer.

Nos escondía algo. Yo estaba seguro, pero su tono de voz indicaba a las claras que el tema estaba zanjado.

—Pero si los dioses sois tan poderosos y serviciales —insistí—, ¿cómo es que la Casa de la Vida tiene prohibido a los magos que os convoquen?

Bast pasó bruscamente al carril rápido.

—Los magos son unos paranoicos. Vuestra única esperanza es seguir conmigo. Nos alejaremos de Nueva York todo lo que podamos. Luego buscaremos ayuda y nos enfrentaremos a Set.

—¿Qué ayuda? —quiso saber Sadie.

Bast levantó una ceja.

—Vaya pregunta. Convocaremos a más dioses, por supuesto.

10. Bast se pone verde

[¡Para, Sadie! Que sí, que ya llego a esa parte.] Disculpa, es que mi hermana no para de intentar distraerme prendiendo fuego a mi... No importa. ¿Por dónde iba?

Llegamos a toda pastilla por el puente de Williamsburg a la isla de Manhattan y giramos al norte por la calle Clinton.

—Todavía nos siguen —avisó Sadie.

Era cierto: los porteadores estaban solo una manzana por detrás de nosotros, esquivando los coches y pisoteando las mantas donde se exhibían cachivaches para vender a los turistas.

—Ganemos un poco de tiempo.

Bast gruñó desde el fondo de la garganta, emitiendo un sonido tan grave y potente que me hizo castañetear los dientes. Dio un volantazo y cogió la calle East Houston.

Miré atrás. En el mismo momento en que los porteadores doblaban la esquina, se materializó a su alrededor una horda de gatos. Algunos saltaron desde las ventanas. Otros salieron corriendo de aceras y callejones. Algunos subieron desde las alcantarillas. Todos ellos convergieron sobre los porteadores en una oleada de pelaje y garras, subiendo por sus piernas cobrizas, arañándoles las espaldas, agarrándose a sus caras y añadiendo peso al palanquín. Los porteadores tropezaron y se les cayó el cajón. Empezaron a lanzar golpes ciegos a los gatos. Dos coches giraron bruscamente para esquivar a los animales y se estrellaron, con lo que se bloqueó la calle entera mientras los porteadores caían bajo la furiosa masa felina. Nosotros giramos para tomar la avenida Roosevelt y perdimos de vista la escena.

—Ha estado bien —admití.

—No los detendrá mucho tiempo —dijo Bast—. Y ahora... ¡Central Park!

Bast abandonó el Lexus junto al museo Metropolitan de arte.

—A partir de aquí, hay que correr —dijo—. Está justo detrás del museo.

Cuando decía correr, hablaba en serio. Sadie y yo tuvimos que ir a la carrera para seguirle el paso, y Bast ni siquiera empezó a sudar. No la detenían minucias como puestos de perritos calientes o coches aparcados. Cualquier cosa que midiera menos de tres metros la saltaba con facilidad, mientras nosotros teníamos que rodear los obstáculos como mejor pudiéramos.

Entramos en el parque por el East Drive. En cuanto giramos al norte, vimos el obelisco que se alzaba allí. Medía algo más de veinte metros y parecía una copia exacta de la Aguja de Londres. Estaba apartado de todo, en la cima de una colina cubierta de hierba, por lo que daba una impresión de aislamiento difícil de lograr en pleno centro de Nueva York. El lugar estaba desierto excepto por un par de personas que hacían footing más abajo en el camino. Por detrás llegaba el sonido del tráfico de la Quinta Avenida, pero hasta ese ruido parecía muy lejano.

Nos detuvimos al pie del obelisco. Bast olisqueó el aire, como intentando captar el olor de los problemas. Cuando me quedé quieto, fui consciente del frío que hacía. Teníamos el sol justo encima de la cabeza, pero el viento atravesaba sin problemas mi ropa prestada de lino.

—Ojalá hubiera cogido algo más calentito —murmuré—. Me vendría bien un abrigo de lana.

—Te vendría fatal —dijo Bast, escrutando el horizonte—. Vas vestido para la magia.

Sadie se estremeció.

—¿Hay que congelarse para hacer magia?

—Los magos nunca visten con tejido animal —dijo Bast, distraída—. Pieles, cuero, lana, nada de todo eso. Los residuos del aura vital pueden interferir con los hechizos.

—A mí las botas no me dan problemas —señaló Sadie.

—Cuero —explicó Bast, molesta—. Puede ser que tengas mayor tolerancia y que un poco de cuero no perturbe tu magia. No lo sé. Pero siempre va mejor la ropa de lino, o el algodón…, cualquier materia vegetal. En todo caso, Sadie, creo que de momento estamos solos. Hay una ventana temporal auspiciosa que empieza ahora mismo, a las once y media, pero no durará mucho rato. Ve empezando.

Sadie parpadeó.

—¿Yo? ¿Por qué yo? ¡La diosa eres tú!

—No se me dan bien los portales —replicó Bast—. Los gatos somos protectores. Limítate a controlar tus emociones. El pánico o el miedo anulan cualquier hechizo. No tenemos más remedio que salir de aquí antes de que Set convoque a los otros dioses para unirlos a su causa.

Yo fruncí el ceño.

—O sea que Set tiene a otros dioses malignos guardados en marcado rápido, o algo así…

Bast echó una mirada nerviosa en dirección a los árboles.

—El bien y el mal tal vez no sean la mejor forma de verlo, Carter. Como mago, debes pensar en términos de caos y orden. Esas, y no otras, son las dos fuerzas que dominan el universo. Set es del todo caótico.

—¿Y qué pasa con los otros dioses a los que liberó mi padre? —insistí—. ¿Ellos no son los buenos? Isis, Osiris, Horus, Neftis… ¿dónde están?

Bast clavó su mirada en mí.

—Buena pregunta, Carter.

Un gato siamés salió de entre los arbustos y fue corriendo hacia Bast. Se miraron durante un momento y luego el siamés salió a la carrera.

—Los porteadores se acercan —anunció Bast—. Y hay otra cosa… algo mucho más poderoso que viene por el este. Creo que el amo de los porteadores se está impacientando.

El corazón me dio un vuelco.

—¿Está viniendo Set en persona?

—No —contestó Bast—. Quizá un esbirro. O un aliado. A mis gatos les cuesta describir lo que han visto, y yo personalmente no quiero averiguarlo. Sadie, ha llegado el momento. Concéntrate en abrir una entrada a la Duat. Yo mantendré alejados a los atacantes. Mi especialidad es la magia de combate.

—¿Como lo que has hecho en la mansión? —pregunté.

Bast enseñó sus dientes afilados.

—No, aquello era combate y punto.

Se oyó un susurro de hojas y llegaron los porteadores. La mortaja que cubría su palanquín estaba destrozada por las garras de gato. Los propios porteadores estaban llenos de rasguños y dentelladas. Uno cojeaba, con una pierna doblada hacia atrás por la rodilla. Otro tenía un guardabarros de automóvil envolviéndole el cuello.

Los cuatro hombres metálicos bajaron el palanquín hasta el suelo cuidadosamente. Nos miraron y sacaron unas porras de metal dorado de sus cinturones.

—Sadie, a trabajar —ordenó Bast—. Carter, puedes ayudarme si quieres.

La diosa de los gatos desenfundó sus cuchillos. El cuerpo empezó a brillarle con un tono verdoso. La rodeó un aura que fue creciendo hasta componer una burbuja de energía que la levantó del suelo. El aura cobró forma poco a poco y Bast quedó en el centro de una proyección holográfica que tenía unas cuatro veces su tamaño normal. Era una imagen de la diosa en su forma antigua: una mujer de seis metros con cabeza de gato. Flotando en el centro del holograma, Bast dio un paso adelante. La gigantesca diosa-gato se movió a la vez. Parecía imposible que una imagen traslúcida pudiera tener sustancia, pero el pisotón hizo temblar el suelo. Bast levantó una mano. La guerrera verde y brillante hizo lo mismo, desenfundando unas garras tan largas y afiladas como estoques. Bast barrió la acera que tenía delante y convirtió el adoquinado en tiras de hormigón. Se volvió hacia mí para sonreírme. La enorme cabeza de gato la imitó, dejando al descubierto unos terribles colmillos que me podrían haber partido en dos.

—Esto —dijo Bast— es magia de combate.

Al principio me quedé demasiado anonadado para hacer nada que no fuera mirar a Bast lanzando su máquina de guerra verde en medio de los porteadores.

Despedazó a uno con un solo golpe y entonces pisó a otro, que quedó aplanado como una tortita de metal. Los dos porteadores restantes atacaron sus piernas holográficas, pero las porras de metal rebotaron inofensivas contra aquella luz fantasmal, entre lluvias de chispas.

Mientras tanto, Sadie estaba delante del obelisco con los brazos levantados, gritando:

—¡Ábrete, montón de roca estúpido!

Por fin saqué mi espada. Me temblaban las manos. No quería lanzarme a la batalla, pero sentí la necesidad de ayudar. Si de verdad tenía que pelear, supuse que tener de mi lado a una guerrera-gato brillante de seis metros era la mejor manera de hacerlo.

—Sadie, yo… yo voy a ayudar a Bast. Tú sigue intentándolo.

—¡Eso hago!

Corrí hacia Bast mientras la diosa hacía rodajas a los otros dos porteadores como si fueran barras de pan. Aliviado, pensé: «Bueno, ya está».

Entonces los cuatro porteadores empezaron a reconstruirse. El que estaba aplanado se desgajó de la acera. Los trozos de los que estaban rebanados se unieron entre sí dando chasquidos, como imanes, y de nuevo se alzaron los cuatro porteadores, como recién salidos de fábrica.

—¡Carter, ayúdame a partirlos! —me llamó Bast—. ¡Han de quedar en trozos más pequeños!

123

Intenté no molestar a Bast mientras ella daba tajos y pisotones. Luego, tan pronto como ella inhabilitaba a un porteador, yo me afanaba en cortar sus restos en trozos más pequeños. Eran más similares a la plastilina que al metal, porque mi hoja los despedazaba sin problemas.

Al cabo de unos minutos, me vi rodeado de montoncitos de cobre. Bast cerró un puño brillante y de un solo golpe convirtió el palanquín en leña.

—No ha sido tan difícil —dije—. ¿Por qué corríamos?

Dentro de su coraza refulgente, la cara de Bast estaba cubierta de sudor. Ni se me había pasado por la cabeza que una diosa pudiera cansarse, pero crear el avatar mágico debió de suponerle mucho esfuerzo.

—Aún no estamos a salvo —avisó—. Sadie, ¿cómo lo llevas?

—No lo llevo —se quejó mi hermana—. ¿No hay ninguna otra opción?

Antes de que Bast pudiera contestar, los arbustos crepitaron con un sonido nuevo, parecido al de la lluvia pero más… viscoso.

Un escalofrío me recorrió la columna.

—¿Qué… qué es eso?

—No —murmuró Bast—. No puede ser. Ella no.

Entonces todos los arbustos se revolvieron al mismo tiempo. Salieron del bosque un millón de bichos que formaron una alfombra asquerosa, compuesta de pinzas y aguijones.

Quise gritar «¡Escorpiones!», pero no me salía la voz. Empezaron a temblarme las piernas. Odio a los escorpiones con toda mi alma. En Egipto los ves por todas partes. Me los he encontrado muchas veces en la cama del hotel o en la ducha. Una vez hasta se me metió uno en el calcetín.

—¡Sadie! —gritó Bast, apurada.

—¡Nada! —se lamentó Sadie.

No dejaban de salir escorpiones, a millares. Apareció una mujer desde el bosque, caminando sin miedo entre los arácnidos. Llevaba una túnica marrón y joyas doradas y brillantes en el cuello y las muñecas. Tenía el pelo largo y moreno, cortado al estilo del antiguo

Egipto, con una especie de moño en la parte de arriba. Al momento me di cuenta de que no era un moño, sino un gigantesco escorpión vivo que llevaba apoyado en la coronilla. A su alrededor rodaban miles de bichejos, como si ella fuera el ojo de una tormenta.

—Serket —masculló Bast.

—La diosa de los escorpiones —supuse yo. Quizá debería haberme asustado por ello, pero en realidad ya estaba más o menos en mi tope de miedo—. ¿Puedes con ella?

La expresión de Bast no me tranquilizó.

—Carter, Sadie —dijo—, esto va a ponerse feo. Meteos en el museo. Buscad el templo; puede que os proteja.

—¿Qué templo? —pregunté.

—¿Y qué te pasará a ti? —añadió Sadie.

—No me pasará nada. Luego os alcanzo.

Pero cuando Bast me miró, supe que no estaba segura. Quería ganar algo de tiempo para nosotros.

—¡Marchaos! —nos ordenó. Volvió su cabeza gigante y verde de guerrera-gato hacia los escorpiones apiñados.

¿Quieres la verdad, por vergonzosa que sea? Al ver todos aquellos escorpiones juntos, ni me molesté en fingir valor. Agarré a Sadie del brazo y corrimos.

11. Nos encontramos con la lanzallamas humana

Vale, voy a quedarme yo el micrófono. Esta parte no la puede contar bien mi hermano de ninguna manera, porque trata de Zia. [Calla, Carter, sabes que tengo toda la razón.]

Ah, que quién es Zia. Es verdad, estoy adelantando acontecimientos.

Llegamos a toda pastilla a la entrada del museo, y yo no sabía por qué íbamos allí, solamente que nos había ordenado hacerlo una mujer-gato gigantesca que brillaba. Bueno, has de comprender que yo ya estaba desolada por todo lo que había ocurrido. Primero, había perdido a mi padre. Segundo, mis encantadores abuelos me habían echado a patadas de su piso. Luego había descubierto que al parecer soy de la «sangre de los faraones», nacida en el seno de una familia mágica y montones de chorradas más que sonaban muy impresionantes pero que no me habían traído más que problemas a mansalva. Para colmo, cuando acababa de encontrar un nuevo hogar —una mansión con buenos desayunos, mascotas amistosas y un dormitorio bastante decente, por cierto—, va el tío Amos y desaparece, mis adorables nuevos amigos el cocodrilo y el babuino terminan en el río y la mansión se incendia. Y por si no bastaba con todo eso, a mi fiel gata Tarta no se le ocurre otra cosa que entablar una batalla desesperada contra un enjambre de escorpiones.

¿Con los escorpiones hay que decir «enjambre»? ¿«Rebaño»? ¿«Bandada»? En fin, da lo mismo.

El caso es que no me entraba en la cabeza que me hubiesen pedido abrir una entrada mágica cuando claramente no tenía esa habilidad, y ahora mi hermano me llevaba casi a rastras. Me sentí una fracasada total. [Y no quiero oír ni un comentario tuyo, Carter. Que yo recuerde, tú tampoco serviste de mucho en aquel momento.]

—¡No podemos dejar sola a Bast! —grité—. ¡Mira!

Carter siguió corriendo, tirando de mí, pero yo aún veía con bastante claridad lo que sucedía detrás de nosotros, en el obelisco. Una horda de escorpiones había trepado por las piernas verdes y relucientes de Bast, y estaban colándose dentro del holograma como si fuese de gelatina. Bast machacaba a cientos y cientos de ellos con los pies y los puños, pero sencillamente eran demasiados. Al poco tiempo ya le llegaban a la cintura, y su coraza fantasmal empezó a parpadear. Mientras tanto, la diosa de túnica marrón avanzaba poco a poco, y me dio en la nariz que sería peor que todos los escorpiones del mundo juntos.

Carter me hizo atravesar una hilera de arbustos y perdí de vista a Bast. Salimos a la Quinta Avenida, que me pareció ridículamente normal después de la batalla mágica. Corrimos acera abajo, pasamos por medio de un grupo de peatones y subimos la escalinata del museo Metropolitan.

Encima de la entrada había una pancarta que anunciaba algún tipo de acontecimiento especial navideño, que es por lo que supongo que el museo estaba abierto en día festivo, pero no me molesté en leer los detalles. Fuimos directos hacia el interior.

¿Que qué pinta tenía? Bueno, pues era un museo: vestíbulo enorme, columnas a montones, etcétera. No puede decirse que me parase a admirar mucho la decoración. Recuerdo que había colas en las taquillas, porque las rebasamos a toda prisa. También había vigilantes de seguridad, porque nos gritaron cuando nos metimos corriendo en las exposiciones. Por pura suerte, terminamos en la zona egipcia, ante una especie de reconstrucción de una tumba con muchos pasillos estrechos. Seguramente Carter podría decirte lo que se suponía que era aquello, pero, con toda sinceridad, a mí me daba igual.

—Vamos —dije.

Nos colamos en la exposición, lo que bastó para que los guardias de seguridad nos perdieran, o a lo mejor es que tenían mejores cosas que hacer que perseguir a dos gamberros.

Cuando volvimos a salir, nos movimos con sigilo hasta asegurarnos de que no nos seguía nadie. No había un gran gentío visitando el ala egipcia, solo algunos grupitos de viejos y unos turistas extranjeros con un guía que les explicaba un sarcófago en francés:

—*Et voici la momie!*

Por raro que parezca, nadie se fijó en la enorme espada que Carter llevaba a la espalda y probablemente fuese un problema de seguridad (además de mucho más interesante que los objetos expuestos). Unos cuantos viejos nos miraron mal, pero supongo que sería porque íbamos vestidos con pijamas de lino, empapados en sudor y cubiertos de hierba y hojas de arbusto. Seguro que además mi pelo estaba fatal.

Encontré una sala vacía a un lado y tiré de Carter hacia ella. Las vitrinas de cristal estaban llenas de *shabtis*. Unos días antes no les habría hecho caso. En aquel momento no podía dejar de mirarlos de reojo, segura de que en cualquier momento empezarían a moverse e intentarían darme porrazos en la cabeza.

—¿Qué hacemos ahora? —pregunté a mi hermano—. ¿Tú has visto algún templo?

—No. —Arrugó la frente, supongo que intentando recordar—. Creo que después de esa sala de ahí está la reconstrucción de un templo… ¿o eso era en el Museo Brooklyn? ¿No sería el que hay en Múnich? Perdona, es que he estado en tantos museos con papá que los mezclo.

Suspiré, fuera de mis casillas.

—Pobre chico, que lo obligaron a recorrer el mundo, saltarse el colegio y pasar mucho tiempo con papá… ¡mientras a mí me tocaba la friolera de dos días al año!

—¡Oye! —Carter se volvió hacia mí con una energía sorprendente—. ¡Tú tienes un hogar! ¡Tienes amigos y una vida normal, y no te despiertas cada mañana sin saber en qué país estás! ¡No has de…!

La vitrina de cristal que teníamos al lado estalló en pedazos y nos salpicó los pies de cristales.

Carter me miró, estupefacto.

—¿Eso lo hemos…?

—Igual que mi tarta de cumpleaños explosiva —gruñí, intentando que no se me notara el sobresalto—. Tienes que controlar ese mal genio.

—¿Solo yo?

Empezaron a sonar alarmas. Unas luces rojas palpitaron por todo el pasillo. Se oyó una voz gangosa por los altavoces, diciendo algo sobre proceder con tranquilidad hacia las salidas. Los turistas franceses pasaron corriendo a nuestro lado, chillando presas del pánico, seguidos por una multitud de viejos notablemente veloces con sus andadores y bastones.

—Ya discutiremos más adelante, ¿te parece? —le dije a Carter—. ¡Vamos!

Corrimos por otro pasillo y las sirenas se apagaron tan de repente como habían saltado. Las luces de color sangre siguieron latiendo en el inquietante silencio. Entonces los oí, los chasquidos deslizantes de los escorpiones.

—¿Qué ha pasado con Bast? —Se me hizo un nudo en la garganta—. ¿Está…?

—No pienses en eso —dijo Carter, aunque, a juzgar por la cara que puso, también estaba pensando exactamente en eso—. ¡Muévete!

No tardamos nada en perdernos por completo. Por lo visto, la parte egipcia del museo estaba diseñada para ser tan confusa como fuese posible, con vías muertas y pasillos que volvían sobre sí mismos. Dejamos atrás rollos de papiro con jeroglíficos, joyas de oro, sarcófagos, estatuas de faraones y enormes cachos de piedra caliza.

¿Para qué querían exhibir una roca? ¿Es que no hay bastantes en el mundo?

No vimos a nadie, pero los sonidos deslizantes ganaban volumen sin importar hacia dónde corriésemos. Al poco rato doblé una esquina a toda prisa y topé con una persona.

Di un chillido y trastabillé hacia atrás, solo para tropezar con Carter. Los dos caímos de culo sin ninguna elegancia. Fue un milagro que Carter no se atravesara a sí mismo con su propia espada.

Al principio no reconocí a la chica que teníamos delante, cosa que me debería haber parecido rara, ahora que lo pienso. Quizá estuviera usando algún tipo de aura mágica, o a lo mejor es solo que me resistía a creer que fuese realmente ella.

Parecía un poco más alta que yo. Seguramente también mayor, aunque no mucho más. Llevaba el pelo moreno cortado siguiendo la mandíbula, pero más largo por delante, con lo que le caía sobre los ojos. Tenía la tez de color caramelo y unas facciones bonitas, vagamente árabes. Sus ojos —repasados con kohl negro, al estilo egipcio— eran de un extraño color ámbar que o bien era hermoso o bien daba un poco de miedo: no me decidía entre las dos opciones. Llevaba una mochila a la espalda, sandalias y ropa suelta de lino parecida a la nuestra. Tenía todo el aspecto de ir de camino a una clase de artes marciales. Dios, pensándolo bien, seguramente nosotros teníamos la misma pinta. Qué vergüenza.

Poco a poco, empecé a darme cuenta de que la había visto antes. Era la chica que llevaba el cuchillo en el Museo Británico. Sin darme oportunidad de abrir la boca, Carter se puso en pie de un salto. Se situó delante de mí y blandió su espada como si intentase protegerme. ¡Tiene narices la cosa!

—¡Vue-vuelve atrás! —tartamudeó.

La chica metió una mano en la otra manga y sacó una pieza curvada y blanca de marfil, una varita egipcia.

Hizo un leve movimiento lateral con ella, y la espada de Carter salió volando de su mano y repicó contra el suelo.

—No te pongas en ridículo —dijo la chica con severidad—. ¿Dónde está Amos?

Carter parecía demasiado aturdido para hablar. La chica se volvió hacia mí. Decidí que sus ojos dorados tenían las dos cosas: eran hermosos y daban miedo al mismo tiempo. Y además, esa maga no me caía nada bien.

—¿Y bien? —preguntó con tono imperioso.

No veía motivos para decirle ni una puñetera cosa, pero noté que se me empezaba a acumular una presión incómoda en el pecho, como un eructo que luchara por liberar. Me sorprendí a mí misma diciendo:

—Amos no está. Se ha marchado esta mañana.

—¿Y la gata demonio?

—Esa gata es mía —dije—. Y es una diosa, no un demonio. ¡Nos ha salvado de los escorpiones!

Carter se descongeló. Recogió su espada y volvió a apuntarla hacia la chica. Sobresaliente en perseverancia para él, supongo.

—¿Quién eres? —preguntó bruscamente—. ¿Qué quieres?

—Me llamo Zia Rashid.

Ladeó la cabeza como si hubiese oído algo. Al instante, el edificio entero retumbó. Cayó polvo del techo, y los sonidos resbalosos de los escorpiones duplicaron su volumen detrás de nosotros.

—Y, ahora mismo —siguió diciendo Zia con una voz que sonaba un poco decepcionada—, tengo que salvar vuestras miserables vidas. Vámonos.

Supongo que nos podríamos haber negado, pero, como nuestras opciones parecían reducirse a Zia o los escorpiones, echamos a correr tras ella.

La chica pasó junto a una vitrina llena de estatuillas y tocó el cristal con su varita como quien no quiere la cosa. Los diminutos faraones de granito y los dioses de piedra caliza despertaron a su llamada. Bajaron de sus pedestales y salieron destrozando el cristal. Algunos empuñaban armas. Otros se limitaron a hacer crujir sus nudillos de piedra. Nos dejaron pasar, pero se quedaron mirando el pasillo que dejábamos atrás con aire de estar esperando al enemigo.

—Deprisa —nos dijo Zia—. Solo servirán para...

—Que ganemos tiempo —adiviné—. Sí, ya lo había oído antes.

—Hablas demasiado —dijo Zia sin detenerse.

Estuve a punto de soltarle una respuesta cortante. De verdad, la habría puesto en su sitio con bastante maña. Pero justo en aquel momento llegamos a una sala inmensa y me abandonó la voz.

—Uau —dijo Carter.

Tuve que darle la razón. Aquel sitio era extremadamente «uau».

La sala tenía el tamaño de un campo de fútbol. Una pared estaba hecha por completo de cristal y tenía vistas al parque. En el centro de la estancia, sobre una tarima elevada, habían reconstruido un edificio de la antigüedad. Había un pórtico independiente que tenía unos ocho metros de altura, un patio y al fondo una estructura cuadrada hecha con bloques irregulares de arenisca, llenos por todas partes de imágenes de dioses, faraones y jeroglíficos. La entrada del edificio estaba flanqueada por dos columnas bañadas por una luz espeluznante.

—¿Un templo egipcio? —supuse.

—El templo de Dendur —dijo Zia—. En realidad, lo construyeron los romanos...

—Cuando ocuparon Egipto —intervino Carter, como si aquello fuese una información de gran valor—. Lo hizo levantar Augusto.

—Sí —dijo Zia.

—Fascinante —murmuré yo—. ¿Queréis que os deje solos con un libro de historia?

Zia me miró con cara de pocos amigos.

—De todas formas, el templo estaba consagrado a Isis, de modo que tendrá bastante poder para abrir un portal.

—¿Para convocar más dioses? —pregunté.

Los ojos de Zia brillaron de furia.

—¡Vuelve a acusarme de eso y te cortaré la lengua! Me refería a una puerta para sacaros de aquí.

Me sentí perdida por completo, pero ya me iba acostumbrando a estarlo. Subimos los escalones detrás de Zia y cruzamos el pórtico de piedra.

El patio que separaba el pórtico del templo estaba vacío, abandonado por los visitantes del museo que habían huido, y eso le daba un aire siniestro. Unos gigantescos grabados de dioses me miraban desde arriba. Había inscripciones jeroglíficas por todas partes, y temí que si me concentraba mucho tal vez pudiese leerlas.

Zia se detuvo en la escalera frontal del templo. Levantó la varita y escribió en el aire. Entre las columnas ardió un jeroglífico conocido.

«Ábrete», el mismo símbolo que había utilizado papá en la Piedra de Rosetta. Esperé a que explotara algo, pero el jeroglífico no hizo más que desvanecerse.

Zia abrió su mochila.

—Resistiremos aquí hasta que se pueda abrir el portal.

—¿Por qué no lo abrimos ahora y ya está? —preguntó Carter.

—Los portales solo se pueden abrir en momentos auspiciosos —dijo Zia—. Alba, ocaso, medianoche, eclipses, conjunciones astrológicas, el momento exacto en que nació un dios...

—¡Venga ya! —dije—. ¿Cómo puede ser que sepas todo eso?

—Memorizar el calendario completo cuesta años —respondió Zia—. Pero el próximo momento auspicioso es sencillo: mediodía. Dentro de diez minutos y medio.

La chica no había mirado ningún reloj. Me pregunté cómo sabría la hora con tanta exactitud, pero decidí que había cuestiones más importantes.

—¿Por qué tenemos que confiar en ti? —pregunté—. Si no recuerdo mal, en el Museo Británico querías destriparnos con un cuchillo.

—Todo habría sido más fácil. —Zia suspiró—. Por desgracia, mis superiores creen que podríais ser «inocentes». Así que, de momento, no puedo mataros. Pero tampoco puedo permitir que caigáis en manos del Señor Rojo. Por eso... podéis confiar en mí.

—Vale, me has convencido —dije—. Ya noto un agradable calorcillo en mi interior.

Zia metió la mano en su bolsa y sacó cuatro estatuillas, hombres con cabeza de animal, todas de unos cinco centímetros de altura. Me las pasó.

—Coloca a los Hijos de Horus a nuestro alrededor, en los puntos cardinales.

—¿Disculpa?

—Norte, sur, este y oeste. —Lo dijo muy despacio, como quien habla con un idiota.

—¡Ya me sé las direcciones! Pero...

—El norte está ahí. —Zia señaló hacia el exterior de la pared de cristal—. Deduce tú el resto.

Hice lo que me había pedido, aunque no creí que los hombrecillos fuesen a servirnos de nada. Mientras tanto, Zia entregó una tiza a Carter y le ordenó dibujar un círculo a nuestro alrededor que uniese las estatuas.

—Protección mágica —dijo mi hermano—, como el que hizo nuestro padre en el Museo Británico.

—Sí —refunfuñé—. Ya vimos lo bien que le funcionó a él.

Carter no me hizo caso, para no variar. Estaba tan ansioso por complacer a Zia que se puso a practicar su arte con la tiza sin pensárselo.

Entonces Zia sacó otra cosa de la mochila: un bastón de madera sin adornos como el que había usado papá en Londres. Dijo una palabra entre dientes y el bastón se alargó hasta convertirse en un báculo negro de dos metros, coronado por la talla de una cabeza de león. Zia le hizo dar vueltas con una mano —solo para lucirse, estoy convencida— mientras sostenía la varita en la otra.

Carter terminó el círculo de tiza al tiempo que aparecían los primeros escorpiones por la entrada de la galería.

—¿Cuánto falta para ese portal? —pregunté, esperando no sonar tan aterrorizada como me sentía.

—Quedaos dentro del círculo pase lo que pase —dijo Zia—. Cuando se abra el portal, meteos dentro. ¡Y no os mováis de detrás de mí!

Tocó el círculo de tiza con la varita, dijo otra palabra y el círculo empezó a emitir un fulgor rojizo oscuro.

Centenares de escorpiones se arremolinaron, acercándose al templo y convirtiendo el suelo en una masa viva de pinzas y aguijones. Entonces llegó a la galería la mujer de marrón, Serket. Nos dedicó una sonrisa fría.

—Zia —dije a la maga—, eso es una diosa. Ha derrotado incluso a Bast. ¿Qué posibilidades tienes tú?

La chica levantó su báculo y la cabeza tallada de león se encendió en llamas con una bola de fuego roja y pequeña, pero tan brillante que iluminó la sala entera.

—Soy una escriba de la Casa de la Vida, Sadie Kane. Estoy entrenada para combatir a los dioses.

S

A

D

I

E

12. Un salto por el reloj de arena

ale, admito que fue todo muy impresionante. Tendrías que haber visto la cara que puso Carter: parecía un cachorrillo emocionado. [Venga, deja ya de darme empujones. ¡Es justo lo que parecías!]

Pero mi confianza en la señorita Zia «Mira-Qué-Mágica-Soy» Rashid empezó a disminuir cuando el ejército de escorpiones reptó hacia nosotros. Nunca habría creído posible que existieran tantísimos escorpiones en el mundo, y mucho menos en Manhattan. Nuestro círculo brillante parecía insignificante como protección contra los millones de arácnidos que trepaban unos sobre otros, formando muchas capas, y contra la mujer de marrón, que resultaba incluso más horrible.

En la distancia no tenía tan mala pinta, pero cuando se aproximó pude ver que la piel pálida de Serket brillaba como el caparazón de un insecto. Tenía los ojos negros y relucientes. Su pelo largo y moreno tenía un grosor antinatural, como si estuviese compuesto por un millón de antenas erizadas de bichos. Además, cuando abrió la boca, unas segundas mandíbulas de insecto se cerraron desde los lados con un chasquido y luego se retrajeron, por fuera de sus dientes humanos normales.

La diosa se detuvo a unos veinte metros de distancia y nos observó. Sus odiosos ojos negros se enfocaron sobre Zia.

—Entrégame a los jovenzuelos.

Tenía la voz chillona y rasposa, como alguien que llevase siglos sin hablar.

Zia entrecruzó su báculo y su varita.

—Soy maestra de los elementos, escriba del Nomo Primero. Márchate o serás destruida.

Serket hizo chasquear sus mandíbulas con una espantosa sonrisa llena de baba. Algunos de sus escorpiones avanzaron, pero, cuando el primero tocó la línea brillante de nuestro círculo protector, se convirtió en cenizas con un chisporroteo. En serio, no hay absolutamente nada que huela peor que un escorpión quemado.

Los demás bichos horribles retrocedieron y se pusieron a dar vueltas a la diosa y a treparle por las piernas. Me estremecí al darme cuenta de que se le estaban metiendo por dentro de la túnica. Al cabo de unos segundos, todos los escorpiones habían desaparecido entre los pliegues marrones de su vestimenta.

Pareció que el aire se oscurecía detrás de Serket, como si la diosa empezase a proyectar una sombra gigantesca. Entonces la oscuridad se condensó y cobró la apariencia de una inmensa cola de escorpión arqueada sobre la cabeza de la diosa. El aguijón se lanzó sobre nosotros a la velocidad del rayo, pero Zia levantó su varita y lo hizo rebotar al tocarlo con la punta de marfil, que dio un siseo y soltó un humo con olor a azufre.

Zia apuntó su báculo en dirección a la diosa y envolvió su cuerpo en llamas. Serket dio un alarido y se tambaleó hacia atrás, pero el fuego se apagó prácticamente al instante. Aunque la túnica de la diosa quedó chamuscada y humeante, ella parecía más furiosa que herida.

—Tus días han quedado atrás, maga. La Casa es débil. Mi señor Set arrasará estas tierras.

Zia lanzó su varita como un bumerán. El proyectil alcanzó la sombría cola de escorpión y explotó con un fogonazo de luz cegadora. Serket retrocedió apartando la mirada y, en ese mismo instante, Zia metió la mano dentro de la otra manga y sacó algo pequeño en su puño cerrado.

«La varita era una distracción —pensé—, un truco de prestidigitador.»

Luego Zia cometió una temeridad: saltó fuera del círculo mágico, justamente lo que nos había advertido que no hiciésemos.

—¡Zia! —gritó Carter—. ¡El portal!

Eché un vistazo por encima del hombro y casi se me heló la sangre. El espacio de la entrada del templo que había entre las dos columnas se había transformado en un túnel vertical de arena, como el cuello de un reloj de arena gigantesco. Noté cómo tiraba de mí, intentando arrastrarme hacia él con una gravedad mágica.

—No pienso meterme ahí dentro —dije rotundamente, pero hubo otro estallido de luz y volví a prestar atención a Zia.

Ella y la diosa habían iniciado una danza peligrosa. Zia daba vueltas alrededor de su enemiga y también sobre sí misma con su bastón ardiente, y allí por donde pasaba dejaba una estela de llamas en el aire. Me vi obligada a admitirlo: Zia era casi tan grácil e impresionante como Bast.

Me vinieron unas ganas extrañísimas de echarle una mano. Quise (y lo quise con toda mi alma, en realidad) salir del círculo y entrar en combate. Era un impulso absolutamente desquiciado, por supuesto. ¿Qué habría podido hacer yo? Pero, aun así, sentí que no debería… que no podía saltar al interior del portal sin ayudar antes a Zia.

—¡Sadie! —Carter me agarró y tiró de mí. Sin darme cuenta, casi había pisado la línea de tiza—. ¿Se puede saber en qué piensas?

No tenía respuesta, pero miré fijamente a Zia y, en una especie de trance, murmuré:

—Va a usar cintas. No funcionarán.

—¿Qué? —dijo Carter—. ¡Venga, tenemos que cruzar el portal!

Justo entonces, Zia abrió la mano y unos pequeños jirones de tejido rojo revolotearon en el aire. «Cintas.» ¿Cómo podía yo saberlo de antemano? Las tiras se movieron con entusiasmo, como si estuvieran vivas, como anguilas en el agua, y empezaron a alargarse.

Serket seguía concentrada en el fuego, intentando evitar que Zia la acorralase. Al principio no pareció percibir las cintas, que crecieron hasta medir varios metros. Conté cinco, seis, siete en total. Surcaron el aire trazando órbitas en torno a Serket, atravesando su escorpión de sombras como si fuese una ilusión inofensiva. Por fin se cerraron contra el cuerpo de la diosa, inmovilizándole los brazos y las piernas, y el escorpión de sombras se desintegró en una neblina oscura.

Zia dejó de dar vueltas. Apuntó su báculo hacia la cara de la diosa. Las cintas empezaron a refulgir y Serket siseó de dolor, soltando improperios en un idioma que yo no conocía.

—Estás retenida por las Siete Cintas de Hathor —proclamó Zia—. Libera a tu anfitriona o tu esencia arderá por toda la eternidad.

—¡Será tu muerte la que dure toda la eternidad! —renegó Serket—. ¡Te has enemistado con Set!

Zia hizo girar su báculo y Serket cayó de lado, revolviéndose y soltando humo.

—Yo no… voy a… —siseó la diosa. Pero entonces sus ojos negros se volvieron de un blanco lechoso y se quedó quieta.

—¡El portal! —nos avisó Carter—. ¡Vamos, Zia! ¡Creo que está cerrándose!

Tenía razón. El túnel de arena parecía girar un poco más lento. El tirón mágico no se notaba tan fuerte.

Zia se acercó a la diosa caída. Tocó la frente de Serket, y de la boca de la diosa salió un humo negro. Serket se transformó y se encogió hasta que estuvimos mirando a una mujer totalmente distinta, envuelta en cintas rojas. Tenía la tez pálida y el pelo moreno pero, aparte de eso, no se parecía en nada a Serket. Tenía aspecto… bueno, humano.

—¿Quién es? —pregunté.

—La anfitriona —dijo Zia—. Una pobre mortal que…

Levantó la mirada, sorprendida. La neblina negra no seguía disipándose. Estaba ganando densidad y negrura de nuevo, rotando mientras adoptaba una forma más solida.

—Es imposible —dijo Zia—. Las cintas son demasiado potentes. Serket no puede re-formarse a menos que…

—¡Pues está re-formándose! —gritó Carter—. ¡Y se nos cierra la salida! ¡Vámonos!

No me podía creer que mi hermano estuviese dispuesto a saltar a un muro de tierra que se revolvía, pero al empezar a distinguir en aquella nube negra la silueta de un escorpión de dos pisos de altura, muy, muy cabreado, yo también me decidí.

—¡Voy! —chillé.

—¡Zia! —gritó Carter—. ¡Vámonos!

—Puede que tengas razón —decidió la maga.

Dio media vuelta, y todos juntos corrimos para arrojarnos al vórtice en rotación.

13. Me enfrento al pavo asesino

Me toca.

Antes que nada, Sadie se ha pasado tres pueblos con su comentario de que parecía un «cachorrillo». De verdad que no me hacían los ojos chiribitas con Zia. Es solo que no conozco a mucha gente capaz de lanzar bolas de fuego y combatir contra dioses. [Deja de poner caras raras, Sadie. Te pareces a Keops.]

El caso es que nos tiramos de cabeza al túnel de arena.

Todo se volvió oscuro. Me hizo cosquillas el estómago con esa sensación de ingravidez de las montañas rusas, mientras caía a toda velocidad. Noté el azote de un viento cálido y me ardió la piel.

Luego salí despedido hasta un suelo de baldosas frías, y Sadie y Zia cayeron encima de mí.

—¡Ay! —protesté.

Lo primero que vi fue que tenía todo el cuerpo cubierto por una fina capa de arena, parecida al azúcar en polvo. Entonces se me adaptaron los ojos a la luz. Estábamos en un edificio grande, parecido a un centro comercial, rodeados de personas que iban ajetreadas de un lado a otro.

No… no era un centro comercial. Era una subterminal de aeropuerto con dos pisos llenos de tiendas, ventanales y columnas de acero pulido. En el exterior era de noche, por lo que supe que habíamos cambiado de zona horaria. Por los altavoces se oían anuncios en un idioma que sonaba parecido al árabe.

Sadie escupió arena.

—¡Puaj!

—Venga —dijo Zia—, aquí no podemos quedarnos.

Me puse de pie como pude. A nuestro lado no paraba de circular gente, algunos con ropa occidental y otros con chilaba y turbante. Una familia que discutía en alemán pasó corriendo y casi me atropelló con sus maletas.

Me volví y descubrí algo que reconocía. En el centro del vestíbulo había una réplica a tamaño real de una barca del Egipto antiguo, pero compuesta de brillantes exhibidores. Era el mostrador de una tienda de perfumes y joyas.

—Estamos en el aeropuerto de El Cairo —dije.

—Sí —dijo Zia—. Y ahora, ¡vamos!

—¿A qué viene tanta prisa? ¿Es que Serket... puede seguirnos por el portal de arena?

Zia negó con la cabeza.

—Los objetos se recalientan siempre que crean un portal. Tienen que enfriarse durante doce horas antes de poder volver a usarse. Pero aún tenemos que preocuparnos por la seguridad del aeropuerto. Si no queréis conocer a la policía egipcia, os aconsejo que me sigáis ahora mismo.

Nos agarró por los brazos y nos guió entre la multitud. Seguro que teníamos pinta de mendigos, con nuestra ropa pasada de moda y cubiertos de arena desde la cabeza a los pies. La gente se apartaba de nosotros, pero nadie intentó detenernos.

—¿Qué hacemos aquí? —preguntó bruscamente Sadie.

—Visitar las ruinas de Heliópolis —dijo Zia.

—¿Dentro de un aeropuerto? —insistió Sadie.

Me acordé de una cosa que me había dicho mi padre unos años antes, y noté un hormigueo en el cuero cabelludo.

—Sadie, las ruinas están justo debajo de nosotros. —Miré a Zia—. Es así, ¿verdad?

La maga asintió.

—La ciudad antigua fue saqueada hace siglos. Algunos monumentos se los llevaron muy lejos, como las dos agujas de Cleopatra. Casi todos los templos se derruyeron para construir edificios nuevos. Lo que quedaba desapareció bajo la expansión urbana de El Cairo. La parte más extensa está justo debajo de este aeropuerto.

—¿Y a nosotros qué más nos da todo eso? —preguntó Sadie.

Zia abrió una puerta de mantenimiento dándole una patada. Al otro lado había un armario lleno de escobas. Zia musitó una orden, «sahad», y el armario titiló un instante antes de desaparecer. En el lugar que había ocupado, pudimos ver unos escalones descendentes.

—Nos da, y mucho, porque no toda Heliópolis está en ruinas —dijo Zia—. Ahora no os alejéis de mí. Y, sobretodo, no toquéis nada.

Las escaleras debían de bajar como unos diez millones de kilómetros, porque no se terminaban nunca. Además, el túnel debía de estar construido para gente en miniatura. Tuvimos que recorrer casi todo el camino agachados o arrastrándonos y, aun así, me di una docena de cabezazos contra el techo. La única luz provenía de una bola de fuego que llevaba Zia en la mano y hacía bailar sombras por todas las paredes.

Yo ya había estado en lugares parecidos, en túneles dentro de las pirámides y tumbas que había excavado mi padre, pero nunca les había encontrado la gracia. Me parecía que los millones de toneladas de roca que tenía encima me comprimían los pulmones y me dejaban sin aire.

Por fin llegamos al fondo. El túnel se amplió, y Zia se detuvo de golpe. Cuando se me adaptó la vista, pude comprender el motivo: estábamos al borde de un despeñadero.

El abismo solo podía salvarse por medio de una tabla de madera que lo cruzaba. Al otro lado había dos guerreros de granito con cabezas de chacal, situados a ambos lados de un umbral, cerrando el paso con sus lanzas cruzadas.

Sadie suspiró.

—Por favor, no más estatuas psicóticas.

—No hagas bromas —advirtió Zia—. Esto es una entrada al Nomo Primero, la rama más antigua de la Casa de la Vida y el cuartel general de todos los magos. Mi misión consistía en traeros aquí sanos y salvos, pero no puedo ayudaros a cruzar. Cada mago tiene que desatrancar el camino para sí mismo, y el desafío es distinto para cada aspirante.

Miró a Sadie con expectación, lo cual me molestó. Primero Bast, ahora Zia... las dos trataban a Sadie como si esperaran que demostrara algún tipo de superpoder. O sea, vale, sí, había reventado las puertas de la biblioteca, pero ¿por qué nadie me pedía a mí que hiciera trucos geniales?

Además, yo seguía cabreado con Sadie por los comentarios que había hecho en el museo de Nueva York, aquello de lo injusto que era que yo hubiera viajado con mi padre por todo el mundo. Ella no tenía ni idea de la cantidad de ocasiones en que me había hartado de viajar tanto, del montón de días en los que deseaba no tener que subirme a ningún avión, sino ser un simple chico normal que iba al colegio y hacía amigos. Pero no podía quejarme. «Debes tener siempre un aspecto impecable», me había dicho mi padre, y no se refería solo a la ropa. Hablaba de mi actitud. Ahora que mamá no estaba, yo era todo lo que tenía. Mi padre necesitaba que yo fuera fuerte. Por lo general, no me importaba; quería a mi padre. Pero también se me hacía difícil.

Eso no lo entendía Sadie. La que lo había tenido fácil era ella. Y ahora se había convertido en el centro de atención, como si fuese la más especial de los dos. No era justo.

Entonces oí la voz de mi padre en la cabeza: «La justicia significa que todo el mundo reciba lo que necesite. Y la única manera de conseguir lo que necesitas es hacerlo suceder por ti mismo».

No sabía qué mosca me había picado, pero desenvainé la espada y marché por el tablón con paso firme. Pareció que mis piernas funcionaban por sí mismas, sin esperar al cerebro. Una parte de mí pensó: «Esto es una idea nefasta». Pero otra parte de mí respondió: «No, no vamos a tener miedo de esto». Y esa segunda voz no sonó como la mía.

—¡Carter! —gritó Sadie.

Seguí adelante. Intenté no bajar la mirada hacia el abismo insondable que se abría por debajo de mis pies, pero solo la amplitud del barranco ya me mareaba. Me sentí como una peonza, dando vueltas y bamboleándome mientras recorría el estrecho tablón.

Mientras me acercaba al lado opuesto, el umbral que había entre las dos estatuas empezó a brillar como una cortina de luz roja.

Respiré muy hondo. Quizá la luz roja fuera un portal, igual que la puerta de arena arremolinándose. A lo mejor, si me lanzaba hacia él con bastante rapidez…

Entonces salió disparada la primera daga desde el túnel.

Mi espada se estaba moviendo incluso antes de darme cuenta. La daga tendría que haberse clavado en mi pecho, pero de algún modo la desvié con el filo de mi arma y la hice caer al abismo. Salieron otras dos dagas del túnel. Mis reflejos nunca habían sido nada del otro mundo, pero en aquel momento se aceleraron. Esquivé una daga agachándome y la otra la enganché con el filo curvado de mi espada, le di la vuelta y la arrojé de vuelta al túnel. ¿Cómo narices había hecho eso?

Llegué al final del tablón y solté un tajo al interior de la luz roja, que parpadeó unos instantes antes de apagarse del todo. Tuve miedo de que las estatuas cobraran vida, pero no sucedió nada. El único sonido fue el de una daga repicando contra la roca muy por debajo, al fondo del abismo.

El portal empezó a brillar de nuevo. La luz rojiza se concretó en una figura extraña: la de un pájaro de metro ochenta con cabeza de hombre. Yo alcé mi espada, pero Zia gritó desde el otro lado:

—¡Carter, no!

La criatura plegó las alas. Entrecerró sus ojos, perfilados con kohl, para estudiarme. Llevaba una peluca ornamental que relucía sobre su rostro surcado de arrugas. Tenía una de esas barbas trenzadas faraónicas de pega enganchada a la barbilla, igual que una coleta pero al revés. La aparición no parecía hostil, salvo por la titilante luz roja que lo rodeaba y por el hecho de que, de cuello para abajo, era el pavo asesino más grande del mundo.

Entonces se me ocurrió una idea que me heló la sangre: estaba ante un ave con cabeza humana, la misma forma con que me había imaginado a mí mismo mientras dormía en casa de Amos, cuando mi alma salió del cuerpo y voló hasta Phoenix. No sabía lo que significaba aquello, pero me asustó.

La criatura pájaro rascó el suelo con una zarpa. Luego, por sorpresa, sonrió.

—*Pari, niswa nafeer* —me dijo, o al menos así es como me sonó.

Zia dio un respingo. Ella y Sadie estaban justo detrás de mí, con las caras pálidas. Al parecer, se las habían ingeniado para cruzar el abismo sin que yo me diera cuenta.

Un momento después, Zia se recompuso. Hizo una reverencia a la criatura pájaro. Sadie la imitó.

La criatura me guiñó un ojo, como si acabáramos de compartir un chiste privado. Después se esfumó. La luz roja se fue desvaneciendo. Las estatuas doblaron sus brazos y las lanzas se apartaron de la entrada.

—¿Ya está? —pregunté—. ¿Qué ha dicho el pavo?

Zia me miró con algo parecido al temor.

—Eso no era un pavo, Carter. Era un *ba*.

Ya había oído a mi padre pronunciar la palabra antes, pero no la situaba del todo.

—¿Otro monstruo?

—Un alma humana —me corrigió Zia—. En este caso, un espíritu de los muertos. Un mago de tiempos remotos, que ha regresado para servir de guardián. Ellos vigilan las entradas de la Casa.

Me examinó la cara como si me hubiera salido algún tipo de sarpullido horrendo.

—¿Qué pasa? —quise saber—. ¿Por qué me miras así?

—Por nada —dijo ella—. Hemos de darnos prisa.

Pasó a mi lado y desapareció por el túnel.

Sadie también me miraba fijamente.

—Vale —dije—, ¿qué ha dicho el hombre pájaro? ¿Tú lo has entendido?

Ella asintió, incómoda.

—Te ha confundido con otra persona. Seguro que estaba mal de la vista.

—¿Por?

—Porque ha dicho: «Adelante, mi buen rey».

Aquello me dejó por las nubes. Recorrimos el túnel y entramos en una extensa ciudad subterránea de grandes salones y cámaras, pero solo recuerdo imágenes sueltas del trayecto.

Los techos variaban entre cinco y diez metros de altura, por lo que no tuve la sensación de que estuviéramos bajo tierra. Todos los edificios estaban sostenidos por inmensas columnas de piedra como las que había visto en las ruinas egipcias, solo que aquellas estaban en perfectas condiciones: pintadas con vivos colores para recordar a las palmeras y con unas hojas verdes cinceladas en la parte de arriba, daban la impresión de que recorrías un bosque petrificado. Había hogueras ardiendo en braseros de cobre. No parecían soltar ningún humo, pero daban buen olor al aire, como un mercadillo de especias: canela, clavo, nuez moscada y otros que no logré identificar. La ciudad olía igual que Zia. Comprendí que aquel era su hogar.

Vimos a más personas, sobre todo hombres y mujeres mucho mayores que nosotros. Algunos llevaban chilabas de lino; otros, ropa moderna. Nos cruzamos con un tío vestido con traje que paseaba a un leopardo negro atado con correa, con toda la naturalidad del mundo. Otro tío gritaba órdenes a un pequeño ejército de escobas, fregonas y cubos que se dispersaron por todas partes para limpiar la ciudad.

—Es como esos dibujos animados —dijo Sadie— en los que sale Mickey Mouse intentando hacer magia y las escobas no paran de dividirse en más escobas y cargar agua.

—*El aprendiz de brujo* —dijo Zia—. Supongo que sabréis que está basado en un cuento egipcio, ¿verdad?

Sadie se limitó a mirarla fijamente. Yo sabía cómo se sentía mi hermana. Era demasiada información para procesarla de golpe.

Cruzamos un salón de estatuas con cabezas de chacal, y habría jurado que sus ojos nos miraron al pasar. Unos minutos más tarde, Zia nos llevó por un mercado al aire libre (si es que se puede decir que hay algo «al aire libre» bajo el suelo), en el que una docena de puestos vendían mercancías extrañas como varitas de bumerán, muñecos animados de arcilla, loros, cobras, papiros y centenares de amuletos relucientes y distintos entre sí.

Luego recorrimos un camino de piedras que cruzaba un río oscuro y rebosante de peces. Pensé que eran percas hasta que vi los dientes malignos que tenían.

—¿Eso son pirañas? —pregunté.

—Peces tigre del Nilo —dijo Zia—. Son como las pirañas, solo que pueden pesar hasta siete kilos.

Después de esa frase, empecé a mirar mejor dónde pisaba.

Doblamos un recodo y pasamos por un edificio muy adornado, esculpido en la roca negra maciza. Alguien había cincelado en las paredes a varios faraones sentados, y el umbral tenía la forma de una serpiente enroscada.

—¿Ahí dentro qué hay? —preguntó Sadie.

Echamos un vistazo al interior y vimos varias hileras de niños; quizá había un par de docenas en total, con edades entre los seis y los diez años o así, sentados en cojines con las piernas cruzadas. Estaban inclinados sobre unos cuencos dorados, concentrados en el líquido que contenían y musitando entre dientes. Al principio supuse que el edificio sería un aula, pero allí no había ni rastro de ningún profesor y, además, la sala no estaba iluminada más que por unas pocas velas. A juzgar por el número de asientos vacíos, la sala estaba diseñada para albergar al doble de niños.

—Son nuestros iniciados —explicó Zia—, aprendiendo adivinación. El Nomo Primero debe mantenerse en contacto con nuestros hermanos de todo el mundo. Los más jóvenes de entre nosotros hacen de… operadores, supongo que los llamaríais.

—Entonces, ¿tenéis bases como esta por todo el planeta?

—La mayoría son mucho más pequeñas, pero sí.

Recordé lo que nos había contado Amos sobre los nomos.

—Egipto es el Nomo Primero, Nueva York es el Vigésimo Primero. ¿Cuál es el último, el que hace trescientos sesenta?

—Ese es la Antártida —dijo Zia—. Se destina allí a la gente como castigo. No hay nada aparte de un par de magos del frío y algunos pingüinos mágicos.

—¿Pingüinos mágicos?

—No preguntes.

Sadie señaló a los niños del edificio.

—¿Cómo funciona? ¿Ven imágenes en el agua?

—Es aceite —replicó Zia—, pero sí.

—Qué pocos son —dijo Sadie—. ¿No hay más iniciados en toda la ciudad?

—En todo el mundo —la corrigió Zia—. Había más antes de…

Dejó la frase en el aire.

—¿Antes de qué? —insistí yo.

—Nada —dijo ella con el rostro ensombrecido—. Los iniciados se encargan de la adivinación porque las mentes jóvenes son las más receptivas. Los magos empiezan su formación como muy tarde a los diez años… con unas pocas excepciones peligrosas.

—Es decir, nosotros —dije.

Me lanzó una mirada de aprensión, y supe que la maga seguía pensando en lo que el pájaro-espíritu me había llamado: «buen rey». A mí me parecía igual de irreal que haber encontrado nuestro apellido en el pergamino de *La sangre de los faraones*. ¿Cómo iba a estar emparentado yo con los reyes de la antigüedad? Y aunque de verdad lo estuviera, ni que decir tiene que yo no era ningún rey. No tenía reino. Ya ni siquiera tenía mi única maleta.

—Os estarán esperando —dijo Zia—. Venid conmigo.

Caminamos tanto que empezaron a dolerme los pies.

Al final, llegamos a una encrucijada. A la derecha teníamos unos inmensos portones de bronce, con fuegos vivos a ambos lados; a la izquierda, una esfinge de seis metros de altura tallada en la pared. Había una entrada acunada entre sus zarpas, pero estaba tapiada y cubierta de telarañas.

—Se parece a la Esfinge de Guiza —comenté.

—Es porque estamos justo debajo de la Esfinge de verdad —dijo Zia—. Ese túnel sube directo hasta ella. O subía, antes de que lo sellaran.

—Pero... —Hice unos cálculos mentales rápidos—. La Esfinge está como a treinta kilómetros del aeropuerto de El Cairo.

—Más o menos.

—No hemos andado tanto ni de milagro.

Eso arrancó una sonrisa a Zia, y no pude evitar fijarme en lo bonitos que eran sus ojos.

—La distancia cambia en los lugares mágicos, Carter. Seguramente eso ya lo has aprendido.

Sadie carraspeó.

—Vale, ¿y por qué está cerrado el túnel?

—La Esfinge se puso demasiado de moda entre los arqueólogos —dijo Zia—. No paraban de montar excavaciones por la zona. Al final, en los años ochenta, descubrieron el primer tramo del túnel que tiene debajo.

—¡Eso me lo contó mi padre! —exclamé yo—. Pero me dijo que el túnel no tenía salida.

—Dejó de tenerla cuando nosotros acabamos nuestro trabajo. No podíamos permitir que los arqueólogos supieran cuánto estaban pasando por alto. El arqueólogo más prominente de Egipto especuló que solo habían descubierto el treinta por ciento de las antiguas ruinas egipcias. En realidad, solo han encontrado la décima parte, y ni siquiera es la décima parte realmente interesante.

—Ah, ¿no? ¿Y la tumba del rey Tut? —discutí.

—¿El niño rey ese? —Zia puso los ojos en blanco—. Aburridísimo. Tendrías que ver algunas de las tumbas buenas de verdad.

Aquel comentario me dejó un poco resentido. Mi padre me puso el nombre que tengo en honor a Howard Carter, el tío que descubrió la tumba del rey Tut, así que siempre me había sentido muy unido a ella. Si eso no era una tumba «buena de verdad», no sabía qué podía serlo.

Zia se volvió hacia las puertas de bronce.

—Esto es el Salón de las Eras.

Colocó la palma de su mano contra el sello, que mostraba el símbolo de la Casa de la Vida.

Los jeroglíficos empezaron a resplandecer y las puertas se abrieron de par en par.

Zia se giró hacia nosotros, con el semblante terriblemente serio.

—Estáis a punto de conocer al lector jefe. Mostrad respeto en su presencia, a menos que deseéis transformaros en insectos.

C
A
R
T
E
R

14. Casi nos mata un tío francés

Había visto muchas locuras durante los últimos días, pero el Salón de las Eras se llevó la palma.

Una infinidad de columnas, agrupadas en hileras dobles, sostenían un techo tan alto que dejaría espacio de sobra para aparcar un dirigible. Por el centro del salón, tan largo que no se veía el fondo por intensa que fuera la luz, discurría una titilante alfombra azul que parecía hecha de agua. Había bolas de fuego flotando por ahí como pelotas de baloncesto hechas de helio, que cambiaban de color al chocar entre sí. Por el aire también flotaban minúsculos símbolos jeroglíficos, combinándose al azar para componer palabras y separándose después.

Estiré el brazo hacia un par de piernas brillantes.

Caminaron de lado a lado de mi mano antes de saltar al vacío y deshacerse.

No fue lo más raro de todo. Lo más raro de todo fueron las «exposiciones».

No se me ocurre otro nombre para ellas. Entre las columnas que teníamos a ambos lados, había imágenes que cambiaban, se enfocaban y después volvían a emborronarse como hologramas en una tormenta de arena.

—Vamos —nos dijo Zia—. Y no perdáis demasiado tiempo mirando.

Era imposible evitarlo. En los primeros seis metros de salón aproximadamente, las escenas mágicas conjuraban una luz dorada que lo recubría de lado a lado. Se elevaba un sol ardiente sobre el agua, y me dio la impresión de estar presenciando el principio del mundo. Unos gigantes cruzaban a zancadas el valle del Nilo; eran un hombre de piel negra con cabeza de chacal, una leona con sangre en las zarpas y una hermosa mujer con alas de luz.

Sadie pisó fuera de la alfombra. Hipnotizada, intentó alcanzar las imágenes.

—¡Quédate en la alfombra! —Zia agarró a Sadie de la mano y tiró de ella hasta el centro del salón—. Lo que estáis viendo es la Era de los Dioses. Ningún mortal debería morar en estas imágenes.

—Pero… —Sadie parpadeó—. Son solo imágenes, ¿no?

—Recuerdos —contestó Zia—, tan poderosos que podrían destruir la mente.

—Ah —dijo Sadie en voz muy baja.

Continuamos andando. Las imágenes pasaron a ser plateadas. Pude ver a ejércitos enfrentados en batalla, hordas de egipcios vestidos con faldita, sandalias y loriga de cuero que entrechocaban sus lanzas. Un hombre alto y de tez oscura, con armadura roja y blanca, se investía a sí mismo con una corona doble. Era Narmer, el rey que unificó el Alto y el Bajo Egipto. Sadie tenía razón: el tipo se daba un aire a papá.

—Esto es el Imperio Antiguo —supuse—. La primera edad dorada de Egipto.

Zia asintió. Avanzando por el salón, vimos a trabajadores que construían la primera pirámide escalonada hecha de piedra. Unos pasos más y la mayor pirámide de todas se alzó en el desierto de Guiza. Su revestimiento de piedra blanca y suave relucía bajo el sol. Había diez millares de trabajadores reunidos en su base, arrodillados ante un faraón que elevaba sus manos hacia el astro rey y consagraba así su propia tumba.

—Keops —dije yo.

—¿El babuino? —preguntó Sadie, interesada de repente.

—No, el faraón que construyó la Gran Pirámide —dije yo—. La pirámide fue la estructura más alta de todo el mundo durante casi cuatro mil años.

A los pocos pasos, las imágenes pasaron de la plata a un tono cobrizo.

—El Imperio Medio —anunció Zia—. Una época sangrienta y caótica. Sin embargo, es la época en que alcanzó su madurez la Casa de la Vida.

Las escenas empezaron a cambiar con más rapidez. Vimos ejércitos que combatían, templos construyéndose, barcos que navegaban el Nilo y magos lanzando llamaradas. Cada paso que dábamos abarcaba siglos, y aun así el salón no terminaba nunca. Por primera vez, comprendí lo antiguo que era Egipto en realidad.

Traspasamos un nuevo umbral y la luz se volvió de bronce.

—El Imperio Nuevo —deduje—. Fue la última vez que Egipto estuvo gobernado por egipcios.

Zia no respondió, pero vi pasar a los lados algunas escenas que me había descrito mi padre: Hatshepsut, la más imponente reina-faraón, con una barba postiza para dirigir Egipto como un hombre; Ramsés el Grande encabezaba sus carros de guerra hacia la batalla.

Vi a magos entablando combate en un palacio. Un hombre con una túnica hecha harapos, barba enmarañada y ojos desorbitados lanzó al suelo su báculo, que se transformó en serpiente y devoró a otra docena de serpientes.

Se me hizo un nudo en la garganta.

—Ese no será…

—Musa —dijo Zia—. O Moshé, como lo conocía su propia gente. Vosotros lo llamáis Moisés. El único extranjero que ha derrotado jamás a la Casa en un duelo mágico.

Me la quedé mirando.

—Estás de broma, ¿no?

—Con cosas como esta, aquí no se bromea.

La escena cambió de nuevo. Vi a un hombre de pie junto a un tablero lleno de figuritas militares: barcos de juguete hechos de madera, soldados y carros de guerra. El hombre iba vestido como un faraón, pero extrañamente su cara me sonaba de algo. Con un escalofrío, comprendí que tenía la misma cara que el *ba*, el espíritu con cara de pájaro que me había desafiado en el puente.

—¿Ese quién es? —pregunté.

—Nectanebo II —dijo Zia—. El último rey egipcio nativo, y también el último faraón hechicero. Podía desplazar ejércitos enteros, o crear y destruir armadas, con solo mover las piezas de su tablero. Pero, al final, no fue suficiente.

Cruzamos una nueva línea y las imágenes resplandecieron azuladas.

—Esto son los tiempos de la dinastía ptolemaica —dijo Zia—. Alejandro Magno conquistó todo el mundo conocido, Egipto incluido. Coronó como faraón a su general Ptolomeo, y así fundó una línea de reyes griegos para que gobernasen Egipto.

La sección ptolemaica del salón era más corta, y parecía desangelada en comparación con las otras. Los templos eran más pequeños. Los reyes y reinas tenían un aspecto desesperado, o perezoso, o apático sin más.

No había grandes batallas… excepto hacia el final. Contemplé cómo las tropas romanas entraban con paso firme en la ciudad de Alejandría. Vi a una mujer de cabello negro y vestido blanco que soltaba una serpiente dentro de su blusa.

—Cleopatra —dijo Zia—. La séptima reina de su nombre. Intentó resistir contra el poderío romano y fracasó. Cuando ella se quitó la vida, murió la última dinastía de faraones. Egipto, la gran nación, decayó. Nuestro idioma se sumió en el olvido. Se reprimieron los antiguos ritos. La Casa de la Vida sobrevivió, pero nos vimos forzados a ocultarnos.

Pasamos a una zona de luz roja, y la historia empezó a sonarme más. Vi a ejércitos de caballería árabes que se internaban en Egipto, y luego a los turcos. Napoleón hizo marchar sus tropas bajo la sombra de las pirámides. Los ingleses llegaron y se apoderaron del Canal de Suez. Poco a poco, El Cairo se transformó en una ciudad moderna. Las antiguas ruinas se fueron desvaneciendo en la distancia, bajo las arenas del desierto.

—Cada año —nos dijo Zia—, el Salón de las Eras crece en longitud para abarcar nuestra historia. Hasta el mismísimo presente.

Me había quedado tan estupefacto que ni siquiera me di cuenta de que habíamos llegado al final del salón hasta que Sadie me agarró del brazo.

Ante nosotros se alzaba un estrado, y en él un trono vacío: una silla de madera forrada de oro, con un látigo y un cayado de pastor —los antiguos símbolos del faraón— grabados en el respaldo.

En el último escalón antes de llegar al trono estaba sentado el hombre más viejo que había visto jamás. Tenía la piel como una bolsa de papel: marrón, fina y arrugada. Su figura enjuta estaba cubierta por una chilaba de lino que le venía ancha. Tenía los hombros envueltos en una piel de leopardo, y sostenía con mano temblorosa un gran báculo de madera, que no dudé de que se le caería en cualquier momento. Lo más raro era que todos los jeroglíficos brillantes que había en el aire parecían emanar de él. A su alrededor no dejaban de aparecer símbolos brillantes que luego se alejaban flotando, como si el anciano fuese una especie de máquina mágica de hacer pompas de jabón.

Al principio, ni siquiera tuve claro del todo que estuviera vivo. Sus ojos perdidos contemplaban el vacío. Entonces los enfocó en mí, y me recorrió el cuerpo una descarga eléctrica.

No solo me estaba mirando. Estaba explorándome, leyendo mi esencia entera.

Escóndete, dijo algo dentro de mí.

No sé de dónde vino la voz, pero se me encogió el estómago. Tensé todos los músculos, como preparándome para encajar un golpe, y la sensación eléctrica remitió.

El anciano enarcó una ceja como si se hubiera sorprendido. Miró a sus espaldas y dijo algo en un idioma que no pude identificar.

Salió un segundo hombre de entre las sombras. Tuve que reprimir un gemido. Era el tío que había estado con Zia en el Museo Británico, el de la chilaba color vainilla y la barba bifurcada. El barbudo nos dirigió una mirada colérica a Sadie y a mí.

—Me llamo Desjardins —dijo con acento francés—. Mi maestro, el lector jefe Iskandar, os da la bienvenida a la Casa de la Vida.

No se me ocurrió nada que responder a aquello, de modo que, por supuesto, hice una pregunta idiota.

—Es viejo con ganas. ¿Por qué no está sentado en el trono?

A Desjardins se le desencajó el rostro, pero el tipo vejete, Iskandar, se limitó a soltar una risita y a decir algo en ese otro idioma.

Desjardins lo tradujo con tono frío y formal.

—El maestro te agradece que te hayas fijado; dice que, en realidad, es viejo con muchísimas ganas. Pero el trono es para el faraón. Nadie lo ha ocupado desde que Egipto cayera contra Roma. Es algo… *comment dit-on?* Simbólico. El cometido del lector jefe es servir y proteger al faraón. Por lo tanto, se sienta a los pies del trono.

Miré a Iskandar, un poco nervioso. Me pregunté cuántos años llevaría sentándose en aquel escalón.

—Si tú… si él comprende el inglés, ¿en qué idioma habla?

Desjardins soltó un bufido.

—El lector jefe comprende muchas cosas. Pero le gusta hablar en griego alejandrino, su lengua materna.

Sadie carraspeó.

—Perdona, ¿has dicho su lengua «materna»? ¿Alejandro Magno no estaba allá atrás en el sector azul, hace miles de años? Tal y como lo dices, da la impresión de que lord Salamandra es…

—Lord Iskandar —siseó Desjardins—. ¡Un respeto!

Algo encajó en mi mente. Cuando estábamos en Brooklyn, Amos había hablado de una ley que prohibía a los magos convocar dioses, una ley que había sido promulgada en tiempos romanos por el lector jefe… Iskandar. Por fuerza tenía que ser un tío distinto. A lo mejor teníamos delante a Iskandar XXVII o algo por el estilo.

El viejo me miró a los ojos. Sonrió, como si supiera exactamente lo que yo estaba pensando. Dijo otra cosa en griego y Desjardins se puso a traducir:

—El maestro dice que no os preocupéis. No se os considerará responsables de los crímenes que vuestra familia haya cometido en el pasado. Por lo menos, no hasta que os hayamos investigado más meticulosamente.

—Caramba, muchísimas gracias —dije.

—No te burles de nuestra generosidad, niño —dijo Desjardins con tono de advertencia—. Tu padre violó nuestra ley más importante, dos veces. Una en la Aguja de Cleopatra, cuando trató de convocar a los dioses y vuestra madre murió ayudándole. Otra vez más en el Museo Británico, cuando vuestro padre cometió la estupidez de utilizar la mismísima Piedra de Rosetta. Ahora vuestro tío también ha desaparecido...

—¿Sabes lo que le ha pasado a Amos? —saltó Sadie.

Desjardins frunció el ceño.

—Todavía no —admitió.

—¡Tenéis que encontrarlo! —gritó mi hermana—. Seguro que tenéis alguna magia en plan GPS, o...

—Estamos buscándolo —dijo Desjardins—. Pero vosotros no podéis preocuparos por Amos. Tenéis que quedaros aquí. Tenéis que ser... entrenados.

Me dio la impresión de que le había faltado un pelo para usar una palabra distinta, mucho menos agradable que «entrenados».

Iskandar me habló directamente. Había amabilidad en su tono.

—El maestro os advierte de que los días demoníacos empiezan mañana al ocaso —tradujo Desjardins—. Debéis permanecer a salvo.

—¡Pero tenemos que encontrar a nuestro padre! —exclamé—. ¡Ahí fuera hay dioses peligrosos! ¡Hemos visto a Serket, y a Set!

Al oír los nombres, el rostro de Iskandar se crispó. Giró la cabeza y dirigió a Desjardins lo que sonaba como una orden. Desjardins protestó. Iskandar repitió su afirmación. Estaba claro que a Desjardins no le hacía ninguna gracia, pero cedió ante su maestro con una reverencia. Entonces se volvió hacia mí.

—El lector jefe desea escuchar vuestra historia.

De modo que se la conté, con Sadie metiendo baza cada vez que yo paraba para recuperar el aliento. Lo curioso es que los dos nos saltamos ciertas partes, sin haberlo planeado. No mencionamos las capacidades mágicas de Sadie, ni el encuentro con el *ba* que me había llamado rey. Fue como si de verdad no pudiera mencionarlos. Cada vez que lo intentaba, la vocecita del interior de mi cabeza me susurraba:

Ese trozo, no. Guarda silencio.

Al terminar, miré a Zia. Ella no dijo nada, pero me estaba estudiando con expresión preocupada.

Iskandar trazó un círculo sobre su escalón utilizando la contera de su báculo. El aire se llenó de más jeroglíficos que se marcharon flotando.

Al cabo de pocos segundos, pareció que Desjardins se impacientaba. Dio un paso adelante y nos fulminó con la mirada.

—Mentís. No pudisteis ver a Set. Para seguir en este mundo, necesitaría un anfitrión muy poderoso. Muy, muy poderoso.

—Eh, tú, escucha —dijo Sadie—. Yo no sé nada de ninguna patraña sobre anfitriones, pero he visto a Set con mis propios ojos. Tú también estabas en el Museo Británico igual que yo, así que me imagino que debiste de verlo. Si además resulta que Carter lo vio en Phoenix, Arizona, pues… —Me lanzó una mirada dubitativa—. Pues entonces seguramente no se haya vuelto loco.

—Gracias, hermanita —murmuré, pero Sadie no había hecho más que empezar.

—¡Y en cuanto a Serket, también es real, para que lo sepas! ¡Bast, mi gata, nuestra amiga, ha muerto protegiéndonos!

—En otras palabras —replicó Desjardins, gélido—, admitís haber confabulado con dioses. Eso nos facilita mucho la investigación. Bast no es vuestra amiga. Los dioses fueron quienes causaron la caída de Egipto. Apelar a sus poderes está prohibido. Todos los magos hacen juramento de impedir que los dioses interfieran en el mundo mortal. Debemos emplear todo nuestro poder en combatirlos.

—Bast decía que erais unos paranoicos —aportó Sadie.

El mago apretó los puños, y el aire se impregnó del extraño aroma del ozono, igual que en las tormentas eléctricas. Se me erizaron los pelos de la nuca. Antes de que pudiera suceder nada malo, Zia se plantó delante de nosotros.

—Lord Desjardins —rogó—, es cierto que había algo raro. La diosa escorpión se re-formó casi al instante después de que yo la atrapara. No pude expulsarla a la Duat, ni siquiera con las Siete Cintas. Solo fui capaz de romper su control sobre la anfitriona durante un instante. Tal vez los rumores sobre otras fugas...

—¿Qué otras fugas? —indagué.

Ella me miró reticente.

—Otros dioses, muchísimos, liberados desde anoche a partir de piezas que se encuentran a lo largo y ancho del mundo. Igual que una reacción en cadena...

—¡Zia! —exclamó Desjardins bruscamente—. ¡Esa información no se debe divulgar!

—Mire —le dije—, lord, sir o lo que sea... Bast ya nos ha avisado de que pasaría esto. Ha dicho que Set liberaría a más dioses.

—Maestro —imploró Zia—, si la Maat se está debilitando, si Set incrementa el caos, tal vez sea por eso por lo que no he podido expulsar a Serket.

—Menuda tontería —dijo Desjardins—. Eres diestra, Zia, pero tal vez no lo suficiente para este enfrentamiento. En cuanto a estos dos, la contaminación debe contenerse.

El rostro de Zia enrojeció. Se dirigió a Iskandar.

—Maestro, por favor, deme una oportunidad con ellos.

—Olvidas tus lealtades —le recriminó Desjardins—. Estos dos son culpables y deben ser destruidos.

Me empezó a faltar el aire. Miré a Sadie. Si teníamos que escapar corriendo por aquel salón tan largo, íbamos a vernos en apuros...

El anciano por fin levantó la mirada. Dedicó a Zia una sonrisa de auténtico afecto. Por un segundo, me pregunté si ella sería su tata-tataranieta o algo parecido. El lector jefe habló en griego, y Zia respondió con una profunda reverencia.

Desjardins parecía a punto de estallar. Se apartó los faldones de la chilaba de los pies y caminó a zancadas hasta situarse detrás del trono.

—El lector jefe permitirá que Zia os examine —gruñó—. Mientras tanto, yo comprobaré las verdades, o las mentiras, de vuestra historia. Por las mentiras se os castigará.

Me giré hacia Iskandar e imité la inclinación de Zia. Sadie hizo lo mismo.

—Gracias, maestro —dije.

El anciano me observó durante mucho rato. Una vez más, me sentí como si el lector intentara llegar hasta mi alma, aunque no con enfado, sino más bien con preocupación. Luego habló en murmullos, entre los que solo distinguí las palabras «Nectanebo» y «ba».

Abrió las manos y dejó escapar un torrente de jeroglíficos brillantes que se arremolinaron en torno al estrado. Hubo un destello de luz cegadora y, cuando recuperé la visión, la plataforma estaba vacía. Los dos hombres se habían marchado.

Zia se giró hacia nosotros, con el rostro muy serio.

—Os llevaré a los dormitorios que os corresponden. Por la mañana empezará vuestro examen. Comprobaremos cuánta magia sabéis y por qué la sabéis.

Yo no tenía claro lo que significaba aquello, pero crucé una mirada de inquietud con Sadie.

—Parece divertido —probó a decir Sadie—. ¿Qué pasa si suspendemos ese examen?

Zia la contempló con frialdad.

—Este examen no es del tipo que se puede suspender, Sadie Kane. Quien no lo aprueba muere.

15. Un cumpleaños de dioses

S e llevaron a Carter a un dormitorio distinto, así que no sé si durmió bien. Lo que es yo, no pude ni echar una cabezadita.

Ya me habría costado pegar ojo después de los comentarios de Zia sobre aprobar los exámenes o morir, pero, para colmo, el dormitorio de chicas no era ni de lejos tan lujoso como la mansión de Amos. Las paredes de piedra exudaban humedad. La luz de antorcha hacía bailar en el techo unas aterradoras imágenes de monstruos egipcios. Me asignaron un catre para dormir, y las otras aprendices —Zia las había llamado «iniciadas»— eran mucho más jóvenes que yo, por lo que cuando la vieja encargada del dormitorio les dijo que se durmieran inmediatamente, obedecieron a la primera. La encargada movió una mano y todas las antorchas se apagaron. Cerró la puerta al salir, y pude oír cómo encajaban las cerraduras.

Maravilloso. Encerrada en la mazmorra de una guardería.

Estuve mirando la oscuridad hasta que oí los ronquidos de las otras chicas. Había un pensamiento que no podía quitarme de la cabeza, un ansia que no se me pasaba. Al final me incorporé en silencio y metí los pies en mis botas.

Llegué a tientas hasta la puerta. Tiré del pomo. Cerrada con llave, como había sospechado. Me tentó la idea de abrirla de una patada hasta que recordé lo que había hecho Zia en el armario del aeropuerto de El Cairo.

Llevé la palma de mi mano a la puerta y susurré:

—*Sahad.*

Las cerraduras dieron chasquidos. La puerta se abrió. Un truco de lo más útil.

Al otro lado había unos pasillos oscuros y desiertos. Por lo visto, el Nomo Primero no tenía una gran vida nocturna. Deshice a hurtadillas el camino que habíamos seguido por la ciudad al venir, y solo me crucé con alguna que otra cobra que reptaba por el suelo. Después del último par de días, las cobras ni me despistaron. Se me ocurrió buscar a Carter, pero no sabía dónde se lo habían llevado y, sinceramente, aquello lo quería hacer yo sola.

Después de la última discusión que habíamos tenido en Nueva York, no estaba segura de lo que opinaba de mi hermano. Que pudiera estar celoso de la vida que yo llevaba mientras él viajaba por todo el mundo con papá... ¡Venga ya, hombre! Y encima, tenía la jeta de decir que mi vida era normal. Vale, sí, tenía amigas en el colegio como Liz y Emma, pero las cosas no eran nada fáciles. Si Carter daba algún tropezón social o conocía a gente que no le caía bien, podía dejarlo todo atrás. Si a mí me hacían una pregunta sencilla, como por ejemplo «¿dónde están tus padres?» o «¿a qué se dedica tu familia?», o incluso «¿de dónde eres?», no podía contestarla sin revelar lo extraña que era mi situación. Siempre había sido la chica rarita. La mulata, la estadounidense que no era estadounidense, la chica de la madre muerta, la del padre que no estaba, la alumna que montaba jaleo en clase, la que no se podía concentrar en los estudios. Con el paso del tiempo, acabas aprendiendo que no sirve de nada tratar de integrarse. Si la gente me iba a tratar de una manera distinta que al resto, ya puestos les podía dar algo a lo que mirar. ¿Mechas rojas en el pelo? ¡Por qué no! ¿Botas militares con el uniforme escolar? ¡Claro que sí! Cuando el director me decía «quiero hablar con sus padres, señorita», yo le respondía: «Pues buena suerte». Carter no tenía ni la menor idea de cómo era mi vida.

Bueno, ya vale. El asunto es que aquella pequeña expedición quería hacerla yo sola y, tras perderme un par de veces, conseguí volver al Salón de las Eras.

¿Qué intenciones tenía?, te preguntarás. Desde luego, no tenía intención de volver a cruzarme con *monsieur* Maligno ni con ese vejestorio horripilante de lord Salamandra.

Pero sí quería ver esas imágenes… esos recuerdos, como los había llamado Zia.

Abrí las puertas de bronce hacia el interior. El salón parecía vacío. No había bolas de fuego flotando cerca del techo ni jeroglíficos brillantes en el aire. Aun así, las imágenes seguían titilando entre columna y columna, bañando el salón con una extraña luz multicolor.

Di unos pasos nerviosos.

Quería echar otro vistazo a la Era de los Dioses. En nuestro recorrido anterior por el salón, algo que había en aquellas imágenes me había conmovido. Carter pensó que me había quedado hipnotizada y corría peligro, y Zia me había advertido de que las escenas me derretirían el cerebro, pero me dio la impresión de que solo intentaba asustarme. Yo había notado una conexión con aquellas imágenes, tenía la sensación de que contenían una respuesta, una información crucial que necesitaba conocer.

Salí de la alfombra y me acerqué a la cortina de luz dorada. Vislumbré dunas de arena que se desplazaban con el viento, nubes de tormenta arremolinándose, cocodrilos que nadaban Nilo abajo. Vi una sala inmensa llena de juerguistas. Toqué la imagen.

Y aparecí en el palacio de los dioses.

A mi alrededor giraban unos seres colosales, que iban cambiando de forma y unas veces eran humanos, otras animales y otras parecían hechos de energía pura. Había un hombre africano vestido con una suntuosa túnica negra, sentado en el trono que se alzaba en el centro de la sala. Era guapo de cara, y tenía los ojos castaños y amables. Sus manos parecían lo bastante fuertes como para triturar rocas.

Los otros dioses estaban de fiesta a su alrededor. La música sonaba con tanta potencia que hacía arder el aire. Al lado de aquel hombre había una hermosa mujer vestida de blanco, con la tripa hinchada como si estuviese embarazada de pocos meses. Su apariencia cambiaba a cada instante, y en ocasiones parecía tener alas de muchos colores. Entonces se volvió en mi dirección y casi se me escapó un grito. La mujer tenía la cara de mi madre.

Al parecer, no se dio cuenta de que yo estaba allí. En realidad, ninguno de los dioses había reparado en mi presencia, hasta que una voz dijo desde detrás de mí:

—¿Eres un fantasma?

Di media vuelta y me encontré con un chico atractivo de unos dieciséis años, vestido con túnica negra. Tenía la tez algo pálida, pero también unos adorables ojos castaños como los del hombre sentado en el trono. Su cabello era moreno, largo y despeinado, casi alborotado, pero a mí me gustó. El chico inclinó la cabeza a un lado, y por fin caí en la cuenta de que me había hecho una pregunta.

No se me ocurría nada que decir. ¿«Disculpa»? ¿«Hola»? ¿«Cásate conmigo»? Me habría valido cualquier cosa. Pero lo único que conseguí fue negar con la cabeza.

—Conque un fantasma no, ¿eh? —murmuró—. ¿Un *ba*, entonces? —Señaló el trono—. Puedes mirar, pero no te entrometas.

Por algún motivo, no me interesaba demasiado ponerme a mirar el trono, pero el chico de negro se diluyó en una sombra y desapareció, dejándome sin más entretenimiento.

—Isis —dijo el hombre del trono.

La mujer embarazada se giró hacia él y puso una sonrisa radiante.

—Mi señor Osiris. Feliz cumpleaños.

—Gracias, amor mío. Además, pronto celebraremos el nacimiento de nuestro hijo… ¡Horus, el grande! Su nueva encarnación será la más grandiosa de todas. Él traerá la paz y la prosperidad al mundo.

Isis cogió la mano de su marido. La música sonaba en torno a ellos, los dioses festejaban y el propio aire trazaba espirales en una danza de creación.

De pronto, las puertas del palacio se abrieron de par en par. Un viento cálido hizo chisporrotear las antorchas.

Un hombre entró en la sala con paso firme. Era alto y fuerte, casi un gemelo de Osiris, pero con la piel de color rojo oscuro, vestido con una chilaba del color de la sangre y luciendo una barba acabada en punta. Tenía aspecto humano, excepto cuando sonreía. Al hacerlo, sus dientes se volvían afilados, como los de un animal. Su cara iba cambiando intermitentemente: a veces era de hombre; a veces, extrañamente parecida a la de un lobo. Tuve que morderme la lengua para no chillar, porque ya había visto aquel rostro lobuno.

El baile se detuvo. La música murió.

Osiris se levantó de su trono.

—Set —dijo con un tono que emanaba peligro—. ¿Por qué has venido?

Set se echó a reír, y con ello rompió la tensión que se respiraba en la sala. A pesar de sus ojos crueles, tenía una risa maravillosa... muy distinta a los alaridos que había dado en el Museo Británico. Sonaba despreocupado y amistoso, como si no hubiese nada en absoluto que temer de él.

—¡Vengo a celebrar el cumpleaños de mi hermano, por supuesto! —exclamó—. ¡Y os ofrezco un espectáculo!

Meneó un brazo hacia atrás. Entraron en la sala cuatro hombres enormes con cabeza de lobo que cargaban un ataúd dorado incrustado de joyas.

Se me empezó a acelerar el corazón. Era la misma caja donde Set había atrapado a mi padre en el Museo Británico.

«¡No! —quise gritar—. ¡No os fiéis de él!»

Sin embargo, los dioses reunidos se quedaron boquiabiertos admirando la caja, decorada con jeroglíficos en pintura dorada y roja e incrustaciones de jade y ópalo. Los lobos-hombre dejaron la caja en el suelo, y me percaté de que no tenía tapa. El interior estaba revestido de lino negro.

—Esta arca de dormir —anunció Set— ha sido creada por mis mejores artesanos, a partir de los materiales más costosos. Tiene un valor inestimable. ¡El dios que yazca en su interior, ni que sea por una noche, verá cómo sus poderes se multiplican por diez! Su buen juicio nunca le fallará. Su fuerza jamás flaqueará. Es un regalo… —Dirigió una sonrisa maliciosa a Osiris— ¡para el único dios de entre todos que encaje perfectamente en su interior!

Yo no me habría puesto la primera de la cola, por si acaso, pero los dioses se acercaron en tromba. Se apartaron entre ellos a empujones para llegar al ataúd dorado. Algunos se metieron dentro, pero eran demasiado bajitos. Otros se pasaban de grandes. Los dioses probaron a cambiar de forma, pero daba la impresión de que la magia de la caja desbarataba sus intentos. Ninguno consiguió encajar a la perfección. Los dioses rezongaban y protestaban cuando otros, ansiosos por probar suerte, los tiraban al suelo de malos modos.

Set se volvió hacia Osiris con una carcajada simpática.

—Vaya, hermano, parece que aún no tenemos un ganador. ¿Deseáis intentarlo? En este empeño solo pueden triunfar los mejores de entre los dioses.

Hubo un destello en los ojos de Osiris. Por lo visto, no era precisamente el dios de los cerebros, ya que parecía completamente engatusado por la belleza de la caja. Los otros dioses aguardaban mirándolo, y casi le pude leer el pensamiento: si se ajustaba a la caja, sería un regalo de cumpleaños genial. Incluso Set, su malvado hermano, se vería obligado a admitir que Osiris era el legítimo rey de los dioses.

La única que parecía preocupada era Isis. Apoyó la mano en el hombro de su marido.

—Mi señor, no lo hagáis. Lo que Set nos trae no es un regalo.

—¡Me ofendéis! —La réplica de Set sonaba dolida de verdad—. ¿Acaso no puedo celebrar el cumpleaños de mi hermano? ¿Tan ajenos nos hemos vuelto que ni siquiera puedo disculparme ante el rey?

Osiris sonrió a Isis.

—Querida, solo es un juego. No temas.

Se levantó de su trono. Los dioses estallaron en aplausos mientras él caminaba hacia la caja.

—¡Gloria a Osiris! —exclamó Set.

El rey de los dioses se introdujo en el arca y, cuando miró en mi dirección, por un momento me pareció ver en él la cara de mi padre.

«¡No! —pensé de nuevo—. ¡No lo hagas!»

Aun así, Osiris se tendió. Se ajustaba perfectamente al arca.

Se extendió una ovación entre los dioses, pero, antes de que Osiris pudiera levantarse, Set dio una palmada.

En el aire de encima de la caja se materializó una cubierta que cayó con estrépito, dejándola cerrada.

Osiris gritó, enfurecido, pero el alboroto llegó amortiguado.

Se cerraron unos cerrojos por todos los bordes de la cubierta. Los otros dioses se lanzaron en tromba para intervenir (hasta reapareció el chico de negro al que había visto antes), pero Set fue más rápido. Dio un pisotón tan fuerte contra el suelo de piedra que lo hizo temblar. Los dioses cayeron unos sobre otros como fichas de dominó. Los lobos-hombre empuñaron sus lanzas y los hicieron huir a gatas, aterrorizados.

Set pronunció una palabra mágica y en el aire se materializó un caldero borbollante. El dios se inclinó y derramó plomo fundido sobre el arca, bañándola por completo, sellándola, seguramente calentando el interior hasta los mil grados.

—¡Villano! —gimió Isis.

Se aproximó a Set y empezó a entonar un conjuro, pero Set levantó una mano. Isis flotó por encima del suelo mientras se arañaba la boca, con los labios apretados como si la estuviera sofocando una fuerza invisible.

—Hoy no, mi encantadora Isis —musitó Set—. Hoy, el rey soy yo. ¡Y tú jamás alumbrarás a tu hijo!

De repente otra diosa, una mujer delgada con vestido azul, embistió contra Set desde la multitud.

—¡No, marido mío!

Se abalanzó sobre el dios, que perdió la concentración durante un momento. Isis cayó al suelo entre jadeos. La otra diosa gritó:

—¡Huye!

Isis dio media vuelta y echó a correr.

Set se levantó. Me dio la impresión de que iba a pegar a la diosa de azul, pero solo vociferó.

—¡Esposa idiota! ¿De qué lado estás tú?

Volvió a pisotear el suelo, y el arca se hundió por debajo de su superficie.

Set se lanzó detrás de Isis. Cuando llegó al límite del palacio, la diosa se transformó en un pequeño pájaro de presa y se elevó hacia el cielo. Set materializó unas alas de demonio en sus hombros y saltó en persecución de la diosa.

Entonces, de pronto, yo era el ave. Era Isis, volando a la desesperada sobre el Nilo. Podía sentir a Set detrás de mí... pisándome los talones. Cada vez más cerca.

Debes escapar, dijo la voz de Isis en mi mente. *Venga a Osiris. ¡Corona a Horus como rey!*

En el mismo momento en que creía que me iba a estallar el corazón, sentí una mano en el hombro. Las imágenes se evaporaron.

Junto a mí estaba Iskandar, el viejo maestro, con la cara transida de preocupación. A su alrededor bailaban unos jeroglíficos brillantes.

—Discúlpame la interrupción —dijo en un inglés perfecto—, pero estabas casi muerta.

Ese fue el momento en que me flaquearon las rodillas y caí inconsciente.

Al despertar, estaba hecha un ovillo a los pies de Iskandar, en la escalera que subía hasta el trono vacío. No había nadie más en el salón, que estaba casi a oscuras salvo por la luz de aquellos jeroglíficos que siempre relucían en torno a él.

—Bienvenida —dijo—. Tienes suerte de haber sobrevivido.

Yo no lo veía tan claro. Notaba la cabeza como si alguien me la hubiera metido en aceite hirviendo.

—Lo siento —dije—. No pretendía...

—¿Mirar las imágenes? Sin embargo, eso has hecho. Tu *ba* ha salido de tu cuerpo y ha viajado al pasado. ¿Es que no te habían advertido?

—Sí —reconocí—. Pero… las imágenes me atraían.

—Hummm. —Iskandar se quedó mirando la nada, como si estuviese invocando un recuerdo muy antiguo—. Es verdad que cuesta resistirse.

—Habla usted inglés perfectamente —comenté.

Iskandar me sonrió.

—¿Cómo sabes que estoy hablando en inglés? A lo mejor eres tú quien habla en griego.

Confié en que estuviese de broma, pero tampoco las tenía todas conmigo. Iskandar parecía un hombre frágil y amable, y aun así… era como estar sentada al lado de un reactor nuclear. Me dio la sensación de era mejor para mí no saber cuánto peligro corría.

—En realidad no es usted tan, tan viejo, ¿verdad? —dije—. Quiero decir que no será tan anciano como para haber conocido la época ptolemaica…

—Soy exactamente así de viejo, querida. Nací durante el reinado de Cleopatra VII.

—Ya, claro.

—Es cierto, te lo aseguro. Tuve la desgracia de presenciar los últimos días de Egipto, antes de que esa reina imprudente ofreciera el reino a los romanos en bandeja de plata. Yo fui el último mago que se adiestró antes de que la Casa pasara a la clandestinidad. Perdimos muchos de nuestros secretos más poderosos, incluidos los conjuros que utilizó mi maestro para prolongarme la vida. Los magos de hoy en día aún duran mucho tiempo, siglos en ocasiones, pero yo he vivido durante dos milenios.

—Entonces, ¿es usted inmortal?

La risita del maestro se transformó en una tos incontrolable. Se inclinó y se tapó la boca con las manos. Yo quería ayudarle, pero no sabía muy bien cómo hacerlo. Los jeroglíficos parpadearon y perdieron brillo a su alrededor.

Al final, las toses remitieron.

Iskandar respiró entre temblores.

—Nada de inmortalidad, querida. En realidad… —Dejó la frase en el aire—. Bueno, da igual. ¿Qué había en tus visiones?

Seguramente debería haber cerrado el pico. No quería que me convirtieran en algún bicho por saltarme ninguna norma, y las visiones me habían dejado aterrada... sobre todo, la transformación en ave de presa. Pero era difícil contenerse ante aquellas facciones tan amables que tenía Iskandar. Terminé contándoselo todo. Bueno, casi todo. Me reservé la parte del chico guapo... y sí, ya sé que era una tontería, pero me daba vergüenza. Supuse que aquello debía de haber sido fruto de mi loca imaginación, porque era imposible que los dioses del antiguo Egipto estuviesen tan buenos.

Iskandar se sentó y empezó a dar golpecitos con el báculo contra los escalones.

—Has presenciado un suceso muy antiguo, Sadie... Set usurpando el trono por la fuerza. Escondió el ataúd de Osiris, ¿sabes? Isis recorrió el mundo entero en su busca.

—¿Al final lo rescató?

—No exactamente. Osiris resucitó... pero solo en el inframundo. Se convirtió en el rey de los muertos. Cuando su hijo Horus creció, disputó el trono egipcio a Set y al final lo reclamó para sí mismo, después de muchas batallas sangrientas. Por eso a Horus lo llamaban «el Vengador». Es un relato muy antiguo, como te he dicho, pero los dioses lo han repetido muchas veces a lo largo de nuestra historia.

—¿Cómo que lo han repetido?

—Los dioses se ajustan a unos patrones. En muchos sentidos, son bastante predecibles: siempre interpretan las mismas rencillas, las mismas envidias, mientras van pasando los siglos. Solo cambia el escenario, y también los anfitriones.

Otra vez esa palabra: «Anfitriones». Recordé a la pobre mujer del museo en Nueva York, la que se había transformado en la diosa Serket.

—Durante mi visión —dije—, Isis y Osiris estaban casados. Horus estaba a punto de nacer como hijo suyo. Pero en otra historia que me contó Carter, los tres eran hermanos, hijos de la diosa del cielo.

—Así es —confirmó Iskandar—. Eso confunde a menudo a quienes ignoran la naturaleza de los dioses. En su forma pura, ellos no pueden recorrer la Tierra. O al menos, no más que unos instantes. Necesitan tener anfitriones.

—Se refiere a seres humanos.

—O a objetos poderosos como estatuas, amuletos, monumentos o algunos modelos de automóvil. Pero les gusta más la forma humana. Verás, los dioses tienen un poder tremendo, pero solo los humanos son creativos, solo ellos tienen la capacidad de cambiar la historia en lugar de limitarse a repetirla. Los humanos pueden... ¿cómo se dice en moderno? Construir palacios en el aire.

—Castillos —sugerí.

—Eso. La combinación de la creatividad humana y el poder divino puede resultar formidable. En cualquier caso, la primera vez que Osiris e Isis hollaron la Tierra, sus anfitriones eran hermano y hermana. Sin embargo, los anfitriones humanos no son eternos. Mueren, se gastan. Con el paso del tiempo, Osiris e Isis tomaron formas nuevas, humanos que estaban casados. Horus, que durante toda una vida fue hermano de ellos, tuvo una nueva encarnación como su hijo.

—Qué lío —dije yo—. Y qué asco, también.

Iskandar se encogió de hombros.

—Los dioses no ven las relaciones con los mismos ojos que nosotros, los seres humanos. Sus anfitriones son como mudas de ropa. Es por ese motivo que las historias de la antigüedad están así de enmarañadas. En ocasiones se describe a los dioses casados entre ellos, otras veces son hermanos, o madre e hijo, según sus anfitriones. El mismo faraón era considerado un dios viviente, ¿sabes? Los egiptólogos opinan que se hacía por motivos propagandísticos, pero, en realidad, muy a menudo era la pura verdad. Los faraones más notables fueron anfitriones de dioses, por lo general, de Horus. Él les daba el poder y la sabiduría para convertir Egipto en un poderoso imperio.

—Bueno, eso está bien, ¿no? ¿Por qué va contra las normas acoger a un dios?

La expresión de Iskandar se ensombreció.

—Los dioses tienen objetivos distintos a los de los seres humanos, Sadie. Pueden imponerse a sus anfitriones, quemarlos literalmente. Por eso hay tantos anfitriones que mueren jóvenes. El pobrecito Tutankamon murió cuando tenía diecinueve años. Cleopatra VII fue incluso peor. Intentó acoger el espíritu de Isis sin saber lo que se hacía, y le destrozó la mente. En los viejos tiempos, la Casa de la Vida enseñaba a utilizar la magia divina. Los iniciados podían estudiar la senda de Horus, o la de Isis, o la de Sejmet, o la de cualquier otro dios; aprendían a canalizar sus poderes. En esa época teníamos muchos más iniciados que ahora.

Iskandar recorrió con la mirada el salón vacío, seguro que imaginándolo lleno de magos.

—Algunos adeptos podían invocar a los dioses solo en ocasiones muy concretas. Otros intentaban acoger sus espíritus... con diversos grados de éxito. El objetivo último era convertirse en el «ojo» del dios, en una unión perfecta de las dos almas, mortal e inmortal. Lo lograban muy pocos, hasta entre los faraones, que habían nacido para ello. Muchos se destruían a sí mismos en el intento. —Giró hacia arriba la palma de su mano, que tenía la línea de la vida más marcada que hubiese visto nunca—. Al final, cuando Egipto cayó en poder de los romanos, se hizo evidente para nosotros, para mí, que ni la humanidad en general, ni nuestros dirigentes, ni siquiera nuestros magos más poderosos, tenían ya la fuerza de voluntad necesaria para dominar el poder de un dios. Los únicos que podían hacerlo...

Le falló la voz.

—¿Qué?

—Nada, querida. Hablo demasiado. Es un defecto que tenemos los ancianos.

—Hablamos de la sangre de los faraones, ¿verdad?

Clavó en mí su mirada. Ya no tenía los ojos perdidos. Ardían con intensidad.

—Eres una joven extraordinaria. Me recuerdas a tu madre.

Me quedé boquiabierta.

—¿Usted la conocía?

—Por supuesto. Se formó aquí, igual que tu padre. Tu madre... bueno, aparte de ser una científica brillante, tenía el don de la presciencia. Es una de las manifestaciones más difíciles de la magia, y ella fue la primera persona dotada que veíamos en siglos.

—¿«Presciencia»?

—Ver el futuro. Es un asunto peliagudo, y nunca se distingue claramente, pero ella veía cosas que le hacían buscar consejo en... lugares poco convencionales; veía cosas que hacían que incluso este viejo que tienes delante se cuestionara algunas de sus creencias más antiguas...

Volvió a perderse en el país de los recuerdos, lo cual ya me molestaba bastante cuando lo hacían mis abuelos, de modo que, tratándose de un mago todopoderoso con información valiosísima, me puso de los nervios.

—¿Iskandar?

Me miró con aire un poco sorprendido, como si se hubiese olvidado de mi presencia.

—Disculpa, Sadie. Debería ir al grano: tienes ante ti un sendero difícil, pero ahora estoy convencido de que debes recorrerlo, por el bien de todos nosotros. Tu hermano necesitará de tu orientación.

Me entró la tentación de reírme.

—¿Cómo que Carter necesitará de mi orientación? ¿Para qué? ¿A qué sendero se refiere?

—Todo a su debido tiempo. Los acontecimientos deben seguir su curso.

Típica respuesta de adulto. Intenté reprimir la frustración que sentía.

—¿Qué pasa si soy yo quien necesita orientación?

—Acude a Zia —dijo sin dudar—. Ella es mi mejor discípula, y también una mujer sabia por sí misma. Cuando llegue el momento, encontrará el modo de ayudarte.

—Vale —dije, un poco decepcionada—. Zia.

—Por el momento, deberías descansar, querida. Y parece que también yo puedo reposar, al fin. —Su voz sonaba triste pero aliviada. No entendí de qué hablaba, pero tampoco me dio la oportunidad de preguntarle—. Que duermas bien, Sadie Kane.

—Pero...

Iskandar me tocó la frente. Caí víctima de un sopor profundo y vacío de sueños.

16. Cómo Zia se quedó sin cejas

Desperté cuando me vaciaron un cubo de agua helada en toda la cara.

—¡Sadie! Arriba —dijo Zia.

—¡Dios! —chillé—. ¿Hacía falta eso?

—No —admitió ella.

Me dieron ganas de estrangularla, solo que me había quedado calada, temblorosa y aún seguía desorientada. ¿Cuánto tiempo había pasado durmiendo? Me parecían unos minutos nada más, pero el dormitorio estaba desierto. Los otros catres estaban hechos. Las chicas ya debían de haberse marchado a sus lecciones matutinas.

Zia me lanzó una toalla y varias piezas de ropa limpia de lino.

—Nos reuniremos con Carter en la sala de purificación.

—Acabo de darme una ducha, muchísimas gracias. Lo que me hace falta es un desayuno como es debido.

—La purificación os preparará para la magia. —Zia se echó al hombro su bolsa de trucos y extendió el báculo largo y negro que había utilizado en Nueva York—. Si sobrevivís, veremos qué hay de comer.

Estaba harta de que me recordaran que podía morir, pero me vestí y la seguí afuera.

Después de una sucesión infinita de túneles, llegamos a una cámara donde rugía una catarata. No tenía techo, solo las paredes de un pozo que parecía no tener parte superior. El agua caía de la oscuridad hasta una fuente, salpicando contra una estatua de cinco metros que representaba al dios ese con cabeza de pájaro. ¿Cómo se llamaba, Toc? No, Tot. El agua le caía sobre la cabeza, se acumulaba en las palmas de sus manos y de allí se vertía al estanque.

Carter estaba al lado de la fuente. Iba vestido de lino, con la bolsa de trabajo de papá al hombro y su espada sujeta a la espalda. Tenía el pelo revuelto, como si hubiese pasado mala noche. Por lo menos a él no lo habían empapado con agua congelada. Al verlo, me invadió una extraña sensación de alivio. Recordé las palabras de Iskandar la noche anterior: «Tu hermano necesitará de tu orientación».

—¿Qué pasa? —me dijo Carter—. Estás mirándome raro.

—Nada —respondí a toda prisa—. ¿Qué tal has dormido?

—Fatal. Luego… luego te cuento.

¿Fueron imaginaciones mías o frunció el ceño mirando hacia donde estaba Zia? Vaya, vaya, conque posibles problemas de pareja entre mi hermano y la señorita mágica… Tomé nota mental de aquello, para hacerle un interrogatorio la próxima vez que estuviésemos a solas.

Zia se dirigió a una cómoda que había cerca. Sacó dos copas de cerámica, las sumergió en la fuente y luego nos las ofreció.

—Bebed.

Lancé una mirada a Carter.

—Tú primero.

—No es más que agua —me aseguró Zia—, aunque está purificada por el contacto con Tot. Hará que vuestra mente se enfoque.

No comprendí cómo podía purificar el agua una estatua. Entonces me acordé de lo que había dicho Iskandar, que los dioses podían habitar en cualquier cosa.

Di un sorbo. Al instante, me sentí igual que si hubiese tomado una buena taza de té fuerte como el que preparaba la abuela. Mi cerebro zumbaba. Se me agudizó la vista. Me noté tan hiperactiva que casi me tragué el chicle. Casi.

Carter probó de su copa.

—Uau.

—Ahora, los tatuajes —anunció Zia.

—¡Genial! —dije yo.

—En la lengua —añadió.

—¿Disculpa?

Zia enseñó la lengua. En el mismo centro tenía un jeroglífico azul.

—*Edto ed la Aat* —intentó decir con la lengua fuera. Entonces comprendió su error y la retiró—. Digo que esto es la Maat, el símbolo del orden y la armonía. Os ayudará a pronunciar la magia con claridad. Si cometéis un solo error con un hechizo…

—¿A que lo adivino? —dije yo—. Moriremos.

Zia sacó de su cómoda de los horrores un pincel de punta fina y un cuenco lleno de tintura azulada.

—No duele. Y no es permanente.

—¿A qué sabrá? —se preguntó Carter.

Contestando a su pregunta, el tatuaje sabía como a neumático quemado.

—¡Puaj! —Escupí un pegote azul de «orden y armonía» en la fuente—. Dejemos estar lo del desayuno. Ya no tengo hambre.

Zia sacó de la cómoda una cartera grande de cuero.

—Carter tiene permitido quedarse con los utensilios mágicos de vuestro padre, además de un báculo y una varita nuevos. En términos generales, la varita es para la defensa y el báculo para atacar, aunque, Carter, a lo mejor prefieres usar tu *jopesh*.

—¿«Jopesh»?

—La espada curva —aclaró Zia—. Era el arma favorita de la guardia del faraón. Se puede utilizar en la magia de combate. Tú, Sadie, necesitarás un equipo completo.

—¿Por qué se queda él con el material de papá? —protesté.

—Porque es el mayor —dijo la maga, como si aquello lo explicase todo. Típico.

Zia me arrojó la cartera de cuero. Dentro había una varita de marfil, una barra que supuse que se transformaría en báculo, papeles, un juego de tinta, un trozo de cordel y un encantador cacho de cera. No es que me hiciese una ilusión loca.

—¿Y si me hago un hombrecillo de cera? —sugerí—. Quiero un Plastilino para mí.

—Si te refieres a una figurilla, debes crearla tú misma. Se te enseñará el procedimiento, si es que tienes la habilidad. Tu especialidad la determinaremos más adelante.

—¿«Especialidad»? —preguntó Carter—. ¿Igual que, por ejemplo, Nectanebo se especializaba en estatuas?

Zia asintió.

—Nectanebo tenía una habilidad extrema para la magia estatuaria. Podía crear unos *shabtis* tan creíbles que pasaban por humanos. Nunca ha habido otro más grande que él en la estatuaria… salvo Iskandar, tal vez. Pero existen muchas otras disciplinas: sanador, creador de amuletos, encantador de animales, elementalista, mago de combate, nigromante.

—¿Mago presciente? —pregunté.

Zia me miró con expresión de curiosidad.

—Sí, aunque esa es muy poco frecuente. ¿Por qué lo…?

Carraspeé.

—¿Cómo podemos saber nuestra especialidad?

—Saldrá a la luz muy pronto —prometió Zia—, pero los buenos magos saben un poco de todo, por lo que siempre empezamos con una prueba básica. Vamos a la biblioteca.

La biblioteca del Nomo Primero era parecida a la de Amos, solo que cien veces más grande, con habitaciones circulares cuyas paredes estaban cubiertas por estanterías dispuestas en celdilla que daban la impresión de no tener fin. Parecía el panal más enorme del mundo. No paraban de aparecer y desaparecer *shabtis* de arcilla, que recogían cilindros con papiros y se esfumaban, pero no vimos a más gente.

Zia nos llevó a una mesa de madera y extendió un largo papiro que estaba en blanco. Cogió un estilete y mojó la punta en tinta.

—La palabra egipcia *sesh* significa «amanuense» o «escritor», pero también puede referirse a un mago. La razón es que la magia, en su estado más básico, transforma las palabras en realidad. Ahora vais a crear un papiro. Utilizando vuestra propia magia, enviaréis energía a las palabras que escribís en el papel. Luego, al pronunciarlas, las palabras liberarán la magia.

Le entregó el estilete a Carter.

—No lo pillo —rezongó él.

—Una palabra sencilla —le aconsejó la maga—. Puede ser cualquier cosa.

—¿En inglés?

Zia torció el gesto.

—Si no hay más remedio… Servirá cualquier idioma, pero lo mejor son los jeroglíficos. Son el idioma de la creación, de la magia, de la Maat. Sin embargo, debes ser cuidadoso.

Sin darle tiempo a que se explicara, Carter trazó un sencillo jeroglífico que representaba a un pájaro.

El dibujo se retorció, se despegó del papiro y salió volando. Al pasar, dejó caer unas cagarrutas de jeroglífico en la cabeza de Carter. No pude contener la risa al ver la cara que se le quedó.

—Típico error de principiante —dijo Zia, haciéndome muecas para que me callara—. Cuando se utiliza un símbolo que representa algo vivo, lo más conveniente es dejarlo inacabado. Quedarse sin dibujar un ala, o las piernas. De otro modo, la magia que se canaliza podría hacerle cobrar vida.

—Y cagarse en su creador —suspiró Carter, pasándose un trozo descartado de papiro por el pelo—. Por eso no tiene piernas Plastilino, la estatua de cera de nuestro padre, ¿verdad?

—Es el mismo principio —convino Zia—. Venga, inténtalo otra vez.

Carter miró fijamente el báculo de Zia, que estaba cubierto por jeroglíficos. Escogió el más fácil y lo copió en el papiro. Era el símbolo del fuego.

«Oh, oh», pensé. Pero la palabra no cobró vida, cosa que habría sido más emocionante. Se limitó a disolverse.

—Sigue intentándolo —le animó Zia.

—¿Por qué me he cansado tanto? —se maravilló Carter.

La verdad es que parecía exhausto. Tenía la cara cubierta de sudor.

—Estás canalizando magia de tu interior —dijo Zia—. A mí el fuego me resulta fácil, pero es posible que no sea la clase de magia más natural en ti. Prueba con otra cosa. Invoca… invoca una palabra.

Zia le enseñó cómo componer el jeroglífico, y Carter lo escribió en el papiro. No sucedió nada.

—Pronúncialo —dijo Zia.

—Espada —dijo Carter. La palabra brilló y se desvaneció, y sobre el papiro había un cuchillo para mantequilla.

Me reí con ganas.

—¡Es aterrador!

Carter parecía a punto de desmayarse, pero logró componer una sonrisa. Agarró el cuchillo sin punta y me amenazó con él.

—Está muy bien para ser la primera vez —dijo Zia—. Recuerda que no estás creando el cuchillo por ti mismo. Lo estás invocando desde la Maat, la fuerza creativa del universo. Los jeroglíficos son el código que utilizamos; por eso se llaman las Palabras Divinas. Cuanto más poderoso es un mago, más sencillo le resulta controlar el idioma.

Me quedé sin aliento.

—Esos jeroglíficos que flotaban en el Salón de las Eras estaban siempre revoloteando alrededor de Iskandar. ¿Los invocaba él?

—No exactamente —dijo Zia—. El lector jefe tiene una presencia tan potente que vuelve visible el idioma del universo simplemente estando en la habitación. No importa cuál sea nuestra especialidad, el mayor anhelo de todo mago es convertirse en orador de las Palabras Divinas, conocer tan bien el idioma de la creación que pueda componer la realidad solo con el habla, sin usar siquiera un pergamino.

—Como decir «destruir» —aventuré— y que explote una puerta.

Zia puso cara pensativa.

—Exacto, pero hacer algo así requeriría años de práctica.

—Ah, ¿sí? Bueno, pues…

Vi por el rabillo del ojo que Carter meneaba la cabeza a los lados, advirtiéndome en silencio de que cerrara el pico.

—Hummm... —vacilé—. Algún día aprenderé a hacerlo.

Zia enarcó una ceja.

—Antes, debes dominar el papiro.

Me estaba empezando a cansar de la actitud de la chica, así que cogí el estilete y escribí «fuego» en inglés.

Zia se inclinó y arrugó la frente.

—No deberías...

Antes de que pudiese terminar la frase, brotó una columna ardiente delante de su cara. Yo chillé, convencida de haber hecho algo horrible, pero al apagarse la llama Zia seguía estando allí, con cara de pasmo, las cejas quemadas y el flequillo chamuscado.

—Ay, dios —dije—. Lo siento, lo siento. ¿Ahora es cuando muero?

Durante tres latidos del corazón, Zia me contempló sin apartar la mirada.

—Ahora —afirmó—, creo que estáis listos para un duelo.

Cruzamos otro portal mágico, que Zia invocó en una pared de la biblioteca. Entramos en un círculo de arena que se arremolinaba y aparecimos al otro lado, cubiertos de polvo y arenilla, delante de unas ruinas. La intensa luz solar casi me cegó.

—Odio los portales —murmuró Carter, quitándose la arena del pelo.

Entonces miró a su alrededor y abrió mucho los ojos.

—¡Esto es Luxor! Está a cientos de kilómetros al sur de El Cairo.

Solté un suspiro.

—¿Y eso te impresiona, después de teletransportarnos desde Nueva York?

Mi hermano estaba demasiado absorto echando un vistazo al paisaje y no me contestó.

Supongo que aquello no estaba mal para ser unas ruinas, pero en mi opinión, visto un montón de cosas egipcias que se caen en pedazos, vistos todos. Nos encontrábamos en una amplia avenida, flanqueada por hileras de bichos con cabeza humana a los dos lados. El camino se extendía detrás de nosotros hasta donde abarcaba la vista, pero por delante iba a dar a un templo mucho más grande que el del museo de Nueva York.

Las paredes tenían la altura de un sexto piso, como mínimo. A ambos lados de la entrada montaban guardia unos grandes faraones de piedra, y había un obelisco solitario a mano izquierda. Daba la sensación de que en algún momento se había alzado otro a la derecha, pero ya no estaba.

—Luxor es su nombre moderno —dijo Zia—. Esto fue una vez la ciudad de Tebas. El templo se contaba entre los más importantes de Egipto. Es el mejor sitio para que practiquemos.

—¿Porque ya está destruido? —sugerí.

Zia me dedicó uno de sus famosos fruncimientos de ceño.

—No, Sadie, porque sigue estando lleno de magia. Y porque estaba consagrado a vuestra familia.

—¿A nuestra familia? —indagó Carter.

Como de costumbre, Zia no nos dio más explicaciones. Solo nos hizo señas para que la siguiésemos.

—No me gustan esas esfinges tan feas —dije entre dientes, mientras avanzaba por el camino.

—Esas esfinges tan feas son criaturas de la ley y el orden —dijo Zia—, las protectoras de Egipto. Están de nuestra parte.

—Lo que tú digas.

Carter me dio un codazo mientras pasábamos delante del obelisco.

—¿Sabías que el que falta está en París?

Puse los ojos en blanco.

—Qué haría yo sin usted, señor Wikipedia. Yo creía que estaban en Nueva York y en Londres.

—Esos son una pareja distinta —dijo Carter, creyendo que tenía algún interés en el tema—. El otro obelisco de Luxor está en París.

—Ojalá yo también —dije—. Mucho mejor que estar aquí.

Entramos en un patio polvoriento, rodeado de columnas medio derruidas y estatuas que habían perdido diversas partes del cuerpo.

Aun así, se notaba que el lugar había sido muy impresionante en sus tiempos.

—¿Dónde está la gente? —pregunté—. Es pleno día y son vacaciones de Navidad. ¿No deberíamos tener turistas a montones?

Zia puso una expresión de disgusto.

—Normalmente, sí. Les he animado a que se quedaran lejos durante unas horas.

—¿Cómo?

—Las mentes corrientes son fáciles de manipular. —Me dirigió una mirada significativa, que me hizo recordar cómo me había obligado a hablar en el museo de Nueva York. Esa maga estaba pidiendo a gritos que le chamuscaran más veces las cejas, ya lo creo que sí—. Y ahora, el duelo.

Invocó su báculo y dibujó dos círculos en la arena, con unos diez metros de separación. Me hizo entrar en el primero y mandó a Carter al otro.

—¿Tengo que enfrentarme a él? —pregunté.

Aquello no tenía ni pies ni cabeza. La única aptitud que había demostrado Carter era la de invocar cuchillos de mantequilla y pájaros cagones. Bueno, vale, también aquello de desviar dagas que había hecho en el puente, pero aun así… ¿y si le hacía daño? Por mucho que me chinchase Carter, no quería invocar por accidente el mismo jeroglífico que en casa de Amos y hacerle explotar en mil pedazos.

Quizá él estuviera pensando lo mismo, porque se había puesto a sudar.

—¿Qué pasa si hacemos algo mal? —dijo mi hermano.

—Yo supervisaré el duelo —nos prometió Zia—. Empezaremos poco a poco. Gana el primer mago que arroje al otro fuera de su círculo.

—¡Pero si no estamos entrenados! —protesté.

—Las cosas se aprenden haciéndolas —repuso Zia—. Esto no es el colegio, Sadie. La magia no se puede dominar sentándose en un pupitre a tomar apuntes. La magia únicamente se aprende haciendo magia.

—Pero…

—Invocad cualquier poder que seáis capaces —dijo Zia—. Utilizad todo lo que tengáis a vuestra disposición. ¡Empezad!

Miré dudosa a Carter. «¿Dice que use todo lo que tenga?» Abrí la cartera de cuero y miré dentro. ¿Un pegote de cera? Probablemente, no. Saqué la varita y el bastón. Al instante, este último se extendió hasta que tuve un báculo blanco de dos metros en la mano.

Carter desenvainó su espada, aunque no se me ocurrió de qué podía servirle. Le iba a costar darme con ella estando a diez metros. Yo quería que terminase todo, así que levanté mi báculo como había visto hacer a Zia. Pensé en la palabra «fuego».

Ardió una llamita en el extremo del báculo. Intenté obligarla a crecer. El fuego se hizo más brillante por un momento, pero entonces se me nubló la vista. La llama se apagó. Caí de rodillas, agotada como después de correr una maratón.

—¿Estás bien? —me gritó Carter.

—No —dije, quejumbrosa.

—Si se deja inconsciente a sí misma, ¿gano yo? —preguntó él.

—¡Calla! —dije.

—Sadie, ten cuidado —me avisó Zia—. Has extraído de tus propias reservas, no del báculo. Puedes agotar tu magia muy deprisa.

Me puse de pie, temblando.

—¿Explicación?

—Un mago empieza el duelo lleno de magia, igual que podrías estar llena después de comer mucho…

—Cosa que no he podido hacer —le recordé.

—Cada vez que haces magia —siguió diciendo Zia—, consumes energía. Puedes extraer esa energía de ti misma, pero debes conocer tus límites. De lo contrario, podrías agotarte del todo, o algo peor.

Tragué saliva y miré mi báculo, que todavía humeaba.

—¿Cómo de peor?

—Podrías consumirte, literalmente.

Vacilé, meditando cómo hacer mi siguiente pregunta sin revelar demasiado.

—Pero yo ya había hecho magia. A veces no me deja agotada. ¿Por qué?

Zia desenganchó un amuleto que llevaba al cuello. Lo lanzó al aire, y con un fogonazo se transformó en un buitre gigantesco. La gran ave negra ascendió por encima de las ruinas. Tan pronto como se perdió de vista, Zia extendió la mano y en ella reapareció el amuleto.

—La magia se puede extraer de muchas fuentes —dijo—. Puede acumularse en pergaminos, varitas o báculos. Los amuletos son particularmente poderosos. También podemos sacar magia directamente de la Maat, utilizando las Palabras Divinas, pero es muy difícil. O también —añadió, mirándome a los ojos— se puede invocar la de los dioses.

—¿A mí por qué me miras? —chillé—. Yo no he invocado a ningún dios. ¡Son ellos los que se dedican a buscarme!

La maga se puso su collar, pero no dijo nada.

—Un momento —dijo Carter—. Antes has dicho que este lugar estaba consagrado a nuestra familia.

—Así es —confirmó Zia.

—Pero ¿esto no era…? —Carter frunció el ceño—. ¿Aquí no celebraban una festividad anual los faraones, o algo por el estilo?

—Exacto —dijo ella—. El faraón recorría en procesión el camino desde Karnak a Luxor. Entraba en el templo y allí se hacía uno con los dioses. A veces, no era más que una ceremonia. Otras veces, con los grandes faraones como Ramsés, aquí…

Zia señaló una de las maltrechas estatuas enormes.

—Albergaban de verdad a los dioses —interrumpí, recordando lo que me había dicho Iskandar.

Zia entrecerró los ojos.

—Y sigues afirmando no saber nada del pasado de tu familia.

—Eh, un segundo —protestó Carter—. ¿Estás diciendo que somos descendientes de…?

—Los dioses son muy exigentes al elegir anfitriones —dijo Zia—. Tienen debilidad por la sangre de los faraones. Si un mago lleva la sangre de dos familias reales…

Crucé la mirada con Carter. Caí en una cosa que había dicho Bast: «Vuestra familia nació para la magia». Además, Amos nos había contado que las dos ramas de nuestros antepasados tenían una historia complicada con los dioses, y que Carter y yo éramos los niños más poderosos que habían nacido en siglos. Noté una sensación desagradable en todo el cuerpo, como si me hubiesen echado encima una manta de las que pican.

—Nuestros padres provienen de estirpes reales distintas —dije—. Papá… debe de descender de Narmer, el primer faraón. ¡Ya te dije que se parecía a aquel dibujo!

—Imposible —dijo Carter—. Tenía cinco mil años. —Aun así, vi que estaba pensando a toda velocidad. Se volvió hacia Zia—. Así que los Faust… Este patio lo construyó Ramsés el Grande. ¿Nos estás diciendo que la familia de mi madre son descendientes suyos?

Zia suspiró.

—Vuestros padres os lo ocultaron, qué cosas pasan. ¿Por qué creíais que erais tan peligrosos para nosotros?

—Creéis que estamos albergando dioses —dije, absolutamente estupefacta—. Estáis preocupados por eso… ¿solo por una cosa que hicieron nuestros ta-ta-ta-miles-de-tatarabuelos? Me parece una idiotez como la copa de un pino.

—¡Pues demuéstralo! —replicó Zia—. ¡Enfréntate a Carter, y enseñadme lo floja que es vuestra magia!

Nos dio la espalda, como si no tuviésemos la menor importancia.

Algo cedió en mi interior. Había pasado los peores dos días de mi vida. Había perdido a mi padre, mi hogar y mi gata; me habían atacado monstruos y me habían tirado agua helada a la cara. Y ahora, esa bruja me daba la espalda. No pretendía adiestrarnos. Quería comprobar lo peligrosos que éramos.

Pues muy bien.

—Hummm, ¿Sadie? —me dijo Carter. Debió de leer en mi expresión que no estaba atendiendo a razones.

Me concentré en mi báculo. «Fuego no, entonces. Siempre he caído bien a los gatos. A lo mejor…»

Arrojé el báculo en dirección a Zia. Se clavó en el suelo a sus pies y, al instante, se transformó en una leona rugiente. La maga giró en redondo, sorprendida, pero entonces todo se fastidió.

La leona se volvió para arrojarse sobre Carter, somo si supiese que mi adversario era él.

Solamente tuve una fracción de segundo para pensar: «¿Qué he hecho?»

El felino embistió… y la figura de Carter se volvió borrosa por un instante. Mi hermano se elevó desde el suelo, rodeado por un caparazón holográfico como el que había utilizado Bast, solo que esta imagen gigante era la de un guerrero con cabeza de halcón. Carter dio un mandoble y el guerrero halcón hizo lo mismo, con lo que su brillante filo de energía partió en dos a la leona. La gata se disolvió en el aire y mi báculo cayó a la arena, cortado limpiamente en dos mitades.

El avatar de Carter titiló y desapareció enseguida. Él aterrizó en el suelo, sonriendo de oreja a oreja.

—Mola.

Ni siquiera parecía cansado. Cuando me sobrepuse al alivio de no haberlo matado, me di cuenta de que yo tampoco notaba ningún cansancio. Si acaso, tenía más energía, no menos.

Me volví en dirección a Zia, desafiante.

—¿Qué? Mejor, ¿no?

Tenía la cara descompuesta.

—El halcón. Él… él ha invocado…

Antes de que terminase de hablar, resonaron unos pasos contra los adoquines. Un iniciado entró corriendo en el patio, con aspecto de sufrir un ataque de pánico. Las lágrimas habían dejado surcos en el polvo de sus mejillas. Dijo una frase rápida a Zia en árabe. Al recibir el mensaje, la maga se dejó caer sentada en la arena. Se llevó las manos a la cara y empezó a sacudirse. Carter y yo salimos de los círculos del duelo y corrimos hacia ella.

—Zia —dijo Carter—, ¿qué pasa?

Ella respiró hondo, intentando recobrar la compostura. Cuando levantó la mirada, tenía los ojos enrojecidos. Dijo algo al adepto, que asintió y volvió a la carrera por donde había venido.

—Son noticias del Nomo Primero —dijo con un hilo de voz—. Iskandar…

No pudo seguir.

Me sentí peor que si un gigante me hubiese dado un puñetazo en el estómago. Pensé en las extrañas palabras de Iskandar, la noche anterior: «Parece que también yo puedo reposar, al fin».

—Ha muerto, ¿verdad? A eso se refería.

Zia clavó sus ojos en mí.

—¿Cómo que «a eso se refería»?

—Yo… —Me faltó un pelo para revelarle que había hablado con Iskandar la noche anterior, pero supuse que no sería muy conveniente mencionarlo—. Nada. ¿Cómo ha sucedido?

—Mientras dormía —dijo Zia—. Llevaba… llevaba años teniendo achaques, por supuesto. Pero aun así…

—Tranquila —dijo Carter—, sé que era una persona importante para ti.

Zia se enjugó las lágrimas y luego se puso en pie con torpeza.

—No lo entendéis. El siguiente en la línea es Desjardins. Lo primero que hará en cuanto lo nombren lector jefe será ordenar que os ejecuten.

—¡Pero si no hemos hecho nada! —dije.

Zia dejó asomar la rabia a sus ojos.

—¿Es que aún no os dais cuenta de lo peligrosos que sois? Estáis albergando dioses.

—Qué chorrada —insistí, aunque una sensación incómoda se iba apoderando de mí. Si fuese cierto… ¡no, no podía ser! Además, ¿cómo iba nadie a ejecutar niños por algo de lo que no eran conscientes sin que se le cayera la cara de vergüenza, aunque fuese un viejo chalado mediocre como Desjardins?

—Me ordenará que os arreste —nos advirtió Zia—, y yo tendré que obedecer.

—¡No puedes hacer eso! —gritó Carter—. Ya viste lo que pasó en el museo. El problema no somos nosotros, sino Set. Si Desjardins no es capaz de tomárselo en serio… en fin, a lo mejor él también forma parte del problema.

Zia agarró su báculo. Yo estaba segura de que nos iba a freír con una bola de fuego, pero se detuvo.

—Zia. —Decidí arriesgarme—. Hablé con Iskandar anoche. Me pilló colándome en el Salón de las Eras.

Me miró horrorizada. Calculé que solo tenía unos segundos antes de que el horror se volviese furia.

—Me dijo que tú eras su mejor discípula —rememoré—. Que eras sabia. También dijo que Carter y yo tenemos un camino difícil por delante, y que tú sabrías cómo ayudarnos cuando llegase el momento.

Su cayado estaba al rojo vivo. Sus ojos me recordaron un vaso a punto de hacerse añicos.

—Desjardins va a matarnos —insistí—. ¿A ti te parece que eso era lo que pretendía Iskandar?

Conté hasta cinco, seis, siete. Cuando ya pensaba que nos iba a tumbar con un rayo, bajó el báculo.

—Usad el obelisco.

—¿Qué? —dije.

—¡El obelisco que hay en la entrada, imbécil! Tenéis cinco minutos, tal vez menos, antes de que Desjardins envíe la orden de ejecutaros. Escapad, y destruid a Set. Los días demoníacos empiezan al ocaso. Entonces dejarán de funcionar todos los portales. Tenéis que estar tan cerca de Set como podáis cuando eso ocurra.

—Espera —dije—. ¡Yo me refería a que vinieses con nosotros para ayudarnos! ¡No sabemos ni usar un obelisco, mucho menos destruir a Set!

—No puedo traicionar a la Casa —dijo—. Ahora os quedan cuatro minutos. Si no podéis utilizar el obelisco, moriréis.

Para mí, fue incentivo suficiente. Empecé a tirar de Carter, pero Zia me llamó:

—Sadie…

Cuando la miré, vi la amargura que llenaba sus ojos.

—Desjardins me ordenará que os dé caza —me advirtió—. ¿Comprendes eso?

Por desgracia, lo comprendía. La próxima vez que nos cruzásemos, sería como enemigas.

Cogí a Carter de la mano y eché a correr.

C
A
R
T
E
R

17. Un viaje accidentado a París

V ale, antes de llegar a los murciélagos de la fruta demoníacos, tengo que retroceder un poco.

La víspera de nuestra huida de Luxor, no dormí mucho... primero, por una experiencia extracorpórea, y luego por un encuentro con Zia. [Borra esa sonrisita, Sadie; no fue un encuentro de los buenos.]

Después de que apagaran las luces, intenté conciliar el sueño. De verdad. Hasta usé el dichoso reposacabezas mágico que me habían dado en vez de una almohada, pero no sirvió de nada. Tal y como conseguí cerrar los ojos, a mi *ba* le dio por irse de excursión.

Fue igual que la vez anterior: me noté flotando sobre mi cuerpo, adoptando una forma con alas. Entonces la corriente de la Duat me arrastró a velocidad de vértigo. Cuando por fin se me aclaró la vista, me encontraba en una caverna oscura. El tío Amos la recorría a hurtadillas, orientándose con una tenue luz azul que titilaba en la punta de su cayado. Quise llamarle, pero mi voz no funcionó. No comprendo cómo es posible que no me viera, flotando a un metro de distancia con mi reluciente forma de pollo, pero al parecer era invisible a sus ojos.

Amos dio un paso adelante y, de pronto, sus pies se iluminaron con la intensa luz de un jeroglífico rojo. Intentó gritar, pero su boca se quedó paralizada a medio abrirse. Unas espirales de luz le rodearon las piernas, trepando como enredaderas, y al poco rato los zarcillos rojos lo habían envuelto por completo y Amos quedó paralizado, con los ojos abiertos mirando al frente sin parpadear.

Trate de volar hasta él, pero era imposible desplazarme de donde estaba. Flotaba sin poder hacer nada, obligado a quedarme observando.

Los ecos de una carcajada llenaron la caverna. De la oscuridad salió una horda de… cosas: criaturas con aspecto de sapo, demonios con cabeza de animal y monstruos más raros aún que se agazapaban en la penumbra. Comprendí que habían tendido una emboscada a Amos, que le estaban esperando. Delante de ellos apareció una silueta en llamas; era Set, aunque ahora su forma se veía mucho más clara, y esta vez no era una figura humana. Tenía un cuerpo escuálido, pringoso y negro, y cabeza de bestia salvaje.

—*Bon soir*, Amos —dijo Set—. Qué bien que hayas venido. ¡Lo vamos a pasar de maravilla!

Me incorporé en la cama como si tuviera un resorte dentro, de vuelta en mi propio cuerpo y con el corazón desbocado.

Habían capturado a Amos. No me cabía ninguna duda. Y lo que era peor, de algún modo, Set había sabido de antemano que Amos se dirigía hacia allí. Me puse a pensar en lo que había dicho Bast cuando los serpopardos irrumpieron en la mansión. Nos había dicho que alguien había saboteado las defensas, y que solo podía haberlo logrado un mago de la Casa. Empezó a asaltarme una sospecha horrible.

Miré la oscuridad durante mucho tiempo, escuchando los hechizos que murmuraba en sueños el niño pequeño que dormía en el catre de al lado. Cuando ya no pude soportarlo más, abrí la puerta empujándola mentalmente como había hecho en la mansión de Amos y me escabullí al exterior.

Paseaba por la plaza vacía donde se celebraba el mercado, pensando en mi padre y en Amos, reproduciendo en mi mente una y otra vez todo lo que había sucedido, intentando imaginar qué podría haber hecho de otra manera para salvarlos, cuando vi a Zia.

Cruzaba el patio a toda prisa, como si la persiguiera alguien, pero lo que de verdad me llamó la atención fue la trémula nube negra que la envolvía, como una sombra brillante que alguien le hubiera echado encima. Llegó a una pared desnuda y movió la mano. De pronto, apareció un umbral. Zia echó un vistazo nervioso a sus espaldas y se coló en él.

Por supuesto, fui tras ella.

Me acerqué con cautela al portal. La voz de Zia llegaba desde el interior, pero no entendí lo que decía. El umbral empezaba a solidificarse, volviendo a convertirse en pared, de modo que tomé una decisión instantánea. Salté al interior.

Zia se encontraba sola, de espaldas a mí. Se había arrodillado ante un altar de piedra y entonaba un cántico en voz baja. Las paredes estaban decoradas con dibujos del antiguo Egipto y fotografías modernas.

Zia ya no tenía alrededor aquella sombra brillante, pero estaba sucediendo algo más extraño todavía. Yo había planeado contarle mi pesadilla, pero se me olvidó por completo al comprender lo que estaba haciendo la maga. Ahuecó las manos, igual que cuando sostienes a un pájaro, y en ellas se materializó de pronto una esfera de luz azul del tamaño de una pelota de golf. Fue levantando los brazos sin dejar de cantar. La esfera salió volando y desapareció atravesando el techo.

De algún modo, supe por instinto que no debería haber visto aquello.

Se me ocurrió salir de la habitación. La única pega era que la puerta ya no estaba. No había otras salidas. Era solo cuestión de tiempo que… «Ups.»

Quizá hice algún ruido. Quizá sus sentidos mágicos se dispararon. La cosa es que, antes de poder reaccionar, Zia ya había sacado su varita y me apuntaba con ella, con el filo del bumerán envuelto en llamas.

—Hola —dije, nervioso.

Sus facciones pasaron de la furia a la sorpresa, y luego de nuevo a la furia.

—Carter, ¿qué haces tú aquí?

—He salido a dar un paseo. Te he visto en el patio, así que…

—¿Cómo que me has «visto»?

—Bueno… ibas corriendo, y tenías una cosa negra pero brillante alrededor, y…

—¿Lo has visto? Imposible.

—¿Por qué? ¿Qué era?

Zia soltó la varita y el fuego se apagó.

—No me hace ninguna gracia que me sigan, Carter.

—Perdona. He pensado que a lo mejor tenías problemas.

Hizo ademán de dar explicaciones, pero supongo que cambió de opinión.

—Problemas… sí, podría decirse que sí.

Se sentó bruscamente y suspiró. A la luz de las velas, sus ojos de color ámbar parecían oscuros y tristes.

Miró las fotos que había detrás del altar, y me di cuenta de que en algunas salía ella. En una la vi de niña, descalza frente a una casa de ladrillos, mirando a la cámara con los ojos entrecerrados como si no quisiera que sacaran la fotografía. La siguiente era un plano más amplio, que mostraba un pueblo entero a orillas del Nilo; a veces mi padre me llevaba a sitios parecidos, donde las cosas no habían cambiado mucho en los últimos dos milenios. Los nativos, agolpados, sonreían y saludaban a cámara como celebrando algo, y por encima se veía a Zia a hombros de alguien que debía de ser su padre. Más allá, había un retrato de familia: Zia agarrada a las manos de sus padres. Podrían haber sido cualquier familia *felahin*, en cualquier lugar de Egipto, pero los ojos de su padre tenían un brillo y una amabilidad particulares. Seguro que tenía un gran sentido del humor. Su madre llevaba la cara descubierta, y reía como si su marido acabara de hacer un chiste.

—Tus padres parecen majos —comenté—. ¿Eso es tu casa?

Zia puso cara de querer enfadarse, pero contuvo sus emociones. O tal vez no le quedara energía.

—Eso era mi casa. El pueblo ya no existe.

Esperé, sin atreverme a hacer preguntas. Nuestras miradas se cruzaron y comprendí que estaba decidiendo cuánto quería contarme.

—Mi padre era granjero —dijo—, pero también trabajaba para algunos arqueólogos. Dedicaba su tiempo libre a peinar el desierto, buscando reliquias o lugares nuevos donde pudiera interesarles organizar excavaciones.

Asentí. Lo que contaba Zia era bastante habitual. Los egipcios llevaban siglos sacándose un sobresueldo de esa manera.

—Cuando yo tenía ocho años, una noche mi padre encontró una estatua —continuó—. Era pequeña pero muy inusual, la figura de un monstruo tallada en piedra rojiza. Estaba enterrada con otras muchas estatuas, pero las demás estaban todas destrozadas. Aquella, no sé cómo, había sobrevivido. Se la trajo a casa. Él no sabía... no se daba cuenta de que los magos encierran a los monstruos y a los espíritus dentro de estatuas como aquella, y luego las rompen para destruir su esencia. Mi padre llevó la estatua intacta a nuestro pueblo, y... y por accidente liberó...

Se le quebró la voz. Miró la imagen de su padre, que la cogía a ella de la mano con una sonrisa.

—Zia, lo siento muchísimo.

Ella hizo una mueca.

—Me encontró Iskandar. Él y los otros magos aniquilaron al monstruo... pero demasiado tarde. Yo estaba acurrucada en un foso de hoguera, cubierta con unos juncos como me había escondido mi madre. Fui la única superviviente.

Intenté visualizar el aspecto que debía de tener Zia cuando la encontró Iskandar: una niñita que lo había perdido todo, sola en las ruinas de su poblado. Era difícil imaginarla así.

—Entonces, esta habitación es un santuario dedicado a tu familia —supuse—. Vienes aquí para recordarlos.

Zia me miró sin expresión en el rostro.

—Ahí está el problema, Carter. No me acuerdo del incidente. Iskandar me contó lo que había ocurrido. Me dio estas fotos, me lo explicó todo. Pero... yo no tengo ni un recuerdo.

Casi le dije que entonces solo tenía ocho años, pero caí en que era la misma edad que tenía yo cuando murió mi madre, cuando nos separaron a Sadie y a mí. Yo lo recordaba con toda claridad. Aún podía ver nuestra casa de Los Ángeles y también las estrellas en el cielo nocturno, desde nuestro porche trasero que daba al océano. Mi padre solía contarnos unas historias descabelladas sobre las constelaciones. Después, antes de irnos a la cama, Sadie y yo siempre nos acurrucábamos en el sofá con mamá, disputándonos su atención mientras ella nos decía que no creyéramos ni una palabra de las historias de mi padre. Nos explicaba hechos científicos sobre las estrellas, hablaba de física y química como habría hecho con sus estudiantes universitarios. Visto desde el recuerdo, me pregunté si quizá estaría avisándonos: «No creáis en esos dioses y mitos. Son demasiado peligrosos».

Rememoré el último viaje que hicimos a Londres como una familia, lo nerviosos que estaban mis padres durante el vuelo. Recordé a mi padre volviendo al piso de los abuelos después de la muerte de mi madre, diciéndonos que había ocurrido un accidente. Incluso antes de que se explicara, yo ya sabía que era malo, porque nunca antes había visto llorar a mi padre.

Lo que más loco me volvía eran los pequeños detalles que sí se perdían, como el olor del perfume que llevaba mi madre, o el sonido de su voz. Cuanto más mayor me hacía, más me costaba retener esas cosas. No pude ni imaginarme lo que supondría no recordar nada. ¿Cómo lo soportaba Zia?

—Quizá... —Busqué las palabras apropiadas—. A lo mejor podrías...

Ella levantó una mano.

—Carter, créeme. He intentado recordar. No puedo. Iskandar es la única familia que he tenido jamás.

—¿Y amigos?

Zia se quedó mirándome como quien oye una palabra en otro idioma. Comprendí que desde nuestra llegada al Nomo Primero no había visto a nadie de más o menos nuestra edad. Todos eran mucho más jóvenes o mucho más viejos.

—No tengo tiempo para hacer amigos —dijo—. Además, cuando los iniciados cumplen trece años, los asignan a otros nomos repartidos por el mundo. Yo soy la única que se quedó aquí. Me gusta la soledad. Estoy bien.

Se me erizaron los pelos de la nuca. Era lo mismo que había dicho yo muchas veces cuando alguien me preguntaba qué tal era que mi padre me diera clase en casa. ¿No echaba de menos tener amigos? ¿No quería una vida normal? «Me gusta la soledad. Estoy bien.»

Intenté imaginarme a Zia yendo a un instituto público normal y corriente, memorizando la combinación de una taquilla, charlando en la cafetería. No lo vi claro. Supuse que se sentiría igual de perdida que yo.

—¿Sabes qué? —dije—, después del examen, cuando pasen los días demoníacos, cuando las cosas se calmen…

—Las cosas no van a calmarse.

—… te llevaré al centro comercial.

Parpadeó.

—¿Al centro comercial? ¿Con qué motivo?

—Para dar una vuelta —dije—. Tomar unas hamburguesas, ver una peli.

Zia titubeó.

—¿Eso es lo que llamáis una «cita»?

Seguro que mi expresión no tuvo precio, porque Zia, estando como estaba, me dedicó una sonrisa.

—Pareces una vaca después de que la aticen con la pala.

—No me refería… quería decir…

Estalló en risas, y de repente me resultó más fácil imaginarla como una alumna normal de instituto.

—Te tomo la palabra con lo de ese «centro comercial», Carter —dijo—. O bien eres una persona muy interesante… o una muy peligrosa.

—Dejémoslo en interesante.

Hizo un gesto con la mano y el umbral volvió a aparecer.

—Ahora márchate. Y ve con cuidado. La próxima vez que te pille curioseando, puede que no tengas tanta suerte.

Al llegar al portal, me volví.

—Zia, ¿qué era esa cosa negra brillante?

Su sonrisa se difuminó.

—Un hechizo de invisibilidad. Solo pueden descubrirlo los magos muy poderosos. Tú no deberías.

Me miró fijamente, esperando una respuesta, pero yo no tenía ninguna.

—Quizá ya… se estaba agotando, o algo —aventuré—. ¿Puedo preguntarte por la esfera azul?

Ella torció el gesto.

—¿La qué?

—Esa cosa que has soltado y se ha ido volando por el techo.

Puso cara de desorientación.

—No… no sé de qué me hablas. A lo mejor ha sido un efecto de la luz.

Silencio incómodo. O me estaba mintiendo, o yo me estaba volviendo loco, o… no sabía qué más podía ser. Caí en que no le había contado mi visión de Amos y Set, pero supuse que ya la había presionado bastante por una noche.

—Vale —dije—, hasta mañana.

Regresé al dormitorio, pero pasé mucho rato más despierto.

Cámara rápida hasta llegar a Luxor. Quizá ahora comprendas por qué no quise dejar atrás a Zia, y por qué no creía que ella fuera a hacernos daño de verdad.

Por otra parte, sabía que no mentía acerca de Desjardins. Ese tío no se lo pensaría dos veces antes de convertirnos en caracoles. Eso, y que en mi sueño Set había hablado en francés: «*Bon soir*, Amos». ¿Era una coincidencia… o aquí estaba pasando algo mucho, mucho más feo?

La cosa es que, cuando Sadie me agarró del brazo, fui con ella.

Salimos del templo corriendo y nos dirigimos al obelisco. Pero claro, no iba a ser tan sencillo. Somos la familia Kane. Las cosas nunca son tan sencillas.

Estábamos a punto de llegar al obelisco cuando oí el «flis» de un portal mágico. A unos cien metros por detrás de nosotros, un mago calvo con chilaba blanca emergió de un vórtice de arena arremolinada.

—Date prisa —dije a Sadie. Saqué el bastón-báculo de mi bolsa y se lo pasé—. Te he partido en dos el tuyo, así que ya me apañaré yo con la espada.

—¡Pero si no sé lo que estoy haciendo! —protestó, estudiando la base del obelisco como si esperara encontrar algún interruptor oculto.

El mago recuperó el equilibro y escupió arena. Entonces reparó en nosotros.

—¡Deteneos!

—Claro —murmuré yo—, ahora, enseguida.

—París. —Sadie se volvió hacia mí—. Has dicho que el otro obelisco estaba en París, ¿verdad?

—Exacto. Hummm, no es por meterte prisa, pero...

El mago levantó su báculo y empezó a salmodiar.

Tanteé hasta encontrar la empuñadura de mi espada. Mis piernas parecían hechas de mantequilla. Me pregunté si volvería a salirme bien lo del guerrero halcón. Había estado genial, pero también había sido solo un duelo. Y la prueba del puente, cuando había desviado todas esas dagas... no me había dado la impresión de que era yo quien lo hacía. Hasta el momento, siempre que había desenfundado la espada, había tenido ayuda: estaba Zia, o Bast. Nunca me había sentido solo del todo. Esa vez, no había nadie más. Pensar que podría contener a un mago de pleno derecho era de locos. Yo no era un guerrero. Todo lo que sabía de espadas había salido de leer libros. La historia de Alejandro Magno, *Los tres mosqueteros*... ¿de qué iba a servirme? Con Sadie ocupada en el obelisco, estaba solo.

No es verdad, dijo una voz en mi interior.

«Estupendo —pensé—, estoy solo y encima volviéndome majara.»

En el otro extremo de la avenida, el mago gritó:

—¡Ponte al servicio de la Casa de la Vida!

Me dio la impresión de que no hablaba conmigo.

El aire que había entre nosotros empezó a removerse. Fluían ondas de calor desde la fila doble de esfinges, con lo que daba la impresión de que se movían. Entonces observé que estaban moviéndose de verdad. Apareció una grieta vertical en cada una de ellas, y de la piedra salieron unas apariciones fantasmales, como langostas mudando el caparazón. Muchas de ellas estaban bastante desmejoradas. A las criaturas espirituales que habían salido de las estatuas rotas les faltaba alguna garra, o la cabeza. Algunas cojeaban apoyándose solo en tres patas. Sin embargo, había al menos una docena de esfinges de ataque en perfectas condiciones, y todas venían hacia nosotros… con el tamaño de dóbermans, hechas de un humo blanco lechoso y vapor ardiente. Vaya, así que las esfinges estaban de nuestra parte, ¿eh?

—¡Deprisa! —urgí a Sadie.

—¡París! —vociferó ella, levantando el bastón y la varita—. Quiero estar allí ahora mismo. Dos billetes. ¡Si son en primera clase, mejor!

Las esfinges avanzaban. La primera de todas se lanzó en mi dirección, y por pura suerte logré partirla en dos. El monstruo se evaporó, convertido en volutas de humo, pero liberó una oleada de calor tan intenso que pensé que se me derretía la cara.

Otras dos esfinges fantasma venían al galope. Les pisaba los talones una docena más. Me noté el pulso palpitando en el cuello.

De repente, el suelo se sacudió. El cielo se ensombreció y Sadie chilló:

—¡Sí!

El obelisco brillaba en tonos púrpura, zumbando de energía. Sadie tocó la piedra y aulló. Fue absorbida al interior y desapareció.

—¡Sadie! —grité.

Dos esfinges aprovecharon la distracción para embestir contra mí y derribarme. La espada resbaló sobre los adoquines. Me crujieron las costillas, y sentí un dolor intenso en el pecho. El calor que emanaban las criaturas era insoportable, y me hizo sentir como aplastado debajo de un horno caliente.

Estiré los dedos hacia el obelisco. Me faltaban unos centímetros. Oí a las otras esfinges acercándose, al mago declamando:

—¡Sujetadlo! ¡Sujetadlo!

Invertí mis últimas reservas de fuerza en reptar hacia el obelisco, con todos los nervios del cuerpo gritando de dolor. Toqué la base con las puntas de los dedos, y el mundo se volvió negro.

De pronto estaba tendido sobre piedra fría y húmeda. En el centro de una plaza enorme. Llovía a mares, y el aire helado me reveló que aquello no era Egipto. Sadie estaba en algún lugar, cerca, gritando alarmada.

La mala noticia era que me habían acompañado las dos esfinges. Una salió de encima de mí y se lanzó a por Sadie. La otra siguió sobre mi pecho, mirándome desde arriba, con el lomo soltando humo bajo la lluvia, con sus ojos blancos y lechosos a centímetros de mi cara.

Intenté recordar cómo se decía «fuego» en egipcio. A lo mejor, si podía hacer que el monstruo estallara en llamas... pero el pánico no me dejaba pensar. Oí una explosión a mi derecha, en la dirección hacia donde corría Sadie. Confié en que la hubiese evitado, pero no podía saberlo seguro.

La esfinge abrió las fauces y formó unos colmillos de humo que no pintaban nada en la cara de un rey del Egipto antiguo. El monstruo estaba a punto de darme un mordisco en la cara cuando una silueta oscura se cernió sobre él y gritó:

—*Mange des tartes!*

¡Tajo!

La esfinge se deshizo en humo.

Traté de levantarme, pero no pude. Sadie llegó dando un traspié.

—¡Carter! Dios mío, ¿estás bien?

Parpadeé para mirar a la otra persona, a la que me había salvado. Tenía una figura alta y delgada, vestida con un impermeable negro con capucha. ¿Qué había gritado? ¿«Come tartas»? ¿Qué grito de guerra era ese?

Se quitó el impermeable, y una mujer con un traje de gimnasta con manchas de leopardo me sonrió desde arriba, enseñando los colmillos y los luminosos ojos amarillos.

—¿Me echabais de menos? —dijo Bast.

18. La furia de los murciélagos de la fruta

Nos apiñamos bajo el alero de un edificio gubernamental blanco y grande, y miramos cómo caía una tromba de agua sobre la plaza de la Concordia. La tarde parisina era triste y gris. El cielo invernal estaba oscuro y encapotado, y el viento frío y húmedo me calaba hasta los huesos. No había turistas ni peatones. Cualquier persona que tuviese el más mínimo sentido común estaba resguardada junto a un fuego, disfrutando de una bebida caliente.

A nuestra derecha, el río Sena serpenteaba perezoso por la ciudad. Al otro lado de la inmensa plaza, los jardines de las Tullerías aparecían sumidos en una espesa neblina.

El obelisco egipcio se alzaba, solitario y oscuro, en el centro de la plaza. Esperamos un momento por si salían más enemigos de él, pero no vino ninguno. Recordé que los objetos necesitaban enfriarse durante doce horas antes de funcionar otra vez, según había dicho Zia. Confié en que llevara razón.

—No te muevas —me dijo Bast.

Me apretó una mano contra el pecho mientras yo hacía una mueca de dolor. Susurró algo en egipcio y, poco a poco, el dolor remitió.

—Costilla rota —anunció—. Ahora la tienes mejor, pero deberías seguir tumbado unos minutos, al menos.

—¿Y los magos?

—De momento, no nos preocupemos por ellos. La Casa dará por hecho que no os habéis teletransportado aquí.

—¿Por qué?

—Porque París es el Nomo Decimocuarto, la jefatura de Desjardins. Tendríais que estar como cabras para intentar ocultaros en su territorio natal.

—Estupendo —dije con un suspiro.

—Además, vuestros amuletos os escudan —añadió Bast—. Yo podría encontrar a Sadie en cualquier parte por mi promesa de protegerla, pero los amuletos os mantendrán ocultos a ojos de Set y de otros magos.

Pensé en la sala oscura del Nomo Primero donde todos aquellos niños miraban en cuencos de aceite. ¿Ahora mismo estarían buscándonos a nosotros? La idea era espantosa.

Traté de incorporarme e hice otra mueca.

—Quédate quieto —me ordenó Bast—. En serio, Carter, tendrías que aprender a caer como los gatos.

—Lo practicaré —prometí—. ¿Cómo puedes estar viva? ¿Es por el asunto de las siete vidas?

—Eso no es más que una leyenda estúpida. Yo soy inmortal.

—¡Pero los escorpiones...! —Sadie se apretujó más contra nosotros, temblorosa, echándose el impermeable de Bast sobre los hombros—. ¡Te vimos caer!

Bast emitió un sonido parecido a un ronroneo.

—¡Querida Sadie, de verdad te importo! Debo decir que he trabajado para muchísimos niños de faraones, pero vosotros dos... —Parecía realmente emocionada—. Bueno, lamento haberos preocupado. Es cierto que los escorpiones redujeron mi poder hasta casi anularlo. Los contuve tanto tiempo como me fue posible, hasta que solo me quedaba la energía justa para volver a la forma de Tarta y colarme en la Duat.

—Pensaba que se te daban mal los portales —dije yo.

—Bueno, Carter, para empezar, hay muchas formas de entrar y salir de la Duat. Tiene infinidad de regiones y capas... el Abismo, el Río de la Noche, la Tierra de los Muertos, la Tierra de los Demonios…

—Qué acogedor suena —murmuró Sadie.

—En cualquier caso, los portales son como puertas. Pasan por la Duat para conectar una parte del mundo mortal con otra. Y es verdad, esos se me dan fatal. Pero sigo siendo una criatura de la Duat. Si estoy yo sola, deslizarme a la capa más superficial para huir es relativamente fácil.

—¿Y si te hubieran matado? —pregunté—. Quiero decir, si mataran a Tarta.

—Eso me habría desterrado a los niveles más profundos de la Duat. Sería más o menos como meterme los pies en cemento y soltarme en el mar. Me habría costado años, tal vez siglos, reunir la fuerza suficiente para regresar al mundo mortal. Por suerte, no ha ocurrido. Volví enseguida, pero, cuando llegué al museo, los magos ya os habían capturado.

—En realidad, no es que nos capturaran del todo —dije.

—Ah, ¿no, Carter? ¿Cuánto tardaron en decidir mataros, una vez os llevaron al Nomo Primero?

—Hummm, unas veinticuatro horas aproximadamente.

Bast silbó.

—¡Qué majos se han vuelto! Antes volaban por los aires a los deificados en cuestión de minutos.

—Nosotros no somos… eh, ¿qué nos has llamado?

Me respondió Sadie, con cara de estar en trance:

—«Deificados». Es lo que somos, ¿verdad? Por eso Zia nos tenía tanto miedo y por eso quiere matarnos Desjardins.

Bast dio unas palmaditas en la rodilla de Sadie.

—Siempre has sido muy lista, querida.

—Un momento… —dije yo—. ¿Significa eso que somos anfitriones de dioses? No puede ser. Digo yo que me habría dado cuenta si…

Entonces pensé en la voz que había oído dentro de mi cabeza, urgiéndome a esconderme cuando conocí a Iskandar. Recordé todas las cosas que de repente era capaz de hacer, como luchar con la espada o invocar una coraza mágica. Esas cosas no las había aprendido en las clases que me daba mi padre.

—Carter —dijo Sadie—, cuando explotó la Piedra de Rosetta salieron cinco dioses, ¿verdad? Papá se unió a Osiris, eso nos lo contó Amos. Set... no lo sé. Escapó de algún modo. Pero tú y yo...

—Estábamos protegidos por los amuletos. —Agarré el Ojo de Horus que llevaba al cuello—. Papá dijo que estaríamos a salvo.

—Siempre que nos quedásemos fuera de la sala, como nos dijo que hiciéramos —recordó Sadie—. Pero estábamos dentro, mirando. Queríamos ayudarle. Prácticamente, pedimos tener poder, Carter.

Bast asintió.

—Eso es lo que cuenta. Una invitación.

—Y desde entonces... —Sadie me miró indecisa, casi retándome a burlarme de ella—. Desde entonces tengo una sensación. Como una voz en mi interior...

A aquellas alturas, la lluvia me había empapado por completo. Si Sadie no hubiese dicho nada, quizá podría haber seguido negando lo que ocurría un poco más de tiempo. Pero recapacité sobre lo que había contado Amos de nuestra familia, y de su larga historia con los dioses. Recordé las palabras de Zia acerca de nuestro linaje: «Los dioses son muy exigentes al elegir anfitriones. Tienen debilidad por la sangre de los faraones».

—Vale —admití—, yo también he oído una voz. De modo que o bien nos estamos volviendo locos los dos...

—El amuleto. —Sadie lo sacó por el cuello de la camisa y se lo enseñó a Bast—. Es el símbolo de una diosa, ¿verdad?

Hacía mucho tiempo que no veía el amuleto de mi hermana. Era distinto del mío. Me recordaba a un anj, o tal vez a una corbata rara.

—Eso es un *tyt* —dijo Bast—. Un nudo mágico. Y sí, a menudo se le llama...

—El Nudo de Isis —dijo Sadie. No había manera de que ella pudiera saberlo, pero parecía completamente segura—. Vi una imagen de Isis en el Salón de las Eras, y después yo misma era Isis, intentaba escapar de Set, y… ay, dios. Es eso, ¿verdad? Soy ella.

Se agarró la camisa como si quisiera arrancarse físicamente a la diosa. No pude hacer otra cosa que quedarme mirando. Mi hermana, con su pelo desaliñado pintado de rojo chillón y su pijama de lino y sus botas militares… ¿como podía preocuparle estar poseída por una diosa? ¿Qué diosa iba a quererla, con la posible excepción de la diosa de los chicles?

Sin embargo… yo también había oído una voz interior. Una voz que sin duda no era la mía. Miré mi amuleto, el Ojo de Horus. Recordé lo que sabía de los mitos: que Horus, hijo de Osiris, debía vengar a su padre derrotando a Set. Para colmo, en Luxor yo había invocado un avatar con cabeza de halcón. Me daba miedo intentarlo, pero pensé: «¿Horus?».

Caramba, ya era hora, dijo la otra voz. *Hola, Carter.*

—Oh, no —dije, notando crecer el pánico en el pecho—. No, no, no. Que alguien traiga un abrelatas. Tengo a un dios metido en la cabeza.

A Bast se le iluminó la mirada.

—¿Te has comunicado directamente con Horus? ¡Es un progreso excelente!

—¿Progreso? —Me di golpes en la cabeza con la mano abierta—. ¡Sácamelo!

Cálmate, dijo Horus.

—¡No me digas que me calme!

Bast frunció el ceño.

—Yo no he dicho nada.

—¡Se lo decía a él! —exclamé, señalándome la frente.

—Qué horror —gimoteó Sadie—. ¿Cómo puedo librarme de ella?

Bast soltó un bufido.

—Antes que nada, Sadie, no la tienes por completo. Los dioses somos muy poderosos. Podemos existir en muchos lugares al mismo tiempo. Pero es cierto que una parte del espíritu de Isis reside ahora en tu interior. Igual que Carter lleva el espíritu de Horus. Sinceramente, los dos deberíais sentiros honrados.

—Vale, me siento de lo más honrado —dije—. ¡Siempre quise estar poseído!

Bast puso los ojos en blanco.

—Por favor, Carter, no es una posesión. Además, tú y Horus queréis lo mismo: derrotar a Set, como hizo Horus milenios atrás cuando Set dio muerte a Osiris por primera vez. Si no lo haces, tu padre está condenado y Set reinará sobre la Tierra.

Eché una mirada a Sadie, pero no vino en mi ayuda. Se arrancó el amuleto del cuello y lo arrojó al suelo.

—Isis se me coló por el amuleto, ¿a que sí? Bueno, pues voy a...

—De verdad que yo no haría eso —le advirtió Bast.

Pero Sadie sacó su varita y dio un golpe al amuleto. Saltaron chispas azules del bumerán de marfil. Sadie chilló y soltó la varita, que estaba echando humo. Tenía la mano cubierta de marcas negras de abrasión. El amuleto estaba intacto.

—¡Au! —exclamó.

Bast dio un suspiro. Puso su mano sobre la de Sadie y las quemaduras se atenuaron.

—Ya te lo he dicho. Isis canalizó su poder usando el amuleto, sí, pero ahora no está en él. Está en ti. Aunque no fuera el caso, los amuletos mágicos son casi indestructibles.

—Entonces, ¿qué se supone que hacemos? —preguntó Sadie.

—Bueno, para empezar —dijo Bast—, Carter debe utilizar el poder de Horus para derrotar a Set.

—Ah, ¿nada más? —dije—. ¿Yo solito?

—No, no. Sadie puede ayudarte.

—Ah, de lujo.

—Yo os guiaré tan bien como pueda —prometió Bast—, pero al final seréis vosotros dos quienes deberéis luchar. Únicamente Horus e Isis pueden vencer a Set y vengar la muerte de Osiris. Así es como sucedió antaño. Así es como debe suceder ahora.

—¿Y entonces recuperamos a nuestro padre? —pregunté.

La sonrisa de Bast flaqueó.

—Si todo sale bien.

No nos lo estaba explicando todo. Como de costumbre. Pero yo tenía el cerebro demasiado aturullado para descubrir qué era lo que pasaba por alto.

Me miré las manos. No parecía haber ninguna diferencia: no las notaba más fuertes ni más divinas.

—Si tengo los poderes de un dios, ¿por qué soy tan…?

—¿Lamentable? —aportó Sadie.

—Calla —dije—. ¿Por qué no puedo usar mejor mis poderes?

—Hace falta práctica —dijo Bast—, a no ser que quieras ceder el control a Horus. Entonces él usaría tu forma y no tendrías que preocuparte por nada.

Podríamos hacerlo, dijo una voz dentro de mí. *Déjame luchar contra Set. Puedes confiar en mí.*

«Sí, claro —le dije—. ¿Cómo sé que no me provocarías la muerte y te cambiarías a otro anfitrión? ¿Cómo puedo estar seguro de que ahora mismo no influyes en mis pensamientos?»

Jamás haría algo parecido, dijo la voz. *Te escogí por tu potencial, Carter, y porque compartimos un mismo objetivo. Tienes mi palabra de honor, si me permites controlar…*

—No —dije.

Me di cuenta de que había sido en voz alta: Sadie y Bast me estaban mirando.

—Me refiero a que no voy a ceder el control —dije—. Esta pelea es nuestra. El que está encerrado en un ataúd es nuestro padre. El que han capturado es nuestro tío.

—¿Lo han capturado? —se sorprendió Sadie.

Comprendí horrorizado que no le había contado mi último viajecito *ba*. Es que no había tenido tiempo.

Cuando le expliqué los detalles, puso cara de pánico.

—Dios, no.

—Ya —asentí—. Además, Set habló en francés: «Bon soir». Sadie, lo que decías de que Set había escapado… a lo mejor no fue así. Si andaba buscando un anfitrión poderoso…

—Desjardins —terminó el razonamiento Sadie.

Bast dio un gruñido ronco.

—Desjardins estaba en Londres la noche en que vuestro padre rompió la Piedra de Rosetta, ¿no es así? Ese mago siempre ha sido un pozo de rabia, de ambición. Por muchos motivos, sería el anfitrión perfecto para Set. Si Set lograse poseer el cuerpo de Desjardins, significaría que el Señor Rojo controla al hombre que es lector jefe de la Casa... ¡Por el trono de Ra, Carter, espero que te equivoques! Vosotros dos vais a tener que aprender a usar el poder de los dioses muy rápido. Sea cual sea el plan de Set, lo pondrá en práctica durante su cumpleaños, en su momento de mayor fuerza. Eso es el tercer día demoníaco. Dentro de tres días.

—Pero yo ya he usado los poderes de Isis, ¿no? —preguntó Sadie—. He invocado jeroglíficos, he activado el obelisco de Luxor. ¿Eso era ella o yo?

—Las dos, cariño —dijo Bast—. Tú y Carter tenéis grandes capacidades propias, pero el poder de los dioses ha acelerado vuestro desarrollo y os proporciona una reserva adicional de la que extraer energía. Habéis conseguido en días lo que normalmente os costaría años aprender. Cuanto más canalicéis el poder de los dioses, más fuertes os volveréis.

—Y más peligro correremos —supuse—. Los magos nos dijeron que albergar a los dioses puede quemarte, matarte, volverte loco.

Bast fijó su mirada en mí. Por un segundo, vi los ojos de un depredador, antiguos, poderosos y peligrosos.

—No todo el mundo puede albergar a un dios, Carter. Eso es verdad. Pero vosotros dos sois de la sangre de los faraones. Los dos combináis dos líneas antiquísimas. Eso es muy poco frecuente, y reviste gran poder. Además, si pensáis que podréis sobrevivir sin el poder de los dioses, id cambiando de idea. No repitáis lo que vuestra madre...

Se obligó a cortar la frase.

—¿Qué? —le exigió Sadie—. ¿Qué pasa con nuestra madre?

—No lo tendría que haber dicho.

—¡Dínoslo, gata! —se encendió Sadie.

Por un instante, temí que Bast desenvainara sus cuchillos. En lugar de eso, se apoyó contra la pared y miró fijamente la lluvia.

—Cuando vuestros padres me liberaron de la Aguja de Cleopatra... hubo mucha más energía de la que se esperaban. Vuestro padre pronunció el hechizo de convocación en sí, de modo que la explosión le habría matado al instante si vuestra madre no hubiese levantado un escudo. En esa fracción de segundo, yo le ofrecí mi ayuda. Le propuse fundir mi espíritu con el suyo y colaborar protegiéndolos a los dos. Pero no quiso aceptar la oferta. Optó por extraer de su propia reserva...

—De su propia magia —musitó Sadie.

Bast asintió con tristeza.

—Cuando un mago se empeña a sí mismo en un hechizo, no hay vuelta atrás. En caso de sobrepasar su poder... bueno, tu madre usó hasta la última gota de energía para proteger a tu padre. Se sacrificó para salvarlo. Literalmente...

—Se consumió —dije yo—. Es lo que nos advirtió Zia.

Siguió lloviendo a cántaros. Me di cuenta de que estaba temblando. Sadie se enjugó una lágrima de la mejilla. Recogió su amuleto y lo miró con cara de resentimiento.

—Tenemos que salvar a papá. Si de verdad tiene el espíritu de Osiris...

Dejó la frase en el aire, pero yo sabía lo que pensaba. Recordé a mi madre cuando yo era pequeño, rodeándome los hombros con un brazo, de pie en nuestro porche trasero de Los Ángeles. Me señalaba las estrellas: la estrella polar, Sirio, el Cinturón de Orión. Luego me sonreía, y yo me sentía más importante que ninguna constelación del cielo. Mi madre se había sacrificado para salvar la vida de mi padre. Había usado tanta magia que, literalmente, se había consumido. ¿Cómo podría ser yo tan valiente? Sin embargo, debía intentar rescatar a papá. Si no, el sacrificio de mi madre no tendría ningún sentido. Y quizá, si lográbamos liberar a mi padre, él podría arreglarlo todo, tal vez incluso devolvernos a mi madre.

«¿Eso es posible?», le pregunté a Horus, pero su voz guardó silencio.

—De acuerdo —decidí—. ¿Cómo detenemos a Set?

Bast se quedó un momento pensativa y después sonrió. Sospeché que no iba a gustarme lo que diría.

—Es posible que haya un modo de hacerlo sin entregaros por completo a los dioses. Existe un libro de Tot, uno de los escasos grimorios de hechizos que escribió el propio dios de la sabiduría. El que tengo en mente detalla la forma de imponerse a Set. Ahora es la posesión más preciada de cierto mago. Lo único que tenemos que hacer es colarnos en su fortaleza, robarlo y marcharnos antes de que anochezca, mientras todavía podamos crear un portal hacia Estados Unidos.

—Perfecto —dijo Sadie.

—Un momento —dije yo—. ¿Qué mago es? ¿Y dónde está la fortaleza?

Bast me miró como si fuera un poco lento.

—Vaya, pero si creo que ya hemos hablado de él. Desjardins. Su casa está aquí mismo, en París.

En cuanto vi la casa de Desjardins, odié todavía más al mago. Se trataba de una mansión enorme, al otro lado de las Tullerías, en la Rue des Pyramides.

—¿La calle de las Pirámides? —dijo Sadie—. Demasiado evidente, ¿no?

—A lo mejor es que no encontró casa en la calle del Mago Idiota Maligno —sugerí.

La mansión era espectacular. La verja de hierro forjado estaba coronada por puntas doradas. Incluso bajo la lluvia invernal, el jardín rebosaba de flores. Ante nosotros se alzaba una fachada de mármol de cinco pisos de altura y ventanas cubiertas de postigos negros, todo rematado por una terraza ajardinada. Yo había visto palacios reales más pequeños que aquel lugar.

Señalé la puerta frontal, que estaba pintada de rojo brillante.

—¿El color rojo no daba mala suerte en Egipto? ¿No era el color de Set?

Bast se rascó la barbilla.

—Ahora que lo mencionas, sí. Es el color del caos y la destrucción.

—Yo creía que el color malo era el negro —terció Sadie.

—No, cariño. Como de costumbre, la gente moderna lo ha entendido al revés. El negro es el color de la tierra fértil, como la del Nilo. En terreno negro, se puede cultivar alimentos. La comida es buena. Por tanto, el negro es bueno. El rojo es el color de la arena del desierto, y en el desierto no crece nada. Por tanto, el rojo es maligno. —Frunció el ceño—. En realidad, sí que es raro que Desjardins tenga una puerta roja.

—Uau, qué emoción —dijo Sadie, enfurruñada—. Vamos a llamar.

—Habrá guardias —dijo Bast—, y trampas, y alarmas. Te aseguro que la casa estará fuertemente protegida por conjuros para evitar que entren los dioses.

—¿Eso lo pueden hacer los magos? —pregunté, mientras imaginaba un gigantesco bote de insecticida de la marca Dios-Paff.

—Sí, por desgracia —dijo Bast—. Yo no podré cruzar el umbral sin estar invitada. Vosotros, por otra parte…

—Creía que nosotros también éramos dioses —dijo Sadie.

—Eso es lo mejor de todo —replicó Bast—. Como anfitriones, continuáis siendo bastante humanos. Yo he tomado posesión completa de Tarta, así que a grandes rasgos soy yo misma, una diosa. Pero vosotros seguís siendo… bueno, vosotros mismos. ¿Está claro?

—No —dije.

—Os aconsejo convertiros en pájaros —siguió Bast—. Podéis volar hasta el jardín de la terraza y entrar por allí. Además, me gustan los pájaros.

—Primer problema —dije—: no sabemos cómo convertirnos en pájaros.

—¡Eso se arregla enseguida! Y además os servirá de prueba para ver cómo canalizáis el poder divino. Basta con que os imaginéis a vosotros mismos como pájaros, y en pájaros os transformaréis.

—Así de sencillo —dijo Sadie—. ¿Y tú no te echarás encima de nosotros?

Bast puso cara de ofendida.

—¡Eso no lo pienses ni muerta!

Deseé que Bast no hubiera utilizado la palabra «muerta».

—Vale —dije—, allá voy.

Pensé: «¿Estás ahí, Horus?»

¿Qué?, dijo él con tono molesto.

«Forma de ave, por favor.»

Ah, ya veo. No te fías de mí, pero ahora necesitas que te ayude.

«Va, hombre, no seas así. Haz lo del halcón y ya está.»

¿Te conformarías con un emú?

Decidí que hablando no iba a sacar nada en claro, así que cerré los ojos e imaginé que me convertía en halcón. De inmediato, la piel empezó a arderme. Me costaba respirar. Abrí los ojos y di un respingo.

Era muy, muy bajito; tenía los ojos a la altura de las espinillas de Bast. Estaba cubierto de plumas, y mis pies eran ahora unas zarpas puntiagudas, parecidas a las de mi forma de *ba* pero de carne y hueso. La ropa y mi bolsa habían desaparecido, como fundidas con mi plumaje. La visión también me había cambiado por completo. Podía ver en un ángulo de ciento ochenta grados, y con una agudeza increíble. Resaltaban todas las hojas de todos los árboles. Distinguí a una cucaracha a cien metros de distancia, correteando hacia una boca de alcantarilla. Podía señalar cada poro de la cara de Bast, que ahora se cernía sobre mí con una amplia sonrisa.

—Más vale tarde que nunca —dijo—. Te ha costado casi diez minutos.

¿Cómo? El cambio me había parecido instantáneo. Entonces miré a mi lado y vi una hermosa ave de presa gris, un poco más pequeña que yo, con las alas acabadas en plumas negras y los ojos dorados. No sé cómo, pero supe que era un milano; un milano ave, no la ciudad italiana.

El milano dejó escapar un gorjeo: «Ju, ju, ju». Sadie se estaba burlando de mí.

Abrí mi propio pico, pero no salió ningún sonido.

—Oooh, miraos, tenéis un aspecto delicioso —dijo Bast, relamiéndose—. No, no, hummm... quería decir maravilloso. ¡Venga, arriba los dos!

Extendí mis alas majestuosas. ¡Lo había hecho de verdad! Era un noble halcón, el señor de los cielos. Me lancé desde la acera y volé directo hasta dar con la verja.

—Ju, ju, ju —pió Sadie a mis espaldas.

Bast se agachó y empezó a hacer unos extraños gorjeos agudos. «Oh, oh.» Nuestra amiga estaba imitando a los pájaros. Había visto hacer lo mismo a bastantes gatos cuando estaban al acecho. De pronto tuve una visión de mi propia esquela: «Carter Kane, 14 años, encontró una muerte trágica en París al ser devorado por la gata de su hermana, Tarta».

Abrí las alas, me impulsé con las garras y, después de dar tres fuertes aletazos, me elevé entre la lluvia. Sadie estaba justo detrás de mí. Ascendimos juntos trazando espirales en el aire, y tengo que admitir que fue increíble. Desde muy pequeño, había soñado que volaba y siempre odiaba el momento de despertar. Ahora no se trataba de un sueño ni de un viaje *ba*. Era real al cien por cien. Navegué las frías corrientes de aire sobre los tejados de París. Contemplé el río, el Museo del Louvre, los jardines y palacios. Y un ratón... ¡ñam, ñam!

«Eh, eh, Carter —pensé—. De cazar ratones, nada.» Me encaré hacia la mansión de Desjardins, pegué las alas al cuerpo y me lancé en picado.

Vi la terraza ajardinada, observé la doble puerta de cristal que daba al interior y entonces una voz interior me dijo: *No te detengas. Es una ilusión. Tienes que cruzar sus barreras mágicas con impulso.*

Era de locos. Estaba descendiendo tan deprisa que me estamparía contra el cristal y me transformaría en una tortita con plumas, pero no aminoré.

Embestí directo hacia las puertas... y las atravesé como si no existieran. Extendí las alas y me posé sobre una mesa. Sadie entró volando justo detrás.

Estábamos solos en el centro de una biblioteca. De momento, todo bien.

Cerré los ojos y pensé en recuperar mi forma habitual. Al volver a abrirlos, era el viejo Carter de toda la vida, sentado en la mesa con mi ropa normal puesta y la bolsa de trabajo al hombro.

Sadie seguía siendo un milano.

—Ya puedes volver a transformarte —le dije.

Ladeó la cabeza y me dirigió una mirada insegura. Dejó escapar un graznido de frustración.

Yo puse una sonrisa torcida.

—¿Qué pasa, que no puedes? ¿No te habrás quedado atascada?

Me pinchó con el pico, tremendamente puntiagudo.

—¡Au! —protesté—. Oye, no es culpa mía; sigue intentándolo.

Sadie cerró los ojos y erizó las plumas hasta que parecía a punto de explotar, pero continuó con forma de milano.

—Tranquila —dije, intentando poner cara seria—. Bast te ayudará cuando salgamos de aquí.

—Ju, ju, ju.

—Tú monta guardia. Yo voy a echar un vistazo.

La sala era enorme, más parecida a una biblioteca tradicional que a la guarida de un mago. El mobiliario era de caoba oscura. Todas las paredes estaban cubiertas de estanterías que llegaban del suelo al techo. Las habían saturado tanto de libros que algunos de ellos reposaban en el suelo. Había más volúmenes apilados en las mesas y comprimidos en estanterías más pequeñas. Junto a la ventana vi una butaca grande que parecía el lugar donde Sherlock Holmes se sentaría a fumar en pipa.

Cada paso que daba hacía crujir los tablones del suelo y me provocaba una mueca. En la casa no se oía a nadie más, pero no me gustaba correr riesgos.

Aparte de las cristaleras que daban a la terraza, la única salida era una robusta puerta de madera que se cerraba desde nuestro lado. Hice girar el cerrojo. Después encajé una silla por debajo del picaporte. No confiaba en que mantuviera a los magos a raya mucho tiempo, pero tal vez me proporcionaría unos segundos si la cosa se ponía fea.

Busqué por los estantes durante siglos, o al menos eso me pareció. Los distintos tipos de libros estaban colocados de cualquier manera, sin ningún orden alfabético o numérico. No había casi ningún título en inglés. En jeroglíficos, tampoco. Yo esperaba encontrar en cualquier momento un volumen con grandes letras doradas que dijeran *Libro de Tot*, pero no iba a tener esa suerte.

—¿Qué pinta tendría un *Libro de Tot*? —me pregunté.

Sadie giró la cabeza y me perforó con la mirada. Quedé bastante convencido de que me animaba a darme prisa.

Deseé que allí hubiera *shabtis* para traerme las cosas, como en la biblioteca de Amos, pero no veía ninguno. O quizá...

Me descolgué la bolsa de mi padre. Puse su caja mágica en la mesa y retiré la tapa a un lado. La figurita de cera seguía allí, en el mismo sitio donde la habíamos dejado. La levanté y dije:

—Plastilino, ayúdame a encontrar el *Libro de Tot* en esta biblioteca.

Sus ojos cerúleos se abrieron de golpe.

—¿Por qué debería ayudarte?

—Porque no tienes más remedio.

—¡Odio ese argumento! Bien, pero levántame. No veo los estantes.

Lo paseé por toda la sala, enseñándole los estantes. Me sentí bastante idiota por estar mostrando libros a un muñeco de cera, pero probablemente no tan idiota como se veía Sadie a sí misma. Conservaba su apariencia de pájaro, daba saltitos adelante y atrás sobre la mesa y hacía chasquear el pico, desesperada por recuperar su cuerpo.

—¡Espera! —me pidió Plastilino—. Ese es antiguo... justo aquí.

Saqué un fino ejemplar encuadernado en lino. Era tan diminuto que lo habría pasado por alto, pero en efecto: la portada estaba inscrita con jeroglíficos. Lo llevé hasta la mesa y lo abrí con delicadeza. Más que un libro, parecía un mapa que se desplegaba en cuatro partes para formar un papiro ancho y largo, con escritura tan envejecida que apenas podía distinguir los caracteres.

Lancé una mirada a Sadie.

—Seguro que esto me lo podrías leer tú, si no fueras un pájaro.

Intentó asestarme otro picotazo, pero aparté la mano a tiempo.

—Plastilino —dije—, ¿qué es este papiro?

—¡Un hechizo perdido en el tiempo! —declamó—. ¡Vetustas palabras de tremebundo poder!

—¿Y bien? —insistí—. ¿Explica la forma de derrotar a Set?

—¡Mejor que eso! ¡El título reza: *Libro de convocar murciélagos de la fruta*!

Me lo quedé mirando.

—¿Lo dices en serio?

—¿Crees que haría chistes con algo así?

—¿Quién querría convocar murciélagos de la fruta?

—Ju, ju, ju —croó Sadie.

Aparté el papiro y seguimos buscando.

Al cabo de unos diez minutos, Plastilino dio un chillido de gozo.

—¡Mira! De este cuadro me acuerdo.

Era un pequeño retrato al óleo con marco dorado, colgado al final de una estantería. Debía de ser importante, porque tenía unas cortinillas de seda a los lados. La cara del tipo retratado estaba iluminada de modo que parecía a punto de contar una historia de miedo.

—¿Ese no es el tío que hace de Lobezno? —dije, porque le veía unas patillas muy considerables.

—¡Cómo te atreves! —exclamó Plastilino—. Ese es Jean-François Champollion.

Me costó un segundo, pero recordé el nombre.

—El tío que descifró los jeroglíficos a partir de la Piedra de Rosetta.

—Exacto. El tío abuelo de Desjardins.

Miré de nuevo el retrato de Champollion y capté el parecido. Tenían los mismos ojos negros y fieros.

—¿Tío abuelo? ¿Entonces Desjardins no debería tener...?

—Unos doscientos años —confirmó Plastilino—. Nada, un jovenzuelo. ¿Sabías que Champollion estuvo cinco días en coma cuando logró descifrar los jeroglíficos? Se convirtió en el primer hombre ajeno a la Casa de la Vida que liberaba su magia en toda la historia, y casi murió por ello. Lógicamente, el suceso llamó la atención del Nomo Primero. Champollion murió antes de poder unirse a la Casa de la Vida, pero el lector jefe aceptó entrenar a sus descendientes. Desjardins está muy orgulloso de su familia... pero también lo ha vuelto muy susceptible, por lo de ser unos recién llegados.

—Por eso se llevaba a matar con la nuestra —aventuré—. Nosotros somos más bien... antiguos.

Plastilino soltó una risotada socarrona.

—Y, para colmo, tu padre rompió la Piedra de Rosetta. ¡Seguro que Desjardins lo vio como un insulto a su honor familiar! Vaya, tendrías que haber visto las discusiones que tenían el amo Julius y Desjardins en esta sala.

—¿Ya habías estado aquí?

—¡Muchas veces! He estado en todas partes. Soy omnisciente.

Traté de imaginar a mi padre discutiendo allí con Desjardins; no era difícil. Si Desjardins odiaba a mi familia y los dioses solían buscar anfitriones con sus mismos objetivos, entonces tenía todo el sentido del mundo que Set intentara unirse a él. Los dos buscaban poder, los dos estaban resentidos y enfadados, los dos querían hacernos papilla a Sadie y a mí. Si ahora Set controlaba en secreto al lector jefe... Me resbaló una gota de sudor por la mejilla. Quería salir de aquella mansión.

De pronto se oyó un estruendo procedente de abajo, como si alguien hubiera dado un portazo.

—¡Dime dónde está el *Libro de Tot*! —ordené a Plastilino—. ¡Deprisa!

Mientras recorríamos las estanterías, Plastilino se calentó tanto en mis manos que temí que fuese a derretirse. No dejó de comentar los libros que pasábamos.

—¡Ah, *Dominio de los cinco elementos*!

—¿Es el que nos interesa? —pregunté.

—No, pero es muy bueno. Explica cómo avasallar los cinco elementos esenciales del universo: ¡tierra, aire, agua, fuego y queso!

—¿Queso?

Se rascó la cabeza de cera.

—Estoy casi seguro de que era el quinto, sí. ¡Pero sigamos!

Pasamos a la siguiente estantería.

—No —anunció—. No. Aburrido. Aburrido. ¡Anda, uno de Clive Cussler! No. No.

Yo ya estaba a punto de perder la esperanza cuando la figurita dijo:

—Ahí está.

Me quedé petrificado.

—¿Dónde?, ¿aquí?

—El libro azul con ribetes dorados —dijo—, el que tiene…

Lo saqué, y la habitación entera empezó a sacudirse.

—… una trampa —concluyó Plastilino.

Sadie graznó, inquieta. Me volví y observé cómo levantaba el vuelo. Una figura negra y pequeña se lanzó planeando desde el techo. Sadie topó con ella en el aire y la criatura negra desapareció por su garganta.

Antes de que pudiera empezar siquiera a considerar lo asqueroso que era aquello, retumbaron las alarmas en los pisos de abajo. Empezaron a caer más figuras negras del techo, y parecieron multiplicarse en el aire, arremolinándose para formar un embudo de pelaje y alas.

—Ahí tienes la respuesta que buscabas —me dijo Plastilino—. ¿Quién querría convocar murciélagos de la fruta? Desjardins. Si alguien toca los libros equivocados, se dispara una plaga de murciélagos de la fruta. ¡Esa es la trampa!

Los animales se lanzaron sobre mí como si fuese un mango maduro; caían en picado hacia mi cara y me arañaban los brazos. Agarré el libro y corrí hasta la mesa, pero apenas podía ver nada.

—¡Sadie, sal de aquí! —chillé.

—¡Aaak! —gritó, y esperé que significara «sí».

Encontré la bolsa de trabajo de papá y metí dentro el libro y a Plastilino. Algo hizo traquetear la puerta de la biblioteca. Unas voces gritaron en francés.

«¡Horus, es la hora del pájaro! —pensé a la desesperada—. ¡Nada de emús, por favor!»

Corrí hacia las puertas de cristal. En el último segundo, me sorprendí volando. Volvía a ser un halcón, lanzándome hacia la fría lluvia. Con los sentidos de un depredador, supe que me perseguían unos cuatro mil murciélagos de la fruta cabreados.

Pero los halcones corren que se las pelan. Ya en el exterior, viré al norte con la esperanza de alejar a los murciélagos de Sadie y Bast. Les gané terreno con facilidad, pero dejé que se me aproximaran lo justo para no quitarles las ganas. Luego, acelerando de repente, tracé una curva muy cerrada y volví disparado hacia Sadie y Bast, bajando en picado a más de ciento cincuenta kilómetros por hora.

Bast levantó la mirada, sorprendida, mientras yo me precipitaba hacia la acera para después recuperar mi forma humana a trompicones. Sadie me cogió del brazo, y hasta aquel momento no comprendí que también había vuelto a la normalidad.

—¡Ha sido horrible! —informó.

—¡Rápido, plan de retirada! —dije, levantando el dedo hacia la furiosa nube negra de murciélagos de la fruta que se nos echaba encima.

—El Louvre. —Bast nos agarró las manos—. El portal más cercano está allí.

A tres manzanas de distancia. Jamás lo conseguiríamos.

Entonces la puerta roja de la casa de Desjardins se abrió violentamente, pero no nos quedamos a ver qué salía de allí. Corrimos como almas que lleva el diablo, Rue des Pyramides abajo.

19. Un picnic en el cielo

[Vale, Carter. Pásame el micro.]

Yo ya había visitado el Louvre durante unas vacaciones, pero en aquella ocasión no me perseguía una horda furiosa de murciélagos de la fruta. Normalmente me habrían dado un miedo espantoso, pero en esos momentos tenía el cerebro demasiado ocupado en seguir cabreada con Carter. No podía creerme cómo se había portado durante mi problema ornitológico. En serio, pensaba que iba a quedarme con forma de milano para siempre, que me iba a asfixiar en aquella prisión pequeña y con plumas. ¡Y Carter aún tuvo la cara dura de hacer chistes!

Juré venganza, pero de momento ya teníamos bastantes problemas para seguir con vida.

Corrimos como locos bajo la lluvia fría. Todavía no entiendo cómo no resbalé ni una vez en aquella acera mojada. Miré un instante por encima del hombro y vi que nos perseguían dos hombres con las cabezas afeitadas, perillas y chubasqueros negros. Podrían haber pasado por mortales del montón, pero los dos llevaban báculos brillantes en las manos. Mal asunto.

Los murciélagos nos pisaban literalmente los talones. Uno de ellos me mordió en la pierna. Otro me alborotó el pelo. Tuve que reunir toda mi fuerza de voluntad para seguir corriendo. Notaba el estómago revuelto por haberme comido un bicho de aquellos cuando era un milano… y no, desde luego que no había sido idea mía. ¡Puro instinto defensivo!

—Sadie —me llamó Bast mientras corríamos—. Solo tendrás unos pocos segundos para abrir el portal.

—¿Dónde está? —grité.

Cruzamos la Rue de Rivoli a toda velocidad y por fin llegamos a una plaza amplia, envuelta por las alas del edificio del Louvre. Bast fue directa hacia la pirámide de cristal que había a la entrada, resplandeciente en la penumbra.

—Será una broma —dije—. Eso no es una pirámide de verdad.

—Pues claro que es de verdad —dijo Bast—. Lo que da su poder a las pirámides es precisamente su forma. Son rampas que llevan a los cielos.

Los murciélagos ya nos rodeaban, dándonos dentelladas en los brazos y revoloteando a nuestros pies. A medida que se nos acercaban, se hacía más difícil ver o moverse.

Carter se llevó la mano a su espada, y supongo que entonces recordó que ya no la tenía. La había perdido en Luxor. Soltó una palabrota y empezó a hurgar en su bolsa de trabajo.

—¡No paréis! —nos previno Bast.

Carter sacó su varita. Frustrado, la arrojó contra un murciélago. Yo pensé que era un gesto inútil hasta que la varita brilló al rojo vivo y dio un buen golpe en la cabeza al bicho, que cayó al suelo. La varita siguió en el aire, rebotando entre la bandada, atontando a seis, siete, ocho monstruitos antes de regresar a la mano de Carter.

—No está mal —le dije—. ¡Sigue así!

Llegamos a la base de la pirámide. Por fortuna, la plaza estaba desierta. Lo último que me apetecía era que mi vergonzosa muerte por murciélagos de la fruta terminase en YouTube.

—Un minuto hasta el ocaso —advirtió Bast—. Nuestra última oportunidad de abrirlo es ya mismo.

Desenvainó los cuchillos y empezó a cortar murciélagos en el aire, intentando evitar que se me acercasen. La varita de Carter volaba de lado a lado, derribando murciélagos de la fruta por todas partes. Me volví hacia la pirámide e intenté pensar en un portal, igual que había hecho en Luxor, pero era casi imposible concentrarse.

¿Adónde deseas ir?, preguntó Isis en mi mente.

«¡Dios, me da igual! ¡Estados Unidos!»

Me di cuenta de que tenía lágrimas en la cara. Odiaba llorar, pero la emoción y el miedo empezaban a abrumarme. ¿Cómo que adónde deseaba ir? ¡Pues a casa, desde luego! A mi piso de Londres, a mi propia habitación, a mis abuelos, a mis compañeros del colegio y a mi antigua vida. Pero no podía ser. Tenía que pensar en mi padre y en la misión que teníamos por delante. Debíamos llegar hasta Set.

«Estados Unidos —pensé—. ¡Ya!»

Mi ataque emocional debió de tener algún efecto. La pirámide tembló. Sus lados de cristal titilaron y la cima de la estructura empezó a resplandecer.

Apareció un vórtice de arena, sin problemas. Solo uno: el remolino estaba flotando en el aire, por encima de la punta de la pirámide.

—¡A trepar! —gritó Bast. Para ella era fácil, siendo una gata.

—¡La cara tiene demasiada pendiente! —protestó Carter.

Había hecho un buen trabajo con los murciélagos. Vi montoncitos de animales aturdidos sobre las baldosas, pero aún quedaban más volando a nuestro alrededor, mordiendo cualquier trozo de piel desprotegida, y para colmo los magos se estaban acercando mucho.

—Yo te tiro —dijo Bast.

—¿Disculpa? —replicó Carter, pero ella lo agarró del cuello de la camisa y lo lanzó hacia arriba por la cara de la pirámide.

Mi hermano llegó resbalando a la cima con muy poca dignidad, y entró directamente en el portal.

—Ahora tú, Sadie —me dijo Bast—. ¡Venga!

Antes de poder moverme, una voz masculina gritó:

—¡Deténgase!

Cometí la estupidez de quedarme quieta. La voz era tan poderosa que costaba resistirse.

Los dos magos ya llegaban. El más alto habló, en perfecto inglés:

—Ríndase, señorita Kane, y devuelva lo que es propiedad de nuestro maestro.

—Sadie, no les escuches —me avisó Bast—. Ven aquí.

—La diosa gato les está engañando —dijo el mago—. Abandonó su puesto. Nos puso a todos en peligro. No hará más que llevarlos a su perdición.

Se notaba que lo creía de verdad. Estaba absolutamente convencido de lo que decía.

Me volví hacia Bast. Le había cambiado la expresión. Parecía herida, hasta atormentada.

—¿A qué se refiere? —le pregunté—. ¿Qué hiciste mal?

—Tenemos que irnos —dijo con tono de advertencia—, o nos matarán.

Miré el portal. Carter ya había pasado. Eso inclinó la balanza: no iba a dejar que me separasen de él. Por molesto que resultara, Carter era la única persona que me quedaba. (Eso es una idea deprimente y lo demás son tonterías.)

—Lánzame —dije.

Bast me agarró.

—Nos vemos en América.

Y, dicho esto, me arrojó ladera arriba.

Por debajo, oí al mago gritar:

—¡Ríndase!

Una explosión sacudió el cristal que había junto a mi cabeza. Entonces caí por el cálido vórtice de arena.

Desperté en una habitación pequeña con enmoquetado de fábrica, paredes grises y ventanas con marcos de metal. Parecía una cámara frigorífica de alta tecnología. Probé a incorporarme, mareada, y descubrí que estaba cubierta por todas partes de arena fría y húmeda.

—Puaj —dije—. ¿Dónde estamos?

Carter y Bast estaban de pie junto a una ventana. Al parecer, ellos dos llevaban un rato conscientes, porque ambos se habían quitado la arena de encima.

—No puedes perderte la vista que tenemos desde aquí —dijo Carter.

Me levanté torpemente y casi volví a caer cuando vi lo altos que estábamos.

A nuestros pies se extendía una ciudad entera... y cuando digo «a nuestros pies», digo muy pero que muy por debajo de nuestros pies, bastante más de cien metros. Casi podría pensarse que no habíamos salido de París, porque a nuestra izquierda se curvaba un río y todo el terreno era prácticamente llano. Había edificios blancos del gobierno amontonados en una red de parques y carreteras de circunvalación, todo extendido bajo un cielo invernal. Allí todavía era media tarde, por lo que debíamos de haber viajado hacia el oeste. Cuando mis ojos llegaron al final de un espacio verde rectangular y alargado, me sorprendió ver una mansión que me sonaba.

—¿Eso es... la Casa Blanca?

Carter asintió.

—Nos has traído a América, ya lo creo que sí. Washington, D. C.

—¡Pero esto está altísimo!

Bast rió entre dientes.

—No has especificado ninguna ciudad estadounidense en particular, ¿verdad que no?

—Esto... no.

—Por lo tanto, has acabado en el portal por omisión de Estados Unidos, la mayor fuente de poder egipcio en toda Norteamérica.

Me quedé mirándola, sin comprender.

—El obelisco más grande jamás construido —siguió diciendo—. El Monumento a Washington.

Tuve otro acceso de vértigo y me aparté de la ventana. Carter me agarró por el hombro y me ayudó a sentarme.

—Tienes que descansar —dijo—. Has estado inconsciente... ¿cuánto tiempo, Bast?

—Dos horas, treinta y dos minutos —contestó la diosa—. Lo siento, Sadie. Ya sé que abrir más de un portal en un solo día te puede dejar destrozada, hasta con la ayuda de Isis.

Carter frunció el ceño.

—Pero necesitamos que vuelva a hacerlo, ¿no? Aquí aún no ha anochecido. Todavía podemos utilizar los portales. Abramos uno que nos lleve a Arizona, que es donde está Set.

Bast torció el gesto.

—Sadie no puede convocar otro portal. Rebasaría el límite de sus poderes. Yo no tengo el talento. Y tú, Carter… bueno, tus capacidades son otras. Sin ofender.

—No, tranquila —refunfuñó mi hermano—. Seguro que recurrirás a mí cuando haya que liarse a bumeranazos con murciélagos de la fruta.

—Por otra parte —dijo Bast—, cuando se utiliza un portal hay que darle tiempo para que se enfríe. El Monumento a Washington estará inservible durante…

—… otras doce horas —terminó la frase Carter con tono amargo—. Se me había olvidado.

Bast asintió.

—Y, para entonces, ya habrán empezado los días demoníacos.

—Entonces tenemos que encontrar otra manera de llegar a Arizona —dijo Carter.

Me imagino que no lo diría porque quisiera causarme remordimientos, pero me los causó. Yo no había usado la cabeza y ahora estábamos en Washington, lejos de nuestro destino.

Miré a Bast de reojo. Quería preguntarle a qué se referían los hombres del Louvre con aquello de que nos llevaría a la perdición, pero me daba miedo. Quería creer que Bast estaba de nuestra parte. Tal vez, si le daba la oportunidad, nos lo acabaría explicando.

—Al menos esos magos no pueden seguirnos —dejé caer.

Bast titubeó.

—No, por el portal no. Pero en Estados Unidos hay otros magos. Y, lo que es peor, también están los esbirros de Set.

Se me hizo un nudo en la garganta. Por si la Casa de la Vida no fuera ya bastante aterradora, pensar en Set me hizo recordar cómo habían dejado sus siervos la casa de Amos…

—¿Qué ha pasado con el grimorio de Tot? —pregunté—. ¿Por lo menos hemos encontrado la manera de combatir a Set?

Carter señaló a un rincón. Sobre el chubasquero de Bast reposaban la caja de herramientas mágica de papá y el libro azul que habíamos robado a Desjardins.

—A lo mejor tú entiendes algo de lo que pone —dijo Carter—. Ni Bast ni yo hemos podido leerlo. Plastilino tampoco, y eso que no es cojo. Bueno, ya me entiendes.

Levanté el libro, que en realidad era un papiro doblado varias veces sobre sí mismo. El material era tan quebradizo que me daba miedo tocarlo. La página estaba llena de jeroglíficos e ilustraciones, pero no comprendí ninguna. Mi capacidad de lectura en aquel idioma parecía estar desactivada.

«Isis —pedí—. ¿Me echas una manita?»

No hubo respuesta. A lo mejor la había agotado. O quizá se había mosqueado conmigo por no dejarle controlar mi cuerpo, como Horus le había pedido a Carter. De lo más egoísta por mi parte, ya lo sé.

Cerré el libro, desalentada.

—Tanto trabajo para nada.

—Venga, venga —dijo Bast—. Tampoco hay que ponerse así.

—Ya, claro —contesté—. Estamos tirados en medio de Washington, D. C. Nos quedan dos días para llegar a Arizona y detener a un dios al que no sabemos cómo detener. Y si no lo conseguimos, nunca volveremos a ver a nuestro padre ni a Amos, y el mundo podría acabarse.

—¡Me gusta esa actitud! —dijo Bast alegremente—. Y ahora, hagamos un picnic.

Chasqueó los dedos. El aire rieló y en la moqueta aparecieron un montón de latas de Friskies y dos jarras de leche.

—Esto... —dijo Carter—. ¿No puedes conjurar comida de personas?

Bast parpadeó.

—En fin, sobre gustos no hay nada escrito.

El aire titiló de nuevo. Apareció una bandeja llena de sándwiches de queso a la plancha y bolsas de patatas fritas, junto a seis latas de Coca-Cola.

—¡Ñam! —dije.

Carter murmuró algo entre dientes. Supongo que los sándwiches de queso a la plancha no eran sus favoritos, pero cogió uno de todas formas.

—Tenemos que irnos enseguida —dijo, entre mordisco y mordisco—. O sea... los turistas, y todo eso.

Bast negó con la cabeza.

—El Monumento a Washington cierra a las seis de la tarde. No quedan turistas dentro. Ya que estamos, pasemos aquí la noche. Si tenemos que viajar durante los días demoníacos, es mejor que sea bajo el sol.

Debíamos de estar todos destrozados, porque nadie dijo nada más hasta que nos acabamos la comida. Yo me zampé tres sándwiches y me bebí dos Coca-Colas. Bast hizo que todo el lugar oliese a Friskies de pescado, y luego empezó a lamerse la mano como si fuera el principio de un baño gatuno.

—¿Te importaría dejar de hacer eso? —le pedí—. Me pone nerviosa.

—Ah —sonrió—, lo siento.

Cerré los ojos y apoyé la espalda contra la pared. Me sentó bien reposar, pero me di cuenta de que la sala no estaba silenciosa del todo. El edificio entero parecía emitir un levísimo zumbido, que me hacía temblar el cráneo y castañear los dientes. Abrí los ojos y me incorporé. Seguía notándolo.

—¿Qué es eso? —pregunté—. ¿El viento?

—Energía mágica —dijo Bast—. Ya os lo he dicho, este monumento es poderoso.

—Pero es un edificio moderno, como la pirámide del Louvre. ¿Por qué es mágico?

—Los antiguos egipcios eran unos arquitectos de primera, Sadie. Siempre escogían las proporciones que estaban imbuidas de magia simbólica: obeliscos y pirámides. Un obelisco representa un rayo de sol congelado en la piedra, la energía vivificadora del rey de los dioses original, Ra. El momento en que se construya la estructura no tiene la menor importancia; sigue siendo egipcia. Por eso puede usarse cualquier obelisco para abrir portales hacia la Duat, o para liberar a seres de gran poder...

—O para atraparlos —la interrumpí—, como te atraparon a ti en la Aguja de Cleopatra.

Se le nubló la expresión.

—En realidad, no estaba atrapada dentro del obelisco en sí. Mi prisión era un abismo creado mágicamente en las profundidades de la Duat, y el obelisco fue la puerta que emplearon tus padres para liberarme. Pero sí, tienes razón. Todos los símbolos de Egipto son nodos de poder mágico concentrado. Por tanto, sin duda, los obeliscos pueden usarse para recluir dioses.

Había una idea rondándome la cabeza, pero no conseguía atraparla. Era algo acerca de mi madre, de la Aguja de Cleopatra y de la última promesa que nos había hecho mi padre en el Museo Británico: «Voy a arreglarlo todo».

Volví a pensar en el Louvre, en aquel comentario que había hecho el mago. Bast había parecido tan molesta al oírlo que casi me asustó hacer más preguntas, pero no había otra forma de conseguir alguna respuesta.

—El mago ha dicho que abandonaste tu puesto. ¿A qué se refería?

Carter arrugó la frente.

—¿Eso cuándo ha sido?

Le conté lo que había pasado después de que Bast lo tirase por el portal.

Bast amontonó sus latas vacías de Friskies. No parecía muy ansiosa por responder.

—El día en que me encerraron —empezó por fin—, no... no fue a mí sola. Me aprisionaron junto a una... criatura del caos.

—¿Eso es malo? —pregunté.

A juzgar por el semblante de Bast, la respuesta era sí.

—Los magos suelen hacerlo de esa manera: encierran a un dios en el mismo lugar que a un monstruo, de modo que no tengamos tiempo para intentar huir. Cuando tus padres me liberaron...

—¿El monstruo salió?

Bast se quedó callada un momento que fue demasiado largo para mi gusto.

—No. Mi enemigo no pudo haber escapado. —Respiró profundamente—. El último acto mágico de vuestra madre selló aquel portal. El enemigo seguía en el interior. Pero de eso precisamente estaba hablando el mago. Por lo que a él respecta, mi «puesto» era combatir a ese monstruo por toda la eternidad.

Sonaba a respuesta sincera, daba la sensación de que Bast estaba mostrándonos un recuerdo doloroso, pero sus palabras seguían sin explicar la otra cosa que había dicho el mago: «Nos puso a todos en peligro». Estaba armándome de valor para preguntarle qué tipo de monstruo había sido cuando Bast se levantó.

—Debería salir a explorar —dijo bruscamente—. Volveré.

Oímos el eco de sus pasos por la escalera.

—Está ocultando algo —dijo Carter.

—¿Eso se te ha ocurrido a ti solito? —repliqué.

Apartó la mirada, y al instante me sentí fatal.

—Perdóname —le dije—. Es que... ¿qué vamos a hacer ahora?

—Rescatar a papá. ¿Qué otra cosa podemos hacer? —Recogió su varita y se puso a darle vueltas entre los dedos—. ¿De verdad crees que él pretendía... ya sabes, devolvernos a mamá?

Quise decir que sí. Quise creer que era posible, lo deseé más que nada en el universo. Pero me vi a mí misma meneando la cabeza. Había algo que no encajaba.

—Iskandar me contó una cosa de mamá —dije—. Era adivinadora. Podía ver el futuro. Iskandar me dijo que ella le hizo replantearse algunas ideas antiguas.

Era la primera oportunidad que tenía para hablar con Carter de mi conversación con el viejo mago, así que le expliqué todos los detalles.

Carter puso cara pensativa.

—¿Crees que está relacionado con la muerte de mamá? ¿Puede ser que viera algo en el futuro?

—No lo sé. —Intenté recordar cosas de cuando tenía seis años, pero me frustró lo borrosa que era mi memoria de entonces—.

Cuando nos llevaron a Inglaterra la última vez, ¿no te pareció que papá y mamá iban siempre con prisas? ¿Como si estuviesen haciendo algo importante de verdad?

—Ya lo creo que sí.

—¿Tú dirías que liberar a Bast era importante de verdad? O sea, la quiero, desde luego, pero… ¿Importante como para morir en el intento?

Carter vaciló.

—Probablemente, no.

—Pues ahí lo tienes. Yo creo que papá y mamá estaban intentando algo más grande, algo que no completaron. Posiblemente eso mismo pretendía hacer papá en el Museo Británico: terminar el trabajo, fuese el que fuese. «Arreglarlo todo.» Y otra cosa. Todo ese asunto de que nuestra familia tiene mil millones de años y desciende de unos faraones que se dedicaban a acoger a dioses… ¿por qué no nos lo dijo nunca nadie? ¿Por qué no nos lo contó papá?

Carter esperó un buen rato antes de responder.

—A lo mejor nos estaba protegiendo —dijo—. La Casa de la Vida no confía en nuestra familia, y menos después de lo que hicieron papá y mamá. Amos dijo que nos criaron separados por una razón: que no… bueno, que no disparáramos la magia del otro.

—Vaya excusa más asquerosa para separarnos —dije en voz baja. Carter me miró raro, y comprendí que esa frase podía interpretarse como una muestra de cariño—. Me refiero a que tendrían que haber sido sinceros —me apresuré a añadir—, no a que quisiera pasar más tiempo con mi molesto hermano, por supuesto.

Él asintió con seriedad.

—Por supuesto.

Nos quedamos sentados, escuchando el zumbido mágico del obelisco. Ya casi no recordaba la última vez que Carter y yo habíamos pasado el rato juntos, hablando sin más.

—Oye, ¿el…? —Me toqué una sien—. ¿El «amiguito» que llevas dentro colabora mucho?

—No demasiado —admitió—. ¿Y la tuya?

Meneé la cabeza.

—Carter, ¿estás asustado?

—Un poco. —Pinchó la moqueta con su varita—. Bueno, la verdad es que mucho.

Miré el libro azul que habíamos robado, sus páginas llenas de secretos maravillosos que yo no sabía leer.

—¿Y si no lo conseguimos?

—No sé —dijo—. A lo mejor nos habría venido mejor tener ese otro libro que explicaba cómo dominar el elemento del queso.

—O el de invocar murciélagos de la fruta.

—Por favor, más murciélagos de la fruta no.

Cruzamos unas sonrisas cansadas, que me sentaron bastante bien. Pero en el fondo no cambiaban nada. Seguíamos metidos en problemas gordísimos, y sin ningún plan de acción.

—¿Por qué no duermes un rato? —sugirió—. Hoy has gastado un montón de energía. Yo me quedaré de guardia hasta que vuelva Bast.

Parecía preocupado por mí de verdad. Qué mono.

No quería dormir. No quería perderme nada. Pero constaté que los párpados me pesaban horrores.

—Vale, de acuerdo —dije—. Que sueñes con los angelitos.

Me tumbé con la intención de dormir, pero mi alma —mi *ba*— tenía otros planes.

S

A

D

I

E

20. Una visita a la diosa tachonada de estrellas

No había comprendido lo incómodo que iba a ser. Carter me había contado que su *ba* salía de su cuerpo mientras dormía, pero vivirlo en persona era una cosa muy distinta. Fue mucho peor que la visión que había tenido en el Salón de las Eras.

Allí estaba yo, flotando en el aire con la apariencia de un espíritu brillante y parecido a un pájaro. Y ahí abajo estaba mi cuerpo, dormido como un tronco. Solo intentar describirlo ya me da dolor de cabeza.

¿Mi primer pensamiento, al ver mi figura durmiente? «Dios, qué pinta más horrible tengo.» Ya era bastante malo mirarme al espejo o ver fotos de mí en las páginas web de mis amigos. Verme a mí misma en persona era mucho peor. Tenía el pelo como un estropajo, el pijama de lino no me favorecía nada y tenía un grano monstruoso en la barbilla.

¿Mi segundo pensamiento, al observar la extraña forma brillante de mi *ba*? «¡Imposible!» Me daba igual si era invisible o no al ojo humano. Después del mal trago que había pasado siendo un milano, me negué de plano a pasearme por ahí como un pollo resplandeciente con cabeza de Sadie. Puede que a Carter le parezca bien, pero yo tengo principios.

Noté cómo tiraban de mí las corrientes de la Duat, cómo intentaban arrastrar mi *ba* al lugar donde vayan las almas a tener visiones, pero no estaba preparada. Me concentré en imaginar mi apariencia normal... bueno, vale, quizá imaginé la apariencia que me gustaría tener, un poquito mejor que la normal. Y *voilà*, mi *ba* cobró el aspecto de una figura humana, todavía semitransparente y brillante, de acuerdo, pero más parecida a un fantasma como debe ser.

«Bueno, una cosa resuelta», pensé. Entonces permití que las corrientes se me llevaran. El mundo se fundió en negro.

Al principio no estaba en ningún sitio: solo veía un vacío oscuro. Entonces salió un chico de entre las sombras.

—Tú otra vez —dijo.

Yo balbuceé:

—Uh...

En serio, a estas alturas ya me deberías conocer bastante bien. Yo no soy así. Pero es que aquel era el mismo chico al que había conocido en mi visión del Salón de las Eras, el chico guapísimo de la túnica negra y el pelo alborotado. Sus ojos de color castaño oscuro me dejaron desconcertada, y me alegré muchísimo de haberme quitado el traje de pollo brillante.

Volví a intentarlo y logré que me salieran tres palabras seguidas:

—¿Qué haces tú...

—... aquí? —terminó mi pregunta con caballerosidad—. El viaje espiritual y la muerte son cosas muy parecidas.

—No estoy segura de lo que significa eso —dije—. ¿Tengo que preocuparme?

Él inclinó la cabeza a un lado como si estuviera pensando en la pregunta.

—Esta vez, no. Ella solo quiere hablar contigo. Sigue adelante.

Meneó una mano y en la oscuridad se abrió un portal. Me empezó a absorber hacia el umbral.

—¿Volveré a verte? —pregunté.

Pero el chico había desaparecido.

Al momento siguiente, yo estaba de pie en un piso lujoso que se sostenía en medio del cielo. No tenía paredes ni techo, y el suelo semitransparente estaba suspendido a altura de vuelo comercial por encima de las luces nocturnas de una ciudad. Las nubes pasaban por debajo de mis pies. El aire debería haber sido gélido y demasiado escaso para respirar, pero me sentí calentita y cómoda.

Había un sofá de cuero negro con forma de U, alrededor de una mesita de cristal apoyada en una alfombra de color rojo sangre. Ardía un fuego en el hogar de pizarra. Las estanterías y los cuadros flotaban en el aire, donde deberían estar las paredes. En una esquina había una barra de granito negro, y una mujer preparaba el té en las sombras de detrás.

—Hola, mi niña —dijo.

Salió a la parte iluminada y yo tuve que ahogar una exclamación. La mujer llevaba puesta una faldita egipcia. De cintura hacia arriba, solo la cubría la parte superior de un biquini, y su piel… su piel era de color azul oscuro, recubierta de estrellas. No estoy refiriéndome a estrellas pintadas. Tenía todo el cosmos viviendo en la piel: constelaciones brillantes, galaxias demasiado refulgentes para mirarlas directamente, resplandecientes nebulosas de polvo rosado y azul. Sus facciones parecían fusionarse con las estrellas que desfilaban por su cara. Tenía el pelo largo y tan negro como la medianoche.

—Eres Nutrit… Nut —le dije. Entonces me di cuenta de que a lo mejor le había sonado mal—. Quiero decir… la diosa del cielo.

La diosa sonrió. El brillo de sus dientes blancos fue como una galaxia nueva cobrando existencia con un estallido.

—Puedes llamarme Nut. Y créeme, ya he oído todos los chistes que pueden hacerse con mi nombre.

Sirvió una segunda taza de té de la tetera.

—Vamos a sentarnos y a hablar un poco. ¿Te apetece un poco de salep?

—Hummm, ¿no es té?

—No, es una bebida egipcia. ¿Has oído hablar del chocolate caliente? Pues esto sería como vainilla caliente.

Me apetecía más el té, ya que hacía siglos que no me tomaba una buena taza. Pero supongo que no hay que hacer feos a las diosas.

—Bueno… sí, gracias.

Nos sentamos juntas en el sofá. Me sorprendió comprobar que mis manos brillantes de espíritu no tenían ningún problema para sostener la taza, y que podía beber con bastante facilidad. El salep era dulce y sabroso, con un toque ligero de canela y coco. Me calentó por dentro y llenó el aire de un agradable olor a vainilla. Por primera vez en muchos días, me sentí a salvo. Entonces recordé que solo estaba allí en espíritu.

Nut dejó su taza en la mesita.

—Supongo que te estarás preguntando por qué te he traído aquí.

—¿Dónde es exactamente «aquí»? Ah, ¿y quién es tu portero?

Tenía la esperanza de que dejara caer algún dato sobre el chico de negro, pero se limitó a sonreír.

—Debo guardarme mis secretos, querida. No puedo permitir que me encuentre la Casa de la Vida. Dejémoslo en que he construido este hogar con buenas vistas a la ciudad.

—¿Eso es…? —Señalé su piel azul y estrellada—. Hummm… ¿estás dentro de una anfitriona humana?

—No, querida. Mi cuerpo es el mismo cielo. Esto es solo una manifestación.

—Pero yo creía que…

—¿Los dioses necesitan un anfitrión físico fuera de la Duat? Para mí es un poco más fácil, ya que soy un espíritu del aire. Me cuento entre los pocos dioses que nunca han sido apresados, porque la Casa de la Vida nunca ha podido cazarme. Estoy acostumbrada a… ir a la mía.

De pronto Nut y el apartamento entero titilaron, como en un parpadeo. Me dio la impresión de que iba a caerme atravesando el suelo. Entonces el sofá volvió a estabilizarse.

—Por favor, no vuelvas a hacer eso —le rogué.

—Mis disculpas —dijo Nut—. El caso es que cada dios es diferente. Pero ahora todos mis hermanos están en libertad, buscando su lugar en ese mundo moderno tuyo. No se dejarán encarcelar otra vez.

—A los magos no les va a hacer ninguna gracia.

—No —coincidió Nut—. Ese es el primer motivo de que estés aquí. Una batalla entre los dioses y la Casa de la Vida solo serviría para favorecer el caos. Debes hacer que los magos lo entiendan.

—No querrán escucharme. Creen que soy una deificada.

—Es que eres una deificada, querida mía. —Me tocó el pelo con suavidad, y noté cómo Isis se revolvía en mi interior, intentando utilizar mi voz para hablar.

—Soy Sadie Kane —dije—. Yo no le pedí a Isis que hiciera autoestop en mi cuerpo.

—Los dioses conocen a tu familia desde hace generaciones, Sadie. En los tiempos antiguos, trabajábamos todos juntos por el bien de Egipto.

—Los magos dicen que los dioses provocasteis la caída del imperio.

—Ese es un debate largo y estéril —replicó Nut, y le noté un matiz de rabia en la voz—. Todos los imperios acaban derrumbándose. Pero la idea de Egipto es eterna: el triunfo de la civilización, las fuerzas de la Maat derrotando a las del caos. Esa es la batalla que se lucha generación tras generación. Ahora ha llegado vuestro turno.

—Ya lo sé, ya lo sé —dije—. Tenemos que derrotar a Set.

—¿Tan sencillo crees que es, Sadie? Set también es hijo mío. En la antigüedad, era el lugarteniente más fuerte de Ra. Protegió el barco del dios sol de la serpiente Apofis. Ese sí que era malo. Apofis era la encarnación del caos. Odiaba a la Creación desde el mismo momento en que asomó del mar la primera montaña. Sus enemigos eran los dioses, los mortales y todo lo que construyeron. Y aun así, Set se enfrentó a él. Set era uno de nosotros.

—¿Y luego se volvió malo?

Nut se encogió de hombros.

—Set siempre ha sido Set, para bien o para mal. Pero sigue siendo familia nuestra. Es difícil perder a un miembro de tu familia… ¿verdad?

Se me hizo un nudo en la garganta.

—No es justo que me digas eso.

—A mí no me hables de justicia —replicó Nut—. Llevo cinco mil años separada de mi marido, Geb.

Me sonaba que Carter había hablado de aquello, pero era distinto oírselo decir a ella, notar el dolor inherente a su voz.

—¿Qué pasó? —pregunté.

—Fue un castigo por dar a luz a mis niños —dijo con amargura—. Desobedecí los deseos de Ra, así que él ordenó a Shu, mi propio padre...

—¿A su qué?

—Ese-hache-u. Shu —dijo ella—. El dios del viento.

—Ah. —Ojalá los dioses no tuvieran nombres de posesivos—. Sigue, por favor.

—Ra ordenó a Shu, mi padre, que nos mantuviera separados para siempre. Yo estoy exiliada en el cielo mientras mi amado Geb no puede separarse del suelo.

—¿Qué pasa si lo intentas?

Nut cerró los ojos y separó las manos. Se abrió un agujero en el lugar donde estaba sentada y cayó al vacío. Al instante, las nubes que tenía debajo se encendieron con relámpagos. Los vientos azotaron el piso entero, derribando libros de los estantes, arrancando los cuadros y lanzándolos al aire. La taza me saltó de las manos. Tuve que agarrarme al sofá para que el viento no se me llevara a mí también.

Por debajo, un relámpago alcanzó la figura de Nut. El viento la impulsó con violencia hacia arriba, haciéndola pasar disparada a mi lado. Después la atmósfera se calmó. Nut volvió a acomodarse en el sofá. Hizo un ademán y el piso se reparó solo. Todo regresó a su estado normal.

—Eso es lo que pasa —dijo con tristeza.

—Ah.

Echó un vistazo a las luces de la ciudad que brillaban muy abajo.

—Hace que aprecie más a mis niños, hasta a Set. Sí, ha hecho cosas terribles. Está en su naturaleza. Pero sigue siendo hijo mío, y sigue contándose entre los dioses. Tiene un papel que cumplir. Es posible que la manera de derrotarlo no sea la que te imaginarías.

—¿Alguna pista, por favor?

—Buscad a Tot. Ha encontrado un nuevo hogar en Memphis.

—¿Menfis, Egipto?

Nut sonrió.

—Memphis, Tennessee. Aunque seguro que el viejo pajarraco cree que está en Egipto. Es muy raro que saque el pico de sus libros, así que no habrá visto la diferencia. Lo encontraréis allí. Él puede daros consejos. Pero id con cuidado: a menudo Tot pide favores a cambio. A veces es difícil predecir qué hará.

—Voy acostumbrándome —dije—. ¿Cómo llegaremos allí?

—Yo soy la diosa del cielo. Puedo garantizaros un viaje seguro hasta Memphis.

Con un movimiento de la mano, hizo aparecer una carpetita en mi regazo. Dentro había tres billetes de avión desde Washington hasta Memphis, en primera clase.

Enarqué una ceja.

—Supongo que conseguirás muchas millas de regalo en las compañías aéreas, ¿no?

—Algo por el estilo —asintió Nut—. Pero a medida que os acerquéis a Set, me será más difícil ayudaros. Y en el suelo no puedo protegeros. Lo que me recuerda que tienes que despertar pronto. El esbirro de Set se está aproximando a vuestro escondrijo.

Puse la espalda rectísima.

—¿Cuánto tardará?

—Unos minutos.

—¡Pues devuelve mi espíritu a su sitio!

Me di un pellizco en el brazo fantasmal y me dolió igual que lo haría en el brazo normal, pero no sucedió nada.

—Enseguida, Sadie —me prometió Nut—. Pero tienes que saber dos cosas más. Durante los días demoníacos tuve cinco hijos. Si tu padre los liberó a todos, deberías plantearte dónde está la quinta.

Me registré el cerebro intentando recordar los nombres de los cinco hijos de Nut. Eché de menos tener allí a mi hermano, la Wikipedia humana, para recordar aquellas curiosidades en vez de hacerlo yo. Estaban Osiris, el rey, e Isis, su reina; Set, el dios maligno, y Horus, el vengador. Pero el quinto niño de Nut, el que Carter decía que siempre se le iba de la cabeza… Entonces recordé la visión que había tenido en el Salón de las Eras: el cumpleaños de Osiris y la mujer de azul que había ayudado a Isis a huir de Set.

—¿Te refieres a Neftis, la esposa de Set?

—Plantéatelo —volvió a decir Nut—. Y por último, quiero pediros un favor. —Abrió la mano y mostró un sobre sellado con cera roja—. Si veis a Geb… ¿podríais entregarle esto?

Ya me habían pedido alguna vez que pasara notitas en clase, pero nunca había sido de diosa a dios. Para ser sincera, la expresión angustiosa de Nut no era tan distinta de las que ponían mis enamoradizas amigas en el colegio. Me pregunté si la diosa habría escrito alguna vez en su cuaderno: GEB + NUT = AMOR PARA SIEMPRE o VOY A CASARME CON GEB.

—Es lo menos que puedo hacer —me comprometí—. Y ahora, eso de mandarme de vuelta…

—Buen viaje, Sadie —dijo la diosa—. Y tú, Isis, contenta.

El espíritu de Isis gruñó en mi interior, como un curry pasado de fecha.

—Espera —dije—, ¿a qué te refieres con que se conten…?

Antes de terminar la pregunta, todo se volvió negro.

Desperté de golpe, ya dentro de mi propio cuerpo, en el Monumento a Washington.

—¡Hay que largarse!

Carter y Bast saltaron de la sorpresa. Ya estaban despiertos, recogiendo sus cosas.

—¿Qué pasa? —dijo Carter.

Les hablé de la visión que había tenido mientras hurgaba a toda prisa en mis bolsillos. Nada. Comprobé mi cartera de maga. Allí dentro, apretujados con la varita y el báculo, estaban los tres billetes de avión y el sobre sellado.

Bast examinó los billetes.

—¡Excelente! En primera clase sirven salmón.

—¿Y qué pasa con el esbirro de Set? —dije yo.

Carter miró por la ventana. Abrió mucho los ojos.

—Sí, esto… ya ha llegado.

21. La tía Misifú al rescate

Ya había visto alguna ilustración de aquella criatura, pero las imágenes no pueden capturar ni de lejos lo horripilante que era en la vida real.

—El animal de Set —dijo Bast, confirmando mis temores.

Muy por debajo de nosotros, la criatura merodeaba alrededor de la base del monumento, dejando huellas en la nieve reciente. Me costó hacerme una idea de su tamaño, pero debía de ser al menos tan grande como un caballo, y con las patas igual de largas. Tenía un cuerpo exageradamente esbelto, musculado y con un pelaje brillante de color gris rojizo. Casi podría haberlo confundido con un galgo… salvo por la cola y la cabeza. La cola era reptiliana, con la punta bifurcada en pinchos triangulares, como los tentáculos de calamar. Daba latigazos a diestro y siniestro, como si tuviera mente propia.

La parte más rara del animal era su cabeza. Tenía unas orejas enormes que le salían hacia arriba, como las de los conejos, pero su forma se parecía más a un cucurucho de helado: se enroscaban hacia la cabeza, y eran más anchas por arriba que por abajo. Podían rotar casi trescientos sesenta grados, de modo que lo oían todo. El hocico de la criatura era largo y curvo como el de un oso hormiguero... solo que los osos hormigueros no tienen dientes afilados como clavos.

—Le brillan los ojos —dije—. Eso no puede ser bueno.

—¿Cómo es que ves tan lejos? —preguntó Sadie, molesta.

Estaba de pie a mi lado, mirando con los ojos entrecerrados al animal que se movía por la nieve, y comprendí que tenía razón. Aquel bicho estaba por lo menos a ciento cincuenta metros de distancia, por debajo de nosotros. ¿Cómo es que alcanzaba a distinguirle los ojos?

—Todavía conservas la vista del halcón —supuso Bast—. Y tienes razón, Carter. Los ojos brillantes significan que la criatura ha captado nuestro olor.

La miré y casi salté del susto. Tenía el pelo erizado en toda la cabeza, igual que si hubiera metido los dedos en un enchufe.

—Esto... Bast... —dije.

—¿Qué?

Sadie y yo nos miramos. Ella vocalizó la palabra «asustada». Eso me recordó que la cola de Tarta siempre se hinchaba cuando algo la sobresaltaba.

—Nada —dije, aunque si el animal de Set era tan peligroso como para provocar pelo de enchufe a nuestra diosa, tenía que ser muy mala señal—. ¿Cómo podemos salir de aquí?

—No lo entiendes —replicó Bast—. El animal de Set es el cazador perfecto. Si ya nos ha olido, no hay modo de pararlo.

—¿Por qué lo llamáis «el animal de Set»? —quiso saber Sadie, nerviosa—. ¿Es que no tiene nombre?

—Si lo tuviese —dijo Bast—, nadie querría pronunciarlo. Se le conoce simplemente como el animal de Set, la criatura simbólica del Señor Rojo. Comparte su fuerza, su astucia... y su naturaleza maligna.

—Encantador —dijo Sadie.

El animal olisqueó el monumento y se echó atrás, gruñendo.

—Parece que no le gusta el obelisco —observé.

—No —dijo Bast—. Demasiada energía de la Maat. Pero eso no lo contendrá mucho tiempo.

Como si Bast le hubiera dado pie, el animal saltó a una pared lateral del monumento. Empezó a trepar como los leones se suben a los árboles, clavando sus garras en la piedra.

—La cagamos —dije—. ¿Ascensor o escalera?

—Las dos cosas son demasiado lentas —negó Bast—. Apartaos de la ventana.

Desenfundó sus cuchillos e hizo una raja al cristal. Tiró la ventana de un puñetazo y saltaron las alarmas. Un aire helado inundó la sala de observación.

—¡Vais a tener que volar! —gritó Bast para hacerse oír por encima de la ventolera—. ¡Es la única manera!

—¡No! —dijo Sadie, palideciendo—. Otra vez el milano, no.

—Sadie, no pasa nada —dije. Ella meneó la cabeza, aterrada. Le cogí la mano—. No me alejaré de ti. Me aseguraré de que te vuelvas a transformar.

—El animal de Set lleva medio edificio —nos advirtió Bast—. Se nos acaba el tiempo.

Sadie miró a Bast.

—Y tú, ¿qué? No puedes volar.

—Saltaré —respondió ella—. Los gatos siempre caen de pie.

—¡Son más de cien metros! —chilló Sadie.

—Ciento setenta —dijo Bast—. Voy a distraer al animal de Set para ganar un poco de tiempo.

—Te matará. —La voz de Sadie parecía a punto de quebrarse—. Por favor, no puedo perderte a ti también.

Bast pareció sorprenderse un poco. Entonces sonrió y puso una mano en el hombro de Sadie.

—No me pasará nada, cariño. Nos reuniremos en el aeropuerto Reagan National, terminal A. Estad preparados para salir corriendo.

Antes de que pudiéramos protestar, Bast saltó por la ventana. En ese momento el corazón se me quedó más o menos parado. La vi caer directa hacia la acera. Estaba convencido de que moriría, pero en plena caída extendió los brazos y las piernas y dio la impresión de relajarse.

Bajó a plomo junto al animal de Set, que soltó el horrible alarido de un hombre herido en el campo de batalla antes de dar media vuelta y saltar a por ella.

Bast aterrizó con los dos pies en el suelo y echó a correr. Habría jurado que superaba sin esfuerzo los cien kilómetros por hora. El animal de Set no era tan ágil como ella. Se estrelló con tanta fuerza que agrietó el enlosado. Dio unos cuantos pasos tambaleándose, pero por lo visto no estaba herido. Se lanzó al galope detrás de Bast y pronto empezó a ganarle terreno.

—Bast no lo conseguirá —dijo Sadie, preocupada.

—Nunca apuestes contra un gato —repliqué—. Nosotros tenemos que cumplir nuestra parte. ¿Lista?

Respiró hondo.

—Vale. Antes de que cambie de idea.

Al momento apareció un milano de alas negras ante mis ojos, aleteando para mantener el equilibrio bajo el fuerte viento. Yo me obligué a mí mismo a convertirme en halcón. Resultó incluso más fácil que la vez anterior.

Un momento después, nos elevábamos por el frío aire de la mañana, sobrevolando Washington, D. C.

Encontrar el aeropuerto fue coser y cantar. El Reagan National estaba tan cerca que se veían los aviones que aterrizaban al otro lado del río Potomac.

Lo difícil era recordar lo que estaba haciendo. Cada vez que divisaba un ratón o una ardilla, viraba hacia ellos por instinto. Un par de veces me descubrí a punto de lanzarme hacia el suelo y tuve que contener el impulso. En una ocasión me di cuenta de que me había alejado kilómetro y medio de Sadie, que se había separado para cazar. Me costó un gran esfuerzo volar hacia ella para llamar su atención.

Hace falta fuerza de voluntad para mantenerse humano, me advirtió la voz de Horus. *Cuanto más tiempo pasas como ave de presa, más piensas igual que una.*

«Y me lo dices ahora», pensé.

Podría ayudarte, dijo ansioso. *Cédeme el control.*

«Tendrá que ser otro día, cabeza de pájaro.»

Al final llevé a Sadie hacia el aeropuerto, y empezamos a buscar un lugar donde recuperar nuestra apariencia humana. Aterrizamos en el techo de un aparcamiento.

Me concentré en volverme humano. No sucedió nada.

El pánico empezó a atenazarme la garganta. Cerré los ojos y visualicé la cara de mi padre. Pensé en lo mucho que lo echaba de menos, en lo mucho que necesitaba encontrarlo.

Cuando abrí los ojos, había vuelto a la normalidad. Por desgracia, Sadie seguía siendo un milano.

—¡Aj-aj-aj!

Se le veía la desesperación en la mirada, y en esta ocasión comprendí lo asustada que estaba. La primera vez ya le había costado mucho dejar la forma de pájaro. Si ahora iba a requerir más energía todavía, mi hermana podía tener problemas serios.

—No pasa nada. —Me agaché, despacio y con cuidado—. Sadie, no lo fuerces. Tienes que relajarte.

—¡Aj! —Replegó las alas. Estaba respirando muy deprisa.

—Escucha, a mí me ha venido bien concentrarme en papá. Recuerda lo que es importante para ti. Cierra los ojos y piensa en tu vida humana.

El milano cerró los ojos, pero casi al instante soltó un graznido de frustración y extendió las alas.

—Para —dije—. ¡No te vayas volando!

Ella ladeó la cabeza y gorjeó, suplicante. Yo empecé a hablarle de la misma manera que hablaría a un animal asustado. En realidad, no presté atención a lo que decía: solo procuraba que el tono me saliera tranquilo. Sin embargo, al cabo de un minuto, me di cuenta de que le estaba contando mis viajes con papá, y los recuerdos que me habían ayudado a mí a dejar de ser un ave. Le expliqué la vez que papá y yo nos quedamos tirados en el aeropuerto de Venecia y comí tantos *cannoli* que acabé vomitando. Le conté que una vez, en Egipto, había encontrado un escorpión dentro de mi calcetín y que papá consiguió matarlo con el mando a distancia de la tele. Recordé en voz alta la vez que nos separamos sin querer en el metro de Londres, lo asustado que estuve hasta que por fin me encontró nuestro padre. Le conté varias historias bastante vergonzosas que nunca había explicado a nadie, porque ¿a quién se las iba a explicar? Y me pareció que Sadie las escuchaba. Por lo menos, dejó de batir las alas. La respiración se le moderó. Se quedó muy quieta, y en sus ojos ya no se veía el mismo pánico.

—Vale, Sadie —dije al final—, tengo una idea. Esto es lo que haremos.

Saqué la caja mágica de mi padre de su cartera de cuero. Enrollé la cartera alrededor de mi antebrazo y la até lo mejor que pude con las correas.

—Sube.

Sadie ascendió de un aletazo y se posó en mi muñeca. Hasta llevando la protección casera, se me clavaron sus garras en la piel.

—Te sacaremos de esta —le dije—. Tú sigue intentándolo. Tranquilízate, y concéntrate en tu vida humana. Al final te saldrá, Sadie, estoy seguro. Mientras tanto, yo te llevo.

—Aj.

—Venga —dije—, vamos a buscar a Bast.

Con mi hermana posada en el brazo, llegué caminando hasta el ascensor. Esperando junto a la puerta había un ejecutivo con una maleta de ruedas. Cuando me vio, se le abrieron los ojos como platos. La verdad es que yo debía de tener una pinta bastante rara: un chico negro y alto con ropa egipcia sucia y raída, que llevaba una caja rara bajo un brazo y un ave de presa en el otro.

—¿Qué tal? —le dije.

—Usaré la escalera. —Se marchó corriendo.

El ascensor me dejó en la planta baja. Sadie y yo cruzamos el vestíbulo hasta el exterior, por la puerta de salidas. Miré desesperado a mi alrededor, esperando ver a Bast, pero en lugar de eso conseguí llamar la atención de un policía que estaba en la acera. El tío puso mala cara y empezó a avanzar pesadamente en mi dirección.

—No te pongas nerviosa —dije a Sadie. Ahogando las ganas de salir corriendo, di media vuelta y me metí por la puerta giratoria.

El caso es que los policías siempre me ponen un poco nervioso. Recuerdo que cuando tenía siete u ocho años y aún era un niño encantador, no tenía problemas. Pero fue cumplir los once años y empezaron a dedicarme la Mirada, en plan: «¿Qué hace aquí ese chaval? ¿No irá a robar algo?». Ya sé que es una tontería, pero es así. No digo que me pase con todos los agentes de policía que me cruzo, pero digamos que cuando no sucede... es una sorpresa bienvenida.

Aquella no fue una de esas ocasiones agradables. Sabía que el poli iba a seguirme, y sabía que yo tenía que mostrame calmado y caminar como si supiera adónde iba... lo cual no es fácil llevando un milano en el brazo.

Eran las vacaciones de Navidad, por lo que el aeropuerto estaba bastante lleno. Sobre todo, había familias haciendo cola en los mostradores, niños discutiendo y padres poniendo etiquetas a su equipaje. Me pregunté cómo sería aquello, una familia normal de viaje, sin problemas mágicos ni monstruos pisándote los talones.

«Para —me dije—. Tienes cosas que hacer.»

Pero no sabía dónde meterme. ¿Bast habría pasado el control de seguridad? ¿Esperaría fuera? La gente se apartaba de mi camino mientras recorría la terminal. Todos se quedaban mirando a Sadie. Yo sabía que no podía deambular por ahí con pinta de haberme perdido. Sería cuestión de tiempo que los policías...

—Joven.

Me volví. Era el agente de policía al que había visto en la acera. Sadie graznó y el policía dio un paso atrás, llevando una mano a su porra.

—Aquí no puedes tener animales —me dijo.

—Tengo los billetes...

Intenté meter una mano en el bolsillo. Entonces recordé que los billetes los llevaba Bast. El policía frunció el ceño.

—Será mejor que me acompañes.

De pronto una voz de mujer dijo:

—¿Dónde estabas, Carter?

Bast venía corriendo, apartando a la gente a empujones. No había estado tan contento de ver a una diosa egipcia en mi vida.

Se las había ingeniado para cambiarse de ropa. Llevaba un traje pantalón de color rosa, muchas joyas doradas y un abrigo de cachemir, por lo que tenía aspecto de mujer de negocios rica. Sin hacer el menor caso al policía, me miró de arriba a abajo y puso cara de disgusto.

—Carter, ¿cuántas veces tengo que decirte que te quites esa ropa de cetrero tan horrible? ¡De verdad, parece que hayas dormido en el bosque!

Sacó un pañuelo y montó el numerito aparatoso de limpiarme la cara, mientras el policía nos miraba con cara de lelo.

—Hummm, señora —consiguió decir al fin—, ¿este es su...?

—Mi sobrino —mintió Bast—. Lo lamento muchísimo, agente. Nos vamos a Memphis para una competición de cetrería. Confío en que no haya causado ningún problema. ¡Vamos a perder el vuelo!

—Esto... el halcón no puede volar...

Bast soltó una risita.

—Pues claro que puede volar, agente. ¡Es un pájaro!

El policía se ruborizó.

—Quería decir en un avión.

—¡Ah! Tenemos los papeles. —Para mi gran asombro, sacó un sobre y se lo dejó al agente, junto con nuestros billetes.

—Ya veo —dijo el policía. Miró por encima los billetes—. Ha comprado... ha comprado usted un billete de primera clase para el halcón.

—En realidad, es un milano negro —dijo Bast—, pero sí. Tiene muy mal genio. Como intentemos viajar en clase turista y le ofrezcan galletitas saladas, yo no me responsabilizo de las consecuencias. No, no, no; siempre volamos en primera clase, ¿a que sí, Carter?

—Hummm, sí... tía Misifú.

Me lanzó una mirada que significaba: «Esto lo pagarás». Entonces se giró para sonreír de nuevo al policía, que le devolvió nuestros billetes y los «papeles oficiales» de Sadie.

—Bueno, si nos disculpa, agente… Le queda muy bien el uniforme, por cierto. ¿Hace mucho ejercicio? —Antes de que el poli pudiera contestar, Bast me agarró del brazo y me hizo trotar hacia el control de seguridad—. No mires atrás —dijo entre dientes.

Tan pronto como doblamos la esquina, Bast tiró de mí hacia un lado y nos detuvimos junto a las máquinas de chocolatinas.

—El animal de Set está cerca —dijo—. Como mucho, tenemos unos minutos. ¿Qué pasa con Sadie?

—No puede… —balbuceé—. No lo sé seguro.

—Bueno, tendremos que solucionarlo en el avión.

—¿Cómo te has cambiado de ropa? —pregunté—. Y los permisos del pájaro…

Ella le quitó importancia con un gesto de la mano.

—Ah, las mentes mortales son débiles. Los «permisos» del pájaro son una funda de billete vacía. Y en realidad no me he cambiado de ropa. Es solo una ilusión.

La miré con más atención y vi que era cierto. Su ropa nueva parpadeaba como un espejismo por encima de su habitual body de leopardo. Desde el momento en que me la señaló, la magia me pareció endeble y evidente.

—Intentaremos llegar a la puerta de embarque antes que el animal de Set —dijo—. Sería mejor que escondieras tus cosas en la Duat.

—¿Qué?

—No querrás pasar cargando con esa caja bajo el brazo, ¿verdad? Utiliza la Duat de armario.

—¿Cómo?

Bast puso los ojos en blanco.

—En serio, ¿qué os enseñan a los magos en el colegio?

—¡Tuvimos como unos veinte segundos de entrenamiento!

—Imagina un espacio en el aire, como un estante o un cofre del tesoro…

—¿Una taquilla? —sugerí—. Nunca he tenido taquilla como las del colegio.

—Muy bien. Ponle una combinación a la cerradura… la que quieras. Imagina que abres la taquilla con tu combinación. Luego mete dentro la caja. Cuando vuelvas a necesitarla, te bastará con recordarla y aparecerá.

No terminaba de creérmelo, pero visualicé una taquilla. Le puse la combinación 13-32-33, obviamente los números de jugadores retirados de los Lakers: Chamberlain, Johnson y Abdul-Jabbar. Extendí el brazo con el que sostenía la caja mágica de mi padre y la solté, convencido de que se haría astillas contra el suelo. En lugar de eso, la caja desapareció.

—Mola —dije—. ¿Estás segura de que puedo recuperarla?

—No —dijo Bast—. ¡Y ahora, vámonos!

22. Leroy se enfrenta a la Taquilla de la Muerte

Nunca había pasado un control de seguridad con un ave de presa viva. Creía que nos haría perder mucho tiempo, pero los guardias nos hicieron pasar a un mostrador especial. Comprobaron nuestros documentos. Bast sonrió a diestra y siniestra, coqueteó con los agentes, les dijo que debían de hacer mucho ejercicio y nos dejaron pasar. Los cuchillos de Bast no hicieron saltar las alarmas, así que tal vez los hubiera guardado en la Duat. Los guardias ni siquiera intentaron hacer pasar a Sadie por la máquina de rayos X.

Estaba recuperando mis sandalias cuando oí un alarido procedente del otro lado del control.

Bast soltó un improperio en egipcio.

—Hemos tardado demasiado.

Volví la mirada y vi al animal de Set abriéndose paso hacia nosotros por la terminal, tirando pasajeros al suelo a su paso. Sus extrañas orejas de conejo giraban de un lado a otro. Caían espumarajos de su hocico curvo y dentudo, y la cola bifurcada daba azotes a su alrededor, buscando algo que pinchar.

—¡Un alce! —chilló una señora—. ¡Hay un alce rabioso!

Todo el mundo empezó a dar voces y a correr en todas las direcciones, cerrando el paso al animal de Set.

—¿Un alce? —me sorprendí.

Bast se encogió de hombros.

—Es imposible saber lo que percibirá cada mortal. Ahora esa idea se extenderá por sugestión.

Y así fue: cada vez más pasajeros empezaron a gritar «¡Alce!» y a correr de aquí para allá mientras el animal de Set se abría camino hacia donde la gente estaba haciendo cola y se enredaba en los postes que sujetaban las cuerdas. Los agentes de la Administración de Transportes se lanzaron hacia él, pero el animal de Set los apartó como a muñecos de trapo.

—¡Vámonos! —me dijo Bast.

—No puedo permitir que haga daño a esta gente.

—¡No podemos detenerlo!

Pero me resistí a moverme. Quise creer que Horus me estaba dando valor, o que quizá durante aquellos últimos días se hubiera despertado en mí algún gen durmiente del coraje, heredado de mis padres. Pero la verdad era más inquietante. Esa vez, nadie me estaba obligando a enfrentarme a nada. Quería hacerlo.

La gente estaba en peligro por nuestra culpa. Debía solucionarlo. Sentí un instinto parecido al que notaba cuando Sadie necesitaba mi ayuda, el impulso de tomar las riendas. Y sí, estaba aterrorizado. Pero también tuve la sensación de que estaba haciendo lo correcto.

—Ve a la puerta —dije a Bast—. Llévate a Sadie. Nos reuniremos allí.

—¿Qué? Carter...

—¡Vete!

Imaginé que abría mi taquilla invisible: 13-32-33. Extendí el brazo pero no busqué la caja mágica de mi padre. Me concentré en una cosa que había perdido en Luxor. Tenía que estar allí.

Durante un momento, no noté nada. Entonces mis dedos se cerraron en torno a una sólida empuñadura de cuero, y desenfundé mi espada de la nada.

Los ojos de Bast se ensancharon.

—Impresionante.

—Muévete —le dije—. Ahora me toca a mí distraerlo.

—Sabes que va a matarte, ¿no?

—Muchas gracias por la confianza. ¡Y ahora, largo!

Bast se marchó a toda velocidad, con Sadie aleteando para no caerse de su brazo.

Se oyó un disparo. Me giré para ver al animal de Set arrollando a un policía que acababa de pegarle un tiro en la cabeza sin ningún efecto. El pobre poli salió volando hacia atrás y tumbó un arco detector de metales.

—¡Eh, tú, alce! —grité.

El animal de Set fijó sus ojos brillantes en mí.

¡Así me gusta!, dijo Horus. *¡Moriremos con honor!*

«Cierra el pico», pensé.

Eché un vistazo por encima del hombro, para asegurarme de que Bast y Sadie se hubieran perdido de vista. Luego me acerqué a la criatura.

—Conque no tienes nombre, ¿eh? —le dije—. ¿No se les ocurría ninguno lo bastante horrible?

La criatura rugió mientras pasaba sobre el policía inconsciente.

—«El animal de Set» es demasiado largo —afirmé—. Voy a llamarte Leroy.

Al parecer, a Leroy no le hizo gracia su nombre. Se arrojó hacia mí.

Esquivé sus zarpas y conseguí darle en el hocico con la parte plana de mi espada, pero casi ni se enteró. Leroy tomó impulso y volvió a arremeter, soltando baba y enseñando los colmillos. Lancé un tajo a su cuello, pero Leroy era demasiado listo. Saltó a la izquierda y me hundió los dientes en el brazo libre. De no ser por mi brazalete improvisado de cuero, me habría quedado sin brazo. Aun así, sus colmillos atravesaron el cuero. Una descarga de dolor al rojo vivo me recorrió el brazo entero.

Solté un chillido, y entonces noté cómo me inundaba una ola de poder en crudo. Me elevé del suelo y el aura dorada del guerrero halcón empezó a cobrar forma a mi alrededor. Las fauces del animal de Set se vieron forzadas a abrirse de una forma tan súbita que gimió y me soltó el brazo. Planté los pies, ya envuelto en una barrera mágica que duplicaba mi tamaño, y tiré a Leroy contra la pared de una patada.

¡Bien!, jaleó Horus. *¡Ahora, envía a esa bestia al inframundo!*

«Silencio, hombre. Me estoy encargando yo de todo.»

Entreví a los guardias de seguridad intentando reagruparse, gritando a sus walkie-talkies y pidiendo refuerzos. Los viajeros seguían dando voces y corriendo por todas partes. Oí que una niña pequeña gritaba:

—¡Hombre pollo, a por el alce!

¿Sabes lo difícil que es sentirse como una auténtica máquina de matar con cabeza de halcón cuando alguien te llama «hombre pollo»?

Levanté la espada, que ahora ocupaba el centro de un canal de energía de tres metros de longitud.

Leroy se sacudió el polvo de sus orejas cónicas y vino de nuevo hacia mí. Puede que mi forma acorazada fuera poderosa, pero también era torpe y lenta; al moverla, tenía la sensación de estar hundido en gelatina. Leroy esquivó mi mandoble y saltó contra mi pecho, lo que me hizo caer al suelo. El animal pesaba mucho más de lo que parecía. Su cola y sus garras se deslizaron por mi armadura. Lo agarré por el cuello con mis manos resplandecientes e intenté apartar sus colmillos de mi cara, pero, allí donde caía su baba, mi escudo mágico siseaba y soltaba humo. Noté que perdía sensibilidad en el brazo herido.

Las alarmas resonaron por todo el vestíbulo. Empezaron a acercarse otros pasajeros al control de seguridad, para ver qué pasaba. Tenía que terminar pronto el combate, antes de que el dolor me dejara inconsciente o salieran heridos más mortales.

Noté que se desvanecía mi fuerza, que caía mi escudo. Tenía los colmillos de Leroy a dos centímetros de mi cara, y Horus ya no me animaba.

Entonces pensé en mi taquilla invisible de la Duat. Me pregunté también si se podrían meter otras cosas allí dentro… cosas grandes y malvadas.

Apreté las manos en torno a la garganta de Leroy y le apoyé una rodilla en las costillas. Acto seguido imaginé que se abría una entrada a la Duat en el espacio que tenía encima. 13-23-33. Visualicé mi taquilla abriéndose todo lo que era posible.

Empeñé mis últimas fuerzas en lanzar a Leroy hacia arriba. Salió volando hacia el techo, abrió mucho los ojos por la sorpresa al cruzar una fisura invisible y desapareció.

—¿Dónde se ha metido? —gritó alguien.

—¡Eh, chaval! —dijo otro tío—. ¿Estás bien?

Mi escudo de energía ya no estaba. Quería desmayarme, pero tenía que marcharme antes de que se les pasara la impresión a los de seguridad y me arrestaran por lucha ilegal contra alces. Me puse en pie y arrojé la espada hacia el techo. Después me envolví como pude el brazo ensangrentado con los restos de cuero y corrí hacia las puertas.

Llegué a nuestro vuelo justo cuando ya cerraban el embarque. Por lo visto, el rumor del hombre pollo aún no se había difundido mucho. La agente de la puerta hizo un gesto hacia el control de seguridad mientras cogía mi billete.

—¿Qué era todo ese escándalo?

—Se ha colado un alce en el vestíbulo —dije—. Ya lo tienen controlado.

Antes de que la mujer pudiera preguntarme nada más, corrí por la pasarela hacia el avión.

Caí rendido en mi asiento y miré a Bast, sentada al otro lado del pasillo. Sadie, todavía en forma de milano, daba vueltas en su asiento de ventana, a mi lado.

Bast soltó un enorme suspiro de alivio.

—¡Carter, lo has logrado! Pero estás herido. ¿Qué ha pasado?

Se lo conté. Ella puso cara de sorpresa.

—¿Has metido al animal de Set en tu taquilla? ¿Tú sabes la fuerza que hace falta para eso?

—Sí —respondí—. Estaba allí.

La auxiliar de cabina empezó a pronunciar su discurso. El incidente de seguridad no parecía haber afectado a nuestro vuelo. El avión se separó del edificio a su hora.

Me encogí de dolor, y fue entonces cuando Bast se fijó en lo mal que tenía el brazo. Puso una cara muy seria.

—No te muevas. —Susurró algo en egipcio y empecé a notar que me pesaban los párpados—. Para curarte esa herida, tendrás que dormir.

—Pero si vuelve Leroy…

—¿Quién?

—Nada.

Bast me observó como si entonces me viera por primera vez.

—Has mostrado un valor extraordinario, Carter. Enfrentarte al monstruo de Set… Tienes más parte de gato de lo que pensaba.

—Esto… ¿gracias?

Sonrió y me tocó la frente.

—Despegaremos enseguida, gato mío. Duerme.

En realidad, no podía discutir. El agotamiento hizo mella en mí, y cerré los ojos.

Por supuesto, mi alma decidió irse de viaje.

Estaba volando en círculos sobre Phoenix con forma de *ba*. Era una luminosa mañana de invierno. Era agradable sentir bajo las alas el aire frío del desierto. La ciudad tenía un aspecto diferente de día: era una inmensa rejilla de cuadrados de color beige y verde, salpicada de palmeras y piscinas. Aquí y allá se alzaban montañas desnudas, como fragmentos de luna. Tenía justo debajo la elevación más importante, una cresta alargada con dos cimas separadas. ¿Cómo la había llamado el sirviente de Set en mi primera visita espiritual? Montaña Camelback.

Sus faldas estaban recubiertas de lujosas mansiones, pero la cima estaba desierta. Me llamaron la atención una grieta que había entre dos rocas y una alteración del aire provocada por calor que salía de las profundidades de la montaña, algo en lo que ningún ojo humano habría reparado.

Plegué las alas y me lancé en picado hacia la grieta.

El aire caliente salía con tal ímpetu que tuve que esforzarme para entrar. A unos quince metros de profundidad, la grieta empezó a ensancharse y me vi en un lugar que, simplemente, no podía existir.

Alguien había vaciado todo el interior de la montaña. En el centro de la gran caverna había una pirámide a medio construir. El sonido de los picos llenaba el aire. Una horda de demonios estaba tallando la piedra caliza de color rojo sangre en bloques y arrastrándolos hasta el centro de la cueva, donde más enjambres de demonios utilizaban cuerdas y rampas para izar los bloques y colocarlos en su sitio, del modo en que mi padre me había contado que construyeron las pirámides de Guiza. Sin embargo, para construir cada pirámide de Guiza se había tardado unos veinte años. Aquella estaba ya a medio levantar.

Además, tenía algo extraño, y no era solo el color rojo sangre. Cuando la miré, sentí un cosquilleo familiar, como si toda la estructura vibrara con un tono... no, con una voz que casi, casi podía identificar.

Divisé una silueta más pequeña flotando sobre la pirámide. Era una barcaza de juncos como la del tío Amos. Había dos figuras en ella. La primera era un demonio muy alto que llevaba un jubón de cuero. La otra era un hombre corpulento con traje militar de color rojo.

Me acerqué trazando un círculo, intentando no apartarme de las sombras, porque no estaba seguro de ser invisible del todo. Me posé en el mástil. Era una maniobra arriesgada, pero ninguno de los ocupantes de la barca levantó la mirada.

—¿Cuánto falta? —preguntó el hombre de rojo.

Tenía la voz de Set, pero su aspecto era totalmente distinto al que había tenido en mi visión anterior. Ya no era una cosa negra y viscosa, ni ardía nada en él... exceptuando la temible mezcla de odio y diversión que tenía en la mirada. Tenía el cuerpo amplio y grueso de un *linebacker* de fútbol americano, con las manos carnosas y cara de bruto. Su pelo, corto e hirsuto, y su perilla bien recortada eran tan rojos como su ropa militar. Yo nunca había visto prendas de camuflaje de aquel color. A lo mejor pretendía esconderse en un volcán.

A su lado, el demonio hizo una reverencia y rascó el suelo con una pata. Era el mismo tío con pies de gallo que había visto la otra vez. Medía dos metros diez como mínimo, era flaco como un espantapájaros y tenía garras de ave en lugar de pies. Y por desgracia, en esta ocasión, también le vi la cara. Era casi demasiado horrible para describirla. ¿Has visto alguna vez una conferencia de anatomía donde enseñan cadáveres sin la piel? Pues imagínate una de esas caras pero viva, y además con los ojos negros de párpado a párpado y con colmillos.

—¡Estamos haciendo grandes progresos, amo! —le prometió el demonio—. Hoy hemos conjurado a otros cien demonios. ¡Con un poco de suerte, la tendremos lista para el ocaso de vuestro cumpleaños!

—Eso es inaceptable, Rostro de Horror —replicó Set con calma.

El sirviente se encogió de miedo. Supuse que de verdad se llamaría Rostro de Horror. Me pregunté cuánto le habría costado a su madre pensarlo. «¿Bob? No. ¿Sam? No. ¿Qué tal Rostro de Horror?»

—Pe-pero, amo —tartamudeó Rostro—, yo pensé…

—No pienses, demonio. Tenemos enemigos más ingeniosos de lo que creía. Han desactivado temporalmente a mi mascota favorita, y a cada momento que pasa están más cerca. Debemos terminar antes de que lleguen. La quiero justo para el amanecer de mi cumpleaños, Rostro de Horror. Ni un minuto más tarde. Será el alba de mi nuevo reinado. Erradicaré toda la vida de este continente, y esta pirámide se alzará en homenaje a mi poder: ¡la tumba final y eterna de Osiris!

Casi se me detuvo el corazón. Volví a mirar la pirámide y comprendí por qué me había parecido tan familiar. Emanaba una energía, la energía de mi padre. No podría explicar cómo, pero supe que su sarcófago estaba oculto en algún lugar del interior de aquella pirámide.

Set sonrió con crueldad, como alguien a quien le diera igual que Rostro cumpliera sus órdenes o descuartizar con sus propias manos al demonio.

—¿Has comprendido la orden que te he dado?

—¡Sí, mi señor! —Rostro de Horror movió sus pies de pájaro, como si hiciera acopio de valor—. Pero si me permitís una pregunta, mi señor… ¿Por qué detenernos ahí?

Set resopló, conteniendo su ira.

—Tu próxima frase podría acarrearte la destrucción, Rostro de Horror. Elige con cuidado las palabras que dirás.

El demonio se pasó la lengua negra por los labios.

—Bueno, milord, estaba dudando de si aniquilar a un solo dios es un acto digno de vuestra gloria. ¿Y si pudiéramos crear aún más energía caótica, de modo que nunca dejase de alimentar vuestra pirámide y os convirtiera en el amo eterno de todos los mundos?

En los ojos de Set revoloteó la luz de la ambición.

—Amo de todos los mundos… eso suena bastante bien. ¿Y cómo lograrías tal cosa, demonio enclenque?

—No, yo no, milord. Yo soy un gusano insignificante. Pero si pudiéramos capturar a los otros, a Neftis…

Set dio una patada a Rostro en el pecho, y el demonio se derrumbó, jadeando.

—Te tengo dicho que no pronuncies nunca su nombre.

—Sí, amo —dijo Rostro con un hilo de voz—. Lo siento, amo. Pero si pudiéramos capturarlos a ella y a los otros… pensad en el poder que tendríais a vuestra disposición. Si lo planeamos bien…

Set empezó a asentir, acariciando la idea.

—Me parece que ha llegado la hora de sacar provecho a Amos Kane.

Me puse tenso. ¿Amos estaba allí?

—Brillante, amo. Un plan brillante.

—Sí, me alegro de haberlo pensado. Pronto, Rostro de Horror, muy pronto, Horus, Isis y mi traidora esposa se postrarán a mis pies… y Amos me ayudará a conseguirlo. Tendremos una pequeña reunión familiar. —Set miró hacia arriba, directamente hacia mí, como si supiera desde el principio que estaba sobre el mástil, y me dedicó su sonrisa de descuartizar con las propias manos—. ¿Te parece bien, chico?

Quise extender las alas y volar. Tenía que salir de la caverna y avisar a Sadie. Pero las alas no me respondían. Me quedé allí, paralizado, mientras Set extendía el brazo para agarrarme.

23. El examen final del profesor Tot

S oy Sadie otra vez. Perdón por el retraso, aunque supongo que en una grabación no te habrás dado cuenta. A mi hermano, que tiene pies en vez de manos, se le ha caído el micrófono en un pozo lleno de… bueno, da igual. Sigamos con la historia.

Carter despertó tan sobresaltado que dio con las rodillas contra la bandeja de las bebidas, lo cual tuvo bastante gracia.

—¿Has dormido bien? —le pregunté.

Me miró y parpadeó varias veces, confundido.

—Eres humana.

—Qué amable por darte cuenta.

Di otro mordisco a mi pizza. Nunca había comido pizza de un plato de cerámica, ni bebido Coca-Cola en vaso (y con hielo, nada menos; mira que son raros son los americanos), pero me gustaba viajar en primera clase.

—He cambiado hace una hora. —Carraspeé—. Esto… hummm… me vino bien lo que me dijiste, lo de concentrarme en las cosas importantes.

Solo decirle aquello ya me incomodó, teniendo en cuenta que recordaba todo lo que me había contado Carter mientras yo estaba en forma de milano: lo de sus viajes con papá, lo de perderse en el

259

metro, lo de vomitar en Venecia, lo de chillar como un bebé porque vio un escorpión en el calcetín. Era todo un arsenal para hacerle la puñeta, y por extraño que parezca, no me tentaba la idea. La manera en que había revelado sus sentimientos… Quizá pensaba que como milano no iba a comprender lo que me decía, pero había sido sincero y directo, sin reservas, y lo había hecho todo para tranquilizarme. Si él no me hubiese dado algo en lo que centrarme, seguramente aún estaría cazando ratones junto al Potomac.

Cuando Carter hablaba de papá, siempre decía que viajar con él había sido genial, claro, pero también una tarea pesada: buscando continuamente su aprobación, portándose bien, sin tener nunca a nadie cerca con quien poder relajarse o charlar un rato. Hay que admitir que papá tenía una presencia arrolladora. Lo difícil sería no buscar su aprobación. (Y sin duda, de ahí me viene mi propia y admirable personalidad carismática.) En Londres solo lo veía dos veces al año, y aun así tenía que prepararme mentalmente para la experiencia. Por primera vez, me pregunté si de verdad a Carter le había tocado la mejor parte del trato. ¿Estaría dispuesta a cambiar mi vida por la suya?

Decidí que tampoco le contaría lo que al final me había hecho volver a la forma humana. No había sido por concentrarme en papá. Había imaginado que mamá seguía viva, nos había imaginado a las dos paseando por la calle Oxford, mirando los escaparates, charlando y riéndonos… el tipo de día normal y corriente que nunca habíamos llegado a vivir juntas. Era un deseo imposible, ya lo sé. Pero fue lo bastante poderoso como para recordarme quién era yo.

No dije nada de esto en voz alta, pero Carter estaba observando mi cara, y me dio la impresión de que me leía la mente un poco demasiado bien.

Tomé un sorbo de Coca-Cola.

—Te has perdido la comida, por cierto.

—¿No has intentado despertarme?

Al otro lado del pasillo, Bast eructó. Acababa de terminarse su plato de salmón y parecía bastante satisfecha.

—Podría invocar unos Friskies más —se ofreció—. O sándwiches de queso.

—No, gracias —murmuró Carter. Tenía un aspecto desolado.

—Dios, Carter —dije—. Si tanta importancia tiene, me queda un poco de pizza…

—No es eso —me interrumpió. Y pasó a contarnos que Set había estado a punto de capturar su *ba*.

La noticia me dejó sin aliento. Me sentí igual que cuando estaba atrapada en mi forma de milano, incapaz de pensar claro. ¿Papá, prisionero en una Pirámide Roja? ¿El pobre Amos, utilizado como una especie de peón? Miré a Bast con la esperanza de que nos tranquilizara.

—¿No podemos hacer nada?

Tenía una expresión muy lúgubre.

—Sadie, no lo sé. Set alcanzará el apogeo de su poder el día de su cumpleaños, y el amanecer es el momento más auspicioso para la magia. Si es capaz de generar una gran tormenta explosiva de energía al amanecer de ese día… usando no solo su propia magia, sino incrementándola con el poder de los dioses que haya logrado atrapar… la cantidad de caos que podría liberar es casi inimaginable. —Le dio un escalofrío—. Carter, ¿has dicho que esa idea se la ha sugerido un simple demonio?

—Eso parecía —contestó Carter—. O puede que ya tuviera un plan parecido y eso fueran solo detalles.

Bast negó con la cabeza.

—Eso no es nada propio de Set.

Carraspeé.

—¿Cómo que no? Es de lo más propio de él.

—No —insistió Bast—. Esto es horroroso, hasta para él. Set quiere ser rey, pero una explosión como esa le dejaría sin nada sobre lo que reinar. Es casi como si… —Se detuvo, al parecer por una idea demasiado inquietante—. No lo entiendo, pero aterrizaremos enseguida. Tendréis que preguntárselo a Tot.

—Lo dices como si no fueses a venir —dije.

—Tot y yo no nos llevamos muy bien. Vuestras posibilidades de sobrevivir mejorarán si…

Se encendió la luz de los cinturones. El capitán anunció que habíamos iniciado el descenso a la ciudad de Memphis. Miré por la ventanilla y encontré un gran río marrón que surcaba el terreno, el río más grande que hubiese visto jamás. Le vi un incómodo parecido con una serpiente gigante.

La asistente de cabina se acercó y señaló mi bandeja.

—¿Acabada?

—Eso parece —le dije, algo sombría.

A la ciudad de Memphis no le había dicho nadie que ya era invierno. Los árboles estaban verdes y el cielo era de un brillante azul.

Nos habíamos puesto firmes con que esta vez Bast no «cogiera prestado» ningún coche, así que accedió a alquilar uno siempre que fuera descapotable. No quise saber de dónde había sacado el dinero, pero al poco tiempo estábamos recorriendo las calles casi desiertas de Memphis con la capota de nuestro BMW bajada.

Solo tengo imágenes discontinuas de la ciudad. Pasamos por un barrio que podía haber sido un decorado de *Lo que el viento se llevó*: grandes mansiones blancas con jardines enormes salpicados de cipreses, aunque los Papá Noel de plástico que había en los tejados echaban a perder un poco el efecto. En la siguiente manzana, casi nos mató una anciana que sacaba su Cadillac del aparcamiento de una iglesia. Bast dio un volantazo e hizo sonar el claxon, y la señora se limitó a sonreír y saludar con la mano. La hospitalidad sureña, supongo.

Al cabo de unas cuantas manzanas, las casas fueron dejando paso a unas chozas destartaladas. Vi a dos chicos negros vestidos con vaqueros y camisetas sin mangas, sentados en el porche, tocando guitarras acústicas y cantando. Sonaban tan bien que me tentó parar un rato.

En la siguiente esquina había una pequeña casita restaurante cuyo letrero, escrito a mano, decía: POLLO CON GOFRE. Fuera había una cola de veinte personas.

—Los estadounidenses tenéis unos gustos rarísimos. ¿Esto qué planeta es? —pregunté.

Carter meneó la cabeza.

—¿Dónde podemos encontrar a Tot?

Bast olisqueó el aire y giró a la izquierda por una calle llamada Poplar.

—Estamos acercándonos. Si conozco un poco a Tot, habrá buscado un centro de aprendizaje. Una biblioteca, a lo mejor, o algún alijo de libros en la tumba de un mago.

—No habrá muchas en Tennessee —supuso Carter.

Entonce vi una señal y sonreí de oreja a oreja.

—¿La Universidad de Memphis, quizá?

—¡Eso es, Sadie! —ronroneó Bast.

Carter me miró con cara larga. Al pobre chico le entran celos, qué se le va a hacer.

Unos minutos después, paseábamos por el campus de una facultad pequeña: edificios de ladrillo rojo y patios amplios. Había un silencio sepulcral, menos por el sonido de una pelota rebotando contra el cemento.

Para Carter, fue oírla y alegrar la cara.

—Baloncesto.

—Venga ya —dije—. Tenemos que encontrar a Tot.

Pero Carter siguió el sonido de la pelota, y nosotras lo seguimos a él. Dobló la esquina de un edificio y se quedó paralizado.

—Preguntemos a esos de ahí.

No entendí de qué hablaba. Entonces giré la esquina y se me escapó un gritito. En la pista de baloncesto había cinco jugadores concentrados en un partido intenso. Vestían un amplio surtido de distintos equipos estadounidenses, y todos parecían ansiosos por ganar: gruñían, se rugían unos a otros, se robaban la bola y se daban empujones.

Ah, sí. Los jugadores eran todos babuinos.

—El animal sagrado de Tot —dijo Bast—. Debemos de haber llegado al lugar correcto.

Uno de los babuinos tenía el lustroso pelo dorado de un tono mucho más claro que los otros, y también tenía el trasero más, hummm, colorido. Llevaba una camiseta morada que me sonaba de algo.

—¿Eso no es el uniforme de los… Lakers? —dije, reacia a nombrar siquiera la estúpida obsesión de mi hermano.

Él asintió y los dos sonreímos.

—¡Keops! —gritamos.

Vale, en realidad, apenas conocíamos al babuino. No habíamos pasado ni un día con él, y parecía que habían transcurrido siglos desde que estuvimos en la mansión de Amos, pero aun así tuve la sensación de recuperar a un amigo perdido.

Keops se echó a mis brazos de un salto y me gritó:

—¡Ajk! ¡Ajk!

Empezó a pellizcarme la cabeza, supongo que buscando bichos. [¡No quiero ni oírte, Carter!] Luego bajó al suelo y empezó a dar palmas al asfalto para mostrar lo contento que estaba.

Bast se rió.

—Dice que oléis a flamenco.

—¿Sabes hablar babuino? —preguntó Carter.

La diosa se encogió de hombros.

—También quiere saber dónde os habíais metido.

—¿Que dónde nos hemos metido nosotros? —dije—. Bueno, para empezar dile que me he pasado casi todo el día convertida en milano, no en flamenco, y que no se me puede comer aunque también acabe en o. En segundo lugar…

—Espera. —Bast se volvió hacia Keops y le dijo—: ¡Ajk! —Luego me miró otra vez—. Muy bien, sigue.

Parpadeé.

—Vale… hummm, en segundo lugar, ¿dónde se había metido él?

Transmitió mi pregunta como un sonido ronco.

Keops resopló y agarró la pelota de baloncesto, lo que sumió a sus amigos babuinos en un frenesí de gruñidos, rascadas y rugidos.

—Cayó al río y volvió nadando —tradujo Bast—, pero cuando llegó, la casa estaba destruida y nosotros ya habíamos desaparecido. Esperó el regreso de Amos durante un día, pero no llegó, así que Keops se puso en camino hacia Tot. Al fin y al cabo, los babuinos están bajo su protección.

—¿Y eso por qué? —preguntó Carter—. O sea, no es por ofender a nadie, pero Tot es el dios del conocimiento, ¿no?

—Los babuinos son animales muy sabios —respondió Bast.

—¡Ajk!

Keops se hurgó la nariz y luego giró su culo tecnicolor en nuestra dirección. Tiró la pelota a sus amigos, que empezaron a pelearse por ella, enseñándose los colmillos mutuamente y dándose palmadas en la cabeza.

—¿Sabios? —repetí yo.

—Bueno, ojo, no son gatos —añadió Bast—. Pero sí, sabios. Keops dice que, cuando Carter cumpla su promesa, os llevará a ver al profesor.

Parpadeé.

—¿El prof...? Ah, te refieres a... Vale.

—¿Qué promesa? —indagó Carter.

Bast puso una sonrisa torcida y fugaz.

—Por lo visto, prometiste mostrarle tu habilidad en el baloncesto.

Carter puso los ojos como platos, alarmado.

—¡No tenemos tiempo!

—Sí, no pasa nada —le aseguró Bast—. Será mejor que me marche ya.

—¿Adónde vas, Bast? —pregunté, pues no tenía ningunas ganas de volver a separarme de ella—. ¿Cómo te encontraremos?

La luz de sus ojos se redujo a algo parecido a la culpabilidad, como si acabase de provocar un accidente horrible.

—Os encontraré yo cuando salgáis, si salís...

—¿Cómo que «si salís»? —preguntó Carter, pero Bast ya se había convertido en Tarta y corría acera abajo.

Keops gritó a Carter con insistencia. Tiró de su mano, llevándolo a la cancha. Los babuinos organizaron dos equipos en un santiamén. La mitad de ellos se quitaron las camisetas, y la otra mitad se las dejaron puestas. Por desgracia, a Carter le tocó en el equipo sin camiseta y Keops le ayudó a quitársela, dejando al descubierto su pecho huesudo. Los equipos empezaron el partido.

En fin, yo no tengo ni idea de baloncesto. Sin embargo, estoy bastante segura de que no consiste en tropezar con uno mismo, recibir los pases con la frente o driblar (¿se dice así?) con las dos manos como quien acaricia a un perro posiblemente rabioso. Así es exactamente como jugaba Carter.

Los babuinos lo dejaron a la altura del betún, casi al pie de la letra. Metían una canasta tras otra mientras Carter daba bandazos de un lado a otro, se daba contra la pelota siempre que la tenía cerca y tropezaba con extremidades simiescas hasta marearse tanto que rodó sobre sí mismo y dio con los huesos en el suelo. Los babuinos dejaron de jugar y se lo quedaron mirando, incrédulos. Carter estaba tumbado en el centro de la pista, cubierto de sudor y jadeando. Los otros babuinos miraron a Keops. Se les veía en la expresión que estaban pensando: «¿Quién ha invitado a este humano?». Keops se tapó los ojos de la vergüenza.

—Vaya, Carter —dije con regocijo—, tanto hablar de baloncesto por aquí y los Lakers por allá, ¡y resulta que eres un paquete! ¡Te han ganado unos monos!

Mi hermano gimoteó, abatido.

—Era... era el deporte favorito de papá.

Lo miré atontada. El deporte favorito de papá. Dios, ¿cómo no me había parado a pensarlo?

Al parecer, Carter malinterpretó mi expresión de pasmo como otra crítica.

—Me... me sé todas las estadísticas de la NBA que me pidas —dijo, un poco a la desesperada—. Rebotes, asistencias, porcentajes de tiros libres.

Los otros babuinos volvieron a su partido, sin hacer caso a Carter ni a Keops. Keops hizo un ruido de disgusto, a medio camino entre una tos y un ladrido.

Comprendí cómo se sentía el babuino, pero me acerqué y ofrecí la mano a Carter.

—Vamos, pues. No tiene importancia.

—Si llevara calzado bueno —intentó—, o si no estuviera tan cansado...

—Carter —dije con una sonrisita—, de verdad que da igual. Y no le chivaré ni una palabra a papá cuando lo salvemos.

Me miró con una expresión de evidente gratitud en la cara. (Bueno, al fin y al cabo, soy una persona bastante maravillosa.) Entonces me cogió la mano y lo levanté de un tirón.

—Y ahora, por el amor de Dios, ponte la camisa —le dije—. Y Keops, es hora de que nos lleves con el profesor.

Keops nos guió hasta un edificio de ciencias desierto. El aire de los pasillos olía a vinagre, y las aulas laboratorio vacías parecían sacadas de un instituto americano más que del lugar donde pasaría el rato un dios. Subimos por la escalera hasta un pasillo de despachos de profesores. La mayoría de las puertas estaban cerradas. Había una abierta, que daba a un espacio del tamaño de un cuarto para trastos de limpieza pero atestado de libros, con un escritorio minúsculo y una silla. Me pregunté si algún profesor había hecho algo malo para que le asignaran un despacho tan pequeño.

—¡Ajk!

Keops se detuvo ante una puerta de caoba pulida, mucho más lujosa que las otras. En el cristal había grabado un nombre: DR. TOT.

Keops abrió la puerta sin llamar y entró balanceándose.

—Detrás de usted, hombre pollo —dije a Carter.

(Y sí, estoy segura de que mi hermano lamentó haberme contado aquel incidente en particular. Al fin y al cabo, no iba a dejar de molestarle del todo. Tengo una reputación que mantener.)

Esperaba encontrar otro cuarto de los trastos, pero aquel despacho era imposiblemente grande.

El techo estaba como mínimo a diez metros de altura, y una pared del despacho era toda de cristal, con vistas al horizonte de edificios de Memphis. Una escalera metálica llevaba a un altillo dominado por un telescopio enorme, y de algún lugar del altillo llegaba el sonido de una guitarra eléctrica que alguien tocaba con muy poca maña. Las otras paredes de la sala estaban recubiertas de estanterías. Los bancos de trabajo rebosaban de cacharros variados y extraños: equipo químico, ordenadores a medio montar, animales disecados con cables eléctricos saliendo de sus cabezas. La habitación tenía un fuerte olor a ternera asada, pero con el aroma más tiznado y penetrante que hubiera olido jamás.

Lo más raro de todo era que, justo delante de nosotros, había media docena de aves cuellilargas —ibis— sentadas a unos escritorios como si fuesen recepcionistas, tecleando en ordenadores portátiles con los picos.

Carter y yo nos miramos. Por una vez, me quedé sin palabras.

—¡Ajk! —llamó Keops.

En el altillo, las notas dejaron de sonar. Un hombre larguirucho de veintitantos años se puso de pie, guitarra eléctrica en mano. Tenía una enmarañada melena de pelo rubio, del mismo tono que Keops, y llevaba una bata blanca de laboratorio, manchada, vaqueros desgastados y una camiseta negra. Al principio creí que le goteaba sangre de la comisura de la boca, pero entonces me di cuenta de que era una especie de salsa.

—Fascinante —dijo, sonriendo de oreja a oreja—. He descubierto una cosa, Keops. Esto no es Menfis, Egipto.

Keops me miró de reojo, y habría jurado que su expresión quería decir: «Muy bien, genio».

—También he descubierto una nueva forma de magia llamada música blues —siguió diciendo el hombre—. Y la barbacoa. Sí, tienes que probar la barbacoa.

Keops no parecía sorprendido. Se subió a una estantería, cogió un paquete de Cheerios y empezó a atiborrarse.

El hombre de la guitarra se deslizó por la barandilla con un equilibrio perfecto y aterrizó delante de nosotros.

—Isis y Horus —dijo—. Ya veo que habéis encontrado cuerpos nuevos.

Tenía los ojos de una docena de colores, cambiantes como caleidoscopios, hipnóticos.

Me las apañé para balbucear:

—Bueno, no somos...

—Ah, ya veo —me interrumpió—. Intentando compartir el cuerpo, ¿eh? No creas que me dejaré engañar, Isis. Sé que estás al mando.

—¡No lo está! —protesté—. Me llamo Sadie Kane. ¿Supongo que tú eres Tot?

Arqueó una ceja.

—¿Afirmas que no me conoces? Pues claro que soy Tot. También llamado Dyehuty. También llamado...

Ahogué una risotada.

—¿Yuju-ti?

Tot puso cara de ofendido.

—En egipcio antiguo, es un nombre perfectamente razonable. Los griegos al principio me llamaron Tot. Luego me confundieron con su dios Hermes. Incluso tuvieron la cara dura de cambiar el nombre de mi ciudad sagrada y llamarla Hermópolis, aunque él y yo no nos parecemos en nada. Creedme, si hubierais conocido a Hermes...

—¡Ajk! —chilló Keops con la boca llena de cereales azucarados.

—Tienes razón —admitió Tot—, estoy yéndome por las ramas. De modo que afirmas ser Sadie Kane. Y... —Movió un dedo hacia Carter, que estaba mirando a los ibis teclear en sus portátiles— supongo que tú no serás Horus.

—Carter Kane —dijo Carter, distraído por las pantallas de los ibis—. ¿Eso qué es?

Tot alegró la cara.

—Ah, se llaman ordenadores. Una maravilla, ¿verdad? Al parecer...

—No, me refiero a qué están escribiendo los pájaros. —Carter entrecerró los ojos y leyó lo que ponía en el monitor—. ¿*Un tratado breve sobre la evolución del yak*?

—Mis ensayos académicos —explicó Tot—. Procuro tener varios proyectos en marcha al mismo tiempo. Por ejemplo, ¿sabíais que esta universidad no oferta licenciaturas en astrología ni en sanguijuelología? ¡Increíble! Pretendo que eso cambie. Estoy haciendo reformas en unas instalaciones nuevas junto al río. ¡Muy pronto Memphis será un auténtico centro de aprendizaje!

—Qué buena idea —respondí con desgana—. Necesitamos ayuda para derrotar a Set.

Los ibis dejaron de teclear y se me quedaron mirando.

Tot se limpió la salsa barbacoa de la boca.

—¿Cómo te atreves a pedírmelo después de la última vez?

—¿La última vez? —repetí.

—Tengo el relato por aquí, en algún sitio… —Tot se palpó los bolsillos de la bata. Sacó un papelito arrugado y lo leyó—. No, esto es la lista de la compra.

La tiró por encima del hombro. En cuanto el papel tocó el suelo, se transformó en una barra de pan, una botella de leche y seis latas de Mountain Dew.

Tot se palpó las mangas. Observé que las manchas de su bata de laboratorio eran palabras borrosas, impresas en todos los idiomas. Las manchas se movían y cambiaban, componiendo jeroglíficos, letras occidentales y símbolos demóticos. Se limpió una mancha de la solapa y trece letras cayeron flotando al suelo, donde formaron las palabras «cangrejo de río». Las palabras se unieron antes de transformarse en un crustáceo viscoso, parecido a una gamba, que meneó sus patitas delanteras durante un momento antes de que un ibis se lo zampara.

—Bueno, da igual —dijo Tot al fin—. Os cuento la versión corta y ya está. Para vengar a su padre, Osiris, Horus desafió a Set a un duelo. El ganador se convertiría en el rey de los dioses.

—Ganó Horus —dijo Carter.

—¡Entonces te acuerdas!

—No, leí la historia.

—¿Te acuerdas de que, sin mi ayuda, Isis y tú habríais muerto? Bueno, yo intenté hacer de mediador para evitar la batalla. Es uno de mis trabajos, ya sabéis: mantener el equilibrio entre el orden y el caos. Pero ¿me hizo caso alguien? ¡Claro que no! Isis me convenció para que apoyara a tu bando porque Set se estaba haciendo demasiado poderoso. Y el combate casi destruyó el mundo.

Es un quejica, dijo Isis dentro de mi cabeza. *No fue para tanto.*

—Ah, ¿no? —me dijo Tot bruscamente, y me dio la impresión de que oía a Isis tan bien como yo—. Set sacó un ojo a Horus.

—Au. —Carter parpadeó.

—Sí, y yo se lo reemplacé por un ojo nuevo hecho de luz de luna. El Ojo de Horus, tu famoso símbolo. Eso no habría pasado sin mí, muchas gracias. Y cuando tú decapitaste a Isis…

—Un momento. —Carter me miró—. ¿Yo le corté la cabeza?

Luego me recuperé, me aseguró Isis.

—¡Solo porque yo te curé, Isis! —exclamó Tot—. Y sí, Carter, Horus, comoquiera que te hagas llamar, estabas tan cabreado que la decapitaste. Eras muy temerario, ¿sabes? Ibas a cargar contra Set cuando aún estabas débil, e Isis intentó impedirlo. Te pusiste tan furioso que cogiste la espada y… Bueno, el caso es que estuvisteis a punto de destruiros mutuamente antes de poder derrotar a Set. Si vais a empezar otra pelea con el Señor Rojo, ¡cuidado! Utilizará el caos para volveros uno contra el otro.

Volveremos a vencerle, me prometió Isis. *Lo que le pasa a Tot es que está celoso.*

—Cállate —dijimos Tot y yo al mismo tiempo.

Me miró, sorprendido.

—Vaya, Sadie… es verdad que intentas conservar el control. No durará. Por mucho que seas sangre de los faraones, Isis es ladina, busca el poder y…

—Puedo contenerla —dije, y tuve que emplearme a fondo para evitar que Isis soltara una sarta de insultos.

Tot pasó los dedos por los trastes de la guitarra.

—Pues no estés tan segura. Probablemente Isis te ha contado que ayudó a derrotar a Set. ¿Te ha contado también que fue culpa suya que Set se descontrolase, para empezar? Isis exilió a nuestro primer rey.

—¿Te refieres a Ra? —preguntó Carter—. ¿No se hizo viejo y decidió dejar la Tierra?

Tot bufó, despectivo.

—Sí que era viejo, pero le obligaron a marcharse. Isis se hartó de esperar a que se retirase. Quería que su marido, Osiris, subiera al trono. También quería más poder. Así que un día, mientras Ra se echaba la siesta, Isis recolectó a escondidas un poco de la baba del dios sol.

—Puaj —dije—. ¿Desde cuándo da poder la saliva?

Tot me miró, enfadado y acusador.

—Mezclaste el escupitajo con barro para crear una serpiente venenosa. Esa noche, la serpiente se coló en el dormitorio de Ra y le mordió en el tobillo. No había bastante magia en el mundo, ni siquiera la mía, que pudiese curarlo. Habría muerto…

—¿Los dioses pueden morir? —preguntó Carter.

—Sí, ya lo creo —dijo Tot—. Bueno, casi siempre volvemos a alzarnos de la Duat… en algún momento. Sin embargo, este veneno fue corroyendo la esencia misma de Ra. Isis se hizo la inocente, por supuesto. Lloró al contemplar el dolor de Ra. Intentó ayudar con su magia. Por último, convenció a Ra de que solo había un modo de salvarlo: decirle a ella su nombre secreto.

—¿Nombre secreto? —pregunté yo—. ¿En plan Bruce Wayne?

—Todo en la Creación tiene su nombre secreto —dijo Tot—, hasta los dioses. Si se conoce el nombre secreto de un ser, se ostenta el poder sobre esa criatura. Isis prometió que, con el nombre secreto de Ra, podría sanarlo. Ra estaba sufriendo tanto que aceptó. Entonces, Isis lo sanó.

—Pero obtuvo el poder sobre él —aventuró Carter.

—Un poder extremo —asintió Tot—. Obligó a Ra a retirarse a los cielos, dejando vía libre para que su amado, Osiris, se convirtiera en el rey de los dioses. Set había sido un lugarteniente importante de Ra, pero no podía soportar ver a su hermano Osiris en el trono. Eso fue lo que enemistó a Set y a Osiris, y aquí estamos, cinco milenios más tarde, luchando todavía esa guerra, y todo por un capricho de Isis.

—¡Pero no es culpa mía! —salté yo—. Yo nunca haría nada parecido.

—Ah, ¿no? —dijo Tot—. ¿No harías cualquier cosa para salvar a tu familia, aunque desbaratases el equilibrio del cosmos?

Sus ojos caleidoscópicos se clavaron en los míos, y sentí una oleada de rebeldía. Bueno, ¿por qué no iba a ayudar a mi familia? ¿Quién era ese colgado con bata de laboratorio para decirme lo que podía y no podía hacer?

Entonces comprendí que no sabía quién estaba pensando aquello, Isis o yo. El pánico empezó a atenazarme el pecho. Si no era capaz de distinguir mis propios pensamientos de los de la diosa, ¿cuánto tardaría en volverme completamente loca?

—No, Tot —grazné—. Tienes que creerme. El control lo tengo yo. Yo, Sadie. Y necesito que me ayudes. Set ha capturado a nuestro padre.

Entonces dejé que saliera todo, desde lo del Museo Británico hasta la visión que había tenido Carter de la Pirámide Roja. Tot me escuchó sin hacer comentarios, pero habría jurado que su bata desarrollaba manchas nuevas mientras yo hablaba, como si algunas de mis palabras estuviesen añadiéndose a la mezcla.

—Solo queremos que mires una cosa —concluí—. Carter, pásale el libro.

Carter hurgó en su bolsa y sacó el libro que habíamos robado en París.

—Esto lo escribiste tú, ¿verdad? —dijo—. Explica cómo vencer a Set.

Tot desplegó las páginas de papiro.

—Oh, cielos. No me gusta nada leer mis viejas obras. Mira esta oración. Ahora no la escribiría así ni loco. —Se palpó los bolsillos de la bata—. Boli rojo… ¿Alguien tiene uno?

Isis presionó contra mi fuerza de voluntad, insistiendo en que hiciéramos entrar en razón a Tot a base de rayos. *Una bola de fuego*, rogó. *Solo una enorme bola de fuego mágico, por favor.*

No puedo negar que me tentó, pero la mantuve controlada.

—Escucha, Tot —dije—. O Yuju-ti… lo que sea. Set está a punto de destruir Norteamérica como mínimo, y posiblemente el mundo entero. Morirán millones de personas. Dices que cuidas del equilibrio. ¿Vas a ayudarnos o no?

Por un instante, el único sonido fue el de los picos de ibis tecleando.

—Sí que estáis metidos en un buen lío —aceptó Tot—. Dejadme que os haga una pregunta: ¿por qué creéis que vuestro padre os situó en esta posición? ¿Por qué liberó a los dioses?

Estuve a punto de decir: «Para devolvernos a mamá». Pero ya no era lo que creía.

—Mi madre vio el futuro —supuse—. Iba a pasar algo malo. Creo que ella y papá intentaban detenerlo. Pensaron que solo podía hacerse liberando a los dioses.

—¿Aun sabiendo que usar el poder de los dioses es increíblemente peligroso para los mortales? —presionó Tot—. Por no decir que va contra las leyes de la Casa de la Vida, unas leyes que yo mismo convencí a Iskandar de escribir, por cierto.

Recordé una cosa que me había dicho el viejo lector jefe en el Salón de las Eras: «Los dioses tienen un poder tremendo, pero solo los humanos son creativos».

—Creo que mi madre convenció a Iskandar de que esa regla era un error. A lo mejor él no podía admitirlo en público, pero ella le hizo cambiar de opinión. Sea lo que sea que se avecina… es tan malo que los dioses y los mortales se van a necesitar unos a otros.

—¿Y qué se avecina? —preguntó Tot—. ¿El alzamiento de Set?

Lo dijo con tono travieso, como un profesor haciendo una pregunta con trampa.

—Quizá —respondí con cautela—, pero no lo sé.

En lo alto de la estantería, Keops eructó. Mostró los colmillos con una sucia sonrisa.

—No te falta razón, Keops —caviló Tot—. La verdad es que no suena a lo que diría Isis. Isis jamás admitiría que existe algo que no sabe.

Tuve que apretar una mano mental encima de la boca de Isis.

Tot lanzó el libro a Carter.

—A ver si actuáis igual de bien que habláis. Os explicaré el libro de hechizos, siempre y cuando me demostréis que en verdad tenéis el control sobre vuestros dioses, que no os limitáis a repetir los viejos patrones.

—¿Un examen? —dijo Carter—. Aceptamos.

—Eh, un momento —protesté. A lo mejor, al estudiar con papá, Carter no comprendía que normalmente la palabra «examen» no trae nada bueno.

—Maravilloso —dijo Tot—. Hay un objeto de poder que necesito sacar de la tumba de un mago. Traédmelo.

—¿La tumba de qué mago? —pregunté.

Pero Tot sacó una tiza de su bata de laboratorio y garabateó algo en el aire. Ante él se abrió un portal.

—¿Cómo lo has hecho? —me sorprendí—. Bast dice que no podemos invocar portales durante los días demoníacos.

—Los mortales no podéis —dijo Tot—, pero un dios de la magia sí. Si triunfáis, haremos una barbacoa.

El portal nos absorbió hacia un vacío negro, y el despacho de Tot desapareció.

24. Haciendo explotar unos zapatos de gamuza azul

—¿**D**ónde estamos? —pregunté.
Habíamos aparecido en una avenida desierta, frente a las puertas de una finca extensa. Seguíamos en Memphis, o al menos los árboles, el tiempo y la luz de la tarde eran iguales. La finca debía de tener como mínimo varios acres. Las verjas blancas de metal tenían elaborados diseños de siluetas de guitarristas y notas musicales. Al otro lado, el camino de acceso serpenteaba entre los árboles hasta una casa de dos pisos con un pórtico de columnas blancas.

—Oh, no —dijo Carter—. Estas puertas las reconozco.

—¿Cómo? ¿Por qué?

—Papá me trajo aquí una vez. La tumba de un gran mago… Tot tenía que estar de broma.

—Carter, ¿de qué estás hablando? ¿Aquí hay alguien enterrado?

Mi hermano asintió.

—Esto es Graceland, el hogar del músico más famoso del mundo.

—¿Michael Jackson vivía aquí?

—No, cazurra —dijo Carter—. Elvis Presley.

No supe si reírme o soltar una palabrota.

—Elvis Presley. Te refieres al de los trajes blancos con pedrería, pelo engominado, la colección de discos de la abuela… ¿Ese Elvis?

Carter miró nervioso a su alrededor. Desenfundó su espada, aunque parecíamos estar completamente solos.

—Aquí es donde vivió y murió. Está enterrado detrás de la mansión.

Levanté la mirada hacia la casa.

—¿Me estás diciendo que Elvis era un mago?

—No lo sé. —Carter agarró la empuñadura con más fuerza—. Tot decía algo de que la música era un tipo de magia. Pero aquí pasa algo. ¿Por qué no hay nadie más? Normalmente hay muchísimos turistas.

—¿Vacaciones de Navidad?

—¿Y los guardias de seguridad?

Me encogí de hombros.

—A lo mejor es como lo que hizo Zia en Luxor. Quizá Tot nos haya despejado el lugar.

—Puede ser. —Pero se notaba que Carter estaba preocupado. Empujó las puertas y se abrieron al instante—. Pasa algo —murmuró.

—Sí —asentí—. Pero vayamos a presentar nuestros respetos.

Mientras subíamos el camino de acceso, no pude evitar pensar que «el Rey» no había tenido un hogar muy impresionante. Comparada con algunas de las casas de ricos y famosos que había visto por la tele, la de Elvis parecía minúscula. Solo tenía dos pisos, aquel pórtico de columnas blancas y paredes de ladrillo. A los lados de la escalinata había dos ridículos leones de yeso. A lo mejor las cosas eran más sencillas en tiempos de Elvis, o tal vez se gastaba todo el dinero en trajes de pedrería.

Nos detuvimos al pie de los escalones.

—Entonces, ¿papá te trajo aquí? —dije.

—Sí. —Carter estaba vigilando los leones, supongo que por si nos atacaban—. A papá le gustaban sobre todo el blues y el jazz, pero decía que Elvis era importante porque cogió la música afroamericana y la popularizó entre los blancos. Ayudó a inventar el rock and roll. En todo caso, papá y yo estábamos en la ciudad para un simposio o algo parecido. No me acuerdo. Papá insistió en que viniéramos.

—Qué envidia.

Y sí, quizá empezaba a entender que la vida de Carter con papá no había sido todo glamour y vacaciones, pero aun así no podía evitar sentirme un poco celosa. No es que quisiera haber visitado Graceland, claro, pero papá nunca se había empeñado en llevarme a ninguna parte… al menos hasta la excursión al Museo Británico en la que desapareció. Ni siquiera sabía que era fan de Elvis, lo que era bastante horroroso.

Subimos la escalinata. La puerta principal se abrió sola.

—Eso no me ha gustado —dijo Carter.

Me volví para mirar atrás y se me heló la sangre. Agarré a mi hermano del brazo.

—Hummm, Carter, hablando de cosas que no nos gustan…

Por el camino subían dos magos, empuñando báculos y varitas.

—Adentro —dijo Carter—. ¡Deprisa!

No tuve mucho tiempo para admirar la casa. A nuestra izquierda había un comedor y a la derecha una sala de estar, o sala de música, con un piano y una entrada decorada con pavos reales de cristal tintado. Todos los muebles estaban acordonados. La casa olía a gente mayor.

—Objeto de poder —dije—. ¿Dónde?

—No lo sé —replicó Carter bruscamente—. ¡En la visita guiada no indicaba «objetos de poder» por ninguna parte!

Eché un vistazo por la ventana. Nuestros enemigos se acercaban. El tipo de delante llevaba tejanos, una camisa negra sin mangas, botas y un sombrero vaquero maltrecho. Tenía más aspecto de forajido que de mago. Su amigo iba vestido con el mismo estilo, pero era mucho más fornido, tenía tatuajes en los brazos, era calvo y llevaba una barbita rala. Cuando estaban a diez metros de distancia, el hombre del sombrero vaquero bajó su báculo, que se transformó en una escopeta.

—¡Venga ya! —grité, y metí a Carter de un empujón en la sala de estar.

El disparo destrozó la puerta principal de Elvis y me dejó un pitido en los oídos. Nos levantamos como pudimos y avanzamos corriendo por la casa. Pasamos por una cocina antigua y llegamos al salón más extraño que había visto en la vida. La pared del fondo tenía parras colgando de los ladrillos, por los que caía un hilillo de agua. La habitación estaba enmoquetada con jarapa verde (en el suelo y también en el techo, ojo) y los muebles estaban tallados con escalofriantes figuras animales. Por si todo aquello no era bastante horrible, alguien había situado estratégicamente algunos monos de yeso y leones disecados por la sala. A pesar del peligro que corríamos, aquel lugar era tan espantoso que no tuve más remedio que parar y maravillarme.

—Dios —dije—, ¿es que Elvis no tenía el menor gusto?

—Es la Sala de la Jungla —dijo Carter—. La decoró así para cabrear a su padre.

—Eso lo respeto.

Por la casa resonó otro disparo de escopeta.

—Separémonos —dijo Carter.

—¡Mala idea! —Oía a los magos dando zancadas por las habitaciones, destrozando cosas mientras se aproximaban a nosotros.

—Yo los distraeré —dijo Carter—. Tú busca. La sala de trofeos está por ahí.

—¡Carter!

Pero el muy idiota se fue corriendo para protegerme. Odio con toda mi alma que haga esas cosas. Tendría que haber ido tras él, o correr en sentido opuesto, pero me quedé paralizada de la impresión al ver que doblaba la esquina con la espada alzada, el cuerpo empezando a brillar con una luz dorada... y entonces todo se torció.

¡Blam! Un estallido de color esmeralda lo dejó arrodillado. Por un instante, pensé que lo habían alcanzado con la escopeta y tuve que ahogar un chillido. Pero acto seguido Carter cayó tumbado y empezó a encogerse, ropas y espada incluidas, fundiéndose en una minúscula franja verde.

El lagarto que antes era mi hermano corrió hacia mí, me subió por la pierna y se quedó mirándome desesperado desde mi mano.

Detrás de la esquina, una voz áspera dijo:

—Ve por ahí y encuentra a la hermana. No estará lejos.

—Carter, Carter —susurré con ternura al lagarto—. Te voy a matar por hacerme esto, ya lo creo que sí.

Me lo metí en un bolsillo y salí por piernas.

Los dos magos continuaron cruzando Graceland rompiéndolo todo a su paso, volcando muebles y destrozando cosas a tiros. Al parecer, no eran fans de Elvis.

Me metí por debajo de unas cuerdas de seguridad, recorrí un pasillo con sigilo y encontré la sala de trofeos. Estaba llena de trofeos, qué sorpresa. Las paredes estaban recubiertas de discos de oro. Los monos con pedrería de Elvis relucían en sus vitrinas de cristal. La sala estaba poco iluminada, supongo que para evitar que los trajes cegaran a los visitantes, y sonaba una música tenue por los altavoces del techo: Elvis avisaba a todo el mundo de que no pisara sus zapatos de gamuza azul.

Recorrí la estancia con la mirada, pero no vi nada que pareciese mágico. ¿Los trajes? Esperaba que Tot no pretendiera que me pusiese uno de ellos. ¿Los discos de oro? Estupendos para lanzarlos en el parque, pero no.

—¡Jerrod! —llamó una voz a mi derecha.

El mago venía por el pasillo. Corrí como una loca hacia la otra salida, pero una voz que había justo detrás respondió:

—Sí, aquí estoy.

Estaba rodeada.

—Carter —susurré—, maldito cerebro de lagarto que tienes.

Se removió con nerviosismo en mi bolsillo, pero no colaboró en nada.

Busqué a tientas en la cartera mágica y agarré mi varita. ¿Debería probar a trazar un círculo mágico? No había tiempo, y no quería enfrentarme cara a cara con dos magos mayores. Necesitaba movilidad. Saqué mi báculo y le hice adoptar su tamaño completo. Podía encenderlo en llamas, o convertirlo en león, pero ¿de qué me serviría? Empezaron a temblarme las manos. Quería acurrucarme, hacerme un ovillo detrás de la colección de discos de oro de Elvis.

Déjame tomar el control, dijo Isis. *Puedo convertir en polvo a nuestros enemigos.*

«No», repliqué.

Vas a hacer que nos maten a las dos.

Noté que la diosa hacía presión contra mi voluntad, intentando salir por la fuerza. Podía saborear su rabia contra aquellos magos. ¿Cómo se atrevían a desafiarnos? Podíamos destruirlos con una sola palabra.

«No», pensé de nuevo. Entonces recordé una cosa que nos había dicho Zia: «Utilizad todo lo que tengáis a vuestra disposición». La habitación estaba poco iluminada. Quizá pudiera volverla más oscura...

—Oscuridad —susurré.

Noté un tirón en el estómago y las luces se apagaron. Cesó la música. La luz siguió debilitándose, e incluso el sol dejó de entrar por las ventanas hasta que toda la sala se hundió en las tinieblas.

A mi izquierda, el primer mago soltó un suspiro de frustración.

—¡Jerrod!

—¡No he sido yo, Wayne! —protestó Jerrod—. ¡Siempre me echas la culpa de todo!

Wayne murmuró algo en egipcio, sin dejar de moverse hacia mí. Necesitaba algo que lo distrajera.

Cerré los ojos e imaginé lo que me rodeaba. Aunque solo había negrura, todavía podía sentir a Jerrod en el pasillo a mi izquierda, tanteando en la oscuridad. Sentí a Wayne al otro lado de la pared, a mi derecha, solo a unos pasos de distancia de la entrada. Por último, visualicé las cuatro vitrinas de cristal con los trajes de Elvis.

«Os están destrozando la casa —pensé—. ¡Defendedla!»

Un tirón más fuerte en las tripas, como si estuviese levantando un objeto muy pesado, y entonces las vitrinas se abrieron de golpe. Oí el siseo de la tela almidonada, como una vela al recibir el viento, y fui vagamente consciente de cuatro siluetas pálidas en movimiento, dos hacia cada puerta.

Wayne gritó cuando el primer traje de Elvis vacío le cayó encima. Su escopeta iluminó la oscuridad. Entonces, a mi izquierda, Jerrod soltó un grito de sorpresa. Un «tump» bien fuerte me dijo que lo habían tumbado. Decidí escapar hacia Jerrod: mejor un tío desequilibrado que uno con escopeta. Me colé por el umbral y corrí por un pasillo, dejando atrás a Jerrod, que gritaba:

—¡Suéltame! ¡Suéltame!

Acaba con él antes de que se levante, me urgió Isis. *¡Redúcelo a cenizas!*

Una parte de mí vio el sentido a lo que decía. Si dejaba a Jerrod de una pieza, se levantaría en menos que canta un gallo y vendría a por mí. Pero no me parecía correcto hacerle daño, y mucho menos mientras se enfrentaba a dos trajes de Elvis. Encontré una puerta y salí como una exhalación a la luz del sol vespertino.

Estaba en el patio trasero de Graceland. Una fuente grande borboteaba a poca distancia, rodeada de lápidas en el suelo. En la cabecera de una de ellas había una llama ardiendo dentro de una vitrina de cristal, y estaba recubierta de flores. Me arriesgué a suponer que sería la de Elvis.

«La tumba de un mago.»

¡Pues claro! Habíamos registrado la casa, pero lo lógico sería que el objeto de poder estuviera en su sepultura. Aun así, ¿cuál era exactamente el objeto?

Antes de poder acercarme a la tumba, la puerta se abrió de par en par. El hombre calvo y fuerte con la barba descuidada salió dando tumbos. Un maltrecho traje de Elvis le rodeaba el cuello con las mangas, montado a caballito sobre él.

—Vaya, vaya. —El mago se deshizo del mono. Su voz me confirmó que era el que se llamaba Jerrod—. Pero si solo eres una niñita. Nos ha causado usted muchos problemas, señorita.

Me apuntó con su báculo y lanzó un proyectil de luz verde. Levanté la varita y desvié el rayo de energía hacia arriba. Oí un «currucú» sorprendido —el grito de una paloma—, y un lagarto recién hecho cayó del cielo a mis pies.

—Lo siento —le dije.

Jerrod soltó un gruñido despectivo y tiró su báculo al suelo. Al parecer, era especialista en lagartos, porque el cayado se transformó al instante en un dragón de Komodo del tamaño de un taxi de Londres.

El monstruo se abalanzó sobre mí a una velocidad sobrenatural. Abrió las fauces y me habría partido en dos de un mordisco, pero tuve tiempo de calzarle mi báculo en la boca.

Jerrod soltó una carcajada.

—¡Buen intento, niña!

Noté las mandíbulas del dragón haciendo presión sobre el báculo. Sería cuestión de segundos que la madera se partiera, y entonces yo sería el aperitivo de un dragón de Komodo. «¿Una ayudita?», dije a Isis. Con cuidado, con mucho cuidado, busqué su fuerza. Hacerlo sin permitir que me dominase era como hacer surf sobre un maremoto, intentando seguir de pie a la desesperada. Noté que me recorrían el cuerpo cinco mil años de experiencia, sabiduría y poder. Isis me ofreció varias opciones y yo escogí la más simple. Canalicé poder por mi báculo y lo noté calentarse en mis manos, refulgir con un resplandor blanco. El dragón siseó y gorgoteó a medida que mi báculo se extendía, forzando a la criatura a abrir más y más sus fauces hasta que... ¡pum!

El dragón se hizo astillas, y los restos quebrados del báculo de Jerrod cayeron al suelo a mi alrededor.

Jerrod solo tuvo un momento para mirarme estupefacto antes de que le lanzase mi varita y lo alcanzase con fuerza en la frente. Bizqueó y se derrumbó en la acera. La varita regresó a mi mano.

Y eso habría sido un final feliz y encantador... si no me hubiese olvidado de Wayne. El mago con sombrero vaquero salió por la puerta a trancas y barrancas, y estuvo a punto de tropezar con su amigo, pero se recuperó a la velocidad del rayo.

—¡Viento! —gritó, y mi báculo salió volando de mis manos hasta las suyas. Me dedicó una sonrisa desalmada—. Has peleado bien, cariño. Pero la magia elemental siempre es la más rápida.

Golpeó la contera de los dos báculos, el suyo y el mío, contra el suelo. El polvo y la acera parecieron licuarse, formando una ola que me barrió y me hizo soltar la varita. Retrocedí a gatas, pero seguía oyendo los cánticos de Wayne, invocando el fuego en los bastones.

Cuerda, dijo Isis. *Todos los magos llevan cuerda.*

El pánico me había dejado la mente en blanco, pero mi mano fue por instinto a la bolsa mágica. Saqué un cordelito. No era ninguna maravilla de soga, pero me hizo recordar lo que Zia había hecho en el museo de Nueva York. Arrojé el cordel a Wayne mientras gritaba la palabra que me apuntó Isis:

—*Tas!*

Un jeroglífico dorado ardió en el aire sobre la cabeza de Wayne.

El cordel surcó el aire como una serpiente furiosa, creciendo y aumentando de grosor mientras volaba. Wayne abrió mucho los ojos, sorprendido. Trastabilló hacia atrás y lanzó al aire chorros llameantes desde los dos báculos, pero la cuerda era demasiado rápida. Se enredó en sus tobillos y le hizo tropezar de lado, mientras seguía enrollándole el cuerpo hasta dejarlo encerrado en un capullo de cuerda desde los pies hasta la barbilla. Forcejeó y gritó y me describió usando unos nombres muy poco halagadores.

Me puse de pie, insegura. Jerrod seguía inconsciente. Recuperé mi báculo, que había caído al lado de Wayne. Él siguió retorciéndose contra la cuerda y soltando palabrotas en egipcio, que sonaron muy raras con su acento sureño.

Remátalo, me avisó Isis. *Todavía puede hablar. No descansará hasta destruirte.*

—¡Fuego! —gritó Wayne—. ¡Agua! ¡Queso!

No funcionó ni siquiera la orden del queso. Imaginé que debía de ser su rabia la que trastocaba su magia y le hacía imposible concentrarse, pero sabía que no tardaría en recuperarse.

—Silencio —dije. La voz de Wayne falló de golpe. Siguió desgañitándose, pero no salió ningún sonido—. No soy tu enemiga —le expliqué—, pero tampoco voy a dejar que me mates.

Algo se removió en mi bolsillo y entonces me acordé de Carter. Lo saqué. Tenía buen aspecto, excepto por el detalle de que seguía siendo un lagarto.

—Voy a intentar volver a transformarte —le dije—. Con un poco de suerte, no empeoraré las cosas.

Dio un pequeño graznido que no me transmitió mucha confianza.

Cerré los ojos y me imaginé a Carter como debería ser: un chico alto de catorce años, vestido sin ningún estilo, muy humano, muy irritante. Carter empezó a pesarme en las manos. Lo dejé en el suelo y miré mientras el lagarto crecía hasta ser un pegote de proporciones vagamente humanoides. Antes de tres segundos, mi hermano estaba tumbado boca abajo, con la espada y la bolsa a su lado sobre el césped.

Escupió trocitos de hierba.

—¿Cómo lo has hecho?

—No lo sé —reconocí—. Es que estabas… mal.

—Muchas gracias. —Se levantó y comprobó que tenía todos los dedos. Entonces vio a los dos magos y se quedó boquiabierto—. ¿Qué les has hecho a ellos?

—A uno lo he atado. Al otro lo he dejado inconsciente. Magia.

—No, quiero decir…

Titubeó, buscando las palabras, y entonces se rindió y señaló con el dedo.

Miré a los magos y se me escapó un gemido. Wayne no se movía. Tenía abiertos los ojos y la boca, pero no parpadeaba ni respiraba. A su lado, Jerrod estaba igual de inmóvil. Mientras los mirábamos, sus bocas empezaron a brillar como si se hubieran tragado unas cerillas. Dos esferas pequeñas de fuego salieron de entre sus labios y se elevaron en el aire hasta confundirse con la luz del sol y perderse de vista.

—¿Qué… qué ha sido eso? —pregunté—. ¿Están muertos?

Carter se acercó con recelo y puso la mano en el cuello de Wayne.

—Ni siquiera parece piel. Es más como piedra.

—¡No, eran humanos! ¡Yo no los he convertido en roca!

Carter tocó la frente de Jerrod, en el sitio donde le había dado un porrazo con la varita.

—Está agrietada.

—¿Qué?

Carter recogió su espada. Antes de que me diera tiempo ni a gritar, golpeó la empuñadura contra la cara de Jerrod, y la cabeza del mago se hizo añicos como una maceta.

—Están hechos de barro —dijo Carter—. Los dos son *shabtis*.

Dio una patada al brazo de Wayne y lo oí quebrarse bajo la cuerda.

—Pero los dos lanzaban conjuros —protesté—, y hablaban. Eran reales.

Los dos *shabtis* se deshicieron del todo mientras los mirábamos, sin dejar nada atrás salvo mi cordelito, dos báculos y su ropa mugrienta.

—Tot nos estaba poniendo a prueba —dijo Carter—. Pero esas bolas de fuego…

Frunció el ceño como si intentase recordar algo importante.

—Supongo que serían la magia que los animaba —aventuré—. Volverán volando a su amo… ¿como una grabación de lo que han hecho?

En mi opinión era una teoría bien fundada, pero Carter parecía muy atribulado. Señaló la desvencijada puerta trasera de Graceland.

—¿Toda la casa está así?

—Peor. —Miré el mono de Elvis, hecho jirones bajo la ropa de Jerrod y la pedrería esparcida. Aunque Elvis no tuviera ningún estilo, tuve remordimientos por destrozar el palacio del Rey. Si el lugar era importante para papá… De pronto tuve una idea que me animó—. ¿Qué fue lo que dijo Amos cuando reparó aquel cuenco?

Carter arrugó la frente.

—Esto es una casa entera, Sadie, no un plato.

—Ya me acuerdo —dije—. *Hi-nehm!*

Un jeroglífico dorado cobró vida en la palma de mi mano.

Lo sostuve en alto y soplé sobre él para enviarlo hacia la casa. Todo el contorno de Graceland empezó a brillar. Los trozos de puerta volaron a su sitio y se repararon solos. Los jirones de ropa de Elvis desaparecieron.

—Uau —dijo Carter—. ¿Crees que el interior también se habrá arreglado?

—Yo… —Se me emborronó la visión y me flaquearon las rodillas. Me habría dado un cabezazo contra la acera si Carter no me hubiese sostenido.

—Está bien —me tranquilizó—. Has hecho mucha magia, Sadie. Has estado increíble.

—Pero ni siquiera hemos encontrado el objeto que nos ha encargado Tot.

—Bueno —dijo Carter—, a lo mejor sí.

Señaló la tumba de Elvis, y entonces lo distinguí claramente: un recuerdo dejado atrás por algún admirador, un collar con una cruz ansada como la de la camiseta que llevaba mamá en mi foto antigua.

—Un anj —dije—. El símbolo egipcio de la vida eterna.

Carter recogió el colgante. Había un papiro pequeño y enrollado sujeto a la cadena.

—¿Qué es esto? —murmuró, desenrollándolo. Lo miró con tanta intensidad que pensé que ardería en llamas.

—¿El qué? —Miré por encima de su hombro.

El dibujo parecía bastante antiguo. Representaba a un gato dorado y con manchas que sostenía un cuchillo en una zarpa y cortaba la cabeza a una serpiente.

Debajo, alguien había escrito con rotulador negro: «¡Seguid luchando!».

—Eso es vandalismo, ¿no? —pregunté—. ¿Pintarrajear así un dibujo antiguo? Me parece un recuerdo bastante raro para dejárselo a Elvis.

Carter no parecía estar escuchando.

—Ya había visto esta ilustración. Está en muchas tumbas. No sé por qué no se me había ocurrido nunca...

Observé el cuadro con más atención. Tenía algo que me sonaba bastante.

—¿Sabes qué significa? —pregunté.

—Es la Gata de Ra, luchando contra el peor enemigo del dios sol, Apofis.

—La serpiente —dije.

—Exacto. Apofis era...

—La encarnación del caos —terminé, recordando lo que me había dicho Nut.

Carter pareció impresionado, y motivos tenía.

—Eso es. Apofis era peor aún que Set. Los egipcios pensaban que el mundo acabaría el día en que Apofis se comiera el sol y destruyera toda la creación.

—Pero... la gata lo mató —dije, esperanzada.

—La gata tuvo que matarlo una y otra vez —replicó Carter—. Es como lo que decía Tot de que los patrones se repiten. El caso es que... una vez pregunté a papá si la gata tenía nombre. Me dijo que nadie lo sabía seguro, pero muchos dan por hecho que es Sejmet, la fiera diosa leona. La llamaban el Ojo de Ra, porque era quien le hacía el trabajo sucio. Si él veía a un enemigo, ella lo mataba.

—Vale. ¿Y qué?

—Que la gata no se parece a Sejmet. Se me acaba de ocurrir...

Al fin lo vi, y un escalofrío me bajó por la columna vertebral.

—La Gata de Ra es clavadita a Tarta. Es Bast.

Justo entonces el suelo tembló. La fuente conmemorativa empezó a resplandecer y apareció un portal oscuro.

—Vamos —dije—. Tengo unas cuantas preguntas para Tot. Y cuando las conteste, le voy a soltar un puñetazo en todo el pico.

25. Un viaje a la muerte con los gastos pagados

Que te transformen en lagarto puede amargarte el día. Mientras cruzábamos el portal intenté que no se me notara, pero me sentía bastante mal.

Seguramente estás pensando: «Oye, que ya te habías transformado en halcón; no será para tanto». Sin embargo, que te obliguen a cambiar de forma por la fuerza no se le parece en nada. Imagina que te meten en un compactador de basura y te aplastan todo el cuerpo hasta dejarlo más pequeño que una mano. Es algo doloroso y humillante. Tu enemigo te visualiza como un lagarto bobo e inofensivo, y entonces impone su voluntad sobre ti, abrumándote los pensamientos hasta dejarte sin más opción que ser lo que él quiere que seas. Supongo que podría haber sido peor. El mago podría haberme convertido en murciélago de la fruta, pero aun así…

Por supuesto, agradecí que Sadie me salvara, aunque también me hizo sentir como un fracasado. Ya había hecho el ridículo en la cancha de baloncesto con una pandilla de babuinos; ahora había sido un inútil en combate. Sí, lo había hecho bien con Leroy, el monstruo del aeropuerto, pero habían bastado un par de magos (y de arcilla, por cierto) para transformarme en reptil antes de que pasaran dos segundos. ¿Qué posibilidades tendría contra Set?

Todos esos pensamientos se evaporaron en cuanto salimos del portal, porque definitivamente no estábamos en el despacho de Tot. Delante de nosotros se alzaba una pirámide de cristal y metal a tamaño real, casi tan grande como las de Guiza. En el horizonte se veían los edificios del centro de Memphis. A nuestra espalda estaba la orilla del río Mississipí.

El sol estaba poniéndose, convirtiendo el río y la pirámide en oro. En la escalinata frontal de la pirámide, junto a una estatua de seis metros en cuya base se leía «Ramsés el Grande», Tot había organizado una merienda campestre a base de costillas y falda de cerdo a la barbacoa, pan, pepinillos, de todo. Estaba tocando la guitarra con un ampli portátil. Keops estaba cerca, tapándose las orejas.

—Ah, bien. —Tot rasgueó un acorde que sonó como el grito agónico de un burro enfermo—. Habéis sobrevivido.

Miré la pirámide, sobrecogido.

—¿De dónde ha salido esto? No la habrás… construido ahora mismo, ¿verdad?

Recordé mi viaje *ba* a la pirámide de Set, y de pronto imaginé a dioses levantando monumentos por todo lo largo y ancho de Estados Unidos.

Tot soltó una risita.

—No me ha hecho falta construirla. Lo hizo la gente de Memphis. Los humanos nunca olvidan Egipto del todo, ¿sabéis? Siempre que levantan una ciudad a orillas de un río, recuerdan la herencia que tienen bien enterrada pero viva en el subconsciente. Esto es el Pyramid Arena, la sexta pirámide más grande del mundo. Antes era un estadio deportivo para… ¿Cómo se llama ese juego que te gusta, Keops?

—¡Ajk! —contestó Keops, indignado. Y os juro que me miró mal.

—Eso, baloncesto —dijo Tot—. Pero cayó en desuso. Lleva años abandonada. Bueno, pues se acabó. Voy a mudarme aquí. ¿Tenéis el anj?

Por un momento, dudé de si había sido buena idea ayudar a Tot, pero le necesitábamos. Le pasé el collar.

—Excelente —dijo—. Un anj de la tumba de Elvis. ¡Magia poderosa!

Sadie cerró los puños.

—Casi hemos muerto para conseguírtelo. Nos has engañado.

—No ha sido un engaño —se defendió Tot—. Ha sido una prueba.

—Esas cosas... —dijo Sadie— los *shabtis*...

—Sí, los mejores que he creado desde hace siglos. Ha sido una lástima romperlos, pero no podía permitir que dierais una paliza a magos de verdad, ¿a que no? Los *shabtis* son unos dobles perfectos para las escenas de acción.

—Así que lo has visto todo —murmuré.

—Ya lo creo. —Tot extendió una mano. En la palma bailaban dos llamitas, las esencias mágicas que habíamos visto salir de las bocas de los *shabtis*—. Esto son... ingenios de grabación, supongo que los llamaríais. Tengo un informe exhaustivo. Habéis derrotado a los *shabtis* sin matarlos. Debo admitir que me he quedado impresionado, Sadie. Has controlado tu magia y a Isis al mismo tiempo. Y tú Carter, te transformaste bien en un lagarto.

Pensé que lo decía para pincharme, pero entonces me di cuenta de que en sus ojos había auténtica compasión, como si en el fracaso también hubiera una especie de prueba.

—Te esperan enemigos más difíciles, Carter —me advirtió—. En estos mismos instantes, la Casa de la Vida envía a sus mejores efectivos contra vosotros. Pero también hallaréis amigos donde menos los esperéis.

No sé por qué, pero me dio la impresión de que se estaba refiriendo a Zia... o quizá fueran solo ilusiones mías.

Tot se levantó y le dio su guitarra a Keops. Lanzó el anj a la estatua de Ramsés, y el colgante se cerró por sí mismo en torno a la garganta del faraón.

—Ahí tienes, Ramsés —dijo Tot a la estatua—. En honor a tu nueva vida.

La estatua brilló un poco, igual que si el atardecer la hubiera iluminado diez veces más durante un instante. A continuación el resplandor se extendió a la pirámide entera antes de apagarse poco a poco.

—Sí, sí —musitó Tot—. Creo que aquí seré feliz. La próxima vez que me visitéis, niños, tendré un laboratorio mucho más grande.

Era una idea preocupante, pero intenté no perder el norte.

—No es lo único que encontramos —dije—. Vas a tener que explicarnos esto otro.

Le ofrecí el dibujo de la gata y la serpiente.

—Son un gato y una serpiente —dijo Tot.

—Muchísimas gracias, oh, dios de la sabiduría. Lo dejaste allí para que lo encontráramos, ¿verdad? Estás intentando darnos algún tipo de pista.

—¿Quién, yo?

Mátalo y punto, dijo Horus.

«Cállate», repliqué.

Al menos, mata a la guitarra.

—La gata es Bast —insistí, tratando de no escuchar a mi halcón psicópata interno—. ¿Esto tiene algo que ver con el motivo de que nuestros padres liberaran a los dioses?

Tot señaló las bandejas de comida.

—¿He mencionado que tenemos barbacoa?

Sadie dio un pisotón al suelo.

—¡Teníamos un trato, Yuju-ti!

—¿Sabes?, me gusta ese nombre —murmuró Tot—, pero cuando lo pronuncias tú, no tanto. Tenía entendido que el trato era explicaros cómo utilizar el libro de hechizos. ¿Me permites?

Extendió la mano. Con reparos, saqué el libro de magia de mi bolsa y se lo entregué.

Tot desplegó las páginas.

—Ah, qué recuerdos. Cuántas fórmulas. En los viejos tiempos, creíamos en los rituales. Un buen conjuro podía llevar semanas de preparación, con ingredientes exóticos traídos de todos los rincones del mundo.

—No tenemos semanas —apunté.

—Siempre con prisas —suspiró Tot.

—Ajk —convino Keops, olisqueando la guitarra.

Tot cerró el libro antes de devolvérmelo.

—Bueno, es un encantamiento para destruir a Set.

—Eso ya lo sabíamos —dijo Sadie—. ¿Lo destruirá para siempre?

—No, no. Pero sí destruirá su forma en este mundo, desterrándolo a las profundidades de la Duat y esquilmando su poder, de modo que no podrá reaparecer en mucho, mucho tiempo. Seguramente, durante siglos enteros.

—Me gusta cómo suena —dije—. ¿Cómo hay que leerlo?

Tot se me quedó mirando como si la respuesta fuera evidente.

—No podéis leerlo ahora porque las palabras solo se pueden pronunciar en presencia de Set. Cuando estéis frente a él, Sadie debería abrir el libro y recitar el encantamiento. Sabrá lo que debe hacer cuando llegue el momento.

—Ya, claro —replicó Sadie—. Y Set se quedará ahí quietecito mientras le leo hasta matarlo.

Tot se encogió de hombros.

—Nunca he dicho que fuese a ser fácil. También necesitaréis dos componentes para que el hechizo funcione: un ingrediente verbal, el nombre secreto de Set...

—¡¿Qué?! —me exalté—. ¿Cómo vamos a conseguirlo?

—Con muchas dificultades, me imagino. El nombre secreto de alguien no puede leerse de un libro sin más. Debe provenir de los propios labios de su propietario, con su misma pronunciación, si queréis que os otorgue poder sobre él.

—Estupendo —dije—. Le obligamos a que nos lo diga y ya está.

—O le engañáis —añadió Tot—. O le convencéis.

—¿No hay ningún otro modo de hacerlo? —insistió Sadie.

Tot se quitó una mancha de tinta de su bata de laboratorio. Un jeroglífico se transformó en polilla y se alejó revoloteando.

—Supongo... que sí. Podríais preguntárselo a la persona a la que Set tiene más cerca de su corazón, a la persona que más le ama. Ella también debería tener la capacidad de pronunciar el nombre.

—¡Pero nadie ama a Set! —exclamó Sadie.

—Su esposa —adiviné yo—. Esa otra diosa, Neftis.

Tot asintió.

—Es una diosa fluvial. A lo mejor podéis encontrarla en algún río.

—Esto mejora a marchas forzadas —murmuré.

Sadie miró a Tot con el ceño fruncido.

—¿Decías que hay otro componente?

—Un ingrediente físico —dijo Tot, asintiendo—, una pluma de la verdad.

—¿Una qué? —preguntó Sadie.

Pero yo sí sabía de qué hablaba Tot, y se me cayó el alma a los pies.

—Hay que sacarla de la Tierra de los Muertos.

Tot sonrió de oreja a oreja.

—Exacto.

—Un momento —terció Sadie—. ¿De qué habláis?

Yo intenté que no se me notara el miedo.

—En el antiguo Egipto, cuando morías, tenías que adentrarte en la Tierra de los Muertos —expliqué—. Un viaje peligrosísimo. Al final llegabas a la Sala del Juicio, donde tu vida se pesaba en la balanza de Anubis: tu corazón en un platillo y la pluma de la verdad en el otro. Si superabas la prueba, se te bendecía con la felicidad eterna. Si la fallabas, un monstruo se comía tu corazón y dejabas de existir.

—Ammit la Devoradora —dijo Tot con nostalgia—. Una criaturita preciosa.

Sadie parpadeó.

—¿Y cómo se supone que sacaremos una pluma de esa Sala del Juicio, exactamente?

—A lo mejor encontráis a Anubis de buen humor —sugirió Tot—. Pasa una o dos veces cada milenio.

—Pero ¿cómo podremos entrar siquiera en la Tierra de los Muertos? —pregunté—. Sin morir, digo.

Tot echó un vistazo al horizonte occidental, donde el anochecer se teñía de color rojo sangre.

—Río abajo, diría yo. Así es como entra casi todo el mundo en la Tierra de los Muertos. Yo iría en barca, si fuese vosotros. Encontraréis a Anubis al final del río… —Señaló al norte, pero cambió de opinión y extendió el brazo hacia el sur—. Me olvidaba de que aquí los ríos van al sur. Todo está al revés.

—¡Ajk!

Keops deslizó los dedos por los trastes de la guitarra e improvisó un *riff* de rock and roll increíble. Luego eructó como si tal cosa y dejó la guitarra. Sadie y yo lo miramos incrédulos, pero Tot asintió como tomando aquello por un pensamiento profundo.

—¿Estás seguro, Keops? —preguntó Tot.

Keops gruñó.

—Muy bien —dijo Tot con un suspiro—. Keops dice que le gustaría acompañaros. Le había dicho que podía quedarse aquí y mecanografiar mi tesis doctoral en física cuántica, pero no le interesa.

—Qué raro —dijo Sadie—. Me alegro de que Keops se apunte, pero ¿dónde encontramos una barca?

—Sois de la sangre de los faraones —dijo Tot—. Los faraones siempre tienen un barco disponible. Eso sí, utilizadlo con sabiduría.

Hizo un movimiento de cabeza hacia el río. Había una embarcación que cabeceaba en dirección a nuestra orilla, un barco de vapor con ruedas de palas y humo saliendo de la chimenea.

—Os deseo un buen viaje —dijo Tot—. Hasta nuestro próximo encuentro.

—¿Tenemos que viajar en esa cosa? —pregunté. Sin embargo, cuando me volví hacia Tot, había desaparecido, llevándose consigo la barbacoa.

—Maravilloso —dijo Sadie con un hilo de voz.

—¡Ajk! —se mostró de acuerdo Keops.

El babuino nos cogió de las manos y nos llevó hasta la ribera.

C
A
R
T
E
R

26. A bordo de *La reina egipcia*

P ara tratarse de un transporte a la Tierra de los Muertos, el barco tenía un aspecto genial. Contaba con varias cubiertas, con
barandillas ornamentadas pintadas de negro y verde. Las ruedas de
palas que había a los lados batían el agua del río hasta convertirla en
espuma, y en sus carcasas relucía el nombre del barco en letras doradas: «La reina egipcia».

A primera vista, cualquiera diría que el barco era una simple
atracción turística, como esos casinos o embarcaciones de crucero
para gente mayor. Pero, si uno se fijaba, empezaba a distinguir algunos detalles extraños. El nombre de la embarcación estaba escrito
en demótico y en jeroglíficos por debajo del nombre en inglés. Los
cañones de las chimeneas echaban un humo centelleante, como si
los motores estuvieran quemando oro. Por las cubiertas pululaban
unas esferas de llamas multicolores. Y, en la proa del barco, dos ojos
pintados se movían y parpadeaban, escrutando el río en busca de
problemas.

—Qué raro —comentó Sadie.

Yo asentí.

—Ya había visto antes ojos pintados en los barcos. Se sigue haciendo por todo el Mediterráneo. Solo que, en general, no se mueven.

—¿Qué? No, no me refiero a los dichosos ojos. Esa mujer que hay en la cubierta superior. ¿No es…? —Sadie sonrió, encantada—. ¡Bast!

En efecto, nuestra felina favorita estaba asomada a la ventana de la timonera. Me disponía a saludarla con el brazo cuando reparé en la criatura que estaba de pie junto a ella, al timón. Tenía cuerpo de hombre y llevaba el uniforme blanco de capitán de barco. Pero, en lugar de cabeza, del cuello de su camisa asomaba un hacha de dos filos. Y no me refiero a un hacha pequeña para cortar madera, sino a un hacha de guerra: dos hojas de hierro en forma de medialuna, una por delante en lugar de la cara del timonel y otra hacia su espalda, con ambos filos salpicados de sospechosas manchas rojas resecas.

La embarcación se detuvo junto al muelle donde estábamos Sadie y yo. Las bolas ígneas empezaron a zumbar de aquí para allá, bajando la plancha, amarrando las maromas y, en general, llevando a cabo tareas náuticas. No sé cómo se las ingeniaron para hacerlas sin manos y sin quemarlo todo, pero tampoco era lo más raro que había visto aquella semana.

Bast bajó desde la timonera. Nos dio un abrazo cuando subimos a bordo, incluso a Keops, que se lo agradeció intentando despiojarla.

—¡Me alegro de que hayáis sobrevivido! —nos dijo Bast—. ¿Qué ha pasado?

Le hicimos un resumen y su pelo se erizó de nuevo.

—¿Elvis? ¡Uf! Tot se está volviendo cruel con la edad. Bueno, no puedo decir que me alegre de volver a estar en este barco. Odio el agua, pero supongo que…

—¿Ya habías estado en este barco? —pregunté.

La sonrisa de Bast vaciló.

—Millones de preguntas, como siempre, pero cenemos antes. El capitán nos espera.

No me moría de ganas de conocer a un hacha gigante, y tampoco es que me hiciera demasiada ilusión otra de las cenas de Bast a base de queso a la plancha y Friskies, pero la seguimos al interior del barco.

El comedor de a bordo estaba decorado con esplendor al estilo egipcio. En todas las paredes había murales que representaban a los dioses. Unas columnas doradas sostenían el techo. La larga mesa rebosaba de todo tipo de comida apetecible: bocadillos, pizzas, hamburguesas, especialidades mexicanas, de todo. El banquete compensaba de largo habernos perdido la barbacoa de Tot. En una mesa auxiliar descansaban una cubitera, una hilera de copas doradas y un dispensador de bebidas carbonatadas con unas veinte opciones distintas. Las sillas de caoba estaban labradas para parecerse a babuinos, lo que me recordó un poco demasiado la Sala de la Jungla de Graceland, pero Keops no le dio importancia. Dedicó un gruñido a su silla para demostrarle quién era el mono alfa y luego se sentó en su regazo. Cogió un higo de una cesta de fruta y empezó a pelarlo.

Se abrió una puerta al fondo del comedor, y entró el tipo del hacha. Tuvo que agacharse para no partir el marco en dos.

—Lord y lady Kane —dijo el capitán, haciendo una reverencia. Su voz era un zumbido trémulo que resonaba desde su filo frontal. Una vez vi un vídeo de un tío que tocaba música dando martillazos a una sierra; más o menos así sonaba el capitán—. Es un honor teneros a bordo.

—Lady Kane —dijo Sadie con tono pensativo—. Me gusta.

—Yo soy Filo Ensangrentado —dijo el capitán—. ¿Cuáles son vuestras órdenes?

Sadie enarcó una ceja mirando a Bast.

—¿Nos obedece?

—Dentro de lo razonable —matizó Bast—. Está ligado a vuestra familia. Vuestro padre... —Carraspeó—. Bueno, él y vuestra madre fueron quienes convocaron su barco.

El demonio del hacha emitió un zumbido de desaprobación.

—¿No se lo habéis explicado, diosa?

—Estoy en ello —refunfuñó Bast.

—¿No nos has explicado qué? —pregunté.

—Detalles —dijo, y se apresuró a añadir—: El barco se puede convocar una vez al año, y solo en tiempos de necesidad extrema.

Tenéis que dar vuestras órdenes al capitán ya. Debe recibir indicaciones claras si queremos proceder con… hummm, seguridad.

Me pregunté qué era lo que preocupaba a Bast, pero el tipo del hacha esperaba recibir órdenes, y las manchas de sangre seca que tenía en las hojas me sugerían que no era conveniente mantenerlo en vilo.

—Necesitamos viajar a la Sala del Juicio —le dije—. Llévenos a la Tierra de los Muertos.

Filo Ensangrentado emitió un murmullo pensativo.

—Lo dispondré todo para la travesía, lord Kane, pero nos llevará algún tiempo.

—De eso no tenemos mucho. —Me volví hacia Sadie—. Estamos a… ¿día veintisiete por la tarde?

Mi hermana confirmó la fecha asintiendo.

—Pasado mañana, al amanecer, Set habrá terminado su pirámide y destruirá el mundo si no podemos detenerlo. Por tanto, sí, capitán Hacha Inmensa o como te llames, yo diría que tenemos un poquito de prisa.

—Por supuesto, haremos cuanto esté en nuestras manos —dijo Filo Ensangrentado, aunque su voz sonaba un poco… bueno, afilada—. La tripulación preparará vuestros camarotes. ¿Querrán mis señores cenar mientras esperan?

Miré la mesa llena de comida y caí en lo hambriento que estaba. No había comido nada desde el Monumento a Washington.

—Sí. Hummm, gracias, F. E.

El capitán hizo otra reverencia, gesto que le daba demasiado aspecto de guillotina para mi gusto. Entonces nos dejó con nuestra cena.

Al principio estaba demasiado ocupado comiendo para hablar. Me zampé un sándwich de ternera, un par de trozos de pastel de cereza con helado y tres vasos de ginger ale antes de parar un momento a respirar.

Sadie no comió tanto. Claro, ella había almorzado en el avión. Se conformó con un sándwich de queso y pepinillos y una de esas estrafalarias bebidas británicas que le gustan, una Ribena. Keops eligió con cautela todo lo que terminaba en o: Doritos, galletas Oreo y algunos pedazos de carne. ¿Sería búfalo? ¿Armadillo? Me daba miedo hasta intentar adivinarlo.

Las bolas de fuego flotaban solícitas por la sala, rellenándonos las copas y llevándose los platos cuando nos los terminábamos.

Después de pasar tantos días corriendo para salvar la vida, era una delicia poder sentarnos a cenar en una mesa y relajarnos. La noticia de que el capitán no podía transportarnos de inmediato a la Tierra de los Muertos era la mejor que me habían dado en mucho tiempo.

—¡Ajk!

Keops se pasó una servilleta por la boca y agarró una de las bolas de fuego. La moldeó hasta formar una pelota de baloncesto brillante y me dedicó un bramido.

Por una vez, tuve bastante claro lo que me había dicho en babuino. No se trataba de una invitación. Era algo como: «Me voy a jugar yo solo al baloncesto. No puedes venir porque tu falta de habilidad me daría ganas de vomitar».

—No pasa nada, hombre —dije, aunque notaba que me ardía la cara de vergüenza—. Que lo pases bien.

Keops bramó de nuevo y luego salió al trote con la pelota bajo el brazo. Dudé de que fuera a encontrar alguna cancha a bordo.

Al otro lado de la mesa, Bast apartó su plato. Apenas había tocado los Friskies de atún.

—¿No tienes hambre? —le pregunté.

—¿Hummm? Ah… no, supongo que no.

Hizo girar su copa con apatía. Tenía una expresión que nunca había asociado con los gatos: culpabilidad.

Sadie y yo cruzamos la mirada. Tuvimos una conversación breve y silenciosa, algo similar a:

«Pregúntale.»

«No, tú.»

Por supuesto, Sadie me gana en mirar mal, de modo que perdí la competición.

—Bast —dije—, ¿qué quería que nos contaras el capitán?

La diosa titubeó.

—Ah, ¿eso? No deberíais hacer caso a lo que digan los demonios. Filo Ensangrentado está obligado a servir mediante la magia, pero, si algún día lograra liberarse, usaría esa hacha con todos nosotros, creedme.

—Estás cambiando de tema —dije.

Bast deslizó un dedo por la mesa, dibujando jeroglíficos en el anillo de condensación que había dejado su copa.

—¿La verdad? No había estado a bordo desde la noche en que murió vuestra madre. Vuestros padres habían amarrado este barco en el Támesis. Después del… accidente, vuestro padre me trajo. Aquí es donde sellamos nuestro pacto.

Comprendí que se refería a justo allí, en la misma mesa. Mi padre se había sentado en aquel comedor, desesperado por la muerte de mi madre… y sin más consuelo que el de una diosa gata, un demonio hacha y un puñado de luces flotantes.

Observé la cara de Bast bajo la luz tenue. Pensé en la ilustración que habíamos encontrado en Graceland. Hasta en su forma humana, Bast se parecía horrores a aquella gata, una gata dibujada por un pintor hacía miles de años.

—No era un monstruo del caos cualquiera, ¿verdad? —le pregunté.

Bast me lanzó una mirada.

—¿A qué te refieres?

—El bicho contra el que luchabas cuando nuestros padres te liberaron por el obelisco. No era solo un monstruo del caos. Estabas peleando contra Apofis.

Por todo el comedor de a bordo, los fuegos camareros perdieron brillo. A uno se le cayó un plato y los nervios le hicieron revolotear.

—No pronuncies el nombre de la Serpiente —me avisó Bast—. Y mucho menos ahora, que nos adentramos en la noche. La noche es su dominio.

—Entonces es verdad. —Sadie negó con la cabeza, afligida—. ¿Por qué no nos dijiste nada? ¿Por qué nos mentiste?

Bast bajó la mirada. Sentada en las sombras, tenía un aspecto cansado y frágil. Su cara estaba surcada por las huellas de antiguas cicatrices de guerra.

—Yo era el Ojo de Ra —dijo en voz baja—. La campeona del dios sol, la mano de su voluntad. ¿Tenéis la menor idea del honor que suponía eso? —Extendió las garras y las examinó.

»Cuando la gente ve pinturas de la guerrera gata de Ra, suele dar por hecho que es Sejmet, la leona. Lo cierto es que ella fue su primera campeona, sí. Pero era demasiado violenta, demasiado descontrolada. Llegó un momento en que Sejmet se vio obligada a dimitir, y Ra me eligió a mí como su campeona, a la pequeña Bast.

—¿Por qué parece que te dé vergüenza? —preguntó Sadie—. Acabas de decir que era un honor.

—Al principio, estaba orgullosa, Sadie. Combatí a la Serpiente durante siglos. Los gatos y las serpientes somos enemigos mortales; hice bien mi trabajo. Sin embargo, Ra acabó retirándose a los cielos. Con su último conjuro, me ató a la Serpiente. Nos arrojó a los dos al abismo, donde me encargó que siguiera luchando contra la serpiente y reteniéndola allí para siempre.

La comprensión se coló en mi conciencia.

—Por tanto, no eras una prisionera cualquiera. Pasaste allí más tiempo que ningún otro dios.

Bast cerró los ojos.

—Todavía recuerdo las palabras de Ra: «Mi leal gata, esta es tu misión más gloriosa». Y me sentí orgullosa de cumplirla... durante siglos. Luego milenios. ¿Os imagináis lo que fue aquello? Cuchillos contra colmillos, tajos y golpes, una guerra sin fin en la oscuridad. Nuestras fuerzas vitales se debilitaron; las dos, la de mi enemigo y la mía, y fui comprendiendo poco a poco que eso era exactamente lo que pretendía Ra desde el principio. La serpiente y yo nos destrozaríamos mutuamente, y el mundo quedaría a salvo. Era el único modo de que Ra pudiera retirarse sin cargos de conciencia, sabiendo que el caos no se impondría a la Maat. Que conste que yo habría cumplido con mi deber. No tenía elección. Hasta que vuestros padres...

—Te proporcionaron una salida —dije—. Y la tomaste.

Bast levantó la mirada, abatida.

—Soy la reina de los gatos. Tengo muchos puntos fuertes. Pero si te he de ser sincera, Carter… los gatos no somos muy valientes.

—¿Y Ap… tu enemigo?

—Se quedó atrapado en el abismo. Tu padre y yo estábamos convencidos de ello. La Serpiente ya estaba muy debilitada después de haber pasado eones luchando conmigo, y cuando vuestra madre aplicó su propia fuerza vital para cerrar el abismo, en fin… obró una poderosa gesta mágica. No debería haber la menor posibilidad de que la Serpiente superase un sello como ese. Con todo, a medida que fueron pasando los años… empezamos a estar menos seguros de que la prisión pudiera retenerla. Si lograba escapar de algún modo y recuperaba las fuerzas, no puedo ni imaginarme lo que pasaría. Y sería todo por mi culpa.

Intenté imaginar a la serpiente, a Apofis, una criatura del caos más temible aún que Set. Vi a Bast con sus cuchillos, enzarzada contra aquel monstruo eón tras eón. Es posible que tuviera motivos para estar enfadado con Bast por no contarnos la verdad antes. Lo que sentí fue lástima. La habían puesto en la misma situación por la que pasábamos nosotros en ese momento: estaba obligada a cumplir una tarea que le venía muy grande.

—¿Por qué te liberaron mis padres? —pregunté—. ¿Te lo dijeron?

La diosa asintió con lentitud.

—Estaba perdiendo el combate. Tu padre me dijo que tu madre había augurado… cosas horribles, si la Serpiente me vencía. Tenían que dejarme salir, concederme tiempo para curarme. Dijeron que era el primer paso para restaurar a los dioses. No me hago ninguna ilusión de comprender su plan completo. Fue un alivio aceptar la oferta de tu padre. Me convencí a mí misma de que estaba haciendo lo mejor para los dioses, pero eso no cambia el hecho de que fui una cobarde. Fracasé en mi misión.

—No fue culpa tuya —le dije—. Ra no fue justo al pedírtelo.

—Carter tiene razón —añadió Sadie—. Es demasiado sacrificio para una persona. O para una diosa gata, lo que sea.

—Era la voluntad de mi rey —dijo Bast—. El faraón puede dar órdenes a sus súbditos por el bien del reino, hasta la de entregar sus vidas, y ellos deben obedecerlas. Bien lo sabe Horus. Él fue faraón muchas veces.

Dice la verdad, dijo Horus.

—Pues tenías un rey idiota —dije.

El barco se sacudió como si hubiéramos encallado en un banco de arena.

—Cuidado con lo que dices, Carter —me advirtió Bast—. La Maat, el orden de la creación, se basa en guardar lealtad al rey legítimo. Si la cuestionas, caerás bajo la influencia del caos.

Sentí tanta frustración que me entraron ganas de romper algo. Quería decir a voz en grito que el orden no tenía mucha mejor pinta que el caos, si había que dejarse matar en su nombre.

Eso es una chiquillada, me riñó Horus. *Eres un sirviente de la Maat. Tus pensamientos no son dignos.*

—¿Carter? —se preocupó Sadie.

—No pasa nada —dije—. Me voy a la cama.

Salí hecho una furia. Una de las luces parpadeantes vino conmigo, guiándome escaleras arriba hasta mi camarote. Probablemente la habitación estaba muy bien. No le presté atención. Solo me dejé caer en la cama y dormí.

De verdad que necesitaba una almohada mágica extrafuerte, porque mi *ba* se negaba a quedarse quieto. [Y no, Sadie, no creo que envolverme la cabeza con cinta americana fuera a servir de nada.]

Mi espíritu flotó hasta la timonera del barco de vapor, pero al timón no estaba Filo Ensangrentado. El barco estaba dirigido por un joven con loriga de cuero. Tenía los ojos perfilados con kohl, y llevaba la cabeza rapada excepto por una trenza que nacía de su coronilla. Seguro que el tío hacía ejercicio, porque tenía unos brazos como toneles. En su cinturón había una espada como la mía.

—El río es traicionero —me dijo con una voz familiar—. El timonel no puede permitirse ninguna distracción. Debe vigilar los bancos de arena y los troncos hundidos. Por eso los barcos llevan pintados mis ojos, ¿sabes?, para ver los peligros.

—Los Ojos de Horus —dije—. Eres tú.

El dios halcón me dirigió una mirada fugaz y vi que tenía los ojos de dos colores distintos: uno amarillo y encendido como el sol; el otro, de plata reflexiva como la luna. El efecto era tan desorientador que tuve que apartar la vista. Al hacerlo, me fijé en que la sombra de Horus no cuadraba con su figura. En el suelo de la timonera se distinguía la silueta de un halcón gigante.

—Dudas de que el orden sea mejor que el caos —dijo—. Apartas tu atención de nuestro verdadero enemigo: Set. Necesitas aprender una lección.

Estuve a punto de responder: «No, en serio, no pasa nada».

Antes de poder hacerlo, mi *ba* fue trasladado de sopetón. De pronto, estaba dentro de un avión, de un aparato grande para vuelos internacionales como los que habíamos tomado mi padre y yo un millón de veces. Zia Rashid, Desjardins y otros dos magos estaban comprimidos en una hilera del centro, rodeados de familias con niños chillones. Zia no parecía molesta. Meditaba en calma y con los ojos cerrados, mientras Desjardins y los otros dos hombres parecían sentirse tan incómodos que casi me hizo gracia.

El avión sufrió una sacudida. Desjardins se derramó el vino por todo el regazo. La luz de los cinturones de seguridad se encendió, y el intercomunicador transmitió una voz quebrada:

—Les habla el capitán. Parece que tendremos unas leves turbulencias durante el descenso a Dallas, de modo que voy a pedir a los asistentes de cabina…

¡Pum! Un impacto hizo temblar las ventanas, y al rayo lo siguió de inmediato el trueno.

Los ojos de Zia se abrieron de golpe.

—El Señor Rojo.

Los pasajeros chillaron mientras el avión descendía más de cien metros.

—*Il commence!* —gritó Desjardins para hacerse oír sobre el escándalo—. ¡Rápido!

Mientras el avión se sacudía, los pasajeros se desgañitaron y se agarraron con fuerza a sus asientos. Desjardins se levantó y abrió el compartimento de equipaje.

—¡Señor! —exclamó un asistente de vuelo—. ¡Señor, siéntese!

Desjardins no le hizo caso. Agarró cuatro mochilas que ya me sonaban —cajas de herramientas mágicas— y se las pasó a sus colegas.

Entonces las cosas se pusieron feas de verdad. Un temblor terrible recorrió toda la cabina, y el avión salió despedido hacia un lado. Por las ventanillas del lado derecho, vi cómo se desprendía un ala, arrancada por un viento de ochocientos kilómetros por hora.

La cabina de pasajeros se sumió en el caos. Volaron por todas partes bebidas, libros y zapatos, cayeron las mascarillas de oxígeno, y la gente gritó con todas sus fuerzas.

—¡Proteged a los inocentes! —ordenó Desjardins.

El avión empezó a agitarse, y se formaron grietas en las ventanillas y el fuselaje. Los pasajeros fueron callando, inconscientes a medida que caía la presión del aire. Los cuatro magos alzaron sus varitas mientras el avión se deshacía en pedazos.

Por un momento, los magos flotaron en un remolino de nubes de tormenta, trozos de fuselaje, maletas y pasajeros que daban vueltas atados aún a sus asientos. Entonces a su alrededor se expandió un fulgor blanco, una burbuja de energía que ralentizó la destrucción del avión y obligó a las piezas a girar en una órbita corta. Desjardins extendió los brazos y el borde de una nube se estiró hacia él, proyectó un zarcillo de niebla blanquecina, como una cuerda de seguridad. Los otros magos hicieron lo mismo, y la tormenta se plegó a sus deseos. El vapor blanco los envolvió y empezó a extender más zarcillos, parecidos a embudos hechos de nube, que recogieron los trozos del avión y empezaron a colocarlos en su sitio.

Una niña cayó al vacío junto a Zia, pero ella apuntó con su báculo y murmuró un encantamiento. Una nube envolvió a la pequeña y la llevó de vuelta. Al poco tiempo, los magos estaban reconstruyendo el avión en torno a ellos, sellando las brechas con telarañas nebulosas hasta que la cabina entera estuvo envuelta por un brillante capullo de vapor. En el exterior, la tormenta se hacía más violenta y el trueno retumbaba, pero los pasajeros dormían como troncos en sus asientos.

—¡Zia! —gritó Desjardins—. No podremos mantenerlo mucho tiempo.

La maga pasó corriendo junto a él y siguió el pasillo hasta la carlinga. De algún modo, la parte frontal del avión había sobrevivido intacta al desastre. La puerta estaba reforzada y cerrada con llave, pero Zia hizo arder su báculo y la fundió como si fuera de cera. Pasó al otro lado y encontró a tres pilotos inconscientes. La vista por el cristal delantero bastó para dame mareos. Entre las nubes arremolinadas, el suelo venía hacia nosotros deprisa, muy deprisa.

Zia hizo caer su varita sobre los controles. Una energía roja iluminó todos los indicadores. Los diales giraron, los contadores parpadearon y el altímetro se estabilizó. El morro del avión se niveló mientras perdíamos velocidad. Mientras la miraba, Zia hizo planear el avión hasta un prado de pasto para vacas y lo hizo aterrizar sin una sola sacudida. Entonces los ojos se le pusieron en blanco y cayó desmayada.

Desjardins la encontró y la levantó en brazos.

—Deprisa —urgió a sus colegas—. Los mortales no tardarán en despertar.

Sacaron a Zia de la cabina de mando, y mi *ba* salió volando entre un batiburrillo de imágenes.

Volví a ver Phoenix, o, al menos, parte de la ciudad. Una devastadora tormenta de arena roja azotaba todo el valle, engullendo edificios y montañas. Entre el viento áspero y ardiente se oían las carcajadas de Set, que se regodeaba con su poder.

Después vi Brooklyn: las ruinas de la casa de Amos en el East River y una tormenta invernal que castigaba a la ciudad con aguanieve y granizo.

Y luego vi un lugar que no reconocí: un río que serpenteaba por un cañón del desierto. El cielo estaba encapotado de nubes negras y la superficie del río parecía estar hirviendo. Bajo el agua se movía algo, algo enorme, malvado y poderoso... y supe que me esperaba a mí.

Esto es solo el principio, me advirtió Horus. *Set destruirá a todos tus seres queridos. Créeme, lo sé.*

El río se convirtió en un pantano sembrado de altos juncos. El sol brillaba con fuerza en el cielo. Las serpientes y cocodrilos surcaban el agua. En la orilla había una cabaña con tejado de junco, y cerca de ella una mujer y un niño de unos diez años estaban estudiando un sarcófago desvencijado. Se notaba que el sarcófago había sido una auténtica obra de arte en oro con gemas incrustadas, pero ahora estaba abollado y mugriento.

La mujer pasaba las manos por la tapa del sarcófago.

—Al fin. —Tenía la cara de mi madre, los ojos azules y el pelo del color del caramelo, pero irradiaba un brillo mágico y supe que estaba ante la diosa Isis. Se volvió hacia el niño—. Después de tanto tiempo buscando, hijo mío, por fin lo hemos recuperado. ¡Utilizaré mi magia y le devolveré la vida!

—¿Papá? —El niño miró boquiabierto el ataúd—. ¿De verdad está dentro?

—Sí, Horus. Y ahora…

De pronto, su cabaña estalló en llamas. Del incendio salió andando el dios Set, un poderoso guerrero de piel roja con ojos negros y humeantes. Llevaba puesta la corona doble de Egipto y la túnica de un faraón. En sus manos ardía un báculo de hierro.

—Habéis encontrado el ataúd, ¿eh? —dijo—. ¡Así me gusta!

Isis levantó una mano hacia al cielo. Invocó el rayo contra el dios del caos, pero el bastón de Set absorbió el ataque y lo desvió hacia ella. Los arcos de electricidad derribaron a la diosa y la dejaron tendida en el suelo a unos metros.

—¡Madre! —El niño sacó un cuchillo y embistió contra Set—. ¡Te mataré!

Set respondió con una carcajada. Esquivó fácilmente al niño y lo tiró al suelo de una patada.

—Tienes coraje, sobrino mío —concedió Set—. Pero no vivirás lo suficiente para ser un desafío. En cuanto a tu padre, voy a tener que disponer de él de forma más permanente.

Descargó su bastón de hierro contra la tapa del ataúd.

Isis dio un grito al ver el sarcófago partido como un bloque de hielo.

—Pide un deseo. —Set sopló con todas sus fuerzas, y los fragmentos de ataúd volaron por los cielos en todas las direcciones—. Pobre Osiris… Está hecho trizas, disperso por todo Egipto. Y en cuanto a ti, hermana Isis… ¡Corre! ¡Es lo que mejor se te da!

Set se lanzó al ataque. Isis agarró la mano de su hijo y los dos se convirtieron en aves, que salieron volando a toda prisa.

La escena se difuminó y volví a encontrarme en la timonera del barco de vapor. El sol salía a cámara rápida mientras adelantábamos pueblos y barcazas a toda velocidad y las orillas del Mississipí se convertían en un borrón de luces y sombras.

—Destruyó a mi padre —me dijo Horus—. Hará lo mismo al tuyo.

—No —repliqué.

Horus me clavó aquellos ojos extraños, uno de oro ardiente y el otro de luna llena plateada.

—Mi madre y tía Neftis pasaron muchos años buscando las partes del ataúd y del cuerpo de mi padre. Cuando reunieron las catorce, mi primo Anubis ayudó a coser de nuevo a mi padre con vendas de momia, pero ni así logró mi madre devolverle del todo la vida. Osiris pasó a ser un dios cadáver, una sombra semiviva de lo que fue mi padre, solo apto para gobernar en la Duat. Pero su pérdida me dio mi cólera. La cólera me dio la fuerza para vencer a Set y reclamar el trono para mí. Tú debes hacer lo mismo.

—Yo no quiero ningún trono —dije—. Yo quiero a mi padre.

—No te engañes. Set está jugando contigo, nada más. Te arrastrará a la desesperación, y la pena te debilitará.

—¡Tengo que salvar a mi padre!

—Esa no es tu misión —me reprendió Horus—. El mundo está en la cuerda floja. ¡Ahora, despierta!

Sadie me estaba zarandeando un brazo. Ella y Bast estaban en mi camarote, con caras de preocupación.

—¿Qué? —pregunté.

—Ya hemos llegado —dijo Sadie, nerviosa. Se había puesto un conjunto nuevo de lino, negro esta vez, a juego con sus botas militares. Hasta se las había ingeniado para volver a teñirse el pelo para que las mechas fueran azules.

Me incorporé y comprendí que había descansado bien por primera vez en una semana. Tal vez mi alma se hubiera ido de viaje, pero al menos mi cuerpo había dormido un poco. Miré por el ojo de buey del camarote. Fuera estaba todo oscuro como boca de lobo.

—¿Cuánto rato he dormido? —pregunté en tono urgente.

—Hemos navegado casi hasta la desembocadura del Mississipí y estamos en la Duat —dijo Bast—. Ahora nos aproximamos a la Primera Catarata.

—¿La Primera Catarata?

Bast respondió con voz lúgubre:

—La entrada a la Tierra de los Muertos.

27. Un demonio con muestras gratuitas

¿Yo? Yo dormí como si me hubiera muerto, aunque esperé que no fuera un presagio de lo que estuviese por venir.

Supuse que el alma de Carter había estado dando tumbos por algunos lugares terroríficos, pero él no tenía ganas de hablar del tema.

—¿Has visto a Zia? —le pregunté. Se puso tan inquieto que pensé que se le iba a soltar la cabeza—. Lo sabía —dije.

Seguimos a Bast hasta el castillo de proa, donde Filo Ensangrentado estaba estudiando un mapa mientras Keops gobernaba el timón con mano de hierro... si el hierro fuese peludo.

—Conduce el babuino —remarqué—. ¿Debería preocuparme?

—Guardad silencio, por favor, lady Kane. —Filo Ensangrentado pasó los dedos por una sección extensa del mapa de papiro—. Es una travesía muy delicada. Dos grados a estribor, Keops.

—¡Ajk! —respondió Keops.

El cielo ya estaba oscuro, pero, a medida que el barco avanzaba traqueteando, las estrellas desaparecieron. El río se volvió del color de la sangre. La penumbra inundó el horizonte y las luces de los pueblos que había en las riberas fueron dejando paso a hogueras intermitentes que luego desaparecieron por completo.

Nuestra única iluminación eran los criados de fuego multicolor y el humo centelleante que expulsaban las chimeneas y nos bañaba a todos con un extraño brillo metálico.

—Debería estar directamente a proa —declaró el capitán. A la luz tenue, su filo de hacha con salpicaduras rojas daba más miedo que nunca.

—¿De qué es ese mapa? —pregunté.

—Es el *Libro para salir al día* —dijo—. No os preocupéis. La copia es de buena calidad.

Miré a Carter para que me lo tradujese.

—La mayoría de la gente lo llama *Libro de los muertos* —me dijo—. A los egipcios ricos los enterraban siempre con una copia, para que leyeran sus indicaciones y pudieran llegar a la Tierra de los Muertos por la Duat. Es como una «Guía de la Ultratumba para torpes».

El capitán zumbó, indignado.

—No soy ningún torpe, lord Kane.

—No, no, quería decir... —Carter dejó la frase en el aire—. Hummm, ¿qué es eso de ahí?

Por delante de nosotros, unos peñascos afilados asomaban de la superficie del río como colmillos, agitando el agua y formando una burbujeante serie de rápidos.

—La Primera Catarata —anunció Filo Ensangrentado—. Sujetaos bien, mis señores.

Keops hizo girar el timón a la izquierda y el barco de vapor se deslizó de lado para pasar a toda velocidad entre dos agujas de piedra, con un margen de pocos centímetros. Yo no soy muy gritona, pero admito que en esa ocasión me dejé la garganta. [No me mires así, Carter. Tú no te portaste mucho mejor.]

El barco se estabilizó en una extensión de agua blanca —o más bien rojiza— y viró de golpe para esquivar un pedrusco del tamaño de la estación de Paddington. El barco dio otros dos volantazos suicidas entre las rocas, giró en redondo alrededor de un remolino, voló sobre una catarata de diez metros y cayó al agua con tanta fuerza que los oídos me estallaron como una escopeta.

Seguimos avanzando corriente abajo como si no hubiese pasado nada, con el rugido de los rápidos desvaneciéndose a nuestras espaldas.

—No me gustan las cataratas —decidí—. ¿Habrá más?

—No tan grandes, por suerte —dijo Bast, que también parecía mareada—. Acabamos de entrar en...

—La Tierra de los Muertos —terminó Carter la frase.

Señaló con el dedo hacia la orilla, que estaba envuelta en la bruma. Dentro de la penumbra acechaban cosas de lo más extravagantes: luces fantasmales que parpadeaban, caras gigantes hechas de niebla, sombras descomunales que no parecían conectadas a ningún objeto físico. Por todas las riberas, los huesos viejos se arrastraban por el fango y se enlazaban sin ton ni son entre ellos.

—Me parece que esto no es el Mississipí —comenté.

—Es el Río de la Noche —vibró Filo Ensangrentado—. Es todos los ríos del mundo y ninguno de ellos. Es la sombra del Mississipí, del Nilo, del Támesis. Su curso recorre toda la Duat, con muchas ramificaciones y afluentes.

—Eso lo aclara todo —murmuré.

Las escenas se hicieron cada vez más raras. Vimos poblados fantasma de los tiempos antiguos: grupitos de chozas hechas de humo titilante. Vimos grandes templos derrumbándose y volviendo a reconstruirse una y otra vez, como en un vídeo puesto en bucle. Y, por todas partes, los fantasmas giraban la cabeza hacia el barco al verlo pasar. Sus manos de niebla se extendían hacia nosotros. Las sombras nos llamaban en silencio y luego nos daban la espalda, desesperadas, al marcharnos.

—Los perdidos y los confusos —dijo Bast—. Los espíritus que no han logrado llegar a la Sala del Juicio.

—¿Por qué están tan tristes? —pregunté.

—Bueno, será porque están muertos —aventuró Carter.

—No, hay más que eso —repliqué—. Es como si... esperasen a alguien.

—A Ra —dijo Bast—. Durante eones y eones, el glorioso barco solar de Ra recorría esta ruta cada noche, expulsando a las fuerzas de Apofis. —Miró nerviosa alrededor, como si recordase viejas emboscadas—. Era peligroso. Cada noche, una nueva lucha por la supervivencia. Sin embargo, el paso de Ra traía la luz del sol y su calor a la Duat, y estas almas perdidas se regocijaban al recordar el mundo de los vivos.

—Un momento, eso es una leyenda —dijo Carter—. La Tierra da vueltas alrededor del Sol. En realidad, el Sol nunca desciende por debajo del suelo.

—¿Es que no has aprendido nada de Egipto? —preguntó Bast—. Las historias contradictorias pueden ser igualmente ciertas. El Sol es una bola de fuego en el espacio, cierto. Pero la imagen que vemos cuando se desplaza por el cielo, el calor vital que desprende y la intensa luz que trae a la Tierra… eso es lo que encarnaba Ra. El Sol era su trono, su fuente de poder, su mismo espíritu. El problema es que ahora Ra se ha retirado a los cielos. Está durmiendo, y el Sol no es más que el Sol. El barco de Ra ya no recorre su ciclo por la Duat. Ya no ilumina la oscuridad, y los muertos son los que más acusan su ausencia.

—Ciertamente, así es —dijo Filo Ensangrentado, aunque no parecía que le afectase demasiado—. Las leyendas cuentan que el mundo terminará cuando Ra se canse de seguir vivo en su débil estado. Entonces Apofis se tragará el Sol y reinará la oscuridad. El caos se impondrá a la Maat y la Serpiente reinará por toda la eternidad.

Una parte de mí pensó que aquello era absurdo. Los planetas no iban a dejar de dar vueltas. El Sol no iba a dejar de salir.

Por otra parte, allí estaba, a bordo de un barco que surcaba la Tierra de los Muertos con un demonio y una diosa. Si Apofis también era real, no tenía demasiadas ganas de cruzármelo.

Y para ser sincera, tenía remordimientos. Si la historia que había contado Tot era cierta, Isis era el verdadero motivo de que Ra se hubiese retirado a los cielos, por todo aquel asunto de los nombres secretos. Lo cual significaba, de un modo ridículo y demente, que el final del mundo sería culpa mía. Puñeteramente típico. Tuve ganas de atizarme un puñetazo a mí misma para darle una lección a Isis, pero sospeché que me dolería.

—Ra tendría que oler el salep y despertarse —dije—. Debería regresar.

Bast rió sin alegría.

—Y el mundo debería ser joven otra vez, Sadie. Ojalá pudiera hacerse…

Keops gruñó y señaló hacia delante. Devolvió el puesto de timonel al capitán, salió corriendo de la timonera y bajó la escalera.

—El babuino tiene razón —dijo Filo Ensangrentado—. Deberíais salir a proa. Pronto afrontaremos un desafío.

—¿Qué tipo de desafío? —pregunté.

—Es difícil saberlo —contestó Filo Ensangrentado, y me pareció detectar una satisfacción engreída en su tono—. Os deseo suerte, lady Kane.

—¿Por qué a mí? —refunfuñé.

Bast, Carter y yo nos encontrábamos en la proa del barco, mirando cómo iba asomando el río de la oscuridad. Debajo de nosotros, los ojos pintados en el casco brillaban suavemente en la noche, barriendo el agua roja con débiles haces de luz. Keops se había subido encima de la plancha, que estaba vertical cuando se retraía, y se hacía visera con la mano sobre los ojos, igual que un marinero en el puesto del vigía.

Sin embargo, de poco nos servía estar tan atentos. Entre la oscuridad y la neblina, teníamos una visibilidad nula. Las rocas inmensas, las columnas quebradas y las estatuas de faraones desmenuzadas asomaban de la nada, y Filo Ensangrentado tenía que dar tirones al timón para evitarlas, obligándonos a agarrarnos a las barandas. De vez en cuando, veíamos cuerdas largas y resbaladizas que cortaban la superficie del agua como tentáculos, o los lomos de criaturas sumergidas… en realidad, no quería saber qué eran.

—Las almas mortales siempre se ponen a prueba —me explicó Bast—. Debéis demostrar que sois dignos de entrar en la Tierra de los Muertos.

—Como si fuese una maravilla de lugar.

No estoy segura de cuánto tiempo pasé mirando fijamente la oscuridad, pero al cabo de un buen rato apareció una mancha rojiza en la lejanía, como si el cielo se estuviese aclarando.

—¿Son imaginaciones mías o…?

—Nuestro destino —dijo Bast—. Qué raro, a estas alturas, ya tendríamos que haber sido desafiados…

El barco se agitó y el agua empezó a borbotear. Una figura colosal emergió del río. Solo podíamos verlo de cintura para arriba, pero se alzaba varios metros por encima del barco. Tenía cuerpo humanoide, con el pecho desnudo y peludo y la piel violácea. Llevaba un cinturón de cáñamo engalanado con saquitos de cuero, cabezas cercenadas de demonios y otros detallitos encantadores. Su cabeza era una rara mezcla de león y hombre, con ojos dorados y largas rastas negras. Tenía una boca felina salpicada de sangre, largos bigotes erizados y colmillos afilados como espadas. Lanzó un rugido y Keops saltó de la plancha por el susto. El pobre babuino voló hasta los brazos de Carter, con lo que los tiró a los dos en la cubierta.

—Tenías que abrir la boca —dije a Bast con un hilo de voz—. Espero que sea un pariente tuyo…

Bast negó con la cabeza.

—En esto no puedo ayudaros, Sadie. Los mortales sois vosotros. Tenéis que enfrentaros solos al desafío.

—Vaya, muchas gracias.

—¡Yo soy Shezmu! —bramó el puñetero hombre león.

Quería replicarle diciendo «Pues vale, me alegro», pero decidí tener la boca cerrada.

El gigante enfocó sus ojos dorados en Carter y giró la cabeza a un lado. Le vibraron las aletas de la nariz.

—Huelo la sangre de los faraones. Serás un bocado delicioso… ¿O acaso te atreves a pronunciar mi nombre?

—¿Tu-tu nombre? —tartamudeó Carter—. ¿Te refieres a tu nombre secreto?

El demonio dio una risotada. Agarró una aguja de piedra que tenía cerca y la convirtió en polvo cerrando el puño.

Miré desesperada a Carter.

—¿No tendrás su nombre secreto apuntado en algún sitio?

—Podría estar en el *Libro de los muertos* —dijo Carter—. Se me ha olvidado mirar.

—¿Entonces? —dije.

—Tú entretenlo —respondió Carter, y salió corriendo hacia el castillo del barco.

«Entretener a un demonio —pensé—. Vale. A lo mejor le apetece echar una partidita de bridge.»

—¿Os rendís? —rugió Shezmu.

—¡No! —grité—. No, no nos rendimos. Pronunciaremos tu nombre. Es que… caray, menudos músculos tienes, ¿no? ¿Haces mucho ejercicio?

Miré de reojo a Bast, que asintió aprobadora.

Shezmu ronroneó de orgullo y flexionó sus poderosos brazos. ¡Es que con los hombres nunca falla! Ni aunque midan veinte metros y tengan cabeza de león.

—¡Yo soy Shezmu! —bramó.

—Sí, creo que ya lo habías mencionado —dije—. Oye, estoy preguntándome… hummm, cuántos títulos habrás acumulado todos estos años, ¿sabes? Señor de esto y señor de lo otro…

—¡Soy el verdugo real de Osiris! —voceó al tiempo un puñetazo al agua, con lo que sacudió nuestro barco—. ¡Soy el señor de la sangre y el vino!

—Genial —dije, intentando contener las náuseas—. Esto… ¿cómo se relacionan la sangre y el vino, exactamente?

—¡Grrr! —Se inclinó hacia delante y enseñó los colmillos, que no tenían mucha mejor pinta de cerca. Tenía la melena cubierta de tripas de peces muertos y musgo del río—. ¡Mi señor Osiris me permite decapitar a los malvados! ¡Los trituro en mi prensa y hago vino para los muertos!

Tenía que acordarme de no probar nunca el vino de los muertos.

Vas bien. La voz de Isis me sobresaltó. Llevaba tanto tiempo callada que casi me había olvidado de ella. *Pregúntale por sus otros deberes.*

—¿Y qué otros deberes tienes... oh, poderoso coleguita demonio del vino?

—Soy el señor del... —Tensó los músculos para acentuar el efecto— ¡perfume!

Me sonrió, supongo que esperando que me asaltara el terror.

—¡Madre mía! —dije—. Tus enemigos deben de temblar al saberlo.

—¡Ja, ja, ja! ¡Sí! ¿Te gustaría probar una muestra gratuita? —Se desenganchó una bolsa de cuero mugrosa del cinturón y sacó un tarro de arcilla lleno de un polvo amarillo que olía dulzón—. ¡Este se llama... Eternidad!

—Huele de maravilla —dije, casi ahogándome. Miré por encima del hombro, preguntándome dónde se habría metido Carter, pero no lo vi.

Que siga hablando, me apremió Isis.

—Y... ¿el perfume es parte de tu trabajo por...? Espera, que lo sé: es porque lo haces machacando plantas, igual que prensas el vino...

—¡O la sangre! —añadió Shezmu.

—Claro, claro —dije—. Sangre, por descontado.

—¡Sangre! —gritó.

Keops dio un gañido y se tapó los ojos.

—Entonces, ¿eres un sirviente de Osiris? —pregunté al demonio.

—¡Sí! O por lo menos... —Vaciló, soltando un rugido cargado de duda—. Antes era así. El trono de Osiris está vacío. Pero él volverá. ¡Volverá!

—Pues claro —dije—. ¿Y cómo te llaman tus amigos? ¿Sheci? ¿Sangrientín?

—¡Yo no tengo amigos! ¡Pero, si los tuviera, me llamarían el Carnicero de las Almas, el del Rostro Fiero! Pero como no tengo amigos, mi nombre no corre peligro. ¡Ja, ja, ja!

Me quedé mirando a Bast, dudando de si de verdad acababa de tener tanta suerte como me parecía. Bast me dedicó una sonrisa radiante.

Carter bajó la escalera a tropezones, sosteniendo el *Libro de los muertos.*

—¡Lo tengo! Está en algún sitio. Esta parte no la entiendo, pero…

—¡Pronunciad mi nombre o sed devorados! —vociferó Shezmu.

—¡Yo pronunciaré tu nombre! —grité a mi vez—. ¡Eres Shezmu, Carnicero de las Almas, el del Rostro Fiero!

—¡AAAAAARRRGH! —gritó, al tiempo que se retorcía de dolor—. ¿Cómo puede ser que lo sepan siempre?

—¡Déjanos pasar! —le ordené—. Ah, y una cosa más: mi hermano quiere una muestra gratuita.

Tuve el tiempo justo para apartarme, y Carter tuvo el tiempo justo para parecer desconcertado antes de que el demonio lo bañara de polvo amarillo.

Después, Shezmu se hundió bajo las aguas.

—Qué tío más majo —dije.

—¡Pfff! —Carter escupió un pegote de perfume. Parecía una porción de pescado empanado—. ¿Eso a qué ha venido?

—Ahora hueles de maravilla —le aseguré—. Bueno, ¿qué nos toca ahora?

Me sentí muy orgullosa de mí misma hasta que nuestro barco giró en un meandro del río. De pronto el brillo rojizo del horizonte se convirtió en un fogonazo de luz. Arriba, en la timonera, el capitán hizo sonar la campana de alarma.

Por delante de nosotros, había un tramo del río encendido en llamas que bajaba por unos rápidos cubiertos de vapor hasta lo que tenía todo el aspecto de ser un cráter volcánico burbujeante.

—El Lago de Fuego —dijo Bast—. Aquí es donde la cosa se pone interesante.

28. Tengo una cita con el dios del papel higiénico

Bast tenía una interesante definición de «interesante»: para ella, era un lago hirviendo de varios kilómetros de amplitud, que olía a gasolina ardiendo y a carne pasada. Nuestro barco de vapor se detuvo en seco, justo en la desembocadura del río en el lago porque allí nos cerraba el paso una esclusa gigante de metal. Se trataba de un disco de bronce con forma de escudo, seguro que tan ancho como nuestra embarcación, medio sumergido en el río. No entendí cómo era posible que el calor no lo fundiera, pero de todos modos nos impedía el avance. En las dos orillas del río, encaradas hacia el disco, había estatuas de bronce gigantescas que representaban a babuinos con los brazos levantados.

—¿Esto qué es? —pregunté.

—Las Puertas Occidentales —dijo Bast—. La barca solar de Ra las cruzaba y se renovaba en los fuegos del lago, para luego llegar al otro lado y alzarse cruzando las Puertas Orientales para crear el nuevo día.

Levanté la mirada hacia los enormes babuinos y pensé si tal vez Keops tendría alguna clase de código secreto babuínico para colarnos. Pero lo que hizo fue ladrar a las estatuas y encogerse heroicamente detrás de mis piernas.

—¿Cómo cruzamos? —pregunté.

—A lo mejor —dijo una voz nueva—, deberíais preguntármelo a mí.

El aire titiló. Carter saltó hacia atrás y Bast siseó.

Delante de mí apareció un pájaro espiritual brillante, un *ba*. Tenía la combinación habitual de cabeza humana y cuerpo de pavo asesino, con las alas replegadas y toda la figura refulgente, pero este *ba* tenía algo distinto. Comprendí que su cara me era conocida: un anciano con la piel marrón y arrugada, mirada perdida y una sonrisa amable.

—¿Iskandar? —conseguí decir.

—Hola, querida. —La voz del viejo mago sonaba amortiguada, igual que si llegase desde el fondo de un pozo.

—Pero… —Noté que se me acumulaban las lágrimas—. ¿De verdad ha muerto usted, entonces?

Él soltó una risita.

—Eso tengo entendido, sí.

—Pero ¿por qué? No le haría yo…

—No, querida. No fue por tu culpa. Sencillamente, llegó el momento.

—¡Fue un momento muy inoportuno! —De pronto mi sorpresa y mi tristeza se volvieron rabia—. ¡Nos abandonó antes de que nos entrenaran ni nada, y ahora Desjardins va a por nosotros y…!

—Querida, mira qué lejos habéis llegado. Mira lo bien que lo habéis hecho. No me necesitabais, y entrenar más tampoco os habría servido de nada. Mis hermanos no habrían tardado en averiguar la verdad sobre vosotros. Se les da de maravilla husmear a los deificados, me temo, y no lo habrían comprendido.

—Usted lo sabía, ¿verdad? ¿Sabía que estábamos poseídos por dioses?

—Que erais anfitriones de dioses.

—¡Lo que sea! Lo sabía.

—Después de nuestro segundo encuentro, sí. Lo único que lamento es no haberme dado cuenta antes. No pude protegeros bien a ti y a tu hermano, igual que a…

—¿Igual que a quién?

Los ojos de Iskandar se impregnaron de tristeza y distancia.

—Tomé mis decisiones, Sadie. Algunas parecían sabias en su momento. Otras, vistas con perspectiva...

—Su decisión de prohibir a los dioses. Mi madre le convenció de que era mala idea, ¿no es así?

Sus alas espectrales se removieron.

—Debes entenderlo, Sadie. Cuando Egipto cayó frente a Roma, tenía el ánimo por los suelos. Todos los milenios de poder y tradición egipcios, derribados por esa necia reina Cleopatra, que se veía capaz de acoger a una diosa. La sangre de los faraones parecía diluida, perdida para siempre. En aquel momento busqué la responsabilidad en todo el mundo: en los dioses, que usaban a los hombres para sus mezquinas rencillas, en los gobernantes ptolemaicos, que habían mandado a Egipto a pique, en mis propios hermanos de la Casa, por volverse débiles, avariciosos y corruptos. Tuve una conversación íntima con Tot y nos pusimos de acuerdo en que los dioses debían ser apartados, desterrados. Los magos debían encontrar su propio camino sin ellos. Las nuevas reglas mantuvieron ilesa la Casa de la Vida durante otros dos mil años. En su momento, fue la decisión correcta.

—¿Y ahora? —dije.

El fulgor de Iskandar perdió intensidad.

—Vuestra madre previó un gran desequilibrio. Profetizó el día, muy cercano, en que se destruiría la Maat y el caos se cobraría toda la creación. Insistía en que los dioses y la Casa solo podrían imponerse si lo hacían juntos. Tendría que restablecerse el viejo credo, el camino de los dioses. Yo era un viejo chocho. En el fondo, sabía que ella tenía razón, pero me negué a creer... y vuestros padres tomaron a su cargo la tarea de actuar. Se sacrificaron intentando arreglar las cosas porque yo fui demasiado tozudo para ceder. Eso lo lamento con todo el corazón.

Por mucho que lo intentase, me era difícil seguir enfadada con el viejo pavo. Es muy raro que un adulto admita que se equivocó ante una niña... por no hablar de que lo haga un sabio adulto de dos mil años de edad. Momentos como ese hay que disfrutarlos.

322

—Le perdono, Iskandar —dije—. De verdad. Pero Set está a punto de destruir Norteamérica con una Pirámide Roja gigante. ¿Qué puedo hacer yo?

—Querida, a eso no puedo responderte. Tu elección… —Giró la cabeza hacia el lago, como si oyese una voz—. Nuestro tiempo llega a su fin. Debo cumplir con mi tarea como portero, y decidir si os concedo o no el paso al Lago de Fuego.

—¡Pero tengo más preguntas!

—Y yo desearía que tuviéramos más tiempo —dijo Iskandar—. Tu espíritu es fuerte, Sadie Kane. Algún día serás una excelente guardiana *ba*.

—Gracias —murmuré—. No veo el momento de ser un ave de corral para siempre.

—Solo esto puedo decirte: el momento de tu elección se acerca. No dejes que los sentimientos te impidan ver lo que es mejor, como me ocurrió a mí.

—¿Qué elección? ¿Lo mejor para quién?

—Ahí está la clave de todo, ¿me equivoco? Tu padre, tu familia, los dioses, el mundo. La Maat y el Isfet, el orden y el caos, están a punto de entrechocar con más violencia de la que se ha conocido en eones. Tú y tu hermano seréis decisivos a la hora de equilibrar esas fuerzas o destruirlo todo. También esto lo pronosticó vuestra madre.

—Un momento. ¿A qué se…?

—Hasta nuestro próximo encuentro, Sadie. Quizá algún día tengamos la oportunidad de hablar con más calma. De momento, ¡seguid adelante! Mi tarea es evaluar vuestra valentía… y de eso tenéis en abundancia.

Quería discutírselo y decirle que en realidad no, no la tenía. Quería que Iskandar se quedara a contarme con pelos y señales lo que había previsto mamá del futuro. Pero su espíritu se desvaneció, dejando la cubierta inmóvil y silenciosa. Fue en ese momento cuando caí en que nadie más había abierto la boca.

Me volví hacia Carter.

—Tú tranquilo, ya me encargo yo de todo.

Miraba fijamente al espacio, sin parpadear siquiera. Keops seguía abrazado a mis piernas, totalmente petrificado. Bast estaba congelada a medio siseo.

—Esto… ¿chicos?

Chasqueé los dedos y todos se descongelaron.

—¡Un *ba*! —siseó Bast. Entonces miró a su alrededor y torció el gesto—. Eh, pensaba que había visto… ¿Qué acaba de pasar?

Me pregunté lo poderoso que tenía que ser un mago para detener el tiempo, para dejar paralizada incluso a una diosa. Algún día Iskandar tendría que enseñarme ese truco, muerto o no.

—Sí —dije—, me parece que había un *ba*. Ya no está.

Las estatuas de babuinos empezaron a bajar los brazos con estrépito y chirridos. El disco de bronce que cerraba el río se hundió bajo la superficie y nos abrió el paso hacia el lago. El barco salió disparado hacia delante, directo hacia las llamas y las olas rojas y espumosas. Entre la neblina del calor, distinguí una isla en el centro del lago. En ella se alzaba un templo negro y brillante que no parecía nada acogedor.

—La Sala del Juicio —supuse.

Bast asintió.

—En momentos como este, me alegro de no tener un alma mortal.

Cuando echamos amarras en la isla, Filo Ensangrentado bajó para despedirse.

—Espero veros de nuevo, lord y lady Kane —zumbó—. Vuestros camarotes estarán esperando en *La reina egipcia*. A menos, por supuesto, que tengáis a bien liberarme de mi servidumbre.

A espaldas del capitán, Bast movió la cabeza a los lados, muy seria.

—Hummm, creo que aún tenemos trabajo para ti —le dije—. Gracias por todo.

—Como deseéis —respondió el capitán. Si las hachas pudiesen poner cara de pocos amigos, estoy segura de que lo habría hecho.

—No pierdas ese filo —le dijo Carter, y bajamos con Bast y Keops por la plancha. En lugar de alejarse, el barco simplemente se hundió en la lava hirviente y desapareció.

Fruncí el ceño a Carter.

—¿«No pierdas ese filo»?

—A mí me ha parecido gracioso.

—No tienes remedio.

Emprendimos la escalinata del templo negro. El techo estaba sostenido por un bosque de columnas de piedra. Todas las superficies estaban adornadas con jeroglíficos e imágenes, pero no había ningún color: todo era negro sobre negro. La neblina del lago flotaba a sus anchas por el templo y, aunque cada columna tenía una antorcha de junco encendida, era imposible ver muy lejos en aquella penumbra.

—No os confiéis —nos advirtió Bast, olisqueando el aire—. Está cerca.

—¿Quién? —pregunté.

—El Perro —dijo Bast con desdén.

Se oyó un gruñido, y desde la niebla saltó una figura negra. Arrolló a Bast, que rodó por el suelo y gimió con felina indignación antes de echar a correr y dejarnos solos con la bestia. En fin, supongo que ya nos había dicho que no era valiente.

Aquel animal nuevo era esbelto y negro, como el enviado de Set que habíamos visto en Washington D. C., pero con más aspecto canino, más elegante y bastante mono, en realidad. Un chacal, concluí, con un collar dorado en el cuello.

Entonces se transformó en un hombre joven, y el corazón casi se me paró. Era el chico de mis sueños, literalmente: el chico de negro que había visto dos veces en mis visiones *ba*.

En persona, Anubis era si cabe más guapo aún, guapo de caerse muerta. [Ah... ja, ja. No había pillado el chiste, pero gracias, Carter. Dios de los muertos, guapo de caerse muerta. Sí, me parto de la risa. ¿Puedo seguir, por favor?]

Tenía la tez pálida, el cabello negro alborotado y unos ojos brillantes y castaños como el chocolate derretido. Llevaba unos vaqueros negros, botas militares (¡como las mías!), una camiseta hecha jirones y una cazadora de cuero negra que le sentaba bastante bien. Era alto y delgado como un chacal. Sus orejas eran un poco de soplillo, también como las de un chacal, aunque a mí me parecieron bonitas, y llevaba una cadena dorada al cuello.

A ver, quiero dejar claro que *no* voy como una loca detrás de los chicos. ¡De verdad que no! Me había pasado casi todo el último trimestre burlándome de Liz y Emma, que sí lo hacían, y me alegré mucho de que no estuvieran allí en aquel momento, porque no habrían parado de meterse conmigo en toda la vida.

El chico de negro se puso de pie y se sacudió la cazadora.

—No soy ningún perro —refunfuñó.

—No —admití—, eres…

Sin duda habría dicho «perfecto» o algo así de vergonzoso, pero Carter me salvó.

—¿Eres Anubis? —preguntó—. Hemos venido a buscar la pluma de la verdad.

Anubis arrugó la frente. Sus preciosos ojos se encontraron con los míos.

—No estás muerta.

—No —respondí—, aunque lo estamos intentando con muchas ganas.

—Yo no tengo trato con los vivos —dijo con voz firme. Entonces miró a Keops y a Carter—. Sin embargo, viajáis con un babuino. Eso demuestra buen gusto. No os mataré sin daros la oportunidad de que os expliquéis. ¿Por qué os ha traído Bast?

—En realidad —dijo Carter—, nos envía Tot.

Carter empezó a contarle la historia, pero Keops tomó el relevo con impaciencia:

—¡Ajk! ¡Ajk!

Por lo visto, el idioma babuino debía de ser bastante eficiente, porque Anubis asintió como si hubiese escuchado la historia entera.

—Ya veo —dijo, frunciendo el ceño a Carter—. Conque eres Horus. Y tú eres…

Su dedo índice se desvió hacia mí.

—Y-yo soy… hummm —tartamudeé. Es cierto que no se me suele trabar la lengua, pero era poner los ojos en Anubis y sentirme igual que cuando el dentista me ponía una buena inyección de procaína. Carter me miró como si me hubiese vuelto tonta—. No soy Isis —conseguí decir—. Quiero decir que Isis pulula por aquí dentro, pero no soy ella. Solo está… de visita.

Anubis inclinó la cabeza a un lado.

—¿Y vosotros dos pretendéis desafiar a Set?

—Esa es la idea general —admitió Carter—. ¿Nos ayudarás?

Anubis nos fulminó con la mirada. Recordé que Tot decía que Anubis solo estaba de buen humor una o dos veces cada eón. Tuve la sensación de que no habíamos acertado el día.

—No —dijo llanamente—. Os mostraré el motivo.

Se convirtió en chacal y regresó al galope por donde había venido. Carter y yo nos miramos. Como no sabíamos qué otra cosa hacer, corrimos detrás de Anubis, sumergiéndonos en las tinieblas.

En el centro del templo había una gran cámara circular que parecía ser dos lugares a la vez. Por una parte, era un gran salón con llameantes braseros y un trono desocupado al final. El centro de la estancia lo dominaba una balanza: una T de hierro negro con cuerdas unidas a dos platillos dorados, cada uno lo bastante grande para sostener a una persona… pero estaba rota. Uno de los platillos estaba doblado en forma de V, como si algo grande y pesado se hubiese dedicado a saltar encima. El otro platillo solo pendía de una cuerda.

Acurrucado en la base de la balanza, dormido como un santo, estaba el monstruo más extraño que hubiese visto hasta el momento. Tenía la cabeza de cocodrilo pero con melena de león. La parte delantera del cuerpo era de león, pero la trasera era brillante, marrón y gruesa: decidí que un hipopótamo. Lo más raro de todo era que el animal era diminuto, o sea, del tamaño un caniche, así que supongo que se llamaría hiponiche.

Y eso era la cámara, o al menos una de sus capas. Sin embargo, al mismo tiempo parecíamos estar de pie en un cementerio fantasmal, en una especie de proyección tridimensional superpuesta a la sala. En algunas zonas, el suelo de mármol dejaba ver retales de barro y adoquines cubiertos de musgo. Las hileras de túmulos se extendían como bungalows en miniatura desde el centro de la sala, como los radios de una rueda. Muchas de las tumbas estaban abiertas y destrozadas. Algunas estaban tapiadas con ladrillos; otras, rodeadas por verjas de hierro. En los límites de la sala, las columnas negras cambiaban de forma y a veces se convertían en viejos cipreses. Tuve la sensación de estar caminando entre dos mundos distintos, sin saber cuál era el verdadero.

Keops trotó hasta la balanza rota y trepó hasta aposentarse en la cima, cómodo en las alturas. No prestó ni la menor atención al hiponiche.

El chacal llegó a los escalones que subían al trono y recuperó el aspecto de Anubis.

—Bienvenidos —dijo— a la última sala que veréis jamás.

Carter miró a su alrededor, sobrecogido.

—La Sala del Juicio. —Se fijó en el hiponiche y puso cara pensativa—. ¿Esa es…?

—Ammit la Devoradora —contestó Anubis—. ¡Contempladla y temblad!

Al parecer, Ammit oyó su nombre en sueños. Dio un ladrido agudo y se giró hasta quedar tumbada sobre el lomo. Movió las patitas de león e hipopótamo. Me pregunté si los monstruos del inframundo soñaban que cazaban liebres.

—Siempre la había imaginado… más grande —reconoció Carter.

Anubis le dedicó una mirada torva.

—Ammit solo necesita ser lo bastante grande para comerse el corazón de los malvados. Créeme, su trabajo lo hace muy bien. O mejor dicho… lo hacía bien, en todo caso.

En la cima de la balanza, Keops gruñó. Estuvo a punto de caerse de la viga central, y el platillo abollado resonó al chocar contra el suelo.

—¿Por qué se ha roto la balanza? —quise saber.

Anubis puso mala cara.

—La Maat se debilita. He intentado repararla, pero… —Separó las manos, impotente.

Señalé las hileras fantasmales de túmulos.

—¿Es por eso que te invade el… hummm, cementerio?

Carter me miró, sorprendido.

—¿Qué cementerio?

—Las tumbas —dije—. Los árboles.

—¿De qué hablas?

—Él no puede verlos —explicó Anubis—. Pero tú, Sadie… tú eres perceptiva. ¿Qué oyes?

Al principio no lo comprendí. Lo único que oía era la sangre que me subía a la cabeza, y el lejano retumbo y los chasquidos del Lago de Fuego. (Bueno, y a Keops rascándose y dando gruñidos, pero eso ya me parecía normal.)

Entonces cerré los ojos y oí un nuevo sonido en la lejanía, una música que despertó mis recuerdos más tempranos, los de mi padre sonriendo y bailando conmigo en brazos en nuestra casa de Los Ángeles.

—Jazz —le contesté.

Abrí los ojos y la Sala del Juicio ya no estaba. O más bien sí estaba, pero apagada. Aún se veían la balanza rota y el trono vacío, pero no había columnas negras, no llegaba el rugido del fuego. Hasta Carter, Keops y Ammit habían desaparecido.

El cementerio era de lo más real. Los adoquines rotos bailaban bajo mis pies. El aire húmedo de la noche olía a especias, guisos de pescado y viejos lugares enmohecidos. A lo mejor había vuelto a Inglaterra —quizá algún cementerio de las afueras de Londres—, pero las inscripciones de las tumbas estaban en francés, y la temperatura era demasiado suave para el invierno inglés. Los árboles eran bajos y frondosos, cubiertos de musgo español.

Y había música. En el exterior de la valla del cementerio, una banda de jazz bajaba en procesión por la calle con sombríos trajes negros y sombreros de colores brillantes. Los saxofonistas hacían subir y bajar sus instrumentos. Los tambores sonreían y se contoneaban, luciendo sus baquetas brillantes. Detrás de ellos, una multitud de juerguistas cargada de flores y antorchas bailaba en torno a un antiguo coche fúnebre que seguía a la banda.

—¿Dónde rayos estamos? —pregunté, maravillada.

Anubis saltó desde lo alto de un túmulo y cayó a mi lado. Inspiró profundamente el aire del cementerio y se le relajaron las facciones. Me sorprendí a mí misma observando su boca, la curva de su labio inferior.

—Nueva Orleans —dijo.

—¿Perdona?

—La ciudad ahogada —dijo—. Estamos en el French Quarter, el distrito francés, al oeste del río. En la ribera de los muertos. Me encanta este sitio. Por eso la Sala del Juicio suele conectarse a esta zona del mundo mortal.

La procesión de jazz avanzó por la calle, incorporando a los mirones a la fiesta.

—¿Qué celebran?

—Un funeral —dijo Anubis—. Acaban de dejar al fallecido en su tumba. Ahora están «liberando el cuerpo». Los deudos celebran la vida del difunto con canciones y bailes, mientras acompañan al coche fúnebre lejos del cementerio. El ritual es muy egipcio.

—¿Cómo es que sabes tanto del tema?

—Soy el dios de los funerales. Conozco todas las costumbres mortuorias del mundo: cómo morir apropiadamente, cómo preparar el cuerpo y el alma para la vida eterna. Yo vivo para la muerte.

—Seguro que eres el alma de la fiesta —comenté—. ¿Por qué me has traído aquí?

—Para hablar.

Separó las manos y la tumba más cercana retumbó. En una grieta de la pared apareció una cinta blanca y alargada. La cinta siguió saliendo, entretejiéndose para formar algún tipo de estructura junto a Anubis, y lo primero que pensé fue: «Dios mío, tiene un rollo mágico de papel higiénico».

Entonces reparé en que era tela, una tira de lino blanco como las de las vendas… como las de las momias. La tela se retorció hasta componer un banco en el que Anubis se sentó.

—No me cae bien Horus. —Hizo señas para que me acercara—. Es gritón y arrogante y se cree mejor que yo. Pero Isis siempre me ha tratado como a un hijo.

Me crucé de brazos.

—No eres hijo mío. Y ya te he dicho que no soy Isis.

Anubis ladeó la cabeza.

—No. No te comportas como una deificada. Me recuerdas a tu madre.

La frase me cayó encima como un cubo de agua helada (y, por desgracia, conocía exactamente la sensación gracias a Zia).

—¿Conociste a mi madre?

Anubis parpadeó, como dándose cuenta de que había cometido un error.

—Yo… yo conozco a todos los muertos, pero el sendero de cada espíritu es secreto. No tendría que haber hablado.

—¡No puedes decirme una cosa así y luego cerrar el pico! ¿Está en la ultratumba egipcia? ¿Pasó por tu Saloncito del Juicio?

Anubis miró con reticencia los platillos dorados de la balanza, que titilaban como un espejismo en el cementerio.

—La sala no es mía. Solo estoy de encargado hasta que regrese lord Osiris. Lo siento si te he disgustado, pero no puedo decir más. No sé por qué he dicho nada en absoluto. Es solo que… tu alma tiene un brillo similar. Un brillo fuerte.

—Qué halagador —refunfuñé—. Me brilla el alma.

—Lo siento —dijo de nuevo—. Siéntate, por favor.

No tenía el menor interés en cambiar de tema, ni en sentarme con él en un montón de vendajes de momia, pero mi enfoque directo al recopilar información no parecía estar surtiendo efecto. Me dejé caer en el banco y traté de parecer tan molesta como pudiese.

—A ver —dije, clavándole una mirada de mal humor—. ¿Qué me dices de tu aspecto, entonces? ¿Eres un deificado?

Frunció el ceño y se llevó una mano al pecho.

—¿Me preguntas si estoy ocupando un cuerpo humano? No, yo puedo residir en cualquier cementerio, en cualquier lugar de muerte o duelo. Esta es mi apariencia natural.

—Ah.

Una parte de mí había deseado estar sentada junto a un chico real, junto a alguien que por casualidad estuviera albergando a un dios. Sin embargo, debería haber sabido que era demasiado bonito para ser cierto. Sentí decepción. Luego sentí rabia contra mí misma por sentir decepción.

«Tampoco es que hubiese ninguna posibilidad, Sadie —me reprendí—. ¡Si es el puñetero dios de los funerales! Debe de tener como cinco mil años.»

—De acuerdo —dije—. Si no vas a contarme nada que sea útil, por lo menos ayúdame. Nos hace falta una pluma de la verdad.

Meneó la cabeza.

—No sabes lo que me pides. La pluma de la verdad es demasiado peligrosa. Entregársela a un mortal contravendría las normas de Osiris.

—Pero Osiris no está —objeté, señalando el trono desocupado—. Eso es su asiento, ¿no? ¿Tú ves a Osiris?

Anubis contempló el trono. Se pasó los dedos por la cadena dorada como si le apretara.

—Es cierto que llevo aquí una eternidad, guardando el puesto. No me encarcelaron como a los demás. No sé por qué… pero lo hice lo mejor que pude. Cuando me enteré de que habían liberado a los cinco, deseé que lord Osiris regresara, pero… —Negó con la cabeza, abatido—. ¿Por qué descuidaría sus obligaciones?

—Posiblemente porque está atrapado dentro de mi padre.

Anubis se me quedó mirando.

—Eso no me lo ha contado el babuino.

—Bueno, yo no me sé explicar tan bien como los babuinos, pero, en pocas palabras, mi padre quería liberar a los dioses por motivos que no acabo de… No sé, a lo mejor pensó: «¡Eh, voy un momento al Museo Británico a reventar la Piedra de Rosetta!». Y soltó a Osiris, pero también salieron Set y los demás de la pandilla.

—Así que Set aprisionó a tu padre mientras él albergaba a Osiris —dijo Anubis—, y por tanto Osiris también es prisionero de mi… —Se obligó a callar—. De Set.

«Interesante», pensé.

—Ahora lo entiendes —dije—. Tienes que ayudarnos.

Anubis vaciló un momento y luego meneó la cabeza.

—No puedo. Me metería en líos.

Yo solo lo miré y estallé en carcajadas. No pude evitarlo; sonaba ridículo del todo.

—¿Que te meterías en líos? Pero ¿cuántos años tienes, dieciséis? ¡Eres un dios!

Era difícil distinguirlo en la oscuridad, pero juraría que se sonrojó.

—No lo entiendes. La pluma no tolera ni la mentira más insignificante. Si te la entregara y tú faltases lo más mínimo a la verdad, o si actuaras con la menor hipocresía, arderías hasta convertirte en cenizas.

—Estás dando por hecho que soy una mentirosa.

Parpadeó.

—No, es solo que…

—¿Tú nunca has mentido? ¿Qué estabas a punto de decir ahora mismo sobre Set? Es tu padre, creo yo. ¿A que sí?

Anubis cerró la boca y entonces la volvió a abrir. Ponía cara de querer enfadarse pero no recordar bien cómo se hacía.

—¿Siempre eres tan irritante?

—Normalmente, más —reconocí.

—¿Por qué no te ha arreglado tu familia una boda con alguien que viva muy, muy lejos?

Sonó como una pregunta sincera, y llegó mi turno de quedarme pasmada.

—¡Perdona, chico de la muerte! ¡Tengo doce años! Bueno, casi trece, y soy muy madura para mi edad, pero no es ese el tema. ¡En mi familia no «arreglan bodas» a las chicas! ¡Y puede que lo sepas todo de los funerales, pero no estás nada al día con los rituales de cortejo!

Anubis pareció perplejo.

—Al parecer, no.

—¡Exacto! Espera, ¿de qué hablábamos? Ah, conque creías que podrías despistarme, ¿eh? Ya me acuerdo. Set es tu padre, ¿no? Dime la verdad.

Anubis miró un momento al otro lado del cementerio. El sonido del funeral de jazz ya se perdía entre las calles del French Quarter.

—Sí —dijo por fin—. O eso dicen las leyendas. No lo conozco. Mi madre, Neftis, me entregó a Osiris de niño.

—¿Te... te dio en adopción?

—Dijo que no quería que conociera a mi padre. Pero, en realidad, no creo que supiera qué hacer conmigo. Yo no era como mi primo Horus. No era un guerrero. Era un niño... diferente.

Sonó tan amargado que no supe qué decir. O sea, yo le había pedido que dijese la verdad, pero normalmente la gente no lo hace, y los tíos los que menos. También yo sabía algo de sentirse diferente... y de sentirse abandonada por los padres.

—A lo mejor tu madre intentaba protegerte —dije—. Por lo de que tu padre es un gran señor maligno y tal.

—Puede ser —dijo sin mucho entusiasmo—. Osiris me cuidó. Me dio el título de señor de los funerales, preservador de las costumbres de la muerte. No es mal trabajo, pero... Me has preguntado cuántos años tengo. Lo cierto es que no lo sé. En la Tierra de los Muertos no pasan los años. Aún me siento bastante joven, pero el mundo ha envejecido a mi alrededor. Y Osiris lleva tanto tiempo desaparecido... Es la única familia que tenía.

Mirando a Anubis bajo la tenue luz del cementerio, vi a un adolescente solitario. Intenté no olvidar que era un dios, que tenía miles de años, que seguramente podría controlar inmensos poderes mucho más allá del papel higiénico mágico, pero aun así me inspiró lástima.

—Ayúdanos a rescatar a mi padre —le pedí—. Volveremos a encerrar a Set en la Duat y tu padre será libre. Todos contentos.

Anubis volvió a menear la cabeza.

—Ya te he dicho...

—Tu balanza está rota —le recordé—. Supongo que es porque Osiris no está. ¿Qué pasa con todas las almas que vienen a que se las juzgue?

Sabía que había metido el dedo en la llaga. Anubis se removió en el banco, incómodo.

—El caos se incrementa. Las almas se vuelven confusas. Algunas no pueden pasar a la vida eterna. Otras se las ingenian, pero tienen que buscar caminos alternativos. Yo intento ayudar, pero... la Sala del Juicio también se llama la Sala de la Maat. En teoría, es el núcleo del orden, el cimiento estable. Sin Osiris, se está viniendo abajo, se desmorona.

—Pues ¿a qué esperas? Danos la pluma. A no ser que tengas miedo de que tu papaíto te castigue.

Sus ojos se encendieron de irritación. Por un momento me dio la impresión de que estaba planeando mi funeral, pero al final lo dejó en un suspiro crispado.

—Por lo general, llevo a cabo una ceremonia que se llama la apertura de la boca. Es lo que permite que salga el alma de la persona muerta. Para ti, Sadie Kane, inventaría una nueva ceremonia: el cierre de la boca.

—Ja, ja. ¿Me vas a dar la pluma o no?

Abrió la mano. Hubo un estallido de luz y, al remitir, había una pluma brillante flotando por encima de su palma, una pluma nívea como las de escribir.

—¡Por Osiris, tómala! Pero debo insistir en unas cuantas condiciones. Primera, solo puedes llevarla tú.

—Pues claro. No pensarás que iba a dejar que Carter...

—También tienes que hacer caso a Neftis, mi madre. Keops me ha dicho que la estabais buscando. Si la encontráis, escuchad lo que os diga.

—Fácil —acepté, aunque la petición me había preocupado un poco. ¿Por qué salía ahora con una cosa así?

—Y antes de marcharos —prosiguió Anubis—, deberás contestarme a tres preguntas mientras sostienes la pluma de la verdad, para demostrarme tu honestidad.

De repente, se me secó la boca.

—Hummm... ¿qué clase de preguntas?

—Las que yo elija. Y recuerda que la mentira más nimia será tu perdición.

—Dame la maldita pluma.

Cuando me la pasó, la pluma dejó de brillar, pero la fui notando más caliente y pesada de lo que correspondía a una pluma.

—La pluma viene de la cola de un *bennu* —explicó Anubis—, lo que vosotros llamaríais un ave fénix. Pesa exactamente lo mismo que el alma humana. ¿Estás preparada?

—No —dije, y debía de ser una respuesta sincera, porque no estallé en llamas—. ¿Eso cuenta como una pregunta?

Esta vez Anubis hasta sonrió, deslumbrándome.

—Supongo que sí. Negocias como un capitán de mercante fenicio, Sadie Kane. Allá va mi segunda pregunta, pues: ¿darías tu vida por tu hermano?

—Sí —contesté de inmediato.

(Ya, ya sé. A mí también me sorprendió. Pero sostener la pluma me obligaba a decir la verdad. Evidentemente, no mejoraba en nada mi sabiduría.)

Anubis asintió, sin mostrar ninguna sorpresa.

—La última pregunta: si es lo necesario para salvar el mundo, ¿estás dispuesta a perder a tu padre?

—¡Esa pregunta no es justa!

—Contéstala sinceramente.

¿Cómo iba a responder a una cosa así? No era una cuestión de sí o no.

Por supuesto, sabía la respuesta «correcta». Se supone que la heroína se niega a sacrificar a su padre, y entonces actúa con valentía y salva a su padre y también el mundo, ¿no? Pero ¿y si de verdad se reducía a una cosa o la otra? El mundo entero era un lugar inmenso: los abuelos, Carter, el tío Amos, Bast, Keops, Liz y Emma, todas las personas a las que había conocido. ¿Qué diría mi padre si lo escogía a él?

—En… en caso de que no hubiese ningún otro modo —dije—, absolutamente ningún otro… ¡Eh, venga ya! Es una pregunta absurda.

La pluma empezó a brillar.

—De acuerdo —me resigné—. Si tuviese que hacerlo, supongo… supongo que salvaría el mundo.

Me asaltó un horrible sentimiento de culpabilidad. ¿Qué clase de hija era? Cerré la mano en torno al amuleto *tyt* que llevaba al cuello, mi único recuerdo de papá. Sé que algunos de vosotros estaréis pensando: «Pero si no veías nunca a tu padre. Casi no lo conocías. ¿Por qué te afecta tanto?».

Aun así, eso no significaba que fuese menos padre mío, ¿verdad? Ni que la idea de perderlo para siempre se volviese menos horripilante. Y la idea de fallarle, de tomar la decisión consciente de dejarlo morir, aunque a cambio el mundo se salvase... ¿Qué clase de persona horrible era?

Casi no me atrevía a mirar a Anubis a los ojos, pero cuando lo hice se le suavizó la expresión.

—Te creo, Sadie.

—Vaya, no me digas. Tengo la puñetera pluma de la verdad, y tú vas y me crees. Bueno, muchísimas gracias.

—La verdad es cruel —dijo Anubis—. A la Sala del Juicio no dejan de venir espíritus, y nunca son capaces de renunciar a sus mentiras. Niegan sus fallos, esconden sus auténticos sentimientos, sus errores... hasta el mismo momento en que Ammit devora sus almas para toda la eternidad. Admitir la verdad requiere fuerza y valor.

—Sí, me siento fortísima y valerosa. Gracias.

Anubis se levantó.

—Ahora deberíamos despedirnos. Se os acaba el tiempo. En poco más de veinticuatro horas, el sol iluminará el cumpleaños de Set, y él completará su pirámide... a menos que lo detengáis. Tal vez cuando volvamos a vernos...

—¿Serás igual de cargante? —aventuré.

Fijó en mí aquellos cálidos ojos castaños.

—O tal vez puedas ponerme al día en los rituales de cortejo modernos.

Me quedé allí sentada, aturdida, hasta que asomó una sonrisa a sus labios, lo justo para darme a entender que estaba de broma. Entonces desapareció.

—¡Muy gracioso! —grité.

La balanza y el trono se desvanecieron. El banco de lino se destramó y me dejó caer de culo en medio del cementerio. Carter y Keops aparecieron a mi lado, pero yo seguía gritando al lugar donde había estado Anubis, adjetivándolo con lo mejorcito de mi vocabulario.

—¿Qué pasa aquí? —dijo Carter con voz brusca—. ¿Dónde estamos?

—¡Es un asqueroso! —gruñí—. Creído, sarcástico, increíblemente atractivo, insufrible...

—¡Ajk! —protestó Keops.

—Exacto —le apoyó Carter—. ¿Has conseguido la pluma o no?

Extendí la mano y allí estaba, una pluma blanca y reluciente que flotaba por encima de mis dedos. Cerré el puño y volvió a desaparecer.

—Uau —dijo Carter—. Pero ¿qué ha pasado con Anubis? ¿Cómo has...?

—Vamos a buscar a Bast y nos largamos de aquí —le interrumpí—. Tenemos cosas que hacer.

Y salí dando zancadas del cementerio antes de que pudiera hacerme más preguntas, porque no tenía ningunas ganas de decir la verdad.

29. Zia concierta una reunión

[Claro, Sadie, muchísimas gracias. Tú cuentas la parte de la Tierra de los Muertos y a mí me toca describir la Interestatal 10 a su paso por Texas.]

Hablando rápido y mal, nos costó siglos y fue un auténtico aburrimiento, a no ser que tu idea de divertirte sea mirar cómo pastan las vacas.

Salimos de Nueva Orleans a la una de la madrugada del 28 de diciembre, la víspera del día en que Set planeaba destruir el mundo. Bast había «tomado prestada» una caravana, olvidada por la Agencia Federal de Gestión de Emergencias después del huracán Katrina. Al principio, Bast propuso que viajáramos en avión, pero, después de contarle mi sueño de los magos y la explosión en pleno vuelo, convinimos que quizá los aviones no eran muy buena idea. La diosa del cielo nos había prometido pasaje seguro por aire hasta llegar Memphis y, cada vez más cerca de Set, era preferible que no nos la jugáramos.

—Set no es el único problema que tenemos —dijo Bast—. Si tu visión es cierta, los magos nos tienen localizados y se aproximan. Y no unos magos del montón, sino Desjardins en persona.

—Y Zia —añadió Sadie, solo para pincharme.

Al final decidimos que era más seguro ir por carretera, aunque fuera más lento. Con un poco de suerte, llegaríamos a Phoenix justo a tiempo de desafiar a Set. Respecto a la Casa de la Vida, solo podíamos confiar en evitarlos mientras completábamos nuestra tarea. A lo mejor, cuando nos hubiéramos encargado de Set, los magos decidían que éramos gente maja. A lo mejor...

Yo seguía pensando en Desjardins, dudando si realmente podía ser un anfitrión de Set. El día anterior le veía todo el sentido del mundo. Desjardins quería acabar con la familia Kane. Odiaba a nuestro padre y nos odiaba a nosotros. Seguro que llevaba décadas, incluso siglos, esperando a que muriera Iskandar para convertirse en lector jefe. Poder, rabia, arrogancia, ambición: Desjardins lo tenía todo. Si Set buscaba a un amiguito del alma —literalmente—, no podía aspirar a mucho más. Y si Set lograba provocar la guerra entre dioses y magos controlando al lector jefe, las más beneficiadas serían las fuerzas del caos. Además, Desjardins era un tío muy fácil de odiar. Y al fin y al cabo, alguien había saboteado la casa de Amos y había avisado a Set de que nuestro tío iba hacia él.

Sin embargo, la forma en que el mago francés había salvado a todos los pasajeros del avión... no parecía nada propia de un maestro de la maldad.

Bast y Keops se turnaban al volante mientras Sadie y yo dormitábamos. No sabía que los babuinos pudieran conducir caravanas, pero Keops no lo hacía mal. Cuando me desperté al amanecer, estaba maniobrando en el atasco matutino de Houston, enseñando los dientes y ladrando a voz en grito, pero ninguno de los demás conductores daba la impresión de notar nada extraordinario.

Sadie, Bast y yo nos sentamos a desayunar en la cocina de la caravana mientras los armarios se abrían de sopetón, los platos tintineaban y la nada pasaba kilómetro tras kilómetro en el exterior. Bast se había agenciado algunas bolsas de aperitivos y refrescos para nosotros (además de Friskies, claro) en un autoservicio veinticuatro horas de Nueva Orleans, antes de partir, pero nadie tenía mucho apetito. Se notaba que Bast estaba ansiosa. Ya había destrozado casi toda la tapicería de la caravana y ahora estaba usando la mesa de la cocina como afilador de uñas.

Sadie seguía abriendo y cerrando la mano, mirando fijamente la pluma de la verdad como si fuese un teléfono que no quería sonar. Desde que la habíamos perdido de vista en la Sala del Juicio, estaba distante y callada. No es que me queje, pero no era nada habitual en ella.

—¿Qué pasó con Anubis? —le pregunté por millonésima vez.

Me miró furiosa, dispuesta a arrancarme la cabeza de un mordisco. Entonces pareció decidir que no valía la pena. Bajó la mirada a la pluma brillante que brillaba encima de su mano abierta.

—Hablamos —dijo con cautela—. Me hizo varias preguntas.

—¿Qué clase de preguntas?

—Carter, no vayas por ahí. Por favor te lo pido.

¿«Por favor»? Vale, aquello sí que no era habitual en Sadie.

Miré a Bast, pero no sirvió de nada. Seguía destrozando poco a poco las cubiertas plásticas de los muebles con sus garras.

—¿Qué te pasa? —le pregunté.

No levantó los ojos de la mesa.

—En la Tierra de los Muertos os abandoné. Otra vez.

—Anubis te dio un susto —dije—. No pasa nada.

Bast me puso la mirada de ojazos amarillos y me dio la impresión de que lo había empeorado.

—Hice una promesa a vuestro padre, Carter. A cambio de mi libertad, me encomendó una tarea más importante incluso que combatir a la Serpiente: proteger a Sadie… y si en algún momento surgía la necesidad, protegeros a los dos.

Sadie se sonrojó.

—Bast, eso es… O sea, muchas gracias, de verdad, pero no podemos ser más importantes que luchar contra… ya sabes, contra él.

—No lo entendéis —objetó Bast—. Vosotros dos no sois solo de la sangre de los faraones. También sois los infantes reales más poderosos que nacen desde hace siglos. Sois la única oportunidad que tenemos de reconciliar a los dioses con la Casa de la Vida, de volver a aprender las antiguas enseñanzas antes de que sea demasiado tarde. Si vosotros pudierais aprender la vía de los dioses, podríais encontrar a otros de sangre real y enseñarles a ellos. Podríais revitalizar la Casa de la Vida. Lo que hicieron vuestros padres, absolutamente todo, fue para allanaros el camino.

Sadie y yo callamos. En fin, ¿qué se puede contestar a algo así? Supongo que siempre había sentido que mis padres me querían, pero ¿estuvieron dispuestos a morir por mí? ¿Creyeron que era lo necesario para que Sadie y yo pudiéramos hacer nuestras increíbles hazañas salvamundos? No es lo que yo habría querido.

—No querían dejaros solos —dijo Bast, leyéndome la expresión—. No lo planearon así, pero sabían que liberar a los dioses sería peligroso. Creedme, ellos comprendían lo especiales que sois. Yo al principio os protegía porque había prometido hacerlo. Ahora lo haría aunque no me hubiera comprometido. Vosotros dos sois como mis cachorrillos. No volveré a fallaros.

Admito que se me hizo un nudo en la garganta. Nunca me habían dicho que era el cachorrillo de nadie.

Sadie se sorbió la nariz. Se apartó algo de debajo del ojo.

—No irás a lavarnos, ¿verdad?

Me alegró ver sonreír a Bast de nuevo.

—Procuraré resistirme. Y por cierto, Sadie, estoy muy orgullosa de ti. Tratar con Anubis tú sola… Esos dioses de la muerte pueden ser pero que muy antipáticos.

Sadie se encogió de hombros. Parecía extrañamente incómoda.

—Bueno, yo no diría que fuese antipático. O sea, no parecía mucho más que un adolescente.

—Pero ¿qué dices? —repliqué—. Tenía cabeza de chacal.

—Cuando se transformó en humano, no.

—Sadie… —Ahora mi hermana empezaba a preocuparme—. Al volverse humano, seguía teniendo cabeza de chacal. Grande, terrorífica y, sí, bastante antipática. Oye, ¿tú cómo lo veías?

Las mejillas de Sadie enrojecieron.

—Parecía… un tío mortal.

—Seguramente sería una ilusión —dijo Bast.

—No —insistió Sadie—. No puede ser.

—Bueno, da igual —tercié—. Tenemos la pluma.

Sadie se removió en la silla, como si no diera igual en absoluto. Pero luego cerró la mano y la pluma de la verdad desapareció.

—No nos servirá de nada si no logramos tener el nombre secreto de Set.

—Estoy en ello. —La mirada de Bast recorrió la estancia, como si le asustara que nos oyera alguien—. Tengo un plan, pero es peligroso.

Enderecé la espalda.

—¿Cuál es?

—Tendremos que hacer una parada. No quería gafarlo hasta que estuviésemos más cerca, pero nos pilla de camino. No debería retrasarnos mucho.

Intenté echar cuentas.

—¿Estamos en la mañana del segundo día demoníaco?

Bast asintió.

—El día que nació Horus.

—Y el cumpleaños de Set es mañana, el tercer día demoníaco. Eso nos deja unas veinticuatro horas antes de que destruya Norteamérica.

—Y como eche mano de nosotros —aportó Sadie—, aumentará todavía más su poder.

—Hay bastante tiempo —dijo Bast—. Entre Nueva Orleans y Phoenix hay como unas veinticuatro horas en coche, y ya llevamos cinco de camino. Si no tenemos ningún otro contratiempo…

—¿Como los que tenemos todos los días?

—Sí —reconoció Bast—, como esos.

Inspiré entrecortadamente. Todo acabaría en veinticuatro horas, para bien o para mal. Salvaríamos a papá y destruiríamos a Set o todo habría sido en vano, no solo lo que habíamos hecho Sadie y yo, sino también los sacrificios de nuestros padres. De pronto me sentí como si volviera a estar bajo tierra, en uno de aquellos túneles del Nomo Primero, con millones de toneladas de roca encima de la cabeza. Un pequeño temblor de tierra y todo se vendría abajo.

—Bueno —dije—, si me necesitáis para algo, estoy fuera jugando con objetos afilados.

Agarré mi espada y me dirigí a la parte trasera de la caravana.

Nunca había visto una caravana con porche. En la puerta trasera había un letrero que prohibía salir si el vehículo estaba en movimiento, pero yo salí igual.

No era el lugar ideal para practicar la esgrima. Era demasiado pequeño y casi todo el espacio se lo comían un par de sillas. El viento frío batía a mi alrededor y los baches de la carretera me desequilibraban, pero no tenía otro lugar donde estar solo. Necesitaba aclararme las ideas.

Practiqué convocando mi espada de la Duat y volviendo a guardarla. Al poco tiempo me salía casi todas las veces, siempre que me concentrara. Luego ensayé algunos movimientos, bloqueos, estocadas y tajos, hasta que Horus no pudo aguantarse y empezó a darme consejos.

Levanta más el filo, recomendaba. *Más arqueado, Carter. La hoja está diseñada para enganchar el arma enemiga.*

«Cállate —refunfuñé—. ¿Dónde estabas cuando necesitaba ayuda en la pista de baloncesto?» Sin embargo, probé a sostener la espada como me decía y descubrí que tenía razón.

La autovía trazaba curvas por una extensión de monte bajo cubierto de matorrales. De vez en cuando adelantábamos alguna ranchera o un todoterreno familiar, y los conductores siempre ponían los ojos como platos al verme: un chaval negro blandiendo una espada en la parte trasera de una caravana. Yo sonreía y saludaba con la mano, y con Keops al volante nunca tardábamos en dejarlos atrás.

Al cabo de una hora entrenando, tenía la camisa pegada al pecho con un sudor frío. Empezaba a jadear. Decidí sentarme un rato y descansar.

—Se aproxima —me dijo Horus.

Su voz había sonado más sustanciosa, fuera de mi cabeza. Miré al lado y lo vi brillando con un aura dorada, reclinado en la otra silla del porche, vestido con su loriga de cuero y con las sandalias apoyadas en la baranda. Su espada, una copia fantasmal de la mía, estaba apoyada en la silla junto a él.

—¿Qué se aproxima? —pregunté—. ¿La lucha contra Set?

—Eso también, claro —dijo Horus—. Pero antes os espera otro desafío, Carter. Prepárate.

—Genial. Como si no lleváramos bastantes desafíos ya.

Los ojos dorado y plateado de Horus brillaron.

—Cuando crecía, Set intentó matarme muchas veces. Mi madre y yo no dejábamos de huir. de un sitio a otro, ocultándonos de él hasta que yo fuera lo bastante mayor para desafiarlo. El Señor Rojo enviará a esas mismas fuerzas contra vosotros. La próxima llegará…

—En un río —adiviné, rememorando mi último viaje espiritual—. Va a pasarnos algo malo junto a un río. Pero ¿cuál es el desafío?

—Debéis cuidaros de… —La imagen de Horus empezó a emborronarse, y el dios titubeó—. ¿Qué es esto? Alguien intenta… una fuerza distinta…

Lo sustituyó una imagen reluciente de Zia Rashid.

—¡Zia! —Me puse de pie, súbitamente consciente de que estaba sudado y sucio y tenía aspecto de que me hubieran llevado a rastras por toda la Tierra de los Muertos.

—¿Carter? —Su imagen parpadeó. Tenía agarrado su báculo con fuerza y llevaba un abrigo gris por encima de la chilaba, como si se encontrara en algún lugar frío. El pelo corto y moreno le bailaba por la cara—. Gracias a Tot que te encuentro.

—¿Cómo has llegado aquí?

—¡No hay tiempo! Escucha: vamos a por vosotros. Desjardins, otros dos y yo. No sabemos exactamente dónde estáis. Los conjuros de rastreo de Desjardins están teniendo problemas para localizaros, pero él sabe que no andamos lejos. Y también sabe adónde vais: a Phoenix.

Mi cerebro funcionó a toda máquina.

—Entonces, ¿por fin cree que Set se ha liberado? ¿Venís a ayudarnos?

Zia meneó la cabeza.

345

—Desjardins os busca para deteneros.

—¿Detenernos? ¡Zia, Set está a punto de reventar el continente! Mi padre… —Me falló la voz. Odié lo asustada e impotente que sonaba—. Mi padre está en apuros.

Zia extendió una mano brillante hacia la mía, pero solo era una imagen. Nuestros dedos no podían tocarse.

—Carter, lo siento. Tienes que entender el punto de vista de Desjardins. La Casa de la Vida lleva siglos manteniendo a los dioses encerrados para evitar que pase algo como esto. Ahora que les habéis soltado la correa…

—¡Eh, que no fue idea mía!

—Ya lo sé, pero intentáis enfrentaros a Set con magia divina. Los dioses no se pueden controlar. Podríais acabar causando más daño todavía. Si dejáis que la Casa de la Vida se encargue de esto…

—Set es demasiado fuerte —la interrumpí—. Y yo *puedo* controlar a Horus. Puedo hacerlo.

Zia meneó la cabeza.

—Cuanto más te acerques a Set, más difícil será. No tienes ni idea.

—¿Y tú sí?

Zia lanzó una mirada de nerviosismo a su izquierda. Su imagen se desdibujó, como un televisor con mala recepción.

—Apenas tenemos tiempo. Mel saldrá enseguida del cuarto de baño.

—¿Vais con un mago que se llama Mel?

—Que me escuches. Desjardins va a dividirnos en dos equipos. El plan es cerraros la escapada por los dos lados e interceptaros. Si mi equipo te encuentra primero, creo que puedo evitar que Mel os ataque durante el tiempo suficiente para que hablemos todos. Después, quizá encontremos la manera de planteárselo a Desjardins, de convencerle de que debemos colaborar.

—No te lo tomes a mal, pero ¿por qué debería confiar en ti?

Frunció los labios, con una expresión de dolor genuino. Una parte de mí sintió remordimientos, pero a otra parte le preocupaba que todo fuera una especie de truco.

—Carter… hay algo que tengo que decirte. Algo que podría ser-
nos útil, pero tiene que ser en persona.

—Dímelo ahora.

—¡Por el pico de Tot, qué tozudo eres!

—Ya, es un don que tengo.

Enlazamos las miradas. Su imagen iba desvaneciéndose, pero yo
no quería que se marchara. Quería hablar más rato.

—Si no quieres confiar en mí, tendré que confiar yo en ti —dijo Zia—. Me preocuparé de estar en Las Cruces, Nuevo México,
esta noche. Si decides reunirte conmigo, quizá logremos convencer a Mel. Luego todos juntos hablaremos con Desjardins. ¿Vendrás?

Quise prometérselo, aunque fuera solo para verla, pero me imaginé intentando vender la idea a Sadie o a Bast.

—No lo sé, Zia.

—Tú piénsalo —me rogó—. Y Carter, no confíes en Amos. Si
lo ves… —Abrió mucho los ojos—. ¡Ha vuelto Mel! —susurró.

Zia movió el báculo en un arco rápido y su imagen se evaporó.

C
A
R
T
E
R

30. Bast cumple una promesa

Horas mas tarde, desperté en el porche de la caravana con Bast sacudiéndome del brazo.

—Hemos llegado —anunció.

No tenía ni la menor idea de cuánto tiempo llevaba dormido. En algún momento, el paisaje monótono y el aburrimiento absoluto me habían dejado roque, y había empezado a tener pesadillas de magos pequeñitos que volaban por mi pelo, intentando afeitármelo. En algún momento había tenido también una pesadilla sobre Amos, pero la tenía borrosa. Aún no entendía por qué lo había mencionado Zia.

Parpadeé para despejarme y vi que tenía la cabeza en el regazo de Keops. El babuino estaba registrándome el cuero cabelludo, a ver si encontraba algún tentempié.

—Colega —dije, mientras me incorporaba medio atontado—, no mola.

—Pues te ha dejado un peinado estupendo —dijo Sadie.

—¡Ajk ajk! —se mostró de acuerdo Keops.

Bast abrió la puerta del remolque.

—Vamos —dijo—. A partir de aquí, tenemos que andar.

Cuando llegué a la portezuela, casi me dio un infarto. Habíamos aparcado en una carretera de montaña tan estrecha que la caravana caería al vacío si estornudaba hacia el lado malo.

Por un segundo me temí que ya estuviéramos en Phoenix, porque el paisaje era parecido. El sol se ponía en el horizonte. Unas cordilleras escarpadas se extendían a los dos lados, y el suelo desértico que las separaba parecía interminable. En un valle que nos quedaba a la izquierda había una ciudad gris: casi sin árboles ni zonas verdes, solo arena, grava y edificios. Aun así, la ciudad era mucho menor que Phoenix, y tenía el lado sur bordeado por un gran río, que reflejaba en rojo la luz menguante. El río viraba junto a la falda de las montañas que teníamos por debajo antes de marcharse serpenteando hacia el norte.

—Estamos en la Luna —murmuró Sadie.

—El Paso, Texas —corrigió Bast—. Eso es el Río Grande. —Tomó una larga bocanada de aquel aire fresco y seco—. Una civilización fluvial en pleno desierto. ¡En realidad, igual que Egipto! Hummm, bueno, menos por el hecho de tener México al lado. Creo que este es el mejor lugar para convocar a Neftis.

—¿De verdad crees que nos soplará el nombre secreto de Set? —preguntó Sadie.

Bast lo meditó.

—Neftis es impredecible, pero ya se ha opuesto a su marido otras veces. No es increíble del todo.

No parecía una perspectiva muy prometedora. Contemplé el río que pasaba allá abajo.

—¿Por qué dejamos la caravana en la montaña? ¿No podemos acercarnos más?

Bast se encogió de hombros, como si no se le hubiera ocurrido.

—A los gatos nos gustan las alturas. Por si se presenta la ocasión de caer sobre algo.

—Genial —dije—. Estamos perfectos para caer sobre algo.

—No está tan mal —dijo Bast—. Solo nos falta llegar ladera abajo hasta el río, cruzando unos pocos kilómetros de arena, cactus y serpientes de cascabel, con cuidado de que no nos vea ninguna patrulla fronteriza, ni los traficantes de humanos, ni los magos ni los demonios… y convocar a Neftis.

Sadie dio un silbido.

—¡Bien, qué emoción!

—Ajk —asintió Keops, abatido. Husmeó el aire y gruñó.

—Huele problemas —tradujo Bast—. Está a punto de pasarnos algo malo.

—Eso me lo olía hasta yo —refunfuñé, y seguimos a Bast montaña abajo.

Sí, dijo Horus. *Me acuerdo de este sitio.*

«Se llama El Paso —le dije—. A no ser que cruzaras para comprar comida mexicana, no puedes haber estado aquí.»

Lo recuerdo muy bien, se empeñó. *El pantano, el desierto.*

Me detuve y miré a mi alrededor. De pronto, también recordé el lugar. A unos cincuenta metros por delante, el río ganaba amplitud y formaba una extensa zona pantanosa, una malla de lentos afluentes que habían excavado un valle poco profundo en el desierto. Los arbustos estaban muy crecidos en las dos orillas. Debería haber algún tipo de vigilancia, ya que se trataba de una frontera internacional y todo eso, pero yo no veía a nadie.

Había estado allí con mi forma de *ba*. Podía imaginarme la choza justo allí, en el pantano, con Isis y el pequeño Horus ocultándose de Set. Y a poca distancia, corriente abajo, era donde había sentido que algo oscuro se movía bajo el agua, esperándome.

Cogí el brazo de Bast cuando estaba a pocos pasos de la orilla.

—No te acerques al agua.

Ella frunció el ceño.

—Carter, soy una gata. No tengo intención de darme un baño. Pero si queremos convocar a una diosa fluvial, de verdad que hay que hacerlo en la misma ribera.

Hacía que sonara tan lógico que me sentí idiota, pero no podía evitarlo. Estaba a punto de suceder algo.

«¿Qué? —pregunté a Horus—. ¿Cuál es el desafío?»

Pero mi dios autoestopista guardó un silencio expectante que me puso de los nervios.

Sadie cogió una piedra y la arrojó al agua turbia y marrón. Se hundió con un sonoro «plof».

—A mí me parece bastante seguro —dijo, y siguió bajando hacia la orilla.

Keops la siguió a regañadientes. Cuando llegó al agua, la olisqueó y aulló.

—¿Lo veis? —dije—. No le gusta ni a Keops.

—Seguramente es algún recuerdo ancestral —dijo Bast—. En Egipto, el río era un lugar peligroso. Serpientes, hipopótamos, todo tipo de complicaciones.

—¿Hipopótamos?

—No te los tomes a broma —me advirtió Bast—. Los hipopótamos pueden ser mortíferos.

—¿Eso fue lo que atacó a Horus? —pregunté—. Me refiero en los tiempos antiguos, cuando Set lo estaba buscando.

—Esa historia no la he oído —dijo Bast—. Suele decirse que Set utilizó escorpiones en primer lugar. Luego, cocodrilos.

—Cocodrilos —repetí, y me bajó un escalofrío por la columna. «¿Es eso?», interrogué a Horus. Pero él siguió sin contestar.

—Bast, ¿en el Río Grande hay cocodrilos?

—Lo dudo muchísimo. —Se arrodilló junto al agua—. Y ahora, Sadie, si quieres hacer los honores…

—¿Cómo?

—Solo has de pedirle a Neftis que aparezca. Era la hermana de Isis. Si está en cualquier parte a este lado de la Duat, tendría que oír tu voz.

Sadie no parecía muy convencida, pero se arrodilló al lado de Bast y tocó el agua. Sus yemas provocaron unas ondas exageradas, anillos de fuerza que se extendieron por todo el río.

—¿Qué tal, Neftis? —dijo—. ¿Hay alguien en casa?

Oí un chapoteo curso abajo, y me volví para ver a una familia de inmigrantes que ya habían vadeado medio río. Conocía las historias de los miles de personas que cruzaban ilegalmente la frontera de México cada año, buscando trabajo y una vida mejor, pero me sobrecogió verlos delante de mí. Eran un hombre y una mujer que avanzaban a toda prisa, sosteniendo a una niña pequeña entre los dos. Llevaban la ropa andrajosa, y me parecieron más pobres que los campesinos egipcios más pobres que hubiera visto nunca. Me quedé mirándolos unos segundos, pero no tenían ningún aspecto de amenaza sobrenatural. El hombre me miró con recelo y creo que llegamos a un acuerdo mudo: los dos teníamos bastantes problemas como para estorbarnos el uno al otro.

Mientras tanto, Bast y Sadie seguían concentradas en el agua, mirando las ondas expandirse desde los dedos de Sadie.

Bast ladeó la cabeza, escuchando con atención.

—¿Qué dice?

—No la entiendo —susurró Sadie—. Habla muy flojo.

—¿De verdad oís algo? —pregunté.

—¡Chist! —dijeron las dos a la vez.

—«Recluida...» —dijo Sadie—. No, ¿cómo era la palabra?

—Resguardada —le apuntó Bast—. Está resguardada a mucha distancia. «Una anfitriona durmiente.» ¿Qué demonios significará?

Yo no sabía de qué hablaban. No oía nada.

Keops tiró de mi mano y señaló río abajo.

—Ajk.

Los inmigrantes había desaparecido. No podían haber cruzado el río tan deprisa. Busqué en las dos orillas y no vi ni rastro de ellos, pero el agua parecía más agitada en el sitio donde habían estado, como removida con una cuchara gigante. Me quedé sin aliento.

—Esto, Bast...

—Carter, ya nos está costando horrores oír a Neftis —me cortó—. Por favor.

Hice rechinar los dientes.

—Vale. Keops y yo vamos a comprobar una cosa...

—¡Chist! —volvió a decir Sadie.

Hice una señal a Keops con la cabeza y empezamos a caminar por la orilla. Keops iba escondido detrás de mis piernas y enseñaba los dientes al río.

Miré atrás, pero Bast y Sadie estaban bien. Seguían mirando el agua como si fuera algún vídeo alucinante de internet.

Al poco llegamos al lugar donde había visto a la familia, pero el agua estaba en calma. Keops palmeó el suelo e hizo el pino, con lo cual o bien estaba bailando breakdance o nervioso de verdad.

—¿Qué pasa? —pregunté, con el corazón acelerado.

—¡Ajk, ajk, ajk! —se quejó. Seguramente me acababa de dar una clase entera en babuino, pero no tenía ni idea de lo que me había dicho.

—Pues ya me dirás cómo hacerlo —repliqué—. Si esa familia se ha hundido en el agua o algo... tengo que encontrarlos. Voy a meterme.

—¡Agh! —gritó, alejándose del agua.

—Keops, esa gente llevaba a una niña pequeña. Si necesitan ayuda, no puedo irme y ya está. Quédate aquí y cúbreme las espaldas.

Keops hizo un sonido gutural y se dio bofetadas en la cara como protesta a que yo estuviera entrando en el agua. La corriente era más fría y rápida de lo que esperaba. Me concentré para invocar la espada y la varita de la Duat. A lo mejor eran imaginaciones mías, pero al hacerlo el río empezó a correr más rápido.

Estaba en el centro del cauce cuando Keops dio unos gritos apremiantes. Estaba dando saltos en la ribera, señalando una mata de juncos que tenía cerca con aspavientos frenéticos.

La familia estaba acurrucada entre los juncos, temblando de miedo, con los ojos abiertos como platos. Mi primer pensamiento: «¿Por qué se esconden de mí?».

—No voy a haceros daño —prometí. Me miraron sin entender, y deseé saber español.

Entonces el agua se revolvió a mi alrededor, y caí en la cuenta de que no los asustaba yo. Mi siguiente pensamiento: «Madre mía, qué idiota soy».

La voz de Horus chilló:

¡Salta!

Salí despedido del agua como si me hubieran disparado con cañón, a tres... seis metros de altura. Parecía imposible hacerlo, pero me alegré, porque del río que tenía debajo acababa de emerger un monstruo.

Al principio solo vi centenares de dientes, en una mandíbula rosada tres veces más grande que yo. No sé cómo, pero logré hacer un mortal y aterrizar de pie en los bajíos. Mi enemigo era un cocodrilo tan largo como nuestra caravana, y eso era la mitad que sobresalía del agua. Su piel gris verdosa tenía un relieve de gruesas placas, como una coraza de camuflaje, y sus ojos eran del color de la leche agria.

La familia estalló en gritos y empezó a vadear desesperada hacia la orilla, llamando la atención del cocodrilo, que por instinto se volvió hacia la presa más ruidosa e interesante. Siempre había pensado que los cocodrilos eran lentos, pero, cuando arremetió contra los inmigrantes, nunca había visto a un animal tan veloz.

Aprovecha la distracción, me apremió Horus. *Colócate detrás y dale un buen tajo.*

Lo que hice fue gritar:

—¡Sadie, Bast, ayuda!

Y lanzar mi varita.

Mal tiro. La varita tocó el río justo delante del cocodrilo, rebotó en la superficie como una piedra, le atizó entre ceja y ceja y volvió disparada a mi mano.

Me extrañaría que le hubiera hecho algo, pero el cocodrilo me echó un vistazo, molesto.

O también puedes darle un azotito con un palo, murmuró Horus.

Me lancé a la carga, gritando para mantener la atención del animal centrada en mí. Por el rabillo del ojo vi cómo la familia trepaba por la ribera, a salvo. Keops iba corriendo detrás de ellos, gesticulando y gritando para guiarlos a un lugar seguro. No me quedó claro si huían del cocodrilo o del mono loco, pero me daba igual mientras no pararan de correr.

No veía cómo estaban Bast y Sadie. Oí gritos y chapoteos detrás de mí, pero, antes de poder girarme, el bicho atacó.

Salté a la izquierda mientras trazaba un arco con la espada. El filo rebotó en la piel del cocodrilo. El monstruo se volvió y se arrojó hacia mí, y su hocico me habría hundido la cabeza en los hombros si no hubiera levantado por instinto la varita, con lo que se estrelló contra un muro de fuerza y salió despedido, como si me protegiera una burbuja gigante de energía.

Intenté invocar al guerrero halcón, pero era muy difícil concentrarme mientras un reptil de seis toneladas intentaba partirme en dos de un mordisco.

Entonces oí que Bast gritaba: «¡NO!», y supe al instante, sin mirar siquiera, que a Sadie le pasaba algo.

La desesperación y la rabia convirtieron mis nervios en acero. Estiré el brazo de la varita y la muralla de energía se expandió, golpeando al cocodrilo con tanta fuerza que lo lanzó por los aires, fuera del río, hasta caer en la orilla mexicana. Salté mientras el animal aún estaba de espaldas, moviendo las patas y desequilibrado. Levanté la espada, que entonces resplandecía en mis manos, y la hundí en la barriga del monstruo. Aguanté sin moverla mientras el cocodrilo se sacudía, desintegrándose poco a poco del morro a la punta de la cola, hasta dejarme solo en medio de un enorme montón de arena mojada.

Me volví y encontré a Bast luchando contra un cocodrilo igual de grande que el mío. El animal embistió y Bast se coló por debajo del ataque para recorrerle la garganta con sus dos cuchillos. El cocodrilo se disolvió en el río hasta que solo fue una corriente turbia de arena, pero el mal ya estaba hecho: Sadie estaba tendida en la orilla, encogida.

Cuando llegué, Keops y Bast ya estaban junto a mi hermana. Tenía sangre en la cabeza. Su cara tenía una palidez amarillenta que no me gustó nada.

—¿Qué ha pasado? —dije.

—Ha salido de la nada —se lamentó Bast—. La cola ha dado a Sadie y la ha mandado volando. Ni la vio venir. ¿Está…?

Keops puso una mano en la frente de Sadie e hizo ruiditos de explosión con los labios. Bast suspiró del alivio.

—Keops dice que vivirá, pero tenemos que sacarla de aquí. Esos cocodrilos podrían significar…

Su voz se apagó. En el centro del río, el agua bullía. Se estaba alzando allí una figura tan horrible que supe que estábamos perdidos.

—Podrían significar justamente eso —dijo Bast, taciturna.

Para empezar, el colega medía seis metros de altura, y no era en plan avatar brillante. Era todo él de carne y hueso. Tenía el pecho y los brazos humanos, pero con piel verde clara, y llevaba sujeta a la cintura una falda verde acorazada, como de piel de reptil. Tenía cabeza de cocodrilo, un morro inmenso lleno de dientes blancos y torcidos y ojos que relucían de moco verdoso. (Sí, lo sé, de lo más atractivo.) La melena negra le caía en trenzas hasta los hombros, y de las sienes brotaban unos cuernos curvos de toro. Por si no resultaba ya bastante extravagante, parecía sudar con una profusión increíble: un agua aceitosa brotaba en torrentes de su piel y caía al río.

Levantó su bastón, una viga de madera verde tan grande como un poste telefónico.

Bast gritó:

—¡Moveos!

Me apartó de un tirón mientras el hombre cocodrilo abría un boquete de metro y medio de profundidad en el lugar donde estaba yo hacía un instante.

Vociferó:

—¡Horus!

Lo último que me apetecía en ese momento era decir «¡Aquí!», pero Horus me habló con tono urgente: *Enfréntate a él. Sobek solo comprende la fuerza. No dejes que te agarre, o te hundirá en las profundidades y te ahogará.*

Me tragué el miedo y exclamé:

—¡Eh, Sobek! ¡Eres un… esto… debilucho! ¿Cómo lo llevas, tío?

Sobek me enseñó los dientes. A lo mejor era su versión de una sonrisa amistosa. Probablemente no.

—Esa forma no te beneficia, dios halcón —dijo—. Te voy a partir en dos.

A mi lado, Bast se sacó los cuchillos de las mangas.

—No dejes que te agarre —me avisó.

—Ya me había llegado la circular —le dije.

356

Sabía que Keops estaba lejos a mi derecha, arrastrando a Sadie ladera arriba poco a poco. Tenía que distraer al tío aquel, al menos hasta que estuvieran fuera de peligro.

—¡Sobek, dios de los… cocodrilos, supongo! ¡Déjanos tranquilos o te destruiremos!

Bien, me animó Horus. *«Destruiremos» es buena.*

Sobek rugió una carcajada.

—Tienes mejor sentido del humor, Horus. ¿Me destruiréis tú y tu minina? —Giró sus ojos cubiertos de moco hacia Bast—. ¿Qué te trae a mis dominios, diosa gata? ¡Creía que no te gustaba el agua!

Con la última palabra, apuntó su bastón y lanzó un inmenso chorro de agua verdosa. Bast fue más rápida. De un brinco se colocó detrás de Sobek con el avatar plenamente desarrollado: una enorme y refulgente guerrera con cabeza de gato.

—Traidor —gritó Bast—. ¿Por qué te has aliado con el caos? ¡Tu deber es para con tu rey!

—¿Qué rey? —bramó Sobek—. ¿Ra? Ra se ha ido. ¡Osiris vuelve a estar muerto, el muy blandengue! Y este crío no puede restaurar el imperio. Hubo una época en que apoyé a Horus, sí. Pero en esta forma no tiene fuerza alguna. No tiene seguidores. Set ofrece poder. Set ofrece carne fresca. ¡Creo que empezaré el banquete con carne de deificado!

Se volvió hacia mí e hizo girar su cayado. Rodé para alejarme del golpe, pero él sacó su mano libre y me agarró por la cintura. Sencillamente, no fui bastante rápido. Bast tensó los músculos, dispuesta a lanzarse contra el enemigo, pero antes de que pudiera hacer nada Sobek soltó el bastón, me rodeó con sus dos manos gigantescas y me hundió en el agua. Lo siguiente que supe fue que me ahogaba en el frío fango verde. No podía ver ni respirar. Seguí hundiéndome en las profundidades mientras las manos de Sobek me exprimían el aire de los pulmones.

¡Ahora o nunca!, dijo Horus. *Déjame tomar el control.*

«No —repliqué—. Antes muerto.»

La idea me infundió una extraña tranquilidad. Si ya estaba muerto, no tenía sentido asustarme. Ya puestos, podía caer luchando.

Enfoqué mi poder y noté la fuerza recorriéndome el cuerpo. Flexioné los brazos y sentí que el apretón de Sobek perdía presión. Invoqué el avatar del guerrero halcón y al instante me envolvió una silueta dorada y brillante, tan alta como Sobek. A duras penas podía distinguirlo en aquella agua oscura, pero vi que abría los ojos por la sorpresa.

Me zafé de él y le di un cabezazo que le rompió varios dientes. A continuación salté del agua y aterricé en la ribera junto a Bast, que estaba tan sorprendida que casi me soltó un tajo.

—¡Gracias a Ra! —exclamó.

—Sí, estoy vivo.

—¡No, es que casi salto a por ti! ¡Odio el agua!

Entonces Sobek emergió del agua con una explosión, rugiendo de rabia. Le salía sangre verde de un agujero de la nariz.

—¡No puedes derrotarme! —Extendió los brazos, que seguían soltando sudor a chorros—. ¡Soy el señor el agua! ¡Mi sudor es lo que crea los ríos del mundo!

Puaaaj. Decidí no volver a bañarme en ríos nunca más. Eché un vistazo a mi espalda, buscando a Keops y a Sadie, pero no estaban a la vista. Con suerte, Keops habría llevado a Sadie a algún lugar seguro, o, al menos, a algún buen escondite.

Sobek se lanzó al ataque, y trajo el río consigo. Una ola inmensa me arrolló y me tumbó, pero Bast dio un salto y cayó sobre Sobek de nuevo con su avatar completo. El hombre cocodrilo no pareció acusar el peso. Intentó agarrarla sin éxito. Bast dio cuchillada tras cuchillada a sus brazos, espalda y cuello, pero la piel verde del monstruo se curaba tan deprisa como Bast podía cortarla.

Torpemente, me puse de pie, acto que en forma de avatar es como intentar levantarse con un colchón atado al pecho. Sobek por fin logró hacerse con Bast y lanzarla lejos. La diosa cayó tras una voltereta y sin sufrir daños, pero su aura azul empezó a vacilar. Estaba perdiendo poder.

Empezamos a hacer relevos para atacar al dios cocodrilo con tajos y estocadas, pero, cuantas más heridas le hacíamos, más enfurecido y poderoso parecía volverse.

—¡Más esbirros! —gritó—. ¡Venid a mí!

Eso no podía ser bueno. Otra ronda de cocodrilos gigantes y estábamos muertos.

«¿A nosotros por qué no nos tocan esbirros?», protesté dirigiéndome a Horus, pero no me contestó. Lo notaba esforzándose para canalizar su poder a través de mí, intentando mantener alimentada nuestra magia de combate.

El puño de Sobek alcanzó a Bast y volvió a mandarla por los aires. Esta vez, cuando cayó al suelo, su avatar se apagó del todo.

Cargué contra él, intentando atraer la atención de Sobek. Por desgracia, funcionó. Sobek se volvió y me lanzó un rayo de agua. Mientras estaba cegado, me dio tal bofetón que salí volando hacia el interior de la orilla, golpeando juncos a mi paso.

Mi avatar cayó. Me incorporé semiinconsciente y encontré a Keops y Sadie a mi lado, Sadie aún desmayada y sangrando, Keops murmurando a la desesperada en idioma babuino y acariciándole la frente.

Sobek salió del agua y me sonrió. Bajo la tenue luz del anochecer, vi que a unos cuatrocientos metros corriente abajo había dos estelas en el río, aproximándose veloces a nosotros. Los refuerzos de Sobek.

Desde el agua, Bast gritó:

—¡Carter, corre! ¡Llévate a Sadie de aquí!

Su cara palideció por el esfuerzo y de nuevo la rodeó su avatar de guerrera gata. Sin embargo, era muy tenue, casi insustancial.

—¡No! —exclamé—. ¡Morirás!

Traté de invocar al guerrero halcón, pero el esfuerzo hizo que me ardieran las entrañas de dolor. Estaba seco de poder, y el espíritu de Horus se había adormecido, agotado por completo.

—¡Vete! —gritó Bast—. ¡Y dile a tu padre que cumplí mi promesa!

—¡NO!

Bast saltó contra Sobek. Los dos forcejearon, Bast rajándole la cara con furia mientras Sobek aullaba de dolor. Ambos dioses cayeron al agua, y abajo fueron.

Corrí hasta la orilla. El agua se removía y burbujeaba. Entonces una explosión verde iluminó todo el curso del Río Grande, y un animalito de color negro y dorado salió despedido del agua como si lo hubieran lanzado. Cayó a mis pies entre la hierba: una gata empapada, inconsciente y casi muerta.

—¿Bast?

Recogí a la gata con mucho cuidado. Llevaba puesto el collar de Bast, pero el talismán de la diosa se deshizo en polvo ante mis ojos. Ya no era Bast. Solo Tarta.

Las lágrimas me vinieron a los ojos. Sobek estaba derrotado, expulsado de nuevo a la Duat o lo que fuera, pero las dos estelas seguían avanzando por el río, ya lo bastante cerca para distinguir los lomos verdes y los ojillos brillantes de los monstruos.

Acuné a la gata contra mi pecho y me volví hacia Keops.

—Vamos, tenemos que...

Me quedé paralizado, porque al lado de Keops y mi hermana, mirándome fijamente, había un cocodrilo distinto, uno de color blanco puro.

«Estamos muertos —pensé, y luego—: Eh, eh... ¿un cocodrilo blanco?»

Abrió las fauces y atacó... por encima de mí. Di media vuelta a tiempo de ver cómo se enzarzaba con los otros dos cocodrilos, los gigantes de color verde que se disponían a matarme.

—¿Filipo? —dije asombrado, mientras los cocodrilos se revolvían y combatían.

—Sí —respondió una voz de hombre.

Volví a girarme y contemplé lo imposible. El tío Amos estaba arrodillado junto a Sadie, con el rostro muy serio mientras le examinaba la herida de la cabeza. Levantó rápidamente la mirada hacia mí.

—Filipo entretendrá a los esbirros, pero no por mucho tiempo. ¡Sígueme ahora y puede que tengamos una pequeña posibilidad de sobrevivir!

31. Entrego una notita de amor

Me alegro de que esa última parte la haya contado Carter, en parte porque yo estaba inconsciente cuando sucedió y en parte porque no puedo hablar de lo que hizo Bast sin venirme abajo.

En fin, ya hablaremos de eso más tarde.

Me desperté igual que si alguien se hubiera dedicado a inflarme la cabeza. Mis dos ojos no veían las mismas cosas. Por el izquierdo veía el culo de un babuino y por el derecho a mi tío Amos, desaparecido hacía mucho tiempo. Por descontado, decidí centrarme en el derecho.

—¿Amos?

Me puso un paño frío en la frente.

—Descansa, chiquilla. Has sufrido una conmoción de las serias.

Eso al menos sí me lo podía creer.

Cuando mis ojos empezaron a enfocar bien, descubrí que estábamos al raso, bajo un cielo nocturno lleno de estrellas. Yo estaba tumbada en una manta sobre lo que parecía arena blanda. Keops estaba a mi lado, con su lado colorido un poco demasiado cerca de mi cara. Estaba removiendo un puchero que había en una pequeña hoguera, y no sé qué estaría cocinando, pero olía a alquitrán quemado. Carter estaba sentado no muy lejos, en una duna, con aspecto desolado y sosteniendo… ¿era Tarta lo que tenía en brazos?

Amos tenía más o menos la misma pinta que la última vez que lo vimos, hacía siglos. Llevaba su traje azul con gabardina a juego y sombrero fedora. Llevaba el pelo negro en pulcras trenzas, y las gafitas redondas reflejaban el sol. Parecía fresco y descansado, no un ex prisionero de Set.

—¿Cómo has…?

—¿Escapado de Set? —Se le ensombreció la expresión—. Fue una estupidez irme a buscarlo, Sadie. No tenía ni idea de lo poderoso que se había vuelto. Su espíritu está enlazado a la Pirámide Roja.

—Así que… ¿no tiene un anfitrión humano?

Amos meneó la cabeza a los lados.

—No le hace falta mientras tenga la pirámide. Ahora que está casi acabada, cada minuto que pasa se vuelve más fuerte. Me infiltré en su madriguera bajo la montaña y caí directo en su trampa. Me avergüenza decir que me atrapó sin tener que pelear.

Abarcó su traje con un movimiento de la mano, recalcando lo perfectamente intacto que lo tenía.

—Ni una rascada. Fue como… ¡pam!, congelado como una estatua. Set me plantó a los pies de su pirámide como un trofeo, para que sus demonios pudieran reír y burlarse de mí al pasar.

—¿Viste a papá? —pregunté.

Sus hombros se hundieron.

—Oía hablar a los demonios. El ataúd está dentro de la pirámide. Tienen pensado usar el poder de Osiris para reforzar la tormenta. Cuando Set la desate al amanecer, y será una explosión de órdago, créeme, borrará del mapa a Osiris y a tu padre. Osiris quedará exiliado a un nivel tan profundo de la Duat que tal vez no vuelva a alzarse nunca.

Empezó a palpitarme la cabeza. No daba crédito a que nos quedara tan poco tiempo, y si Amos no había podido salvar a papá, ¿cómo íbamos a conseguirlo Carter y yo?

—Pero escapaste —dije, ansiosa de oír alguna buena noticia—, así que debe de haber algún punto débil en sus defensas, o…

—La magia paralizadora empezó a debilitarse pasado un tiempo. Concentré mi energía y trabajé poco a poco en las ataduras. Me costó muchas horas, pero al final me solté. Este mediodía he salido a hurtadillas, mientras los demonios dormían. Ha sido demasiado fácil.

—A mí no me lo parece —dije.

Amos negó con la cabeza, obviamente preocupado.

—Set me ha dejado escapar. No sé por qué, pero no debería estar vivo. Es alguna clase de truco. Temo… —Fuese lo que fuese a decir, cambió de idea—. En todo caso, lo primero que pensé fue en buscaros, así que convoqué mi barca.

Señaló a sus espaldas. Conseguí levantar la cabeza y vi que estábamos en un desierto de dunas blancas que se extendían hasta donde me alcanzaba la vista en aquella noche estrellada. La arena que tocaba con los dedos era tan fina y blanca que pasaría por azúcar en polvo. La barca de Amos, la misma que nos había llevado desde el Támesis a Brooklyn, estaba embarrancada en la cima de una duna cercana, equilibrada en un ángulo precario como si la hubiesen dejado caer ahí de cualquier manera.

—A bordo hay una taquilla con suministros —me ofreció Amos—, por si quieres cambiarte de ropa.

—Pero ¿dónde estamos?

—White Sands —me dijo Carter—, en Nuevo México. Es un campo de tiro gubernamental para probar misiles. Amos ha dicho que aquí no nos buscaría nadie, así que te hemos dejado tiempo para curarte. Son como las siete de la tarde, día 28 aún. Unas doce horas o así hasta que Set… ya sabes.

—Pero…

La cabeza me bullía con demasiadas preguntas. Lo último que recordaba era estar en el río hablando con Neftis. Su voz había sonado como desde el otro lado del mundo. Las palabras embotadas me habían llegado con la corriente, casi imposibles de entender pero muy insistentes. Me había dicho que estaba resguardada en un lugar muy lejano, dentro de una anfitriona durmiente, lo cual no tenía sentido para mí. Decía que le era imposible aparecer en persona, pero que enviaría un mensaje. Entonces fue cuando el agua empezó a alborotarse.

—Nos han atacado. —Carter acariciaba la cabeza de Tarta, y al fin me fijé en que el amuleto, el amuleto de Bast, ya no estaba—. Sadie, tengo noticias bastante malas.

Me contó lo que había pasado y yo cerré los ojos. Estallé en sollozos. Una vergüenza, sí, pero imposible de evitar. En los últimos días me lo habían quitado todo: mi hogar, mi vida normal, mi padre. Habían estado a punto de matarme media docena de veces. La muerte de mi madre, que de todas formas no había podido superar, volvió a dolerme como una herida abierta. ¿Y ahora perdía también a Bast?

Cuando Anubis me había interrogado en el inframundo, había sido para saber qué estaría dispuesta a sacrificar con tal de salvar el mundo.

«¿Qué no he sacrificado ya?» Quise chillar. «¿Qué me queda?»

Carter se acercó y me dio a Tarta, que ronroneó en mis brazos, pero no era lo mismo. No era Bast.

—Regresará, ¿verdad? —dije, dirigiendo una mirada suplicante a Amos—. O sea, es inmortal, ¿no?

Amos se ajustó el ala del sombrero.

—Sadie… no lo sé. Según parece, se ha sacrificado para derrotar a Sobek. Bast lo ha hundido en la Duat al coste de su propia fuerza vital. Hasta ha salvado a Tarta, su anfitriona, seguramente con su última migaja de poder. Si es así, le sería muy difícil regresar. Quizá algún día, dentro de unos siglos…

—¡No, siglos no! No puedo… —Se me quebró la voz.

Carter me puso una mano en el hombro y supe que él lo entendía. No podíamos perder a nadie más. De verdad no podíamos.

—Venga, descansa —dijo Amos—. Podemos permitirnos una hora más, pero entonces tendremos que ir moviéndonos.

Keops me ofreció un cuenco de su mejunje. El líquido espeso tenía el aspecto de una sopa que llevara mucho tiempo caducada. Miré de reojo a Amos, esperando que me ayudase a rechazarla, pero asintió para darme ánimos.

Maldita mi suerte, encima de todo lo demás, tenía que tomar medicamentos de babuino.

Sorbí el brebaje, que sabía casi tan mal como olía, y de inmediato me empezaron a pesar los párpados. Cerré los ojos y dormí.

Y justo cuando pensaba que tenía solventado el asunto del alma-fuera-del-cuerpo, a mi alma se le ocurrió cambiar las reglas. Bueno, al fin y al cabo el alma es la mía, así que supongo que tiene sentido.

Mi *ba* conservó su forma humana al salirme del cuerpo —mucho mejor que tener pinta de ave de corral—, pero creció y creció hasta que pude contemplar todo White Sands desde las alturas. Me habían dicho infinidad de veces que tengo mucho espíritu (normalmente, no como un cumplido), pero aquello era absurdo. Mi *ba* se había hecho tan alto como el Monumento a Washington.

Al sur, después de kilómetros y kilómetros de desierto, se divisaba la neblina del Río Grande, el campo de batalla donde habían caído Bast y Sobek. Aun siendo tan alta, no debería haber podido alcanzar a ver Texas, y menos de noche, pero sí podía, vete a saber cómo. Al norte y más lejos incluso, vi un distante fulgor dorado y supe que era el aura de Set. Su poder crecía a medida que su pirámide terminaba de construirse.

Miré abajo. Junto a mi pie había un minúsculo grupito de manchas: nuestro campamento. Las miniaturas de Carter, Amos y Keops estaban sentadas alrededor de la hoguera, charlando. La embarcación de Amos no era mayor que el dedo meñique de mi pie. Mi propia figura durmiente estaba acurrucada en una manta, tan pequeña que me podría haber aplastado a mí misma de un tropezón.

Yo era inmensa, y el mundo era pequeño.

—Así es como vemos las cosas los dioses —me dijo una voz.

Miré a mi alrededor pero no vi nada, aparte de la vasta extensión de dunas blancas y suaves. Entonces, delante de mí, las dunas cambiaron. Lo achaqué al viento, hasta que una duna entera rodó de lado como una ola. Luego se movió otra, y otra más. Comprendí que estaba mirando una figura humana, la de un hombre gigantesco tumbado en posición fetal. Se puso de pie, desparramando arena blanca por todas partes. Yo me agaché para ahuecar las manos y evitar que la avalancha sepultase a mis compañeros. Lo raro es que ni se enteraron, como si aquel corrimiento de tierras no fuera más que cuatro gotas de lluvia.

El hombre se irguió en toda su altura, con la que como mínimo sacaba una cabeza a mi propia forma gigante. Su cuerpo era de arena que caía como un telón de sus brazos, y su pecho, igual que una cascada de azúcar. La arena de su cara se removió hasta componer una vaga sonrisa.

—Sadie Kane —dijo—. Te estaba esperando.

—Geb. —No me preguntes cómo, pero supe al momento que se trataba del dios de la tierra. A lo mejor el cuerpo de arena era una pista—. Tengo una cosa para ti. —No tenía el menor sentido que mi *ba* conservase el sobre, pero rebusqué en mi bolsillo brillante y fantasmal y saqué la notita de Nut—. Tu esposa te echa de menos —le dije.

Geb cogió la notita con ansia. La apretó contra su cara y me pareció que la olía. Acto seguido abrió el sobre. En vez de un papel, estallaron unos fuegos artificiales. En el cielo nocturno brilló una constelación nueva: el rostro de Nut, formado por un millar de estrellas. El viento arreció enseguida y deshizo la imagen, pero Geb dio un suspiro de satisfacción. Cerró el sobre y se lo guardó dentro del pecho arenoso, como si tuviera un bolsillo donde debería ir su corazón.

—Te debo mi gratitud, Sadie Kane —dijo Geb—. Han pasado muchos milenios desde que contemplara el rostro de mi amada. Nombra un favor que la tierra pueda conceder y será tuyo.

—Salva a mi padre —pedí instantáneamente.

La cara de Geb se onduló, sorprendida.

—Hummm, vaya una hija más leal. Isis podría aprender un par de cosas de ti. Por desgracia, no me es posible. El sendero de tu padre está entrecruzado con el de Osiris, y los asuntos de los dioses no puede resolverlos la tierra.

—Entonces, ¿no podrías derrumbar la montaña de Set y destruir su pirámide? —sugerí.

La risa de Geb fue como la campeona del mundo de las avalanchas.

—No puedo intervenir tan directamente en las rencillas de mis niños. Set es hijo mío también.

La frustración estuvo a punto de hacerme dar una patada al suelo. Entonces recordé que era una giganta y que podría arrasar el campamento entero. ¿Un *ba* podía hacer eso? Mejor no averiguarlo.

—Bueno, pues tus favores no es que sean muy útiles.

Geb se encogió de hombros, desprendiendo unas pocas toneladas de arena.

—Tal vez un consejo que te ayude a cumplir tus objetivos. Debes ir al lugar entrecruzado.

—¿Y eso dónde está?

—Cerca —afirmó—. Y, Sadie Kane, llevas razón. Has perdido demasiado. Tu familia ha sufrido. Yo sé lo que es eso. Debes recordar que un padre haría cualquier cosa para salvar a sus niños. Yo renuncié a mi felicidad, a mi esposa… acepté la maldición de Ra para que mis hijos pudieran nacer. —Miró al cielo, melancólico—. Y si bien con cada milenio que transcurre añoro más a mi amada, sé que ninguno de los dos cambiaría la decisión que tomó. Ahora tengo cinco hijos a los que amo.

—¿Hasta a Set? —pregunté con incredulidad—. Está a punto de destruir a millones de personas.

—Set es más de lo que aparenta —dijo Geb—. Es de nuestra sangre.

—De la mía, no.

—Ah, ¿no? —Geb se movió, descendiendo. Creí que quería agacharse, hasta que observé que se volvía a fundir con las dunas—. Piensa en ello, Sadie Kane, y procede con cautela. El peligro te acecha en el lugar entrecruzado, pero también allí encontrarás lo que más necesitas.

—¿Podrías ser un poco menos concreto? —rezongué.

Pero Geb ya no era más que una duna un poquito más alta que las demás, y mi *ba* volvió a hundirse hacia mi cuerpo.

32. El lugar entrecruzado

Desperté con Tarta acurrucada en mi cabeza, ronroneando y mascando mi pelo. Por un momento, creí que estaba en casa. Allí siempre abría los ojos con Tarta subida a la cabeza. Entonces recordé que no tenía casa y que Bast no estaba. Mis ojos empezaron a humedecerse.

No, dijo la voz de Isis. *Tenemos que estar centradas.*

Por una vez, la diosa tenía razón. Me incorporé y me quité la arena blanca que tenía en la cara. Tarta maulló una protesta, pero dio un par de pasos y decidió que se conformaría con ocupar el sitio tibio que acababa de dejar en la manta.

—Bien, estás levantada —dijo Amos—. Ahora íbamos a despertarte.

Seguía siendo de noche. Carter estaba en la cubierta de la barca, poniéndose un abrigo nuevo de lino sacado de la taquilla de Amos. Keops trotó hacia mí y dedicó una especie de ronroneo a la gata. Para mi gran sorpresa, Tarta saltó a sus brazos.

—He pedido a Keops que se lleve la gata a Brooklyn —dijo Amos—. Este no es lugar para ella.

Keops gruñó, a todas luces descontento con la tarea que le habían asignado.

—Ya lo sé, viejo amigo —le dijo Amos. Su voz tenía un matiz de dureza, como si quisiera dar a entender que era el babuino alfa—. Es por el bien de todos.

—Ajk —dijo Keops, sin mirar a Amos a los ojos.

Me asaltó la inquietud. Recordé que, según Amos, su liberación podía haber sido un truco de Set. Y también la visión de Carter: a Set le interesaba que Amos nos guiase hacia la montaña para poder capturarnos. ¿Y si Set ejercía alguna influencia en Amos? No me hacía gracia la idea de deshacernos de Keops.

Por otra parte, no veía otro remedio que aceptar la ayuda de Amos, y ver allí a Keops sosteniendo a Tarta hacía insoportable la idea de poner a cualquiera de los dos en peligro. Quizá el plan de Amos tenía sentido.

—¿No tendrá problemas en el trayecto? —pregunté—. ¿Él solo ahí fuera?

—No te preocupes —me tranquilizó Amos—. Keops, y todos los babuinos, tienen su forma particular de magia. Estará bien. Y por si las moscas… —sacó la figurita de cera de un cocodrilo—, esto le echará una mano si tiene problemas.

Carraspeé.

—¿Un cocodrilo? ¿Después de lo que…?

—Es Filipo de Macedonia —aclaró Amos.

—¿Filipo es de cera?

—Claro —dijo Amos—. Es demasiado complicado tener cocodrilos de verdad en casa. Que conste que ya os había dicho que era mágico.

Amos tiró la figurita a Keops, que la olisqueó antes de guardarla en un saquito junto a sus ingredientes de cocina. Keops me dedicó una última mirada inquieta, lanzó otra cargada de miedo a Amos y luego subió sin prisa por la duna con su saco en un brazo y Tarta en el otro.

Era imposible que fuesen a sobrevivir allí, con magia o sin ella. Esperé a que Keops apareciese en la cima de la siguiente duna, pero ya no lo hizo. Simplemente, había desaparecido.

—Bueno —dijo Amos—, por lo que me ha contado Carter, Set pretende lanzar su oleada de destrucción mañana al amanecer. Eso nos deja poquísimo tiempo. Lo que Carter *no* ha querido explicarme es cómo pretendéis derrotar a Set.

Crucé una mirada fugaz con Carter y leí un aviso en sus ojos. Lo entendí al instante, y me invadió la gratitud. A lo mejor el chico no era lerdo del todo. Tenía las mismas reservas que yo sobre Amos.

—Eso mejor nos lo reservamos —respondí a Amos llanamente—. Tú mismo lo insinuaste ayer. ¿Qué pasa si Set te ha metido un micrófono mágico o algo así?

Tensó la mandíbula.

—Tienes razón —admitió a regañadientes—. No puedo confiar en mí mismo. Es tan… tan frustrante.

El tono parecía de auténtica angustia, lo que me hizo sentir culpable. Estuve tentada de rectificar y contarle todo nuestro plan, pero una mirada a Carter fue suficiente para mantenerme firme.

—Deberíamos partir hacia Phoenix —dije—. A lo mejor, de camino…

Metí la mano en el bolsillo. La notita de Nut ya no estaba. Quería contar a Carter la charla que había tenido con el dios de la tierra Geb, pero no sabía si debía hablar delante de Amos. Carter y yo llevábamos tantos días formando equipo que me di cuenta de que acusaba un poco la presencia de Amos. No quería contar mis secretos a nadie más. Dios, no puedo creerme que acabe de decir eso.

Carter dijo:

—Deberíamos hacer una parada en Las Cruces.

No sé quién se sorprendió más, Amos o yo.

—Está cerca de aquí —dijo Amos lentamente—, pero…

Recogió un puñado de arena, murmuró un hechizo y tiró la arena al aire. En vez de dispersarse, los granitos se quedaron flotando y compusieron una flecha ondulante que señalaba al sureste, hacia una hilera de montañas escarpadas que se silueteaban más oscuras en el horizonte.

—Lo que pensaba —dijo Amos, y la arena cayó—. Para ir a Las Cruces tendríamos que desviarnos unos sesenta kilómetros de nuestra ruta y superar esas montañas. Phoenix está al noroeste.

—Sesenta kilómetros no son tanto —dije yo—. Las Cruces…
—El nombre me llamaba la atención, pero no acertaba el motivo—. Carter, ¿por qué parar allí?

—Es que… —Parecía tan atribulado que supe que aquello tenía algo que ver con Zia—. Tuve una visión.

—¿Una visión encantadora? —aventuré.

Mi hermano tenía el aspecto de estar intentando tragarse una pelota de golf, lo que confirmó mis sospechas.

—Creo que tendríamos que ir allí y ya está —dijo—. Podríamos encontrar algo importante.

—Demasiado arriesgado —objetó Amos—. No puedo permitirlo, con la Casa de la Vida siguiéndoos el rastro. Deberíamos continuar campo a través, lejos de las ciudades.

Y de pronto, ¡clac! Uno de esos momentos increíbles en los que mi cerebro hace lo que debería.

—No, Carter tiene razón —dije—. Debemos ir allí.

Ahora le tocó a mi hermano sorprenderse.

—¿La tengo? ¿Debemos ir?

—Sí.

Me arriesgué y les conté mi charla con Geb.

Amos se quitó un poco de arena de la chaqueta.

—Muy interesante, Sadie. Pero no entiendo qué papel tiene Las Cruces en todo esto.

—Porque tiene que ser el sitio, ¿verdad? —dije—. Las Cruces. El lugar entrecruzado, como me dijo Geb.

Amos titubeó, pero al final asintió con reparos.

—Meteos en la barca.

—Andamos algo cortos de agua para una travesía, ¿no? —pregunté.

Aun así, les seguí y subimos a bordo. Amos se quitó la gabardina y pronunció una palabra mágica. Al momento, la vestidura cobró vida, flotó hasta la popa y agarró el timón.

Amos me sonrió, y a sus ojos regresó una parte del antiguo brillo.

—Agua, ¿para qué?

La barca dio una sacudida y se elevó hacia el cielo.

Si alguna vez Amos se cansaba de ser mago, podía ganarse la vida ofreciendo paseos turísticos en barca celestial. El paisaje que teníamos mientras sobrevolábamos las montañas era espectacular.

Al principio, el desierto me había parecido estéril y espantoso, comparado con las campiñas inglesas, pero estaba empezando a aceptar que el desierto tiene su propia belleza cruda, sobre todo de noche. Las montañas se alzaban como islas oscuras en un mar de luces. Nunca había visto tantas estrellas en el cielo, y el viento seco olía a salvia y pinos. En el valle que teníamos a nuestros pies descansaba Las Cruces, un mosaico brillante de calles y barrios.

Al acercarnos vi que la ciudad no tenía nada de particular. Podría haber sido Manchester o Swindon o cualquier otro sitio, en realidad, pero Amos guió nuestra embarcación hacia el sur de la ciudad, una zona evidentemente mucho más antigua, con edificios de adobe y árboles en las calles.

Mientras descendíamos, empecé a ponerme nerviosa.

—¿No nos verán si llegamos en barco volador? —pregunté—. O sea, ya sé que la magia es difícil de ver, pero…

—Esto es Nuevo México —dijo Amos—. Por aquí la gente ve ovnis día sí, día no.

Y con eso, aterrizamos en el tejado de una iglesia pequeña.

Fue como volver atrás en el tiempo, o saltar a un decorado de una película del oeste. La plaza mayor estaba rodeada de casas de estuco, igual que un poblado indio. Las calles estaban bien iluminadas y llenas de gente, tanto que parecía un festival, con puestos callejeros donde se vendían ristras de pimientos rojos, mantas indias y otras curiosidades. Había una vieja diligencia aparcada contra un grupo de cactus. En la pérgola de la plaza, unos hombres con guitarras grandes y voces potentes tocaban rancheras.

—Esto es el casco antiguo —dijo Amos—. Creo que lo llaman Mesilla.

—¿Y aquí tienen muchas cosas egipcias o qué? —pregunté, dudosa.

372

—Bueno, las culturas antiguas de México tienen mucho en común con Egipto —dijo Amos, recogiendo su gabardina del timón—. Pero dejaremos esa conversación para otro día.

—Gracias a dios —murmuré. Entonces olí el aire y noté un aroma extraño pero maravilloso, parecido al del pan cociéndose y la mantequilla pero más especiado, más sabroso—. Me-muero-de-hambre.

Paseando por la plaza, no nos costó mucho encontrar tortillas de maíz artesanales. Dios, qué buenas estaban. Supongo que en Londres hay restaurantes mexicanos, pero yo nunca había ido, y dudo mucho que tuvieran unas tortillas tan deliciosas. Una mujer corpulenta vestida de blanco extendió las bolas de masa con sus manos cubiertas de harina, aplanó y coció las tortillas en una sartén caliente y nos las ofreció en servilletas de papel. No les hacía falta mantequilla, mermelada ni nada. Eran tan delicadas que se me derretían en la boca. Obligué a Amos a comprar como una docena, todas para mí.

Carter también estaba moviendo el bigote con ganas hasta que probó los tamales con guindillas rojas en otro puesto de la plaza. Creía que le iba a explotar la cara.

—¡Pica! —anunció—. ¡Beber!

—Come de la tortilla —le aconsejó Amos, intentando no reír—. El pan corta el picor mejor que el agua.

Probé yo también los tamales y los encontré exquisitos, ni de lejos tan picantes como un buen curry, de modo que Carter solo estaba lloriqueando, como de costumbre.

Al poco tiempo nos habíamos atiborrado de comida y empezamos a vagar por las calles, buscando… bueno, no sabía qué exactamente. Se nos escapaba el tiempo. El sol circulaba por debajo del mundo y yo sabía que todos estábamos viviendo nuestra última noche a menos que detuviésemos a Set, pero seguía sin tener ni idea de por qué nos había hecho venir Geb. «También allí encontrarás lo que más necesitas.» ¿A qué se refería?

Observé el gentío y acerté a ver a un joven alto y moreno. Sentí un cosquilleo en la columna: ¿Anubis? ¿Me estaría siguiendo, asegurándose de que estaba a salvo? ¿Y si lo que más necesitaba era él?

Un pensamiento maravilloso, solo que no era Anubis. Me reprendí por pensar que podía tener tanta suerte. Además, Carter había descrito a Anubis como un monstruo con cabeza de chacal. A lo mejor, la apariencia que había adoptado al hablar conmigo era solo un truco para ofuscarme el cerebro... un truco que le había salido bastante, bastante bien.

Estaba fantaseando con eso y pensando si en la Tierra de los Muertos tendrían tortillas cuando crucé la mirada con una chica que estaba al otro lado de la plaza.

—Carter. —Le agarré el brazo y apunté con la barbilla hacia Zia Rashid—. Tienes visita.

Zia estaba lista para el combate con su ropa suelta de lino negro, báculo y varita en las manos. Su pelo moreno y corto estaba encrespado hacia un lado, como si hubiese volado hasta allí contra un viento fuerte. Sus ojos ambarinos parecían tan amistosos como los de un jaguar.

Detrás de ella había un tenderete lleno de recuerdos para turistas, y un cartel que rezaba: NUEVO MÉXICO, LA TIERRA ENCANTADA. Seguro que el tendero no sabía cuánto encantamiento tenía de pie enfrente de su mercancía.

—Has venido —dijo Zia, comentario que me pareció un poco obvio. ¿Me lo imaginaba yo o la chica miraba a Amos con recelo, casi con miedo?

—Sí —contestó Carter, hecho un manojo de nervios—. Ya... ya conoces a Sadie. Este es...

—Amos —dijo Zia, tensa.

Amos se inclinó.

—Zia Rashid, han pasado algunos años. Veo que Iskandar ha mandado a los mejores.

Aquello sentó a Zia como una bofetada en toda la cara, y caí en que Amos no estaba al tanto de las noticias.

—Hummm, Amos —dije—, Iskandar ha muerto.

Se nos quedó mirando con incredulidad mientras le contábamos la historia.

—Ya veo —dijo después—. Entonces el nuevo lector jefe es...

—Desjardins —dije.

—Ah. Malas noticias.

Zia arrugó la frente. Y, en vez de dirigirse a Amos, se volvió hacia mí.

—No menospreciéis a Desjardins. Es muy poderoso. Necesitaréis su ayuda, y la de todos, para desafiar a Set.

—¿No se te ha ocurrido —repliqué— que Desjardins podría estar ayudando a Set?

Zia me miró con rabia.

—Jamás. Otros, tal vez. Pero no Desjardins.

Ciertamente se refería a Amos. Supongo que eso me debería haber llevado a sospechar aún más de él, pero lo que consiguió fue enfurecerme.

—Estás ciega —acusé a Zia—. La primera orden que dio Desjardins como lector jefe fue ejecutarnos. Ahora intenta detenernos, aunque sabe de sobra que Set está a punto de destruir el continente. Y Desjardins estaba presente aquella noche en el Museo Británico. Si Set necesitaba un cuerpo…

La punta del báculo de Zia estalló en llamas.

Carter se interpuso entre nosotras como un rayo.

—Eh, eh, calmaos las dos. Hemos venido a hablar.

—Ya estoy hablando —replicó Zia—. Necesitáis poner a la Casa de la Vida de vuestra parte. Tenéis que convencer a Desjardins de que no sois una amenaza.

—¿Rindiéndonos? —pregunté—. No, muchas gracias. Preferiría que no me transformasen en bicho y me pisotearan.

Amos carraspeó.

—Me temo que Sadie lleva razón. A no ser que Desjardins haya cambiado mucho desde la última vez que nos cruzamos, no es un hombre que vaya a atender a razones.

Zia estaba que echaba humo.

—Carter, ¿podemos hablar un momento a solas?

Mi hermano se removió.

—Mira, Zia, yo… yo creo que debemos trabajar juntos. Pero si vas a intentar convencerme para que me rinda a la Casa…

—Tengo que decirte una cosa —insistió la maga—. Una cosa que de verdad necesitas saber.

El tono me erizó los pelillos de la nuca. ¿Sería lo que decía Geb? ¿Era posible que la clave para vencer a Set estuviese en manos de Zia?

De repente, Amos tensó los músculos. Sacó su báculo del aire vacío y dijo:

—Es una trampa.

Zia pareció aturdida.

—¿Qué? ¡No!

Entonces todos vimos lo que había notado Amos. Desde la esquina oriental de la plaza, avanzaba hacia nosotros el propio Desjardins. Llevaba una chilaba de color crema con la capa de leopardo de lector jefe enganchada a los hombros. Su báculo brillaba de color púrpura. Los turistas y los viandantes se apartaron de su camino, confusos y nerviosos, sin saber muy bien qué pasaba pero seguros de que debían alejarse.

—Por el otro lado —sugerí.

Me volví y vi a los dos magos con chilabas negras que llegaban desde el oeste.

Saqué mi varita y apunté con ella a Zia.

—¡Nos has engañado!

—¡No! Os juro... —Torció el gesto—. Mel. Se lo debe de haber dicho Mel.

—Claro —dije en tono seco—, échale la culpa a Mel.

—No hay tiempo para explicaciones —dijo Amos, y derribó a Zia con un relámpago. Se estrelló contra el mostrador de recuerdos.

—¡Eh! —protestó Carter.

—Es nuestra enemiga —dijo Amos—, y ya tenemos bastantes enemigos.

Carter corrió junto a Zia, claro, mientras cada vez más lugareños entraban en pánico y se dispersaban hacia los bordes de la plaza.

—Sadie, Carter —dijo Amos—. Si la cosa se pone fea, volved a la barca y escapad.

—Amos, no vamos a dejarte —respondí.

—Vosotros sois más importantes —insistió—. Yo puedo tener a raya a Desjardins durante… ¡Cuidado!

Amos hizo girar su báculo hacia los dos magos de negro. Habían estado musitando hechizos, pero la ráfaga de viento que liberó Amos los levantó del suelo y les hizo dar vueltas descontroladas en el centro de un remolino. Barrieron la calle por la que venían, recogiendo basura, hojas y tamales por el camino, hasta que el tornado en miniatura los arrojó gritando por encima de un edificio y los perdimos de vista.

Al otro lado de la plaza, Desjardins vociferó con furia:

—¡Kane!

El lector jefe dio un bastonazo en el suelo. Se abrió una grieta en el asfalto, y empezó a extenderse hacia nosotros. La hendidura se fue ampliando y los edificios temblaron. El estuco de las paredes se desconchó. La grieta se nos habría tragado, pero la voz de Isis me habló a la mente, apuntándome la palabra que necesitaba.

Levanté la varita.

—Calma. *Hah-ri.*

Unos jeroglíficos se encendieron con fuego vivo delante de nosotros:

La fisura acabó deteniéndose en la misma punta de mis pies. El terremoto remitió.

Amos silbó hacia dentro.

—Sadie, ¿cómo has…?

—¡Palabras Divinas, Kane! —Desjardins dio un paso adelante, con la cara pálida—. La niña ha osado pronunciar las Palabras Divinas. Está corrompida por Isis, y tú eres culpable de ayudar a los dioses.

—Lárgate, Michel —le advirtió Amos.

Una parte de mí encontró gracioso que Desjardins se llamase Michel, pero estaba demasiado asustada para disfrutarlo.

Amos sostuvo en alto su varita, listo para protegernos.

—Debemos detener a Set. Si eres sabio…

—¿Qué haría? —replicó Desjardins—. ¿Unirme a vosotros? ¿Colaborar? Los dioses no traen más que destrucción.

—¡No! —Era la voz de Zia. Con ayuda de Carter, se las había ingeniado para ponerse de pie—. Maestro, no podemos luchar entre nosotros. Eso no es lo que quería Iskandar.

—¡Iskandar está muerto! —bramó Desjardins—. Y ahora apártate, Zia, o serás destruida junto a ellos.

Zia miró a Carter. Entonces tensó la mandíbula e hizo frente a Desjardins.

—No. Debemos trabajar juntos.

Contemplé a Zia con un nuevo respeto.

—¿De verdad no lo has traído hasta nosotros?

—Yo nunca miento —dijo.

Desjardins levantó su cayado y en los edificios que tenía alrededor aparecieron unas grietas enormes. Volaron hacia nosotros terrones de cemento y ladrillos de adobe, pero Amos invocó el viento y los desvió.

—¡Niños, fuera de aquí! —gritó nuestro tío—. Los otros magos no tardarán en volver.

—Por una vez, tiene razón —avisó Zia—. Pero no podemos hacer un portal…

—Tenemos una barca voladora —propuso Carter.

Zia asintió, impresionada.

—¿Dónde?

Señalamos la iglesia, pero por desgracia Desjardins estaba entre nosotros y ella.

El mago francés lanzó otra andanada de piedras. Amos las apartó con el viento y el relámpago.

—¡Magia de tormenta! —se burló Desjardins—. ¿Desde cuándo domina Amos Kane los poderes del caos? ¿Lo veis, niños? ¿Cómo puede ser él vuestro protector?

—Cierra el pico —dijo Amos con voz ronca, y moviendo el báculo levantó una tormenta de arena tan inmensa que cubrió la plaza entera.

—Ahora —dijo Zia.

Dimos un amplio rodeo en torno a Desjardins y corrimos como locos hacia la iglesia. La tormenta de arena me ametralló la piel y me escoció los ojos, pero encontramos la escalera y subimos hasta el techo. El viento amainó, y en la plaza aún se distinguía a Desjardins y Amos enfrentados, los dos envueltos en escudos de fuerza. Amos flaqueaba; sin duda el esfuerzo le estaba costando demasiado.

—Tengo que ayudar —dijo Zia, reticente—, o Desjardins matará a Amos.

—Creía que no te fiabas de Amos —dijo Carter.

—Y no me fío —admitió ella— pero, como el duelo lo gane Desjardins, estamos todos muertos. Nunca escaparemos.

Apretó los dientes como si estuviese reuniendo el valor para hacer algo muy doloroso.

Blandió su báculo y murmuró un encantamiento. El aire se volvió tibio. El bastón resplandeció. Zia lo soltó y el báculo se encendió en llamas, creció y creció hasta convertirse en una columna de fuego de un metro de anchura y cuatro de altura.

—Persigue a Desjardins —entonó.

Al instante, el pilar flamígero salió flotando del tejado y empezó a moverse lenta pero deliberadamente hacia el lector jefe.

Zia se desmoronó. Carter y yo tuvimos que sujetarla para que no cayera de bruces.

Desjardins miró hacia arriba. Cuando vio el fuego, el miedo le puso los ojos como platos.

—¡Zia! —renegó—. ¿Cómo osas atacarme?

La columna descendió, atravesando las ramas de un árbol y dejando un agujero quemado. Aterrizó en la calle, levitando unos pocos centímetros por encima del suelo. El calor era tan intenso que chamuscó el bordillo de cemento y fundió el asfalto. Las llamas llegaron a un coche aparcado y, en vez de rodearlo, atravesaron el chasis de metal y partieron el coche en dos.

—¡Bien! —gritó Amos desde la plaza—. ¡Así me gusta, Zia!

Desjardins se lanzó a su izquierda con desesperación. La columna cambió de rumbo. El mago la atacó con agua, pero el líquido se transformó en vapor al instante. Empleó más pedruscos, pero solo consiguieron atravesar el fuego y caer al otro lado convertidos en pegotes fundidos y humeantes.

—¿Qué narices es esa cosa? —pregunté.

Zia estaba inconsciente y Carter meneó la cabeza, sobrecogido, pero la voz de Isis me habló a la mente. *Un pilar de fuego*, dijo admirada. *Es el conjuro más poderoso que puede llevar a cabo un maestro del fuego. Es imposible de anular, imposible de evitar. Puede utilizarse para guiar al hechicero hacia el destino que elija, o para que persiga a cualquier enemigo y forzarlo a batirse en retirada. Si Desjardins intenta concentrarse en cualquier otra cosa, será alcanzado y consumido. El pilar no cejará hasta que se disipe.*

«¿Cuánto tiempo es eso?», pregunté.

Depende de la fuerza de quien lo lance. Entre seis y doce horas.

Solté una carcajada. ¡Genial! Bueno, Zia se había desmayado al crearlo, pero genial de todos modos.

Un hechizo como ese habrá agotado su energía, dijo Isis. *No podrá practicar la magia hasta que desaparezca el pilar. Ha renunciado a todos sus poderes para ayudaros.*

—¡Se recuperará! —le dije a Carter. Entonces grité hacia la plaza—: ¡Amos, venga! ¡Tenemos que irnos!

Desjardins seguía reculando. Se le notaba que estaba asustado por el fuego, pero no se había olvidado de nosotros.

—¡Lo lamentaréis! ¿Queréis jugar a ser dioses? En ese caso, no me dejáis opción.

Sacó un manojo de palitos de la Duat. No, eran flechas, y tenía como unas siete.

Amos miró las flechas con horror.

—¡No serás capaz! Ningún lector jefe estaría dispuesto a...

—¡Yo convoco a Sejmet! —bramó Desjardins. Tiró las flechas al aire y empezaron a dar vueltas alrededor de Amos.

Desjardins se permitió una sonrisa de satisfacción. Me miró directamente.

—¿Elegís depositar vuestra fe en los dioses? —gritó—. ¡Pues morid a manos de una diosa!

Dio media vuelta y corrió. El pilar de fuego aceleró y salió detrás de él.

—¡Niños, salid de aquí! —exclamó Amos, rodeado de flechas—. ¡Intentaré distraerla!

—¿A quién? —quise saber. Había oído antes el nombre de Sejmet, pero en realidad había oído muchísimos nombres egipcios—. ¿Cuál es Sejmet?

Carter giró la cara hacia mí y, aun con todo lo que habíamos pasado aquella última semana, nunca lo había visto tan asustado.

—Tenemos que irnos —dijo—. Ya.

33. Nos metemos en el negocio de la salsa

Te olvidas de una cosa, me dijo Horus.

«¡Estoy un pelín ocupado!», contesté en mi mente.

A lo mejor crees que es fácil gobernar una embarcación mágica por el cielo. Te equivocas. Ya no teníamos la gabardina animada de Amos, así que estaba yo en la popa, intentando mover la vara del timón sin ayuda, que es como remover cemento. No veía hacia dónde íbamos. La barca se zarandeaba sin descanso mientras Sadie hacía todo lo posible para evitar que Zia cayera por la borda.

Es mi cumpleaños, insistió Horus. *¡Felicítame!*

—¡Felicidades! —grité—. ¡Y ahora, cállate!

—Carter, ¿de qué demonios hablas? —exclamó Sadie, agarrada a la barandilla con una mano y sosteniendo a Zia con la otra mientras la barca se escoraba—. ¿Te has vuelto loco?

—No, se lo decía a… Da igual.

Miré hacia atrás. Algo venía hacia nosotros, una figura centelleante que iluminaba la noche. Humanoide a grandes rasgos, mala noticia sin ninguna duda. Animé al barco a ganar velocidad.

¿Me has comprado algo?, dijo el pesado de Horus.

«¿Quieres hacer algo que sea útil, por favor? —pedí—. Esa cosa que nos sigue… ¿Es lo que creo que es?»

Ah. Horus parecía aburrido. *Es Sejmet, el Ojo de Ra, destructora de los malvados, la gran cazadora, la dama de fuego, etcétera, etcétera.*

«Genial —pensé—. Y viene a por nosotros porque…»

Porque el lector jefe tiene la potestad de convocarla una vez en el transcurso de su vida, explicó Horus. *Es un don concedido en el albor de los tiempos, en los primeros días en que Ra bendijo al hombre con la magia.*

«Una vez en toda la vida —pensé—. ¿Y Desjardins cree que este es buen momento?»

Nunca se ha caracterizado por su paciencia.

«¡Yo creía que los magos rechazaban a los dioses!»

Y es así, convino Horus. *Para que veas lo hipócrita que es. Pero supongo que mataros era más importante que ser fiel a sus principios. Eso lo admiro.*

Volví a mirar atrás. No había duda de que perdíamos terreno ante nuestra perseguidora, una giganta dorada con armadura roja chillona, que llevaba un arco en una mano y un carcaj de flechas sujeto a la espalda… y venía a por nosotros como un cohete.

«¿Cómo nos la quitamos de encima?», pregunté.

En pocas palabras, no os la quitáis, dijo Horus. *Ella es la encarnación de la cólera del sol. Era mucho más impresionante en la época en que Ra estaba activo, pero aun así es imparable. Una asesina nata. Una máquina de matar…*

—¡Vale, ya lo pillo! —grité.

—¿El qué? —dijo Sadie, en voz tan alta que despertó a Zia.

—¿Hummmfff… qué? —Sus párpados temblaron hasta abrirse.

—¡Nada! —grité—. Que nos sigue una máquina de matar. Vuélvete a dormir.

Zia se incorporó, adormilada.

—¿Una máquina de matar? No será…

—¡Carter, vira a la derecha! —chilló Sadie.

Lo hice, y una flecha ardiente del tamaño de un planeador nos rascó la quilla a babor. Explotó por encima de nosotros e incendió el tejado de la caseta que había en el centro de la barca.

Lancé la embarcación en picado y Sejmet pasó como un rayo hacia delante, pero entonces hizo una pirueta con irritante agilidad y descendió hacia nosotros.

—Tenemos un incendio —fue el comentario constructivo de Sadie.

—¡No me digas! —grité.

Observé el paisaje que teníamos por delante, pero no había ningún lugar seguro donde aterrizar, solo parcelas valladas y polígonos industriales.

—¡Morid, enemigos de Ra! —bramó Sejmet—. ¡Pereced en intensa agonía!

«Es casi tan molesta como tú», dije a Horus.

Imposible, replicó él. *Nadie supera a Horus.*

Hice otro viraje evasivo y Zia exclamó:

—¡Allí!

Señaló hacia un complejo bien iluminado, con camiones, almacenes y depósitos. En la fachada de la nave más grande había pintada una guindilla gigante, y un foco iluminaba el letrero, que rezaba: SALSA MÁGICA, S.A.

—¡Oh, venga ya! —dijo Sadie—. ¡No puede ser mágica de verdad! Solo es un nombre.

—No —insistió Zia—. Tengo una idea.

—¿Tus siete cintas? —supuse—. ¿Lo que usaste contra Serket? Zia negó con la cabeza.

—Solo pueden invocarse una vez al año. Pero mi plan...

Una segunda saeta ardiente nos pasó rozando, a centímetros del lado de estribor.

—¡Agarraos!

Tiré de la vara del timón y puse la barca boca abajo justo antes de que la flecha explotara. La quilla nos escudó del grueso del impacto, pero ahora toda la base de la barca estaba incendiada, y seguíamos cayendo.

Con el último autocontrol que me quedaba, orienté la barca hacia el techo del almacén. Lo atravesamos, y la barca se estrelló contra un enorme montón de... algo crujiente.

Salí de la embarcación a gatas y me quedé sentado, con la cabeza dándome vueltas. Por suerte, habíamos caído en algo blando. Por desgracia, era una montaña de seis metros de altura hecha de guindillas secas picantes, y la barca les había pegado fuego. Los ojos empezaron a escocerme, pero me acordé de no frotármelos porque tenía las manos empapadas de aceite de guindilla.

—¿Sadie? —llamé—. ¿Zia?

—¡Ayuda! —gritó Sadie.

Estaba al otro lado de la barca, tirando de Zia para sacarla de debajo de la quilla incendiada. Conseguimos soltarla y hacerla resbalar por el montón hasta llegar al suelo.

Por lo visto, aquello era una nave de procesado de guindillas, con treinta o cuarenta montañas de pimientos y unas rejillas de madera en hileras para secarlos. Los restos de nuestra barca llenaron el aire de un humo picante, y por el agujero que habíamos hecho en el tejado vi que Sejmet descendía.

Corrimos, vadeando a través de la siguiente pila de guindillas. [No, Sadie, no «guindé» ninguna, ¿te quieres callar?] Nos escondimos detrás de una rejilla de secado, cuyos estantes cargados de guindillas volvían el aire tan corrosivo como el ácido clorhídrico.

El aterrizaje de Sejmet sacudió el suelo del almacén. De cerca daba más miedo aún. Su piel brillaba como el oro líquido, y la loriga y la falda parecían hechos de ladrillos de lava fundida. Tenía el pelo tupido como la melena de un león. Sus ojos eran felinos, pero no brillaban como los de Bast ni revelaban amabilidad o sentido del humor. Los ojos de Sejmet ardían como sus flechas, diseñadas solo para localizar su objetivo y destruirlo. Tenía la hermosura de una explosión atómica.

—¡Huelo la sangre! —rugió—. ¡Me daré un festín con los enemigos de Ra hasta tener la panza llena!

—Es un encanto —susurró Sadie—. Bueno, Zia, ¿qué hay de ese plan?

Zia no estaba tan entera. Temblaba, le faltaba color en la cara y no podía enfocar del todo la mirada.

—Cuando Ra… cuando él llamó a Sejmet por primera vez para castigar a los humanos que se rebelaron… ella se descontroló.

—Nadie lo diría —susurré, mientras Sejmet hacía trizas los restos en llamas de nuestra barca.

—Empezó a exterminar a todos —dijo Zia—, no solo a los malvados. Ningún otro dios podía detenerla. Mataba durante todo el día hasta que se atiborraba de sangre, y entonces se marchaba hasta la mañana siguiente. Así que el pueblo rogó a los magos que pensaran un plan y...

—¿Osáis esconderos? —Las llamas rugieron mientras las flechas de Sejmet destruían uno por uno los montones de guindillas—. ¡Os asaré vivos!

—Ahora, correr —decidí—. Después, hablar.

Entre Sadie y yo arrastramos a Zia. Conseguimos salir finalmente de la nave industrial, justo antes de que el edificio implosionara por el calor, expulsando al aire una nube con forma de hongo nuclear picante. Cruzamos a toda prisa un aparcamiento lleno a rebosar de camiones articulados, y nos escondimos detrás de uno con dieciséis ruedas.

Me arriesgué a echar un vistazo, esperando que Sejmet saliera caminando de entre las llamas de la nave, pero saltó desde el interior con la apariencia de una leona gigante. Tenía los ojos encendidos, y sobre su cabeza flotaba un disco de fuego, como un sol en miniatura.

—El símbolo de Ra —susurró Zia.

Sejmet rugió:

—¿Dónde estáis, aperitivos míos?

Abrió las fauces y lanzó un aliento de aire caliente por todo el aparcamiento. Allí donde llegaba el chorro, el asfalto se fundía, los coches se deshacían formando montoncitos de arena y el aparcamiento se convertía en un desierto yermo.

—¿Cómo lo ha hecho? —siseó Sadie.

—Ella creó los desiertos con su aliento —dijo Zia—. Según la leyenda.

—Esto no para de mejorar.

El miedo me atenazaba la garganta, pero sabía que no podíamos seguir escondidos mucho tiempo. Convoqué mi espada.

—Yo la distraigo. Vosotras dos corréis...

—No —replicó Zia—. Hay otra manera.

Señaló una hilera de depósitos que había al otro lado del aparcamiento. Tenían tres pisos de altura y quizá seis metros de diámetro, con guindillas gigantes pintadas en todos.

—¿Tanques de gasolina? —sugirió Sadie.

—No —dije yo—. Tiene que ser salsa, ¿verdad?

Sadie me miró.

—¿Ahora quieres ponerte a bailar?

—De la picante —dije—. Es lo que fabrican aquí.

Sejmet lanzó su aliento en dirección a nosotros, y los tres camiones que teníamos al lado se deshicieron, convertidos en arena. Nos escabullimos hacia el otro lado y saltamos detrás de una valla de cemento.

—Escuchadme —jadeó Zia, con la cara perlada de sudor—. Al final, para detener a Sejmet, la gente trajo unas cubas enormes de cerveza mezclada con jugo de granada.

—Ah, sí, ya me acuerdo —la interrumpí—. Dijeron a Sejmet que era sangre y ella bebió hasta caer inconsciente. Entonces Ra pudo llevársela a los cielos. La transformaron en algo más manso, una diosa vaca o algo así.

—Hathor —dijo Zia—. Es la segunda forma de Sejmet. La otra cara de su personalidad.

Sadie meneó la cabeza, incapaz de creer lo que oía.

—O sea, que proponéis que invitemos a Sejmet a unas pintas para que se transforme en vaca.

—No exactamente —dijo Zia—. Pero la salsa será roja, ¿no?

Bordeamos los terrenos de la fábrica mientras Sejmet masticaba camiones y desertificaba buenas franjas del aparcamiento a base de soplidos.

—Este plan no me gusta nada —refunfuñó Sadie.

—Tú entretenla durante unos segundos —dije—, y no mueras.

—Ya, esa es la parte difícil, ¿no te parece?

—Uno… —conté—, dos… ¡tres!

Sadie salió al descubierto y utilizó su hechizo favorito.

—*Ha-di!*

Los jeroglíficos brillaron sobre la cabeza de Sejmet:

Y todo estalló a su alrededor. Los camiones se hicieron pedazos. El aire titiló de energía. El terreno se abombó, dejando un cráter de quince metros en el que cayó la leona.

Fue bastante impresionante, pero no había tiempo para admirar la obra de Sadie. Me transformé en halcón y volé hacia los depósitos de salsa.

—¡ROOOAAARRR!

Sejmet salió saltando del cráter y sopló viento del desierto en la dirección de Sadie, pero ya hacía rato que mi hermana no estaba allí. Había corrido a un lado, agachada detrás de unos camiones y soltando trocitos de cordel mágico mientras huía. Las cuerdas serpentearon por el aire y trataron de atarse alrededor del hocico de la leona. Fallaron, por supuesto, pero consiguieron cabrear a la Destructora.

—¡Mostraos! —voceó Sejmet—. ¡Me daré un banquete con vuestra carne!

Posado en un silo, concentré todo mi poder y pasé directamente de halcón a avatar. Mi forma brillante era tan pesada que hundió los pies en la parte de arriba del depósito.

—¡Sejmet! —grité.

La leona se volvió y rugió, intentando localizar mi voz.

—¡Aquí arriba, gatita! —la llamé.

Al fin me encontró, y al verme echó las orejas hacia atrás.

—¿Horus?

—¿Conoces a muchos tíos con cabeza de halcón?

Dio unos pasos adelante y atrás, indecisa, y luego lanzó un rugido de desafío.

—¿Por qué me hablas mientras estoy en mi encarnación de furia? ¡Sabes que debo destruirlo todo a mi paso, incluso a ti!

—Si no tienes más remedio —dije—. ¡Pero he pensado que a lo mejor antes te apetecía darte un festín con la sangre de tus enemigos!

Hinqué la espada en el depósito y la salsa manó como una catarata grumosa y roja. Salté al siguiente silo y le hice una raja. Y al siguiente, y al siguiente, hasta que los seis depósitos de salsa se vertieron en el aparcamiento.

—¡Ja, ja! —Sejmet estaba encantada. Saltó al río de salsa roja, revolcándose en ella y lamiéndola—. ¡Sangre! ¡Sangre rica!

En fin, por lo visto los leones no son muy listos que digamos, o bien tienen las papilas gustativas poco desarrolladas, porque Sejmet no paró hasta que se le hinchó el estómago y echó humo por la boca, literalmente.

—Tiene un regusto ácido —dijo, dando un traspié y parpadeando—. Pero me duelen los ojos. ¿Qué sangre es esta? ¿De nubio? ¿De persa?

—De jalapeño —contesté—. Prueba un poco más, que el sabor va mejorando.

Cuando intentó beber de nuevo, sus orejas empezaron a humear. Le asomaron lágrimas a los ojos y comenzó a trastabillar.

—Me… —dijo, soltando vapor al hablar— pica… la boca…

—Lo mejor para eso es la leche —le indiqué—. A lo mejor, si fueras una vaca…

—Truco —gimió Sejmet—. Es… es un truco…

Pero le había entrado demasiado sueño. Dio una vuelta completa sobre sí misma y se tumbó hecha un ovillo. Su silueta empezó a oscilar y resplandeció mientras su armadura de color de rosa se fundía para formarle manchas en la piel dorada, hasta que estuve mirando desde arriba a una enorme vaca dormida.

Salté al suelo desde el silo y rodeé con cautela a la diosa durmiente. Daba ronquidos de vaca, una cosa como «Muuu-zzz, muuu-zzz». Moví la mano delante de su cara y, cuando me convencí de que estaba frita, disipé mi avatar.

Sadie y Zia salieron de detrás de un camión.

—Vaya —dijo Sadie—. Esto es otra cosa.

—Nunca volveré a tomar salsa picante —decidí.

—Lo habéis hecho los dos de maravilla —dijo Zia—, pero la barca se ha quemado. ¿Cómo llegamos a Phoenix?

—¿«Llegamos»? —dijo Sadie—. Que yo recuerde, a ti nadie te ha invitado.

La cara de Zia se puso roja como la salsa.

—¡No seguirás pensando que os tendí una trampa!

—No lo sé —replicó Sadie—. ¿Lo hiciste?

No podía creerme que estuviera oyendo aquello.

—Sadie. —Mi voz sonó peligrosamente enfadada, hasta a mis propios oídos—. ¡Basta ya! Zia ha invocado el pilar de fuego ese de antes. Ha sacrificado su magia para salvarnos, y encima nos ha dicho cómo derrotar a la leona. La necesitamos.

Sadie me fulminó con la mirada. Movió una y otra vez la cabeza hacia Zia y hacia mí, posiblemente intentando evaluar hasta dónde podía llevar las cosas.

—Bien. —Se cruzó de brazos y torció el morro—. Pero antes tenemos que encontrar a Amos.

—¡No! —exclamó Zia—. Eso sería muy mala idea.

—Ah, ¿conque podemos confiar en ti pero en Amos no?

Zia vaciló. Yo tuve la impresión de que quería decir exactamente eso último, pero se decidió por un enfoque distinto.

—Amos no querría que le esperaseis. Os ha dicho que siguierais adelante, ¿no es así? Si ha sobrevivido a Sejmet, nos encontrará de camino. Si no…

Sadie dio un bufido.

—¿Y cómo llegamos a Phoenix? ¿Caminando?

Miré al otro extremo del aparcamiento, donde quedaba un dieciséis ruedas intacto.

—A lo mejor no hace falta. —Cogí el abrigo de lino que había sacado de la taquilla de Amos—. Zia, Amos conocía un modo de animar su chaqueta para que pudiera gobernar la barca. ¿Te sabes el hechizo?

Asintió.

—Si tienes los ingredientes correctos, es bastante sencillo. Podría hacerlo si tuviera mi magia.

—¿Puedes enseñarme?

Hizo un mohín.

—La parte más complicada es la figurilla. La primera vez que encantas una prenda de ropa, hay que aplastar un *shabti* contra el tejido y pronunciar un sortilegio de enlace para fundirlos. Necesitaríamos una figura de barro o de cera que ya esté imbuida de un espíritu.

Sadie y yo nos miramos y dijimos al mismo tiempo:

—¡Plastilino!

34. Plastilino nos lleva a dar una vuelta

Saqué de la Duat la caja de herramientas mágica de mi padre y agarré a nuestro amigo sin piernas.

—Plastilino, tenemos que hablar.

Plastilino abrió sus ojos de cera.

—¡Por fin! ¿Tú sabes lo apretado que se está ahí dentro? Menos mal que habéis recordado cuánto necesitáis mis brillantes consejos.

—En realidad, necesitamos convertirte en abrigo. Solo por un tiempo.

Su boca minúscula se quedó abierta.

—¿Tengo pinta de prenda de vestir? ¡Soy el amo de todo el conocimiento! ¡El poderoso…!

Lo estampé contra mi abrigo, lo extendí, lo solté sobre el asfalto y le di un pisotón.

—Zia, ¿cómo es el hechizo?

Me dijo las palabras y yo repetí el cántico. El abrigo se infló y quedó flotando en el aire delante de mí. Se quitó el polvo a sí mismo y se colocó la solapa. Si los chaquetones pueden parecer indignados, este lo parecía.

Sadie lo miró con recelo.

—¿Podrá conducir un camión sin tener pies para los pedales?

—No debería tener problemas —dijo Zia—. El abrigo es bastante largo.

Suspiré aliviado. Por un momento, me imaginé a mí mismo teniendo que animar también mis pantalones. Podría resultar incómodo.

—Llévanos a Phoenix —ordené al abrigo.

La ropa me hizo un gesto grosero, o al menos uno que habría sido grosero si el abrigo hubiera tenido manos. Luego flotó hasta el asiento del conductor.

La cabina del camión era más grande de lo que parecía. Detrás de los asientos había una zona, separada por una cortina, que contenía una cama de matrimonio. Sadie la reclamó inmediatamente.

—Os dejo a ti y a Zia un poco de intimidad —me dijo—. Solos tú, ella y tu abrigo.

Se escurrió detrás de la cortina antes de que pudiera darle una colleja.

El chaquetón nos llevó al oeste por la I-10 mientras una bandada de nubes oscuras se tragaba las estrellas. El aire olía a lluvia.

Al cabo de mucho rato, Zia carraspeó.

—Carter, siento lo de… Quiero decir que ojalá fueran mejores circunstancias.

—Ya —dije—. Supongo que te habrás metido en un buen lío con la Casa.

—Seré repudiada —explicó—. Mi bastón, roto. Mi nombre, tachado de los libros. Me mandarán al exilio, si no me matan antes.

Pensé en el pequeño altar que tenía Zia en el Nomo Primero, con todas aquellas fotos de su pueblo y de una familia que ella no recordaba. Mientras seguía hablando del exilio, tenía la misma expresión en la cara que aquel día: no de lamento ni de tristeza, sino más bien de confusión, de no saber siquiera contra qué se rebelaba ni lo que había supuesto el Nomo Primero para ella. Había dicho que su única familia era Iskandar. Ahora no tenía a nadie.

—Podrías venirte con nosotros —le propuse.

Me miró. Estábamos sentados muy juntos, y yo era muy consciente del contacto entre su hombro y el mío. Aun con la peste a guindillas asadas que echábamos, podía oler su perfume egipcio. Tenía una guindilla seca enganchada en el pelo, y, de algún modo, con ella, estaba todavía más guapa.

Sadie dice que lo que pasa es que yo tenía el cerebro desconectado. [En serio, Sadie, yo no interrumpo así durante tus partes de la historia.]

La cosa es que Zia me miró con tristeza.

—¿Adónde iríamos, Carter? Aunque derrotéis a Set y salvéis el continente, ¿qué vais a hacer luego? La Casa os perseguirá. Los dioses os harán la vida imposible.

—Ya lo solucionaremos —le prometí—. Yo estoy acostumbrado a viajar. Improviso bien, y Sadie no siempre es tan mala.

—¡Lo he oído! —La voz de Sadie nos llegó amortiguada por la cortina.

—Además, contigo… —seguí—. Quiero decir, ya sabes, con tu magia, las cosas serían más fáciles.

Zia me apretó la mano y mandó un cosquilleo brazo arriba.

—Eres muy amable, Carter. Pero no me conoces. No de verdad. Supongo que Iskandar vio venir que pasaría esto.

—¿A qué te refieres?

Zia retiró la mano, lo que me dejó un poco chafado.

—Cuando Desjardins y yo volvimos del Museo Británico, Iskandar habló conmigo en privado. Me dijo que yo corría peligro. Que me llevaría a un lugar seguro y… —Arrugó la frente—. Qué raro. No me acuerdo.

Una sensación fría empezó a hacer presa en mí.

—Un momento, ¿te llevó a un lugar seguro o no?

—Yo… creo que sí. —Sacudió la cabeza—. No, no pudo hacerlo, está claro. Sigo estando aquí. A lo mejor no le dio tiempo. Me envió a buscaros en Nueva York casi de inmediato.

Fuera, empezó a lloviznar. El abrigo encendió los limpiaparabrisas.

No entendí lo que me había dicho Zia. Quizá Iskandar había notado un cambio en Desjardins y quería proteger a su discípula favorita. Pero la historia tenía otro punto flaco, otro que no podía señalar del todo.

Zia miró fijamente la lluvia como si distinguiera seres peligrosos en la oscuridad de la noche.

—Se nos acaba el tiempo —dijo—. Ya vuelve.

—¿Quién vuelve?

Me dirigió una mirada apremiante.

—Lo que tenía que deciros, la cosa que necesitáis. Es el nombre secreto de Set.

La tormenta arreció. Rompió un trueno y el camión se estremeció por el viento.

—E-espera —tartamudeé—. ¿Cómo es que sabes tú el nombre de Set? Es más, ¿cómo sabes que nos hace falta?

—Robasteis el libro de Desjardins. Él nos habló de su contenido. Dijo que no tenía importancia porque no podríais usar el conjuro sin el nombre secreto de Set, que es imposible de conseguir.

—¿Y cómo es que tú lo sabes? Tot dijo que solo podía salir de labios de Set, o de la persona... —Se me quebró la voz mientras componía un pensamiento terrible—. O de la persona más cercana a él.

Zia cerró los ojos, como si le doliera.

—No... no lo sé explicar, Carter. Solo es que tengo una voz que me dice el nombre...

—La quinta diosa —dije—, Neftis. Tú también estabas en el Museo Británico.

Aquello dejó rota a Zia.

—No. Es imposible.

—Iskandar dijo que corrías peligro. Quería llevarte a un lugar seguro. Se refería a eso. Eres una deificada.

Meneó la cabeza, resistiéndose.

—Pero al final no me llevó. Estoy aquí mismo. Si fuera anfitriona de una diosa, los otros magos de la Casa lo habrían descubierto hace días. Me conocen demasiado bien. Habrían notado los cambios en mi magia. Desjardins me habría destruido.

Tenía sentido, pero entonces se me ocurrió otra idea horrible.

—A no ser que lo esté controlando Set —dije.

—Carter, ¿cómo puedes estar tan ciego? Desjardins no es Set.

—Lo dices porque tú crees que es Amos —repliqué—. El mismo Amos que ha arriesgado su vida para salvarnos y nos ha dicho que sigamos sin él. Además, Set no necesita ninguna forma humana. Está usando la pirámide.

—Cosa que sabes porque...

Callé un momento.

—Porque nos la ha dicho Amos.

—Con esto no vamos a ninguna parte —zanjó Zia—. Conozco el nombre secreto de Set y puedo decírtelo. Pero debes prometerme que no vas a contárselo a Amos.

—Oh, venga ya. Además, ya que sabes el nombre, ¿por qué no lo usas tú misma?

Negó con la cabeza; parecía tan frustrada como yo me sentía.

—No sé por qué... Solo sé que no es el papel que me toca interpretar. Tenéis que ser tú o Sadie, la sangre de los faraones. Si no...

El camión frenó en seco. Más allá del parabrisas, a unos veinte metros por delante de nosotros, había un hombre con gabardina azul iluminado por nuestros focos. Era Amos. Llevaba la ropa ajada, como si le hubieran disparado perdigones, pero por lo demás parecía estar ileso. Antes de que el camión hubiera tenido tiempo de detenerse por completo, yo ya estaba fuera de la cabina y corriendo hacia él.

—¡Amos! —grité—. ¿Qué ha pasado?

—He distraído a Sejmet —dijo, pasando un dedo por un agujero de su gabardina—. Durante unos once segundos. Me alegro de que hayáis sobrevivido.

—Había una fábrica de salsa... —empecé a explicarle, pero Amos levantó la mano.

—Ya habrá tiempo para que me lo cuentes —dijo—. Ahora tenemos que seguir.

Señaló hacia el noroeste y comprendí por qué lo decía. La tormenta empeoraba más adelante. Empeoraba muchísimo. Un muro de negrura engullía el cielo nocturno, las montañas, la autovía... parecía querer tragarse el mundo entero.

—Set está reuniendo su tormenta —dijo Amos con un brillo en los ojos—. ¿Te apetece que nos metamos?

35. Hombres pidiendo direcciones (y otras señales del Apocalipsis)

No me explico cómo lo conseguí con Carter y Zia lloriqueando al lado, pero al final me había dormido un rato en la parte trasera de la cabina. Incluso después de emocionarme al ver vivo a Amos, en cuanto volvimos a ponernos en marcha, volví a adormecerme en la cama. Supongo que un buen hechizo *ha-di* puede dejarte molida.

Naturalmente, mi *ba* lo interpretó como una oportunidad de viajar. No quieran los cielos que descanse tranquila alguna vez.

Volví a encontrarme en Londres, a orillas del Támesis. La Aguja de Cleopatra se alzaba delante de mí. Era un día gris, fresco y tranquilo, y hasta la peste del fango cuando hay marea baja me hizo sentir añoranza.

Isis estaba de pie a mi lado, con un vaporoso vestido blanco y el pelo moreno trenzado con diamantes. Sus alas multicolores aparecían y desaparecían en su espalda como la aurora boreal.

—Tus padres hicieron lo correcto —dijo—. Bast estaba fallando.

—Era mi amiga —respondí.

—Sí. Una sirviente buena y leal. Sin embargo, el caos no se puede contener para siempre. Crece. Se cuela por las grietas de la civilización, desgasta los bordes. No se puede mantener en equilibro. Está en su naturaleza, simplemente.

El obelisco retumbaba, emitiendo un resplandor tenue.

—Hoy es el continente americano —musitó Isis—, pero si los dioses no son llamados a las armas, si no logramos reunir todas nuestras fuerzas, pronto el caos destruirá el mundo humano al completo.

—Hacemos todo lo que podemos —dije con vehemencia—. Daremos una paliza a Set.

Isis me dedicó una mirada triste.

—Sabes que no me refiero a eso. Set no es más que el principio.

La imagen cambió, y contemplé Londres en ruinas. Había visto unas fotos horribles de los bombardeos en la Segunda Guerra Mundial, pero no eran nada comparadas con aquello. La ciudad estaba arrasada: cascotes y polvo durante kilómetros y kilómetros; el Támesis, embozado de restos. Lo único que seguía en pie era el obelisco y, mientras lo miraba, empezó a abrirse, con sus cuatro lados desplegándose como los pétalos de una flor fantasmal.

—No me enseñes esto —le rogué.

—No tardará en suceder —dijo Isis—, como vaticinó tu madre. Pero si no puedes afrontarlo…

La escena volvió a cambiar. Estábamos en el salón del trono de un palacio, el mismo que ya había visto cuando Set había metido a Osiris en el sarcófago. Los dioses acudían al lugar, materializados como chorros de luz que cruzaban la sala del trono, trazaban espirales alrededor de las columnas y adoptaban apariencia humana. Uno se transformó en Tot, con su bata de laboratorio manchada, sus gafas de montura metálica y todo el pelo alborotado. Otro pasó a ser Horus, el guerrero joven y orgulloso de ojos de oro y plata. Sobek, el dios cocodrilo, agarró su bastón acuoso y me dedicó un gruñido. Un enjambre de escorpiones corrió a esconderse detrás de una columna y salió por el otro lado como Serket, la diosa arácnida de la túnica marrón. Entonces el corazón me dio un brinco al ver a un chico vestido de negro en las sombras que había detrás del trono: Anubis, estudiándome con unos ojos oscuros llenos de arrepentimiento.

Señaló el trono y vi que estaba desocupado. Al palacio le faltaba su corazón. La sala era fría y oscura, y costaba creer que una vez fuera un lugar de celebración.

Isis se giró en mi dirección.

—Necesitamos un gobernante. Horus debe ser el faraón. Debe unir a los dioses y la Casa de la Vida. Es la única manera.

—No puedes referirte a Carter —dije—. Mi hermano, el desastrado... ¿faraón? ¡Estarás de broma!

—Tenemos que ayudarle, tú y yo.

La idea era tan ridícula que me habría echado a reír si los dioses no hubieran estado mirándome con caras tan solemnes.

—¿Ayudarle? —protesté—. ¿Por qué no me ayuda él a mí y me hago faraona?

—En la historia ha habido algunas faraonas poderosas —concedió Isis—. Hatshepsut fue muy buena gobernante durante un largo período. El poder de Nefertiti rivalizaba con el de su esposo. Pero tú sigues una senda diferente, Sadie. Tu poder no provendrá de ocupar un trono. Creo que ya lo sabías.

Miré el trono y comprendí que Isis sabía lo que decía. La perspectiva de sentarme allí con una corona en la cabeza, intentando gobernar a todos aquellos dioses con malas pulgas, no me interesaba para nada. De todos modos... ¿Carter?

—Te has hecho fuerte, Sadie —dijo Isis—. No creo que termines de comprender en qué medida. Muy pronto las dos afrontaremos la prueba juntas. La superaremos, si mantienes firmes tu valor y tu fe.

—Valor y fe —dije—. No son precisamente mis puntos fuertes.

Los dioses se fueron acercando, mirándome con expectación. Empezaron a apelotonarse a mi alrededor, tan cerca que me asfixiaban, me agarraban las manos, me zarandeaban...

Desperté con Zia dándome golpecitos en el hombro.

—Sadie, hemos parado.

Alargué el brazo hacia mi varita por instinto.

—¿Qué? ¿Dónde?

Zia apartó la cortina de la cabina y se inclinó sobre mí desde el asiento delantero, con una inquietante postura de buitre.

—Amos y Carter están en la gasolinera. Debes estar preparada para moverte.

—¿Por qué? —Me incorporé hasta quedar sentada y miré por el parabrisas, exactamente hacia una violenta tormenta de arena—. Ah.

El cielo estaba negro, lo que hacía imposible saber si era de día o de noche. Por entre el temporal de viento y arena pude ver que estábamos aparcados delante de una gasolinera abierta.

—Estamos en Phoenix —dijo Zia—, pero casi toda la ciudad está bloqueada. Están evacuándola.

—¿Hora?

—Cuatro y media de la madrugada —contestó Zia—. La magia no funciona muy bien. Cuanto más cerca estamos de la montaña, peor se pone. Y el GPS del camión no responde. Amos y Carter han bajado a preguntar la dirección.

Aquello sonaba poco prometedor. Si dos magos varones se veían tan desesperados como para pedir direcciones, estábamos en graves apuros.

La cabina del camión se meció entre el viento aullante. Me sentía un poco boba por asustarme de una tormenta después de todo lo que nos había pasado, pero subí al asiento para sentarme junto a Zia y tener compañía.

—¿Hace cuánto que están ahí dentro? —pregunté.

—No mucho —dijo Zia—. Quería hablar contigo antes de que volviesen.

Enarqué una ceja.

—¿De Carter? Bueno, si no sabes si le gustas, a lo mejor esos tartamudeos suyos podrían ser una pista.

Zia frunció el ceño.

—No, yo...

—¿Me estás pidiendo permiso? Qué amable. Admito que al principio tenía mis dudas, por aquello de que amenazabas con matarnos

400

y tal, pero al final he decidido que no eres mala persona, y además Carter está loco por ti, así que...

—No es sobre Carter.

Hice una mueca.

—Ups. Entonces, ¿podrías olvidarte de lo que he dicho?

—Es sobre Set.

—Dios —suspiré—. Otra vez no. ¿Todavía sospechas de Amos?

—Debes de estar ciega para no verlo —replicó Zia—. A Set le encantan los engaños y las trampas. Son su manera favorita de matar.

Una parte de mí sabía que tenía sentido. Seguro que ahora mismo estás pensando que no hacerle caso fue una estupidez. Pero ¿alguna vez te has quedado en el sitio mientras alguien hablaba mal de algún familiar? Aunque no sea tu pariente favorito, la reacción natural es saltar a defenderlo... O al menos, para mí lo era, supongo que porque tampoco tengo demasiados familiares.

—Escucha, Zia, no puedo creer que Amos...

—Amos nunca lo haría —convino Zia—. Pero Set es capaz de doblegar una mente y controlar un cuerpo. Mi especialidad no es la posesión, pero en tiempos antiguos era un problema habitual. Los demonios de segunda fila ya son complicados de sacar. Un dios importante...

—¡Que no está poseído! No puede ser.

Hice una mueca de dolor. Sufría un intenso ardor en la palma de la mano, justo en el último sitio donde había sostenido la pluma de la verdad. ¡Pero no estaba mintiendo! De verdad creía que Amos era inocente... ¿verdad?

Zia estaba observando mis gestos.

—Necesitas creer que Amos está de tu parte. Es tu tío. Has perdido a demasiados familiares. Lo entiendo.

Quise espetarle que no entendía nada de nada, pero algo en su tono me hizo sospechar que la chica había sufrido, posiblemente incluso más que yo.

—No tenemos elección —dije—. ¿Cuánto falta para que amanezca?, ¿tres horas? Amos conoce el mejor camino para entrar en la montaña. Con trampa o sin ella, tenemos que llegar allí para intentar parar a Set.

Casi le vi girar los engranajes de la cabeza mientras buscaba un argumento, cualquier argumento para convencerme.

—De acuerdo —dijo al final—. Quería decirle una cosa a Carter, pero no he encontrado la ocasión. Te la diré a ti. Lo último que necesitáis para vencer a Set…

—No puedes saber su nombre secreto.

Zia me sostuvo la mirada. Quizá fuera la pluma de la verdad: de algún modo sabía que no estaba de farol. De verdad tenía el nombre de Set. O al menos, creía tenerlo.

Eso y que, para ser sincera, ya había oído algunos trozos de su conversación con Carter cuando estaba en la parte de atrás de la cabina. No tenía intención de escuchar a escondidas, pero era difícil no hacerlo. Miré a Zia y traté de creer que albergaba a Neftis, pero no le veía ningún sentido. Yo misma había hablado con Neftis. Me había dicho que estaba muy lejos, en no se qué anfitriona durmiente. Zia estaba justo delante de mí.

—Funcionará —insistió la maga—. Pero yo no puedo hacerlo. Tienes que ser tú.

—¿Por qué no puedes usarlo tú? —le exigí—. ¿Es porque has agotado toda la magia?

Descartó la pregunta con un gesto.

—Tienes que prometerme que lo usarás ahora mismo, sobre Amos, antes de que lleguemos a la montaña. Podría ser vuestra única oportunidad.

—Y si te equivocas, desperdiciamos nuestra única posibilidad. El libro desaparece al usarlo, ¿no?

A regañadientes, Zia asintió.

—En cuanto alguien lo lea, se disolverá y reaparecerá en algún otro lugar del mundo. Pero si lo dejáis para más tarde, estamos perdidos. Si Set os atrae a su núcleo de poder, es imposible que vuestra fuerza sea rival para él. Sadie, por favor…

—Dime el nombre —dije—. Prometo usarlo en el momento correcto.

—El momento correcto es ahora mismo.

Intenté ganar tiempo por si Isis se dignaba iluminarme con su sabiduría, pero la diosa guardó silencio. No sé si podría haberme hecho ceder. Quizá habría cambiado el resultado si hubiese aceptado el plan de Zia. Pero, antes de poder decidirme, se abrieron las puertas del camión y entraron Amos y Carter, en medio de una ráfaga de arena.

—Estamos cerca. —Amos sonrió somo si fuesen buenas noticias—. Muy, muy cerca.

36. Vaporizan a nuestra familia

A kilómetro y medio de la montaña Camelback (un poco menos de una milla, para los americanos), salimos al interior de un círculo de perfecta calma.

—El vórtice de la tormenta —supuso Carter.

Era espeluznante. Alrededor de la montaña, un cilindro de nubes negras daba vueltas y más vueltas. Había volutas de humo flotando adelante y atrás desde la cima de Camelback hasta el borde del remolino, como los radios de una rueda, pero justo encima de nosotros el cielo estaba despejado y lleno de estrellas, empezando a derivar hacia el gris. No quedaba mucho hasta el amanecer.

Las calles estaban desiertas. Las mansiones y los hoteles que se apiñaban contra las faldas de la montaña, completamente oscuros; sin embargo, la propia montaña resplandecía. ¿Alguna vez has tapado una linterna con la mano para ver cómo se te pone la piel roja y brillante? Pues ese era el aspecto que presentaba la montaña: algo muy brillante y caliente parecía intentar arder a través de la roca.

—En estas calles no se mueve nada —dijo Zia—. Si intentamos llevar el camión hasta la montaña…

—Nos verán —terminé yo.

—¿Y ese hechizo tuyo? —sugirió Carter mirando a Zia—. Ya sabes, el que usaste en el Nomo Primero.

—¿Qué hechizo? —quise saber.

Zia meneó la cabeza.

—Carter se refiere a un hechizo de invisibilidad, pero no tengo magia. Además, si no tenemos los componentes necesarios, no puede hacerse por las buenas.

—¿Amos? —pregunté.

Mi tío meditó la cuestión.

—No hay invisibilidad, me temo. Pero tengo otra idea.

Transformarme en pájaro me parecía malo hasta que Amos nos convirtió en nubes de tormenta.

Nos explicó de antemano lo que pensaba hacer, pero a mí no logró tranquilizarme ni un poco.

—Nadie va a fijarse en unos zarcillos de nube negra que vuelan por el centro de una tormenta —razonó.

—Pero eso es imposible —dijo Zia—. Es magia de tormenta, magia del caos. No deberíamos…

Amos levantó la varita y Zia se desintegró.

—¡No! —gritó Carter, pero al instante desapareció también, dejando en su lugar una voluta de polvo negro.

Amos se volvió hacia mí.

—Oh, no —dije—. Gracias, pero…

¡Puf! Ya era una nube de tormenta. A ver, es posible que te parezca increíble, pero imagina que tus manos y tus pies desaparecen, convertidos en soplidos de viento. Imagínate que el cuerpo se cambia por polvo y vapor, y tener un cosquilleo en el estómago sin tener estómago siquiera. Imagina tener que concentrarte solo para no dispersarte y dejar de existir.

Me cabreé tanto que un relámpago atronó en mi interior.

—No te pongas así —me riñó Amos—. Son solo unos minutos. Sígueme.

Se transformó en una nube más pesada y oscura antes de lanzarse hacia la montaña. Seguirlo no fue fácil. Al principio no podía hacer otra cosa que flotar. La menor ráfaga de viento amenazaba con arrancarme alguna parte de mí. Probé a rotar y descubrí que ayudaba a aglomerar mis partículas. Entonces me imaginé llenándome de helio y de pronto salí disparada.

No podía saber si Carter y Zia venían detrás o no. Cuando eres una tormenta, no tienes visión humana. A duras penas podía sentir lo que tenía alrededor, pero lo poco que «veía» estaba disperso y borroso, como si el mundo estuviese lleno de estática.

Me dirigí a la montaña, que era un reclamo casi irresistible para mi yo-tormenta. Relucía de calor, presión y turbulencia, todo lo que podía desear un pequeño torbellino como yo.

Seguí a Amos hasta una repisa que había en una ladera de la montaña, pero recuperé la humanidad demasiado pronto. Caí de mala manera y tiré a Carter al suelo.

—Au —se lamentó.

—Perdona —dije, aunque en realidad estaba concentrándome en no tener náuseas. Mi estómago daba la impresión de seguir transformado casi del todo en tormenta.

Zia y Amos estaban de pie a nuestro lado, mirando por una grieta que había entre dos grandes rocas de arenisca. Del interior surgía una luz roja que les daba cara de demonios.

Zia se giró hacia nosotros. A juzgar por su expresión, no había visto nada bueno.

—Solo falta el piramidión.

—¿El qué?

Miré por la grieta y la vista fue casi tan desconcertante como ser una nube de tormenta. La montaña entera estaba ahuecada, como la había descrito Carter. Teníamos el suelo de la caverna a unos seiscientos metros por debajo. Había hogueras ardiendo en todas partes, bañando las paredes de piedra con una luz sanguinolenta. La caverna estaba dominada por una pirámide gigante y carmesí, en cuya base se aglutinaban las hordas de demonios del mismo modo que el público de un concierto de rock, esperando a que el grupo saliese al escenario. Muy por encima de ellos, a nuestra altura, dos barcazas mágicas tripuladas por grupos de demonios flotaban lentamente, acercándose ceremoniosas a la pirámide. Entre las dos barcazas, suspendida en una red de sogas, estaba la única pieza que faltaba a la pirámide: una piedra cimera dorada que debía coronar la estructura.

—Saben que han ganado —aventuró Carter—. Están haciendo el numerito.

—Eso es —dijo Amos.

—¡Pues reventémosles las barcas o algo! —dije.

Amos me miró.

—¿En serio propones seguir esa estrategia?

Su tono me hizo sentirme tonta de remate. Con ese ejército de demonios, con la pirámide enorme… ¿En qué estaba pensando? No podía luchar contra aquello. Solo era una puñetera niña de doce años.

—Tenemos que intentarlo —opinó Carter—. Papá está ahí dentro.

La frase se llevó por delante mi autocompasión. Si íbamos a morir, al menos sería intentando rescatar a mi padre (bueno, y también a Norteamérica, supongo).

—Vale —dije—. Volamos hasta esas barcas. Evitamos que coloquen la piedra de la punta…

—El piramidión —me corrigió Zia.

—Como se llame. Luego nos metemos en la pirámide y buscamos a mi padre.

—¿Y cuando Set intente deteneros? —preguntó Amos.

Miré a Zia, que me estaba advirtiendo en silencio que no dijese más.

—Lo primero es lo primero —dije—. ¿Cómo llegamos hasta las barcas?

—Como una tormenta —sugirió Amos.

—¡No! —dijimos los demás.

—No tomaré parte en ninguna otra magia del caos —añadió Zia—. No es natural.

Amos señaló el espectáculo que se desplegaba debajo de nosotros.

—¿Y eso sí es natural? ¿Tienes alguna otra idea?

—Pájaros —dije, odiándome por pensarlo siquiera—. Yo me transformaré en milano. A Carter le sale bien el halcón.

—Sadie —dijo Carter con tono preocupado—, ¿y si...?

—Tengo que intentarlo.

Aparté la mirada antes de que se me escapase la firmeza.

—Zia, ya han pasado casi diez horas desde tu pilar de fuego, ¿no? ¿Aún no tienes magia?

Zia extendió el brazo y se concentró. Al principio no pasó nada. Luego, entre sus dedos chisporroteó una luz rojiza y su cayado apareció en la mano, todavía humeante.

—Justo en el mejor momento —dijo Carter.

—Justo en el peor, también —observó Amos—. Significa que Desjardins ya no tiene que huir del pilar de fuego. No tardará en llegar, y seguro que traerá refuerzos. Más enemigos para nosotros.

—Mi magia seguirá siendo débil —nos advirtió Zia—. En una pelea no serviré de gran cosa, pero a lo mejor me puede llevar hasta las barcas.

Desenganchó el amuleto de buitre que había utilizado en Luxor.

—Y falto yo —dijo Amos—. No pasa nada. Reunámonos en la barca de la izquierda. Nos cargamos esa y luego nos preocuparemos de la derecha. Confiemos en el factor sorpresa.

No me apetecía dejar que los planes los hiciera Amos, pero no veía ningún fallo en su lógica.

—Bien. Tendremos que encargarnos rápido de las barcas y luego ir a por la pirámide en sí. A lo mejor podemos sellar la entrada o algo.

Carter asintió.

—Listo.

Al principio el plan salió bien. No tuve problemas para convertirme en milano y, lo más sorprendente, al llegar a la proa de la barca me volví a transformar en humana al primer intento, con el báculo y la varita preparados. El único que se sorprendió más que yo fue el demonio que tenía justo delante, cuya cabeza de navaja se alzó como un resorte para dar la voz de alarma.

Antes de que pudiera darme un tajo o incluso gritar, llamé al viento con mi báculo y lo tiré por la borda. Dos hermanos suyos arremetieron contra mí, pero Carter apareció detrás de ellos con la espada desenvainada y los desmenuzó en montoncitos de arena.

Por desgracia, Zia fue un poco menos sigilosa. Un buitre gigante con una chica colgando de sus garras tiende a llamar la atención. Mientras volaban hacia la embarcación, los demonios de abajo empezaron a señalar y a dar voces. Algunos arrojaron lanzas, pero se quedaron cortos.

La entrada triunfal de Zia sirvió para distraer a los dos demonios que quedaban en nuestra barca, eso sí, lo que permitió que Amos se materializase a sus espaldas. Había adoptado la figura de un murciélago de la fruta, cosa que me trajo malos recuerdos, pero recuperó enseguida su aspecto humano y se estrelló contra los demonios, que cayeron al aire abierto.

—¡Agarraos! —nos dijo.

Zia aterrizó justo a tiempo de empuñar el timón. Carter y yo nos sujetamos a los lados de la barca. No tenía ni idea de lo que planeaba Amos, pero, después de mi último viaje en barca voladora, no pensaba correr riesgos. Amos empezó a recitar una letanía mientras señalaba con su báculo a la otra barca, donde los demonios estaban empezando a gritar y señalarnos.

Uno de ellos era alto y muy delgado, con los ojos negros y una cara asquerosa, como de músculo con la piel quitada.

—Es el lugarteniente de Set —nos advirtió Carter—. Rostro de Horror.

—¡Vosotros! —chilló el demonio—. ¡A por ellos!

Amos completó su conjuro.

—Humo —entonó.

Al instante, la segunda embarcación se evaporó dejando una neblina gris. Los demonios cayeron al vacío entre aullidos. La piedra cimera dorada se precipitó hasta que se tensaron las cuerdas de nuestro lado que llevaba atadas y estuvo a punto de voltear nuestra barca. Inclinados a un lado, empezamos a hundirnos hacia el suelo de la caverna.

—¡Carter, corta las cuerdas! —grité.

Las atravesó con su espada y la barca se niveló, elevándose varios metros en un suspiro y dejando atrás mi estómago.

El piramidión se estrelló contra el fondo de la caverna con grandes crujidos y despachurramientos. Me dio en la nariz que acabábamos de dejar un buen surtido de tortitas de demonio.

—La cosa va bien —recalcó Carter, pero como de costumbre había hablado demasiado pronto.

Zia señaló debajo de nosotros.

—Mirad.

Todos los demonios que tenían alas —un porcentaje pequeño, pero aun así cuarenta o cincuenta— se habían lanzado a por nosotros, llenando el aire como un enjambre de avispas sañudas.

—Volad hasta la pirámide —dijo Amos—. Yo distraeré a los demonios.

La entrada de la pirámide, un sencillo umbral que había entre dos columnas en su base, no nos quedaba demasiado lejos. La vigilaban algunos demonios, pero el grueso de las fuerzas de Set avanzaba hacia nuestra barca, gritando y arrojando pedruscos (que solían caer y darles a ellos, pero nadie ha dicho que los demonios tengan que ser listos).

—Son demasiados —discutí—. Amos, te matarán.

—No os preocupéis por mí —dijo con el gesto torcido—. Sellad la entrada a vuestras espaldas.

Me empujó por la borda, dejándome sin otra opción que convertirme en milano. Carter ya trazaba espirales como halcón hacia la entrada, y se oía el enorme buitre de Zia aleteando por detrás.

Oí que Amos gritaba:

—¡Por Brooklyn!

Era un grito de batalla extraño. Eché un vistazo atrás y la barca estalló en llamas. Empezó a caer a la deriva, alejándose de la pirámide y dirigiéndose al ejército de monstruos. Saltaron bolas de fuego en todas las direcciones mientras la quilla se deshacía a trozos. No tuve tiempo de maravillarme por la magia de Amos ni de preocuparme por lo que le habría pasado. Consiguió distraer a la mayoría de los demonios con sus fuegos artificiales, pero algunos repararon en nosotros.

Carter y yo tomamos tierra justo en el interior de la entrada de la pirámide y recobramos el aspecto humano. Zia entró a trompicones justo detrás y convirtió de nuevo a su buitre en amuleto. Los demonios nos pisaban los talones: una docena de coleguitas inmensos con cabezas de insecto, de dragón y de diversos complementos de navaja suiza.

Carter extendió la mano. Apareció un puño gigante y resplandeciente que imitó su gesto, colándose justo entre Zia y yo y cerrando de golpe los portones. Mi hermano cerró los ojos para concentrarse y un símbolo dorado y ardiente se grabó en las puertas como un sello: el Ojo de Horus. Las líneas emitían destellos tenues cuando los demonios aporreaban la barrera, intentando pasar.

—No durará mucho —dijo Carter.

Me había impresionado, aunque por supuesto no lo comenté. Mirando las puertas atrancadas, no podía pensar en nada más que en Amos, rodeado por un ejército maligno.

—Amos sabe lo que hace —afirmó Carter, aunque no con un tono demasiado convencido—. Seguro que está bien.

—Vamos —nos arrastró Zia—. No hay tiempo para especular.

El túnel era estrecho y húmedo, tanto que me dio la impresión de estar arrastrándome por la arteria de alguna bestia gigantesca. Avanzamos en fila india por la pendiente de unos cuarenta y cinco grados descendentes, que lo habrían convertido en un buen tobogán acuático pero no eran lo mejor para caminar con cuidado. Las paredes estaban decoradas con tallas intrincadas, como casi todos los muros egipcios que habíamos visto, pero estaba claro que a Carter no le gustaban. Se detenía una y otra vez para mirarlas con odio.

—¿Qué pasa? —le pregunté en la quinta o sexta ocasión.

—Esto no son los dibujos normales en una tumba —dijo—. No hay imágenes de la vida eterna ni de los dioses.

Zia asintió.

—Esta pirámide no es una tumba. Es una plataforma, un cuerpo destinado a contener el poder de Set. Todas estas imágenes sirven para incrementar el caos y hacer que reine para siempre.

Seguimos caminando y yo presté más atención a las tallas hasta que comprendí lo que había dicho Zia. Las imágenes representaban monstruos horribles, batallas, ciudades como París o Londres en llamas, retratos a todo color de Set y el animal de Set arrasando ejércitos modernos… Unas escenas atroces que ningún egipcio plasmaría jamás en piedra. Cuanto más descendíamos, más extrañas e intensas se veían las imágenes y más se me revolvía el estómago.

Por fin llegamos al corazón de la pirámide.

En el lugar que debería ocupar la cámara funeraria en una pirámide normal, Set había diseñado un salón del trono para sí mismo. Tenía el tamaño aproximado de una pista de tenis, pero sus bordes acababan en profundas zanjas que componían un foso. Muy, muy abajo burbujeaba un líquido. ¿Sangre? ¿Lava? ¿Ketchup maligno? Ninguna posibilidad era buena.

La zanja parecía fácil de saltar, pero no me entraron unas ganas locas de hacerlo, porque en el interior del salón el suelo entero estaba labrado con jeroglíficos rojos, todos ellos conjuros que invocaban el poder del Isfet, del caos. En lo alto, en el centro del techo, un solo hueco cuadrado dejaba entrar la luz de color rojo sangre. Por lo demás, no parecía haber más salidas. En las cuatro paredes se agazapaban cuatro estatuas de obsidiana del animal de Set, con las caras vueltas hacia nosotros, los dientes descubiertos blancos como perlas y sus ojos de esmeralda refulgiendo.

Sin embargo, lo peor de todo era el propio trono. Era una cosa horripilante y deforme, como una estalagmita roja que hubiese crecido a su aire, acumulando gotita tras gotita de sedimentos durante siglos. Para colmo, se había acumulado alrededor de un ataúd de oro —el ataúd de papá—, que estaba enterrado en la base del trono, con la parte justa sobresaliendo para servir de reposapiés.

—¿Cómo lo vamos a sacar de ahí? —dije con voz temblorosa.

A mi lado, Carter contuvo la respiración.

—¿Amos?

Seguí su mirada hasta un respiradero brillante y rojo que había por el centro del techo. En la abertura se mecía un par de piernas. Entonces Amos se dejó caer y abrió su capa como un paracaídas para poder flotar hasta el suelo. Su ropa soltaba humo, su pelo estaba perdido de ceniza. Apuntó con su cayado hacia arriba y pronunció una orden. El hueco por el que había entrado retumbó, soltando polvo y cascotes, y la luz cesó de repente.

Amos se quitó el polvo de la ropa y nos sonrió.

—Esto debería entretenerlos un rato.

—¿Cómo has hecho eso? —pregunté.

Nos hizo señas para que nos acercáramos al centro de la sala.

Carter saltó la zanja sin pensárselo. A mí no me hacía gracia, pero no iba a dejar que fuese allí sin mí, así que salté también. Tal y como toqué tierra al otro lado, me sentí incluso más mareada que antes, como si la sala estuviera inclinada y mis sentidos desajustados.

Zia llegó la última, observando a Amos con recelo.

—No deberías estar vivo —dijo.

Amos soltó una risita.

—Eso ya lo había oído antes. Venga, vamos al asunto.

—Eso —dije, mirando fijamente el trono—. ¿Cómo sacamos el ataúd?

—¿Cortando? —Carter desenvainó la espada, pero Amos levantó la mano.

—No, niños. No digo ese asunto. Me he asegurado de que no nos interrumpa nadie. Es hora de que hablemos.

Me subió un escalofrío por la columna vertebral.

—¿«De que hablemos»?

De pronto Amos cayó de rodillas y empezó a sufrir convulsiones. Corrí hacia él, pero levantó la mirada y le vi la cara crispada de dolor. Sus ojos eran de un rojo fundido.

—¡Corred! —gimió con voz ronca.

Cayó al suelo y le empezó a salir un vapor rojizo del cuerpo.

413

—¡Hay que irse! —Zia me agarró el brazo—. ¡Ya!

Pero me quedé mirando, paralizada del horror, cómo se alzaba el vapor desde la figura inconsciente de Amos y flotaba en dirección al trono, donde adoptó poco a poco la forma de un hombre sentado: un guerrero rojo de armadura ardiente, con un cayado de hierro en la mano y la cabeza de un monstruo canino.

—Vaya, qué lástima —rió Set—. Supongo que ahora es cuando le toca a Zia recordaros que ya os había avisado.

37. Leroy se cobra su venganza

Sí, a lo mejor me cuesta un poco pillar las cosas, ¿vale?

Lo digo porque no fue hasta aquel momento, enfrentado al dios Set en el centro de su salón del trono, en el corazón de una pirámide maligna, con un ejército de demonios fuera y el mundo a punto de explotar, cuando pensé: «Venir aquí ha sido muy, muy mala idea».

Set se levantó del trono. Tenía la piel roja y estaba musculoso, y llevaba su armadura ardiente y un cayado de hierro negro. Su cabeza pasó de bestial a humana. Antes tenía la mirada hambrienta y las fauces babeantes de mi viejo amigo Leroy, el monstruo del aeropuerto de Washington D. C., y ahora, sin más, tenía el cabello del color de la arena y una cara elegante pero de facciones marcadas, con ojos de inteligencia que brillaban con humor y una sonrisa cruel y torcida. Apartó a nuestro tío de una patada y Amos dio un gemido, lo que por lo menos significaba que seguía vivo.

Yo agarraba tan fuerte la espada que el filo temblaba.

—Zia tenía razón —dije—. Habías poseído a Amos.

Set separó las manos, intentando un gesto de modestia.

—Bueno, verás... No fue una posesión completa. Los dioses podemos existir en muchos sitios al mismo tiempo, Carter. Horus

415

te lo podría contar si fuese sincero contigo. Estoy seguro de que Horus ha estado buscando algún bonito monumento bélico que ocupar, o una academia militar en alguna parte… cualquier cosa distinta a ese cuerpecito flacucho que tienes. Ahora la mayor parte de mi ser está transferida a esta grandiosa estructura. —Abarcó todo el salón del trono con un gesto orgulloso—. Pero bastó con una esquirla de mi alma para controlar a Amos Kane.

Extendió el dedo meñique y una voluta de humo rojo serpenteó hacia Amos para hundirse entre sus ropas. Amos arqueó la espalda como si le hubiera caído encima un rayo.

—¡Basta! —grité.

Corrí hacia Amos, pero la niebla roja ya se había disgregado. El cuerpo de nuestro tío se relajó.

Set dejó caer la mano como si le hubiera aburrido el ataque.

—Me temo que no queda mucho de él. Amos resistió bien. Fue muy entretenido y exigió mucha más de mi energía de la que tenía prevista. Esa magia del caos… eso fue idea suya. Hizo todo lo que pudo para avisaros, para dejaros claro que lo controlaba yo. Lo gracioso es que le obligué a usar sus propias reservas mágicas para sacar adelante esos conjuros. Estuvo a punto de empeñar su alma para enviaros esas bengalas de aviso. ¿Transformaros en tormenta? Por favor. ¿Quién hace esas cosas hoy en día?

—¡Eres un desalmado! —gritó Sadie.

Set ahogó un grito, fingiendo una sorpresa burlona.

—¿Quién, yo?

Entonces sus carcajadas rugieron mientras Sadie intentaba alejar a Amos del peligro.

—Amos estaba en Londres aquella noche —dije, intentando que mantuviera su atención puesta en mí—. Debió de seguirnos al Museo Británico y desde entonces lo controlas tú. Desjardins nunca fue tu anfitrión.

—¿Ese plebeyo? Por favor —rió Set con desprecio—. Siempre preferimos la sangre de los faraones, como estoy seguro de que ya te han dicho. Pero fue delicioso tenerte engañado. Creo que el «bon soir» fue la guinda del pastel.

—Sabías que mi *ba* estaba allí mirando. Obligaste a Amos a sabotear su propia casa para que pudieran entrar tus monstruos. Lo guiaste a una emboscada. ¿Por qué no hiciste que nos secuestrara y punto?

Set separó las manos.

—Como te he dicho, Amos plantó cara. Hay ciertas cosas que no podía obligarle a hacer sin destruirlo por completo, y no quería echar tan pronto a perder mi juguete nuevo.

Cédeme el control, pidió Horus. *Le vengaremos.*

«Me encargo yo», dije.

¡No!, contestó Horus. *Debes dejarme a mí. Tú no estás preparado.*

Set rió, quizá percibiendo nuestra rencilla.

—Ay, pobre Horus. Tu anfitrión necesita ruedecitas de prácticas. ¿En serio pretendes desafiarme usando eso?

Por primera vez, Horus y yo tuvimos el mismo sentimiento en el mismo momento exacto: furia.

Sin pensarlo, levantamos nuestra mano y extendimos nuestra energía hacia Set. Un puño brillante lo arrolló, y el Dios Rojo voló hacia atrás con tal fuerza que resquebrajó una columna, que le cayó encima.

Durante el tiempo de un latido, solo se oyó el reguero de polvo y escombros. Entonces, de los cascotes surgió un ronco aullido de risa. Set se levantó entre las ruinas, apartando sin esfuerzo un bloque enorme de piedra.

—¡Bonito! —bramó—. ¡Sin ninguna efectividad, pero bonito! Será un placer cortarte en pedacitos, Horus, igual que hice antes con tu padre. Os sepultaré a todos en esta cámara para reforzar mi tormenta… a mis cuatro queridos hermanos. ¡Y la tormenta será tan grande que envolverá el mundo!

Parpadeé, perdiendo la concentración por un momento.

—¿Cuatro?

—Ya lo creo. —Los ojos de Set vagaron hacia Zia, que se había retirado con sigilo a un lado de la sala—. No me he olvidado de ti, querida.

Zia me miró con desesperación.

—Carter, no te preocupes por mí. Solo intenta distraerte.

—Mi encantadora diosa —dijo Set, zalamero—. Esa figura no te hace justicia, pero tenías muy limitadas las opciones, ¿no es así?

Set avanzó hacia ella, con el cayado empezando a iluminarse.

—¡No! —grité.

Di un paso adelante, pero a Set se le daban tan bien como a mí los empujones mágicos. Me señaló y acabé estampado contra la pared, clavado a ella como si me retuviera un equipo de fútbol americano al completo.

—¡Carter! —gritó Sadie—. Ella es Neftis. ¡Sabe cuidarse sola!

—No.

Todos los instintos me decían que Zia no podía ser Neftis. Al principio había creído que sí, pero, cuanto más lo pensaba, más imposible me parecía. Nunca había sentido en ella la magia divina, y algo me decía que la habría notado si de verdad estuviera albergando una diosa.

Set la haría picadillo si no salía en su ayuda. Pero si lo que hacía Set era distraerme, le estaba saliendo bien. Mientras él se aproximaba poco a poco a Zia yo me revolví contra su magia, pero no pude soltarme. Cuando me esforzaba por combinar mi poder con el de Horus como habíamos hecho antes, se interponían el miedo y el pánico.

¡Debes ceder ante mí!, insistió Horus, y luchamos entre nosotros por el control de mi mente, lo cual me dio un dolor de cabeza increíble.

Set dio otro paso en dirección a Zia.

—Ah, Neftis —dijo con voz melosa—. Al principio de los tiempos eras mi traicionera hermana. En otra encarnación, en otra era, fuiste mi traicionera esposa. Ahora creo que serás un sabroso aperitivo. Es cierto que eres la más débil de todos nosotros, pero sigues siendo una de los cinco y de verdad seré más poderoso si consigo tener el set completo.

Se detuvo y sonrió.

—¡El Set completo! ¡Qué gracioso! Bueno, ahora vamos a consumir tu energía y sepultar tu alma, ¿te parece bien?

Zia interpuso su varita. A su alrededor brilló una esfera roja de energía defensiva, pero hasta yo me daba cuenta de lo tenue que era.

Set lanzó un chorro de arena con su cayado y la esfera se deshizo. Zia tropezó hacia atrás mientras la arena le acribillaba el pelo y la ropa.

Empecé a forcejear de nuevo, pero Zia gritó:

—¡Carter, yo no soy importante! ¡Mantente centrado! ¡No te resistas! —Levantó su báculo y exclamó—: ¡Por la Casa de la Vida!

Lanzó a Set un rayo de fuego que debió de costarle sus últimas energías. Set bateó con su cayado para desviar las llamas hacia Sadie, que tuvo que levantar rápidamente su varita para evitar que los friera a Amos y a ella. Set tiró del aire como si halara una cuerda invisible y Zia voló hacia él como una muñeca de trapo, directa a sus manos.

«No te resistas.» ¿Cómo podía decir algo así Zia? Me resistí como un loco, pero no me sirvió de nada. No pude hacer más que mirar desesperado cómo Set se inclinaba hacia la cara de Zia para examinarla.

Al principio, Set tenía una expresión triunfal, gozosa, pero enseguida degeneró en confusión. Su rostro se oscureció y las llamas de sus ojos cobraron fuerza.

—¿Qué engaño es este? —gruñó—. ¿Dónde la has escondido?

—Nunca la poseerás —balbuceó Zia, estrangulada por la mano de Set.

—¿Dónde está?

Arrojó a Zia a un lado. Su cuerpo se estrelló contra la pared y habría caído al foso de no ser porque Sadie gritó: «¡Viento!», y una ráfaga de aire sostuvo a Zia lo justo para que pudiera apoyar los pies en suelo.

Sadie fue hacia ella corriendo y la apartó de la zanja brillante. Set aulló.

—¿Esto es una de tus artimañas, Isis?

Lanzó otra tormenta de arena hacia ellos, pero Sadie levantó la varita a tiempo. La tormenta topó contra un escudo de fuerza que desvió el viento a su alrededor. La arena formó montículos en las paredes que Sadie tenía detrás y dejó una cicatriz con forma de halo en la piedra.

No entendía por qué se había enfadado tanto Set, pero no podía permitirle que hiciera daño a Sadie.

Verla allí sola, protegiendo a Zia de la cólera de un dios, hizo encajar algo en mi interior, como un motor que cambia a una marcha más alta. De repente mi pensamiento se volvió más rápido y claro. La rabia y el miedo no desaparecieron, pero comprendí que no eran importantes. No me ayudarían a salvar a mi hermana.

«No te resistas», me había dicho Zia.

No se refería a que dejara de resistirme a Set. Hablaba de Horus. El dios halcón y yo llevábamos días luchando entre nosotros mientras él intentaba asumir el control de mi cuerpo.

Pero ninguno de nosotros podía tener el control. Esa era la respuesta. Teníamos que actuar al unísono, confiar por completo el uno en el otro, o los dos estábamos muertos.

Sí, pensó Horus, y dejó de empujar. Yo dejé de resistir y dejé que nuestros pensamientos fluyeran juntos. Comprendí su poder, sus recuerdos y sus miedos. Vi a cada anfitrión que había tenido durante más de mil vidas. Él también vio mi mente… todo, hasta las cosas que menos me enorgullecían.

Es difícil describir el sentimiento. Además, por los recuerdos de Horus, sabía que ese tipo de unión era muy poco frecuente, como la única vez que al lanzar una moneda no sale cara ni cruz, sino que cae de canto, perfectamente equilibrada. Él no me controlaba. Yo no lo usaba como una fuente de poder. Actuábamos como un solo ser.

Nuestras voces hablaron en armonía:

—Ahora.

Y las ataduras mágicas que nos retenían se hicieron pedazos.

Mi avatar de combate se formó a mi alrededor, levantándome del suelo y rodeándome con un escudo de energía dorada. Di un paso adelante y alcé mi espada. El guerrero halcón imitó el movimiento, perfectamente sintonizado con mis deseos.

Set dio media vuelta y me contempló con ojos fríos.

—Bueno, Horus —dijo—. Por fin has encontrado los pedales de tu pequeña bicicleta, ¿eh? Eso no significa que sepas montar.

—Soy Carter Kane —dije yo—. Sangre de los Faraones, Ojo de Horus. Y ahora, Set, hermano, tío, traidor, te voy a aplastar como a un mosquito.

38. La Casa está en la casa

Fue una pelea a muerte, y me sentí de maravilla.

Cada movimiento era perfecto. Cada golpe era tan divertido que tenía ganas de soltar carcajadas. Set creció en tamaño hasta ser más alto que yo, y su cayado de hierro alcanzó la longitud de un mástil de barco. La cara iba cambiando: a veces era humana, a veces las fauces fieras del animal de Set.

Mi espada y su cayado chocaron entre una lluvia de chispas. Me hizo perder el equilibrio de un empujón y me estampé contra una de sus estatuas del animal, que cayó al suelo y se rompió. Recuperé el equilibro y cargué contra él. Mi espada entró por debajo de la hombrera de su armadura y Set aulló mientras manaba sangre negra de la herida.

Trazó un arco con su cayado y tuve que rodar para que el ataque no me partiera la cabeza. Al fallar, golpeó el suelo y lo resquebrajó. Luchamos avanzando y retrocediendo, destrozando columnas y paredes, entre una lluvia de pedazos del techo, hasta que me di cuenta de que Sadie estaba gritando para llamar mi atención.

La vi por el rabillo del ojo, intentando escudar a Zia y a Amos de la destrucción. Había dibujado un apresurado círculo de protección en el suelo y sus escudos desviaban los cascotes que caían, pero entendí lo que le preocupaba: si seguíamos así, acabaríamos derrumbando el salón del trono entero y moriríamos todos aplastados. Dudo de que hiciera mucho daño a Set. Seguramente contaba con ello. Al fin y al cabo, ya sabíamos que quería sepultarnos allí.

Tenía que llevármelo al exterior. Quizá, si dejaba tiempo a Sadie, podría sacar el ataúd de mi padre de aquel trono.

Entonces recordé cómo había descrito Bast su combate con Apofis: una lucha cuerpo a cuerpo contra su enemigo por toda la eternidad.

Sí, mostró su acuerdo Horus.

Levanté el puño y canalicé un impulso de energía hacia el respiradero taponado que teníamos encima. El impacto abrió un agujero y dejó entrar de nuevo la luz roja. Luego solté la espada y me arrojé contra Set. Le agarré los hombros con las manos desnudas, intentando contenerlo con una presa de luchador. Él intentó asestarme un bastonazo, pero su cayado no servía de nada en la distancia corta. Gruñó y soltó el arma para agarrarme los brazos. Era mucho más fuerte que yo, pero Horus conocía algunas maniobras buenas. Me retorcí y acabé detrás de Set, colé mi antebrazo por su axila y le apresé el cuello con la mano como una llave inglesa. Dimos un traspié hacia delante y casi pisamos los escudos protectores de Sadie.

«Vale, ya lo tenemos —pensé—. Ahora, ¿qué hacemos con él?»

Irónicamente, fue Amos quien me dio la respuesta. Recordé la manera en que me había convertido en nube de tormenta, cómo había superado mi sentido del yo a base de pura fuerza mental. Nuestras mentes habían tenido una corta refriega, pero él había impuesto su voluntad con una confianza absoluta, imaginándome como una nube de tormenta, y en eso me había convertido.

«Eres un murciélago de la fruta», dije a Set.

«¡No!», gritó su mente, pero no se lo había esperado. Podía notar su confusión y la utilicé contra él. Era fácil imaginarlo como un murciélago porque había visto a Amos convertirse en uno cuando estaba poseído por Set. Visualicé cómo mi enemigo se encogía, cómo le brotaban alas de murciélago y su cara se afeaba aún más.

Yo mengüé también, hasta ser un halcón que llevaba un murciélago de la fruta en las garras. No había tiempo que perder; volé hacia el respiradero, luchando con el murciélago mientras subíamos en círculos por el hueco, entre garrazos y mordiscos. Por fin salimos al exterior, mientras volvíamos a asumir nuestras formas de guerrero en una ladera de la Pirámide Roja.

Procuré mantener el equilibrio en la pendiente. Mi avatar seguía resplandeciendo, con daños en el brazo derecho, justo en el mismo lugar en que mi brazo real tenía una herida y sangraba. Set se levantó, limpiándose la sangre negra de la boca.

Me sonrió, y su cara parpadeó con el rugido de un depredador.

—Ya puedes morir tranquilo sabiendo que has hecho un gran esfuerzo, Horus. Pero es demasiado tarde. Mira.

Eché un vistazo a la caverna y el corazón me saltó a la garganta. El ejército de demonios se enfrentaba a un nuevo enemigo en batalla. Había magos, docenas de ellos, formando un círculo aproximado alrededor de la pirámide y luchando para avanzar. La Casa de la Vida debía de haber levantado a todos sus efectivos disponibles, pero seguían siendo cuatro gatos contra las legiones de Set. Cada mago estaba situado en el interior de un círculo de protección móvil, como si lo iluminara un foco, y se abría paso entre las fuerzas enemigas haciendo brillar su báculo y su varita. Las llamas, el relámpago y los tornados recorrían las filas demoníacas. Vi que habían convocado a bestias de todo tipo: leones, serpientes, esfinges y hasta algunos hipopótamos que embestían al adversario igual que tanques. Aquí y allá resplandecían los jeroglíficos en el aire, provocando explosiones y terremotos que destruían a los soldados de Set. Sin embargo, seguían llegando más enemigos, que rodeaban a los magos en formaciones cada vez más prietas. Contemplé cómo abrumaban por completo a un mago, cómo quebraban su círculo con un fogonazo verde y cómo caía ante la oleada de enemigos.

—Este es el final de la Casa —dijo Set con satisfacción—. No pueden vencer mientras mi pirámide se alce.

Los magos parecían saberlo. A medida que se acercaban, empezaron a arrojar cometas flamígeros y relámpagos contra la pirámide, pero cada impacto se disipaba sin efecto en sus laderas de piedra, impotente contra la neblina roja del poder de Set.

Entonces atisbé la piedra cimera dorada. La habían encontrado cuatro gigantes con cabezas de serpiente, y ahora la cargaban lenta pero inexorablemente entre los combatientes. El lugarteniente de Set, Rostro de Horror, les gritaba órdenes y daba latigazos para que siguieran avanzando. Se abrieron camino hasta la base de la pirámide y empezaron a subir.

Me lancé a por ellos, pero Set intervino al instante, plantándose en mi camino.

—Yo diría que no, Horus —rió—. Esta fiesta no vas a amargármela.

Los dos invocamos las armas a nuestras manos y emprendimos el combate con una nueva ferocidad, lanzando mandobles y esquivando. Hice descender mi espada en un arco mortífero, pero Set se echó a un lado y mi espada dio contra la piedra, enviándome una onda de choque por todo el cuerpo. Antes de poder recuperarme, Set pronunció una palabra:

—*Ha-wi!*

«Golpear.»

Los jeroglíficos me explotaron en las narices y me lanzaron rebotando ladera abajo de la pirámide.

Cuando se me aclaró la visión, busqué a Rostro de Horror y a los gigantes con cabeza de serpiente y los vi mucho más arriba, transportando su carga dorada por la cara del monumento, a solo unos pasos de la cima.

—No —murmuré. Intenté levantarme, pero mi avatar respondía muy lento.

Entonces un mago salió de la nada, aterrizó en medio de los demonios y liberó una ventolera. Los demonios volaron por los aires y soltaron la piedra cimera, que el mago golpeó con su báculo para impedir que resbalara. El mago era Desjardins. Su barba bifurcada, su chilaba y su capa de piel de leopardo estaban chamuscadas, y sus ojos llenos de rabia. Apretó el báculo contra el piramidión y el prisma dorado empezó a refulgir, pero, antes de que Desjardins pudiera destruirlo, Set se alzó a sus espaldas e hizo girar su cayado de hierro como un bate de béisbol.

Desjardins cayó rebotando, destrozado e inconsciente, hasta la base de la pirámide, donde se lo tragó la horda de demonios. Se me cayó el alma a los pies. Desjardins nunca me había caído bien, pero nadie merecía un destino como aquel.

—Molesto —dijo Set—, pero inefectivo. A esto se quiso ver reducida la Casa de la Vida, ¿eh, Horus?

Corrí ladera arriba, y de nuevo se encontraron nuestras armas. Trabamos combate mientras una luz gris empezaba a filtrarse por las grietas de la montaña que teníamos encima.

Los agudos sentidos de Horus me dijeron que faltaban unos dos minutos para el amanecer, tal vez menos.

La energía de Horus siguió inundándome. Mi avatar solo tenía daños leves, mis ataques seguían rápidos y fuertes. Aun así, no eran suficientes para derrotar a Set, y él lo sabía. Luchaba sin darse ninguna prisa. Con cada minuto que pasaba caía otro mago en el campo de batalla y el caos veía más cercana su victoria.

Paciencia, me aconsejó Horus. *La primera vez luchamos contra él durante siete años.*

Pero yo sabía que no disponíamos ni de siete minutos, mucho menos siete años. Deseé que Sadie estuviera allí, pero solo podía confiar en que hubiera podido liberar a papá y poner a salvo a Zia y a Amos.

El pensamiento me despistó. Set hizo un barrido con el cayado y, en lugar de saltar, intenté retroceder. El bastón restalló contra mi tobillo derecho, me desequilibró y me envió dando tumbos pendiente abajo.

Set estalló en carcajadas.

—¡Que tengas buen viaje!

Entonces recogió la piedra cimera.

Yo me levanté con un gemido, pero los pies me pesaban como el plomo. Subí dando bandazos por la cara de la pirámide, pero, antes de que pudiera recorrer ni media distancia, Set colocó la piedra cimera y completó la estructura. Una luz roja fluyó por las cuatro laderas de la pirámide con un sonido como el del bajo eléctrico más grande del mundo, que hizo temblar la montaña entera y me dejó todo el cuerpo insensible.

—¡Treinta segundos hasta el amanecer! —se regocijó Set—. Y esta tierra será mía para siempre. ¡Tú solo no puedes detenerme, Horus, y mucho menos en el desierto que me otorga fuerza!

—Tienes razón —dijo una voz cercana. Miré hacia su origen y vi a Sadie alzándose por el respiradero, irradiando una luz multicolor, con la varita y el báculo centelleantes—. Lo que pasa es que Horus no está solo. Y que no vamos a combatirte en el desierto.

Golpeó con su cayado contra la pirámide y gritó un nombre. Fueron unas palabras que jamás me habría esperado que pronunciara como grito de guerra.

39. Zia me cuenta un secreto

Así me gusta, Carter, que me hagas parecer dramática y todo eso.

La verdad tuvo algo menos de encanto.

Retrocedemos un poco, ¿vale? Cuando mi hermano, el loco guerrero pollo, se convirtió en halcón y salió de la chimenea de la pirámide con su amiguito nuevo, el murciélago de la fruta, me dejó de enfermera con dos personas muy heridas, cosa que ni me hizo ilusión ni se me daba particularmente bien.

Las heridas del pobre Amos parecían más mágicas que físicas. No le vi ni un rasguño, pero tenía los ojos en blanco y casi no respiraba. Cuando le toqué la frente, salieron volutas de vapor de su piel, así que decidí que mejor lo dejaba estar de momento.

Zia era otra cosa. Tenía la cara pálida como una muerta, y sangraba por varios cortes muy feos que tenía en la pierna. Tenía un brazo torcido en un ángulo imposible. Tenía la respiración tomada, con un sonido como de tierra mojada.

—No te muevas. —Corté un poco de tela del dobladillo de mis pantalones e intenté vendarle la pierna—. A lo mejor hay alguna magia curativa o…

—Sadie —me agarró la muñeca muy flojito—. No hay tiempo. Escucha.

—Si cortamos la hemorragia...

—Su nombre. Necesitas su nombre.

—¡Pero si no eres Neftis! Lo ha dicho Set.

Meneó la cabeza.

—Mensaje... hablo con su voz. El nombre es Día Aciago. Set nació y ese fue un «día aciago».

Bien cierto, pensé, pero ¿podía ser de verdad el nombre secreto de Set? Lo que decía Zia de que no era Neftis pero hablaba con su voz no tenía el menor sentido. En ese momento recordé la voz del río. Neftis había dicho que me enviaría un mensaje. Y Anubis me había hecho prometer que haría caso a Neftis.

Me removí, incómoda.

—Oye, Zia...

Entonces la verdad me dio un porrazo en la cara. Una cosa que había dicho Iskandar, otras que había dicho Tot... todo encajó. Iskandar había querido proteger a Zia. Me había dicho que, si se hubiese dado cuenta antes de que Carter y yo éramos deificados, nos podría haber protegido bien igual que a... alguien. Igual que a Zia. En ese momento entendí de qué modo la había intentado proteger.

—Ay, dios —dije, mirándola fijamente—. Es eso, ¿verdad?

Pareció entenderme y asintió. Su cara se crispó de dolor, pero sus ojos conservaron la fiereza y la determinación de siempre.

—Usa el nombre. Doblega a Set a tu voluntad. Haz que colabore.

—¿«Que colabore»? Acaba de intentar matarte, Zia. A mí no me da la impresión de ser un tío muy colaborador.

—Ve. —Zia intentó apartarme. De sus dedos brotaron unas llamitas débiles—. Carter te necesita.

Era lo único que podría haber dicho para convencerme. Carter estaba en apuros.

—Entonces, volveré —le prometí—. No te... hummm, no te vayas a ninguna parte.

Me levanté y miré hacia el agujero del techo, temerosa por la idea de volver a convertirme en milano. Entonces mis ojos fueron hasta el ataúd de papá, enterrado en el trono rojo. El sarcófago brillaba como si fuese un aparato radiactivo a punto de tener una fusión de núcleo. Si tan solo pudiese romper el trono...

Primero hay que encargarse de Set, me advirtió Isis.

«Pero si pudiese liberar a papá...» Empecé a caminar hacia el trono.

No, insistió Isis. *Lo que podrías ver es demasiado peligroso.*

«¿Se puede saber de qué hablas?», pensé con irritación. Puse la mano en el ataúd dorado. Al tocarlo, de pronto se me llevaron de la sala del trono al interior de una visión.

Volvía a estar en la Tierra de los Muertos, en la Sala del Juicio. Los vetustos monumentos del cementerio de Nueva Orleans titilaban a mi alrededor. Los espíritus de los muertos se revolvían inquietos entre la niebla. En la base de la balanza rota, dormía un monstruo diminuto, Ammit la Devoradora. Abrió un ojo amarillo brillante para estudiarme y luego volvió a dormirse.

Anubis salió de las sombras. Iba vestido con un traje de seda negro, con la corbata sin anudar como si regresara de un funeral, o posiblemente de una convención de enterradores guapísimos.

—Sadie, no deberías estar aquí.

—A mí me lo dices —respondí, pero me alegraba tanto de verle que deseaba sollozar de alivio.

Me cogió de la mano y me guió hasta el trono negro desocupado.

—Se ha perdido todo el equilibrio. El trono no puede seguir vacío. La restauración de la Maat debe empezar aquí, en esta sala.

Su voz se oía triste, y tuve la sensación de que me pedía que aceptase algo terrible. No lo entendí, pero fui presa de un profundo sentimiento de pérdida.

—No es justo —dije.

—No, no lo es. —Me apretó la mano—. Yo estaré aquí, esperando. Lo lamento, Sadie. De verdad que lo lamento...

Empezó a desvanecerse.

—¡Espera!

Intenté seguir agarrada de su mano, pero Anubis se fundió en la misma neblina que todo el cementerio.

Estaba una vez más en el salón del trono de los dioses, solo que ahora tenía aspecto de llevar siglos abandonado. El techo había cedido, igual que la mitad de las columnas. Los braseros estaban fríos y oxidados. El hermoso suelo de mármol estaba tan quebrado como el fondo de un lago seco.

Bast estaba a solas junto al trono vacío de Osiris. Me dedicó una sonrisa traviesa, pero volver a verla era casi demasiado doloroso para soportarlo.

—Venga, no estés triste —me regañó—. Los gatos no tienen remordimientos.

—Pero estás… ¿no estás muerta?

—Eso depende. —Hizo un gesto a su alrededor—. La Duat está agitada. Los dioses llevan demasiado tiempo sin rey. Si Set no va a ocupar el trono, alguien debe hacerlo. El enemigo se aproxima. No permitas que haya muerto en vano.

—Pero ¿volverás? —pregunté con la voz partida—. Por favor, ni siquiera tuve la oportunidad de despedirme de ti. No puedo…

—Buena suerte, Sadie. Que no se te desafilen las garras.

Bast desapareció, y el escenario cambió de nuevo.

Estaba en el Salón de las Eras, en el Nomo Primero… Otro trono vacío, por cierto, al pie del cual estaba sentado Iskandar, esperando a un faraón que llevaba dos mil años sin existir.

—Un líder, querida —me dijo—. La Maat reclama un líder.

—Es demasiado —dije—. Son demasiados tronos. No puedes pretender que Carter…

—Él solo, no —aceptó Iskandar—. Pero esta carga corresponde a tu familia. Vosotros iniciasteis el proceso. Serán los Kane, y solo los Kane, quienes nos restauren o nos destruyan.

—¡No sé a qué se refiere!

Iskandar abrió la mano y, con un estallido de luz, la escena cambió una vez más.

Volvía a encontrarse en el Támesis. Debía de ser plena noche, alrededor de las tres de la madrugada, porque el muelle de Victoria estaba desierto. La niebla velaba las luces de la ciudad, y el aire era invernal.

Dos personas, un hombre y una mujer, se arrebujaban para protegerse del frío, cogidos de la mano frente a la Aguja de Cleopatra. Al principio pensé que eran una pareja en plena cita. Entonces casi me morí de la impresión al comprender que estaba mirando a mis padres.

Papá levantó la cara y miró ceñudo el obelisco. Bajo el tenue resplandor de las farolas, sus facciones parecían de mármol cincelado, como las estatuas de faraones que le encantaba estudiar. «Pues sí que tiene la cara de un rey —pensé—, orgullosa y atractiva.»

—¿Estás segura? —preguntó a mi madre—. ¿Segura del todo?

Mamá se apartó el cabello rubio de la cara. Era hasta más guapa que en las fotos, pero me dio la impresión de estar preocupada: cejas fruncidas, labios apretados. Igualita que yo cuando me disgustaba, cuando me miraba al espejo y me intentaba convencer de que las cosas no estaban tan mal. Quise llamarla, hacerle saber que estaba allí, pero no me funcionó la voz.

—Ella me dijo que todo empezaba por esto —dijo mi madre. Se ajustó el abrigo negro y entreví su collar, el amuleto de Isis, mi amuleto. Me lo quedé mirando, atontada, pero entonces mamá se cerró el cuello y el amuleto desapareció—. Si queremos derrotar al enemigo, debemos empezar con el obelisco. Debemos averiguar la verdad.

Mi padre torció el gesto con incomodidad. Había trazado un círculo protector alrededor de los dos, unas líneas de tiza azul sobre la acera. Cuando tocó la base del obelisco, el círculo empezó a brillar.

—No me gusta… —dijo él—. ¿De verdad no vas a reclamar su ayuda?

—No —confirmó mi madre—. Sé dónde están mis límites, Julius. Si volviese a intentarlo…

Se me aceleró el corazón. Las palabras de Iskandar volvieron a mí: «Ella veía cosas que le hacían buscar consejo en lugares poco convencionales». Reconocí la mirada que había en los ojos de mi madre y lo supe: se había comunicado con Isis.

«¿Por qué no me lo dijiste», quise chillar.

Mi padre invocó su báculo y su varita.

—Ruby, si fallamos…

—No podemos fallar —insistió ella—. El mundo depende de esto.

Se besaron una última vez, como si los dos sintieran que aquello era el adiós. Entonces levantaron sus báculos y varitas e iniciaron un cántico. La Aguja de Cleopatra refulgió de poder.

Retiré con fuerza la mano del sarcófago. Las lágrimas me escocían en los ojos.

«Conociste a mi madre —grité a Isis—. La animaste a abrir ese obelisco. ¡Tú hiciste que la mataran!»

Esperé a que respondiese. En lugar de ello, delante de mí apareció una imagen fantasmal: una proyección de mi padre, reluciente a la luz del ataúd dorado.

—Sadie. —Sonrió. Su voz sonaba metálica y hueca, igual que cuando me llamaba por teléfono desde lugares estrafalarios, como Egipto, Australia o dios sabe dónde—. No culpes a Isis del destino de tu madre. Ninguno de nosotros comprendió exactamente qué pasaría. Incluso tu madre podía ver solo fragmentos, trocitos del futuro. Pero, cuando llegó el momento, tu madre aceptó su papel. Fue decisión suya.

—¿Decidió morir? —repliqué—. Isis tendría que haberla ayudado. ¡Tú tendrías que haberla ayudado! ¡Te odio!

Tan pronto como lo dije, algo se quebró en mi interior. Me eché a llorar. Comprendí que llevaba años queriendo decir aquello a papá. Lo culpaba a él de que mamá hubiese muerto, de abandonarme. Pero, ahora que lo había dicho, se escurrió toda la rabia y me dejó solo el remordimiento.

—Lo siento —farfullé—. No quería…

—No te disculpes, mi niña valiente. Tienes todo el derecho del mundo a sentirte así. Tenías que sacarlo. Lo que estás a punto de hacer… tienes que creer que es por los motivos correctos, no porque estés resentida conmigo.

—No sé qué me dices.

Extendió el brazo para limpiarme una lágrima de la mejilla, pero su mano solo era una chispa de luz.

—Tu madre fue la primera en comunicarse con Isis durante muchos siglos. Era un acto peligroso y contrario a las enseñanzas de la Casa, pero tu madre era presciente. Tuvo la premonición de que el caos se alzaría. La Casa estaba fracasando. Necesitábamos a los dioses. Isis no podía cruzar la Duat. Apenas podía emitir ni un susurro, pero nos contó lo que pudo del encierro. Aconsejó a Ruby sobre lo que debía hacerse. Los dioses podían alzarse de nuevo, le dijo, pero serían necesarios muchos y grandes sacrificios. Creíamos que el obelisco liberaría a todos los dioses, pero aquello era solo el principio.

—Isis podría haber dado más poder a mamá. ¡O Bast, si no! Bast se ofreció…

—No, Sadie. Tu madre conocía sus límites. Si hubiera intentado albergar a un dios, utilizar por completo el poder divino, se habría consumido o algo peor. Liberó a Bast y utilizó su propio poder para sellar la brecha. Con su vida, ganó algún tiempo para vosotros.

—¿Para nosotros? Pero…

—Tú y tu hermano tenéis la sangre de los Kane más fuerte que ha habido en tres mil años. Tu madre estudió el linaje de los faraones y sabía que era cierto. Vosotros tenéis las mejores posibilidades de revivir las enseñanzas antiguas, de cerrar el abismo entre los magos y los dioses. Tu madre inició el movimiento. Yo solté a los dioses de la Piedra de Rosetta. Será vuestra tarea restaurar la Maat.

—Tú puedes ayudar —insistí—, en cuanto te liberemos.

—Sadie —dijo él con voz triste—. Cuando seas madre, quizá lo comprendas. Una de las cosas que más me costó como padre, una de mis mayores obligaciones, fue darme cuenta de que mis propios sueños, mis objetivos y deseos, iban detrás de los de mis niños. Tu madre y yo hemos montado el escenario, pero el escenario es vuestro. Esta pirámide está diseñada para alimentar el caos. Consume el poder de otros dioses y hace más fuerte a Set.

—Lo sé. Si rompo el trono, a lo mejor abrir el cofre…

—Podrías salvarme —admitió papá—. Pero el poder de Osiris, el poder que llevo dentro, sería consumido por la pirámide. Solo conseguiríamos apresurar la destrucción y reforzar a Set. Hay que destruir la pirámide, toda ella. Y tú sabes cómo debe hacerse.

Estuve a punto de replicar que en realidad no lo sabía, pero la pluma de la verdad me mantuvo sincera. La forma de hacerlo estaba dentro de mí; la había visto en los pensamientos de Isis. Sabía que llegaría este momento desde que Anubis me había hecho aquella pregunta imposible: para salvar el mundo, ¿sacrificaría a mi padre?

—No quiero hacerlo —dije—. Por favor.

—Osiris debe reclamar su trono —afirmó mi padre—. Por la muerte, la vida. Es la única manera. Que la Maat te guíe, Sadie. Te quiero.

Y con eso, su imagen se deshizo.

Alguien me estaba llamando.

Miré atrás y vi a Zia intentando incorporarse, agarrando su varita con dedos débiles.

—Sadie, ¿qué haces?

A nuestro alrededor, la sala se sacudió. Se abrieron grietas en las paredes, como si un gigante estuviese usando la pirámide de saco de boxeo.

¿Cuánto tiempo había pasado en trance? No estaba segura, pero no me quedaba mucho.

Cerré los ojos y me concentré. La voz de Isis me habló casi al instante:

¿Lo ves ahora? ¿Comprendes por qué no podía decir más?

La furia se acumuló en mi interior, pero la contuve.

«Hablaremos de eso después. Ahora mismo, tenemos un dios que derrotar.»

Me imaginé a mí misma dando un paso adelante, fundiéndome con el alma de la diosa.

Ya había compartido poder con Isis antes, pero aquello fue distinto. Mi determinación, mi rabia, hasta mi dolor me daba confianza. Miré a Isis a los ojos (espiritualmente hablando) y nos comprendimos mutuamente.

Contemplé su historia completa. Sus primeros días ansiando el poder, recurriendo a trucos e intrigas para averiguar el nombre de Ra. Vi su boda con Osiris, los deseos y los sueños que tenía para un nuevo imperio. Entonces vi esos sueños destruidos por Set. Sentí su rabia y su amargura, su fiero orgullo y su instinto protector hacia su hijo, Horus. Capté el patrón de su vida repitiéndose una y otra vez, era tras era, a través de mil anfitrionas diferentes.

«Los dioses tienen un poder tremendo —había dicho Iskandar—, pero solo los humanos son creativos, solo ellos tienen la capacidad de cambiar la historia.»

También sentí los pensamientos de mi madre, como una huella en la memoria de la diosa: los últimos momentos de Ruby y la decisión que había tomado. Había entregado su vida para iniciar una cadena de acontecimientos. Y la próxima jugada era mía.

—¡Sadie! —me llamó Zia otra vez, con la voz cada vez más tenue.

—Estoy bien —dije—. Ya me voy.

Zia escrutó mi cara, y fue evidente que no le gustó lo que veía.

—No estás bien. Te han vapuleado de lo lindo. Luchar contra Set tal y como estás sería suicidarte.

—Tranquila —dije—. Tenemos un plan.

Dicho eso, me transformé en milano y volé por el respiradero hacia la cima de la pirámide.

40. Echo a perder un conjuro bastante importante

Me encontré el piso de arriba hecho un desastre.

Carter era un despojo de guerrero pollo tirado en la cuesta de la pirámide. Set acababa de colocar la piedra cimera y estaba gritando:

—¡Treinta segundos hasta el amanecer!

En el suelo de la caverna que se extendía por debajo, los magos de la Casa de la Vida se las veían con un ejército de demonios, luchando una batalla desesperada.

La escena en sí ya habría dado bastante miedo, pero ahora, para colmo, también la veía desde el punto de vista de Isis. Igual que un cocodrilo que tiene los ojos al nivel de la superficie y puede ver el aire y el agua, yo percibía la Duat entrelazada con el mundo normal. En la Duat los demonios tenían unas almas ardientes que les hacían parecer una legión de velitas de cumpleaños. En el lugar que ocupaba Carter en el mundo mortal, en la Duat había un guerrero halcón; no un avatar, sino el guerrero auténtico, con su cabeza emplumada, el pico afilado y con manchas de sangre y unos brillantes ojos negros. Por lo que respecta a Set… imagínate una montaña de arena, empapada de gasolina, encendida en llamas, dando vueltas en la batidora más grande del mundo. Ese era su aspecto en la Duat: una columna de fuerza destructiva tan poderosa que las piedras que pisaba burbujeaban y se llenaban de ampollas.

No estoy segura del aspecto que tenía yo, pero me sentí poderosa. La fuerza de la Maat surcaba mis venas, las Palabras Divinas estaban a mis órdenes. Era Sadie Kane, la sangre de los faraones. Y era Isis, diosa de la magia, portadora de los nombres secretos.

Mientras Carter se esforzaba por escalar la pirámide, Set se regodeó:

—¡Tú solo no puedes detenerme, Horus, y mucho menos en el desierto que me otorga fuerza!

—¡Tienes razón! —grité yo.

Set se giró, y la cara que puso no tenía precio. Alcé mi báculo y mi varita mientras hacía acopio de magia.

—Lo que pasa es que Horus no está solo —seguí diciendo—. Y que no vamos a combatirte en el desierto.

Hice caer mi cayado contra las piedras y grité:

—¡Washington, D. C.!

La pirámide tembló. Durante un instante, no ocurrió nada más. Set pareció comprender cuál era mi propósito. Dejó escapar una risita nerviosa.

—Curso básico de magia, Sadie Kane. ¡Durante los días demoníacos no se puede abrir portales!

—Los mortales no pueden —acepté—, pero una diosa de la magia sí.

Por encima de nuestras cabezas, el aire crepitó y se llenó de relámpagos. La parte superior de la caverna fue disolviéndose hasta componer un vórtice giratorio de arena, tan grande como la pirámide.

Los demonios dejaron de pelear y miraron hacia arriba con facciones horrorizadas. Los magos tartamudearon a medio conjuro, con las caras flácidas de asombro.

El vórtice era tan poderoso que empezó a arrancar bloques de la pirámide y absorberlos al interior de la arena. Y entonces, como si fuese una tapadera mágica, el portal empezó a descender.

—¡No! —rugió Set.

Atacó el portal con sus llamas, y luego se giró hacia mí y me arrojó piedras y relámpagos, pero ya era demasiado tarde. El portal se nos tragó a todos.

El mundo pareció volverse del revés. Durante un latido del corazón dudé si tal vez habría cometido un terrible error de cálculo, si la pirámide de Set explotaría en el portal y me tocaría pasar la eternidad flotando en la Duat como mil millones de partículas de arena de Sadie. Entonces, con el mismo estruendo que si superásemos la barrera del sonido, salimos al frío aire matinal bajo un cielo azul y brillante. Por debajo se veían los jardines nevados del National Mall, en Washington, D. C.

La Pirámide Roja seguía entera, pero habían aparecido grietas en su superficie. La cimera dorada refulgía, intentando sostener la magia de la pirámide, pero ya no nos encontrábamos en Phoenix. Había conseguido arrancar la pirámide de su fuente de poder, el desierto, y ante nosotros se alzaba el portal por omisión para toda Norteamérica, el obelisco alto y blanco que constituía el punto focal más poderoso de la Maat en el continente: el Monumento a Washington.

Set me chilló algo en egipcio antiguo. Estuve bastante segura de que no eran cumplidos precisamente.

—¡Te dislocaré todas las extremidades antes de arrancártelas! —gritó—. ¡Voy a…!

—¿Morir? —sugirió Carter.

Se levantó detrás de Set y blandió su espada. El filo cortó la armadura de Set a la altura de las costillas. No era un golpe mortal, pero sí suficiente para hacer perder el equilibrio al Dios Rojo y que cayera por la cara de su pirámide. Carter saltó tras él, y en la Duat distinguí unos arcos de energía blanca que emanaban del Monumento a Washington hasta el avatar de Horus, cargándolo con renovada energía.

—¡El libro, Sadie! —gritó Carter mientras corría—. ¡Hazlo ya!

Debí de quedarme aturdida después de invocar el portal, porque Set comprendió lo que decía Carter mucho más rápido que yo.

—¡No! —gritó el Dios Rojo.

Se abalanzó hacia mí, pero Carter lo interceptó en mitad de la pendiente.

Mi hermano forcejeó con Set, reteniéndolo. Las piedras de la pirámide crujieron y se desmoronaron bajo el peso de sus formas divinas. Alrededor de la base, los demonios y magos que se habían quedado inconscientes al cruzar el portal empezaron a removerse.

El libro, Sadie… A veces viene bien tener a otra persona dentro de la cabeza, porque una puede dar tirones de oreja a la otra. «¡Pues claro, el libro!»

Abrí la mano y convoqué el pequeño volumen azul que habíamos robado en París: el *Libro de derrotar a Set*. Desplegué el papiro y los jeroglíficos se volvieron tan claros como un libro de texto de la guardería. Llamé a la pluma de la verdad y apareció al instante, iluminando las páginas.

Inicié el hechizo, pronunciando las Palabras Divinas, y mi cuerpo se elevó en el aire hasta flotar unos centímetros por encima de la pirámide. Entoné la historia de la creación: la primera montaña alzándose de las aguas del caos, el nacimiento de los dioses Ra, Geb y Nut, le llegada de la Maat y el primer gran imperio del hombre, Egipto.

El Monumento a Washington empezó a relucir a medida que aparecían jeroglíficos en sus caras. La punta refulgió con un brillo plateado.

Set intentó un ataque contra mí, pero Carter se interpuso. Entonces la Pirámide Roja empezó a desgajarse.

Pensé en Amos y Zia, atrapados bajo toneladas de piedra, y casi flaqueé, pero en ese momento la voz de mi madre me habló a la mente: «No pierdas la concentración, cariño. Atenta a tu enemigo».

Eso, dijo Isis. *¡Destrúyelo!*

Sin embargo, de algún modo, supe que mi madre no se refería a eso. Me decía que estuviese atenta. Algo importante estaba a punto de suceder.

En la Duat vi que la magia cobraba sustancia a mi alrededor, tejiendo una trama blanca y brillante que cubrió el mundo, reforzó la Maat y expulsó el caos. Carter y Set seguían luchando cuerpo a cuerpo mientras la pirámide se colapsaba bloque a bloque hacia su interior.

La pluma de la verdad brilló, proyectando una luz de faro sobre el Dios Rojo. A medida que iba llegando al final del hechizo, mis palabras empezaron a hacer trizas la forma de Set.

En la Duat, su remolino ardiente estaba descomponiéndose y dejando a la vista una criatura viscosa y de piel negra, como un animal de Set escuálido: la esencia maligna del dios. Mientras tanto, ocupando el mismo espacio en el mundo mortal, había un orgulloso guerrero de coraza roja, ardiente de poder y decidido a luchar hasta la muerte.

—Yo te nombro, Set —entoné—. Yo te nombro Día Aciago.

Con un estruendo ensordecedor, la pirámide implosionó. Set se precipitó sin remedio al suelo, entre las ruinas. Intentó levantarse, pero en ese momento Carter atacó con su espada. Sus armas chocaron y, poco a poco, Horus obligó a Set a hincar una rodilla.

—¡Ahora, Sadie! —gritó Carter.

—Tú has sido mi enemigo —salmodié—, y una maldición sobre la tierra.

Desde la punta del Monumento a Washington, un rayo de luz blanca cayó hasta la base. La fina línea vertical se extendió hasta convertirse en una fisura, un portal entre este mundo y el abismo blanco y brillante que debía encerrar a Set y atrapar su fuerza vital. Tal vez no para siempre, pero sí durante mucho, mucho tiempo.

Para completar el hechizo, solo tenía que pronunciar un verso más: «Indigno de piedad, enemigo de la Maat, quedas exiliado tras los lindes de la tierra».

Debía entonarse con una convicción absoluta. Así lo exigía la pluma de la verdad. Y pensándolo bien, ¿por qué no debería creerlo? Era la verdad. Set no merecía ninguna piedad. Ciertamente, era enemigo de la Maat.

Pero vacilé.

«Atenta a tu enemigo», había dicho mi madre.

Miré hacia la cima del monumento y, en la Duat, vi los trozos de pirámide que volaban hacia el cielo y las almas de los demonios que saltaban como fuegos artificiales. Al dispersarse la magia caótica de Set, toda la fuerza que se había acumulado para destruir un continente entero estaba siendo absorbida al interior de las nubes. Ante mis ojos, el caos intentó adoptar una determinada forma. Atisbé una versión rojiza del Potomac, un inmenso río rojo con más de kilómetro y medio de longitud y cien metros de anchura. Se retorció en el aire, intentando solidificarse, y noté su rabia y su amargura. Aquella cosa no estaba recibiendo lo que había deseado. No tenía bastante poder caótico para llevar a cabo sus propósitos. Si quería completar la transformación, necesitaba la muerte de millones de personas, la devastación completa de un continente.

En el cielo no había un río. Había una serpiente.

—¡Sadie! —gritó Carter—. ¿A qué esperas?

Me di cuenta de que él no podía verlo. Solo podía yo.

Set estaba de rodillas, revolviéndose y maldiciendo mientras la energía blanca lo envolvía, tirando de él hacia la fisura.

—¿No tienes agallas, bruja? —vociferó. Entonces miró con furia a Carter—. ¿Lo ves, Horus? Isis siempre fue una cobarde. ¡Nunca ha sido capaz de acabar lo que empieza!

Carter me miró y durante un momento vi la duda en sus rasgos. Seguro que al mismo tiempo Horus estaba empujándole a una venganza sangrienta. Y yo tenía dudas. Aquello era lo que había enemistado a Isis y a Horus en el pasado. No podía permitir que volviese a ocurrir.

Pero era mucho más que eso: en la expresión reservada de Carter reconocí la forma en que me miraba cuando venía de visita a Londres... cuando éramos casi unos desconocidos obligados a pasar tiempo juntos, fingiendo que formábamos una familia feliz porque era lo que papá esperaba de nosotros. No quería que volviésemos a eso. De verdad formábamos una familia, y teníamos que trabajar unidos.

—Carter, mira. —Arrojé la pluma al cielo, lo que rompió el conjuro.

—¡No! —gritó Carter.

La pluma explotó liberando un polvo plateado que se adhirió a la figura de la serpiente y la obligó a hacerse visible, solo durante un breve instante.

Carter se quedó boquiabierto mientras la serpiente se retorcía sobre el Monumento a Washington, perdiendo poder poco a poco.

A mi lado, una voz gritó:

—¡Malditos dioses!

Al girarme descubrí al esbirro de Set, Rostro de Horror, con los colmillos al descubierto, su cara grotesca a solo unos centímetros de la mía y un cuchillo dentado encima de mi cabeza. Solo tuve tiempo de pensar «Estoy muerta» antes de percibir un destello metálico por el rabillo del ojo. Se oyó un ruido viscoso y el demonio se quedó inmóvil.

Carter había lanzado su espada con una puntería mortífera. El demonio soltó el cuchillo, cayo de rodillas y miró el filo, que ahora tenía envainado entre las costillas.

Se derrumbó de espaldas, exhalando un furioso siseo. Sus ojos negros se fijaron en mí y entonces habló con una voz totalmente distinta, emitiendo un sonido seco y rasposo, como la panza de un reptil arrastrándose por la arena.

—Esto todavía no ha terminado, deificada. Todo cuanto has visto lo he podido obrar con una sola voluta de mi voz, con la más ínfima porción de mi esencia, desde la jaula debilitada que habito. Imagina de qué seré capaz cuando reclame mi forma completa.

El demonio me dedicó una sonrisa espantosa y luego su rostro se relajó. De su boca surgió un minúsculo filamento ondulado de neblina roja, como un gusano o una serpiente recién nacida, que culebreó hacia el cielo para regresar a su origen. El cuerpo del demonio se deshizo en arena.

Levanté de nuevo la mirada hacia la gran serpiente roja que se diluía poco a poco en el cielo. Entonces convoqué una buena ventolera y la dispersé del todo.

El Monumento a Washington dejó de brillar. La fisura se cerró y el pequeño libro de hechizos desapareció de mi mano.

Me acerqué a Set, que seguía enredado en las cuerdas de energía blanca. Yo había pronunciado su nombre. No iba a ir a ninguna parte, de momento.

—Los dos habéis visto la serpiente que había en las nubes —dije—. Apofis.

Carter asintió, estupefacto.

—Estaba intentando llegar al mundo mortal, usando la Pirámide Roja como portal. Si se hubiera liberado su poder... —Miró con cara de asco el montón de arena que había sido un demonio—. El lugarteniente de Set, Rostro de Horror, estaba poseído por Apofis desde el principio, y se aprovechaba de Set para cumplir sus propósitos.

—¡Chorradas! —Set me miró rabioso y se retorció en sus ataduras—. La serpiente de las nubes era un truco de los tuyos, Isis. Una ilusión.

—Sabes que no —repliqué—. Podría haberte mandado al abismo, Set, pero acabas de ver al enemigo real. Apofis intentaba escapar de su encierro en la Duat. Su voz ha poseído a Rostro de Horror. Te estaba utilizando.

—¡A mí nadie me utiliza!

Carter dejó que se desvaneciera su avatar de guerrero. Descendió flotando hasta el suelo y convocó de nuevo la espada a su mano.

—Apofis quería que la explosión alimentara su poder, Set. Seguro que, en cuanto hubiera entrado desde la Duat y nos hubiera visto muertos, su primer desayuno habrías sido tú. El caos habría triunfado.

—¡Yo soy el caos! —insistió Set.

—En parte —dije yo—. Pero sigues siendo uno de los dioses. Sí, eres malvado, desleal, despiadado, vil...

—Me sacarás los colores, hermana.

—Y sin embargo, también eres el dios más fuerte. En tiempos remotos fuiste el fiel lugarteniente de Ra, el que defendía su barca de Apofis. Ra nunca habría podido derrotar a la serpiente sin ti.

—Soy bastante formidable —admitió Set—. Pero Ra se ha ido para siempre, gracias a ti.

—Quizá no para siempre —dije—. Vamos a tener que encontrarlo. Apofis se alza, lo que significa que necesitaremos a todos los dioses para combatirlo. Incluso a ti.

Set tanteó sus ligaduras de energía blanca. Cuando se cercioró de que no podía romperlas, me dedicó una sonrisa torcida.

—¿Estás sugiriendo una alianza? ¿Confiarías en mí?

Carter soltó una carcajada.

—Lo dirás de broma. Pero ahora te tenemos pillado. Sabemos tu nombre secreto. ¿Verdad, Sadie?

Junté los dedos y las ataduras se apretaron en torno a Set. Gritó de dolor. Me costó una cantidad enorme de energía, y sabía que no podría mantenerlo tan apretado mucho tiempo, pero no había por qué contárselo a Set.

—La Casa de la Vida intentó desterrar a los dioses —dije—, y no ha funcionado. Si ahora te encerramos, no seremos mejores que ellos. No solucionaremos nada.

—No podría estar más de acuerdo —gimoteó Set—. Si no te importa aflojar un poco la cuerda…

—Eres un tipejo despreciable y malvado —dije—, pero tienes un papel que interpretar y tendrás que estar controlado. Acepto liberarte… solo si juras que te portarás bien, que volverás a la Duat y no armarás jaleo hasta que te llamemos. Y cuando lo hagamos, armarás jaleo solo para nosotros, en la lucha contra Apofis.

—También tienes la opción de que te corte la cabeza —sugirió Carter—. Supongo que eso te dejaría exiliado bastante, bastante tiempo.

Set nos miró a los dos alternativamente.

—Armar jaleo para vosotros, ¿eh? Es justo mi especialidad.

—Júralo por tu propio nombre y por el trono de Ra —dije—. Te marcharás ahora y no volverás a aparecer hasta que se te llame.

—Vale, lo juro —dijo, demasiado deprisa—. Por mi nombre y el trono de Ra y los codos estrellados de nuestra madre.

—Como nos traiciones —le advertí—, tengo tu nombre. No tendré piedad una segunda vez.

—Siempre has sido mi hermana favorita.

Le di un último tirón, solo para recordarle mi poder, y después dejé que se deshicieran las ataduras.

Set se levantó y dobló los brazos. Volvió a mostrarse como un guerrero con armadura y piel rojas, una barba negra y bifurcada y ojos brillantes y crueles; pero en la Duat vi su otra cara, un infierno ardiente contenido a duras penas, esperando para liberarse y arrasar todo a su paso. Guiñó un ojo a Horus y fingió que me disparaba haciendo una pistola con los dedos.

—Esta sí que va a ser buena. Nos vamos a divertir muchísimo.

—Yo te expulso, Día Aciago —dije.

Se convirtió en una columna de sal y desapareció.

La nieve del National Mall estaba fundida en el interior de un cuadrado perfecto que tenía el tamaño exacto de la pirámide de Set. En los bordes aún había una docena de magos inconscientes. Los pobres habían empezado a despertar cuando se cerró nuestro portal, pero la explosión de la pirámide los había vuelto a tumbar. También había afectado a otros mortales en los alrededores. Un hombre que había salido a correr de buena mañana estaba desplomado en la acera. Los coches de las calles cercanas estaban parados mientras sus conductores echaban la siesta contra el volante.

No todos dormían, sin embargo. Se oían sirenas de policía a lo lejos, y en vista de que nos habíamos teletransportado prácticamente en el patio del presidente, estaba segura de que no tardaríamos en tener mucha compañía, y bien armada.

Carter y yo corrimos hacia el centro del cuadrado derretido, donde Amos y Zia estaban hechos un ovillo sobre la hierba. No había ni rastro del trono de Set ni del ataúd dorado, pero intenté no pensar en aquello.

Amos gimió.

—¿Qué…? —Sus ojos se nublaron de terror—. Set… él… él…

—Descansa. —Le puse la mano en la frente. Estaba ardiendo de fiebre. El dolor de su mente era tan agudo que me pinchó como un punzón. Recordé un hechizo que me había enseñado Isis en Nuevo México—. Calma —susurré—. *Hah-ri.*

Unos jeroglíficos brillaron suavemente sobre su cara:

Amos volvió a quedarse dormido, pero supe que solo era una medida provisional.

Zia estaba mucho peor. Carter le acunó la cabeza entre sus piernas y le intentó dar ánimos diciendo que se pondría bien, pero la chica tenía mal aspecto. Su piel se había vuelto de un color rojizo muy raro, y estaba seca y cuarteada como por una insolación terrible. A su alrededor, los jeroglíficos que quedaban de mi círculo protector se estaban desvaneciendo de la hierba, y me pareció comprender lo sucedido. Zia había empleado sus últimas energías en escudarse a sí misma y a Amos cuando implosionó la pirámide.

—¿Set? —preguntó con un hilo de voz—. ¿Ha desaparecido?

—Sí. —Carter me miró fijamente, diciéndome que nos reservaríamos los detalles—. Todo va bien gracias a ti. El nombre secreto ha funcionado.

Asintió, satisfecha, y se le empezaron a cerrar los ojos.

—Eh. —A Carter le tembló la voz—. No te duermas. No irás a dejarme solo con Sadie, ¿verdad? Es una mala influencia.

Zia intentó esbozar una sonrisa, pero el esfuerzo la convirtió en mueca.

—Yo nunca… estuve aquí, Carter. Solo un mensaje… un testaferro.

—Venga ya. No. No digas esas cosas.

—Encuéntrala, ¿lo harás? —dijo Zia—. A ella le… apetece… esa cita en el centro comercial.

Sus ojos se apartaron lentamente de él y miraron ciegos al cielo.

—¡Zia! —Carter le agarró la mano—. Basta. No puedes… no…

Me arrodillé junto a él y toqué la cara de Zia. Estaba helada como la piedra. Y aunque yo sí entendía lo que había ocurrido, no se me ocurrió nada que decir ni cómo consolar a mi hermano. Carter cerró con fuerza los ojos e inclinó la cabeza.

Entonces sucedió. Siguiendo el camino de la lágrima de Zia, desde el rabillo del ojo hasta la base de la nariz, su cara se quebró. Aparecieron algunas grietas menores que convirtieron su piel en un mosaico. La carne se resecó, se endureció... se transformó en arcilla.

—Carter —dije.

—¿Qué? —dijo con dolor.

Levantó la mirada justo en el momento en que una lucecita azul salió flotando de la boca de Zia y voló hacia el cielo. Carter retrocedió de la sorpresa.

—¿Qué... qué has hecho?

—Nada —contesté—. Es un *shabti*. Ha dicho que no estaba aquí de verdad, que solo era un testaferro.

Carter parecía desconcertado, pero al poco tiempo se encendió en sus ojos una chispa de comprensión, una esquirla de esperanza.

—Entonces... ¿la auténtica Zia está viva?

—Iskandar la estaba protegiendo —dije—. Cuando el espíritu de Neftis se unió al de la verdadera Zia en Londres, Iskandar comprendió que corría peligro. La escondió y puso en su lugar a un *shabti*. Acuérdate de lo que dijo Tot: «Los *shabtis* son unos dobles perfectos para las escenas de acción». Eso era Zia. Además, Neftis me dijo que estaba resguardada en algún lugar, en una anfitriona durmiente.

—Pero ¿dónde...?

—No lo sé —respondí.

Con el estado en que estaba Carter, tuve demasiado miedo de poner sobre la mesa la auténtica cuestión: si Zia había sido un *shabti* todo el tiempo, ¿habíamos llegado a conocerla? La auténtica Zia no se había acercado a nosotros nunca. No había descubierto la persona tan maravillosa que era yo. Por dios, a lo mejor ni siquiera le caía bien mi hermano.

Carter tocó la cara del *shabti* y se deshizo por completo. Recogió la varita de Zia, que seguía siendo de marfil sólido, pero la sostuvo con mucho cuidado, quizá temiendo que también fuera a disolverse.

—Esa luz azul… —empezó a divagar—. Vi otra igual saliendo de Zia en el Nomo Primero. Como los *shabtis* de Memphis, que enviaban sus pensamientos de vuelta a Tot. Por lo tanto, Zia debe de haber estado en contacto con su *shabti*. Para eso servía la luz. Tenía que ser una cosa en plan… recuerdos compartidos, ¿no? Zia debía de saber todo lo que había vivido su *shabti*. Si la Zia de verdad está viva en alguna parte, podría estar encerrada, o bajo el efecto de algún sueño mágico, o… ¡Tenemos que encontrarla!

No no creía que la cosa fuese a ser tan simple, pero no quise discutir. Le veía la desesperación en la cara.

Entonces una voz conocida me hizo bajar un escalofrío por la columna.

—¿Qué habéis hecho?

Desjardins estaba que echaba humo, literalmente. Tenía la chilaba hecha un trapo, y aún humeaba de la batalla. (Carter dice que mejor no mencionar que se le veían los calzoncillos largos de color rosa, ¡pero se le veían!) Tenía el báculo iluminado, y pequeños fuegos encendidos en la barba. Detrás de él venían otros tres magos igual de maltrechos, todos con aspecto de acabar de volver en sí.

—Qué bien —murmuré—, estás vivo.

—¿Habéis hecho un trato con Set? —exigió saber Desjardins—. ¿Habéis permitido que se marche?

—Nosotros no respondemos ante ti —respondió Carter, huraño. Dio un paso adelante, espada en mano, pero yo extendí el brazo para detenerlo.

—Desjardins —dije, con toda la calma que pude—. Apofis está alzándose, por si te has perdido esa parte. Necesitamos a los dioses. La Casa debe volver a aprender las enseñanzas antiguas.

—¡Las enseñanzas antiguas nos destruyeron! —gritó.

Una semana antes, su mirada me habría hecho temblar. Casi brillaba de la rabia, y a su alrededor ardían unos jeroglíficos. Él era el lector jefe, y yo acababa de deshacer todo el trabajo que había llevado a cabo la Casa desde la caída de Egipto. Ahora Desjardins estaba a punto de transformarme en un insecto, y la perspectiva debería haberme aterrado.

Lo que hice fue mirarle a los ojos. En aquel momento, yo era más poderosa que él. Mucho más poderosa. Dejé que lo supiera.

—El orgullo fue lo que os destruyó —dije—. La avaricia, el egoísmo y todas esas cosas. Es difícil seguir la senda de los dioses, pero forma parte de la magia. No podéis apartarla y en paz.

—Estás ebria de poder —se burló—. Los dioses te han poseído, como hacen siempre. Pronto olvidarás hasta que eres humana. Lucharemos contra ti y te destruiremos. —Entonces clavó su mirada en Carter—. Y tú... ya sé cuáles serían las demandas de Horus. Nunca te alzarás con el trono. Hasta mi último aliento...

—Te lo puedes ahorrar —dije, antes de dirigirme a mi hermano—. ¿Sabes lo que tenemos que hacer?

La comprensión circuló entre nosotros. Me sorprendió lo fácil que me era leer sus rasgos. Pensé que podía ser por la influencia de los dioses, pero luego comprendí que era porque los dos somos Kane, hermano y hermana. Y que dios me ayude, porque además Carter era mi amigo.

—¿Estás segura? —preguntó—. Nos quedaremos desprotegidos. —Miró con rabia a Desjardins—. ¿Un último azote con la espada plana?

—Estoy segura, Carter.

Cerré los ojos y me concentré.

Medítalo con detenimiento, me dijo Isis. *Lo que hemos hecho hasta ahora es solo el principio del poder que podríamos ejercer juntas.*

«Ahí está el problema —dije—. No estoy lista para eso. Tengo que llegar por mi cuenta, por el camino largo.»

Eres sabia, para ser mortal, contestó Isis. *Como quieras.*

Imagínate lo que sería renunciar a una fortuna. Imagínate tirando a la basura el collar de diamantes más hermoso del mundo. Separarme de Isis fue más difícil que eso, mucho más difícil.

Pero no imposible. «Sé dónde están mis límites», había dicho mi madre, y en ese preciso momento comprendí lo prudente que había sido.

Sentí cómo me abandonaba el espíritu de la diosa. Una parte de ella fluyó a mi collar, pero la mayor parte se escurrió hacia el Monumento a Washington, de vuelta a la Duat, desde donde Isis iría a... algún otro lugar. ¿Una nueva anfitriona? No estaba segura.

Cuando abrí los ojos, Carter estaba a mi lado con cara de pena, sosteniendo su amuleto del Ojo de Horus.

Desjardins estaba tan pasmado que se olvidó que sabía inglés:

—*Ce n'est pas posible. On ne pourrait pas...*

—Sí que hemos podido —le interrumpí—. Hemos renunciado a los dioses por nuestra propia voluntad. Y te queda mucho que aprender sobre lo que es posible.

Carter tiró su espada al suelo.

—Desjardins, no pretendo llegar al trono. No a menos que me lo gane por mí mismo, y eso llevará tiempo. Vamos a aprender la senda de los dioses. Vamos a enseñársela a otros. Tú puedes perder el tiempo intentando destruirnos, o bien ayudarnos.

Las sirenas estaban mucho más cerca. Ya se veían las luces de los servicios de emergencia, que llegaban desde varias direcciones, acordonando lentamente el National Mall. Apenas teníamos unos minutos antes de que nos rodeasen.

Desjardins miró a los magos que tenía detrás, probablemente sopesando el apoyo con que contaba. Sus hermanos parecían sobrecogidos. Uno incluso empezó a inclinarse hacia mí, pero se detuvo a tiempo.

Podría haber bastado solo con Desjardins para destruirnos. Ahora éramos unos simples magos, unos magos muy cansados y sin apenas entrenamiento formal.

Las aletas de la nariz de Desjardins temblaron. Entonces me sorprendió bajando su báculo.

—Hoy ha habido demasiada destrucción. Pero la senda de los dioses permanecerá cerrada al paso. Si volvéis a perjudicar a la Casa de la Vida...

Dejó la amenaza pendiente en el aire. Golpeó el suelo con la contera del báculo y, tras un estallido final de energía, los cuatro magos se convirtieron en aire y se marcharon con una ráfaga de viento.

De pronto me sentí agotada. El terror de todo lo que había vivido empezó a hacer mella. Seguíamos vivos, pero no era un gran consuelo. Echaba de menos a mis padres. Los añoraba terriblemente. Ya no era una diosa. Solo era una chica normal, allí sola con mi hermano.

Entonces Amos dio un gemido de dolor y empezó a incorporarse. Los coches de policía y unas siniestras furgonetas negras bloqueaban todos los bordillos que teníamos alrededor. Las sirenas aullaban. Un helicóptero segaba el aire sobre el río Potomac, volando deprisa hacia nosotros. Vete a saber qué creían los mortales que había sucedido en el Monumento a Washington, pero no me apetecía que mi cara saliese en todos los telediarios.

—Carter, hay que salir de aquí —dije—. ¿Puedes reunir suficiente magia para transformar a Amos en algo pequeño? ¿Un ratón, quizá? Podríamos llevárnoslo volando.

Carter asintió, todavía conmocionado.

—Pero papá... no hemos...

Miró desesperado a su alrededor. Sabía cómo se sentía mi hermano. La pirámide, el trono, el ataúd dorado... ya no quedaba nada. Habíamos recorrido un largo camino para rescatar a nuestro padre, y al final lo habíamos perdido. La primera novia de Carter yacía a sus pies, hecha un montón de fragmentos de arcilla. Digo yo que eso tampoco ayudaría mucho. [Carter me está diciendo que en realidad no era su novia. ¡Va, por favor!]

Pero no podía quedarme allí lamentándome. Tenía que ser fuerte por los dos, o terminaríamos en la cárcel.

—Lo primero es lo primero —dije—. Tenemos que poner a salvo a Amos.

—¿Dónde? —preguntó Carter.

Solo había un lugar en el que pudiera pensar.

41. Detenemos la grabación, de momento

No puedo creerme que Sadie vaya a dejarme tener la última palabra. La experiencia que vivimos juntos debió de enseñarle un par de cosas. Au, acaba de pegarme. Bueno, da igual.

La cosa es que me alegro de que esa última parte la haya contado ella. Creo que la entendió mejor que yo. Y todo el asunto de que Zia no era Zia y de que al final no rescatamos a mi padre... fue bastante duro asumirlo.

Si había alguien que se sentía peor que yo, ese era Amos. Me quedaba la magia justa para convertirme a mí mismo en halcón y a él en hámster (¡eh, lo hice con prisa!), pero a pocos kilómetros del National Mall empezó a intentar deshacer el cambio. Sadie y yo tuvimos que aterrizar cerca de una estación de trenes, donde Amos recuperó el aspecto humano y se quedó encogido, hecho una bola temblorosa. Intentamos hablar con él, pero apenas podía decir una frase completa.

Al final lo metimos en la estación. Dejamos que durmiera en un banco mientras Sadie y yo entrábamos en calor y mirábamos las noticias.

Según Channel 5, habían aislado la ciudad de Washington entera. Los informes hablaban de explosiones y luces raras en el Monumento a Washington, pero lo único que podían mostrar las cámaras era un gran cuadrado de nieve derretida en los jardines, que no era un vídeo demasiado emocionante. Entrevistaron a expertos y hablaron de terrorismo, pero al final quedó claro que no había habido ningún daño permanente, solo unas cuantas luces inquietantes. Al cabo de un rato, los medios empezaron a especular sobre fenómenos tormentosos o sobre una extraña aparición de la aurora boreal tan al sur. Antes de que pasara una hora, las autoridades ya habían reabierto la ciudad.

Deseé tener a Bast con nosotros, porque Amos no estaba en condiciones de hacer de adulto responsable, pero nos las ingeniamos para comprar también el billete de nuestro tío «enfermo» hasta Nueva York.

Yo dormí todo el camino, con el amuleto de Horus apretado en la mano.

Llegamos a Brooklyn cuando se ponía el sol.

Encontramos la mansión destrozada por el incendio, lo que ya nos esperábamos, pero no teníamos otro lugar adonde ir. Supe que habíamos tomado la decisión correcta cuando ayudamos a Amos a cruzar la entrada y oímos un «¡Ajk! ¡Ajk!» familiar.

—¡Keops! —gritó Sadie.

El babuino estuvo a punto de tirarla al suelo de un abrazo y enseguida se le subió a los hombros. Empezó a hurgarle el pelo, comprobando si le habíamos traído algún bicho apetitoso para comer. Después saltó al suelo y recogió una pelota de baloncesto a medio derretir. Me gruñó con insistencia, señalando a una canasta improvisada que había construido con unas vigas quemadas y una cesta para ropa. Fue un gesto de perdón: me disculpaba por ser tan malo en su juego favorito y se ofrecía a enseñarme. Miré alrededor y comprendí que Keops había intentado limpiar la mansión a su propia manera de babuino. Había quitado el polvo al único sofá superviviente, había almacenado Cheerios en la chimenea y hasta había dejado en el suelo un plato de agua y otro de comida para Tarta,

453

que se había quedado dormida hecha un ovillo en un cojín pequeño. En la parte más despejada de la sala de estar, bajo una sección intacta del techo, Keops había preparado tres montones separados de almohadas y sábanas para que durmiéramos.

Se me hizo un nudo en la garganta. Al ver el cuidado que había puesto en prepararnos las casa, no pude imaginar un mejor regalo de bienvenida.

—Keops —dije—, eres un babuino impresionante.

—¡Ajk! —dijo, señalando la pista de baloncesto.

—¿Quieres darme una paliza? —dije—. Vale, me la merezco. Déjanos un segundo para que...

Mi sonrisa desapareció al ver a Amos.

Se había acercado a la estatua rota de Tot. La cabeza de ibis del dios había caído a sus pies. Se le habían roto las manos, y su tableta de arcilla y su estilete estaban hechos añicos en el suelo. Amos se quedó mirando al dios decapitado —el patrón de los magos—, y pude adivinar lo que pensaba. «Esto es un mal presagio para la vuelta al hogar.»

—No pasa nada —le dije—. Lo arreglaremos.

Si Amos me había oído, no se le notó. Fue al sofá, se dejó caer pesadamente y se cubrió la cabeza con las manos.

Sadie me miró con preocupación. Entonces echó un vistazo a todas las paredes ennegrecidas, los techos a punto de derrumbarse y los restos chamuscados de muebles.

—Bueno —dijo, intentando sonar animada—, ¿qué tal si yo juego a baloncesto con Keops y tú limpias la casa?

Incluso usando la magia, nos costó varias semanas arreglar la casa. Eso fue solo para hacerla habitable. Era difícil trabajar sin la ayuda de Isis y Horus, pero todavía podíamos hacer magia. Simplemente nos hacía falta mucha más concentración y mucho más tiempo. Cada día me acostaba sintiéndome como si hubiera pasado doce horas trabajando sin parar, pero al final conseguimos reparar las paredes y los techos y sacar los escombros para que la casa dejara de oler a humo.

Hasta conseguimos reparar la terraza y el estanque. Hicimos salir a Amos para que mirara cómo soltábamos la figurilla del cocodrilo de cera en el agua y cómo recobraba la vida Filipo de Macedonia. Amos estuvo a punto de sonreír al verlo. Luego se hundió en una silla de la terraza y miró desolado los edificios de Manhattan.

Empecé a dudar si alguna vez volvería a ser él mismo. Había perdido muchísimo peso. Tenía la cara demacrada. La mayoría de los días, se dejaba puesto el batín y ni siquiera se peinaba.

—Lo dominó Set —me dijo Sadie una mañana, cuando le mencioné lo preocupado que estaba—. ¿Tú sabes lo «violado» que debió de sentirse? Le destrozó la voluntad. Ahora duda de sí mismo y… bueno, puede que le cueste mucho tiempo…

Intentamos quitárnoslo de la cabeza trabajando. Reparamos la estatua de Tot y arreglamos los *shabtis* rotos de la biblioteca. A mí se me daba mejor el trabajo pesado: mover bloques de piedra o colocar vigas pesadas en su sitio. Sadie destacaba en los detalles, como reconstruir los sellos de jeroglíficos en las puertas. Una vez me dejó impresionado de verdad cuando imaginó su dormitorio igual que había estado antes y pronunció el hechizo de unir, *hi-nehm*. Los trozos de mueble salieron volando de entre los cascotes para rehacerse y, ¡pam!, reparación instantánea. Claro, después Sadie estuvo doce horas desmayada, pero aun así… moló bastante. Sin prisa pero sin pausa, la mansión empezó a dar la sensación de hogar.

Por la noche yo dormía con un reposacabezas encantado que en general evitaba que se escapara mi *ba*, pero a veces seguía teniendo visiones extrañas: la Pirámide Roja, la serpiente del cielo o la cara de mi padre cuando Set lo atrapó en su ataúd. Una vez me pareció oír la voz de Zia intentando decirme algo desde muy lejos, pero no pude entender las palabras.

Sadie y yo teníamos los amuletos guardados dentro de una caja en la biblioteca. Cada mañana yo me escabullía para comprobar que siguieran allí. Siempre los encontraba brillando, cálidos al tacto, y me tentaba —me tentaba mucho— ponerme el Ojo de Horus. Sin embargo, sabía que no podía. El poder era demasiado adictivo, demasiado peligroso. Había logrado alcanzar un equilibrio con Horus una vez, en circunstancias extremas, pero sabía que me abrumaría con demasiada facilidad si volvía a intentarlo. Antes tenía que entrenar, volverme un mago más poderoso, hasta que me viera preparado para manejar un poder tan grande.

Una noche, cenando, tuvimos visita.

Amos se había ido temprano a dormir, como solía hacer. Keops estaba dentro, mirando los deportes en la tele con Tarta en el regazo. Sadie y yo estábamos sentados, exhaustos, en la terraza con vistas al río. Filipo de Macedonia flotaba silencioso en su piscina. Exceptuando el rumor de la ciudad, era una noche tranquila.

No estoy muy seguro de cómo sucedió, pero un momento estábamos a solas y al siguiente había un tío de pie junto a la barandilla. Era alto y delgado, con el pelo revuelto y la tez pálida, vestido todo de negro como si hubiera atracado a un sacerdote o algo así. Tendría unos dieciséis años y, aunque no había visto antes su cara, tuve la extraña sensación de que lo conocía.

Sadie se levantó tan deprisa que tiró la sopa de guisantes... que ya da bastante asco en el plato, pero ¿derramada sobre la mesa? Puaj.

—¡Anubis! —soltó.

¿Cómo que Anubis? Creí que estaba de broma, porque aquel tío no se parecía en nada al chacal con espuma en las fauces que había visto en la Tierra de los Muertos. El chico dio un paso adelante y mi mano empezó a moverse hacia mi varita.

—Sadie —dijo—, Carter. ¿Querríais venir conmigo, por favor?

—Claro —dijo Sadie, con la voz un poco ahogada.

—Un momento —objeté yo—. ¿Adónde vamos?

Anubis hizo un gesto hacia atrás y en el aire se abrió una puerta, un rectángulo de negrura absoluta.

—Hay alguien que quiere veros.

Sadie cogió su mano y se internó en la oscuridad, lo que no me dejó más opción que seguirlos.

La Sala del Juicio estaba remodelada. La balanza dorada seguía dominando la estancia, pero la habían arreglado. Las hileras de columnas negras aún seguían perdiéndose en la penumbra por los cuatro costados. Pero ahora podía ver la imagen superpuesta, el extraño holograma del mundo real, y ya no era el cementerio que había descrito Sadie. Era una sala de estar blanca con el techo alto y enormes ventanales. Por unas puertas dobles se llegaba a una terraza que daba al océano.

Me quedé sin habla. Miré a Sadie y, a juzgar por la conmoción de su cara, supuse que ella también había reconocido el lugar: nuestra casa de Los Ángeles, en las colinas que dominaban la costa del Pacífico. El último lugar en el que habíamos vivido como una familia.

—La Sala del Juicio es intuitiva —dijo una voz familiar—. Responde a los recuerdos potentes.

Hasta entonces no me había dado cuenta de que el trono ya no estaba desocupado. Sentado en él, con Ammit la Devoradora acurrucada a sus pies, estaba nuestro padre.

Casi corrí hacia él, pero algo me retuvo. En muchos sentidos, tenía el mismo aspecto: el abrigo largo marrón, su traje arrugado y las botas llenas de polvo, su cabeza recién afeitada y la barba recortada. Sus ojos tenían el mismo brillo que cuando se sentía orgulloso de mí por algo.

Sin embargo, su figura titilaba con una luz extraña. Comprendí que, al igual que la propia sala, mi padre existía en dos mundos al mismo tiempo. Me concentré mucho y abrí los ojos en un nivel más profundo de la Duat.

Mi padre también estaba allí, solo que más alto y más fuerte, vestido con la túnica y las joyas de un faraón egipcio. Tenía la piel de color azul oscuro, como un océano profundo.

Anubis avanzó y se quedó de pie a su lado, pero Sadie y yo fuimos un poco más cautos.

—Venga, venid aquí —dijo papá—, que no muerdo.

Ammit la Devoradora gruñó al acercanos, pero mi padre le acarició la cabeza de cocodrilo y la hizo callar.

—Estos son mis hijos, Ammit. Compórtate.

—¿Pa-papá? —tartamudeé.

A ver, quiero que esto quede claro. Aunque habían pasado semanas desde la batalla contra Set y había estado ocupadísimo todo el rato reconstruyendo la mansión, no había dejado de pensar en mi padre ni un minuto. Cada vez que veía un cuadro en la biblioteca, pensaba en las historias que solía contarme. Tenía toda mi ropa guardada en una maleta, dentro del armario de mi habitación, porque no podía soportar la idea de que hubiera terminado nuestra vida viajando juntos. Lo echaba tanto de menos que a veces me giraba para decirle algo antes de recordar que ya no estaba. A pesar de todo eso, de toda la emoción que bullía en mi interior, solo se me ocurrió decirle:

—Eres azul.

La risa de mi padre fue tan normal, tan característica de él, que deshizo la tensión. El sonido reverberó por toda la sala, y hasta Anubis se permitió una sonrisa.

—Venía con el terreno —dijo mi padre—. Perdonad que no os haya traído antes, pero las cosas han sido…

Miró a Anubis, buscando la palabra correcta.

—Complicadas —sugirió el chico.

—Complicadas. Quería deciros lo orgulloso que estoy de vosotros, lo mucho que os deben los dioses…

—Espera —dijo Sadie, y subió a zancadas hasta el mismo trono. Ammit le gruñó, pero Sadie le devolvió el gruñido y el monstruo calló, confundido—. ¿Qué eres? ¿Mi padre? ¿Osiris? ¿Estás vivo al menos?

Papá miró a Anubis.

—¿Qué te había dicho de ella? Más fiera que Ammit, ya lo creo.

—No hacía falta que me lo dijeras. —La cara de Anubis estaba seria—. Ya he aprendido que debo temer esa lengua afilada.

Sadie parecía indignada.

—¿Cómo dices?

—Respondiendo a tu pregunta —dijo mi padre—, soy a la vez Osiris y Julius Kane. Estoy vivo y muerto, aunque la palabra «reciclado» quizá sea lo más cercano a la verdad. Osiris es el dios de los muertos, y el dios de la nueva vida. Para que recuperara su trono...

—Tenías que morir —terminé yo—. Lo sabías cuando empezaste con todo. Albergaste a Osiris a propósito, sabiendo que morirías.

Estaba temblando de rabia. No había comprendido lo fuertes que eran mis sentimientos, pero no podía creer lo que había hecho mi padre.

—¿A esto te referías con lo de «arreglarlo todo»?

Mi padre no cambió de expresión. Seguía mirándome con orgullo y con absoluto gozo, encantado con cualquier cosa que yo hiciera, hasta gritarle. Me sacaba de quicio.

—Te he echado de menos, Carter —dijo—. No sabes cuánto. Pero tomamos la decisión correcta. Todos nosotros. Si vosotros me hubierais salvado en el mundo de arriba, lo habríamos perdido todo. Por primera vez en los últimos milenios, ahora tenemos una posibilidad de renacer y de detener el caos, gracias a vosotros.

—Tenía que haber otra forma de hacerlo —repliqué—. Podrías haber luchado como mortal, sin tener que... que...

—Carter, Osiris era una gran rey estando vivo. Pero al morir...

—Se volvió mil veces más poderoso —dije, recordando la historia que solía contarme mi padre.

Él asintió.

—La Duat es el cimiento del mundo real. Si existe el caos aquí, reverbera en el mundo superior. Ayudar a Osiris a reclamar su trono ha sido el primer paso, un acto mil veces más importante que nada que pudiera haber conseguido en el mundo de arriba... excepto ser vuestro padre. Y sigo siendo vuestro padre.

Me escocieron los ojos. Supongo que comprendí lo que estaba diciéndome, pero no me hacía ninguna gracia. Sadie parecía todavía más furiosa que yo, pero tenía la mirada fija en Anubis.

—¿«Lengua afilada»? —preguntó con brusquedad.

Mi padre carraspeó.

—Niños, hay otro motivo por el que tomé la decisión, como supongo que ya imaginaréis.

Tendió una mano y apareció a su lado una mujer con el vestido oscuro. Tenía el pelo dorado, ojos azules y vivos y una cara que me parecía familiar. Se parecía a Sadie.

—Mamá —dije.

Ella nos miró a Sadie y a mí una y otra vez, maravillada, como si los fantasmas fuéramos nosotros.

—Julius me había dicho cuánto habíais crecido, pero no podía creérmelo. Carter, seguro que ya te afeitas…

—Mamá.

—Y quedas con chicas…

—¡Mamá!

¿Nunca te has fijado en que los padres pueden pasar de ser las personas más geniales del mundo a dejarte totalmente avergonzado en menos de tres segundos?

Me sonrió, y tuve que lidiar con unas veinte sensaciones distintas al mismo tiempo. Llevaba años soñando con volver a estar con mis padres en nuestra casa de Los Ángeles. Pero no así, no viendo la casa como la imagen que se queda en la retina después de un relámpago, no con mi madre convertida en espíritu y con mi padre… reciclado. Sentí que el mundo bailaba bajo mis pies, convertido en arena.

—No podemos volver atrás, Carter —dijo mamá, como si me leyera el pensamiento—. Pero nada está perdido, ni siquiera en la muerte. ¿Recuerdas la ley de conservación?

Habían pasado seis años desde que nos sentábamos juntos en la sala de estar (en aquella misma sala de estar) y ella me leía las leyes físicas como los demás padres leen cuentos a sus hijos. Aun así, lo recordaba.

—La energía y la materia no se crean ni se destruyen.

—Solo se transforman —asintió mi madre—. Y a veces se transforman para mejor.

Cogió la mano de mi padre y tuve que admitir que, uno azul y la otra fantasmal, parecían felices.

—Mamá. —Sadie tragó saliva. Por una vez no prestaba atención a Anubis—. ¿De verdad tú… era aquello…?

—Sí, mi niña valiente. Mis pensamientos se mezclaron con los tuyos. Estoy orgullosísima de ti. Además, gracias a Isis, ahora tengo la impresión de que te conozco. —Se inclinó hacia delante y le dedicó una sonrisa conspiradora—. A mí también me gustan los caramelos de chocolate, aunque tu abuela nunca ha permitido que hubiese caramelos en el piso.

Sadie puso una sonrisa de alivio.

—¡Ya lo sé! ¡Esa mujer es imposible!

Me dio la impresión de que iban a pasarse horas charlando, pero en ese momento la Sala del Juicio se agitó. Papá miró el reloj, lo que me hizo preguntarme en qué zona horaria estaría la Tierra de los Muertos.

—Deberíamos ir terminando —dijo—. Los otros os esperan.

—¿Qué otros? —pregunté.

—Un regalo antes de que os vayáis. —Papá asintió en dirección a mamá.

Ella se adelantó y me dio un paquetito que me cabía en la mano, envuelto en lino blanco doblado. Sadie me ayudó a deshacerlo, y en su interior había un amuleto nuevo, parecido a una columna o un tronco de árbol o...

—¿Eso es una columna vertebral? —dijo Sadie.

—Se llama *dyed* —respondió mi padre—. Es mi símbolo, la espina dorsal de Osiris.

—Puaj —murmuró Sadie.

Mamá rió.

—Sí, es un poco puaj, pero de verdad que es un símbolo poderoso. Representa la estabilidad, la fortaleza...

—¿Hasta la médula?

—Literalmente.

Mamá me miró con aprobación y de nuevo volví a notar la sensación surrealista. No podía creer que estuviera allí de pie, charlando con mis padres más o menos muertos.

Mi madre cerró mis manos en torno al amuleto. Tenía el tacto cálido, como el de una persona viva.

—El *dyed* también representa el poder de Osiris, la vida que se renueva a partir de las cenizas de la muerte. Es exactamente lo que vais a necesitar si tenéis que remover en otros la sangre de los faraones y reconstruir la Casa de la Vida.

—La Casa no va a ponerse nada contenta con eso —aportó Sadie.

—No —dijo mamá con alegría—. Ya lo creo que no.

La Sala del Juicio volvió a retumbar.

—Es la hora —dijo papá—. Volveremos a vernos, niños. Pero hasta entonces, tened cuidado.

—Estad atentos a vuestros enemigos —añadió mamá.

—Y decidle a Amos… —La voz de mi padre se apagó mientras pensaba—. Recordad a mi hermano que los egipcios creen en el poder del amanecer. Creen que cada mañana no da inicio solo a un nuevo día, sino a un nuevo mundo.

Antes de poder descifrar lo que quería decir con aquello, la Sala del Juicio desapareció y nos quedamos con Anubis en una extensión de oscuridad.

—Os mostraré el camino —dijo Anubis—. Es mi trabajo.

Nos guió hasta una zona de la oscuridad que no parecía distinta de las demás. Pero cuando empujó con la mano, se abrió una puerta. La entrada refulgió con la luz del día.

Anubis hizo una reverencia formal delante de mí. Luego miró a Sadie con un brillo travieso en los ojos.

—Conocerte ha sido… estimulante.

Sadie se sonrojó y lo señaló con un dedo acusador.

—No he terminado con usted, caballero. Más vale que cuides bien de mis padres. Y la próxima vez que venga a la Tierra de los Muertos, ya hablaremos tú y yo.

Una sonrisa luchó por asomarse a los labios de Anubis.

—Espero que sea pronto.

Cruzamos el umbral y llegamos al palacio de los dioses.

Tenía el aspecto que había descrito Sadie después de sus visiones: altísimas columnas de piedra, braseros llameantes, suelo de mármol pulido y, en el centro del salón, un trono dorado y rojo. Los dioses se reunieron a nuestro alrededor. Muchos eran solo destellos de luz y fuego. Otros eran imágenes sombrías que pasaban de animal a humano. Reconocí a unos cuantos: Tot se veía a veces como un tío despeinado con bata de laboratorio antes de convertirse en una nube de gas verde; Hathor, la diosa con cabeza de vaca, me dirigió una mirada dubitativa, como si le sonara mi cara de aquel asunto de la salsa mágica. Busqué a Bast y se me cayó el alma a los pies. No parecía estar entre los dioses reunidos. De hecho, a la mayoría de los dioses no los reconocí.

—¿Qué hemos puesto en marcha? —murmuró Sadie.

Comprendí lo que decía. El salón del trono estaba abarrotado con cientos de dioses, mayores y menores, que daban vueltas por el palacio, creaban nuevas formas, brillaban de poder. Un ejército sobrenatural al completo… y todos nos estaban mirando a nosotros.

Por suerte, vimos a dos viejos amigos de pie junto al trono. Horus llevaba la armadura de batalla completa y una espada *jopesh* al cinto. Sus ojos delineados con kohl, uno dorado y el otro plateado, eran tan penetrantes como siempre. A su lado estaba Isis con un vestido blanco reluciente y sus alas de luz.

—Bienvenidos —dijo Horus.

—Hummm… Eh, qué pasa —dije yo.

—Es un artista con las palabras —murmuró Isis, y Sadie soltó una carcajada.

Horus señaló el trono.

—Sé cómo piensas, Carter, así que creo saber lo que vas a decir. Pero tengo que pedírtelo una vez más. ¿Te unirás a mí? Podríamos gobernar la tierra y los cielos. La Maat exige un líder.

—Ya, eso me han dicho.

—Yo sería más fuerte teniéndote de anfitrión. Solo has visto la punta del iceberg de lo que puede hacer la magia de combate. Podríamos conseguir tanto unidos… y además, sigue siendo tu destino liderar a la Casa de la Vida. Podrías ser el rey de dos tronos.

Eché un vistazo a Sadie, que se encogió de hombros.

—A mí no me mires. Me parece una idea espantosa.

Horus le puso mala cara, pero lo cierto es que yo estaba de acuerdo con Sadie. Todos esos dioses esperando que los guiaran, todos esos magos que nos odiaban… La idea de intentar gobernarlos me convirtió las rodillas en gelatina.

—Quizá algún día —dije—. Dentro de mucho tiempo.

Horus suspiró.

—Cinco mil años y sigo sin entender a los mortales. Pero como quieras.

Subió los escalones hasta el trono y miró a los dioses congregados.

—¡Yo, Horus, hijo de Osiris, reclamo el trono de los cielos por mi primogenitura! —gritó—. Lo que una vez fue mío volverá a estar en mi poder. ¿Alguien desea desafiarme?

Los dioses parpadearon y brillaron. Unos cuantos pusieron cara de disgusto. Uno murmuró algo que sonó parecido a «Queso», aunque a lo mejor fueron imaginaciones mías. Vi de refilón a Sobek, o posiblemente algún otro dios cocodrilo, renegando en las sombras. Pero nadie desafió a Horus.

El dios halcón tomó asiento en el trono. Isis le llevó un látigo y un cayado de pastor, los cetros gemelos de los faraones. Horus los cruzó sobre su pecho y todos los dioses se inclinaron ante él.

Cuando volvieron a erguirse, Isis vino hacia nosotros.

—Carter y Sadie Kane, habéis hecho mucho para restaurar la Maat. Los dioses deben recobrar la fuerza, y vosotros dos nos habéis proporcionado tiempo, aunque no sabemos cuánto. Apofis no seguirá encerrado para siempre.

—Yo me conformaría con un par de siglos —dijo Sadie.

—Ocurra lo que ocurra, hoy sois héroes. Los dioses estamos en deuda con vosotros, y nos tomamos las deudas muy en serio.

Horus se levantó del trono. Después de guiñarme el ojo, se arrodilló ante nosotros. Los demás dioses se revolvieron, incómodos, pero luego siguieron su ejemplo. Hasta los dioses con forma de llama redujeron el brillo.

Seguro que me quedé con cara de atontado, porque Horus rió al levantarse.

—Estás igual que la vez que Zia te dijo…

—Sí, vale, ¿podemos saltarnos esa parte? —dije enseguida. Dejar entrar a un dios en la cabeza tiene serias desventajas.

—Id en paz, Carter y Sadie —dijo Horus—. Encontraréis nuestro presente por la mañana.

—¿«Presente»? —pregunté con nervios, porque si me regalaban un solo amuleto más empezarían a entrarme los sudores fríos.

—Lo veréis —prometió Isis—. Os estaremos observando, y esperando.

—Eso es lo que me da miedo —dijo Sadie.

Isis movió una mano y de pronto estábamos otra vez en la terraza de la mansión, como si no hubiera pasado nada.

Sadie se volvió hacia mí con la mirada perdida.

—«Estimulante.»

Abrí la mano. El amuleto *dyed* seguía cálido y brillante en su envoltorio de lino.

—¿Alguna idea sobre lo que hace esta cosa?

Sadie parpadeó.

—¿Hummm? Ah, me da igual. ¿Qué te ha parecido Anubis?

—¿Cómo que…? No sé, parecía un tío normal. ¿Por?

—¿Un tío bueno o un tío baboso con cabeza de perro?

—Supongo que… lo de la cabeza de perro, no; lo otro.

—¡Lo sabía! —Sadie me señaló igual que cuando ganaba alguna discusión—. Es guapo. ¡Lo sabía!

Y con una sonrisa ridícula, dio media vuelta y se metió en la casa.

Mi hermana, como quizá haya mencionado ya, es un poco rara.

A la mañana siguiente recibimos el presente de los dioses.

Al despertar, encontramos la mansión completamente reparada, hasta el menor detalle. Todo lo que nos faltaba por terminar (seguramente otro mes entero de trabajo) estaba hecho.

Los primero que descubrí fueron ropas nuevas en el armario y, tras vacilar un momento, me las puse. Bajé y vi a Keops y a Sadie bailando alegremente en la Gran Sala restaurada. Keops tenía una camiseta nueva de los Lakers y una pelota de baloncesto recién desempaquetada. Las escobas y fregonas mágicas se atareaban en su limpieza rutinaria. Sadie levantó la mirada hacia mí y sonrió… y entonces puso cara de sorpresa.

—Carter, ¿qué… qué llevas puesto?

Bajé la escalera sintiéndome aún más incómodo. Aquella mañana el armario me había ofrecido varias opciones, no solo mi ropa de lino. Mi ropa antigua estaba allí, recién lavada: una camisa de botones, pantalones marrones anchos y almidonados, mocasines. Pero también había una tercera opción, y yo había escogido esa: unas Reebok, vaqueros, camiseta y chaqueta con capucha.

—Es… hummm, todo de algodón —dije—. Vale para la magia. Papá seguramente diría que parezco un delincuente…

Estaba seguro de que Sadie lo usaría para pincharme e intentaba adelantarme. Escrutó mi vestuario de arriba a abajo.

Entonces rió, absolutamente encantada.

—Está genial, Carter. ¡Casi pareces un adolescente normal! Y lo que pensaría papá… —Me puso la capucha en la cabeza—. Papá diría que pareces un mago impecable, porque es lo que eres. Venga, tenemos el desayuno en la terraza.

Estábamos empezando a zampárnoslo cuando salió Amos, y su cambio de estilo fue todavía más sorprendente que el mío. Llevaba un traje de color chocolate nuevecito, con gabardina a juego y sombrero fedora. Los zapatos relucían, las gafas redondas estaban limpias, y su pelo, acabado de trenzar con cuentas de ámbar. Tanto Sadie como yo nos lo quedamos mirando.

—¿Qué? —saltó.

—Nada —dijimos al mismo tiempo.

Sadie me miró y movió los labios, pronunciando «fli-pa», y volvió a sus huevos con salchichas. Yo ataqué mis tortitas. Filipo se revolvió gozoso en su piscina.

Amos se sentó con nosotros a la mesa. Movió los dedos y su taza se llenó mágicamente de café. Yo enarqué las cejas. Mi tío no había usado la magia desde los días demoníacos.

—He pensado que voy a marcharme una temporada —anunció—. Iré al Nomo Primero.

Sadie y yo nos miramos.

—¿Seguro que es buena idea? —pregunté.

Amos dio un sorbo al café. Miró más allá del East River, como si alcanzara a ver Washington D. C.

—Allí tienen los mejores sanadores mágicos. No rechazarían a alguien que les ruega su ayuda, ni siquiera a mí. Creo… creo que debería intentarlo.

Tenía la voz débil, amenazando con quebrarse en cualquier momento. Aun así, era el discurso más largo que le habíamos oído dar en seis semanas.

—Creo que es una idea buenísima —opinó Sadie—. Nosotros te cuidaremos la casa, ¿verdad, Carter?

—Claro —dije—. Desde luego.

—Puede que tarde en volver —dijo Amos—. Consideradla vuestra casa. De hecho, es vuestra casa. —Hizo una pausa, como para elegir sus siguientes palabras con cuidado—. Y también creo que quizá deberíais empezar a reclutar. Hay muchos niños por todo el mundo que llevan la sangre de los faraones. La mayoría no saben lo que son. Eso que dijisteis en Washington de redescubrir la senda de los dioses… podría ser nuestra única posibilidad.

Sadie se levantó y dio un beso a Amos en la frente.

—Déjanoslo a nosotros, tío. Tenemos un plan.

—Qué mal suena eso —dije yo.

Amos consiguió sonreír. Apretó la mano de Sadie y luego se levantó para revolverme el pelo antes de volver al interior.

Di otro mordisco a mis tortitas y me pregunté por qué, con la mañana estupenda que hacía, yo seguía triste, sintiéndome un poco incompleto. Imagino que con tantas cosas que mejoraban de repente, las que seguían faltándome dolían todavía más.

—Supongo que sería egoísta por nuestra parte pedir más.

La miré fijamente y caí en que estábamos pensando lo mismo. Cuando los dioses habían hablado de hacernos un presente… Bueno, puedes esperarte algunas cosas, pero, como decía Sadie, no podías ser egoísta.

—Va a ser complicado viajar si tenemos que salir a reclutar —dije con cautela—. Somos dos menores sin compañía.

Sadie asintió.

—Sin Amos. Sin ningún adulto responsable. No creo que Keops cuente.

Y entonces, los dioses nos entregaron su presente.

Una voz dijo desde el umbral:

—Parece que tenéis una plaza vacante.

Me giré y noté cómo se caía una tonelada de pesar de mis hombros. Apoyada contra el marco, vestida con su mono ceñido con manchas de leopardo, había una mujer morena con los ojos dorados y dos cuchillos bien grandes.

—¡Bast! —gritó Sadie.

La diosa gata nos dedicó una sonrisa juguetona, como si estuviera pensando en muchas cosas a la vez.

—¿No queríais una tutora?

Pocos días después, Sadie tuvo una larga conversación telefónica con los abuelos Faust en Londres. No pidieron que me pusiera al teléfono y yo no oí lo que decían. Cuando Sadie volvió a la Gran Sala, tenía nostalgia en la mirada. Me asustó —me asustó mucho, mucho— que Sadie añorara Londres.

—¿Y bien? —pregunté con reparo.

—Les he dicho que estamos bien —respondió—. Dicen que la policía ya ha dejado de molestarlos por la explosión del Museo Británico. Por lo visto, la Piedra de Rosetta ha aparecido intacta.

—Como por arte de magia —dije.

Sadie sonrió.

—La policía llegó a la conclusión de que había sido un escape de gas, un accidente de algún tipo. Papá está limpio, igual que nosotros. Han dicho que podía volver a casa en Londres. El trimestre de primavera empieza dentro de unas semanas. Mis amigas Liz y Emma han preguntado por mí.

El único sonido fue el crepitar del fuego en la chimenea. De repente la Gran Sala me pareció más grande, más vacía.

Al final dije:

—¿Y qué les has contestado?

Sadie enarcó una ceja.

—Dios, qué lerdo eres a veces. ¿Tú qué crees?

—Ah. —Noté la boca como el papel de lija—. Supongo que te gustará ver a tus amigas y volver a tu vieja habitación y...

Sadie me dio un puñetazo en el brazo.

—¡Carter! Les he dicho que me iba a ser complicado volver a casa porque ya estoy en casa. Mi lugar es este. Gracias a la Duat, puedo ver a mis amigas siempre que quiera. Y además, sin mí estarías perdido.

Debí de sonreír como un tonto, porque Sadie me dijo que a ver si me limpiaba la estupidez de la cara... aunque sonaba contenta al decirlo. Supongo que sabía que, por una vez, tenía razón: habría estado perdido sin ella. [Y no, Sadie, yo tampoco puedo creerme que acabe de decir eso.]

Justo cuando las cosas empezaban a adaptarse a una cómoda y segura rutina, Sadie y yo nos embarcamos en nuestra nueva misión. Nuestro destino era un colegio que mi hermana había visto en sueños. No voy a decirte qué colegio, pero Bast condujo hasta muy lejos para llevarnos allí. Hemos hecho esta grabación de camino. Las fuerzas del caos han intentado detenernos en varias ocasiones. También nos han llegado rumores de que nuestros enemigos se habían puesto a buscar a otros descendientes de los faraones, intentando frustrar nuestros planes.

Llegamos al colegio el día antes de que empezara el último trimestre. Los pasillos estaban desiertos y no tuvimos problemas para colarnos. Sadie y yo escogimos una casilla al azar, y ella me dijo que pusiera la combinación al candado. Reuní un poco de magia e hice visibles los números 13-32-33. Eh, si algo funciona, ¿para qué cambiarlo?

Sadie pronunció un hechizo y la taquilla empezó a brillar. Luego metió dentro el paquete y cerró la portezuela.

—¿Estás segura de esto? —pregunté.

Asintió.

—La taquilla está parcialmente en la Duat. Guardará el amuleto hasta que la abra la persona adecuada.

—Pero como el *dyed* caiga en malas manos...

—No caerá —me prometió—. La sangre de los faraones es fuerte. El amuleto lo encontrarán los chicos adecuados. Si descubren cómo se usa, debería despertarles los poderes. Tendremos que confiar en que los dioses los guíen hacia Brooklyn.

—No sabemos cómo entrenarlos —objeté—. La senda de los dioses lleva dos mil años sin estudiarse.

—La comprenderemos —dijo Sadie—. Tenemos que hacerlo.

—A no ser que nos pille primero Apofis —dije—. O Desjardins y la Casa de la Vida. También puede que Set rompa su palabra. O que salga mal cualquiera de otras mil cosas.

—Sí —dijo Sadie—. Será divertido, ¿eh?

Cerramos el candado y salimos de allí.

Ahora hemos regresado al Nomo Vigésimo Primero, en Brooklyn. Vamos a enviar la grabación a unas cuantas personas bien elegidas, a ver si logramos que se publique. Sadie cree en el destino. Si la historia ha caído en tus manos, probablemente hay un motivo. Busca el *dyed*. No le costará demasiado despertar tu poder. Luego, el truco estará en aprender a usar ese poder sin que te mate.

Como decía al principio, la historia no está acabada. Nuestros padres han prometido que volveremos a verlos, de modo que en algún momento tendremos que regresar a la Tierra de los Muertos; creo que a Sadie le parece bien, siempre que allí esté Anubis.

Ahí fuera, en algún sitio, está Zia… la Zia auténtica. Tengo intención de encontrarla.

Y sobre todo, el caos está alzándose. Apofis va ganando fuerza. Lo que significa que también nosotros tendremos que ser fuertes, dioses y hombres unidos como en tiempos antiguos. Es la única manera de que el mundo no acabe destruido.

De modo que la familia Kane tiene mucho trabajo por delante. Tú también.

Quizá quieras seguir la senda de Horus o Isis, la de Tot o la de Anubis, o incluso la de Bast. No lo sé. Decidas lo que decidas, la Casa de la Vida necesita sangre nueva si queremos sobrevivir.

Aquí Carter y Sadie Kane. Cambio y corto.

Ven a Brooklyn. Te esperamos.

Nota del autor

La mayor parte de esta historia está basada en hechos, lo que me lleva a pensar que o bien sus dos narradores, Sadie y Carter, llevaron a cabo una investigación exhaustiva... o están diciendo la verdad.

La Casa de la Vida existió de verdad, y fue una parte importante de la sociedad egipcia durante varios milenios. Si sigue existiendo o no hoy en día es una pregunta que yo no puedo responder. Sin embargo, es innegable que los magos egipcios gozaban de gran reconocimiento a lo largo y ancho del mundo antiguo, y muchos de los hechizos que supuestamente eran capaces de realizar eran idénticos a la descripción que se hace en esta historia.

El retrato de la magia egipcia que nos ofrecen los narradores también es coherente con las pruebas arqueológicas. Hasta nuestros días han llegado *shabtis*, varitas curvadas y cajas de magos que pueden verse en muchos museos. Todas las piezas y monumentos que mencionan Sadie y Carter existen realmente... con la posible excepción de la Pirámide Roja. En el yacimiento de Guiza hay una «Pirámide Roja», pero solo se llama así porque le quitaron su revestimiento original de piedra blanca y ahora muestra los bloques rosados de granito que componen su estructura. En realidad, el constructor del monumento, Seneferu, se quedaría horrorizado si supiera que ahora su pirámide es de color rojo, el color de Set. Por lo que respecta a la Pirámide Roja mágica que se menciona en la historia, esperemos que haya quedado destruida.

Si cae en mis manos alguna otra grabación, me encargaré de transmitir la información. Hasta ese momento, solo nos queda desear que Carter y Sadie se equivoquen en sus predicciones sobre el alzamiento del caos...

Índice

Rick Riordan es, sin duda, uno de los autores más respetados de la literatura juvenil. Profesor de instituto de profesión, el fulgurante éxito de la serie Percy Jackson y los dioses del Olimpo hizo que tuviera que decantarse por la escritura.

La pirámide roja es el primer volumen de The Kane Chronicles y, ya nada más salir, se colocaba en el primer puesto de la lista de los libros más vendidos del *New York Times*. Además, Disney ha comprado los derechos cinematográficos de la serie y ha sido reconocido como el autor del año en los premios Children's Choice Book.

RICK RIORDAN

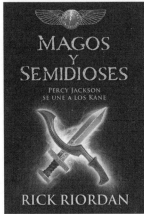
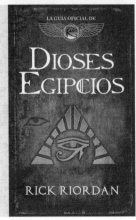